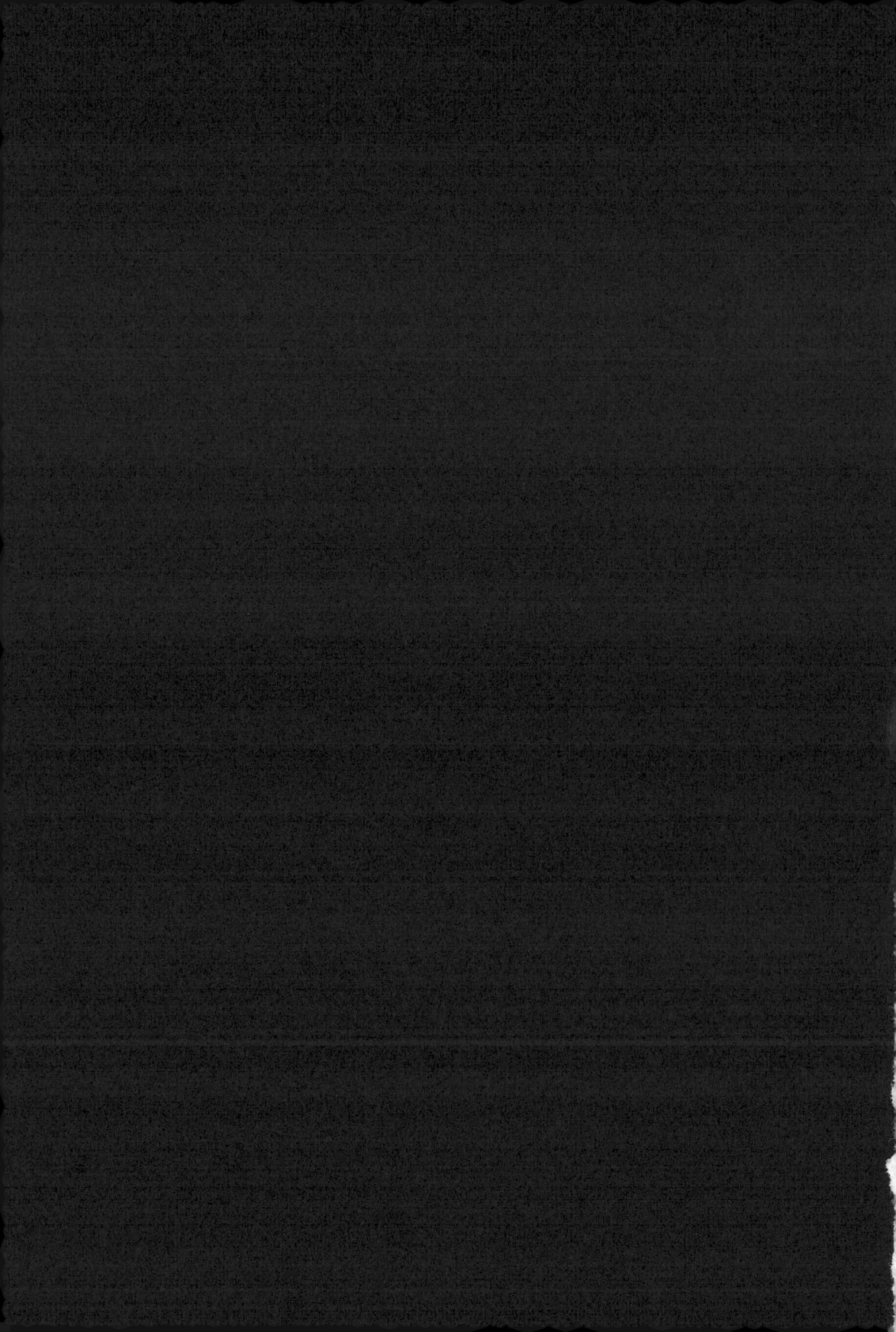

世界潮流浩浩
蕩蕩順之則昌
逆之則亡

孫文題

孙中山题词：世界潮流浩浩荡荡　顺之则昌逆之则亡

黄继树，原籍广西百寿县（今属永福县），1964年在《广西文艺》发表第一篇短篇小说《巧遇》，此后笔耕不辍，主要作品有《桂系演义》《败兵成匪》《北伐往事》《黄继树作品自选集》等。1988年加入中国作协，曾任广西作协副主席、桂林市文联主席、桂林市作协主席、桂林文学院院长。

桂系演义

GUIXI YANYI

增补版

第四册

黄继树 著

广西师范大学出版社
GUANGXI NORMAL UNIVERSITY PRESS

·桂林·

出版统筹：张　明
责任编辑：唐　燕
装帧设计：姚明聚［广大迅风艺术］
责任技编：王增元　伍先林
书名篆刻：胡擎元

图书在版编目（CIP）数据

桂系演义：增补版：全4册 / 黄继树著. —桂林：
广西师范大学出版社，2015.8（2025.4重印）
　ISBN 978-7-5495-7029-4

　Ⅰ．①桂… Ⅱ．①黄… Ⅲ．①历史小说－中国－
当代 Ⅳ．①I247.5

　中国版本图书馆 CIP 数据核字（2015）第 162842 号

广西师范大学出版社出版发行
（广西桂林市五里店路 9 号　邮政编码：541004）
　网址：http://www.bbtpress.com
出版人：黄轩庄
全国新华书店经销
广西广大印务有限责任公司印刷
（桂林市临桂区秧塘工业园西城大道北侧广西师范大学出版社
集团有限公司创意产业园内　邮政编码：541199）
开本：700 mm × 990 mm　1/16
印张：100.75　　　字数：1 520 千字
2015 年 8 月第 1 版　　2025 年 4 月第 3 次印刷
定价：368. 00 元（全四册）

目 录

主要人物表

孙中山（1866—1925），名文，又名中山，号逸仙，广东香山（今中山）人。中国同盟会总理、中国国民党总理、中华民国临时政府大总统、广州中华民国政府非常大总统、广州大元帅府陆海军大元帅。1921年夏，命令粤军进攻广西，推翻陆荣廷的统治，为在桂军中任下级军官的李宗仁、黄绍竑、白崇禧创造了崛起的历史机遇，并支持他们统一广西，其革命思想对李、黄、白产生深远影响。

李宗仁（1891—1969），字德邻，广西临桂人。从桂军的一名下级军官崛起，成为北伐名将，抗日英雄，民国副总统、代总统。陆军一级上将。1965年从美国回归祖国大陆。有《李宗仁回忆录》传世。

黄绍竑（1895—1966），字季宽，广西容县人。与李宗仁合作统一广西，任广西省政府主席。1930年年底脱离桂系团体投奔蒋介石，先后任浙江、湖北省政府主席，监察院副院长。在蒋桂之间奔走，左右逢源。1949年出任国民政府和平谈判代表团成员。

白崇禧（1893—1966），字健生，广西临桂人，回族，有"小诸葛"之称。在统一广西、北伐和抗日战争中，以其卓越的军事指挥才能著称。任国民政府国防部部长、华中军政长官公署长官。陆军一级上将。与李宗仁并称为"李白"。

黄旭初（1892—1975），广西容县人。中国陆军大学第四期毕业。黄绍竑离桂投蒋后继任广西省政府主席，是李、白在广西的"大管家"，时人合称"李白黄"。

陆荣廷（1859—1928），字干卿，广西武鸣人，壮族。从一个广西边关上的流浪汉成为清军高级将领。辛亥革命后任广西都督、两广巡阅使，长期把持两广军政大权。1921年夏被粤军赶下台。1923年在北京政府的支持下复出，任广西全省善后督办。1924年被其旧部李宗仁、沈鸿英驱逐出广西。

沈鸿英（1871—1938），字冠南，广西雒容（今鹿寨）人。原为陆荣廷手下大将，粤军进攻广西，临阵通电宣布脱离陆荣廷。1923年投效孙中山，率军东下讨伐陈炯明。1924年在广东起兵反对孙中山，被击败后退回广西。1925年1月，所部被李宗仁、黄绍竑的"定桂讨贼联军"消灭，只身潜往香港。

李济深（1886—1959），原名济琛，字任潮，广西苍梧人。粤军第一师师长、国民革命军第四军军长、黄埔军校副校长，是李宗仁、黄绍竑崛起的有力支持者。1948年在香港成立中国国民党革命委员会，任主席。

俞作柏（1887—1959），字健侯，广西北流人。是李宗仁、黄绍竑崛起统一广西的得力战将，又是将其赶下台逐出广西的枭雄军人。

廖磊（1890—1939），字燕农，广西陆川人。原为唐生智旧部，后投桂系。1929年3月20日助白崇禧从唐山开平出逃。抗战时任第二十一集团军总司令、安徽省政府主席。率部参加淞沪会战、徐州会战、武汉会战。1939年10月23日，因积劳成疾，在安徽病逝。同年11月，国民政府追赠为陆军上将。

汪精卫（1883—1944），名兆铭，广东三水人。国民政府常委会主席兼军事委员会主席、国民政府行政院院长、国民参政会议长。在民国政治舞台上扮演过重要的角色又几经沉浮。1938年12月29日，发表"艳电"，公开叛国投降日本，被国民党开除党籍，并撤除其一切职务。

蒋介石（1887—1975），名中正，浙江奉化人。黄埔军校校长、国民革命军总司令、国民党总裁、军事委员会委员长、中华民国总统。特级上将。与李宗仁既是换过兰谱的结拜兄弟，又是政治斗争的对手，两人之间既有密切合作，又有明争暗斗。

何应钦（1890—1987），字敬之，贵州兴义人。黄埔军校总教官、国民革命军第一军军长兼北伐军东路军总指挥、国民政府军政部部长、军事委员会参谋本部参谋总长、中国陆军总司令、国民政府国防部部长、行政院院长。陆军一级上将。既是蒋介石的黄埔嫡系，又是李宗仁、白崇禧军政上的盟友。

阎锡山（1883—1960），字伯川，山西五台人。1928年任国民革命军第三集团军总司令，山西省政府主席兼平津卫戍总司令。1930年4月，与冯玉祥、李宗仁联合反蒋，兵败出走。1937年8月任第二战区司令长官。1949年6月积极奔走于蒋介石与李宗仁之间，在广州组织"战斗内阁"，得任行政院院长兼国防部部长。陆军一级上将。

孙科（1891—1973），字哲生，广东香山（今中山）人，孙中山的哲嗣。1947年4月任国民政府副主席兼立法院院长，与李宗仁竞选副总统失败后，辞去立法院院长职，任行政院院长。1949年1月，李宗仁当上代总统后，孙将行政院迁往广州，导致府院分裂，旋即辞去行政院院长职。

唐生智（1890—1970），字孟潇，湖南东安人。国民革命军第八军军长兼北伐军前敌总指挥。1927年11月，率军由武汉东下进军南京，被程潜、白崇禧的西征军击败下野，余部被白崇禧收编，随白北伐进入平津。1929年3月复起，到平津收回旧部，迫使白崇禧只身仓猝逃出北平潜回广西。同年12月，在郑州受汪精卫任命为护党救国军总司令，率部反蒋，所部被蒋介石消灭。1935年4月，国民政府授其为陆军一级上将。1949年8月，与程潜、陈明仁等通电起义。

陈济棠（1890—1954），字伯南，广东防城（今属广西）人。李济深旧部，广东军政界的实力派人物。1931年2月因胡汉民被蒋介石扣留软禁，在广东反蒋，给困守广西的李、白带来复起的转机。1935年4月，国民政府授其为陆军一级上将。1936年6月1日联合李宗仁发起抗日反蒋运动，失败后下野。1949年4月复起，任海南特区行政长官兼警备司令。

司徒雷登（1876—1962），一位出生在中国杭州的美国传教士，长期在华从事教育事业。抗日战争胜利后，出任美国驻华大使，曾对李宗仁寄予政治上的期望。

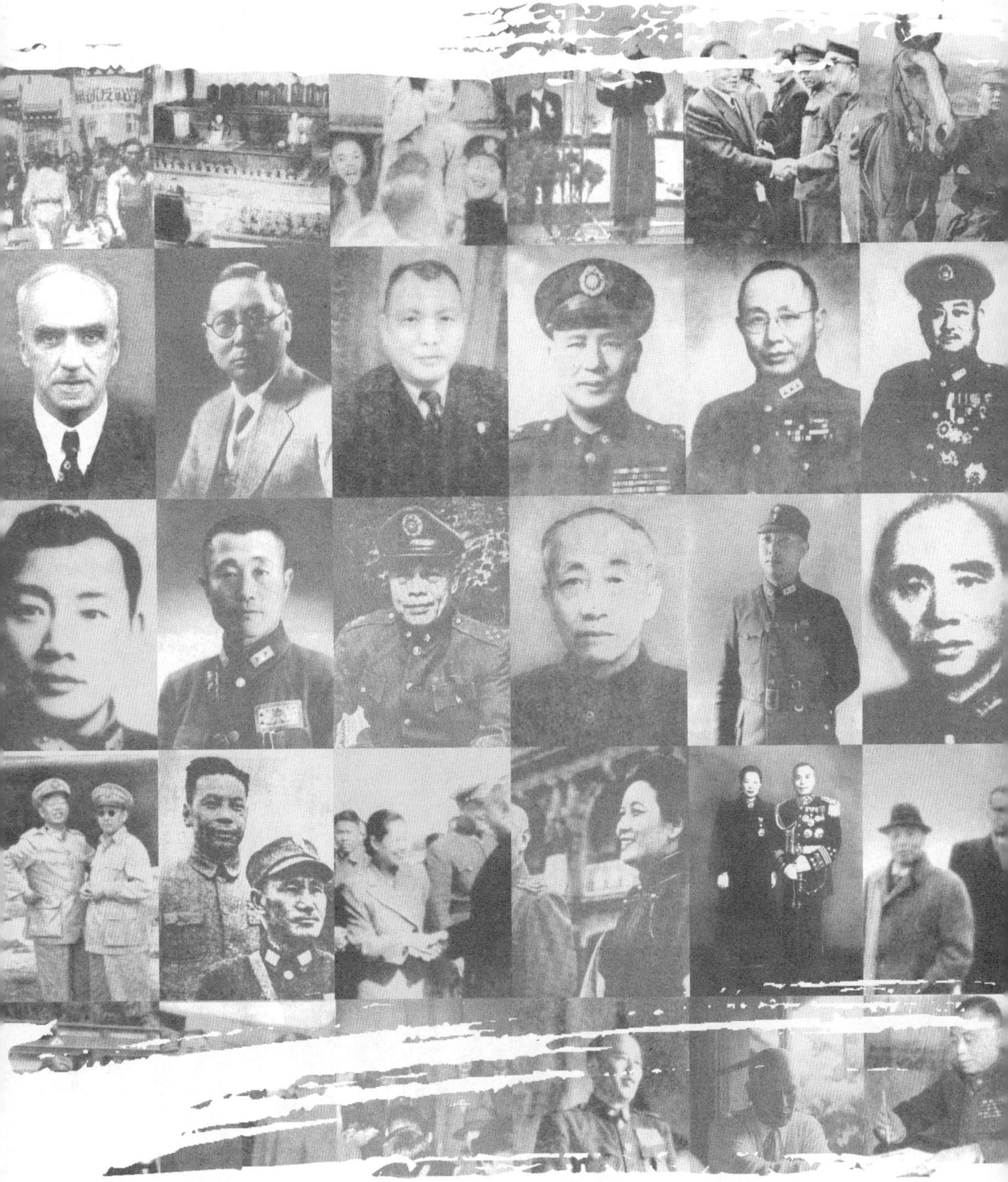

第七十三回

韬光养晦　李宗仁北平窥方向
礼贤下士　封疆吏得名擎天柱

　　故都北平有个南池子，南池子北端有条北长街，北长街有个李公馆，李公馆的主人便是大名鼎鼎的北平行辕主任李宗仁。这北平行辕可不同寻常，它的全称为军事委员会委员长北平行辕，其职权是统辖华北五省（河北、山东、热河、察哈尔和绥远）、三市（北平、天津、青岛三个特别市）的党务、行政和军事，同时指挥第十一和第十二两个战区。行辕主任李宗仁的办公地点设在中南海勤政殿，这是当年袁世凯身着陆海军大元帅大礼服，站在龙椅旁边接受文武百官朝贺，僭号称帝的地方。北平沦陷之后，此地成为伪华北政务委员会的所在地。李宗仁身居要津，总领华北，官高位显，可是，却终日无所事事，李公馆门前冷落车马稀，他这位驰名天下的抗日名将，如今也像故宫的殿宇一样，已经失去了昔日的光彩。

　　故都的秋末，强劲的西北风裹着尘沙，从荒凉的塞外闯进来，刮得地上的杨树枯叶飞舞，使人睁不开眼睛。在昏曚的日色中，有洋车夫沉重的身影，小贩无力的叫卖声，踟蹰在暗灰色胡同里的乞丐的抽泣声，军警的呵斥声，追捕行人的脚步声……更使毫无生气的北平蒙上一层恐怖的阴影。

上午九点钟，李宗仁和夫人郭德洁便来到公馆门前准备迎候客人。李宗仁一身西装革履，一改他那"猛子"将军的军人气质，而带上几分政治家睿智豁达的风采了。他的夫人郭德洁梳着庄重的发髻，身着黑色紧身旗袍，穿长统丝袜和高跟鞋，一身打扮与她的地位极为相称。北平的风沙无休无止地在天空回旋，在地上翻腾，李公馆门前那株大杨树上，还有几片褐色的叶子眷恋着光秃秃的树枝，西北风摇撼着枝干，刮得那几片残叶不住地抖动着，仿佛是被麻绳拴在树上的几只可怜的鸟雀，正抖动着疲惫不堪的翅膀，欲飞不能，等待着的是垂死的命运。李宗仁抬头看了一眼这古老的杨树，不觉一阵心酸袭来，他觉得自己的命运有点儿像杨树上那残叶中的一片。蒋介石的几百万大军正在变成地上翻滚的枯叶。华北遍地枪声，而东北败局已定，陈诚在沈阳是挣扎不了几天的了，也许要不了一年半载，共军便会以百万之众，兵临故都城下，到那时，他这片枯萎的杨树叶便不得不凋落了。

　　他是民国三十四年十月二十六日——日本宣布投降两个多月后，由汉中飞到北平的。早在日本宣布投降前的几天，他在汉中便接到白崇禧由重庆统帅部打来的电话，告知日本已经投降，俟盟国表态后，即由日皇颁布诏书。此消息一出，市面上即陆续传来欢呼声和热烈的鞭炮声。李宗仁命副官去备办几桌酒席，与部下共庆胜利。那些军官们为八年全面抗战的胜利简直冲昏了头脑，他们一边痛饮，一边放着留声机，一边欢呼，一边围着餐桌舞蹈起来。李宗仁却离席坐到沙发上，面容显得沉郁，似乎胜利的欢乐没有感染他那沉重的心灵。八年，啊，这使中华民族国家破碎、人民流离失所、失去数以千万计生命的空前大浩劫，终于结束了！作为抗战名将有功于中华民族的李宗仁，他内心当然感到欣慰。

1945年10月30日，李宗仁由汉中飞抵北平，受到北平各界的热烈欢迎

可是，这种欢乐马上就为忧虑所替代，就像刚露晴的天空，即布上了浓重的阴云一般。他首先想到的是个人的出处问题。他与蒋介石的对峙是因为抗战爆发才结束的，以他的经验看来，北伐成功后，蒋介石便要消灭异己，现在，抗战大功告成，蒋介石很可能又要下手消灭地方势力了。他和白崇禧是国民党内有名的反蒋实力派，全面抗战八年，桂系的势力由广西延伸到安徽，白崇禧身为副总参谋长，在统帅部调度指挥全国军事，他则坐镇前方，打了台儿庄之战，名震中外，对此，老蒋不得不时刻提防

抗战胜利前夕蒋介石与李宗仁在汉中行营

着。无奈八年抗战，年年用兵，蒋介石为了抗战也不得不重用李、白等一大批曾经反对过他的人。"飞鸟尽，良弓藏，狡兔死，走狗烹"，李宗仁对此不得不防。再者，抗战八年，共产党深入敌后，滋生蔓长，拥有几十万武装部队和大片根据地。现在的共产党早已不同于北伐时代了，那时节，他和蒋介石一声"清党"令下，成千上万人头落地。抗战胜利后，国共之间的冲突将无法避免，斯时鹿死谁手尚难逆料。李宗仁在沉思着，耳畔不断传来震耳欲聋的欢庆胜利的鞭炮声，仿佛是响彻中华大地的枪炮声——共产党与国民党在厮杀，蒋介石与李宗仁、白崇禧在火并……

"德公，您也来跳跳舞吧！"参谋长王鸿韶引着机要处的一位俊俏的女译电员来到李宗仁面前。

李宗仁摇了摇头，脸上毫无表情，王参谋长见时已夜阑，想必李宗仁疲倦了，于是便命部属们向李宗仁告辞而散。李宗仁却把秘书主任黄雪邨叫到办公室来，吩咐道：

"你以我的名义，给蒋委员长拍份电报。"

黄雪邨马上抽出钢笔，掏出小本子，看着李宗仁道：

桂系演义

"请德公指示纲要。"

"首先，向蒋委员长致敬，致以领导抗战赢得胜利的祝贺。"李宗仁在办公室里踱着步，一只手背在身后，一只手托着下巴，慢慢地说道。

黄雪邨在小本子上迅速地记录着。

"宗仁追随委座完成国民革命北伐大业后，现在又在委座的领导之下，取得了抗战的胜利。"李宗仁字斟句酌地说着，"然宗仁在前方担任方面军事统帅八年之久，心力交瘁，请求予以名义出国考察，藉资休养；至于战后对共党问题以及如何实现国家军事与政治之统一问题，中央自能妥善处理，庶不至战乱再作，重陷斯民于水火之中……"

黄雪邨听了大吃一惊，忙说道："主任坐镇前方抗战八年，有功于国，有德于民，战后国家重建需人，中央是不会允主任遽萌退志的！"

李宗仁淡淡一笑，说道："蒋委员长身为最高统帅，抗战这笔总账，在功劳簿上一定又记在他的户头上了。我和他相处多年，深知在患难时期还可以勉强相处，说到共安乐就难乎其难了。我不如趁此机会，出国考察，好好休息，至于将来如何，看形势变化情况再说。"

黄雪邨到底是李宗仁的心腹之人，他眨了眨眼睛，马上便领会了李宗仁给蒋介石这个电报的真正意图，这是李对蒋斗争的一种策略。李宗仁以退为进，企图以出国考察为要挟，摸一摸战后老蒋的底牌。黄雪邨看得明白，却装得糊涂，笑道：

"主任要出国的话，可得把我也带上啊！"

"嘿嘿！"李宗仁发出几声干笑，没再说什么。

电报发出三天后，日本正式宣布投降了。街上又是一阵阵鞭炮声响，学校的师生们拥上街头游行祝捷。李宗仁案头的电话机也欢快地跟着响了起来。

"德邻兄，你好！"电话机把蒋介石那浓重的奉化口音由重庆输送过千山万水，直达汉中行营李宗仁的耳畔，蒋介石也掩饰不住自己那兴奋和激动的声音。

"委座，你好！"李宗仁声调平静，他估计蒋介石此时打来长途电话，必和那封电报有关。

"嗯，这个，你的电报我早就收到了。"蒋介石用充满情感的声音说道，"这八年，你辛苦啦！"

"委座领导抗战，劳苦功高！"李宗仁也敷衍了一句。

"这个，战后建国的任务重大。这个，国家遭遇严重破坏之后的重建工作，还需付出极大的努力，因此你还身兼重任，出国休养，现在还不是时候。等到将来可以放手的那一天，嗯嗯，我们兄弟再一道下来休息……"蒋介石在电话中与李宗仁称兄道弟，叙起手足之情，"德邻弟，汉中行营乃是抗战的组织机构，胜利了，这机构便要撤销了，至于将来你的出处问题，中央方面正在研究之中，请你放心好了。总之，战后建国，任重道远，你还得像北伐和抗战一样，助为兄一臂之力啊！"

半个月后，白崇禧由重庆打电话来告诉李宗仁，中央已决定要李到北平担任总领华北的行辕主任。白崇禧在电话中喜滋滋地说道：

"德公，北伐时我们在北平坐不住，这回可要坐稳啊！"

"怎样才能坐得稳呢？"李宗仁一听蒋介石决定派他到北平去总领华北五省、三市的党政军，心里自然兴奋，忙向白崇禧问计道。

"当年我们坐不住是因为东北问题没有解决。"白崇禧只一句话便把问题点清楚了。

"噢！"李宗仁点了点头，心中豁然开朗，因怕电话受到监听，不敢多说，只讲了一句"这个问题，我要向委员长提出"，便放下了电话。

第二天，蒋介石亲自打电话来征询李宗仁对出任北平行营主任的意见，李宗仁欣然受命，并关切说道：

"东北为最重要之地区，负责接收的人，尤应慎重遴选。"

"你看接收东北谁最适当呢？"蒋介石灵机一动，忙问道。

李宗仁没想到蒋介石会直截了当地向他询问接收东北的人选，他内心认为最合适的人物，当然是白崇禧了，如白氏出关总领东北，他坐镇故都，便等于控制了大半个中国。但是，他深知蒋介石是绝不会让李、白同时去东北和华北的，因此稍一思索，便说道：

"我看黄绍竑还可以。"

抗战时期任浙江省政府主席的黄绍竑

"啊？嗯嗯，这个，这个，中央还要考虑。"蒋介石仿佛被马蜂蜇了一下似的，"哼"了几声，便撂了电话筒。

李宗仁忖度，黄绍竑在民国十九年便离开了李、白，投入蒋氏幕中，而且颇得蒋的信赖。为了收拾广西，蒋曾命黄绍竑做广西军务督办，并送了黄二十万块钱。因李、白一直在广西硬撑着，黄绍竑也不忍和李、白刀兵相见，便拿着蒋介石的钱在上海吃喝取乐，又到香港买了一幢洋房，还到菲律宾走了一趟。蒋介石见黄绍竑回不了广西，便让他当内政部长，后来又任命其为浙江省主席和湖北省主席。

抗战爆发，蒋介石组织作战机构，任命黄绍竑为作战部部长，后来又调他去当阎锡山的副手——第二战区副司令长官。长城抗战失败，黄绍竑回到南京，日军已攻占苏州、嘉兴，正向南京、杭州进迫，南京已开始最后的撤退，蒋介石又命黄绍竑重回浙江省任省主席。民国二十六年十二月底，黄绍竑到达浙江的时候，杭州已快要沦陷了，不久他率省政府退到金华。抗战这些年，李、黄、白绝大部分时间不在一起，他们大概也知道，这是蒋介石对他们分而治之的一种策略，只要这三个广西人不搞在一起，蒋介石的内部便不会大乱。偶尔黄绍竑也到重庆去开会，可以碰到白崇禧，但和李宗仁会面可就不容易了，因为李一直在前线指挥作战。徐州会战后，李宗仁到武昌东湖疗养院治病，曾与李济深、黄绍竑有过短暂的聚会。那时，黄绍竑已在浙江省主席任上，很想做些抗日工作，不想刚到任半年，便突然接到蒋介石的电报，斥责黄的省政府"声名狼藉"。黄绍竑一气之下，便去电要求辞职，蒋介石不准。黄绍竑便到武昌向蒋面陈衷曲，正好也住在东湖疗养院。李宗仁、李济深、黄绍竑好不容易有机会聚在一起，他们每日闲谈，或论国事，或下围棋，有时雇上一叶扁舟泛舟荷花丛中，垂钓消遣。白崇禧也时常抽暇前来谈话。这四个不同寻常的广西人聚在一起，马上引起了蒋介石的注意，他不但命军统、中统暗中派人监视他们的行动，而且要陈诚前来打招呼。某日，正当李、黄、白和李济深在聚首畅谈的时候，陈诚突然闯了进来，用半开玩笑的口吻笑道：

"你们这几个广西佬住在一起，外面惹出很多闲话，十分刺耳，我奉委员长之命今天特来赶你们出院！"

不几天，李宗仁即出院赶往黄陂县内的小镇宋埠，回到第五战区长官部去了。黄绍竑亦回浙江。直到这年年底，李、黄到重庆开会时，李济深约了冯玉祥、周恩来、秦邦宪、陈绍禹、叶剑英、李宗仁、白崇禧等人到神仙洞他家里茶会，他们才又聚了几天。李宗仁知道，黄绍竑在浙江过得并不痛快，虽然山高皇帝远，但蒋对黄仍盯得很紧，黄绍竑组织青年政工队、团队办的兵工厂，全都被蒋介石派人接收了，黄绍竑气得只好跑到福州去养病。照李宗仁的估计，抗战胜利后，不但他和蒋介石共"安乐"不易，便是已投蒋多年的黄绍竑，恐怕在蒋身边也不好混下去。因此李宗仁便向蒋介石推荐黄绍竑到东北去，如李、黄两人分掌东北和华北大权，白崇禧在中央活动，黄旭初坐镇广西，李品仙坐镇安徽，这盘棋局就要胜过北伐的风云时代了。殊不知猫精老鼠更精，蒋介石如何能让李宗仁下这盘棋呢？在发表李宗仁任北平行营主任后不久，蒋介石便命亲信熊式辉出任东北行营主任。李宗仁一看，心里凉了半截。但白崇禧由重庆打来电话，仍颇为乐观，他告诉李宗仁，已任命何柱国去东北当行营参谋长。李宗仁听了，心里这才由凉变热。

原来，何柱国也是广西人，与黄绍竑、黄旭初同为容县老乡。他在日本士官学校毕业后，在东北军中任职，曾任东北骑兵军军长，颇受张学良信任。抗战中，何柱国任第十五集团军总司令，当过李宗仁的部下，两人关系十分密切。后来，李品仙当第十战区司令官，何柱国任副司令官。因此，何柱国虽属东北军系统，但李、白却把他当作自己人看待。黄绍竑与白崇禧既不能去东北做总管，现在派何柱国去东北行辕当参谋长，何是东北军的著名将领，与东北各界人士均有联系，他去当东北行营的参谋长，也就等于桂系在东北插进去一只脚了。李宗仁正在暗自高兴，不想，过了几天，白崇禧又打来电话，沮丧地说道："何柱国在熊式辉家的一次宴会

1947年10月4日，蒋介石夫妇视察
北平，李宗仁夫妇到机场迎接

上，被人暗中下毒，毒瞎了双眼，不能到东北赴任了！"李宗仁大吃一惊，这才对东北死了心，怀着一肚子闷气，由汉中飞往北平赴任去了。

李宗仁到了北平，这才发现自己被把兄蒋介石高高地挂在故都的半空中，上不沾天，下不着地，令不出勤政殿。他辖下的五省、三市和两大战区，什么也管不了，就是中央银行北平分行要成立个十几人的武装班，需领取十几支枪，李宗仁签字批准了，后勤补给机关居然敢拒绝发放，气得李宗仁差点拍烂了桌子，但也无用。他幽居北平，终日无所事事，除了喝酒解闷外，便是寻幽访胜，凭览古迹。遥听着关外国共两军殊死决战的枪声，接到的却是国民党军队不断惨败的消息。到了民国三十五年底，东北战局日蹙，在"北满"，国民党军队完全孤立在长春和永吉两点上，主力则局限于四平、沈阳、营口、锦州一带，东北行辕主任熊式辉一筹莫展，连电向蒋介石告急。蒋介石这才想起李宗仁曾向他推荐黄绍竑出长东北之事，败局日露，他只好请李宗仁出关去收拾东北残局。

李宗仁把白崇禧请到北平密谋一番，向蒋介石提出了缩短战线的作战方案，蒋没有采用，李宗仁也就趁机不去东北当替死鬼。蒋介石无奈，只得把手中最后一张王牌陈诚打到东北去，将东北行辕主任熊式辉和保安司令杜聿明撤回来。陈诚初到东北，倒也抱着一番雄心壮志，大吹要"建设三民主义新东北"。他锐意整军，扩充军队，同时又重演其排除异己之故伎。大概东北共军已窥知蒋介石中途易帅之企图，正当陈诚在大吹大擂的时候，共军一场凌厉的秋季攻势，便消灭陈诚部队十万人，吓得陈诚胆战心惊，无所适从。

……

又一片枯叶被风刮落到地上，伴随着尘埃，不住地翻滚旋转，然后一头栽进那条臭水沟里去了。李宗仁背脊有些发凉，他觉得坐困北平的结局，很可能像那片枯落的杨树叶一般。此时的华北平原已大半落入共军之手，毫无斗志的国民党军队仅占据着少数几座大城市，东北、华北都面临着相同的命运。李宗仁手头无兵可用，但又不甘心失败，他曾和白崇禧私下商量，请白向蒋介石建议，把桂军精锐第七军和第三十一军调到北平，以挽回华北败局，但白崇禧却叹道："德公，你的想法或许是对的，但是为事势所不许。"

李宗仁无可奈何地抬头望着光秃秃的杨树。那上面尚有屈指可数的几片残叶，在风中悲凉地挣扎着，他不知哪一片是蒋介石，哪一片是白崇禧、黄绍竑，哪一片又是他自己！那几片叶子，又很像中国的一个个地区，他不知哪一片属于东北、华北、西北、华东……但不管怎样，都会随着秋天的过去而凋落，先落下的那一片必然是东北，然后是华北……整个国民党政权和蒋介石的势力已经面临到了严冬的威胁。李宗仁认为，蒋介石是挣扎不下去的，要使国民党起死回生，就得来一番改造，就像这杨树一样，只有到了春天，才能长出满树的绿叶，他盼望的正是这一天。

"这鬼天气，把脸都吹裂了！"

郭德洁站立在风中，不时用手绢轻轻地捂着她

1947年5月，北平学生举行"反内战，反饥饿"大游行

那擦过高级脂粉的脸，皱着眉头，向李宗仁发牢骚：

"几个穷教授，也费得着出大门外来迎接，风沙都钻进眼里来了！"

她用手绢擦着眼角，也不知是真有沙粒飞进了眼里，还是故作姿态。李宗仁倒很有耐心，他笑道：

"老蒋要的，我们要不到；老蒋不要的，我们才能拣起来。这故都北平，老蒋不要的只有这些穷教授和血气方刚的学生啊！"

"啊？"郭德洁不解地问道，"这些教授、学生，他们既不当权，又不能吃粮当兵为你打天下，为何要如此重视他们？"

"德洁，你有所不知。"李宗仁耐心地开导他的夫人，"这故都北平，乃是近代中国学生运动的圣地，五四运动以后，所有学潮无不以北平马首是瞻。'三一八''一二·九'曾闹得轰轰烈烈。目下，内战频仍，通货膨胀，人民生活的痛苦日甚一日，感觉敏锐的青年学生不断集会游行，学潮势如野火，这股势力，绝不可小视。"

郭德洁是个聪明伶俐之人，很能领会李宗仁的意图，她点了点头，说道：

"你将兵几十年，想不到还能掌握这些秀才呢！"

李宗仁又轻轻说道："美国驻华大使司徒雷登，曾在北平燕京大学数十年，他是中国通，向来重视知识界的舆论……"

郭德洁又点了点头，这时，几辆轿车驶进北长街，李宗仁说道：

"我的客人来了，你得好好招待哩！"

"放心吧，我会使他们满意的。"郭德洁轻松地笑了起来，仿佛那刚刚还吹得皮肤欲裂的西北风，这会儿突然变得像春风一般温柔了。那几辆小轿车在李公馆门前停下后，李宗仁夫妇便从大门口的阶下走向车子前，笑容可掬地和从车里出来的教授们一一握手。这十几位教授全是北平有名的大学教授，个子有高有矮，身材有胖有瘦，有的鬓发苍苍，有的英俊潇洒，有的穿着风衣，有的持着手杖。李宗仁夫妇热诚地把他们迎进公馆内的大客厅，在两张大圆桌前坐下。大客厅陈设朴素，最引人注目的只有墙上那幅寿桃横幅，这幅杰作乃是齐白石老先生的笔墨。原来，北平光复之初，因交通尚未恢复，城内发生粮荒，燃料也严重缺乏，简直到了众口嗷嗷、无以为炊的惨境。一天，白石老人拄着手杖，径到行营来见李宗仁，告之无法买到米和煤，请求接济。李宗仁没有办法，只得在行营人员配额中酌量拨出部分米、煤，令副官给老画家送去。白石老人见身为北平行辕主任的李宗仁没有官架子，很是感动，特地挥笔绘了这幅寿桃横幅相赠。

"今天请诸位先生前来便餐，请随便坐，随便坐！"

李宗仁亲自招呼教授们在桌旁落座，他又命行辕的几位处长前来作陪，宾主坐下后，郭德洁手捧一只黑漆托盘，亲自上菜来了。她在旗袍外扎上一块洁白的小围裙，既体现出行辕主任夫人的身份，又不失一个精明主妇的气质，她一出场，便给客人一种好感，使人感到在李公馆做客，既有待如上宾之感，又有亲切融洽之气氛。

"先生们，诸位在北方，难得吃到正宗的南方菜，今天请品尝我们广西特产风味。"郭德洁笑盈盈地将一盘红扣果子狸轻轻摆到桌上，立时，一股诱人的香味从盘中逸散出来，李宗仁拿着一瓶桂林三花酒，一一给教授们斟酒，斟完酒，他才摇晃着手中的空酒瓶，说道：

"桂林三花酒，古称瑞露，已有千年以上历史，宋代文人范成大说'来桂林而饮瑞露，乃尽酒之妙，声震湖广，则虽金兰之胜未必能颉颃'。据说金兰是当时北方的名酒，范成大本来是很赏识它的，但一当喝到桂林三花酒的前身——瑞露之后，才觉得有名的金兰酒也未必能比得上。桂林三花酒经他这么一宣扬就更加出名了。今天我以此酒款待诸位，来日桂林三花酒必将誉满中国。来，为范成大老先生干杯！"

李宗仁这一篇祝酒辞说得妙极了。正当大家都把酒杯高高举起来的时候，座中一位带有几分傲气的北大教授却说道：

"且慢！李主任，你说广西的东西这也好，那也好，我看广西的人就不见得都是那么好，大家一听到'桂系'这两个字，就头疼，就反感，请问，你是否准备把华北也纳入桂系的势力范围？"

这位教授的话简直说得近乎胆大包天，不但他的同行们感到惴惴不安，而且来作陪的行辕中的那些处长们几乎都快要发作起来了，但是李宗仁却哈哈大笑道：

"先生们都是做大学问的，你们可曾在什么辞典上看过'桂系'这个词吗？广西人是不大行，特别是文化上落后，我这次到北平来，既不敢带广西的兵，也不敢带广西籍的官。"

李宗仁的话马上把气氛缓和了下来，但那位教授却并不罢休，一针见血地说道：

"国民党都是些腐败的官僚当权，一人得道，鸡犬升天，难道你李主任能例外吗？"

李宗仁明白，他今天请的这些教授中，不乏思想激进分子，这正是他所需要的。他平素待人本来就比较宽厚，今天又有思想准备，因此更显得豁达大度，他要在这些享有盛名的知识者中树立自己的民主进步形象，他要把自己打扮成在国人认为腐败的国民党政权中的佼佼者，他要使国人和友邦看到自己不同于独裁的蒋介石的自由民主改革者的光辉品质，让他们发现国民党内仍有复兴的领袖存在。他要和蒋介石争夺人心，从而挽救正在分崩离析的国民党政权。因此，他什么话都能听。

"一人得道，鸡犬升天，在本党内是大有人在啊！"李宗仁忧心忡忡地说道，"诸位也许对我的北平行辕班子还不甚了解，好在今天行辕中的处长们都在这里，我想请他们向诸位自报家门，介绍一下自己的籍贯。"

李宗仁说着便指着身旁的秘书长肖一山说道："肖秘书长是江苏铜山人，也是一位教授，与诸位早已相熟。"他又指着政务处长王捷三说道："王处长是陕西人，曾任过北洋大学工学院西安分院教授。"

李宗仁介绍完这两位教授出身的中将处长后，参谋处长梁述哉站起来说道：

"我是河北人，在行辕任参谋处长。"

"我是安徽人，在行辕任军法处长。"军法处长方克猷说道。

"我是河北人，在行辕任总务处长。"总务处长张寿龄接着说道。

"俺是山东人，在行辕任经理处长。"经理处长张寰超说道。

"我是辽宁人，在行辕任副官主任。"副官主任李宇清最后说道。

李宗仁笑道："诸位，你们都看到了，我行辕的处长中别说没有广西人，连南方人也没有啊！"李宗仁为他的表弟、军务处长黄敬修打了埋伏，但是，经这几位北方口音的处长们一自我介绍，倒使那位言辞尖锐的教授一时不知说什么好了，李宗仁为了不使对方感到难堪，忙再一次举起酒杯，非常恳切地说道：

"来，为我众多的北方朋友们干杯！"

正当李宗仁和教授们干杯的时候，在李公馆的另一间小客厅里，也摆着两桌丰盛的酒席，在座的全都是广西人，而且绝大多数是和李宗仁、郭德洁有亲戚关系的，有些则是李宗仁在玉林起家时候帮了大忙的那些地方绅士的子弟和亲属。他们从广西千里迢迢跑到北平来投奔李宗仁，实指望凭着特殊关系弄个一官半职，可是一住便是几个月，却毫无半点做官的消息，每日郭德洁虽都以好酒好菜招待，但他们一提职务方面的事，郭德洁便环顾左右而言他，她也真有能耐，弄得这些人虽心中不畅快，但口中却说不出来。这天，李宗仁要招待教授们，当然对这帮广西老乡亲也不能怠慢，郭德洁一会儿出现在教授们的餐桌旁，一会儿又到广西老乡这边应酬，真是忙得不亦乐乎。

"九婶娘，我的差事九叔安排了没有？你帮我多催一催呀！"李宗仁的一位颇亲近的族侄见郭德洁进来，忙站起来问道。

"啊，有了，有了。"郭德洁笑道，"你九叔要你去当一个银号的董事长。"

"银号董事长，连七品芝麻官都算不上，有什么做头啰！"那位族侄一心巴望做个堂堂正正的官，好光宗耀祖，对银号董事长不感兴趣。

"那可是个肥缺哟，好多人想要，你九叔都没舍得给呢！"郭德洁笑道，"这年头做官还不如赚钱保险。"她知道，李宗仁自到北平后，为了拉拢北方人，对广西人的安排控制得很严，连他身边的副官主任都不让自己的亲朋故友做，而把这个重要职位给了一个辽宁人李宇清，这说明他不但重视华北，连东北也都不放过哩。但是，对于一些从广西老家来投的人，他又不能让他们吃闭门羹，因为这些人不是亲戚便是故友及其子弟，和他有着千丝万缕的关系，他多少也得考虑安置，官场不好放，便只有让他们去搞经济工作，虽然谋不上一官半职，但总可以发点财的。郭德洁对此深有了解，她觉得李宗仁的想法不乏远见卓识，在一人得道、鸡犬升天的这个社会里，李宗仁这样做，便可获得清正廉洁的好名声，而又不致得罪了家乡的人。

"嫂夫人，我的差事呢？"一位五十开外的乡绅向郭德洁问道。他在李宗仁起家时，曾出了大力，帮了大忙，大约在乡间久居感到寂寞，也想到北平来开开洋荤。

"德邻想请您老到'白川号'上去帮忙，你看怎样？"郭德洁知道对这样的人是不能得罪的，这老头子无非是想出来见识见识世面，因此她已和李宗仁商量了，准备让他去"白川号"货轮上任职。这"白川号"货轮是李宗仁到北平后，有人以二十万美元为他代买的一艘澳大利亚的超龄轮船，目下正航行于长江和沿海一带。

"嫂夫人，船上的风浪我恐怕受不了哟！"那老乡绅一心只想在北平混个差事，因为这是元、明、清三朝故都，广西人很少有在这里为官的。他又迷信很深，认为李宗仁坐镇北平，必有黄袍加身之日，因此他执意留在北平，要做个"京官"。

"'白川号'上有专人服侍您老，又可饱览长江名胜风光，这可是个美差呀！"郭德洁耐心地劝导着那老乡绅。

"你们是要我葬身鱼腹呀！呜呜！"大约是心情不畅快，而又多喝了几杯，那老乡绅竟嚎啕大哭起来，引得满座唏嘘，郭德洁忙命人把他扶下去。

在大客厅这边，又是另一种气氛，大学教授们正在评论时弊，有些言辞竟尖锐得胜过共产党对国民党的抨击。

"李主任，你身为党国要人，又为华北党、政、军最高长官，可是北平城中军警宪特光天化日之下，公开捕杀进步学生，法西斯恐怖已达极点，我们教授无法教书，学生也无法上课了！"一位老教授当面对李宗仁指责道。

"先生说的全是一片真情！"李宗仁不但不怒，反而十分同情地说道，"只恨我李某人管束不住那些可以通天的人！"他既自责，但又表露出能让人理解的某种苦衷。

"蒋介石独裁，祸国殃民！"一位教授拍案而起，竟对着李宗仁和他的下属公开指责起蒋介石来了。"八年抗战，国家残破，元气大伤，蒋介石不从事国家建设，却热心于打内战，他要把人民推向死亡的深渊，国家危矣！民族危矣！"老教授说得慷慨激昂。

李宗仁洗耳恭听，不时沉重地点一点头，脸上露出一副内疚的但又似不甘心的表情。教授们见李宗仁不但不干涉他们抨击时事的言谈，反而专心静听若有所思，情绪更加活跃起来，他们一边饮酒，一边发出震撼人心的疾呼和呐喊：

　　"中国需要民主！需要懂得民主的领袖！"

　　"魏德迈将军说得好，'中国的复兴有待于富有感召力的领袖'！"

　　"中国人正在进行着一场空前的自杀！"

　　"东北亡给日本人十四年，如今又要丢给共产党，熊式辉混蛋，杜聿明无能，陈诚是个窝囊废！"

　　"李主任，你是北伐名将，抗日英雄，你应该挺身而出，领导中国的民主改革！"

　　李宗仁的心在翻滚着，他从这些不满现状、憧憬西方民主自由的名教授的言谈中，终于发现了一种新的希望。一种对蒋介石独裁统治的憎恨，对国民党政权腐败无能的绝望而又对共产党恐惧的情绪，正在各阶层蔓延，如能掌握住这种情绪，便可在知识阶层和中产阶级中获得巨大的支持。李宗仁利用他军人善于抓住战机的敏锐，很快便意识到了这一点，他相信，搞政治也和打仗一样，看准机会，果断突破，便能扭转战局。对于他来说，要摆脱目下的困境，就必须抓住这个突破口，大造声势。两个月前，杜鲁门总统的特使魏德迈来华调查，曾到北平与他会晤，李宗仁向魏德迈阐述了自己对中国局势的见解，受到魏德迈的重视。他想，如果能抓住国内这股情绪，又能抓住美援，他是可以干一番更大的事业的，绝不至于在这里长坐冷板凳。李宗仁正在想着心事，谋划自己的前程，忽然副官来报："北平市何市长来见！"

北平行辕主任李宗仁在处理政务

李宗仁一听说北平市市长何思源来见，想来也不会有什么大事，为了表示他与教授们亲密无间的作风，他便命令副官：

"请何市长来这里一同用餐。"

何思源跟着副官急匆匆到大厅来见李宗仁，他见在座的全是北平有名的教授，心中更加着急了，他向李宗仁说道：

"李主任，据我得到的消息，全市大、中学生今天又要举行大规模的游行示威，你看怎么办？"

李宗仁笑道："看你急的，我还以为发生火警把故宫烧了哩，学生们要游行，让他们游不就是了。"

何思源一怔，忙说道："有人已经向我报告，说驻北平的特务机关这次可忍不住了，他们正在准备行动！"

李宗仁问道："他们如何行动法？"

"各重要街口现已埋伏大批便衣特务，他们准备以手提机关枪来对付游行的学生。"何思源说道。

众教授一听特务机关要用武力镇压手无寸铁的学生，既愤怒又担心，齐声向李宗仁要求道：

"李主任，你一定要制止他们，绝不能重演'三一八'惨案呀！"

李宗仁"霍"的一声站起来，斩钉截铁地说道："诸位放心，只要我李某人还在北平，谁也别想向青年学生开刀！"他走过去，一把抓起电话筒，给北平行辕第二处处长马汉三打电话：

"马处长，你立即到公馆来见我！"

不久，马汉三来到。他长得横眉竖眼，一脸横肉，北平人都知道马汉三是吃什么饭的。他虽在李宗仁的行辕任第二处处长，但却直接听命于军统局长戴笠，他的第二处在行辕中是个独立王国，人事经理，都单起炉灶，工作对象更是李宗仁所不能过问的。因此马汉三平日胡作非为，根本不把李宗仁这位大主任放在眼里。今天，在电话中得知李宗仁要召他去公馆，便大模大样地乘车来到了李公馆。

"听说你们今天要制造血案，是不是？"李宗仁两眼逼视着马汉三，厉声问道。

马汉三早已奉到南京的命令，因此根本不把李宗仁的话放在耳里，特别是当着这么多大学教授，马汉三的威风如何肯收敛，他大大咧咧地答道：

"学潮愈闹愈不像话了，不牺牲几个人如何维持得了秩序，李主任，这事你就放心让我们去办吧！"

"胡说！"李宗仁怒喝道，"五四运动以来，哪一次学潮是镇压得下去的呢？只有北洋军阀才屠杀学生、教授。民国十六年北伐，我打的就是北洋军阀，难道现在还有人要当北洋军阀不成！"

李宗仁这话，直说到教授们的心坎上去了，引起了他们强烈的共鸣，他们感到这位李主任确是不同寻常。但马汉三却顶了李宗仁一句：

"他们是受共产党煽动的，我要执行委座'戡乱救国'的指示！"

"你打死了学生，不是更替共产党制造反政府的借口吗？"李宗仁用手指着马汉三的鼻尖，大声呵斥道，"我命令你，马上将便衣队撤回去！"

马汉三因有南京的指示壮胆，对李宗仁的命令无动于衷，他站着，一言不发，硬顶着不办。李宗仁勃然大怒，一拳头擂在桌子上，大喝一声：

"来人！"

几名卫士和副官应声而来，李宗仁命令道："给我把马汉三扣押起来！"

"是！"卫士们拔出手枪逼住马汉三，搜缴了他的手枪。

"命令行辕警卫团，立即将特务便衣队全部缴械！"李宗仁把眼睛一瞪，向军法处长方克猷命令道。

马汉三虽然一向不把职大权小的李宗仁放在眼里，但他知道李宗仁轻易不发脾气，一发脾气可就不得了，他虽然有戴笠做靠山，但眼下名义上受李宗仁管辖，如果李宗仁暴怒之下，真的缴了特务便衣队的械，那他马汉三也下不了台。他忘不了戴笠那次来北平临回南京去时，到北长街向李宗仁辞行，戴笠亲自打电话把他叫到李宗仁的客厅，当着李宗仁的面教训他道："你要好好听话，不许你自由行动；不然，我就枪毙你！"那次简直吓得他灵魂出窍，他疑心李宗仁对戴笠说了什么不利于他的话，不然戴笠怎么会发那样大的脾气？如果这次和李宗仁冲突起来，说不定真的会被戴笠枪毙呢！好汉不吃眼前亏，出事反正有李宗仁承担责任，他犯不着两头受气。因此，忙一个立正向李宗仁说道：

"我听李主任的命令就是。"

李宗仁见镇住了马汉三，这才把他喝退："去吧！"

"是！"马汉三唯唯而退，那垂头丧气的样子，与刚进门时的神气对比，很是有点戏剧味道。

一位老教授怀着激动的心情走到李宗仁面前敬酒：

"一柱擎天，唯公是焉！李主任，让我权且代表北平的学生们向你敬酒致意！"

"对！"众教授齐声附和道，纷纷向李宗仁举起酒杯。

"惭愧！惭愧！"李宗仁摇着头，感慨道，"我身为封疆大吏，既不能守土，又不能卫民，已经很对不住华北的父老兄弟姐妹啦！但只要我一息尚存，就决心和诸位一道，为实现中国的民主政治而奋斗到底！"

"啪啪啪！"教授们情不自禁地鼓起掌来，仿佛他们已经看见了民主自由的曙光在阴霾沉沉的中华大地上闪亮。

第七十四回

云谲波诡　美大使故都觅知音
疑团满腹　白崇禧南京测风向

　　却说李宗仁为了改变自己上不沾天、下不着地的窘境，便利用北平的特殊地位，经常与大学教授、文化界的名人以及在野的军政耆宿等社会名流来往，除每周在家中设宴招待这些人外，还常到大学里去向师生们演讲，开座谈会，倾听各方的呼声。在北方，他正在默默地然而却是颇为成功地开辟着另外一个不为人注视的战场。在一阵阵掌声和慷慨激昂的呼声中，他在不断地塑造自己的形象。李宗仁颇有自知之明，他知道该怎样把自己军人的粗鲁、地方军阀集团首领的狭隘自私等不利形象磨光、修整、消敛，代之以开明、礼贤下士甚至涂上一层有些激进的色彩，使他众望所归的民主改革政治家的形象树立在华北的大地上，铭刻在各阶层人士的心目中。他不但要和共产党争夺人心，还要和蒋介石争夺人心。他相信，只要在自己北伐、抗日的功勋簿上，再插上一面民主改革的旗帜，便能无敌于天下了。他认为当今的中国，人们不是害怕共产党便是厌恶蒋介石，为了寻找他的政治地位，只有另辟蹊径，塑造一个连他自己也感到还十分模糊的理想王国。这个王国，也许是放大了二十几倍的广西，也许是象征民主自由的美国的影子，总之，连他自己也说不清楚，反正，在他的王国里，绝没有共产党和可恨的蒋介石，至于其他的党派和个人，他的胸怀是可以容纳得下的。

他的计划在逐步成功，首先是在知识阶层，他的威望正在不断提高，甚至连北平的青年学生对他也怀有某种好感。关外的东北炮火连天，东北的一些上层人士在绝望之中，竟也有寄厚望于李宗仁的。在一阵阵的颂扬声中，他有些飘飘然了。诚然，他作为一个南方人，一个被蒋介石吊在北平空中的南方人，却赢得了众多北方人士的好评；他作为一个统兵数十年，在血与火中厮杀的武人，却赢得了众多文人的支持。他展望未来，感到在夹缝中有了转机。但是，他又觉得这一次还很不踏实，就像踏着薄冰前进似的，时刻有摇摇欲坠或掉入深渊之感。这一天，一辆神气十足的罗尔斯·罗伊斯轿车直驶进中南海的大门，在行辕主任办公大楼前停了下来，小轿车里，钻出来一个一头银发、面目慈祥的美国人，李宗仁一见，那颗长时间悬着的心，这才落了地。

来者乃是美国驻华大使司徒雷登。司徒雷登何许人也？为何到北平来寻访李宗仁呢？说起来其中颇有一番奥妙，但他之欲见李宗仁，李宗仁之欲见司徒氏正可谓不谋而合，是一种互相的需要。却说这司徒雷登倒有些来头，他于前清光绪二年（公元一八七六年）六月二十四日出生在中国杭州武陵门内的美国南长老会的传教士住宅里。他的父亲司徒约翰是美国南长老会传教士，一八六九年被派来中国传教。司徒雷登从小便能说一口杭州话，十二岁时回美国读书，直到二十九岁才重新回到中国，这时他已成为一名传教士了。司徒雷登在中国几十年，他最有名的业绩，乃是创办了燕京大学，并出任燕大校长。抗战时，他在北平被日军拘禁三年零八个月，在幽禁期中，曾有多种译著问世。民国三十五年七月，美国政府正式任命长期在华从事传教和创办燕京大学的"中国通"司徒雷登出任驻华大使。

"李先生，久仰，久仰！"司徒雷登用带杭州口音的国语与李宗仁寒暄，除了他的外貌，没有一点不是表现出一个地道中国人的口吻和动作。

"大使先生，我能在北平见到您，感到十分荣幸！"李宗仁与司徒雷登握手，表现出一种掩饰不住的兴奋之情，随后将夫人郭德洁向对方做了介绍。

"请不要叫我大使了，我的姓名，不就是中国的么？我是以朋友身份来看望一

位朋友的呀！"七十二岁的司徒雷登既有长者的
风度，更有学者的风度，总之在他身上你看不到
那种美国人的傲慢和中国人的官僚气习，他是一
位慈祥的上帝。

　　李宗仁夫妇引着司徒雷登上了中南海的办公
大楼，进入客厅，郭德洁亲自为司徒雷登沏茶，
她笑盈盈地说道：

　　"大使先生，这是广西桂平县的西山茶，是
绿茶中的名品，请您品尝。"

　　这些年来，李宗仁夫妇不论走到哪里，都随
身携带些广西的土特产，他们每次缮客，座上无
不以广西的特产为主，他们力图让人们知道，广
西出产的东西好，而从广西出来的人，一个个也

美国驻华大使司徒雷登

是好样的。司徒雷登本是个中国通，他喝茶的功夫简直胜过李宗仁。他接过那青花
瓷的小盖碗，用小盖轻轻拂动着茶水，只见碗中茶叶条索紧细匀称，色泽青翠，茶
汤颜色碧绿清澈，清香扑鼻，他呷了一口，连忙称赞道：

　　"好茶，好茶，我要向我的美国朋友们介绍西山茶！"

　　李宗仁夫妇见司徒雷登如此称赞西山茶，欢喜得像饮了一大杯甜茶似的，从口
一直甜到了心。郭德洁忙又送上来几只硕大的沙田柚、一小篮桂林马蹄和一盘金灿
灿的融安金橘。这些广西土特产，不但色泽鲜艳，而且味道别具一格，司徒雷登虽
生长在中国，但也还是第一次吃到这样鲜美的广西水果，他一边嚼着一颗香味四溢
的融安金橘，一边笑道：

　　"上帝也没法吃到这样好的水果哩！"

　　"大使先生，您在中国人的心目中，便是活着的上帝呢！"郭德洁极会说话，
她这话一出口，立刻引得司徒雷登和李宗仁都笑了起来。

　　"夫人过誉了，如果我们不能有效地扼制共产党势力的发展，恐怕将来我们都
要下地狱啊！"司徒雷登意味深长地说道。

李宗仁知道，司徒雷登要谈正题了，便说道："大使先生由南京来，对时局必有高见。"

"中国的局势，已经到了一个非常关键的时刻。"司徒雷登做了一个手势，面色变得沉郁起来，在这样的场合，他不像一个职业外交官，而是像一位学识渊博的教授。李宗仁有过与教授们谈话的经验，他忙点了点头，很明智地使自己不要急于插话。

"从今年七月至九月，在全国战场上，共军已转入反攻。刘伯承、邓小平进行了鲁西南战役后，于八月上旬，越过陇海线，挺进大别山。陈赓的太岳兵团，于八月上旬由晋南强渡黄河，进入豫西地区。陈毅的华东野战军打破国民党军队在山东的重点进攻后，于九月初挺进鲁西南地区。其许世友纵队，从九月起向胶东地区发起攻势作战。彭德怀的西北野战军，于八月下旬在陕北地区转入反攻。关内的军事形势如此严重，关外的情况，李先生也一定清楚，毫无使人感到乐观！"

司徒雷登是位博士，曾在大学任教多年，他叙述起军事形势来，语言简洁明澈，像位极有造诣的学者在讲课一般。对这些情况，李宗仁当然也明白，但他不知道这位美国大使说这番话的目的是什么，他正在琢磨对方的话，郭德洁却轻轻地叹了口气，说道：

"大使先生能否助我们一臂之力？"

"夫人放心，美国政府是绝不会让共产党获得成功的。"司徒雷登说道。

"不，"郭德洁摇了摇头，说道，"我是想请大使先生回南京后向蒋委员长美言几句，放我们回广西去！"

"啊？"司徒雷登以不解的目光看着这位善于交际应酬而又精明能干的李夫人，仿佛对于自己了解中国人的能力产生了怀疑。

李宗仁对妻子的这句话却非常赞赏，他立刻抓住契机，向司徒雷登苦笑着，说道：

"大使先生，照这样下去，我坐困北平也终非了局。因东北一旦失守，华北便首当其冲，共军必自四面向北平合围。我属下的这些将领，没有一个可以听我指挥的，到时候，难道要我向共军开城投降吗？"

司徒雷登终于明白了这夫妇俩唱的原来是一出具有中国特色的双簧戏，便说道：

"李先生，您何必这样悲观呢？"

"我既无补时艰，何不洁身而退，现在走还不算晚啊！"李宗仁叹道。

司徒雷登脸上挂着慈祥的微笑，显着一团慈母对于儿女的爱意，他对他的工作对象，一向都是这样的。在燕京大学当校长的时候，他每聘请到一位新教师，总是把对方先请到家里款待一番，体贴入微，使新教师一进校就感到校长的亲切和温暖，从而为"燕大"尽心竭力地工作。偌大的燕京大学，教职员工总也有成千上万，司徒雷登校长的工作，直接做到这成千上万人的生、婚、病、死四件大事上。为婴孩施洗礼的是他，证婚的是他，丧礼主仪的也是他。你添了一个孩子，害一场病，过一次生日，死一个亲人，第一封短简是他寄的，第一盆鲜花是他送的，第一个欢迎的微笑、第一句真挚的慰语都是从他那儿来的……现在，他当了美国驻华大使，他觉得整个中国便是他的燕京大学，北平行辕主任李宗仁当然相当于这所大学的一个系主任了。因此，对于李宗仁的苦衷，他自然要大加抚慰。特别是他这次到北平"旅行"的目的，便是针对李宗仁来的。由于美国出面调停国共冲突的失败，短短一年多来，蒋介石便送掉了一百多万美械装备的军队。国民党政权腐败无能，国家通货膨胀，人心厌乱，学潮蜂起，种种迹象预示着一场灾难性大地震的前奏。美国政府对继续支持蒋介石"戡乱"已经信心不足，美国朝野已经发出信号，要司徒雷登大使注意在国民党内寻找能领导民主改革的领袖人物，准备取代那位被魏德迈当面指责为"麻木不仁"的蒋介石。

本来，论交情，司徒雷登和蒋介石的关系可以追溯到民国十六年的北伐时代。那一年，经孔祥熙介绍，他第一次与北伐军总司令蒋介石在上海相识。过后，他逢人都说蒋介石的"领袖式的人品和有吸引力的魅力，给我留下了深刻的印象"。从此，他便公开宣称："I am thoroughly a Chiang man.[1]"蒋介石对司徒雷登，更是另眼相看。因为蒋介石用人有一个准则，凡是浙江籍的皆予以重用。司徒雷登生于

---

[1] 我完全是蒋介石一派的。

杭州，与蒋同籍，他们见面都说着带浙江口音的国语，更是倍觉亲切。更重要的是司徒雷登既是浙江人，又是一个美国人，这对于蒋介石来说，更是打着灯笼也找不到的人啊！蒋介石把司徒雷登尊为心腹顾问，司徒雷登则为蒋介石奔走于中、美之间，与美国宗教界、财团及政界人士频繁交往，发动他们大力支持蒋介石政权。抗战胜利后，蒋介石曾吹嘘半年之内消灭共产党，司徒雷登当上美国驻华大使后，也竭尽全力帮助蒋介石打内战。谁知蒋介石太不争气，才一年多的时间，便被共产党打入了国统区。蒋介石政权的无能引起了美国朝野人士的普遍关注，杜鲁门总统特派魏德迈来华调查，发现问题更为严重。为了不使共产党席卷中国，他们只好临时决定，忍痛中途换马，从国民党内寻找他们认为比较开明的人来替代蒋介石，使国民党政权能够延续下去。这便是司徒雷登作为驻华大使的第一件重要大事。

找谁呢？正当美国人环顾华夏的时候，李宗仁在北平礼贤下士，声望日隆，引起了司徒雷登的注意。但是，几乎是在同时，美国国务院又收到了来自中国的关于李宗仁对国民政府没有好感的报告。为此，司徒雷登决定在北平做一次私下旅行，一则做民意测验，二则与李宗仁进一步接触，做一番具有决定性的考察工作。对于希望从军界跻身政界的李宗仁来说，这几年在北平，通过与各方人士的交往，政治上也变得敏锐了。早在七月间，他便曾和美国特使魏德迈晤谈。魏德迈问李宗仁关于挽回目前危局的意见和如何运用美援的问题，李宗仁坦率地答道："目前问题的中心是经济问题。我希望贵国政府能贷款助我政府稳定币制、安定人心，至于军火倒是次要的。"魏德迈点了点头，对李宗仁的建议颇为重视。

这次，司徒雷登到北平"旅行"，并没有像魏德迈那样先去找李宗仁。他既是私下旅行，当然先去燕京大学，然后在北平的几所大学走了一圈，找了些有关人士座谈。想不到许多人竟当着他的面称赞起行辕主任李宗仁来，而对于蒋介石，却无多大好感，司徒雷登暗自一惊，这才决定去中南海与李宗仁晤谈。

"李先生，我想我们之间一定会有很多共同之处的，作为朋友，我可以帮助您。"司徒雷登微笑着，即使是对最憎恶的人，他也会报以真诚而慈祥的微笑，也许这便是上帝的胸怀。

"大使先生，我目下最需要您帮助的大概只有两件事。"李宗仁用政治家的微笑回应司徒雷登那上帝般的微笑。

"愿闻其详。"司徒雷登脸上的微笑依然是那么亲切真诚，但他内心却在嘀咕着，感到某种失望，因为李宗仁如此迫不及待地有求于他，可想而知，这是个比蒋介石更没骨气的人。

"大使先生回南京后，请向蒋委员长进言，一是让我李某人回广西解甲归田，一是对于各地学潮切勿施以镇压。这两点如能完全实现，对大使先生我真要感恩戴德了！"李宗仁说道。

司徒雷登心中一愣，他实在没料到李宗仁会向他提出这两点要求，他开始对李感起兴趣来了。但是多年在中国政界和知识界获得的经验提醒他，一些精明的中国人往往会使用以退为进的手段。他也怀疑李宗仁会向他使用这种中国传统的计谋，但这却并不降低他对李宗仁的兴趣。

"李先生，说到学潮问题，我自认颇有发言权。记得蒋委员长去年曾在南京问过我有什么办法应付国内的时局？我直言不讳地对他说：'为了应付中共的挑战，除了加强军事攻势之外，你本人应当领导一次新的革命运动。这样做，就可以把学生和青年知识分子集合到你的周围，有他们作你的义务宣传员，你就可以挽回正在衰败中的公众威信，再一次成为民族意识的象征。'我特地提醒他：'这是战胜共产党威胁的唯一途径！'可是后来……哎！"

司徒雷登做了个表示遗憾的手势，但脸上的微笑还是那么富有魅力。他又说道："蒋委员长不知道，青年学生和知识分子主要是由于生活上困难和精神上失望才变得激烈和想要革命的。把这一切都归之于共产党的策划而试图用野蛮的武力来消灭它，这只能是火上加油！"

李宗仁听了，心中隐隐一动，他觉得他与司徒雷登之间也许要比和魏德迈之间的共同语言更多一些。这些年来，他待在北平，和教授们来往多了，对于各个大学的事，耳闻目睹的自然不少，他听司徒雷登说到这里，忙说道：

"大使先生对待青年学生，诚如父母，对待学潮一向宽容。我曾听'燕大'的教授说过先生对待学潮的态度和做法，给我以极大的启迪。"

"啊！"司徒雷登那慈祥的脸上第一次显出激动之情。"五四"运动时，席卷北京的大学潮也涉及了刚建校不久的燕京大学，别的传教士都主张对教会学校参加学潮的学生进行镇压，司徒雷登则力排众议，表示对参加学潮的学生要同情、爱护。他意味深长地说道："耶稣率领门徒渡海来到格拉森人的地方，治愈一个日夜在山中和坟茔里嚎叫的病人。这人病好之后，便将这事在低加波利传扬开来……"

几十年来，故都北平的学潮风起云涌，中国的当权者们一次又一次地用刺刀、警棍、机关枪将其镇压下去，北平的街头，一次又一次地洒下青年的热血，那愤怒的呐喊震撼着古老衰弱的中华大地，激起多少仁人志士的觉醒和抗争。然而，几十年来，司徒雷登的燕京大学在迭起的学潮中，却大都能循规蹈矩，这便是司徒雷登运用那句《圣经》中的格言所获得的奇妙结果。"九一八"事变时，举国沸腾，北平的学生自然又涌上街头，游行示威罢课，弄得当局焦头烂额。在此民族存亡的关键时刻，燕京大学的青年学生也不甘沉默，他们奋起集会，声讨日本帝国主义的侵略罪行，眼看学生们将变成失去控驭的辕马，校长司徒雷登却不慌不忙地加入到集会的学生队伍中，他在会上慷慨陈词，大骂日本帝国主义，仿佛日本侵略的不是中国，而是美国。然后，他亲自带领学生上街游行，和学生一起高呼"打倒日本帝国主义"的口号。他带着学生在街上转了一圈，又把他们带回燕京大学课堂，秩序井然的教学又开始了。可是，别的大学却正在大闹着罢课呢！

民国二十二年初，日寇入侵华北，热河战事告急。北平的学潮又爆发了，燕京大学的爱国学生一致决定罢课参加斗争。恰巧校长司徒雷登因事不在校内，代理校长职务的是一位传教士，他当即开会，决定对学生采取强硬手段进行镇压。爱国学生被激怒了，学生与校方的一场冲突眼看就要发生。司徒雷登闻讯急忙从外地赶回学校，代理校长气急败坏地报告说准备抓人，他却微笑着说："不，我要请人！"他当即向学生代表发出请柬，邀请他们到校内清静宜人的临湖轩来喝茶。他站在门口，用上帝般的慈祥微笑迎接怒气冲冲的学生代表，和他们一一握手，然后亲切地问起学生代表们要求停考罢课的理由，和举办爱国运动的一切经过。最后，司徒雷登虔诚地说道："我是中国人，也是美国人，与其说我是一个美国人，还不如说我是一个中国人，我爱美国，更爱中国。理所当然的，我和你们一样反对日本侵略中国。"他做着手势，仿佛要把自己那颗心也掏出来让学生代表们看一看，证明它确实是属于中国的啊！

"让我们大家都想一想，怎么办对中国有好处吧。日本为什么敢于侵略中国呢？是因为中国落后啊！诸位如果要反日就荒疏了学业，那是帮了谁的忙呢？"司徒雷登诚恳极了，显着一团慈母对儿女的爱意，继续说道，"让我们大家想想，只要想得出来，对于中国有益，我去请教职员和你们一道来做，好吗？"

果然，一场风波被"上帝的微笑"平息下去了。事后，一位学生代表感慨地说："老实说，我为了国事，也流过泪，贴过标语，喊过口号。经过校长的劝说，这种感情遂为理智所克服，平静下去了。……"

"上帝的微笑"胜过刺刀、警棍、机关枪的威力！

李宗仁在北平几年，对司徒雷登的这套手法做过深入的研究，所下的功夫，简直比他当年研究孙子兵法还要大。在国民党军界，李宗仁是能征惯战的将军，方面军的得力统帅。他从司徒雷登身上，终于找到了进入政界的突破口，真可谓功夫不负有心人！

"大使先生，我在北平这几年，真可谓碌碌无为，实在对不起华北父老！但有一点，却颇能使我得到莫大的慰藉，然而又使我感到莫大的不安。我是一个南方人，却能获得众多北方人的尊重；我是一个武夫，却获得学术界的尊重，究其原因，我是从大使先生您治校的经验中得到不少的教益啊！"李宗仁终于道出了肺腑之言。

李宗仁的话感动了"上帝"，司徒雷登紧紧地握住李宗仁的手，久久不放，他觉得在中国找到了自己的知音。

《圣经》说："上帝要怜悯谁，就怜悯谁，要叫谁刚硬，就叫谁刚硬……受造之物岂能对造他的说：'你为什么这样造我呢？'窑匠难道没有权柄，从一团泥里拿出一块做成贵重的器皿，又拿出一块做成卑贱的器皿么？……这器皿就是我们被上帝所召之人，不但从犹太人中来，也从外邦人中来，这有什么不可呢？"

司徒雷登以一个"窑匠"的权柄，给美国国务院写下了颇能使人受到鼓舞的报告：

"象征国民党统治的蒋介石，其资望已日趋式微，甚至被目为过去的人物……

李宗仁的资望日高，说他对国民政府没有好感的谣传，不足置信。"

与此同时，李宗仁给他在南京的老友白崇禧和吴忠信分别发出了两封长电，正式通知他们，他决定在明年春天国民大会召开时竞选副总统，请他们转报蒋委员长。

却说白崇禧接到李宗仁决定竞选副总统的电报，不由暗吃一惊，他实在想不到李宗仁怎么做出这项极不明智的决定。抗战胜利后，蒋介石任命白崇禧为国防部长，但实权却操在参谋总长陈诚手里，白崇禧连出席蒋介石每天在黄埔路官邸召开的"作战会报"会议的资格也没有，更不用说指挥部队作战了。他的境遇，其实和被蒋介石吊在北平半空的李宗仁极为相似。烦闷极了，他只能带上卫士驱车到龙潭一带打猎解闷。这年春天，台湾发生"二二八"起义，其势如火燎原，席卷全岛。台湾行政长官兼警备司令陈仪，吓得手忙脚乱，给蒋介石打电报，"祈即派大军，以平匪氛"。蒋介石的大军这时正被华北、东北的共军拖住，动弹不得，不得已他才召见"小诸葛"白崇禧问计。白崇禧当即提出"明施宽大、暗加镇压"的八字方针，蒋介石决定照办，任命白崇禧为宣慰使赴台。白崇禧受命后，便躲在福州没有马上去台湾。他向蒋介石请调第二十一军和宪兵一团赶往台湾，首先以血腥手段从军事上控制台湾局势后，才于三月十五日以国防部长名义向台湾人民广播，宣布实施四项对台湾善后的宽大方法。三月十七日，白崇禧飞往台湾"宣慰"。他宣布"凡参与此次事变或与此次事变有关人员，除查有实据系煽动起义之共产党外，一律从宽免究"。为了平息民愤，他向蒋介石建议解除台湾紧急戒严令，停止军事镇压，由国民政府对台湾行政长官兼警备总司令、直接公开屠杀台湾人民的刽子手陈仪明令撤职查办。蒋介石也同意照办，一场浩然大火便被"小诸葛"巧妙地扑灭了。

蒋介石对此表示欣赏，准备把白崇禧升迁为行政院副院长。白崇禧当然明白，那同样也是一张冷板凳，便固辞不受。从台湾回来的第二天，便仍到龙潭去打猎消遣。但过了不到一个月，蒋介石又召他到黄埔路官邸去问计。这回是东北的大事把蒋介石急坏了。原来，东北行辕主任熊式辉和保安司令部长官杜聿明被共军打得一败涂地，东北岌岌可危。蒋介石想请李宗仁去东北代替熊式辉，但李宗仁以胃溃疡病要做手术婉言推辞。蒋介石还是坚持要李宗仁先到东北就职，然后去美国治病，由白崇禧代拆代行。早在北伐时代，白崇禧就曾想经营东北和西北。他对中国历史很有些研究，他认为无论是秦、汉还是唐、宋、元、明、清，都是自北而南统一中国的，诸葛亮的北伐，六出祁山之所以屡次受挫，及至孙中山总理建立的民国之所以不稳固，皆是受"地利"之影响，因此他一听蒋介石要他去东北收拾残局，颇有临危受命之概。他自信不但能把台湾的起义平息下去，而且也能把东北的共军歼灭于白山黑水之间，只要有了东北，哼！……他自负地一笑，便答应了。白崇禧答应了，李宗仁也不好再拒绝去东北。其实他在北平这几年，已经把抗战时发作的胃病养得颇为好转了，他不愿去东北乃是为他当初荐黄绍竑去东北而遭蒋拒绝而出气的。东北比广西大好几倍，而且工业发达物产丰富，更非广西可比。他在北平几年，由于与东北上层人士广为结交，又加上他在北平礼贤下士的作风颇为东北上下所称道，他见白崇禧决意去东北，便请白来北平磋商方针大计。他们拟订了一个缩短战线的调整方案，但却被蒋介石一口否定。李、白一气之下，便不再提到东北之事。李宗仁仍在北平与教授们交往，白崇禧回南京去照样到龙潭去打猎。

这样又过了半年，陈诚在东北吃了败仗，共军一次秋季攻势，便吃掉陈诚十万精锐，东北局势已绝无挽回之希望。正在这时，中原共军刘伯承、邓小平部像把锐利的尖刀，冲破国民党军队的重重阻力，越过人迹罕见的黄泛区，进入大别山山麓一带，直接威胁到蒋介石长江中下游这一心脏地区。蒋介石慌了，又急召白崇禧前来问计。

"委座，水来土掩，兵来将挡嘛。"白崇禧胸有成竹地答道。

"嗯，很好，很好。"蒋介石见白崇禧有办法，便说道：

"我准备让你去九江设立指挥所，指挥中原大军，对付共产党的刘、邓大军。"

白崇禧心里暗笑，你让我当了这些年有职无权的国防部长，这回才不得不让我直接掌握兵权，他于是问道：

"委座准备给我多少兵呢？"

蒋介石伸出三个手指，颇为慷慨地说道："给你三十个师。"

指挥三十个师自然不算少了，但白崇禧明白，蒋介石这回是迫不得已的，因为时局太严重了，既是如此，为何不可再敲他一笔竹杠呢？白崇禧想了想，说道：

"委座，刘、邓共军如在大别山站稳了脚跟，武汉和整个长江中下游都不会安宁，为了指挥便利，可将武汉行营和徐州绥靖公署一并划归九江指挥所统一指挥。"

蒋介石心里一愣，白崇禧的胃口也实在太大了。现在东北国民党军队的精锐消耗殆尽，如被白崇禧控制江淮河汉和京畿一带的地盘和兵力，那将是十分危险的。蒋介石一向认为，共产党只要他的命，而桂系却既要他的命，也要他的钱和兵，他深恐白崇禧兵权太重，尾大不掉，难以控驭——蒋介石费了好大的心才把李、白两个分别"吊"在北平和南京的半空中呢！

"你先到九江去，武汉和徐州的事待我和程颂云（程潜时任武汉行营主任）、薛伯陵（薛岳时任徐州绥靖公署主任）商量后再说。"蒋介石对白的建议不置可否。

白崇禧深知蒋介石的心事，只好说道："委座，现代战争，机动性极大，况共军又善于流窜，如果堵击不力，我可负不了这个责任呀！"

"你不用担心，我一定支持你！"蒋介石拍着白崇禧的肩膀，亲切地说道，

"我相信你是会像民国十五年带兵打浙江那样，不负我之厚望的！"

白崇禧虽然没有抓到武汉和徐州两大地盘，但却抓到了三十个师，又得了蒋介石这几句体己话，心里倒也暂时满足了。他便调兵遣将，赶赴九江组织国防部长九江指挥所去了。

他是在九江接到李宗仁

1947年底，时任国防部长的白崇禧（左）视察察哈尔，与华北"剿总"总司令傅作义（右）在张家口车站

的电报的，他觉得事关重大，忙赶回南京与担任国府委员的黄绍竑商量对策。

"德公也真是的，既吃不着羊肉，何必惹一身膻呀？"

黄绍竑一见白崇禧，便用这句颇为流行的话埋怨起李宗仁来了。他头戴黑呢礼帽，着呢子短大衣，挂根黑亮的手杖，身材魁梧，脸膛和手指都是白皮细肉的，一看便知是位长期养尊处优的精明官僚。民国三十五年夏天，黄绍竑飞到重庆见蒋介石，请求辞去浙江省主席职务，蒋介石一再慰留，可是当黄绍竑由重庆到上海一下飞机，便接到蒋介石的免职电报，他觉得蒋介石如此捉弄他，是不把他当人看，因此一直待在上海做寓公，同一些"白相人"或"闻人"来往，吃喝玩乐尽情享受，后来蒋介石虽然给了他一个国府委员的头衔，但除了开会，他平常是不到南京来的。对于李宗仁要竞选副总统，他颇不以为然，当上了不外乎到南京来坐张冷板凳，在老蒋的鼻子底下更加动弹不得，当不上将有失面子。他说的"羊肉"，当然不是副总统那张冷板凳，而是指蒋介石的政权，目下，李宗仁是没有取代老蒋的条件的，因此这"羊肉"是吃不上的，那又何必自惹一身"膻"呢？白崇禧很明白黄绍竑的话的内涵，也觉得言之有理，便说道：

"我们德公一向沉默持重，凡事不为天下先，他这回为何如此争着参加副总统竞选？实在令人费解。"

黄绍竑笑道："连你这'小诸葛'都摸不透德公葫芦里卖什么药，别人就更说不上了。我看呀，他在北平待了这几年，怕是沾上了点帝王的灵气啦！"

"恐怕不会。"白崇禧摇头道，"德公还是个审时度势之人，也许，他是想趁竞选之机离开北平，因为东北很快就要完蛋，陈小鬼挟皮包一走，共军便要入关，北平当然首当其冲了。德公处于既不能战，又不能守的尴尬处境，那只有走三十六计的最后一着了。"

"有道理。"黄绍竑点头道，"但是，德公走竞选副总统这一着太危险。到时第一个跳出来反对的一定会是老蒋，这时和老蒋干起来，我们是拣不到什么便宜的。依我之见，德公既然在北平待不下去了，要找退路可以竞选监察院长。这监察院长位至尊而又无所事事，目下于院长年事已高，可能要退休了，德公去竞选，既不会遭蒋之疑忌，又可轻而易举地当选，岂不两全其美？"

"这倒不失为一着稳妥的棋。"白崇禧对黄绍竑道，"现在趁德公尚未做竞选副总统的安排，我们要劝他趁早打消此意。我现在很忙，老蒋给了我三十个师，在九江组织指挥所，围堵大别山的刘邓共军。你空闲，还是到北平跑一趟吧，把我们的意见和德公商量。"

"好吧，我去跑一趟！"黄绍竑也觉得这事迫在眉睫，不可推卸，便答应了。

第七十五回

紧锣密鼓　李宗仁竞选副总统
气势逼人　蒋介石暗中驱"黑马"

　　南京的春天，阴雨蒙蒙，一层薄雾整日里笼罩着石头城，使人感到压抑而郁闷。熙攘喧闹的金陵、安乐两大酒家，香槟、威士忌和白兰地的酒味日夜不停地向外逸散着，一天二十四小时，不断的流水席，侍者把一个个醉客送上小轿车，又迎来一批批高谈阔论闹闹嚷嚷的"国大"代表。酒家老板马晓军，乃是当年在百色当过司令被刘日福缴过械的马司令，他的部队被黄绍竑拉去投奔李宗仁后，马晓军从此遂失去枪杆子，只好跑到南京来开酒家了。他领兵打仗不行，干买卖倒拿手，加上黄绍竑、白崇禧、夏威等人都是他的老部下，如今黄、白、夏都发迹当了大官，他酒家的牌子，自然也生色不少。李宗仁在北平决定竞选副总统后，虽然黄绍竑、白崇禧初时不同意，但经李宗仁暗示他背后有"上帝"的支持后，黄、白这才铁下心来，坚决支持李宗仁竞选。他们做了一番精心的分工和安排，因白崇禧在九江有军务缠身，且和蒋介石关系较为密切，白在暗处活动，以回教协会会长的身份，拉拢青海及西北的马鸿逵、马鸿宾等地方实力派支持李宗仁竞选。黄绍竑则担任李宗仁的竞选参谋长，以张任民、张岳灵、韦贽唐、程思远等人为高级参谋。大本营设

1948年3月22日，李宗仁（左二）由北平飞抵上海参加副总统竞选，黄绍竑（左一）到机场迎接

在大方巷二十一号白崇禧的公馆里。马晓军闻讯，主动提出将金陵、安乐两酒家提供为招待"国大"代表会餐的场所。马老板因与李、白、黄皆故旧，因此工作十分卖力，对"国大"代表们招待得十分殷勤周到。每日三餐，早餐茶点，午、晚两餐宴会，筵席之丰盛自不必说。为了方便代表们就餐，每餐就餐前，由代表们先看菜牌，如认为某个菜不合胃口，可随时调换满意的菜。

如不喜欢筵宴，可三五人另点菜单，或个人独桌便酌。马老板善经营，也善待客，更善揣摸李、黄、白的政治胃口，因此不但深得李、黄、白的欢心，也甚得各位"国大"代表的满意。总之，金陵、安乐两大酒家，对全国各地的"国大"代表来说具有特殊的吸引力，当时京中有句顺口溜，说"安乐、金陵代表最盘桓"，可见盛况之空前。

李宗仁于三月二十二日由北平专机飞上海，在上海发表过竞选演说之后，第二天即赴南京，在一阵阵紧锣密鼓声中，副总统竞选终于开台了。李宗仁入京后，在大方巷二十一号白公馆歇足方定，便到安乐酒家会晤各地"国大"代表，发表竞选演说，进行拉票活动。他的夫人郭德洁紧随左右，她手上的那只小巧玲珑的拎包里，装着李宗仁和她的名片，也装着给人以好感的微笑和诚意。她打开小拎包掏出名片时，那彬彬有礼的微笑似乎是从包里迅速飞上她那俊美的脸颊上的。那手，那拉开的拎包，那微微前倾的被旗袍紧裹着的腰肢，那脸上的微笑，这一切，配合得是那么默契，恰到好处，使人感到亲切而又真诚可信。

"诸位先生，诸位代表，余自谓非乡下姑娘，想结婚而又不敢说出结婚。余愿自比为都市之摩登女郎，宣布公开找最合理之对象。"

李宗仁的竞选演说辞，以别开生面的比喻为开场白，使人既感到诙谐，又感到诚挚，这开场白与李宗仁的气质、个性和经历又十分吻合。在大厅里聚集的几百名"国大"代表，都忍不住发出了善意的哄笑声，有人竟高呼起来：

"拥护乡下姑娘！"

"乡下姑娘万岁！"

有一位"国大"代表站起来，也十分风趣地向李宗仁问道："请问乡下姑娘，你的最合理的对象是什么？"

李宗仁虽然身为北平行辕主任这样的封疆大吏，又是战功卓著的高级将领，但他没有官架子，除了那一身西装衬托出他的干练之外，他的表现无不显出一个忠厚开明与人平等的竞选者的风度。他见自己的开场白引起了大家的热烈反应和高度兴趣，便微笑着用坦率的口吻答道：

"中国需要民主，需要自由，需要和平，需要从上到下实行改革！"

"哗"的一阵热烈鼓掌声，打断了李宗仁的话。郭德洁趁机忙把刚才高呼拥护李宗仁的口号的那几位国大代表的籍贯、姓名迅速打听了出来。李宗仁则双手拱起，像一个走江湖的拳师在当众开演武艺一般，前前后后地转了一百八十度身子，然后接着说：

"余有幸当选副总统加入中央政府的话，当实行民主主义，清算豪门资本，征用外国存款，实施土地改革，使耕者有其田、士兵有其田；使举国上下充分享有民主，保障人民有出版、结社、集会、言论四大自由……"

"哗——"又是一阵经久不息的掌声。

"李先生，你提出这样的主张，难道不怕引起麻烦吗？"一位"国大"代表谨慎地问道。

"我李某人从来不怕戴红帽子！"李宗仁把右手往下狠狠一挥，那毫不含糊的话语和那果断有力的手势，又博得了一阵更为热烈的掌声。

1948年3月30日，李宗仁与夫人郭德洁在南京举行记者招待会，李宗仁发表竞选副总统的动机及"革新"政治的演说

李宗仁发表完竞选演说，便走到代表群中，与大家一一握手。郭德洁拎着小包，跟在李宗仁后面，李宗仁与一位代表握手，她便递上一张印制精美的名片，笑盈盈地说上一句：

"请您帮忙！"

几百位代表也都争着和李宗仁握手，他们竟以能和这位诚实朴质的"乡下姑娘"握手为荣。李宗仁十分高兴，在和大家握手言笑时，留给了新闻记者一个个精彩的镜头。但他毕竟已经五十七岁了，从安乐酒家驱车回大方巷时，忽感右手手掌和手臂一阵酸疼，也许是他演讲时的手势和与代表们握手时用力过重所造成的。但郭德洁却轻松自如，一回到白公馆，她便命副官带上几大叠钞票，按她条子上记下的姓名和住址，给那几位带头呼喊拥李口号的"国大"代表送去酬金。

李宗仁在小花园中散步，不时活动一下那酸痛的手臂，他情绪极好，国字脸上显得神清气爽。他在一丛梅枝旁停留，欣赏着那一个个发育得十分饱满的花蕾，再过十天半月，这些充满生命活力的花蕾便会开出姹紫嫣红的花来。南京的梅花是有名的，可惜这些年他在这里住的时间都不太长，民国十六年，他主持南京军委会，虽住了几个月，但精力都放在打仗上面，后来他去了武汉，不久就退守广西，一直到抗战，蒋介石任命他为徐州第五战区司令长官部长官，他才到南京来见蒋介石。徐州会战后，他退到武汉、老河口，后来又到汉中，抗战胜利，他去了北平，总之，在他的记忆中，似乎还没有在南京赏过梅。

"这回可要在南京好好地看看梅花啰！"

李宗仁自言自语地说着，他觉得梅花开放之日，便会预示着他的好前程。说到竞选副总统，他自信有很大的把握。据他了解，提出竞选副总统的人除他之外，还有程潜、于右任及莫德惠、徐傅霖等，这四个人都不是他的对手。他的对手只有蒋介石才够资格，但眼下他还只能走副总统竞选这一步，还不到向蒋问鼎的时机，但这个时机是会到来的。李宗仁到南京后，司徒雷登大使的私人秘书傅泾波已向李宗仁透露了一些情况，司徒雷登对蒋介石已经越来越不满了，曾抱怨蒋介石"当他应当是全国的领袖的时候，他太多的时候只是一党之长"。司徒雷登还说："国民党，在国民党内弥漫的腐化和反动势力已是尽人皆知无须再说了。然而，必须记得的是，一党统治永远会导致腐化。在这个党当权的整个时期中，内部分歧从来没有停止过，生活费用的日益高涨大大加剧了中国的局势。前途无望中产生出来的失败主义情绪使一切创造性努力无能为力。即使如此，最高领导层中具有高度正直品质的人物，仍在万难形势中英勇奋斗。"

据傅秘书说，司徒登雷大使所指的"具有高度正直品质，在万难形势中英勇奋斗"的最高领导层中的人物便是李宗仁。有了这句话，便等于坐上了副总统的宝座。再者，李宗仁也私下扒拉了一番小算盘：广西、安徽是他的基本力量。华北方面，阎锡山已经表示不参加竞选，而且答应可尽力帮忙，晋绥两省的选票可望投到自己名下。北平是文化中心，李宗仁经过几年活动，基础不错，连胡适这样的人都愿意帮忙。东北、西北、四川都可以拉到选票。湖北方面，胡宗铎、陶钧还有一些潜势力可以利用。广东方面张发奎系统的薛岳、黄镇球、李汉魂等人都是李宗仁旧部，请他们帮忙，他们是不好拒

报纸发表于右任、李宗仁、程潜参加竞选副总统的消息

绝的。白崇禧长期供职中央，在军界、宗教界都有不少关系。有这样的基础，再加上李宗仁个人的声望和司徒雷登的支持，不仅当上副总统绰绰有余，而且还可以拿出一些来，将来向老蒋问鼎哩！李宗仁正在喜滋滋地盘算着自己的前程计划，不觉副官来到跟前报告道：

"侍从室来电话，蒋主席请德公到黄埔路官邸议事。"

"嗯？"李宗仁眨了眨眼睛，他不知道蒋介石召他去官邸要议何事，但他估计，可能与竞选之事有关。不过，他到京后已经见过蒋介石了，那是他就关于参加副总统竞选的事，特地去摸老蒋的底的。在此之前，他已经给"国府"秘书长吴忠信和国防部长白崇禧发过两封电报，告知吴、白两位，他决心参加副总统竞选，请他们将此意向蒋转达。吴忠信是贵州人，既与李宗仁有私交，又与蒋介石有厚谊，颇能当蒋、李之间的可靠传话人，白崇禧那就更不用说了。蒋介石得吴、白转报后，并无反对之意。李宗仁到京后，仍不放心，他与老蒋打交道多年，经验告诉他，任何事情都得提防一手，何况竞选副总统这样的大事，老蒋岂能睁一只眼闭一只眼让李宗仁顺利当选？因此他必须亲自去问问蒋介石。老蒋的态度，仍和吴忠信、白崇禧转告的一个样。鼻子里哼了哼，眼角挂几丝严肃的笑纹，说道：

"很好，很好的！这次选举正、副总统是民主政治的开端，党内外人士皆可自由竞选，德邻兄放心，我将对任何竞选人都一视同仁。"

有了蒋介石这句话，李宗仁的心才算放下了一半。因为照他想来，根据宪法规定，副总统简直是个吃闲饭的角色，为了粉饰民主，老蒋大概不会出来反对他。但是，为什么又突然要召他去"议事"呢？东北的事不需要他去"议"，华北有傅作义坐镇，也不要他管，中原的事有白崇禧指挥，以上人事皆与李宗仁无关，唯一有关的便是目下正在南京进行的正、副总统选举。想到这里，李宗仁立刻警觉起来。

"难道老蒋要玩什么花招？"李宗仁觉得这并非没有可能。因入京以来，李宗仁和郭德洁四出活动，到处演讲，李宗仁每日都在一阵阵热烈的掌声中度过，有许许多多的人为他捧场、抬轿，甚至有人还冒天下之大不韪呼他"万岁"的，人心所向十分明显。这些对于一向妒忌贤能的蒋介石来说，无不是刺向心中的钢针，扑进眼里的沙粒，他很可能不乐意让一位既有实力又得人心的人来担任副总统，更何况李宗仁在国民党内有着漫长的反蒋历史。

李宗仁就是带着这种复杂而戒备的心理，迈步走进了蒋介石的客厅。这客厅的布置，也和蒋介石本人的脸色一样严肃，正中挂着于右任题写的"登高望远海，立马定中原"的对联条幅。据说，这是蒋介石当黄埔军校校长时，于右任题赠的对联，这副对联体现了黄埔军校的地理特点，又抒发了黄埔军校的革命精神，而且笔墨犀利、气势宏博，达到了形神兼备的高深意境。蒋介石很喜欢这副对联，他离开黄埔岛后，把它带到了南京，带到了重庆，又由重庆带回了南京。客厅里除了这副对联条幅外，再没有任何可以引人注目的东西了，正因为这样，被蒋介石召见的人，在客厅中才能正襟危坐，目不斜视，而蒋介石一旦出现在客厅，他便能成为主宰一切的领袖。许多黄埔学生来到这里，几乎都是战战兢兢地等待，战战兢兢地被召见，战战兢兢地离开，除了蒋介石本人威仪棣棣的形象之外，他们离开客厅时脑子里没有任何东西可以记忆。

李宗仁当然不同于黄埔学生，他和蒋介石有金兰之交。他到客厅刚落座，蒋介石便来了，彼此之间道过几句寒暄后，蒋介石便开门见山地说道：

"德邻兄，为了避免党内分裂之虞，我希望你不要参加副总统竞选了，副总统候选人，拟由党提名。"

蒋介石这一瓢冷水，不仅没有扑灭李宗仁当副总统的欲望，反而起到了火上加油的作用。他恨蒋介石拆台，他恨蒋介石处心积虑打击他的威望，这怒火和怨愤更汇成一股不顾一切硬拼到底的决心。他咬了咬牙，把火气强压下去，这才说道：

"委员长，为竞选之事，我曾托礼卿（吴忠信字礼卿）、健生两兄向你请示过，你没有反对，我才决定参加副总统竞选；到京后，我又当面来向你汇报过竞选情况，你说对一切参加竞选的人都一视同仁。因此我才大力发动，现在锣鼓敲响，我已登台了，你却要我偃旗息鼓，中途退出，你叫我面子往哪放呀？"

"这个，这个嘛，"蒋介石脸上闪过一丝尴尬的笑容，严肃地说道，"正是因为我们弟兄之间的关系，我才劝你立即退出，这是不失你的面子的最好办法，你如果一味蛮干下去，到头来就大失面子了，又何必呢？"

李宗仁见蒋介石如此小觑他，气得眼睛要冒火，硬铮铮地说道：

"这个不好办！"

蒋介石当然也知道李宗仁的"铁牛"脾气，他要硬走一头出，你是怎么也拉他不住的，蒋介石干脆把话挑明了：

"你以为选举就是打仗那样吗？一个冲锋就可以夺到胜利？这事体复杂得很，我要是不支持你，你还能选得上？"

李宗仁知道蒋介石以势压人，心中更加气愤，他冷笑一声，说道：

"委员长，这竞选和打仗我看也差不多，都存在'天时''地利''人和'这三个方面的因素。我李某人自知在'天时''地利'方面于我不太有利。但是我是个诚实人，能与各方面的人相处，所以我得一'人和'。竞选是要靠人投票的，'人和'起决定作用，纵使委员长你不支持我，我也有希望当选。"

蒋介石见李宗仁如此不听劝告，心想你还没当上副总统呢，要当上了还了得？他原是与李宗仁并排坐在沙发上的，竟一下跳起来走开，连连说道：

"我不支持你，你是选不上的，一定选不上的！"

李宗仁脚上仿佛装了弹簧似的，他见蒋介石气得跳了起来，身子也跟着从沙发上弹起来，针锋相对地说道：

"委员长，我一定选得上！"

蒋介石扭过头来，狠狠地盯了李宗仁一眼，像要把对方一口吞下去似的：

"你一定选不上！"

"我一定选得上！"李宗仁以短兵相接的口吻说话，硬是寸步不让。

"你选不上！"

"我选得上！"

"选不上！"

"选得上！"

……

这一对已经五六十岁的大人物，他们之间争斗了大半辈子，现在为了竞选的事，竟像小孩子一般发脾气吵了起来。他们这场颇为滑稽的争吵斗气，到底是怎么收场的？因作书人迄今尚未查阅到确实的资料，不敢妄加揣测牵强附会，便只得就此打住。

却说李宗仁气呼呼地回到白公馆,一屁股坐到沙发上,首先将脖子上的黑条纹领带一把拉下来,扔到一边,那颈脖像个抽风机一般翕动着。一帮谋臣策士立刻围拢过来,探问事情的原委,当他们弄清楚是怎么一回事后,脸上无不蒙上一层阴影。因为他们知道,蒋介石为了从美国那边获得强有力的支持,便不得不给他本人和他的政府涂上一层民主政治的色彩,这届"国大"会议的召开,选举正、副总统的做法,不过是一种象征性的姿态,是做给中国人和美国人看的,骨子里他还是要独裁。这正、副总统的选举,蒋介石肯定要进行统制的,他既然发话不支持李宗仁,便会从各个方面进行拆台和打击,李宗仁即使不顾一切硬拼到底,当选的希望也是渺茫的。郭德洁听了竟当众哭了起来,已经花了不少钱,而且很希望成为副总统夫人并在不久的将来成为总统夫人。司徒雷登在北平与李宗仁晤谈,她是唯一在场的一个人,因此她的信心是很大的。如果蒋介石从中打上一闷棒,这事不但白花了钱,还失了李宗仁和她的面子,这如何不使她伤心痛哭?

"嫂夫人,不要伤心,这和下棋一个样。"参谋长黄绍竑不慌不忙地说道,"下围棋时,遇着局道相逼,便要从外边找眼才能活。你明天专门飞到香港去,见李任公一面……"

"对!"郭德洁立刻止住了哭声,"我就对李任公说,德邻和我准备到你这里来革命!"

黄绍竑笑着意味深长地点了点头,他对郭德洁的聪敏和反应的迅速很是满意,心想这个女人真不寻常,比他的夫人蔡凤珍和白崇禧的夫人马佩璋都要高出一筹,看来做个副总统夫人倒是合适的。黄绍竑之所以要郭德洁去香港找李济深,是做给蒋介石看的。因为北伐时代李济深、李宗仁、黄绍竑、白崇禧这四个广西人都曾显赫一时,对蒋介石威胁很大。后来在蒋介石的分化、瓦解、军事打击之下,李济深和黄绍竑先后离开两广,但他对这四个广西人总是时刻提防着,怕他们搞到一起来反对他。李济深自抗战胜利后,见蒋介石热衷于打内战,便在庐山写了一封长信批评他,说他的政策,是违背中山先生的政策的,所谓训政,就是训练特务。并赋诗一首:"万方多难上庐山,为报隆情一往还,纵是上清无限好,难忘忧患满人间。"便悄然离开庐山,在中共的影响和帮助下,出走香港。民国三十六年春,李济深在香港发表了反对蒋介石发动内战的"七项意见"的声明,与蒋介石彻底决裂。在"国大"召开前夕,李济深联合"中国国民党民主促进会""三民主义同志联合会"及其他国民党爱国民主人士何香凝、柳亚子、陈铭枢等人,成立了中国国民党革命委员会,李济深当选为主席,他领导"民革"高高地树起了反蒋旗帜。蒋介石对此虽然又气又恨,但李济深手上无兵无钱,又没有地盘,倒并不怎么可怕。如果再把一个广西人李宗仁逼到那边去,情况可就大不一样了,因为李宗仁到底是个有实力有地盘的人,蒋介石不得不考虑后果,事情不能做绝了。黄绍竑正是基于这种情况,才叫郭德洁到香港去放放风的。郭德洁到底是个聪敏之人,对黄绍竑的这番意图一点就破,当下便去收拾东西,准备飞香港活动。

"德公,我们不妨再来给他拆个大烂污!"一位姓陈的谋士接着出谋献计,他是江苏崇明人,讲话带上海口音。

"请讲。"李宗仁点头道。

"我这里已给你准备好一件蓝布大褂作化装用,如老蒋逼人太甚,德公竞选形势不利时,可穿上这件蓝布大褂,扮成普通商人模样,夜间由我陪同从后门秘密出走,到下关搭四等慢车,中途下车到铁路边我的一个亲戚家里隐藏起来,弄成一个德公突然失踪的案子,使外间认为老蒋下毒手暗害了德公,必能引起中外舆论大哗,老蒋纵有一手遮天的本领,也下不了这个台,到时要他不得不让步。"

熟读孙子兵法的李宗仁当然知道这属于"金蝉脱壳"之类的计策,他很感兴趣地点了点头,忙问黄绍竑道:

"季宽,你看怎么样?"

黄绍竑却笑道:"不必开那么大的玩笑吧!"

正当李宗仁与谋士们在密谋策划的时候,蒋介石也在"调兵遣将",做出对付李宗仁竞选副总统的安排。因为在他看来,李宗仁是个对他威胁最大的危险人物。除了李宗仁的反蒋历史外,这几年李宗仁在北平的言论行动,他似乎已嗅出某种政治上的味道来了。李宗仁的身边,有戴笠暗中布置的"钉子",他们按时向戴老板密报李宗仁的言论行动。特别是司徒雷登与李宗仁的接触,更使蒋介石放心不下。

因为自从魏德迈在返美前夕，在蒋介石官邸所设的欢送茶会上，宣读过那篇公开指责国民党政府"贪污无能""麻木不仁"的访华声明后，蒋介石精神上受到了沉重的打击。他对于"贪污无能""麻木不仁"这样带侮辱性的字眼尚能忍受，而最使他受不了的则是魏德迈声明中那最后的一句话"中国的复兴有待于富有感召力的领袖"。他已预感到美国人对他的不满已到了极点。他们很可能要另找一个认为满意的人来代替他。而这个人，必定是个有实力又有威望的人。他自然首先想到了李宗仁！从李宗仁参加副总统竞选的决心、魄力、手腕来看，蒋介石已感到此举不同寻常。再从李宗仁发表的竞选演说中表露的施政纲领，和得到各阶层人士的积极反应来看，蒋介石更觉得那其中包含着一颗要篡位的野心。

李宗仁之竞选副总统，绝不是看上这个有名无实的虚位，他是把此举当作取蒋而代之的第一个台阶。当他在这个台阶上站稳之后，便会向上再迈一步，夺取总统这个最高位置。

蒋介石自认对他的这位换过兰谱的把兄弟的心思摸得很透，因此他才出其不意地硬逼李宗仁中途退出竞选，由他以国民党总裁的名义指定他认为安全对他无威胁的人为副总统候选人，民主选举无非是走走过场，履行一下手续而已，一切还得按他的意旨来办。谁知，李宗仁不但不听话，反而针锋相对地和他顶撞起来，要不是他们之间有把兄弟的关系，他肯定要把那句"娘希匹"的骂人话抛出来，再狠狠地唾对方的脸，以泄胸中之愤。

李宗仁走后，蒋介石在客厅中仍气得乱转，他把桌子一拍，喝一声：

"来人！"

一名长得十分英俊的侍从副官像从墙缝里突然钻出来似的，眨眼间便笔挺地肃立在蒋介石面前，他知道正在气头上的蒋介石是非常不好侍候的，稍有差池便少不了挨一顿嘴巴子。

"把贺衷寒、袁守谦给我叫来！"

还好，侍从副官感到身上任何部位的皮肉都没有受到触动，他忙答一声："是！"然后一个非常漂亮的向后转，迈着标准的军人步子出了客厅。

不久，黄埔系中的头面人物贺衷寒和袁守谦应召来到。

"报告校长，学生贺衷寒、袁守谦奉命谒见！"

因蒋介石还在客厅中乱转，贺、袁两人报告过后，仍然立正站着，屏息静候。他们虽然军阶不低，但在蒋介石面前，一举一动都和那些侍从副官相似。他们根本不知道校长召见他们到底是为了什么，只见他怒气冲冲地在客厅中走着，两只手臂一会儿搭在胸前，一会儿又背在身后。贺、袁两人心中都像揣着只兔子似的，不知自己在什么地方出了过失，惹得校长如此发怒。

蒋介石"蹭蹭蹭"地走到他的这两位学生面前，一双眼睛瞪得使贺、袁两人背皮发怵，他们的心简直要蹦出喉咙眼了，但表面却都装得平静如常。他们是黄埔第一期学生，都受到蒋介石的重用，与校长见面的机会多，经验也多。他们知道，校长最讨厌那些在他面前表现得怯弱慌乱的人。记得有一次，一位立了战功的黄埔同学应召谒蒋，按照惯例，校长召见有功之臣是要给予升迁的。谁知这位同学第一次被校长单独召见吓得浑身发抖，一句话也说不出来，蒋校长过来摸摸他的身上，不知是出于关怀还是出于嘲弄地说道："嗯，这个，这个，你这位同学的衣服是不是穿少了？"那学生不知所措，竟放声大哭起来，结果升迁落了空。因此，黄埔学生们但凡遇着蒋校长的召见，必先从侍从副官那里摸清校长的情绪和好恶，迅速做出应对之辞，避免临时"砸锅"丢官。贺衷寒、袁守谦虽然见蒋校长已很有经验，但仍不敢疏忽，接到侍从副官的电话后，就认真地摸了情况。当他们得知校长刚见过李宗仁时，便敏感地预见到蒋的召见或与竞选有关。及待进了客厅，见校长余怒未息，便知蒋、李刚才必有龃龉。经过这一番迅速反应之后，贺、袁两人从刚才被动而惊慌的心理状态中，马上变得沉着镇静，他们估计，校长此时召见，很可能是要他们去对付李宗仁。

"你们是我的学生吗？"

蒋介石用阴冷的目光逼视着贺衷寒和袁守谦，突然发出一句没头没脑的喝问。要是换上别的人，或许不知如何回答才是。但贺、袁二人被校长这样劈头喝问的事也不知经历过多少次了，他们明白，这是校长要他们效忠尽力的特殊表示。因此贺、袁二人站得直挺挺地答道：

"学生从入黄埔军校之日起，便忠心不贰地追随校长革命！"

"唔。"蒋介石哼了哼，似乎对贺、袁二人的回答还算满意，但他又把眼睛一瞪，用手指着胸膛，仍是没头没脑地喝问道：

"现在，有人要朝我这里扎上一把刀，你们说说怎么办？"

"即以其人之道，还治其人之身！"贺、袁二人好像早已对过了答案的考生似的，一齐回答道。

"唔唔唔。"蒋介石点了点头，很明显地表示他赞赏这两位学生的回答。"唔"过这几声之后，他又背起双手，在客厅内走了几步，这才说道：

"你们要知道，自从李德邻决定要竞选副总统之后，这件事简直就像一把尖刀插在胸膛那样令校长我难受，你们是忠于校长的学生，就一定要明白校长的苦心啊！"

"明白！"贺、袁二人齐声答道，弄了半天，他们总算明白校长召见他们的意图了。

"二位都是湖南人，回去要好好帮程颂云的忙，我宁可让程颂云选上，也不能让李德邻选上！"

"是！"贺衷寒、袁守谦答道。

贺、袁二人辞出后，蒋介石仍在客厅中踱步，他的火气已经慢慢消下去了，冷静一想，命令黄埔系去帮助程潜竞选以对付李宗仁又似觉不妥：一是程潜的政治资本不及李宗仁雄厚，竞选中很可能程不是李的对手；二是李宗仁有反蒋的历史，程潜亦有反蒋的历史，因此无论是李或程，蒋介石都不喜欢，自然也就不愿让他们当选副总统了。现在，只有找一位在各方面都能与李宗仁抗衡的人物出来充"黑马"，他再命令黄埔系和CC系大力支持，这才可望彻底将李宗仁击败。谁能有这样大的资本而又令他喜欢呢？蒋介石在客厅里一边踱步，一边把他周围的人一个一个地扒拉了一番，最后，他认为孙科是个足以击败李宗仁而又令他还满意的人物。孙科，有两大优势无人可比：第一，他是孙中山先生的哲嗣；第二，他现任国民政府副主席，他如出来竞选副总统，是很容易获得各方支持的。此外，孙科是广东人，粤人当然会支持他。蒋介石在对付桂系的策略中，一向把拆散两广联合放在首位，他既然要阻止李宗仁竞选副总统，就得把广东拉开，李失粤援，如失一臂。而只有

蒋介石为对付李宗仁支持孙科竞选副总统

孙科才可砍掉李宗仁这条有力的臂膀。再从总统和副总统人选上的搭档来看，孙科也比李宗仁较为合适。总统一职，当然是非蒋莫属。

记得在中央党部召开的讨论总统候选人的会议上，蒋介石出人意料地提出了总统候选人必须具备的四个条件：文人；学者专家；国际知名人士；不一定是国民党党员。蒋介石说完这四点后，便推说有事走了。与会者虽有丈二金刚摸不着头脑之感，但蒋总裁把条件提出来了，大家还得按这四条来议论。议来议去，觉得只有胡适最合适。后来，大家又在胡适之后提了吴稚晖和居正。总之，没有把蒋介石提为总统候选人。戴季陶、孔祥熙、张群、陈布雷、陈诚等坐在前排的人却一言不发，令人好生纳闷。谁知下午一开会，蒋介石怒气冲冲，首先把提胡适为总统候选人的人大骂了一顿，一连说了三个"不像话"！待大家都被他骂得把头低下去之后，他才接着说道：

"吾人追随总理革命，历经黄埔建军，东征北伐，削平内乱，领导抗战，打败日本，光复祖国……"

蒋介石像快捷地朗诵一篇骈体文似的，把自己的功勋一一摆了出来，然后用手搐着讲台说道："我是国民党党员，以身许国，不计生死。要完成总理遗志，对国民革命负责到底。"他停顿了一下，用目光扫视了大家一遍，这才以高八度的嗓音宣称道："我不做总统，谁做总统！"

坐在前排的张群等人率先鼓起掌来，会场里响起了一片极不协调的掌声，算是正式通过了把蒋介石提名为总统候选人。散会时，有人悄悄问张群：

"岳军（张群字岳军）兄，蒋总裁既然要做总统，为何又提出那四个条件影射胡适呢？"

张群板起面孔，一本正经地教训对方道："难道你还不知道这是民意测验吗？"

"行宪"后的第一届总统，肯定是由蒋介石来做的。蒋是军人，按照一般意向，副总统应当是文人，才能起到"文武之道，一张一弛"的协调作用。李宗仁也是军人，而孙科则是文人，做副总统孙较李为合适。蒋介石正是出于这些考虑，才想到在对付李宗仁上孙科是一位难得的人选。他决定把孙科当作"黑马"放出去，击败李宗仁。想到这里，他忙命侍从副官去府上把孙科请来。

"介公，我宁愿做有实权的立法院长，也不愿做这空头的副总统。再说，竞选是要花很多钱的呀，你叫我到哪里去筹这一大笔钱呢？"孙科来到黄埔路官邸见蒋介石，听蒋说了一大套副总统的重要作用以及要孙科做副总统的候选人后，孙科苦笑着直摇头，坦率地一口回绝了蒋介石的要求。

"哲生兄，这是关系到党国兴旺发达的大事，你一定不能推辞。"蒋介石很严肃地说道，"你想做立法院长有何难，当了副总统不是照样可以兼立法院长吗？至于说到钱的事，你就更不用担心了，我叫人给你马上筹足一大笔竞选款子，钱，你是可以随心所欲花的啊！"蒋介石对李宗仁非常苛刻，对孙科却宽厚极了。

"介公，好像……宪法上规定，副总统是不能兼立法院长的，不知……是不是这样……"孙科吞吞吐吐地说道。

"这个，这个嘛，"蒋介石把两只眼珠转了转，说道，"我要他们再加个临时条款：副总统在特殊情况下可兼立法院长。"

孙科知道，蒋介石一句话就是宪法，他说要你当副总统兼立法院长，你就可以当上。钱也有了，官也有了，照理，孙科该满足了。可是，他又想了想，觉得这事做起来非常麻烦，当副总统是要竞选的，蒋介石把他推出去和李宗仁对抗，他感到有点心虚，因为李宗仁这个人是很不好对付的。如果败在他的手下，将使孙科大失面子，他犹豫起来了。

"介公，李德邻这个人……"

蒋介石知道孙科怕斗不过李宗仁，忙打气道："哲生兄，李德邻没什么了不起的。你只管参加竞选，我让各级党部和黄埔同学会大力支持你。再派人直接和各位代表分头接洽，使他们懂得，凡投孙哲生同志票的，要钱有钱，要官有官，其不愿合作的，绝不会有好结果！"

孙科听了蒋介石这话，不觉头皮一阵阵发麻，与其说这话是讲给那些"国大"代表们听的，还不如说是讲给孙科听的：你只要听我的，要钱有钱，要官有官，否则绝无好结果！孙科缓缓地吐了一口气，说道：

"好吧，我参加副总统竞选！"

"哲生兄，祝你旗开得胜！"蒋介石满意地握了握孙科那只胖胖的手。

孙科作为蒋介石用来对付李宗仁的"黑马"匆匆上阵了。

第七十六回

出其不意　"龚大炮"当头一炮
攻其不备　黄绍竑以退为进

却说孙科在蒋介石的强有力支持下，遂公开宣布参加副总统竞选。他以南京最豪华的龙门酒家为大本营，以CC系所控制的各级党部和黄埔系为基础，布起了一个声势浩大的竞选阵营，果然给李宗仁造成了巨大的压力。离正式开选的日子还有两天，李宗仁带着他的助手，像盘点库房存货一样，到各助选人那里去核实一下能掌握到手的选票。他驱车首先到考试院院长戴传贤那里。因为李宗仁为了取得戴传贤的支持，曾专门派人给戴送去一尊金佛。据说这金佛非常名贵，是日本人由东京的本原寺移到北平，预备在北长街建寺供飨的。谁知寺还没建，日本已宣布投降，身为北平行辕主任的李宗仁遂把这尊金佛和众多的敌伪资产一并"接收"了过来。他知道这位戴院长平素喜欢拜佛，便差人把这金佛送到了戴府。果然戴传贤一见这金光灿灿的金佛，便合十膜拜，意态虔诚极了。使者说明来意，戴院长一声"阿弥陀佛"过后，便说道："德邻先生配合蒋公，真乃党国之福也！"又接着念了几声"阿弥陀佛"便慨然亲笔作复，答应一定帮忙到底。

不想，自从孙科上阵以后，戴院长便噤若寒蝉，在李宗仁面前再也不提帮忙之事了。及待李宗仁驱车到戴府，见过戴院长之后，又提到帮忙之事，戴传贤却不断地摇着头，再也不念"阿弥陀佛"了。李宗仁说得恳切，戴传贤见推辞不过，便无可奈何地叹道：

"德邻先生呀，你不知道我的难处哟，时局已弄到这般地步，我是爱莫能助啦，现在，我只能一切听命于蒋公，他要我上天，我便上天，他要我入地，我便入地！"

李宗仁见戴传贤白吞了他那只金佛不算，还当面装疯耍赖，气得一时说不出话来，恰在此时，何应钦来访，才算打破了这尴尬场面。原来，何应钦在"西安事变"时，得罪了蒋介石和宋美龄，抗战胜利后，蒋介石把他派到联合国去当军事代表团团长，由陈诚接任参谋总长一职。他刚由美国回来述职，正碰上"国大"会议将要召开，他的许多朋友熟人都到了南京，因此他乘机四出访友，很想活动一番，弄个院长之类的官儿当当。他与李宗仁、白崇禧一向友好，今见李在戴府面带愠色，想必是为竞选之事弄成了僵局，便说道：

"德公，我要喝了你当副总统的喜酒之后，才到美国去啊！"

"敬之兄，多谢你关照。"李宗仁知何应钦这话是出于诚意的，当即表示感谢。

从戴府出来李宗仁便到山西省驻京办事处去，因为阎锡山曾满口答应将晋绥两省的选票支持他。

"德公，关于选举方面的事，我刚接到阎伯公（阎锡山字伯川）的电报指示，情况……有些变化。"山西省"国大"代表领队人梁化之吞吞吐吐地说着，向李宗仁出示了阎锡山的电报。

阎锡山的电报倒也写得简单明了："晋绥两省饷械悉仰给政府，选举事项须听命于蒋主席。"

李宗仁看了这个电报，心中不觉凉了半截。想当初，李宗仁派人到太原去见阎锡山，请求帮忙，阎锡山一口应允道："我吩咐他们一声，一致选举德公。"并让秘书写了他的谈话记录交人带回去给李宗仁阅。白纸黑字写得清清楚楚，不想转背之间就变卦了。李宗仁只得向梁化之苦笑了一下，告辞出来，又去找张发奎。张发奎曾在李宗仁部下当过军长，是北伐时代的风云人物，曾与李宗仁在广西共患难反蒋数年，彼此之间很有些感情。李宗仁曾派人去找过张发奎，请他帮忙，拉拢广东代表为其助选。因张发奎在北伐时当过第四军军长，目下不少粤系将领是属于四军系统的，通过张发奎活动，李宗仁是很可能拿到广东一大部分选票的。张发奎也满口答应帮忙。李宗仁带着助手，从山西代表的住处径奔广东代表的住处。见了张发奎，李宗仁还没说明来意，张发奎那粗大的嗓门便震得屋子嗡嗡作响：

"德公，论关系我应该帮你的忙，但我有一个地方的责任，我是广东人，不投广东人的票说不过去啊。薛伯陵和李伯豪他们也都是一样的，请德公不要找他们说了。"

李宗仁一脸尴尬之色，只得向张发奎说道："啊啊，向华，不要紧的，以后我们还有合作的机会！"

戴传贤作用已失，阎锡山、张发奎中途变卦，李宗仁又硬着头皮走访了几处原曾答应帮忙的地方，但情况与山西、广东相似。他心中惶然不安，急忙赶回白公馆来，又遇金城银行经理来报告，说刚才有人奉命来秘密查账，要弄清北平给李宗仁汇来多少竞选经费。

形势对李宗仁越来越不利，他不得不专门召集他的谋臣策士们商讨紧急对策。

"诸位，自竞选活动开展以来，形势对我们一直是很有利的，无奈老蒋嫉恨，中间放出孙哲生这匹'黑马'来冲阵，事态已颇为严重，诸位看有何良策可以出奇制胜，挽此危局？"李宗仁焦急地看着他的一班高级谋士，请他们快献妙计。

这些谋士们对于孙科出马后竞选形势的急转直下，了解得比李宗仁还要多，而且他们还不同程度地受到军统和中统人员的威胁利诱，整日里提心吊胆，生怕什么时候突然不明不白地"失踪"。因此，李宗仁要他们出谋献策，他们无不一个个地面面相觑，不知如何是好。甚至连那位足智多谋的"小诸葛"白崇禧也感到束手无策，颇为悲观地说道："德公啊，我们只好力尽人事罢了，选上选不上，只得听天由命啦！"其实，白崇禧并非力尽智竭，他是在打着自己的小算盘，因为蒋介石刚在不久前才把三十个师的指挥权授予他，他生怕把李宗仁抬得太高触怒了蒋介石，而收回那三十个师的兵权，到时他又成了光杆司令，即使把李宗仁捧上那有名无实的副总统高位上，对团体又有什么好处呢？因此，孙科一上阵，白崇禧便感到形势不妙，在他的眼中，三十个师的兵权作用远远胜过李宗仁去竞争那无权的副总统。白崇禧对力挽危局不那么热心，更直接影响了其他谋士们的信心，沉默了半天，竟无人说话，更无人献计献策，李宗仁见了好不着急，他忙向参谋长黄绍竑说道：

"季宽，事已至此，总不能吃夹生饭呀，你这参谋长是怎么当的啊！"

黄绍竑两眼一直盯着天花板出神，他听李宗仁急得责备他，便笑道：

"德公，心急吃不得热粥啊，这事我心里有数，你想一次就当选恐怕没有那么容易。"

"那也总得跟他们拼一场，反正我不会认输！"李宗仁倔强地说道。

"只可智取，不可力敌。"黄绍竑还是笑道。他离开李宗仁麾下已经十多年了，性格和脾气都已有了很大的改变，在蒋介石倾轧的官场中，他变得更加老练和圆滑了。但是，有两点他始终没有变，就是与李宗仁一直保持着良好的私人感情和在多变的时局中颠来倒去。在蒋、桂双方多年的角逐争斗中，哪一方形势有利，他就往哪一方倒。由于他为人机警又善于周旋，在蒋、桂两方营垒中他都有良好的人事关系，遇事容易转圜，两方都需要他。可以说，他是个在蒋介石政权林立的派系斗争中的特殊产物。他不认定一个死理，他也不忠于某一个人或某一派系——尽管他和他们都保持着良好的关系，甚至曾是他们派系的一个重要成员。

在中国，只要派系斗争存在着，便会有黄绍竑式的人物存在。

本来，蒋介石免去他的浙江省主席后，他一直在上海待着表示消极，其实是在看政治行情，看着该往哪一边倒。国民党与共产党在国内是两大派，目下国、共双方以军事斗争为主，国民党到处吃败仗，形势很不妙。李济深已经与共产党拉上了关系，黄绍竑是李济深扶植起来的，两人关系一直也很好，黄绍竑在国、共双方掂量了一下，感到共产党的分量越来越重，他是绝不会顽固地做国民党政权的殉葬品的，因此暗中与李济深紧紧地拉着关系，以便在国民党政权最后崩溃的时候，及时投到共产党方面去。在国民党内，蒋介石与李、白的桂系是最大的两派，他既是桂系的人，也是蒋介石的人，他既帮李、白的忙，也帮老蒋的忙，哪一方有利他帮哪一方，但从不把事情做绝，总留有很大的余地。当他正在上海过着纸醉金迷的生活的时候，忽听李宗仁要竞选副总统，开始他对这事并不重视，可后来他和李宗仁密谈时，得知美国政府有倾向于支持李宗仁的意图。他眼睛一亮，似乎在纷纭复杂的局面中，看到了自己的希望。当然，从他内心来说，他并不希望国民党政权崩溃，而希望这个政权能有所改革，能为国人所接受，蒋介石是做不到这一点的，他觉得李宗仁则有可能做到。如果李宗仁能够选上副总统，在美国的支持下逐渐过渡、取代蒋介石，在国内创立一个开明的国民党政权，那么这对挽救行将崩溃的国民党政权将是有积极意义的，对桂系，对他本人也都将有利，所不利的只能是蒋介石。因此在权衡利弊之后，他欣然接受李宗仁的邀请，出任李的竞选参谋长，在离开李宗仁十七年后又重新回到了李的麾下——李宗仁那句话说得真准："我相信季宽还会回来的！"

　　李宗仁竞选副总统，是蒋、桂之间一场新的斗争，随着孙科的上阵，这斗争变得更加尖锐复杂了，对此，黄绍竑早有思想准备。反正他政治上的这一宝这回是压在李宗仁这边了，他既不能掉以轻心，也不能鲁莽从事，当然也不能像白崇禧那样表示某种消极情绪——白崇禧有蒋介石给的三十个师啊，可他黄绍竑连三个卫兵都没有！对于李宗仁所面临的困境，他比谁都清楚，也比谁都更有办法。他这些年来在蒋介石的官场中生活，对争权夺利、挖人墙脚、明哲保身、嫁祸于人、夤缘时会、逢场作戏等等这一大套高深莫测的做人和做官的诀窍，已经玩得滚瓜烂熟，远非李宗仁和白崇禧可比。

　　民国二十六年一月，黄绍竑奉蒋介石之命去当湖北省主席。他的前任杨永泰是在任上被人刺死的，因杨永泰当湖北省主席，不但湖北人反对，CC系和黄埔系也极力反对。杨永泰虽然才智超群，但仍不免一死，据说这事与CC系有关。黄绍竑知道，蒋介石调他去当湖北省主席，是要用他来抑制湖北人，还有一个想当湖北省主席的何成濬，以及CC系和黄埔系。他要在这众多的矛盾纠葛中，不但要生存下去，而且还要把省主席做下去，做得使蒋介石满意，使湖北人、CC系和黄埔系都满意。他像关云长单刀赴会一样，只身一人到武昌上任，一个自己的人也不带去，用的全是杨永泰那个班底的人马。后来，建设厅长李范一提出辞职，他才把自己的老部下伍廷飏补上去。他虽然在湖北省主席任上时间不长，但蒋介石及各方面对他反应还算不错，别人问起其中的奥秘，他笑哈哈地答道："这是我在蒋委员长那里摸出来的做官诀窍，只要不到处打破人家的饭碗，就到处都受人家欢迎，自己也免去下台后的许多累赘。"总之，现在的黄绍竑早已不是二十多年前那个留着一腮剽悍的大胡子、目光冷峻的黄绍竑了。他练出了一手好字，练就了赋诗填词的功夫，他出入舞场，风度翩翩，无论在宴席上或牌桌上都堪称应酬好手。他能纵横捭阖，随机应变，练就一身适应性很强的保护层。在蒋介石的各级政权中，有着形形色色的干练官僚，黄绍竑可以算得上是一种典型人物。李宗仁请黄绍竑出任他的竞选参谋长，真可谓甚得其人矣。

"德公，必须马上与程颂云、于右任建立攻守同盟。"

果然，黄绍竑望了一阵天花板之后，主意便出来了。虽然打着的是民主选举的旗号，但这仍是一种官场斗争，怎么应付，黄绍竑是很有经验的，总离不开"纵横捭阖、随机应变"八个字。

"嗯。"李宗仁点了点头，眼望着黄绍竑，想详细听他到底如何攻、如何守法。

"德公与程、于相约，三位竞选人无论是谁在初选中得票较少时，都要以所拥有的选票支持得票较多的人。"黄绍竑说道。

"行，好！"李宗仁满口答应，他很欣赏黄绍竑这套既不失朋友义气，又能吃掉对方的选票的高明手法。因为照他看来，程潜、于右任初选得票是绝不会比他多的，只要把程、于二人的选票拿过来，便可打垮孙科。

"还有一个关键人物，我得马上去拜访他。"黄绍竑神秘地说道。

"哪个？"李宗仁问道。

黄绍竑忙将嘴对着李宗仁的耳朵，悄悄说道："《救国日报》的社长兼主笔龚柏德——就是那个有名的'龚大炮'。"

"啊？"李宗仁开始疑惑不解，听黄绍竑如此这般一说，才明白其意，但他感到有些难为情，"这……这……恐怕……"他不知怎么说才好，因为黄绍竑所说的确是一着妙棋，只是觉得实行起来不怎么光明正大。

"德公，想吃羊肉就不要怕膻啊！你以为竞选就是那么民主、自由？那么光明正大？这不过是老蒋从美国人那里借过来的一块遮羞布，其实，就是在号称民主进步的美国，竞选场中的龌龊事情难道还少吗？"黄绍竑似乎对一切都看得很清楚，他的话像一根棍子，掀开了那藏污纳垢的社会的一角。但是，他并不是告诉人们朝那泼去几桶清水进行冲刷打扫，而是诱使人们同流合污。

"那……就这么办吧！"李宗仁只得点头表示同意。

民国三十七年四月二十三日上午，世人瞩目的国民大会选举副总统的帷幕拉开了。四月十九日，蒋介石在没有竞选对手的情况下，已当选为"行宪"后第一任总统。副总统的竞选，之所以引人瞩目，是因为四天前，即蒋介石当选为总统的当日，国民大会第十三次大会公告第一届副总统候选人为六位：孙科、于右任、李宗仁、程潜、莫德惠、徐傅霖。这六位候选人中，除民社党的徐傅霖和社会贤达莫德惠外，孙、于、李、程四人均各有自己的优势和基本力量，因此副总统无疑将在这四个人中产生，然而到底谁能当选，却谁也说不准了。

民主选举国家领导人，这是资产阶级共和国民主的象征。中国在皇帝的长期封建统治之下，当然没有民主之可言，直到一九一一年的辛亥革命，孙中山先生领导革命党人推翻了清朝皇帝的统治，建立了资产阶级共和国——中华民国，才在他制定的《临时约法》中第一次以法律的形式阐述了他和同志们从西方学来的资产阶级民主制度。可是，中华民国开国至今已三十七年，不仅伟大的孙中山先生没能给中国人民争到真正的民主，便是整个的中国资产阶级也没能使多灾多难的中国走上民主政治的轨道。而北洋军阀曹锟以五千元一票贿选来的中华民国大总统，给中国资产阶级的民主政治创造了空

国民大会会场

前的丑闻。仁人志士们并没有绝望，孙中山改组了国民党，实行了"联俄、联共、扶助农工"三大政策，民主的曙光在珠江之滨闪亮，大革命的洪流波涛滚滚，民主政治的希望在中国人民的心目中又燃烧了起来。可是，曾几何时，"四一二"的腥风血雨又把这一线希望毁灭了，大地仍是那么黑暗。世界上正是因为有黑暗的笼罩，所以才有人奋力去追求光明；哪里有独裁的统治，哪里便有追求民主自由的斗士的抗争。中国的民主在哪里？中国的希望在哪里？延安城头的曙光吸引了无数为民主自由而奔走的人们。然而，许多的人却仍把目光投向美国，投向国民党内，他们希冀美国帮一把忙，国民党争一口气，在中国建立真正的民主共和国。也许，对于国民党来说，这是它的最后一次机会了。这便是国民大会选举副总统为全国各界乃至外国新闻机构所瞩目的原因。

上午八时，国民政府大礼堂门口，挂着庄严的国旗，数名卫兵持枪站岗，两千七百六十名"国大"代表步入会场，行使选举权。会场正中，挂着孙中山总理的遗像，孙总理像两旁各挂一面国旗。孙中山仍像过去那样，用那神采奕奕饱含希望的目光在看着每一位入场的"国大"代表，似乎要叮咛他们一番，训导他们一番，告诫他们一番。整个会场显得庄严而肃穆。蒋介石及国民党的要人们，对竞选副总统这一幕是十分重视的，他们要制造一个民主政治的局面给美国人和中国人看，使他们相信，中国确已走上民主政治的轨道，中国共产党反对国民大会的召开，便成了十恶不赦、应该举国讨伐的对象了。蒋介石已当选为总统，他没有出席今天的选举会议，会议由国民大会主席团临时推选的执行主席主持。

可是谁也没有料到，这象征民主令世人瞩目的庄严大会，帷幕刚刚拉开，便发生了乱子。

"丢那妈，系边个[1]搞的鬼？"

在广东省代表的座位上，陆军上将、国民政府参军长薛岳拍着桌子，用白话大声叫骂了起来。

"这太不像话了！太不像话了！"

---

[1] 粤语，是什么人。

"他们这样攻击孙哲老，手段太卑鄙了！"

"这是光天化日之下向人泼污水，可恶！"

"……"

随着广东代表们的怒骂、抗议，广西、安徽和其他一些省的代表却在嘻嘻哈哈，摇头摆脑，有人甚至大声叫喊着："蓝妮！蓝妮！"整个会场，叫骂声、拍案声、顿足声、嬉笑声、朗读声，汇成一股奇怪异样的气氛，像被捅了巢的蜂群一样，乱哄哄的，与这庄严肃穆、标榜民主自由的副总统竞选极不协调。大会主席团不知道到底发生了什么事情，执行主席忙从座位上站起来，严肃地呼叫着维持秩序：

"代表们，请安静！请安静！选举马上就要开始了。"

但是，底下依然一片混乱，执行主席的威望无法压得住阵脚，喊了几声，见不起作用，便只得任其闹嚷下去。也许，他早已有经验了，因为这一届国民大会自开幕以来，便没有平静的日子。开幕的那一天，就有数十人抬着棺材到大会场前面大闹大嚷，要冲入会场参加会议，弄得上上下下好不紧张。原来，这些闹事的人本是已当选的"国大"代表，因蒋介石为了标榜民主，临时把青年党和民社党两个党拉来作陪衬，以表示已经结束一党专政，总统、副总统是由多党共同选举出来的。可是，这事办得晚了一步，各省代表早已选出，并且各代表已经领取了当选证。蒋介石无奈，只得用国民党中央的命令，要各省由国民党代表名额中，让出若干名额给青年、民社两个党的代表。殊不知，这些已当选的各地代表都已在竞选中花费了大量人力和金钱，他们如何肯让，便如期到京，向大会报到。国民大会秘书处当然拒绝他们登记。这些"代表"便联合起来，在国民大会堂门口大吵大闹，有的声言绝食，有的抬出棺材，他们大声叫喊着："如不认可我们是正式代表，今天就在这里自杀！"因为要"行宪"，蒋介石不敢下令镇压，只得默认他们为"额外代表"，让其参加大会。

想不到一波未平，一波又起，抬棺抗议的事件刚平息，临时提请斩陈诚的闹剧又发生了。这天，国防部长白崇禧向"国大"代表们做军事报告，他本善辞令，又最痛恨身为参谋总长的陈诚处处以蒋介石之势压人。现在正值陈诚在东北吃了大败

国防部长白崇禧在国民大会上做军事报告

仗，于一个多月前托病悄然从沈阳飞回南京，为了平息东北人士之愤，陈诚奉蒋介石之命，曾电邀东北籍的将领和官绅会商。陈诚在会上力为自己的战败责任辩护，以期得到东北人士的谅解。谁知，东北人士不但不买陈诚的账，还声色俱厉地要追究陈诚丢失东北的罪责。陈诚无奈，只得跑到上海去躲起来，对外声言准备到美国去"治病"。陈诚的这一招如何瞒得了白崇禧？白知道陈诚此时绝不会出国，他之躲在上海只不过为了逃避社会舆论的指责而已。白崇禧觉得此时乃是治一治这个飞扬跋扈的陈小鬼的最好时机。因此，他在以国防部长身份做军事报告时，重点放在东北战局，力言陈诚以参谋总长身份驰往东北"剿共"，无端撤换辽宁省主席、四平街守将、东北保安支队司令多人，造成人人自危，军心不稳。那些保安支队司令被撤裁之后，便率部投向共军，乃使共军实力大增，东北战局急转直下，无可挽回……

那些东北籍的"国大"代表见东北易帜已成定论，他们无家可归，本就痛恨陈诚，现经白崇禧如此一说，更是火上加油。东北代表和山东代表首先发难，他们振臂高呼："杀陈诚以谢国人！""不让陈诚逃到美国去！"接着便是几百名代表起而响应，立刻签署了一项临时提案，要求蒋介石效法诸葛亮挥泪斩马谡，斩参谋总长陈诚，借陈诚之头以谢天下，以平民愤。恰巧这天蒋介石出席会议，他端坐主席台上，任凭代表们叫骂呼喊，只是一言不发。也许，这种场面也可作为一种民主自由的点缀吧。但蒋介石是绝不会向陈诚开刀的，他怕代表们跑到上海去找陈诚的麻烦，便下令要陈诚到台湾草山"养病"去了。一位七十余岁的东北籍代表汤某，闻讯竟愤而缢死旅邸，以示尸谏。总之，这届国民代表大会自开幕以来，便波涛迭起，险象环生，它不仅没能给腐败的国民党注入民主政治的生机，却给四分五裂的蒋家王朝敲响了没落的丧钟！

却说大会执行主席见代表席位上一片混乱，不知发生了什么大事，心中惶惶不安，忙派秘书下去查询。不一会儿，秘书从代表席上拿回一份当天南京出版的《救国日报》，呈到执行主席面前，并报告说事情全是因为这份报纸引起的。原来，今天代表们一进入会场坐到自己的座位上，便发现座面上摆着一张《救国日报》，开始谁也不在意。广东代表薛岳却把报纸瞧了瞧，他不看则已，一看立即气得眉毛倒竖，拍案大骂起来。薛岳这一叫骂，等于给大家报了个信，于是代表们便不约而同地看起这份来历不明的《救国日报》来。只见报纸头版的通栏大标题印着"敝眷蓝妮"四个大字，甚是引人注目。这蓝妮何许人也？为何竟引得薛上将暴怒起来？顷刻间便能在代表中掀起一阵动荡的波澜？这蓝妮乃是孙科的情妇，抗战时与孙科在重庆两浮支路旁的园庐同居。后来不知何故，她由重庆到上海、南京，与大汉奸陈公博、周佛海往来，私下里却又做着颜料买卖，这是一个使人感到神秘莫测的女人。抗战胜利后，中央信托局在上海没收了一批由德国进口的颜料，德、意、日是战败国，因此该批颜料便作为敌伪财产处理。立法院长孙科却声称此批颜料乃"敝眷蓝妮所有"，要中央信托局发还给她……此事当时曾作为一段丑闻在京、沪的小报上登载过。不想，正值今天要选举副总统的当儿，《救国日报》却把这件事登在显要的版面上，又神不知鬼不觉地把这份报纸人手一份预先送到了各位代表的座面上，这对作为副总统候选人的孙科来说，不啻挨了一个当头闷棒，这如何不使全力以赴支持孙科的广东代表们气得七窍生烟？这件事不仅使李宗仁的支持者感到扬眉吐气，便是一切对于蒋介石政权不满的代表们，以及属于于右任、程潜圈子里的人也无不感到幸灾乐祸。这些人一哄闹起来，这大会堂里如何还能安静得了？

不说大会执行主席压不住阵，便是蒋介石亲自在场，也只能干着急，生闷气，无计可施。因为这是"行宪"的年头，新闻是有自由的。前些日子，京、沪的报纸上曾以大量事实揭露孔宋两家的丑闻，蒋介石也只得硬着头皮，不予干涉。因为美国大使司徒雷登正催促他发布一个有关新闻自由的新规定。这个新规定虽然直到现在还没有发布，但对于《救国日报》此时发表的这篇揭露孙科丑闻的文章，政府是不敢轻易动它的。

"各位代表，请安静！请安静！"大会执行主席弄明白了代表们喧闹的原因后，怕影响当日的选举，便用新装上的美国麦克风喊着，接着宣布副总统选举开始。还算好，会堂里虽然闹嚷不停，但选举秩序尚正常，代表们按要求填好了选票，并一一投入票柜。投票完毕便由检票员开柜检票。在五名监票员的监督之下，检票毕，即由唱票员手持选票，站在麦克风前逐张报票。在检票和唱票中，麇集在台前的中外记者不断拍照，镁光灯不停地闪动，令人眼花缭乱。选举结果，李宗仁得七百五十四票，孙科得五百五十九票，程潜得五百二十二票，于右任得四百九十三票，莫德惠得二百一十八票，徐傅霖得二百十四票。由于无人得到法定票数——超过代表总额一半票数，依照选举法规定，次日将由李宗仁、孙科、程潜三名票数比较多的候选人，进行第二轮选举。于右任、莫德惠、徐傅霖三人均被淘汰。

在第一个回合的较量中，实力雄厚，又有蒋介石作靠山的孙科，竟被"乡下姑娘"李宗仁击败，广东代表们一个个气得捶胸顿足，如丧考妣，他们转而迁怒于那份《救国日报》的恶作剧上，代表们叫喊着，要去找《救国日报》社算账。薛岳的地方观念本来就特别重，孙科是广东人，在竞选中吃了败仗，广东代表无不感到丢脸，他挥舞着手杖，在大会堂门口拦住散会后返回旅邸的广东籍代表，用白话大声叫喊着：

"我地广东人是唔好欺辱的，马上去找《救国日报》算账，边个唔去就系衰仔！"

另外两位陆军上将张发奎、余汉谋也挥舞手杖，起而响应，在三位勇武过人的上将军的带领下，广东代表们纷纷挥起手杖，一支揭竿而起勇不可挡的十字军团遂怒气冲冲地向《救国日报》大兴问罪之师。他们来到花牌楼《救国日报》社门前，"噼噼啪啪"一阵手杖猛击，首先把《救国日报》的招牌击个粉碎，接着便冲入报馆，油光闪亮的各式手杖顿时成了讨伐舆论界最有力的武器。他们以战场上冲锋陷阵、肉搏拼刺刀、短兵相接的战术，横扫报馆的一切。乒乒乓乓的击打声、粉碎声、叫骂声，汇成一股讨伐的怒潮，他们捣毁了排字房，把架子上的铅字到处乱砸乱扔，在新闻纸上践踏，连门口那两株正在盛开的梅花也不能幸免，两个古色古香的花盆被砸碎，梅枝被折断，花瓣零落。

却说《救国日报》社社长兼主笔龚德柏，对广东代表的讨伐早有准备。他不知从什么人那里搞来一支小号左轮手枪，在广东代表离开国民大会堂门口时，他已得到电话通报，立即下令将报馆的印刷员工搬到楼上的编辑部去，与编辑记者们在楼上待着。他独自一人，手持那支上了子弹的小号左轮枪，守候在那螺旋形的楼梯口，大有一夫当关，万夫莫敌的气概。

在薛上将的得力指挥下，广东代表们奋勇攻击，一时间便将楼下的排字房和印刷机器，以及桌椅门窗、盆花打得落花流水，但他们觉得仍不解恨，因为打了半天尚未和《救国日报》的人员交手，薛上将举着手杖，大呼一声：

"跟我来，杀上楼去，剥他们的皮！"

说罢，薛上将一马当先，挺着那支黑亮的手杖，直奔那螺旋形的楼梯口，张发奎、余汉谋等人也都握着手杖紧随登梯，呐喊之声直震得楼板颤动。

"滚出去！谁敢上楼，我就开枪打死他！"

那龚德柏虽是个摇笔杆子的文人，却也胆气过人，他手握左轮枪，居高临下挺立在那螺旋形的楼梯口上端，两只眼睛睁得和那眼镜片一般大小，一身硬气，凛不可犯，大有一拼而死的气概。军人拼命固然可怕，文人拼死则更为可畏。尽管薛、张、余三位陆军上将曾将兵十余万，身经百战，名震华夏，但在"龚大炮"的一支左轮手枪的对峙下，也不敢玩命冲上楼去。

"丢那妈，不怕死你就下楼来！"薛岳朝螺旋形楼梯口上端大骂，企图用激将法将"龚大炮"引下楼来揍一顿。

"薛岳，听说你的外号叫'老虎仔'，你要真是员虎将，就冲上楼来试试我的手枪。否则，你就是狗熊！"龚德柏本是新闻界有名的大炮，以舌战群儒著称，打起嘴仗来，将军们如何是他的对手。因此薛岳、张发奎除了重复那几句粤语中的骂人话之外，再也拿不出有力的武器与龚大炮交锋。双方在上、下楼梯口之间对峙着，隔着"楚河汉界"，互相谩骂了一阵之后，薛上将只得撤兵而去。

真是民主世界，无奇不有，这一场武人与文人的对战，立刻传遍京城，成为街谈巷议各种报刊的头号新闻。其中，要算京、沪间两家小报描写得最为生动，只看它那章回体的标题便引人入胜——"揭竿而起，三上将大闹报馆；一夫当关，龚大炮单枪御敌""三帅夺大炮，表演全武行"。

却说这一场混战，《救国日报》虽然损失了若干设备，但却提高了它的身价。而最得好处的，自然是李宗仁了。因为此事一出，《救国日报》更振振有词地大骂孙科，欲争得新闻自由的新闻界同仁也都著文抨击孙科，"国大"代表们则认为薛岳等人之行动，系孙科所指使，因此更不以孙科的行为为然，而把选票投向李宗仁一边。李宗仁到底是个厚道之人，对《救国日报》蒙受的损失，心里很是过意不去。他从保险柜中拿出四根金条，交给程思远，吩咐道：

"请把这四根金条转交给龚德柏先生，作为《救国日报》的一点补偿吧！"

次日的再选，得票排列的次序结果依然是李宗仁、孙科、程潜。虽然于右任、莫德惠、徐傅霖三人的选票为李、孙、程三方所极力争夺，但这些选票还是分到三个方面去了，因此谁也无法达到法定票数而当选，不得不进行三选。三选结果，仍然没有人达到法定票数。最后，按选举法之规定，只得由李宗仁和孙科两人进行决选，以票数比较多者为当选。这是最后的决战，谁胜谁负，很快就要见分晓。蒋、桂双方，无不厉兵秣马全力以赴。蒋介石见李宗仁在几次选举中，不但没有被击败，反而夺关斩将，一直处于领先地位，心中更加嫉恨。他在黄埔路官邸昼夜不停地召见能够影响投票的文武官员，亲自发号施令，面授机宜，为孙科拉票。宋美龄则在太太们之间游说。蒋经国则在中央饭店设置机关，为孙科竞选部署一切。李宗仁、白崇禧、黄绍竑、黄旭初、李品仙、夏威等桂系首脑人物，则齐集白公馆，运筹帷幄，准备决战。他们都曾经是统兵作战的将帅，在战火中驰骋了大半个中国，在国民党军界，他们都称得上是第一流的战将。可是，若说到在竞选中角逐，他们都还是大姑娘上轿头一遭哩。这些天，他们都绞尽脑汁，或策划于密室，定计定策，或奔波于茶楼酒肆，到处拉票。他们都已感到精疲力竭，所付出的心血，简直不亚于指挥一场龙潭大战或台儿庄之战。

"德公，你看！"

一位正从外面活动回来的谋士，急忙把几张传单递到李宗仁面前，他的神色有些惊惶失措。

李宗仁接过传单，看了几眼，立刻便扔到地上，大声叫骂起来："混账！混账！混账！"

黄绍竑却从地上拾起那些还散发着油墨气味的传单，仔细看了起来，原来全是攻击李宗仁和郭德洁的。"台儿庄大捷的真相"——一份传单煞有介事地揭穿李宗仁所指挥的台儿庄大捷是假的，蒙骗了国人耳目。

"造谣不择手段！"黄绍竑心里骂了一句，因为抗战中轰动中外的台儿庄大捷，不仅国民党认为是自己的一次大胜利，便是中国共产党和苏、美等盟国也认为国军在台儿庄打了胜仗，即使是交战的日本军方也供认了在台儿庄所受到的挫败。

"北平行辕主任李宗仁戡乱不力"——另一份传单指责李宗仁在北平饱食终日，无所事事。

"老蒋不给他兵权，他赤手空拳去戡乱呀！简直是欲加之罪，何患无辞。"黄绍竑在心里又骂了一句。

"李宗仁老婆郭德洁在北平大量侵吞敌伪资产，此次李氏竞选副总统之经费，多由此而来。"——又一份传单详细地罗列了李宗仁纵容其妻郭德洁在北平搜刮敌伪财产的清单。

"或有其事。但天下乌鸦一般黑，哪个螺蛳不吃泥？"黄绍竑心里嘀咕着，又看了几份大同小异的传单，便判断出这些攻击李宗仁和郭德洁的宣传品系由同一个部门制造出来的。他不露声色地问那位谋士：

"这些传单，你是从哪里搞来的？"

"在大街上捡来的。"那位谋士答道，"有人开着小汽车，沿街散发，新街口那一带到处都是。"

正说着，李宗仁的一位策士韦永成急忙来报告："他们决定不惜采取任何手段攻击和迫害德公，什么戡乱不力，通共等等大帽子都用上了。还说，如果德公当选副总统，必将实行逼宫篡权。他们还以高压和利诱的办法对付其他'国大'代表，谁投孙科的票，要官有官，要钱有钱；谁投德公的票，便要他死在回家的途中，有的'国大'代表被吓得连门都不敢出了。"

"你是听谁说的？"黄绍竑问道。

"华秀的二哥纬国对我们讲的。"

韦永成这话使举座皆惊，黄绍竑皱着眉头，一时说不出话来。李宗仁绷着脸，紧紧地咬着牙，仿佛战事呈胶着状态时，一支装备精良的敌军突然从后方包抄过来，而他手头已无兵可调了。白崇禧则用右手不断地摸着下巴，使人揣测不透他此时到底在想些什么。黄旭初、李品仙、夏威皆面带惊惶之色，因为桂系的首脑人物此时都齐集京师，如果蒋介石恼怒起来，把那民主政治的面具拉下，尽可把他们一网打尽，老蒋什么手段都用得出来的。

原来，韦永成刚才说的那位华秀，便是他的妻子蒋华秀，纬国便是蒋介石的小儿子蒋纬国。蒋华秀为蒋介石之兄蒋介卿之女，韦永成则是李宗仁的弟弟李宗义的内弟，是蒋介石的侄女婿。蒋、桂双方势不两立，文争武斗几十年，却又结下了这门亲事，说来也煞是有趣。据说韦永成长得一表人才，与蒋华秀在德国留学时相爱。蒋介卿本不愿将女儿许配给一位广西佬，无奈蒋小姐执意要嫁。抗战时，韦永成正在安徽省政府当厅长，蒋小姐竟千里迢迢，冒险穿越敌占区，潜入安徽与韦永成结婚。蒋介石在国民党内，虽被人指责为"中正不正，总裁独裁"，但对哥哥却非常敬重，自然，对这位颇有来历的侄女婿也是爱屋及乌的了。由于韦永成有着这一层特殊关系，李、白、黄等首脑人物对他所说的这一切都非常重视，事态确已严重到了极点。

"蒋他们这样出力为孙科捧场，是志在必得，什么手段都能做出来的。我们同他们硬碰下去，不但副总统选不上，还会弄得一身脏。"黄绍竑忧心忡忡地说道。

"什么？季宽你说什么？"李宗仁见黄绍竑好像有点泄气的样子，急得差点跳了起来。郭德洁则更加着急，一双眼睛睁得老大的，一会儿看看李宗仁，一会儿又看看黄绍竑。她虽然聪明伶俐，善于应酬交际，但是到底是女流之辈，在如此重大的决策面前，一时拿不出什么好主意来，而传单上列举她在北平贪污的事，虽不尽确凿，却倒也有些事实根据，她又气又急又恨，像一只掉进陷阱的小鹿似的，简直不知所措了。

"德公，"黄绍竑喘了一口气，仿佛肩上沉重的负荷压得他直不起腰似的，

"你请我来主持竞选工作时，我曾对你讲过两句话：要么是成功的失败，要么是失败的成功。照现在的情形看起来，最后是要失败的。但切不可等到最后失败了才收场。好在四个回合的战斗，我们已经胜了三个回合，我看，该适可而止啦！"

"什么？你不想干了？"李宗仁那双眼睛一向是很温和的，很少闪烁逼人的光芒，今天却似对待临阵退却的部下一样，他瞪着眼，握着拳头，紧紧地逼视着黄绍竑，似乎要把对方"军法从事"。

黄绍竑心里一愣，暗想这"李猛仔"又要拼命了，真是江山易改，禀性难移啊！他知道，李宗仁轻易不使性子，但倔脾气一来，任你九条牛也拉不转他，但是，这样硬碰下去绝不会有好处。他笑了笑，没有直接回答李宗仁的话，却说道：

"德公，我们不妨先来打几圈牌吧！"

"都什么时候了，还有心思打牌？"李宗仁没好气地说道。

"这牌，还非打不可哩！"黄绍竑笑道，"听说，德公在北伐的时候，指挥总攻武昌城的战斗，攻击发起之前十几分钟，不是还与老蒋在前沿指挥所对弈吗？"

黄绍竑也不管李宗仁答应不答应，忙命副官取来一副麻将牌，与李宗仁等打牌。李品仙、夏威、郭德洁及一班谋臣策士，不知黄绍竑葫芦里卖的什么药，也都好奇地凑到牌桌前看热闹。李宗仁本无心打牌，连打三圈，都被黄绍竑赢了。打完第三圈，黄绍竑却站起来说道：

"诸位，我不打了。"

李宗仁将牌往前一推，不满地说道："成也萧何，败也萧何，你要打牌，刚打三圈又不干了！"

"嘿嘿！"黄绍竑笑道，"德公，论打牌，我是老手了，往往前三圈赢了，打到第四圈却输个精光。我第三圈站起来不打了，也不收人家的钱，我岂不是赢家吗？何必打完四圈又变成输家呢？"

李宗仁明白黄绍竑说的是竞选的事，但他却愤然说道：

"打牌为了赢钱，竞选为了当选，为什么要在胜利的中途退出呢？你打牌的时候肯这样做吗？"

"打牌的时候，我当然不能这样做，因为四家是约定要打四圈或打八圈、十二圈的。中途退出，除非发生了什么事故，否则其他三家就不答应。竞选是没有约定的呢！你退出了，我们的代表都不入场参加决选，国民代表大会怎样收场呢？老蒋、孙科怎样收场呢？这就是我的一着妙棋，老蒋和孙科是绝对料不到我们会这样干的，这叫攻其不备。"黄绍竑这才将他的妙计和盘托出。

"对！"一直不说话的白崇禧眼睛一亮，果断地说道，"这倒是一个好办法。好似下棋一样，将他们几军，缓和一下局势，虽然将不死，打乱了他们的阵脚，办法就好想了。我同意德公宣布退出决选！"

"那就这么办吧！"李宗仁一拳打在牌桌上，好像一位正在挥师决战的将军，突然接到了撤退命令一样，一腔怒气无所发泄。

"呜呜……"郭德洁忍不住掩面伤心痛哭。

白公馆里正在连夜部署一场扣人心弦的大撤退……

第七十七回

假戏真唱　李宗仁发表声明
长袍马褂　蒋介石突然袭击

"娘希匹！"蒋介石狠狠地骂着，"要不是'行宪'期间，我非枪毙他李宗仁不可！"

蒋介石得知李宗仁宣布退出副总统竞选后，气得火冒三丈，在黄埔路官邸的客厅中大发雷霆。今天——四月二十五日，按计划要进行副总统的决选。根据蒋介石的部署，最后击败李宗仁已是不成问题的了。谁知，一早便传来李宗仁宣布退出竞选的消息，京、沪一带广播电台和新闻快报，竞相广播和登载，特别是李宗仁在报上发表声明说，"选举有某种压力存在，'国大'代表不能自由投票。……最近有人制造谣言，谓宗仁此次竞选，志在'逼宫'，谣诼纷兴，人心震撼。为肃清流言，消除误会，不得不放弃竞选，以免影响大会之进行"云云。接着报载《八百二十五名"国大"代表联名提案请保障投票自由》《试场舞弊，举子罢考，国民党监委酝酿弹劾案》《李宗仁先生已购二十七日机票飞平》……这简直像一座爆发的火山，炽烈的岩浆四处迸射，群情激愤，怒涛汹涌。蒋介石愤怒、惶恐、束手无策。国民大会中断了，国家机构瘫痪了，东北、华北枪声遍地，共产党正从外部杀来，国民党内却在自相残杀火并，这怎么得了哟！蒋介石焦头烂额，一筹莫展，不知如何收场！

"娘希匹！这就是你们要的民主自由呀！"蒋介石在咒骂着，骂完中国要民主自由的人，跟着又骂逼他效仿美国民主政治的美国人，"你们是在逼我饮鸩止渴，中国不是美国的一个州！你们懂吗？"

发脾气也罢，咒骂也罢，但不管怎样，总得圆场，否则，他这"行宪"后的第一届总统又如何做下去呢？眼下军事形势危急，通货膨胀，财政枯竭，要"戡乱"，要"剿共"，要安定大后方的人心。这一切都离不开美援，离不开国民党内部的统一。偏偏这时司徒雷登大使的那位私人秘书，又及时向蒋介石传达了美国政府和司徒大使对国民大会中断表示"关注"和"遗憾"的意向，更使蒋介石焦灼不安。现在，舆论大哗，弄得中外皆知，如不能及时收场，便"国将不国"了。忍耐，"小不忍则乱大谋"，这是蒋介石集数十年从政经验之大成，他咬了咬牙，为了不使局势失去控制，他忍让了，急召白崇禧到官邸来见。

"崇禧奉召谒见总统！"

一身戎装的白崇禧在侍从副官的引导下，步入客厅，向已当选总统的蒋介石致礼。蒋介石那脸部的表现，变化得真快，刚才还是一副红火暴怒的样子，当白崇禧一脚跨过客厅时，倏地便变得从容镇静，慈祥温和，他这一手功夫也许连那最有素养的演员也甘拜下风。因为那演员扮的毕竟是剧中的角色，他的感情的获得，乃是靠体验和分析；而蒋介石的表演却是真情实感——瞬间由暴怒到亲切，把怒火熄灭，把怒容拂去，换上温和慈祥的微笑——官场中的斗争，不也是一幕幕精彩的戏剧么？每个阶级、阶层的代表人物都在表演着历史赋予他的那一个特殊的角色！

"嗯，健生，你来了，很好，很好，嗯，这边坐，这边坐，请！"

蒋介石虽然当了总统，但与白崇禧相见仍是那么亲切，他微笑着，过来拉住白崇禧的手，让白与他并排坐在那双人沙发上。白崇禧心里感到甜滋滋的——黄绍竑这步棋下得真不错，把老蒋将得既乱了阵脚，又有口难言。白崇禧心里嘀咕着。他已从表情上估计到老蒋是召他来转圜的，既是这样，棋就活了。

"健生呐，北伐和抗战这两大关，我们是怎样闯过来的呢？"

蒋介石看着白崇禧，颇有感慨地说道。聪明绝顶的白崇禧，当然知道老蒋此时说这话是什么意思，但他却偏装糊涂，把眼睛眨了眨，说道：

"总统，这还用问吗？历史已明明白白地摆在那里，北伐和抗战的胜利是您英明领导的结果啊！"

"嗯嗯嗯，"蒋介石从语气上和脸部表情上，似乎对白崇禧的回答不完全满意，他"嗯"了几声后，才说道：

"北伐和抗战这两个时期，因有你和德邻同志的帮助，才取得了最后的胜利。对此，凡本党同志与国人，无不知晓。"蒋介石像一位权威的裁判，又像一位最公允的史家，把李、白的功劳摆到了国民党的功劳簿最显眼的那一页上——尽管这话过去与现在都无法在"正史"上查到，但这句话蒋介石不知对白崇禧当面说过多少次，几乎每次都收到了奇妙的作用。果然，白崇禧受感动了，他站起来，向蒋介石躬了躬身子——他那顶大檐军帽在进入客厅时，已交侍从副官挂到衣帽架上去了。

"总统过誉了！"白崇禧谦恭地说道，"崇禧和德邻追随介公数十年，对党国的贡献微不足道，微不足道，介公是参天大树，我等只能算几棵小草！"

"嗨，树也罢，草也罢，总离不开脚下这块土地啊！"

蒋介石忽儿从权威裁判、公允史家，变成了多愁善感的诗人，他拍拍白崇禧的肩膀，慨叹道：

"健生呐，战局如此危殆，党国之前途尚难逆料，大家千万不要再干'煮豆燃豆萁'的事啦！希望你劝促德邻，重新参加竞选。我一定全力支持他，以达到合作到底的目的，把国家推上民主政治的轨道，以慰孙总理在天之灵。"

"介公放心，我一定回去劝促德邻参加竞选，不负介公之厚望！"

白崇禧笑嘻嘻地说着，表情虔诚极了。看来，老蒋不得不让步了。如果李宗仁能顺利地通过决选当上副总统，而他手里又抓着三十个师的兵权，则无论是对共产党或蒋介石，都有着讨价还价的筹码，总之，这步棋是下活了。但为了使李宗仁在竞选中造成更有利的声势，白崇禧又不露声色地暗将了蒋介石一"军"：

"介公，我相信回去只要对德邻一转达您的厚望，他是会顾全大局、重新宣布参加竞选的。可是，也要设法保障'国大'代表们的投票自由呀，进行人身攻击的谣言和传单，半夜敲门吓唬代表的事，最好应该及时有力地制止，否则，难免还要出事。"

"这些事情，我也听说了一些，你和德邻他们都不必介意，这全是一小撮反动分子干的，他们希图破坏本党之团结，破坏国家民主宪政之实施，我一定要严加追究。"蒋介石顿时变得严厉起来，他说话的口吻和姿势，使他一下变成了一位民主宪政的伟大捍卫者。

白崇禧从蒋介石官邸辞出之后，感到意犹未尽，既然已经打开了突破口，何不再放一把火烧他一烧？他没有马上回公馆去向李宗仁、黄绍竑面报蒋介石召见的情况，而是驱车直奔马老板的安乐酒家，请马老板立刻备几桌丰盛的酒席，随后他命秘书给南京所有报馆和通讯社打电话，邀请记者到安乐酒家来开招待会。

却说南京各报馆的记者们，正在到处打听李宗仁退出竞选之后，最高当局如何应付这难堪局面的消息，他们分析形势，估摸情况，捕风捉影，做着种种预测。他们一听白崇禧要在安乐酒家举行记者招待会，职业的敏感使他们感到必有重要新闻采写，加之安乐酒家是桂系竞选的大本营，吃喝招待非常慷慨大方，因此他们一接到电话，无不立即直奔安乐酒家而来。

"先生们，女士们，我想，你们一定非常关注眼下副总统竞选的情况。"白崇禧开门见山地说道。他坐在一张长方桌边，桌上放着一杯清茶，面对围坐在摆着酒菜的宴席旁的中外新闻记者们，侃侃而谈，"我在一个小时前，才从蒋总统官邸到此……"

记者们知道白崇禧必有重要消息披露，便都不约而同地放下手中的酒杯、筷子或刀叉，忙拔出钢笔，打开笔记本。

"蒋总统亲自对我说，北伐和抗战，因有李德邻同志的帮助而得到最后之胜利。今天这个局面，还得要李德邻出来支持，才能使国家的民主政治走上轨道。他要我劝促李德邻先生重新参加竞选，并保证全力支持他，以达到蒋、李二人合作到底的目的。"

新闻记者们在快速地记录着白崇禧的讲话，白崇禧趁机呷了一口茶，接着说道：

"我向蒋总统禀报了有人在竞选中，别有用心地散布谣言和以传单对他人进行人身攻击和污蔑之事。对此，蒋总统十分愤慨，他说这是一小撮反动分子希图破坏本党之团结，破坏民主宪政之实施，他一定要严加追究，以保障代表和竞选人之正当权利。"

"部长阁下，请问您是站在何种立场说这番话的呢？"一位外国记者问道。

"本人站在党国之立场说话！"白崇禧严肃地说道。

"白部长，在您转述蒋总统之谈话中，是否掺进了您个人的某种观点！"一位中国记者问道。

"蒋总统的观点就是我的观点。"白崇禧巧妙地答道。

"李德邻先生会重新参加副总统竞选吗？"记者问道。

"李德邻先生是位光明正大、顾全大局之人。"白崇禧以十分肯定的口气暗示道。

"部长先生，请问您向报界披露蒋总统之谈话，事前得到过他的同意吗？"一位干瘦的老记者插进来问道。

白崇禧心里一愣，忙狡黠地笑道："我从民国十五年起便当蒋先生的参谋长，自信能正确理解他的意图。"

白崇禧能言善辩，为人机警，回答问题十分巧妙，他的每句话都使这些善于钻牛角尖的"无冕之王"们无懈可击、无破绽可钻。他的谈话又是很有分量的新闻，因此记者们也不再追问，连那丰盛的酒席也无暇顾及，便纷纷回去向各自的报纸发消息去了。蒋介石的消息也非常灵通，就在白崇禧的记者招待会刚结束，蒋介石便从官邸打电话到安乐酒家找白崇禧质问：

"健生呐，你怎么把我的话都向报界公布啦？"

"啊啊！总统，我不知道您的话不能向新闻界披露呀，既然如此，我打电话要他们不要见报好了。"白崇禧歉疚地说道。聪明人之所以比糊涂人聪明，在于他会装糊涂，甚至装得比糊涂人还要糊涂！

"算了吧！我看见见报也好！免得他们到处捕风捉影，弄得人心惶惶。"精明的蒋介石竟也变得糊涂起来了，比聪明的白崇禧更加糊涂。

白崇禧由安乐酒家驱车回公馆，忙向李宗仁和黄绍竑说了蒋介石召见的谈话内容和记者招待会的事，黄绍竑听着听着，不禁"扑哧"一声大笑起来，他在白崇禧肩上擂了一拳：

"你这'小诸葛'，干得实在太妙了！"

"关于取消放弃竞选的行动，总不能与老蒋私相授受，要由主席团出来转圜才行。"李宗仁说道。

"对！"黄绍竑点头道，"老蒋亲自劝德公重新出来竞选，德公在政治上就处于有利地位了，赢得了这几天时间，我们的文章也就好做啦。"

"怎么做法呢？"李宗仁问道。

"还是攻其不备！"黄绍竑说道，"老蒋虽然说不袒护任何一方，但他的话不足信，他必定还要在暗中施加压力，全力支持孙科，德公失去一些票是肯定的，华北和东北方面的票子，有一半要被孙科拿走，广东插不进去，其他地区，CC系和黄埔系把得都很紧，再挖也挖不出多少票子了，我看只有一个地方可以挖出一大把来。"

"哪里？"李宗仁问道。

"浙江！"黄绍竑答道。

李宗仁和白崇禧不禁失声笑了起来，白崇禧道："浙江是老蒋的祖坟啊，他能让你去挖吗？"

黄绍竑笑道："这就叫做攻其不备了。人们一向认为浙江是CC系的堡垒，是不易攻破的。现在趁老蒋支持德公重新出来竞选，我不妨去挖挖他们的墙脚。你们知道，我在浙江前后两次共做了十年的省主席，和省里的'国大'代表们都熟识，彼此相处也不坏，我既然做过两次省主席，难道他们不怕我会做第三次省主席吗？"

"有道理，有道理！"白崇禧点头道，"程颂云那边的票子，由我和德公去拉，两湖方面，我们是有基础的。"

四月二十九日，"国大"重开，多灾多难的副总统竞选也就进入了最后的决选阶段。也许是因为这场选举旷日持久，中间风云变幻，争斗激烈，蒋、李双方又都全力拼搏，志在必得，因此决选这一天，自然就非常引人注目了。不仅中外记者们非常活跃，就是各个阶层的人们对这天的决选也都非常关注。上海的股票商们更是把眼睛盯得大大的，他们掌握的公债证券价格，将随着某一个人的当选而确定上涨或下跌。"大世界"里的赌场，竟也有人以孙、李当选为押宝对象。

南京城里，无数的人为这次决选弄得精神非常紧张，据说中央医院里在不断收治高血压和心脏病人，不少人是从"国大"会场里被临时匆匆抬来的。而最紧张的除了孙科和李宗仁两人之外，就数这三个人了：蒋介石、司徒雷登、黄绍竑。他们作为幕后的策划和支持者，都没有亲临会场，而是躲在各自的房子里，一大早便拧开了桌上的收音机，在聚精会神地倾听着广播电台在现场的转播。除了收音机外，他们身旁都还摆着几部电话机，随时接听他们自己的人从现场打来的电话。

"中央广播电台，我们现在在国民大会堂播音……"

收音机里，传来女播音员娇滴滴的声音。蒋介石、黄绍竑、司徒雷登的神经顿时紧张起来，仿佛那女播音员正通过无形的电波，倏地一下，抓住了他们的神经中枢。

蒋介石屏声静气，坐在一张安乐椅前，两只眼睛紧紧地注视台上那台从美国进口的最新式收音机，收音机的外壳装饰得非常漂亮华美，特别是在左上方那只随着声波变化不定碧绿闪烁的"猫眼"，最为别致。宋美龄坐在蒋介石旁边的一张椅子上，嘴里不知正嚼着什么东西，两只嘴唇轻轻地灵巧地动着，没有一点声音。她的神经也像蒋介石的神经一样紧张，因为蒋介石要推孙科出来与李宗仁对抗，曾派宋美龄去找孙科，宋美龄用英语和孙科密谈，促孙出马竞选，并保证为孙筹足竞选经费。孙科参加副总统竞选后，宋美龄更是卖力为孙助选，现在，到了这最后关头，她如何不紧张呢？

黄绍竑躲在白公馆的一间房子里，坐在一张藤椅上，两只眼睛也盯着那台由美国进口的收音机——当然，无论是外壳的装饰或者音质，都是无法与蒋介石官邸那台收音机媲美的，不过在中国拥有收音机的家庭中，那也算是第一流的货色了。他本来就患着高级官僚中的一种通病——高血压，心脏也有点毛病，加上连日来为李宗仁竞选出谋划策，绞尽脑汁，他的血压已极不稳定，到了这最后的关头，他的血压也随着竞选的高潮，正在渐渐升高。李宗仁和白崇禧怕他发生意外，特地为他派来了一名经验丰富的保健医生和两名助手随侍在旁，医生准备了一切抢救的器械和高级药品，以防不测。

无独有偶，司徒雷登大使也患有高血压和心脏病，他坐在自己那台心爱的收音机前，吞下了几片药片后，才敢把收音机打开，并在心里暗暗地为李宗仁祈祷一番："愿上帝保佑他！"

"投票已经进行完毕，检票员正在打开票柜检票。验票完毕。唱票开始——"收音机里传来了女播音员那紧张得有些走调了的声音。

司徒雷登大使又吞下了两片白色的药片，才镇静地坐下来，倾听唱票。他的右手掌不大自然地贴在左胸部，不知是心脏不适还是正在继续为李宗仁做着祷告。

"孙科，二百五十三票；李宗仁，二百五十票。"

每唱孙科的票，孙派的代表就爆发一阵热烈的掌声；唱到李宗仁的票，李派的代表也报以一阵热烈的掌声。收音机里，掌声此起彼伏，颇似西班牙斗牛士乐曲中的疯狂旋律。

"孙科，三百八十四票；李宗仁，三百七十九票……"

司徒雷登大使拿起一个小药瓶，从里边倒出两颗红色的药丸，放在掌心里掂量着，正在考虑是否马上需要吞服下去……

在另一台美国收音机前，黄绍竑觉得自己的心脏跳动似乎正在隐隐加快，头也好像在变得越来越大，呼吸的频率变得短而促了。那位经验丰富的保健医生，不声不响地把血压计放到黄绍竑的右手旁，轻轻地卷起他的衣袖，呼哧呼哧地为他量起血压来，血压计上，红色的水银柱在慢慢上升，160／100毫米汞柱。保健医生暗暗地吃惊，接着又将听诊器伸到黄绍竑的心窝部，医生听到了一阵阵不规则的擂鼓声。

"黄委员，请您服药。"保健医生轻轻地说道。

黄绍竑也不看，伸手接过药便往嘴里送，又喝了一口水，把药咽下，两只眼睛仍旧紧紧地只顾盯着那台美国收音机，仿佛那是上海跑狗场中正进行奔跑的赛狗——黄绍竑及许许多多的赌客，全把赌注押在它的身上了。

在那台由中国人享用的最高级的美国收音机跟前，却是另一番模样。蒋介石接过侍者递过来的一条散发着美国香水味的温热毛巾，轻轻地抹了抹唇上的一抹短须，然后轻松地朝安乐椅上一靠，微微地闭上了双眼，但耳朵的神经宛如一对高灵敏度的接收天线，正一丝不漏地从收音机中收听一切音响讯号——好在那收音机精度极高，没有点滴杂音，效果好极了，除了唱票声和鼓掌声外，没有任何干扰。宋美龄的两只嘴唇仍在轻轻地动着，显得闲适而优雅。

"大令，我们这一注押中了！"她眉飞色舞地说道。她不喜欢赌马、赌狗之类的玩意儿，却在回力球场玩过红蓝大赛的博注。

"嗯——"蒋介石由鼻腔里发出一声不置可否的回答。他到底是军人出身，又在孙中山和许崇智手下当过多年的幕僚，深知两军鏖战，谁胜谁负，往往在最后几分钟甚至一两分钟里才能决出。记得民国十一年夏，孙中山总理指挥北伐军，由韶关出发，一举攻入江西，直下赣州，大有势如破竹之势。谁知陈炯明在广州一声炮响围攻总统府，胜利在望的北伐攻势便一败涂地，连孙中山本人也差点葬身鱼腹。历史上这样的教训实在太多了！

"孙科，五百六十九票；李宗仁，五百七十票……"

蒋介石的眼睛稍稍动了动，但却并不睁开；宋美龄那动得优美的嘴唇，停了几秒钟，又闲适地运转起来，她很佩服蒋介石那沉得住气的大将风度。

"孙科，哎呀！孙字下加了一走刀，变成逊色的逊了，逊者，让位也，差劲也！请问监票员，这'逊科'有效吗？"

收音机里，突然冒出这个令人啼笑皆非的怪里怪气的声音来。原来，有的国大代表有意在孙科的姓下加了一个走刀。监票员是倾向孙派的人，对此采取"打鸟政策"——睁一只眼闭一只眼，把这张本来应作废的选票也放过了，偏偏那唱票员又是倾向李派的人，便临时作了发挥，一来揭揭监票人的老底，二来可嘲弄孙派一番。他这一发挥，弄得整个会场笑的笑，骂的骂，又从麦克风里转播到收音机里，这个笑话顷刻间便传遍千家万户，扬之海外！

那位中国通司徒雷登，听了不禁嗤声一笑，随手将掌中那两粒红色药丸，慢慢放入瓶中。

"科名已经逊色走腔，你们还有什么希望？哈哈！快投降吧！"黄绍竑听了直拍手称快，对着那台美国收音机又喊又叫，手舞足蹈。那位保健医生只管盯着他，像提心吊胆地看一个醉汉在结着薄冰的河面上蹦跳似的。

"混蛋！"蒋介石倏地从安乐椅上蹦起来，对着收音机喝骂一声，把宋美龄吓了一跳。他抓过电话筒，狠声狠气地下命令：

"马上给我查一查那张选票是怎么回事？"

"总统要查……哪一张选票？"对方一时没弄清蒋介石的意图，因为选票有成百上千张。

"混蛋！"蒋介石又喝骂一声，"就是刚才加了笔画的那张！"

"是！"对方终于弄明白了，蒋总统要他查的是"逊科"那一票。

选举会场喧闹了一阵，随即又平静下来，唱票员又接着唱票了：

"孙科，八百四十二票；李宗仁，九百二十三票……"

蒋介石再也坐不住了，在室内来回不停地走动着，宋美龄那嘴唇已经失去闲适优美的姿势，正在上下左右地乱动着。

"啊，我的上帝，您可听到了，这是多么美妙的声音！"

司徒雷登听着收音机里李宗仁的选票已处于领先地位，掩饰不住心中的欣喜。李宗仁是美国政府用来对付蒋介石独裁和共产党的一张牌，这张牌看来是打赢了，今后，他便可以把中国办成他的燕京大学了。他不需要当这所大学的校长，只需要在校园里骑骑马，打打猎就行了，反正，校长有什么事是会来找他的……

黄绍竑把身子仰靠在藤椅上，两只眼睛望着天花板，在洋洋得意地吹着口哨，他浑身飘飘然，仿佛已经飘到紫金山顶，这秦淮之故都，六朝金粉之地，已尽入彀中。那位保健医生仍不敢放松一点警惕，始终注视着还在薄冰上蹦跳不止的"醉汉"，仿佛耳畔已听到了冰层内部断裂的某种危险讯号……

"孙科，九百八十票；李宗仁，一千二百二十票；孙科……李宗仁……孙科……李宗仁……"

收音机里，为李宗仁鼓掌的声音越来越热烈，孙科得到的掌声越来越稀拉，最后，有椅子的响动声，有杂沓的脚步声——这一切预示着孙科大势已去，孙派的代表已相继离开会场，收音机里，已完全为李派的鼓掌声所统治。

"孙科，一千二百九十二票；李宗仁，一千四百三十八票。"——又一阵狂热的掌声。

"选举结果，李宗仁先生依法当选为副总统！"

大会执行主席最后宣布了选举结果——掌声，经久不息的掌声……

哗啦——砰！

蒋介石飞起一脚，踹翻了桌上那台最高级的美国收音机，宋美龄吓得"呀"的一声惊叫起来，两片嘴唇像被什么东西突然粘住了似的，再也不会动了。蒋介石一手抓着手杖，一手抓着那件黑色的有拿破仑气派的披风，吼叫一声：

"备车！"

几名侍卫官像由墙缝里钻出来似的，一下子出现在蒋介石前后，下得楼来，那辆黑色的防弹轿车已停在阶下，侍卫官打开车门，蒋介石一头钻了进去。

"总统要上哪里去？"侍卫官问道。

只听到急促的喘气声。侍卫官看了蒋介石一眼，只见他脸色铁青，鼻孔和嘴咻咻地吐着气，一声不吭。根据以往的经验，蒋介石凡遇到不顺心的事，烦恼起来时，几乎都要到中山陵去散心。今天，看他气成这副模样，当然又是要到中山陵去了。因此，侍卫官便吩咐司机道：

"上陵园。"

汽车出中山门，穿过浓荫

报纸发表李宗仁当选中华民国首届副总统的消息

1948年4月29日下午，李宗仁当选副总统后，代表们把李夫人郭德洁抛起欢呼

蔽日如绿色长廊的陵园路，来到了陵墓前的半月形广场。汽车刚刚停住，蒋介石忽然歇斯底里地叫喊起来：

"回去！回去！"

司机忙掉转车头，从陵园道上开回黄埔路官邸，可蒋介石才下车，却又一头钻了进去，仿佛他的魂方才在陵园里失落了，马上要去拾回来似的。侍卫长见蒋总统情绪如此反常，不知发生了什么大事，生怕他失去理智突然驱车自杀，忙临时又调出四辆小车，带上侍从医官和增加侍卫人员，以两部小车在前开路，两部小车随后紧跟，以防不测。当总统车队鱼贯驶出中山门，再次奔上陵园路时，蒋介石又一次歇斯底里地叫喊起来：

"转头，转头，我要上汤山去！"侍从人员听了无不愕然，司机只得再次调转车头，朝城东南，距中山门约三十公里的汤山开去，那里有蒋介石的温泉别墅。

在蒋介石一脚端翻收音机、怒气冲冲出走的当儿，司徒雷登正举起一杯盛满白兰地酒的高脚玻璃酒杯，与他的那位私人秘书傅泾波干杯呢！

黄绍竑还好，总算没有倒下去，他从那张藤椅上站起来，感到有点头晕，保健医生忙将他扶到旁边一张卧榻上躺下。他轻轻地舒了一口气，像一名体育教练员似的，他虽然没有直接上场拼搏，但长时间的运筹帷幄，精心谋划，可谓呕心沥血。如今，总算打败了对手，他才感到极度疲乏。但这是一种满足的疲乏，一种骄傲的疲乏。自从民国十九年他在北流打了败仗，后来又在衡阳打了败仗，便脱离了军事生涯，专攻政治。民国二十六年，蒋介石任命他为军事委员会作战部部长，旋又调他到山西去任第二战区副司令长官，辅佐阎锡山指挥长城抗战，但照样是打败仗——当然战败责任也不应由他全负。从此，他对军事已不是那么感兴趣了，他感兴趣的是政治，他成了一名干练的官僚、精明的政客，在官场的激烈角逐中，逐步得心应手。在这次为李宗仁主持竞选工作、争夺副总统的过程中，他的聪明才智得到了充分的发挥，他妙计频出，攻守自如，出其不意，攻其不备，弄得对手防不胜防，使李宗仁由被动变成主动，由劣势变优势，最后将强有力的敌手击败。虽然打的是孙科，但拳头却落在蒋介石身上。这是一场打得非常漂亮的胜仗，那神出鬼没的手段，无论从政治上、军事上还是棋弈上都堪称奇妙的战术。黄绍竑正陶醉在他的政治棋局之中，白公馆里已响起喜庆的鞭炮声，人们弹冠相庆，好像在庆祝第二次抗战胜利似的。白公馆门口车水马龙，贺客盈门，李宗仁夫妇春风满面，在堂上堂下奔忙着，接受各方客人的祝贺。聪明好动、极善交际应酬的郭德洁，现在得到了施展她女性才干的最好时机……

黄绍竑忽然感到一阵冷落寥寂，他的兴致早已从紫金山顶降落到地面。他仍躺在那张卧榻上，身旁只有那位尽心尽职的保健医生厮守着他，没有人向他祝贺，也没有人向他慰问，李、白他们都在忙得不亦乐乎，由他们忙去吧！他的思绪仍在驰骋，但却没有飘然而入太空，他想得很远，又想得很近，还想得很怪：李宗仁为首的桂系在这次副总统的竞选中，击败了老蒋支持的孙科，打破了抗战八年来蒋、桂之间因御外侮达成的妥协，这种斗争进入了一个新的阶段。桂系要问鼎，老蒋要护位，美国人第一次把宝押在李宗仁这边，好戏还在后头哩！黄绍竑冷笑一声，蒋介石向桂系反扑，下一个回合的较量很快就会开始。抗战中，有个叫孙殿英的军阀，据说是专吃"摩擦饭"的。在蒋介石政权中，黄绍竑是专吃"派系饭"的。他忽儿倒向桂系，忽儿倒向蒋系，只要桂系存在，蒋介石便得重用他；而只要蒋介石威胁着桂系的生存，李、白就仍会紧紧地拉着他不放。他虽然在帮助李宗仁竞选中，狠狠地踢了蒋介石几脚，但蒋介石是绝不会就此扔掉他的。就像主人的手杖，有时用得不对劲，也会戳到自己脚面上的，但主人并不因此就扔掉它，因为他在下一次出门时，还得用它。

当然，黄绍竑也感到某种忧虑，似乎有一种不祥的预感在向他袭来。内战之火势如燎原，东北败局已定，华北岌岌可危，国民党似不可能阻挡共产党在军事上的胜利。这次副总统的竞选，再一次把国民党内部的派系斗争进一步激化了。"国大"的召开，"宪政"的实施，表面上看似乎是蒋介石在政治上的胜利；而李宗仁在竞选中，桂系使尽浑身解数，争到了副总统的宝座，蒋、桂双方在自己的近期目标上都是胜利者，但黄绍竑却感到一种"忽喇喇似大厦倾，昏惨惨似灯将尽"的崩溃景象已经不远了。他并非杞人忧天，也许是这些年来，他在蒋、桂之间扮演了一种两栖政客的角色，对他们各自的弊病看得比一般人更清楚。此时，他想到了老友李济深，李济深走的路子和他不一样，李一向不满蒋介石的统治，是国民党内的反蒋派。民国二十二年，李济深和陈铭枢在福建树起反蒋旗帜，组织福建人民政府，黄绍竑在暗中也插进去了一只脚，但后来一看风向不对，赶忙缩回去了，他跑到内蒙去躲得远远的，直到福州已陷，李济深、陈铭枢等作鸟兽散，他才回到南京，既没有得罪李、陈，又无把柄被蒋介石抓住，总算没有掉下"水"去。自从今年一月，李济深在香港组织"民革"后，即不断有信来给黄绍竑，晓以大义，劝他到香港去革命。但黄绍竑这时如何肯去？不过，他是不会拒绝李济深的好意的。他要等混到最后的时候才去，什么是最后的时候？黄绍竑心里明白得很，那就是他的"派系饭"吃不成了的时候——老蒋和李、白两方都同归于尽之时。到这一天还有多少时间？他说不清楚，但他感到，自己迟早是会到李济深那里去的。是李济深使他羽毛丰满，又是李济深把他推上中国政治舞台，也许，李济深还要把他带到一个陌生的地方去……

外面鞭炮声依然密密麻麻地响着，天色已近黄昏，黄绍竑感到百无聊赖。他从卧榻上起来，取下礼帽和风衣，提上手杖，对保健医生说道：

"我趁黄昏这班车回上海家里休息去了，德公问到我，你就说我走了。"

总统和副总统已经选

1948年5月20日，蒋介石、李宗仁在南京就总统、副总统职

出，转眼间便到了正、副总统就职典礼的
日子。五月二十日，南京街头张灯结彩，
鞭炮喧天，煞是热闹。坐落在国府路上的
总统府，早已粉饰一新。这儿早年间曾是
清朝的两江总督署，民国元年，孙中山先
生在此宣誓就任中华民国临时大总统，为
总统府。后来，袁世凯篡夺了辛亥革命的
果实，将总统府迁到北京，这里便成为江
苏督军署。北伐后，蒋介石定都南京，在
此设国民政府，将屋宇翻修一新，大门上
那由水泥塑制、字面贴金的"国民政府"
四个字，乃是当过国民政府行政院长的谭
延闿所书。现在蒋介石为了赶上总统和副
总统就职典礼，临时命人将"国民政府"

李宗仁副总统与夫人郭德洁

四字铲去，由监察院副院长周钟岳书写"总统府"三个大字，因仓促换招牌，只好
用木板锯出字形，贴上金箔，草率地钉在门楼上。总统、副总统就职典礼的地点在
总统府的大礼堂。当年，孙中山先生也在此宣誓就任临时大总统职，时间过去了
三十七年，这个礼堂也有些变化，原来的旧花厅屋面已被翻新，延伸到花厅外的天
井，面积比原来扩大了三分之一，室内的柱子包上了装饰板，地面也铺上了花瓷方
砖，四围加装了护壁板，礼堂大门改为南向，前面辟出一条过道与中间穿堂相连。
过道两边墙上嵌黑色大理石护壁和朱漆柱，顶上做有暗花玻璃藻井，还配置了灯
光。礼堂门口，悬挂四盏古色古香的大宫灯。

上午九时，礼堂内参加典礼的数百名文武官员和外国来宾身着礼服，济济一
堂，等待着总统和副总统登台行就职典礼仪式。赞礼官高声宣布，总统、副总统就
职典礼开始后，穿着长袍马褂的监选人吴稚晖首先登台，接着又上去一文一武两名
官员，文官乃是国民代表大会秘书长洪友兰，武官是总统府参军长薛岳。洪友兰穿
一套硬领燕尾服，左手捧着一顶黑呢大礼帽，那模样，很有点像个登台表演的洋人

魔术师。参军长薛岳着陆军便服，胸前挂着一排勋标，虎头虎脑，有几分金刚气派。文官武将在台上依次站定之后，赞礼官喊声："恭请总统、副总统就位！"在二十一响礼炮声中，身穿鸽蓝色长袍、罩一领黑色马褂的蒋介石旁若无人地走上台，他胸前挂一枚特制的青天白日勋章，站在总统的位置上，颇具元首风度。在蒋介石登台站定之后，副总统李宗仁也随之登台，他穿一身陆军便服，胸前挂着一排大大小小的勋章，走到总统蒋介石身后站定，活像一名大副官，台下的文武百官和外国来宾顿时窃窃私语。李宗仁尴尬得脸上直发烧，一腔怒火，无处出，只得打从两只眼睛里烧起来。

原来，在典礼仪式前几天，李宗仁曾派人向蒋介石的侍从官请示在典礼仪式上穿何种服装，蒋介石说应穿西式大礼服。李宗仁听了将信将疑，因为蒋介石提倡民族精神，他本人也一向除了军装便穿长袍马褂这类民族服装，何以当上总统竟要穿西装？但蒋介石既有指示，李宗仁只好照办，遂连夜命人到上海去请有名的西装店赶制一套高冠硬领的燕尾服。西式大礼服刚刚做回来，侍从室又传来蒋介石的手谕，说典礼仪式上总统、副总统均着军便服，李宗仁又只得照办。这天早晨，李宗仁穿上军便服，佩上半胸勋章，来到总统府大礼堂，见前来参加庆典的文武百官皆着鲜明整齐的礼服，各国来宾也均着最华贵庄严的大礼服，他才感到自己作为副总统穿军便服，其身份与这庆典的庄严气氛极不协调，但他想，总统也穿军便服，我这副总统穿军便服又何妨呢？谁知蒋总统身着长袍马褂昂然登台就位，李宗仁着一身军便服在其后伫立，顿时形成一文一武的配置，李宗仁副总统的形象与参军长薛岳无异。在众目睽睽之下，李宗仁感到难堪极了，他第一次尝到了当副总统的滋味……

第七十八回

蒋桂角逐　白崇禧被摘乌纱帽
尔虞我诈　黄绍竑一计释两嫌

　　白公馆里冷冷清清的，与李宗仁竞选副总统时的热闹场面相比，现在简直到了门可罗雀的地步。白崇禧看着夫人马佩璋正在房间里收拾东西，什么话也不说，只管独自坐在沙发上出神。白夫人精明能干，极善理财，现时正用马国瑞的化名担任正和商业银行董事。说起白夫人投资办银行的事，亦足见其有先见之明。抗战胜利后，白崇禧虽在南京政府中任国防部长要职，但白夫人觉得时局不稳，便对白崇禧说道：

　　"我们有十个儿女，年纪都还幼小，现时局势变幻不定，一旦垮台，全家即成饿殍，我们的年纪都老了，不能不预作后退地步，早为安排。"

　　夫人这话，倒提醒了白崇禧，这些年来，北伐、倒蒋、抗日，他一直戎马倥偬，现在又忙于"剿共"，忙忙碌碌几十年，眨眼间便是五十来岁的老人了，对身后之事，他一直无暇考虑，今听夫人一说，便点头说道：

　　"是呀，这个事真的要考虑！"停了一会儿，便说道："旭初和鹤岭最近赠送我法币一亿元，我准备将六千万元投资正和商业银行，以四千万元投资'正和'开

白崇禧夫妇和他们的十个子女

设的远洋进出口贸易公司，这事就由你去办好了。"

马佩璋确实能干，她摇身一变，便成了正和商业银行的董事，但为了掩人耳目，她化名马国瑞。正和商业银行总行设在上海，广州、重庆、昆明、梧州、香港设有分行。白崇禧一家的后路，总算有了稳妥的安排。但是，法币价值日日低落，银行头寸吃紧，金融市场也变得像国内政局一般变幻莫测，风险日巨。好在白崇禧财源不绝，安徽有李品仙、广西有黄旭初替他顶着。银行头寸紧急的时候，他还可以凭关系打电话到上海请杜月笙帮忙。不过，在李宗仁竞选副总统的时候，由于桂系在财力上全力以赴，安徽、广西的钱几乎都集中运用到竞选中去了。恰在这时，"正和"头寸告急，白崇禧请黄旭初垫款救急，黄旭初一时垫不出这笔巨款，李宗仁竞选钱花得有如流水一般，正和商业银行却处于不生不死、行将倒闭的状态。马佩璋不由又急又气，多次数落白崇禧：

"当初我劝你到前方去'剿匪'，千万不要卷入政治旋涡。你不听，用那么多钱去买一个副总统，不如多办几个银行！"

白崇禧当然不好说什么。起初，他是不赞成李宗仁竞选副总统的，当然那并不是为的白夫人所计较的金钱，他是不想和蒋介石把冲突公开化，他念念不忘的是那三十个师的兵权，在他的观念中，只要有兵，便都有一切——总统、副总统乃至所有的银行……现在，竞选已到短兵相接的白热化程度，他不坚决支持李宗仁抢到副总座的宝座，不仅李宗仁下不了台，而且整个桂系团体将失尽面子——当然也将失去美国人的支持。白崇禧到底是一员出色的战将，他把支持李宗仁竞选作为一仗来打，尽管他把出头露面的事让李宗仁和黄绍竑去干，他在暗中大力活动，使蒋介石少受些刺激，以维持他们之间的微妙关系。白夫人虽然精明过人，但她太多的是站在个人的立场来观察和考虑问题，她见白崇禧不说话，便又气愤地说道：

"黄旭初和李鹤龄只晓得为德公抬轿，全然不管我们的死活，再不想办法，'正和'就要支持不下去了！"

"我马上打电话给杜月笙，请他帮忙。"白崇禧说。

杜月笙是上海的闻人，由他任董事长、常务董事的银行就有五家，信托公司三家，轮船航业公司三家，电气公司八家……杜月笙与蒋介石有着特殊关系，在"四一二清党"中，与白崇禧结识，攻打上海工人武装纠察队大本营——商务印书馆时，白就使用杜月笙的流氓组织打先锋，而收到了奇效。正和商业银行几次头寸扎不平，白崇禧都是半夜由南京打电话到上海请杜月笙帮忙，杜皆立即借款使"正和"渡过了难关。

白崇禧的电话打到杜月笙公馆，杜闻人正在烟榻上过瘾，他闭着眼睛，说道：

"白部长，难呐！正和银行的远洋公司抵押的货物都属冷门，难于脱手，若再借款，敝人的几家银行都吃不消啊！嗯嗯，实在爱莫能助啊！听说，李德公竞选副总统，筹集了不少款子，可否……"

此时白崇禧怎么好去向李宗仁借钱呢？他咬咬牙，又打电话到上海找中国银行董事长张公权和交通银行董事长钱新之请求帮忙，不想张、钱皆与杜月笙如同出一辙，不允借款维持。无论白崇禧和马佩璋怎样挣扎，最后正和商业银行还是倒闭了。其中尤以香港正和银行倒闭为最惨，储户尽属贫穷的劳动人民和小商小贩，有的因该行倒闭，存款无着，生计断绝而举家自杀。内地与香港之报刊，遂纷纷载文揭露南京某部长开设的正和银行倒闭的消息，弄得白崇禧夫妇如坐针毡！

也就差不多在这个时候，李宗仁以广西、安徽两省的财力为后盾，在黄绍竑的得力谋划下，击败了竞选对手孙科，当上了副总统。在贺喜的鞭炮声中，马佩璋噘着嘴，不高兴地嘀咕着：

"德公升官，我们倒霉！"

"有得必有失！"白崇禧只说了这一句，便不再作声了，打仗如此，官场中的角逐又何尝不如此？白崇禧相信，在竞选中桂系打了一场漂亮的胜仗，往后的棋局，就更好走了，因为美国人明显地支持李宗仁。他虽然倒闭了一个正和商业银行，但在中国政坛的大"银行"里，他又投资了一笔"巨款"，成了一名屈指可数的大"股东"。正、副总统就职后，蒋介石总统即组阁。现在，轮到他来向李、白算账了。他首先免去白崇禧的国防部长职务，遗缺以何应钦继任，以顾祝同任参谋总长，白崇禧调任华中"剿匪"总司令部任总司令。白崇禧见蒋介石竟把他降职使用，气得当着蒋总统的面，大喊：

"不干！不干！"

孙中山死后，国民党内只有胡汉民敢以元老的资格和蒋介石当面顶撞。胡汉民死后，便再没人敢当面和蒋介石顶撞了。李宗仁和白崇禧与蒋介石有着特殊的历史关系，加上有桂系实力作后盾，他们比国民党内任何一个地方实力派和军政要员腰杆都硬一些，因此有时敢当着蒋介石的面发脾气，蒋对此也无可奈何。

"健生兄，华中地区乃是一要害之地区，你应顾全党国利益，请自即日起赴任。"蒋介石倒并不生气，耐心地开导着白崇禧。在此之前，蒋已撤掉了安徽省主席李品仙，现在撤白崇禧的国防部长，然后再把李宗仁高高地吊在石头城上，这样便可把桂系制服。蒋介石早已成竹在胸，他像一头狮子猎捕来一只小动物似的，先把猎物玩弄一番，然后再慢慢地消受。不管猎物怎样发怒，狮子总会沉着镇静地捋着唇上的胡须，显得特别雍容大度。

蒋总统说得口干唇燥，白崇禧还是无动于衷，拒不到武汉上任。为了避免蒋介石的纠缠，白崇禧回到公馆，便叫夫人马佩璋收拾东西，准备到上海闲居散心。

"这下倒好，李德公升官，我们丢官退财！"马佩璋一听白崇禧被蒋介石摘去了国防部长的乌纱帽，气鼓鼓地埋怨了起来。

白崇禧坐在沙发上，一言不发。的确，李宗仁竞选副总统这步棋，对桂系来说，是祸是福很难说，而对于白崇禧个人来说，却是很大的损失，他觉得自己付出的代价实在太大了：银行倒闭，失官丢兵——蒋介石原先给他指挥的那三十个师，现在由刘峙接过去了。他怨恨不已，恨蒋介石，怨李宗仁，怨黄绍竑，也怨他自己。如果没有这一次副总统的竞选，他的日子会好过得多。他一向是个重实力、讲策略的人，在对待夺取蒋介石地位的问题上李宗仁想硬夺，白崇禧要智取，黄绍竑讲时机。在竞选副总统这场斗争中，李、黄、白的想法都从各个不同的角度得到了发挥，因此李宗仁取得了胜利。但是，李宗仁得到的不过是一个空位。在正、副总统就职典礼仪式上，白崇禧看得最为清楚——李宗仁一身军便服站在穿长袍马褂的蒋介石身后，活像个侍从副官。"早知如此，何必当初！"白崇禧慨叹着，像个事后诸葛亮。但现在他得考虑自己该怎么办了，去当华中"剿总"总司令，对他是一种降职使用，别人或许受得了，而对于一向自负的白崇禧来说，是无论如何受不了的，这口怒气无处出，他决定携眷到上海去闲居，看老蒋拿他怎么办！

"到上海去，开销大得很，眼下过得去，可后路无着落，也不是个办法呀！"马佩璋一边收拾东西，一边叨咕着。也难怪，正和银行没倒闭前，银行每月有几千美元送到上海的家中供家用，再加上其他收入，日子过得很不错，不仅眼下不愁，便是子孙后代也不必担忧。可是，曾几何时，银行倒闭了，白崇禧官也丢了，时局越来越不稳，人心惶惶，叫她如何不着急呢？

"横竖老蒋要派人来请我，没有我他是打不了仗的。北伐、抗日要没有我，他过得了吗？"白崇禧似乎把一切都算准了，他宽慰着夫人，"你不要只看着银行里那几个钱，'正和'倒了，我没倒嘛！"正说着，李宗仁派程思远给白崇禧夫妇送行来了，马佩璋听着，气又上来了，他冲着程思远说道：

"思远！你同邱毅吾[1]做了一桩好事：把德公选为副总统，而把我们健生拉下台了！"

程思远尴尬极了，一时不知说什么才好。

白崇禧到了上海，住在虹口他的大公馆里，沪西也还有他的一座别墅，子女也都在上海读书，亲朋故旧多得很，一切都极便利。到上海第二天，上海市市长吴国桢便亲自到白公馆拜访，请白崇禧夫妇吃饭。接着便是杜月笙请吃饭、看戏。杜闻人一见面，少不得先叫一道苦，对于"正和"的倒闭委实爱莫能助，并非见死不救。白崇禧心里明白，向杜闻人打着哈哈，遂不再提此事。白崇禧在紧张的军旅和

---

[1] 邱昌渭字毅吾，李宗仁的竞选事务所负责人。

幕僚生涯中度过了大半辈子，他平素做事认真负责，事业心很强，无论是指挥作战，还是辅佐李宗仁、蒋介石，他都是把整个精力用在事业上，兢兢业业，公而忘私，李宗仁或蒋介石在这方面都对他无可挑剔。据说，北伐和抗日的时候，他曾多次路过杭州，但都没有兴致游玩。现在，既然无官一身轻，何不趁此到杭州一游？他带上夫人子女，挂上一辆专列，到杭州悠哉游哉去了。这一切，当然有人及时向蒋介石做了报告。

白崇禧算得真准，蒋介石果真派人来请他了。这天，总统府秘书长吴忠信专程由南京到上海，来请白崇禧回去。吴忠信是贵州人，既是蒋介石的亲信，又是李、白的朋友，他在蒋、桂两方都是说得上话的人。白崇禧自然明白吴的来意，他不待吴忠信扯上正题，便把吴一把拉到后花园中去，指着有假山装饰的鱼池说道：

"礼卿兄，你看我这个鱼池搞得怎么样？"

吴忠信一看，这个长条鱼池搞得非常别致，深灰色的石灰岩石在池边垒成一座象鼻山，前面与穿山遥对，清水游鱼，奇峰倒影，很有桂林山水的诗情画意。

"好极了，好极了！"吴忠信不断地称赞着。

白崇禧邀吴忠信在鱼池旁的一张石凳上坐下，接着便大谈起制作桂林山水盆景的手艺来。

"这是一座放大的盆景。"白崇禧指着他的山水鱼池说道，"这些石灰岩石都是托朋友从桂林带来的，通过雕琢、胶合和拼接等手段，展现了雄浑幽深、秀丽迷人的山水风光。茶余饭后，到此一坐，犹置身于家乡的名山胜水之间，使人神驰意远，浮想联翩……"

吴忠信哪有心思听白崇禧说这些，他正盘算着如何完成蒋总统交给的使命——把白崇禧劝回南京去。

"健生兄，你制作沙盘也是很出色的呀，我倒想听听你制作沙盘的手艺。"

"嘿嘿！"白崇禧笑了笑，摇头叹道，"现在是'醉里挑灯看剑'，打仗的事，谈不上啰。礼卿兄回去后，请转告蒋总统，就说我白崇禧在沪住些日子，然后解甲归田，息影林泉。"

"哎哎，健生兄，"吴忠信有些急了，"你应以党国利益为重，古人云，天下兴亡，匹夫有责。蒋总统望眼欲穿，盼你到华中去主持'剿共'，你千万不能推诿啊！"

"我白崇禧几十年来，为国尽忠，为友尽义。民国十五年，北伐军兴，蒋先生要我出任北伐军总参谋长；民国二十六年抗战爆发，他又要我出任参谋总长，我皆应召而至，竭心尽力，谋划一切。我对得起党国，也对得起蒋先生啦！"白崇禧说话时，面带不平之色。

"目下，党国垂危，健生兄应力挽狂澜，绝不能激流勇退啊！"吴忠信劝道。

"礼卿兄，我们谈点别的什么不好吗？"白崇禧站起来，从一个竹架子上取下一个制作精美的吸水石盆景，送给吴忠信，"礼卿兄把这个盆景带回京去，也不虚此行啦，哈哈！"

吴忠信接过那山水盆景，真是哭笑不得，随即搭车赶回南京，向蒋介石总统复命去了。

白崇禧待在上海不出来，蒋介石感到不安了，因为这一则会给人留下他睚眦必报的话柄，让党内和美国人说他胸怀狭窄，没有总统风度；二则华中地区也需白崇禧去坐镇，这不仅是华中地区重要，而且也是蒋介石对付桂系的一种策略。抗战八年，他把白崇禧留在中央，将李宗仁调到前线，采取分而治之的隔离政策，蒋桂之间，这才算平安无事。现在，既然李宗仁要到中央，那么白崇禧就必须外放，这是蒋介石的既定政策。但是连吴忠信这样的人都请不动白崇禧，又还有谁能去完成这项使命呢？这个问题难不住蒋介石。蒋、桂之间的关系，很像一盘下得漫长的棋：你进逼一步，我就后退一步，你将一军，我老帅往旁一挪，或者用士相一挡，一有机会，我就吃掉你的车或马，你吃了我的车或马，我就千方百计破你的士或相……蒋介石不愧是棋盘上的老手，他自有办法把白崇禧这匹"卧槽马"逼出来。他命令侍从室：

"给我把黄季宽请来！"

却说黄绍竑自从回到上海后，仍是出入舞厅酒馆，吃喝玩乐，有时也到赛狗场去押上一注。竞选副总统，他虽然为李宗仁卖力，打了蒋介石一闷棍，但老蒋仍给他一个位置不小的监察院副院长当，为的是羁縻他。黄绍竑每星期由上海到南京出席一次例会，其余均在上海玩乐。他来南京开会时，住在树德里四号他那所不算堂皇的官邸里。这天，正好黄绍竑来开会，恰逢端午节，他准备开罢会后赶回上海去过节，但却接到侍从室的电话通知，蒋总统今天中午要请他到家里去吃午饭。

"老蒋要搞什么名堂？"黄绍竑放下电话后，用手搔着后脑勺，在他那间卧室兼会客室的房子里踱起步来。在李宗仁竞选副总统之前，蒋介石召开的一些重要会议或宴会，也常邀请黄绍竑参加，但从那使蒋介石伤心气愤的副总统竞选之后，他就一直没有理黄绍竑，几乎连面也不见了，这次，为什么又突然要请黄去吃饭呢？黄绍竑根据过去的经验推断：老蒋一定又碰上什么棘手的事了。他又细细一想，八成是为的白崇禧的事。他心里有数了，便如约到蒋的官邸去赴宴。

这次宴会，蒋介石似乎是专门为黄绍竑而设的。蒋介石、宋美龄、蒋经国、张群、吴忠信加上黄绍竑一共六个人。黄绍竑看了这几个人，更加相信老蒋是要他去"三顾茅庐"了。果然，宴会开始后，连平素不饮酒的蒋介石也居然举起酒杯，非常客气地向黄绍竑祝贺节日快乐。对老蒋这一套笼络人的手段，黄绍竑见得多了，但凡他用得着你的时候，他会非常亲切地请你到家中吃饭，非常慷慨地赐予你金钱，封给你官位，赠送你房子……

"嗯嗯，这个，这个，"酒过三巡，大家都已放下筷子，示意已经吃饱了，蒋介石看着黄绍竑，开始发话了，"想请季宽先生到上海去跑一趟，劝劝健生兄，以党国大计为重，打消辞意，快去武汉就职。"

黄绍竑尚未进蒋介石官邸，已知蒋请他赴宴之意。到上海劝白崇禧去武汉就职，对于吴忠信之类的人来说，虽是件棘手的事，但尚好交差。对黄绍竑来说，这不但棘手，而且无法交差——除非他把白崇禧劝到武汉去就职。但这种可能性极小，因为白崇禧这位"小诸葛"不是一般人所能说得动的。蒋介石这一手也真厉害，叫作"以子之矛，攻子之盾"，让桂系的人去为他攻桂系的人。安徽省主席李品仙本是桂系的一员要角，但贪婪成性，在安徽大刮民脂民膏，还偷挖战国古墓，搜取大量文物，在CC系的猛攻之下，声名狼藉。蒋介石趁机撤去李的安徽省主席职务，让桂系的另一员要角夏威去接任。夏威驻军蚌埠，任绥靖区主任，早想当安徽省主席。李、夏之间存有矛盾，夏威曾向蒋介石上书，告过李品仙的状。李去夏来，表面看来，好似换汤不换药，都是桂系的人，实则，蒋介石利用夏威这支"矛"，狠狠地刺了李品仙一下，不但李品仙有口难言，便是李宗仁、白崇禧也只得打掉牙齿自己吞下肚去。现在，他命黄绍竑去劝白崇禧，用的也正是这一手。如果白崇禧硬是拒不赴任，他便可以堂而皇之地将白免职，斩断李宗仁的一只手臂，谁也说不了闲话和怨言。如果黄绍竑把白崇禧劝到武汉去就职了，也就等于黄为蒋的"分而治之"的策略卖了力，帮了忙，给李、白之间的关系扎了一刀。总之，蒋介石使用黄绍竑走这着棋，简直妙极了，不管黄绍竑怎么走，横竖蒋介石都要占便宜，而黄绍竑对此又推脱不掉，好歹都得去充当这个既棘手又窝囊的说客。

"不知总统派人去劝过了没有？"黄绍竑小心翼翼地问道。

"这个，礼卿先生刚去过回来。"蒋介石皱着眉头说道，"健生仍坚持不去就职。现在是'戡乱'非常时期，武汉地方最为要紧，所以我才任命他去主持华中'剿总'，这完全是党国的需要和将士的渴望，并没有其他的意思。你与他历史关系很深，请去劝劝他。"

黄绍竑想了想，这才点头说道："好吧，让我去试试。我今晚就搭夜车去上海。"

"这个，很好。"蒋介石微笑道，也点头了，关切地说道，"经国有专机飞上海，你就与他同机去好了。"

机灵的蒋经国忙问黄绍竑道："不知黄先生何时可以启程？"

"要走马上就可以走！"黄绍竑说着便站了起来。

"好，我们马上走。"蒋经国也站了起来。

黄绍竑与蒋经国向蒋介石和宋美龄告辞后，即驱车直奔南京光华门外的军用机场，登上专机飞往上海去了。

黄绍竑到上海的时候，已是下午四点多钟，他回到霞飞路一一○五号他的公馆时，夫人蔡凤珍诧异地问道：

"不是晚上才有车回上海吗？"

"我是搭小蒋的飞机回来的。"黄绍竑取下帽子和风衣交给侍者，随即吩咐蔡凤珍道，"你准备一下，我今晚请白健生来家里吃饭。"

1948年1月，任监察院副院长的黄绍竑

"还有别的人吗？"蔡凤珍问。

"健生夫妇和他们的孩子。"黄绍竑说道，"他在上海的应酬多，我得先打电话和他约好才行。"

"你先歇一下，我来打电话吧。"蔡凤珍道。

"不行，不行，这事非得我来。"黄绍竑说着便抓起书台上的电话筒，拨起号来。

蔡凤珍一想，黄绍竑也说得对，因为自从副总统竞选李宗仁当上了副总统，黄绍竑也当上了监察院副院长，李、黄两人都升了官，白崇禧也出了不少力，却非但不能升而且还被免了国防部长之职，马佩璋曾对郭德洁发牢骚："你的老公做了副总统，我的老公却把国防部长丢了！"白氏夫妇这次到上海来已经十多天了，还未到霞飞路来打过照面，想是对黄绍竑支持李宗仁竞选上副总统，黄又能当上监察院副院长这件事耿耿于怀。因此，要请他们来吃饭，也不是一件容易的事。

"健生吗？"黄绍竑的电话很快打通了，"我和凤珍请你们来家里吃晚饭。"

"啊——谢谢！"白崇禧很客气地答道，"不过，上海商界的几位朋友已经与我有约了，我们改日再到府上去吧！"

这"小诸葛"果然不好请。黄绍竑有些急了，他怕对方放下电话，赶忙说道：

"我是想约你来好好谈一谈，你一定要来！"

"嘿嘿！"白崇禧冷笑起来了，一下便摸清了黄绍竑的意图，当即一口回绝道，"我知道你是代表谁来的，嘿嘿，吴礼卿来过了，何敬之也来过了，你是第三个啦，你如果是奉那个人的圣旨来劝我，我们便没有什么好谈的了！"

这"小诸葛"赌起气来，是不好对付的。黄绍竑这才知道，蒋介石不但命吴忠信来劝过，也命何应钦来劝过，吴、何都是贵州人，与白都有交谊，而何应钦与白则关系更深。看来，蒋介石是把他幕中能与白谈得拢的头面人物都请出来了，但却无法说动白崇禧，难道黄绍竑比吴、何更能代表蒋介石？这是黄绍竑一登上蒋经国的专机，便苦苦思索着的问题。但无论如何，黄绍竑都要把白崇禧劝到武汉去就职。他知道，自己是吃"派系饭"的，他的荣耀发迹、升迁沉沦都离不开派系摩擦斗争，他的才智德行只有在派系斗争中才能得到显露，派上用场。"天生我材必有用"，上天降生下黄绍竑这个人来，似乎专门为了让他来干这个行当的，这是他的"专业"。在各个派系之间，他都兜得转。牌桌上、舞场上、宴席上都是他大显身手的地方，或策划于密室，或奔走于上下，或游说于双方。他是个怪才，也是个奇才，他把政客与说客的两种专长巧妙地集之于一身，运用自如，无人可比。别人说不动白崇禧，他相信自己能说动白崇禧，而且要说得白崇禧舒舒服服、愉愉快快地到武汉去当"剿总"总司令，这事，还得也让蒋介石高兴。总之，黄绍竑要把这件事办得既不辱君命，又不伤朋友，而且让大家都有好处可得。

"当然是那个人叫我来的，"黄绍竑知道白崇禧说的"那个人"便是指的蒋介石，他坦率地承认自己是衔蒋之命而来的，但接着把话一转，"但我还有自己的看法要跟你谈，无论如何你必须来！不当面谈，你不会知道。"

白崇禧跑到上海来，为的是和蒋介石赌气，以便伺机以退为进，并非真想脱离军政界。他对蒋介石的意向自然十分关切，黄绍竑此来，必带来一些新的情况，而黄与白之关系，又非吴忠信、何应钦可比，因此，白崇禧一听黄绍竑另有话说，便道：

"我马上去。"

不久，白崇禧夫妇和几个子女便乘车来到黄绍竑公馆，夫人马佩璋和几个孩子，自有夫人蔡凤珍去应酬，黄绍竑拉着白崇禧，径直到家中那间小客厅坐定，侍者献上茶点之后，黄绍竑便开门见山地教训起白崇禧来：

"人家都说你是'小诸葛'，现在我看你这个诸葛亮，实在太不亮了！"

黄绍竑自己也不知道当过多少次说客，总之在国民党内，上自蒋介石、汪精卫，下至一般军政要员，天南地北的地方实力派首领，他都曾去游说过，他很懂得对什么人用什么话去说，才说得动。对白崇禧这样才智超群，又能言善辩之人，如果像一般人那样疏通开导，除了碰钉子之外，那是一无所获的。因此黄绍竑自有他的一套说法来对付这个不好对付的"小诸葛"。论地位，白崇禧当过黄绍竑的参谋长，曾是黄的僚属，论团体关系，李、白都承认黄绍竑仍是桂系中的头面人物。因此，黄绍竑正是利用这两层特殊关系，一上来便把白崇禧狠狠地教训了一顿。白崇禧心中一愣，虽然黄绍竑这几句话冲得很，但他感到这正像桂林三花酒一样，越冲越有喝头，他不但不顶撞，反而想听听黄绍竑后边到底还有什么话要说。黄绍竑见开头一炮打响了，便"咚咚咚"地连续开起炮来：

"我这次来找你，虽然是奉老蒋之命，但我并不是要用老蒋的话劝你去为他好好打仗的，你跟他当了那么多年的参谋长，他打过什么好仗呢？东北、华北，仗越打越糟，要不了多久，战火就烧到华东、华中。我劝你赶快到武汉就职，掌握一些队伍，尤其要抓回广西那点军队，不要把本钱陪着人家一起输光了。"

黄绍竑见白崇禧对自己的话还听得入耳，便接着又说道："你和德公在南京高高在上做副总统和国防部长，不是等于被关在笼中的鸟一样么？现在老蒋把笼门打开，放你出去，还不快快远走高飞？他要整我们，我们就借此机会出去，到了外面，再回过头来整他！"

白崇禧这个人，一向恃才傲物，别说李宗仁不敢这样教训他，便是蒋介石对他说话，也总是客客气气的，生怕把口气放重了，弄得"小诸葛"不痛快。黄绍竑可不管这一套，论部属关系，白崇禧最先给他当参谋长，然后才轮到李宗仁，最后才是蒋介石哩。黄绍竑的话虽然说得又重又带刺，但白崇禧听了不但不拂袖而去，反而感到心神舒畅，扬眉吐气，黄绍竑觉得，自己的使命已经完成了，便顺风收旗地说道：

"武汉，是个进可以攻，退可以守的地方。民国十八年，夏、胡、陶在那里没搞好，这次你去，我们就放心了。到了那里，你是有办法的，机会到了，可以和共产党妥协言和，等老蒋到了无法应付的时候，必定要下野，德公就可以出来收拾局面，那时候，哈哈……"

黄绍竑以一串神秘的洋洋得意的笑声，结束了他的说辞——几乎和每次的结果一样，说得对方眉开眼笑，人家虽知他是为蒋介石做说客来的，却不但不杀他、不关他、不轰他、不赶他、不骂他，还得真心实意地感谢他呢，黄绍竑就是有这种能耐！这是一种超级说客的本领，凡是天下大乱，群雄割据，各派势力纷争不已的时代，黄绍竑式的人物便会应运而生，发挥他们的特殊才干，从春秋战国的历史，到民国年间的军阀混战，总可以找到他们的影子，追踪到他们活动的足迹。

"哈哈，季宽，你这酒真有劲头！要是今晚我到杜月笙那里去了，就后悔啦！"白崇禧笑着开腔了。

黄绍竑当然明白白崇禧所指的"酒"是什么，但却故意问道：

"饭还没开，你怎么就晓得我请你喝什么酒了？"

"你这一席话，简直胜过十瓶桂林三花酒！"白崇禧说道。

"我是对自己人说自己话啊！"黄绍竑真诚地说道。

"好，我也是对自己人说自己话！"白崇禧豪爽地说道，"你以为我跑到上海来就是表示消极吗？这一步棋，我想的和你一样，就是要抓军队，不但要抓广西那点军队，而且还要抓住老蒋一部分军队，因此，去武汉正是我求之不得的呢！"

"那你为什么要跑到上海来鬼混？"这下连黄绍竑也搞不清楚"小诸葛"葫芦里卖的什么药了。

"哈哈，你帮德公竞选的时候，不是提出过以退为进的策略吗？我到上海就是向老蒋讨价还价来的啊！"白崇禧说道，"不来这一手，就抓不住那么多军队，我要逼得老蒋答应两条：一是要求扩大华中'剿总'的职权和区域，二是我到武汉之后，要直接向老蒋负责，不受国防部和参谋总长的节制。有了这两条，戏就好唱了。"

"啊！"黄绍竑点了点头，叼上一支粗大的雪茄，心想，这"小诸葛"装得倒很像，连我这局内之人都以为他是嫌"剿总"的官小，不愿干呢，原来他早有打算。

"我准备将桂军的张淦兵团和徐启明兵团抓到华中，直接掌握。"白崇禧说道，"另外，抓住河南的张轸，黄埔系在华中的带兵将领，李默庵、刘嘉树、黄杰等都是湖南人，要抓住他们，必须物色一个信得过的黄埔出身的湖南人，这个人，我已经想好了，就是陈明仁。陈明仁在东北四平街对共军作战时，颇能接受我的意

任华中"剿总"总司令的白崇禧

见。后来，陈小鬼对其打击报复，撤了陈明仁的职，陈明仁对此愤恨不已，从此不但对陈小鬼，便对老蒋也心怀不满。到上海前，我曾去看过他，他穿着长袍，说誓不做军人，对蒋、陈愤恨之色，形于言表，对我则极有好感。我准备把陈明仁带到武汉去，让他先当武汉警备司令，同时为他编练部队，升他为兵团司令。然后把他派回湖南去，让他为我们看守湘桂大门，如此，不但抓住了华中的黄埔将领，而且战可进出中原，守可回保广西，这样无论对付共产党和老蒋，我们手头都握有硬通货啦！"

白崇禧真不愧"小诸葛"的称号，他在躲到上海十多天的时间里，虽然每天游玩看戏，赴宴应酬，暗地里却早已把桂系的下一步棋路想好了。他不但迷糊了蒋介石，也迷糊了吴忠信、何应钦这样老练的党政要员，甚至连桂系内部精明的黄绍竑也摸不透他的老底，真可谓城府之深，机谋之巧矣！

"你这诸葛亮，实在是太亮了！太亮了！"黄绍竑听白崇禧如此这般一说，不得不钦佩地伸出大拇指来，"我这回真的是'三顾茅庐'了，可惜，这不是为老蒋而顾啊！哈哈！"

第二天，白崇禧便返回南京见蒋介石，答应赴武汉就职，对白崇禧的要求，蒋介石也只得答应，六月十六日，白崇禧怀着诡秘的心机，飞赴汉口就任华中"剿总"总司令之职。

第七十九回

统一指挥　何应钦借重白崇禧
总裁独裁　蒋介石谋杀李宗仁

国防部兵棋室。国防部长何应钦正亲自主持为白崇禧召开的作战汇报会议。参谋总长顾祝同、次长刘斐、空军总司令周至柔均出席会议，白崇禧坐在何应钦旁边，听着国防部第三厅第二处处长曹永湘在标明国共两军态势的十万分之一地图上报告华东战况：

"共军方面：三野所属十六个纵队，二野所属七个纵队，加上华东、中原军区及冀鲁豫军区的地方武装共六十余万人；我军方面：徐州、蚌埠一带，有三个绥靖区的五个军，四个兵团的十二个军，加上直属部队，交警总队，炮兵、工兵、通信、辎重、战车等七十余万人。"

白崇禧两眼盯着地图上那密密麻麻的红、蓝箭头和表示国共两军集结位置的红、黑圆圈，心里在不断地盘算着。他时而算计着共军，时而算计着蒋介石，在这两者之间，他如何攻？怎样防？现在，他的地位已经和诸葛亮差不多了。他坐镇武汉，总领华中军政，颇似三国中的蜀国，南京的蒋介石好比孙权，北方的共军便是曹操。国民党军队在北方的地盘已经丢得差不多了，东北的锦州、长春先后易手，精锐的廖耀湘兵团已经覆灭，只剩下一个孤岛般的沈阳。华北傅作义的几十万大军，龟缩在平、津一带，战乎？守乎？退乎？皆令人感到沮丧。华东和中原的两支共军——陈粟大军、刘邓大军，已经耀武扬威地向南京大门口挑战。蒋介石刚刚在北平指挥东北会战残局，连吃败仗，心慌意乱地电令华中"剿总"总司令白崇禧即赴蚌埠统一指挥徐州和华东两个"剿总"，进行徐蚌会战。白崇禧带着几名幕僚，于十月三十日由汉口飞南京，国防部长何应钦见白崇禧来了，这才松了一口气，说道：

"我还真怕请不动你这诸葛亮呢，你再不来，徐蚌就要变成第二个东北了。"

白崇禧当着他的老朋友拿了拿架子，说道："有刘'福将'坐镇徐州，还怕陈毅和刘伯承吗？"

"快别说了，刘经扶在你手下当过师长，他那两下子你还不清楚？"何应钦慢慢地摇着头，埋怨道，"我不知蒋总统是怎样用人的？他命经扶当徐州'剿总'总司令时，许多人对我说：'徐州是南京的大门，应派一员虎将把守；不派一虎，也应派一狗看门；今派一头猪去，大门如何守得住？'"

"嘿嘿，敬公，你这国防部长，为何不向蒋总统建议呢？"白崇禧明知故问地说道。

"嗨！健生兄，你是做过国防部长的，对蒋总统的脾性和国防部长的职权难道不清楚吗？"何应钦摇着头，诉起苦来，他摇头也和常人不同，不管事情怎么令人气急，他摇起头来都像打太极拳似的圆活自然。"这事顾墨三曾对我说过，徐州'剿总'的人选，曾考虑过蒋铭三（蒋鼎文字铭三）和刘经扶，后来蒋总统圈定了刘经扶。可能是蒋铭三夜嫖日赌，不理公事，比较起来还是经扶好些吧！"

"敬公，你要我来统一指挥徐州'剿总'，是把我往火炕里推呀！"白崇禧也摇着头，"五个月前，我就提出过，把我的总部放在蚌埠，以重兵运动于江淮河汉之间，确保京畿中枢的防卫。可蒋总统只是哼哼，后来还是划成了两个'剿总'，如此分兵使用，前途不堪设想。现在，调整态势恐怕来不及了。"

"时间还是来得及的，只要你来了就好办。"何应钦从容不迫地说道，"徐蚌会战的方针，第三厅已经拟好，蒋总统审阅同意了，就等你来挂帅啦！"

"这叫万事俱备，只欠东风，是吧？"白崇禧见何应钦如此推重他，心里自然高兴，看来老蒋这回在东北弄得焦头烂额，徐蚌会战这出戏，不得不由他白崇禧来唱主角了。

"是呀，是呀，"何应钦不住地点着头，他点头也和常人不同，仿佛脖颈上装着只不够滑润的轱辘一样，脑袋久久才动一下，"就等你上南屏山啦！"

何应钦虽然是个慢性子，但蒋介石对徐蚌会战的事抓得紧，在白崇禧由汉口飞到南京的当天，蒋介石也由北平飞返南京，因此，何应钦不敢怠慢，在白崇禧到京后，立即召开作战会议，由主管作战的第三厅第二处向白汇报情况，以促白尽快走马上任，到蚌埠统一指挥华中、徐州两"剿总"，与共军在徐埠地区决战。

国防部长何应钦

"……以一部分兵力凭借既设的坚固工事防守徐州，以主力置于徐蚌之间，吸引共军陈毅野战军的主力于徐州，消耗其兵力。然后以主力实行大规模的反包围，强迫共军陈毅野战军的主力及可能来参加会战的刘伯承野战军主力或一部进行决战……"

白崇禧听着曹永湘阐述经蒋介石审定了的徐蚌会战方针，心中不由想起民国十七年夏北伐时，蒋介石率军攻打徐州，他胡乱指挥，败下阵来，逃回南京后，不问青红皂白便将前敌总指挥王天培枪决，将战败之责任完全推到王天培身上。

"老蒋是做圈套让我来钻！"白崇禧在心里嘀咕着，他一边听曹永湘汇报，一边目不转睛地盯着那张十万分之一的地图：老蒋把徐蚌地区的国民党军队统统摆在陇海路和津浦路上，像一个不祥的"死十字"，这两条交叉的长蛇，极易被腰斩。再看共军陈毅的野战军，已在鲁南和鲁西南以整然的态势集中好了，看来战略展开已经完毕，随时可以挥刀斩"蛇"……白崇禧皱着眉头，在他的军事生涯中，还是第一次碰上指挥这样毫无把握的战略决战。侥幸打胜了，桂军的主力兵团（张淦兵团和徐启明兵团）恐怕也所剩无几了，因为蒋介石审定的这个徐蚌会战方针已明确规定，张淦、徐启明兵团均作主力兵团投入决战。打败了，他将作为第二个王天培被推上断头台。他想起四月份在"国大"代表会上做军事报告时，群情激愤提请"斩陈诚以谢国人"的临时议案。陈诚丢了东北，尚且如此，他白崇禧在首都南京门口指挥徐蚌会战，一旦战败，首都不保，难道CC系和黄埔系们不会也吁请"斩白崇禧之头以谢天下"么？陈诚是蒋介石的爱将，不怕杀头，他白崇禧是蒋介石的对头，老蒋不拿他当替罪羊才怪呢！但是，徐蚌地区一带的七十万国民党军队，特别是装备精良的邱清泉、黄百韬兵团吸引着白崇禧。华中"剿总"指挥下有三十万大军，现在由他统一指挥这支百万大军，正是他有生以来梦寐以求的啊！他虽然从二十多年前的北伐时代就当了国民党军队的总参谋长，抗战时期他再度出任这个职务，抗战胜利后又当了国防部长，国民党军队有几百万，但蒋介石从来没有给他指挥过这么多军队。这并非是他像蒋介石手下的那些亲信将领一样庸碌，他有韩信将兵"多多而益善"的天才，只不过蒋介石及其左右妒忌他而已！

　　"天生我材必有用"，黄绍竑能在林立的派系之间纵横捭阖，忽儿挟天子以令诸侯，忽儿借地方之势力以自重；白崇禧则能运筹帷幄之中，决胜千里之外。指挥百万大军，进行战略决战，建功立业，名垂青史，与孔明、韩信并列，这是他一生最大的追求，也是他生命的动力。这一百万精锐的国民党军队是蒋、桂在国共战争中仅存的硕果。谁能抓住它，谁便能得到半壁江山；谁失掉了它，便将死无葬身之地。白崇禧对这一切看得一清二楚。他应老蒋的"酉敬阳挥电"之召来京，并非是为老蒋打天下，而是为了那一百万精锐的国民党军队。他不能让老蒋把最后这点血本赔掉，也不能让共军把他们吃掉，他要千方百计将他们从老蒋手心里抠出来，从共军嘴边拖过来。他知道，他这样做是非常危险的。记得早年驻军百色的时候，他曾亲眼看见一只饿虎闯入一个壮族山寨，叼上个小孩便走，全寨男女老幼吓得手足无措。他连里一个兵提着枪抄近道堵上去，迎面举枪对着那老虎猛喝一声，老虎一愣，立刻扔下小孩，倏地扑向那兵，那兵"砰"的一枪将老虎击毙，除了害救了人。这事，使他久久难忘。听说，这个兵后来跟黄绍竑转战千里，在渡那马河时牺牲了，他深感怅惜。现在，他竟也不得不扮演"虎口夺人"的角色了，因此特别怀念那位智勇双全的壮士！

　　"健生兄想已成竹在胸，请发表高见吧！"何应钦见白崇禧沉思不语，想必是正在考虑战略战术，因此很想听听他对这个作战方针的意见。

　　"诸位请先谈吧，我刚到，仅是从曹处长口中知道些情况，对于主阵地的位置、工事的强度、飞机场能否守得住等等，还一无所知。"白崇禧处事严谨，指挥作战胆大心细，虽身为高级将领和统帅幕僚长，但对作战中的许多细小问题都能做到心中有数，有时甚至比师长、团长们知道阵地上的情况还要多。但是，这次他的注意力并不放在阵地和工事上，而是放在叼着孩子的"老虎"和吓得手足无措的"家长"身上。他刚才的话不过是敷衍何应钦和顾祝同他们的。

　　"健生兄，这次非得你去指挥不行了，总统方寸已乱，我看，他是不能再指挥了。"参谋总长顾祝同是个很会看风使舵的角色，当何应钦提出要白崇禧统一指挥华中和徐州两"剿总"，并派国防部第三厅厅长郭汝瑰飞北平向蒋介石请示时，顾祝同特地交代郭汝瑰："要报告总统，白健生指挥是暂时的，会战结束后，华中'剿总'和徐州'剿总'仍分区负责。"不料，蒋介石却指示："不要暂时指挥，就叫白健生统一指挥下去好了！"蒋介石既然慷慨地把一百万军队交给了白崇禧指挥，作为参谋总长的顾祝同，当然也不得不捧一捧这位"小诸葛"了。

　　"还是让总统亲自指挥好，徐蚌又近在咫尺，总统坐在首都指挥是非常方便的，顾总长和周总司令以为如何？"白崇禧想摸一摸老蒋的老底，因为老蒋最喜欢瞎指挥，而且爱越级指挥，直接指挥到军或师。徐蚌会战是要在南京门口打仗，老蒋岂能不事事插手？再说老蒋是否真的让他统一指挥，他心里没有底，因为蒋的话是不足信的，"国大"会议选举总统，他明明想当总统，却又偏偏让吴稚晖出来放空气，说他不想当总统，连他的"文胆"陈布雷一时也被迷惑了。这些，都是白崇禧最为关心的。

　　"我看顾总长说得对极了，总统的方寸已乱，我给诸位讲个笑话，不过，请千万别外传。"空军总司令周至柔本是蒋总统的同乡和亲信，现在见蒋把最后一点本钱交给白崇禧来指挥，而何、顾又如此借重白崇禧，周至柔竟当着大家的面，说起蒋介石指挥作战的笑话来了：

　　"你们不知道，曾泽生的第六十军投共后，长春的飞机场已在共军的炮火射程之内，飞机已不能降落了。蒋总统还命令我派飞机去把郑洞国接出来。我赶忙报告：'长春机场已不能降落。'他说：'从飞机上放绳子下去把他拉上来！'我再报告：'我们没有直升飞机。这样不把人吊死了吗？'他说：'死的你也得给我拉回来！'……"

周至柔的话，说得大家都笑了起来，但这是一种被压抑的苦笑，谁能相信蒋介石今后不会继续这样瞎指挥呢？白崇禧在冥思苦想，如何能从老蒋手里抓到军队，又使他不能再插手指挥？这真比从虎口里夺孩子还难几倍啊！何应钦见白崇禧仍在沉思，便说道：

"关于徐州的布防情况，健生兄可以坐飞机去看看。"

"嗯，明天再说吧！"白崇禧不置可否地说道。

何应钦、顾祝同、周至柔等见白崇禧对统一指挥和实施蒋介石审定过的作战方针没有异议，这事便算定下来了，何应钦遂宣布散会。

从国防部出来，白崇禧驱车径直去傅厚岗六十九号李宗仁副总统的官邸。这是一座连底两层的洋房，占地面积虽不大，但建筑设计却颇为考究。前院有座环形的小花园，分畦艺卉，假山鱼池，别具一格。但官邸门前却冷落得出奇，一名持枪的警卫像木偶般立着，一个老年勤杂正在不声不响地收拾院子。

"这哪像什么副总统官邸，简直和深山中的尼庵寺庙一般！"

白崇禧进得门来，看着这寂落的庭院，不禁皱起眉头，自言自语地说了起来。他因到武汉之后，忙于组织他的"剿总"班底，又不断调兵遣将，在河南新野、邓县一带寻找刘邓大军的主力。但共军飘忽不定，国民党军队常常扑空。这段时间，白崇禧很忙，没有时间到南京来，这次应蒋介石之召来南京，关于统一指挥的问题，他需要和李宗仁商量，此外，久不相见，他也想来看看老朋友，顺便叙谈叙谈。他走进客厅，只见李宗仁正俯在一张大条案上挥毫写字，一个中学教师模样的人正站在旁边用手轻扶着那大幅宣纸。白崇禧看时，见李宗仁书写的乃是"大仁中学"四个大字。李宗仁署下款后，才与白崇禧相见，他指着那中学教师模样的人，说道：

"这位吴先生是大仁中学的国文教师，该校是广西会馆专为在南京的广西子弟开办的，校长要我为学校题额，我就献丑啰！"

李宗仁到南京当副总统之后，比在北平更为寂寞，老蒋不理他，不但开重要会议不要他去，便是一般的国宴也很少请他出席。那班老于官场的人因怕惹麻烦，也不敢跟李宗仁接触，他虽然在北平喜欢跟教授们交往，但南京的大学，他是插不进手的。这大仁中学因是广西会馆所办，才敢来请李题额，如果是别的什么中学，谁敢来找他呢？倒并不是因为他是副总统，而是人们怕那位正总统。他在南京住得无聊，便请求蒋介石放他往杭州一游。他挂上专列，邀请黄绍竑由上海而杭州，八月十五到钱塘观潮，然后到嘉兴、苏州，游太湖，颇有闲云野鹤之态。他沿途访贫问苦，与老农亲切交谈，询问农耕之计，野老村妪倒很愿和他闲聊，并以莲藕、菱角相赠。李宗仁本出身农家，平素没有官架子，为人随和，现在被蒋介石冷落，在南京受尽了气，出来江南呼吸到田园的新鲜空气，又受到农夫贫民的友好接待，心情颇得慰藉，他在湖光山色之间徜徉，竟有流连忘返之意。蒋介石对李宗仁的一举一动，都很不放心。他见李在江南一带活动，又看了报纸上关于李副总统关心民间疾苦的报道，他估计李宗仁是以游览为名，到处收揽人心。便电告李宗仁，他将飞北平督战，请李即日返京坐镇中枢。李宗仁只得中止他的游兴，打道回府，在这冷冷清清的尼庵寺庙般的副总统官邸消磨时日。

李宗仁知白崇禧此来必有要事商量，便请他到二楼的小客厅座谈。坐下后，白崇禧便把蒋介石关于统一指挥和徐蚌会战的方针向李宗仁说了。李宗仁听后，沉思良久，说道：

"统一指挥什么，我看你不如明天赶回武汉去算了！"

"要抓老蒋的兵权，此时不下手，更待何时？"白崇禧实在舍不得这一百万精锐的大军。

李宗仁摇摇头，说道："现在还不是时候。昨天司徒雷登大使的私人顾问傅泾波来向我透露了一些重要情况，局势可能有变化。"

"啊！"白崇禧忙问道，"美国人那边有些什么情况？"

"他们要老蒋退休，由我们来干！"李宗仁掩饰不住兴奋的神色，说道，"司徒大使在给国务卿的报告中多次指责老蒋独裁，是最不为人民爱戴之人，建议要他退休，由我上台干。"

白崇禧眼睛一亮，仿佛他抓住了比一百万大军还要有力量的东西。李宗仁接着说道：

"傅泾波说，他仔细地观察了蒋介石两年，觉察出他已显著地衰老了。即使他在谈话中用笔记下别人讲话的要点，也不能像过去一贯那样迅速做出决断来。他越来越健忘了，已经变成一个疲乏的老人，不能有效地应付事物，正在日趋丧失威信，看来离下台的时间已经不远了。司徒大使同意这一看法，并向国务卿做了报告。"

"对，我明天就飞回汉口去！"白崇禧应变手腕的快捷有如闪电，他听李宗仁这一说，便当即做了决定。"我放弃指挥徐蚌会战，让老蒋再吃一个大败仗，他下台就快了！"

"娘希匹！"

蒋介石气得肺都要炸了。当何应钦气急败坏地跑来报告白崇禧不辞而别，突然飞回汉口去了时，蒋介石马上抓过电话筒，要和白崇禧通长途电话。

"健生哎，你不去蚌埠指挥，怎么却跑回汉口去了呢？"蒋介石忍气吞声地责问道。

"啊啊，我想，徐蚌近在咫尺，总统在南京可就近指挥，不必重床叠架，另立指挥机构！"白崇禧不客气地说道。

蒋介石摔下电话，狠狠地骂了一声"娘希匹"！白崇禧出尔反尔，拒绝统一指挥，急得蒋介石火烧眉毛，暴跳如雷。因为徐州的战列部队虽有几十万人，但只能对付共军陈毅的华东野战军。如果刘伯承的中原野战军与陈毅野战军合攻徐州，则非调华中"剿总"的主力兵团黄维、张淦兵团驰援不可，要调华中部队增援徐蚌，则又非要白崇禧来蚌埠统一指挥不可。现在白崇禧突然摆了摊子跑回汉口去，其中必有不可告人之阴谋！蒋介石对他的这两位老对手李、白，比谁都更了解。

"他们是要拆我的台！"蒋介石狠狠地盯着何应钦，指桑骂槐地吼道，"现在不是民国十七年！"

何应钦低垂着头，头皮发麻，心里发怵，对于白崇禧突然飞汉的行动，他事前一点不知道。只听空军总司令周至柔说，白向他要了一架飞机，没说上什么地方去。何、周都认为白飞到徐州视察防务去了，可刘峙和他的参谋长李树正都说白没有来，后来电话打到汉口去，才知白崇禧已飞返汉口大半天了。白拒绝统一指挥，何应钦只想到白是怕蒋从中插手瞎指挥，打心眼里没有往民国十七年李、何、白三人逼蒋下台那件事上想，现在听蒋介石旧事重提，他吓得心里直发毛，不知道"小诸葛"在这里使了什么诡计，他生怕把自己赔进去，何应钦也不是当年的何应钦了，在蒋介石手下这些年他磨得更为圆滑，连肝旁边那只小小的胆都被磨掉了。他不敢沿着蒋介石的话往下说，也不敢抬头正眼看一眼目露凶光的蒋介石，只是诚惶诚恐地说道：

徐州"剿总"总司令刘峙

"徐蚌大战，似有一触即发之势，刘经扶恐难以应付大局……"

"我自己去！"蒋介石怒气冲冲背转身子，在室内蹭蹭蹭地乱转着。

"总统亲自指挥，那是最好的啦！"何应钦恭顺地答着，"作战方案，国防部已准备好了。"

蒋介石没有说话，他在客厅内转了一阵子，这才对何应钦命令道：

"还是让墨三代替我先到徐州去走一趟，召开作战会议，调整部署。"

"好。"何应钦答道。他实在不明白蒋介石为什么突然又要顾祝同代替去，但他不敢问。

"你立即着人将徐蚌会战计划送到葫芦岛光亭那里，征求意见，他如同意这一方案，请他即到蚌埠指挥。"蒋介石又说道。

"是。"何应钦答道。杜聿明虽然是蒋介石的学生，又是一员出色的战将，但他无论如何是代替不了白崇禧的，到时如何抽调华中"剿总"的主力兵团驰援徐蚌？对此，何应钦还是不敢再问。

何应钦辞出后，蒋介石即命侍从室打电话把保密局局长毛人凤找来。他太恨李宗仁了，不把这颗眼中钉拔掉，他简直没法再活下去了。蒋介石估计，白崇禧突

国民党军队空运徐州，执行"守江必守淮"计划

然拒绝指挥徐蚌会战，必和李宗仁有关。李、白在这个时候想干什么？东北丢了，华北吃紧，蒋介石把最后的赌注押在徐蚌与共产党的会战上。这一战如胜，不但中原和长江中下游的心脏地区都能保得住，而且华北形势亦可起死回生。这样，美国政府对他必能刮目相看，他的总统位置就可坐稳。但是，如果徐蚌会战败了，国民党军队的最后精华丧失殆尽，即使共产党还没打到南京来，美国人也要抛弃他的。他的政府，他的几百万军队，离开美援是无法活下去的。倔强的蒋介石绝不愿下台，无论是共产党的打击，美国人的逼迫和桂系的拆台，他都要顶住，狠狠地顶住。他的总统宝座，在他的有生之年是不能让任何人碰一碰的，即便在他百年之后，他也要把它传给子孙。现在，白崇禧拒绝到蚌埠去统一指挥，必是李、白的一种阴谋，徐州吃紧，白崇禧在武汉按兵不动，刘峙便会被共军吃掉，蒋的嫡系部队打光了，白崇禧所掌握的桂系部队却完整无缺，他们武装"逼宫"易如反掌，而且说不定到时候美国人还会公开支持他们，到那时，一切都不可挽回了！

"要先发制人！"蒋介石从牙齿缝里迸出这句话来，他的脸色和目光都使人感到恐惧，像握着笔正在从生死簿上勾人姓名的阎王一般。

"国防部保密局局长毛人凤到。"一名侍从副官进来报告。

"叫他进来！"

侍从副官把毛人凤引到客厅站定，蒋介石连看也不看他一眼，仍在客厅里走过来，走过去，像个正在发作的歇斯底里病人一般。毛人凤中等身材，文质彬彬，一副循规蹈矩的面孔，很像旧时官府中的文案一类角色。可是谁也没料到这个昔日戴笠手下的主任秘书，在戴笠死后，竟脱颖而出，成了戴笠的继承人，而他凶狠残忍的手段，某些方面竟在戴笠之上。毛人凤毕恭毕敬地站着，不敢认真地看正处在半疯狂状态中的蒋介石。但他已从蒋介石此时的情绪中得到某种暗示：蒋要开杀戒了。杀谁？蒋介石是不会明明白白地告诉你的，军统曾经奉命替他杀过成千上万的人，但他从来没有开过暗杀名单，没有公开指名道姓要你去杀谁，而戴笠和毛人凤每次都能按照他的意图，除掉他所要除掉的人。

国防部保密局局长毛人凤

　　自从民国二十二年，戴笠奉命在上海法租界亚尔培路暗杀国民党中央研究院总干事杨杏佛起，他们之间的这种默契的配合便开始了。十几年来，无论是戴笠或者毛人凤都没有从蒋介石的眼神和脸色的暗示中出过差错，现在蒋介石要杀谁？毛人凤首先想到了李宗仁。自从李宗仁当上副总统后，蒋介石便暗示毛人凤派得力的特务进行监视。毛即派保密局第二处处长叶翔之亲自负责此项工作。从此，毛人凤便把枪口对上了李宗仁，只等蒋介石的脸色和眼神暗示下手。

　　在国民党内，蒋介石曾有所暗示而没有动手的人，毛人凤知道只有这么几个：宋庆龄、冯玉祥、李济深和李宗仁。宋庆龄有特殊的政治地位，不好轻易下手，冯玉祥正在美国，李济深在香港，他们虽然反蒋，但没有实力。李宗仁反蒋又有实力，而且背后可能得到美国人的支持，蒋介石最放不下的便是李宗仁。副总统竞选李宗仁得胜，蒋介石既怕又恨，那几天，毛人凤也特别紧张，随时准备听候蒋介石的召唤，特务们对李宗仁的监视也更为紧密。蒋介石虽然恨得一脚踹翻了那台美国高级收音机，气得坐车在陵园路上窜来窜去，但却始终没把毛人凤召去官邸。现在，毛人凤奉命而来。心里便知道准是为暗杀李宗仁的事了。果然，蒋介石走到毛人凤面前，便没头没脑地问道：

　　"傅厚岗那边的事，办得怎么样了？"李宗仁的官邸在傅厚岗，蒋问傅厚岗的事，就是暗指对付李宗仁的事，毛人凤马上答道：

"叶翔之他们一直在严密地监视着他。"

"不行，叶翔之是文人，你要换个有经验、枪法准的！"蒋介石两眼盯着毛人凤，那眼光中带着毛人凤特别熟悉的冷酷。过了一会儿，他又说道："你给我把沈醉叫来！"

"是。"毛人凤知道该对李宗仁下手了。

第二天，毛人凤带着保密局云南站站长沈醉到官邸来见蒋介石。沈醉是军统中干暗杀勾当的老将，经验丰富，枪法极准，蒋介石用沈醉去对付李宗仁，那是完全可以成功的，而且可以干得神不知鬼不觉。只要收拾了李宗仁，白崇禧和黄绍竑是不难对付的。

毛人凤和沈醉在客厅里足足等了两个钟头，一名侍从副官来到客厅，才把毛人凤和沈醉引到蒋介石的办公室。蒋介石正在批阅公文，他见沈醉来了，忙过去亲切地拉着沈醉的手，一同到沙发上坐下，接着又亲自动手打开一盒放在茶几上的宁波式点心，请沈醉吃。他完全不像总统召见地位低微的部属，也不像平日召见他的黄埔学生，而是像和分别多日的老朋友重聚似的，表现得非常轻松随便，亲切自然。

"雨浓（戴笠字雨浓）出事后，多亏你不避艰险，寻回了他的遗骸，现在看见你，我就像看到了雨浓一般。"蒋介石的话，每一个字都带着深沉的感情。戴笠是他的亲信耳目，是任何人都不能代替的。两年前，戴笠乘飞机由天津飞上海，飞机失事撞在江苏省江宁县板桥镇南面的戴山上，机毁身亡，因当时情况不明，蒋介石要沈醉带着他亲自签署的手令出发去寻找戴笠。现在，戴笠那被烧得残缺的尸骸已在地下埋了两年多了，蒋介石提起当日情形，还如此动感情，沈醉觉得，蒋总统是真正地看得起他。他一定要为总统尽忠效力，赴汤蹈火万死不辞！

"毛局长都把任务给你交代清楚了吗？"蒋介石照样没有指明要沈醉去杀谁。

"毛局长已经向我做了指示。"沈醉也同样没有挑明他要去执行暗杀谁的任务。

"嗯，这个，这个很好。"蒋介石满意地点了点头，说道，"你主持的这项工作，关系到党国的大局。共产党并不可怕，我们迟早会打败他们，可是，来自内部的捣乱，比共产党的威胁更难对付。为了使内部统一起来一致对外，我不得已才采取了这个办法。"

蒋介石说这番话时，显得非常痛心，这一切表明，为了党国的安危，他是迫不得已而为之的。接着他又说道：

"这件事要绝对保密，你们回去后，立即从速布置，只等我做出最后决定，便要不顾一切地完成使命！"

沈醉心里微微一震，蒋介石已做了暗示：为了使暗杀李宗仁的计划成功，要他准备随时牺牲自己的性命。沈醉自投入军统，干的便是杀人绑票的勾当，早已把生死置之度外，他站起来，像宣誓一般对蒋介石道：

"沈醉决不辜负总统的期望，为了完成此项任务，决心做出一切牺牲！"

蒋介石紧紧地握住沈醉的手，连说："好同志！好同志！"随后对毛人凤嘱咐道："毛局长，对这样忠实勇敢的好同志，他工作上和生活上如有困难，你一定要尽力帮助解决！"

"是！"毛人凤答道。

毛人凤和沈醉从蒋介石的办公室辞出后，立即回到保密局密商暗杀李宗仁的具体计划去了。蒋介石在办公室里踱了一阵步，突然拿起桌上的电话筒，直接要通了傅厚岗李宗仁官邸的电话：

"德邻兄，你在忙些什么呀？"蒋介石的话说得亲切极了，像一个普通人在打电话问候自己最要好的朋友似的。

"啊，总统，我在读书。"李宗仁声音很平淡。

"我想请你和嫂夫人今天到我这里吃餐便饭。"蒋介石说道。

"总统日理万机，我们去恐怕会打扰……"李宗仁当上副总统后，蒋介石还是第一次邀请他到家里吃饭呢，他显得局促不安。

"你一定来，一定要来！"蒋介石说完便放下了电话筒。

当李宗仁和郭德洁的汽车驶进总统官邸时，蒋介石夫妇已在阶下迎候了。宋美龄迎上去几步，待李宗仁和郭德洁下车后，她伸出一双胳膊，同时挎着李宗仁夫妇的两只胳膊，亲亲热热地往前走。蒋介石以主人身份走在前头，他们一直走进平时专供蒋介石夫妇用餐的那间小餐厅里，宾主落座后，侍者便开始上菜。蒋介石今天的兴致看上去很好，他面前的那只高脚玻璃小酒杯里，竟也斟上了半杯酒。他高兴地举起酒杯：

"为德邻兄和嫂夫人的健康，干杯！"四只小巧玲珑的小酒杯"乒"的一声碰在一起。接着便是李宗仁举杯为蒋介石总统和夫人的健康干杯。

"吃菜，吃菜。"蒋介石用手中的筷子热情地向李宗仁夫妇指点着各种菜肴。

宋美龄和郭德洁都是"夫人外交"的能手，蒋介石和李宗仁之间虽然隔膜很深，但由于有这两位善交际应酬的聪明夫人在场，席间的气氛仍然显得亲切融洽。蒋介石和李宗仁两人都故意不提白崇禧拒绝到蚌埠指挥、潜返汉口这段不愉快的事，仿佛它根本就没有发生似的，即便发生过，似乎白崇禧与李宗仁毫无关系，彼此是各走各的路，对蒋介石没有妨碍，此事不值一提。他们天南地北地漫谈着，蒋介石讲奉化有什么特产，李宗仁扯桂林乡间的风俗，郭德洁则变戏法似的从食盒里拿出一只桂平家乡的酱鸭来，请蒋介石夫妇享用。

"德邻兄，你的专机设备如何？"蒋介石忽儿把话题扯到他们各自的飞机上去了。

"是一架专用的普通客机，没有什么先进的设备。"李宗仁答道。

"可否把我们的'美龄号'专机送给德邻先生呢？"宋美龄向蒋介石建议道。

"啊，对对对！"蒋介石连连点头，笑道，"你不提起，我还忘了。我们已经有一架'中美号'了，'美龄号'可以送给德邻兄和嫂夫人用。"

李宗仁正想推辞，宋美龄却头头是道地给郭德洁讲起了"美龄号"内的各种先进设备，这一切，不但见多识广的郭德洁没有见过，而且也还是第一次听到哩，她兴奋地点着头，仿佛正坐在舒适而神秘的"美龄号"上，在天空漫游呢。李宗仁终于不好开口推辞，而转口表示衷心的谢意。

当李宗仁和夫人郭德洁坐在汽车里，离开总统官邸时，郭德洁仍念念不忘蒋介石夫妇送他们的那架"美龄号"专机，她推推李宗仁说道：

"我们过两天就坐'美龄号'到杭州去玩一玩，怎么样？"

李宗仁没有说话，他的脸色很阴郁，脑子里一会儿想着白崇禧不辞而别跑回汉口的事，一会儿又想蒋介石那殷勤敬酒时的笑脸。马路边上，有几个香烟摊子，擦皮鞋的摊子，摊子上的人不断盯着他的汽车，天边有一堆浓重的乌云……

第八十回

步步紧逼 "小诸葛"连电倡和平
处处碰壁 蒋总统进退费心机

却说白崇禧回到汉口后，正积极准备倒蒋，他的目光几乎每天都盯着地图上的徐蚌地区，仿佛那里即将发生一场强烈的地震似的。他既感到幸灾乐祸，又感到无限惋惜。因为徐蚌地区的几十万国民党军队大部分是美械装备的部队，他不能抓到手上，只能白白地看着他们灭亡，这些部队灭亡了，老蒋就再也混不下去了，到了那时，他和李宗仁才能出来收拾残局，虽然棋是这么走，却总感到徐蚌地区的部队这样牺牲得可惜。但那又有什么办法呢？世界上两全其美的事毕竟太少了。这天，作战处长给他送来一份战报，他拿过一看，心中又惊又喜。原来，华东陈毅的野战军已于十一月六日，由鲁南以雷霆万钧之势南下，在碾庄地区一举截住并包围了正向徐州移动的黄伯韬兵团。中原刘伯承的野战军以有力的一部直插徐蚌间，斩断了交通中枢津浦路，另一部则向陇海路砀山地区发起钳形攻势，将商丘刘汝明部和砀山邱清泉兵团的联系割断，使其首尾难顾。徐州以南的共军，几个纵队又乘势北上，直逼徐州，迫使邱清泉、孙元良两兵团不敢东援黄伯韬兵团。徐州"剿总"一开始便处于共军的四面包围之中，形势十分不妙。

"幸好当初总司令不到徐蚌去统一指挥，否则……"作战处长深感白崇禧有先见之明，忙恭维起来。

"如果五月份他便照我提出的'守江必守淮'的方案进行，今日何至落到这个地步！"白崇禧因半年前蒋介石不采用他的"守江必守淮"的作战方案，至今耿耿于怀，徐蚌的不利局面是蒋介石咎由自取的结果，他搬石头砸自己的脚，这又能怪谁呢？

"是呀，他们白白地浪费了半年时间，现在必败之势已无法挽回了！"作战处长慨叹道。

"你马上派人，控制武汉所有船只，没有我的命令，一艘船也不能动。"白崇禧命令道。

"总司令准备派兵东下驰援徐蚌？"作战处长忙问道。

"驰援徐蚌？嘿嘿，那是肉包子打狗！"白崇禧冷笑道，"华中部队，绝不可东下援徐，你把船只给我看管好，一个也不让走！"

作战处长心领神会地点头道："是。"

这时，一名作战参谋进来报告："南京急电！"

作战处长接过电报一看，这是蒋介石的一封"限半小时到"的急电，他忙呈送到白崇禧面前，急切地说道：

"蒋总统电令第三兵团和第十二兵团立即出发增援徐州。"

白崇禧连看也不看蒋介石的电报，只是命令作战处长道：

"以我的名义给他复电，就说中原共军有急犯武汉之势，华中自顾不暇，难以抽兵援徐。"

白崇禧的电报打出去不久，蒋介石又一份"限半小时到"的急电发来，强索张淦的第三兵团和黄维的第十二兵团。白崇禧把蒋介石的电报往桌上一扔，对作战处长吩咐道：

"给黄维下令，让第十二兵团走吧！"

"总司令……"作战处长实在舍不得将黄维兵团调走，因为这个兵团有四个军十个师共十余万人，一色美械装备，是国民党军队的五大主力兵团之一，是华中

"剿总"的一支"王牌"部队。

"让他们走吧，这是陈小鬼的基本部队，兵团司令黄维、副司令胡琏，他们都是'天子门生'，我们要留也是留不住的。"白崇禧走到地图前，看了一阵，说道，"让他们到津浦线上打几下也好，拖住刘伯承和陈毅，让我们多赢得些时间编练部队。只是，我担心他们到了半路便会掉进共军既设的口袋里。到时候，老蒋可就救不了他们啰！"

黄维兵团在蒋介石"不得以任何借口迟延行动"的严令下，于十一月八日由驻马店出发，按指定路线由新蔡入皖，经阜阳、蒙城、宿县向徐州一路东进。二十一日，第十二兵团由蒙城附近渡过涡河，与正面阻击的共军一路激战，二十五日行进到双堆集，便被装进共军的袋形阵地之内，全兵团十几万人马左冲右突，豕突狼奔，无法得脱。

"黄伯韬兵团在碾庄圩地区被全歼，黄伯韬战死！"

"黄维兵团第八十五军第一一○师在双堆集投共！"

"蒋总统令杜聿明停止南攻，放弃徐州，向涡阳、蒙城转进，以解黄维兵团之围。"

徐蚌会战失败的战报，蒋介石左一个"限半小时到"，右一个"限半小时到"的催促援军的电报，如雪片一般飞到白崇禧的办公桌上，他不屑一顾，只是用鼻子哼哼几声，算是回答作战参谋，表示已经知道了，反正就是那么一回事，接着便走到地图前，用那支粗大的红蓝铅笔，像法官在判决书上判处囚犯死刑似的，画一个"√"，或者一个"×"。

"总座，第二军的先头部队第九师，已由沙市抵达汉口，正拟乘轮东运，增援徐州。"作战处长进来报告道。

"什么？他们也要走？"白崇禧简直叫喊起来了。

"不但第二军要走，第二十军、第二十八军蒋总统都要调走，催调电报已来过多次了，总座不让走，蒋总统已直接命令第十四兵团司令宋希濂执行。"作战处长说道。

"只要我还在汉口，他们就走不了！"白崇禧把桌子一拍，命令作战处长，

第十四兵团司令官宋希濂

"你带总部警卫团到码头上去，把所有船只封锁，一兵一卒也不能装运！"

"是！"作战处长立即去了。

三个军运不出去，国防部长何应钦从南京打电话来疏通了："健生兄，东线的战况是那样紧张，真是盼望救兵如救火啊！"何应钦慢吞吞地说着，那口气简直近乎乞求了："援兵你一定要调啊，看在你我的面上，你不能见死不救啊！"

"何敬公，黄维兵团调出去了，结果如何，你比我更明白，现在是拿猪往老虎口里送呀！不行，不能再调了。"白崇禧毫不客气地拒绝了何应钦的疏通。

刚放下电话筒，参谋总长顾祝同又从南京打来长途电话：

"健生兄，徐州极需生力军，请从全局权衡，集中兵力于主战场进行决战，如果徐蚌会战失败，武汉也保不住。"

"啊啊，墨三兄，你的话对极了，对极了，党国存亡，在此一举，我们都要全力以赴，支持徐蚌会战。不过，部队不愿东进呀！"白崇禧皱着眉头，向顾祝同诉起苦来，"第二十军军长杨干才多次找我，说所部官兵绝大部分都是四川人，驻扎鄂西，大家都很高兴，因为靠四川近，现在又要东调，官兵们都不愿去。杨军长一再请求缓调。第二军军长陈克非也表示不愿到津浦路方面去，墨三兄，你看怎么办哟！"

顾祝同既不能用命令压服白崇禧，也不能用道理说服白崇禧，只得沮丧地撂下电话筒。最后，蒋介石亲自出马来催调援兵了：

"健生兄，东线我军将士正与'匪'浴血奋战中，此战关系党国之存亡。我已令光亭停止向永城前进，转向濉溪口方向攻击前进，与第六、第八兵团协同解第十二兵团之围。望我兄火速将荫国（宋希濂字荫国）的第十四兵团输送到东线战区。"

"唉！总统，"白崇禧唉声叹气地叫起苦来，"你调走了第十二兵团，现在又调第十四兵团，武汉是关系大局的战略要地，不能没有一个打得硬的兵团来保卫，武汉一失，南京也就保不住啦！"

"眼下东线进行主力决战，要确保东线战场的兵力使用，武汉暂时不会有问题。"蒋介石力图说服白崇禧。

"据报共军陈赓兵团有向襄樊进攻直下宜昌、沙市之可能，你把第二军调走了，不仅武汉不保，且川东大门也受威胁。"白崇禧以故意夸大鄂西方面的敌情来要挟蒋介石。

"这个，这个，一切由我负责好了，你立刻将部队给我调过来。"蒋介石急了。

"不是我不调，是这些部队的官兵不愿到津浦线上去……"白崇禧又以同样理由推辞。

"胡说！"蒋介石发火了，"你派兵封锁码头，扣留船只，难道我不知道吗？我命令你，马上让部队开拔！"

"将在外，君命有所不受。你的命令正确，我就执行，不正确我就不执行！"白崇禧也变得强硬起来，"增援徐州，已经丢了一个第十二兵团，现在又要送掉一个第十四兵团，这种仗叫什么仗？叫自杀！自杀！自杀！"白崇禧对着电话筒声嘶力竭地叫喊着："你撤了我吧！你撤了我吧！"

白崇禧的喊声，连着办公室墙壁的回声共鸣，一股脑儿都灌进了电话筒中，传到南京蒋介石的耳鼓里去了。但是，白崇禧感到奇怪的是，对方的电话里除了传来急促的呼吸声外，什么声音也没有。他皱着眉头，以为是电话的讯号减弱了，将话筒朝耳根贴了贴。可是，猝然间电话里像爆炸了一枚重炮弹似的，响起一个极其粗野的怒吼声：

"娘希匹！"

这是白崇禧自任军职以来，第二次被上司辱骂。第一次是民国十四年，他在讨伐唐继尧的战事中，在柳州东北的沙浦血战时，被黄绍竑骂了一句"他妈的"，这使他一辈子忘不了。现在被蒋介石骂了一句"娘希匹",他脸上像被烙铁炙了一下似的,热辣辣的滋味直传到心里,又从心里反传到头顶,那一根根不多的头发便立刻竖了起来。他随手搬起整部电话机往地上一砸,又跟着用穿军靴的脚把电话机一脚踢到墙根去,他一边踢,一边咒骂:

"他妈的,你想用对待黄埔学生的那一套来对待我,办不到!"

白崇禧气得脸色发青,他一会儿从办公室的这头走到那头,又从那头奔到这头,一下猛地坐到沙发上去,一下又从沙发上蹦起来,坐到办公桌前的转椅上。但是,不管是坐沙发或转椅,他都感到如坐针毡。这样胡乱折腾了一阵之后,他的情绪慢慢地冷静了下来,想到老蒋像挤牙膏一般从华中"剿总"序列抽调部队,一则固然是徐州的几十万国民党军队被共军围得无法动弹,老蒋要抽兵去解围;二则他也是要趁此时削弱白崇禧的兵权,否则,一旦徐蚌战败,他怕白崇禧在华中以实力逼他下野。白崇禧想了想,这样和老蒋硬顶,也不是最好的办法。因为第二军也是一色美械装备,现时掌握在兵团司令宋希濂手中,第二军是蒋的嫡系部队,宋希濂是蒋的得意门生,纵使白崇禧不让第二军由武汉乘船东运增援徐州,蒋介石也会直接命令宋希濂要第二军绕道湘西出长沙,然后再坐火车东运。这样虽然耽误时间,但老蒋照样能把部队由华中抽走。此外,第二十八军是顾祝同的起家部队,军里的基本干部都是顾的人,到时他们也会走掉的。只要老蒋还在台上,这些美械装备的嫡系部队,白崇禧便不能抓住,要抓过来则非要先把老蒋逼下台不可。"公开反蒋?"白崇禧摇了摇头,迅速否定了这个选择,因为老蒋现在手上还有相当实力,如采用军事手段讨蒋,势必造成双方分裂,自相残杀,使力量削弱,与共产党对抗的本钱就更小了;蒋、桂如公开分裂,则桂系也难以代表整个国民党与共产党分庭抗礼。目前还需要维持蒋、桂间的表面团结,用另一种力量促成蒋介石下野,使李德公能取而代之。这样既可把老蒋的残余军事力量统统抓到手上,又可得到美援,与共产党或谈或打,本钱大了腰就硬。到底用什么力量可以不流血逼蒋下野,使李德公能顺利登台?白崇禧绞尽脑汁,从《孙子》《吴子》到《司马法》,由《六韬》到《三略》,搜肠刮肚,他读过的这些兵书、兵法上都找不到妙计。最后,他突然想起前几天,清华大学校长梅贻琦等几位名人从上海、南京乘轮经汉口入川时，白崇禧曾在汉口他的总部设宴招待过他们。据梅贻琦等人说，宁沪一带要求和谈的呼声甚高，盼望武汉方面有所行动，促成国共和谈，以息刀兵。当时他听了尚不置可否，现在想来，却是一着妙棋。

"对，我把中南几省民意机关首脑邀来汉口，共同发起一项呼吁和平的运动，把老蒋打个措手不及，用这个办法逼他下台！"

白崇禧越想越得意，因为由他发起和平攻势，桂系在政治上便可先得一"人和"，目下沪宁一带既有求和之望，他通电主和，必得广大民众及各阶层的响应。老蒋要打，就失人心；共产党拒和，亦失人望；主动权便操在李、白手中了。老蒋的仗打到这般地步，他必不肯罢战求和，作城下之盟，打又不能打，和又不能和，到时只得被迫下野。德公就可上台与共产党和谈，以长江为界，江北由共产党搞，江南由李、白来搞，弄个南北朝的局面倒也能偏安于一时。这个办法，总比老蒋把本钱输光，把疆土赔尽，到最后死无葬身之地要受到国民党内有识之士的欢迎。白崇禧还认为这个办法，在军事上不但对老蒋是个缓兵之计，而且对共产党也是个缓兵之计。和平的通电一发，便可堵死老蒋向华中抽兵的借口，华中部队便可完整地保留下来；共产党方面，也不得不停止军事行动，如此，江南、西南便可编练二线兵团……总之，"小诸葛"的妙计妙极了，从古到今，由孙子、韩信至孔明，都不曾用过这条妙计。他一时兴奋起来，站到那张巨大的中国地图前，看着大江东去，用那根小木棒指点着江南各省：

"江苏、浙江、江西、湖北、湖南、广西、广东……哈哈，还有十几个省，论疆土面积，在世界上也还够得上大国哩！"

他从地图前走到办公桌旁，洋洋得意地坐到那张转椅上，觉得非常舒服。他提起笔来，当即就给蒋介石拟好一份电稿：

……民心代表军心，民气犹如士气。默察近日民心离散，士气消沉，遂使军事失利，主力兵团损失殆尽。倘无喘息整补之机会，则无论如何牺牲，亦无救于各个之崩溃。言念及此，忧心如焚！崇禧辱承知遇，垂二十余年，当兹危急存亡之秋，不能再有片刻犹豫之时。倘知而不言，或言而不尽，对国家为不忠，对民族为不孝。故敢不避斧钺，披肝沥胆，上渎钧听，并贡刍荛：（一）相机将真正谋和诚意转知美国，请美、英、苏出面调处，共同斡旋和平。（二）由民意机关向双方呼吁和平，恢复和平谈判。（三）双方军队应在原地停止军事行动，听候和平谈判解决。并望乘京沪平津尚在吾人掌握之中，迅作对内对外和谈部署，争取时间……

白崇禧这份倡和电报发出后，蒋介石毫无反应，如石沉大海。白崇禧有些沉不住气了，他又坐到那张舒适的转椅上，拟了致蒋介石的第二份倡和电报：

……当今局势，战既不易，和亦困难。顾念时间迫促，稍纵即逝，鄙意似应迅速将谋和诚意，转告友邦，公之国人，使外力支援和平，民众拥护和平。对方如果接受，借此摆脱困境，创造新机，诚一举而两利也。总之，无论和战，必须速谋决定，时不我与，恳请趁早英断……

白崇禧看着自己拟就的电稿，冷笑两声："嘿嘿，再将你一军，看你老帅动不动！"

白崇禧的第二封电报发出后，犹恐蒋介石装聋作哑，便授意河南、湖北两省议会，同时以民意机关代表民意，公开呼吁要求实现和平，其中尤以河南省议会议长刘积学致蒋介石总统的电文最为淋漓痛快，电文中的几句话"敢请即日引退，以谢国人；国事听候国人自决"立即不胫而走，在社会上广为传诵。接着，湖南省长、长沙绥靖主任程潜也致电蒋介石，呼吁和平，他的电文的措词比白崇禧更为激烈。华东地区，战云密布，徐蚌一带，炮火连天，国共两军正进行殊死决战。华中地区，却出现一片世人瞩目的和平呼声，这片呼声，虽然令人捉摸不定，但是毕竟给血火硝烟笼罩的中华大地以一线希望。京沪一带，关心国事的人奔走相告，以为局势将有某种令人鼓舞的转机。一时间，文人学者，商绅市民，无不翘足远望南京，看看蒋总统将做出何种应变之措施。

保密局局长毛人凤接到侍从官电话，蒋总统要即刻召见他。他马上起身，命令秘书：

"叫沈醉做好一切准备！"

说罢，便乘车匆匆赶到总统官邸，一名侍从副官立刻将他带到蒋介石的办公室。蒋介石焦灼地在办公室内踱步，他神情沮丧，两眼疲乏，神不守舍。毛人凤一进门，他便迫不及待地问道：

"准备工作做得怎么样？"

毛人凤知道，对李宗仁下手的时候到了，便详细报告了沈醉主持的"特别行动小组"的工作情况：

"已给沈醉配备了两名神枪手，李宗仁的汽车进出傅厚岗时拐弯车速较慢，从两面同时都可以进行射击。"

蒋介石只翻眼皮看了毛人凤一眼，也许这个杀法太露骨，容易授人以柄，他没有吭声。毛人凤又说道：

"为了防止李宗仁突然离开南京，我们准备在空中将他的座机击落，然后以飞机失事为由对外公布，我已准备好了两架战斗机，随时可以行动。"

"唔，这个，这个，他最近去过机场没有？"看来蒋介石对空中暗杀最感兴趣，他特地问了一句。

"李的夫人郭德洁去过机场，是专门去看总统和夫人送给他们的那架'美龄号'专机的。"毛人凤简直对李宗仁夫妇的一举一动都了若指掌。

"唔，这个，这个……"蒋介石半天没有说出"这个"的下文来。也许，这个秘密他不便对毛人凤说。原来，蒋介石自下了除掉李宗仁的决心后，他也谋划过暗杀方法。对于暗杀政敌，他自己就是一名老手。当年，为了杀掉革命党人陶成章，他受陈其美之命，潜入医院，开枪将陶打死，然后逃之夭夭。后来，有了戴笠做帮手，杀人勾当自可不必亲自动手了。戴笠一伙秉承他的意旨，替他排除异己，杀吉鸿昌于天津国民饭店，杀杨杏佛于上海亚尔培路，杀史量才于浙江海宁……但是，对于杀李宗仁这样特殊的大人物——作为桂系首领，李是他的敌手，而作为副总统，李又是他的副手，蒋介石不得不谨慎从事。当然，要杀死李宗仁，对于蒋介石来说，简直和处死笼中的一只鸟雀般容易。他只要一点头，一个暗示，李宗仁便会立刻死于非命。但是，事情并非那么简单。因为真相一旦泄漏出去，不仅桂系首领白、黄等人会通电举兵讨伐他，而且国人亦将不容，特别是美国人，对李宗仁颇有好感，他们一定会激烈地反对，为此，岂不是搬起石头砸自己的脚，他如何收场呢？

思来想去，他终于思得一个妙计：在空中干掉李宗仁，以飞机失事为由向外界公布李宗仁的死因，那就谁也抓不住把柄了。但是，李宗仁自游杭州归来之后，便深居简出，连总统府"子超楼"上的副总统办公室也从未去坐过，更不用说坐飞机到外地去了。当蒋介石得知李宗仁的座机设备较旧，而李夫人郭德洁又特别喜欢坐飞机后，他便和宋美龄合谋，将设备先进的"美龄号"飞机赠送给李宗仁夫妇。好动的郭德洁必然会拉着李宗仁坐上"美龄号"享受一番。只要他们一飞上天空，空军的战斗机就会把"美龄号"打得粉身碎骨。李宗仁之死便成了"烛影斧声、千古之谜"了。可是，没想到只是郭德洁去看了看"美龄号"，他们并未坐上去。如果李宗仁一年半载不乘飞机，他空中暗杀李宗仁的计划便无法实现。

毛人凤见蒋介石"这个"了半天，也无下文，便接着说道：

"考虑到桂系部队尚驻扎在安徽一带，李宗仁有可能坐火车到安徽去；也考虑到民国十八年桂系将领夏、胡、陶在武汉异动时，李宗仁临时乘火车由南京逃到上海去躲避，我们在火车站附近买了一座木头房子摆设香烟摊，准备在李宗仁乘火车出走时便立即赶去，在沿途火车停留的小站进行狙击。"

"唔。"蒋介石只用鼻子出声，未置可否，因为他估计此时李宗仁哪里也不会去。也许，李宗仁像个野心勃勃的庙祝，忍耐着寂寞，厮守着自己的冷庙，相信突然一天这庙前会车水马龙，香客盈门，使昔日门前冷落的寺庙，变成香火鼎盛的天下第一座名寺宝刹。

"考虑到李宗仁有可能坐汽车到杭州去游玩，我们在汤山附近公路上开设了一个饭馆，如果李宗仁乘汽车离京，便立刻用预先准备好的两部高速汽车追上去，在半路上进行狙击。"

"假如他连门都不出，你们怎么办呢？"蒋介石突然问道。

"如李不出门，便到李的住宅去狙击。我已布置预先安排在首都电灯公司的两个成员，借检修变压器为名，站在变压器上用手提机枪从围墙外面向李的寝室、餐厅等处射击，并做好爬墙进入院内狙击的准备。狙击手使用的子弹弹头内都装有最剧烈的毒药，不管射中人身任何地方，都可引起血液中毒而无法救治。"毛人凤简直把这一切安排得如天罗地网一般，使李宗仁连逃生的一丝缝缝也钻不了。

蒋介石没有再说话。毛人凤知道，他是不会再说什么的了，他会用眼睛和手势来下达命令，毛人凤不知在他面前领受过多少杀人的密令，但从未听到蒋介石亲口说一个"杀"字。因此，毛人凤但凡接受暗杀命令，不是用耳朵来听蒋的指示，而是用眼来看他的眼睛和手势。那双深邃的、疑虑重重而又森冷的目光中，透出一种异样的冷酷，闪过流星一般快捷的寒光，两张薄薄的眼皮往上一抬，两只眼珠迅速定住不动，几秒钟后，两张眼皮再往下一眨。紧接着，右手抬起来，与希特勒下令向莫斯科进军命令时的手势颇为相似。到这时，毛人凤便可告辞而去，进行他的杀人勾当去了。

毛人凤已经看清了蒋介石那熟悉的眼神，可是，他的右手却还没有像希特勒那样抬起来。毛人凤把目光集中在蒋介石的右手上，他的右手这时正背在身后。那只"死神"的右手仍没有抬起来。蒋介石却背过身子，在室内慢慢地步履沉重地踱起步来。毛人凤感到好生奇怪，蒋总统从来不像今天这般优柔寡断。以往，毛人凤应召一到办公室，往往还没开口，蒋介石那眼皮已经一抬一眨，右手接着抬到半空，毛人凤双腿一并，只说了一声"是"，便辞了出来，几分钟或者几小时之后，便有人在枪口下丧生。"今天，蒋总统是怎么了？难道我安排的暗杀计划不周密？什么地方有漏洞？"毛人凤一时感到恐惧起来，虽然他是个杀人不眨眼的魔王，但在蒋介石面前，他和戴笠都是卑微的奴才。戴笠曾被蒋介石打掉门牙，毛人凤接替戴笠以来，虽没挨过蒋介石的耳光，但他觉得挨耳光或者被打掉门牙还是好受的哩，那是一种殊荣，蒋介石打戴笠，因为戴笠是他最宠信的红人。毛人凤还没有享受到挨打耳光的殊荣，那是因为他还没达到戴笠那般受宠的地步啊！

其实，蒋介石对毛人凤暗杀李宗仁的这一整套计划是满意的。使他焦灼不安，迟迟下不了杀李宗仁的决心，并不是毛人凤的计划不周密，而是另外的原因。自从白崇禧在武汉发来两封主张和平的电报后，跟着河南、湖北省议会和湖南省长程潜也都来电呼应。蒋介石硬着头皮，不予理睬，一心只管命令杜聿明去救黄维，

战败被俘的徐州"剿总"副总司令兼前进指挥部主任杜聿明

只要把黄维救出来，徐蚌会战仍有转机的可能。鉴于白崇禧与李宗仁勾结"逼宫"，他决定一不做二不休，干脆把李宗仁杀掉，"蛇无头则不行"，到时他再用几句好话羁縻住"小诸葛"，后院仍不会起火。谁知白崇禧在武汉也是一不做二不休，他请黄绍竑到武汉，以八万港元的重金包租陈纳德的一架飞机，飞到广州转赴香港请国民党革命委员会主席李济深来武汉主持与中共和谈。李济深本是桂系的老大哥，又与中共有密切联系，若李济深到了武汉，和谈大门一开，他蒋介石将处于何种地位呢？"小诸葛"这一"军"将得他确实厉害！

紧接着，白崇禧又强迫汉口中央银行将由粤汉路运往广州的银元中途截回，扣留重庆兵工厂停泊在汉口江岸码头准备东运徐州战场的械弹。

这下，蒋介石再也沉不住气了。他半夜里把毛人凤召到官邸，要下达杀李宗仁的命令。但毛人凤到客厅后，蒋又命侍从副官叫毛人凤回去。毛甫抵家中，侍从室的电话又急召他赴总统官邸，但到客厅坐了一个多小时，仍未见到蒋介石，后来侍从副官传达蒋的命令：要毛人凤回去休息。如此折腾了一夜，毛人凤睡不上觉是小事，他心里战战兢兢直打鼓，生怕什么地方出了漏洞。因为暗杀李宗仁的计划如果出了纰漏，他的脑袋便要落地。

蒋介石迟迟下不了杀李宗仁的决心，并非他优柔寡断，而是投鼠忌器。白崇禧在武汉不稳，固然是一个原因，而美国人的态度也使蒋介石没有足够的勇气下决心。十一月，美国进行大选，因共和党候选人、纽约州州长杜威曾发表援华声明，蒋介石便把赌注押在杜威身上，秘密派陈立夫赴美为杜威助选。谁知事与愿违，大选揭晓，杜鲁门连任总统。蒋介石碰了钉子，忙派夫人宋美龄访美，但美国政府只允以私人身份访问。宋美龄抵美后，虽然经多方活动，请求美援，但杜鲁门总统却异常冷淡地答道：“现在局势恶化之程度，除实际调用军队外，均于事无补。”宋美龄的“夫人外交”手腕第一次碰了壁，她失败了，败得很惨，和蒋介石在东北、华北的失败一样惨，她感到无脸回到南京，遂悄然离开纽约，到里弗代尔孔祥熙的别墅里暂时隐居起来，她从此再也没有回到大陆。

战败被俘的第十二兵团司令官黄维

与此同时，司徒雷登大使也利用他的私人秘书傅泾波传达了“蒋总统必须下野，为进行和谈所必需”的意向。蒋介石感到全身发冷，脸上发烧，美国人已经公开表示要抛弃他了。

十二月四日，杜聿明集团开始向濉溪口方向攻击前进。六日，杜聿明集团被共军四面包围，孙元良兵团单独突围，被全歼。

十二月十五日黄昏，黄维兵团突围，全军覆没，兵团司令官黄维，军长吴绍周、覃道善、杨伯涛等被俘。

杜聿明集团被共军重重围困于陈官庄、青龙集附近，连日天降大雪，寒风怒吼，空军无法空投给养，所部饥寒交迫，濒临崩溃。

何应钦辞去国防部长职务，避居上海。

蒋介石的政治生涯已经走到了终点，前面千仞壁立，万丈深壑。宋美龄不在身边，他和自己那瘦长的身影为伴，整夜整夜无法安眠，连服用多年的烈性安眠药也失效了。他突然想到要喝酒，借酒浇愁，每晚差不多要喝掉一瓶威士忌。侍从副官怕他精神失常，怕他突然自杀……

可是，蒋介石却清醒得很，多年的政治斗争经验提醒他，这时要忍耐，忍耐是一切转机的开始。一个活着的李宗仁比一个死了的李宗仁对他更有利！蒋介石的脑子里突然升起一个大胆的念头。为什么这样想，连他自己也搞不清楚，但他认定这

在碾庄圩地区阵亡的第七兵团司令官
黄百韬

是使他获得转机的唯一希望。也许是民国十六年的经验提醒他，也许是民国二十年的经验再次提醒他：以退为进！他从那两次下野中得到的好处实在太多了。

"你回去马上解散'特别行动小组'，要沈醉还是回到云南去，那个地方很重要，要多下功夫！"

蒋介石回过身来，命令毛人凤。毛人凤在接受蒋介石杀人命令时，因用眼睛看眼神和手势惯了，耳朵是不用的，他只顾盯着蒋介石的右手，现在蒋介石突然说起话来，毛人凤竟一时没听清蒋介石说了些什么，但又不敢问，只愣着一双眼睛，一忽儿看看蒋介石的眼神，一忽儿看看蒋介石的右手，不知如何是好。

"立刻结束那项工作，明白了吗？"蒋介石并不气恼，非常温和地把话又说了一遍，但为什么不杀李宗仁，他却一字不提。

"是！"毛人凤的耳朵已经派上了用场，终于听清了蒋介石的话，但却百思不得其解，他满腹疑团拌和着重重惶恐，退出了蒋介石官邸。

蒋介石驱车直奔傅厚岗李宗仁副总统的官邸，吓得门岗警卫、勤杂侍役手忙脚乱。李宗仁正在房里阅读《二十四史》，闻报立刻和夫人郭德洁出迎，但蒋介石已经进门了。

"总统驾到，有失迎迓！"李宗仁夫妇见蒋介石突然闯进来，感到十分惊讶，因为自从李宗仁到南京当副总统后，蒋介石遇事总是把李召到他的黄埔路官邸去。他从不到傅厚岗来找李宗仁，这次"御驾"亲临，弄得副总统官邸上上下下手足无措。但蒋介石却非常随便地说笑着：

"你们想不到吧？哈哈！美龄早就要我和她来看你们的，实在忙不过来。她在美国还问到你们哩！"

"谢谢总统和夫人！"李宗仁夫妇对这突如其来的拜访表示感谢，他们把蒋介石迎到楼上的小客厅里坐下，郭德洁忙献上茶点水果，她揣度蒋总统突然来访，必有要事与李宗仁商谈，因此借故退了出来。

　　"德邻，你看现在这局势怎么办呢？"蒋介石忧心忡忡地看着他的这位把兄弟。

　　"局势危险！"李宗仁点了点头，但他不明白蒋的来意。因已听到了白崇禧在武汉呼吁和平的行动，为了摸摸老蒋的底，他只得旧事重提，"今日挫败之原因虽多，而最大的毛病是出在指挥不统一上。如果总统及早英断，将武汉与徐州划为一战略单位，我看尚不致有今日之危。"

　　李宗仁既间接地指责了蒋介石决策上的错误，又直接为白崇禧的先见之明加了按语，因为这个被蒋介石否定了的方案是半年前白崇禧提出来的。蒋介石听了心里当然非常不舒服，甚至怀疑李宗仁有意当面使他难堪，但他并不计较这些，只是摇了摇头，苦笑着说：

　　"贤弟，过去的事就不必再提了吧！徐蚌一败，'匪军'很快就要逼近长江，下一步，我们该怎么办？"

　　李宗仁仍然摸不透蒋介石的来意，便慢慢说道："办法——我相信总统会拿出应付时局危机的办法的。"

　　"唉！"蒋介石长叹一声，"我本不愿做总统，推脱过多次，中常会却偏要把我推作候选人。今天这局面，我是计竭力穷了，我看我退休，由你出来干，和共产党讲和！"

　　李宗仁大吃一惊，心想外间传说的白崇禧"逼宫"行动，老蒋一定信以为真，他是来这里探我的虚实的，自己蹲在虎口里，一举一动都得小心，他忙连连摆手道：

　　"眼下这个局面，我怎么应付得了？不行，不行，我还是当你的副手！"

　　蒋介石十分恳切地说道："只要你出来，担起这局面，情况马上就不同了。"他微笑着，望着李宗仁那国字脸，暗自庆幸没让沈醉去用汤姆弹撕毁这张宽宽的脸，否则，国民党的历史又将会是另外一种写法了……

"不行，不行，请你不要再提此事，以免传将出去，造成混乱。"李宗仁又摇头又摆手，仿佛蒋介石正在把他往火坑里推一样。

　　"德邻同志！"蒋介石变得严肃起来，"当初我劝你不要参加竞选，你一定要参加，现在让你出来干，你又极力推托。依据宪法第四十九条'总统因故不能视事时，由副总统代行其职权'之规定，我不干了，应由你代行总统之职权，并非你我之间私相授受！"

　　蒋介石说罢站了起来，提上他的手杖昂然而去，真可谓来也匆匆，去也匆匆，真把个李宗仁弄得紧张透了。

第八十一回

被迫下野　蒋介石独谒中山陵
风雨飘摇　李宗仁出任代总统

　　巍峨的中山陵，坐落在紫金山第二峰小茅山南麓。陵后峰峦起伏，蜿蜒如龙；陵前林海浩瀚，山河苍茫，气象万千。冬日的阳光从云层的缝隙里辐射出来，东一片西一片的，铺在林梢和草地上。红得发紫的枫叶被阳光一映，宛如被火点燃了一般，松柏林的一半被阳光照着，显得青葱苍翠，没被照着的那一半，呈现墨绿沉郁。银杏、梧桐一片光秃，在寒风中微微战栗。宽阔的陵园道上，铺着厚厚的积雪，两行轮辙印迹鲜明地留在白雪上，像两行长长的别致的印花。那半月形广场上，停着一辆黑色防弹轿车，几名侍卫官散布在附近。

　　缓缓抬高的墓道，一共有三百七十五米长，两旁的绿化带像两列长长的仪仗队，挺拔的桧柏宛如身披甲胄威武肃立的卫士。墓道上，一个孤零零的人正往陵门走来。他头戴宽边礼帽，着黑色披风，拄着手杖，踽踽独行，步履蹒跚。

　　自中华民国十八年六月一日的奉安大典，孙中山先生的遗体安葬在陵墓后，蒋介石不知道来过陵园多少次。在他烦恼，为军国大计难决的时候，来陵园的次数居多。秀丽幽静的陵园风光，对于他思考决策应付时局来说确实是个理想的处所。宋

1929年6月1日，孙中山灵榇安葬南京中山陵

美龄知道蒋介石爱到中山陵漫步，而她也喜欢这里的明媚风光，便把中山陵的守庐扩建成一幢两层楼的建筑，盖成大屋顶的宫殿式结构，命名"美龄宫"。蒋介石以孙中山先生的忠实信徒自居，无论在生前或者百年之后，他都要与中山先生在一起，"美龄宫"的建筑，自然使他喜欢。但他还有一个秘密埋在心中，尚未对人说起。

孙中山先生现在安葬的地点，是孙先生本人自己选择的。那是民国元年四月一日的早上，孙中山刚解除临时大总统职务，让位于袁世凯，这天显得特别轻松，他对卫士长说："从今天起，我是自由人民了，你备几匹马，我与展堂出去打一趟猎。"

孙中山与胡汉民骑着马出了朝阳门，来到明孝陵，一路转到半山寺。只见一只羽毛美丽的雉鸡扑棱着翅膀从树丛中飞起，中山先生"砰"的一枪，将雉鸡击落。卫士去将猎物拾回，中山先生便与胡汉民下马在旁边的一个土地庙休息。然后，他们步行上山。孙先生登上一个高坡，环顾四野，只见群山逶迤，秦淮如带，他对胡汉民说道："你看，这里地势比明孝陵还好，有山有水，气象雄伟，我真不懂当初明太祖为什么不葬在这里！"

胡汉民懂得阴阳地理之道，他看了也说道："这里确比明孝陵好。就风水而言，前有照，后有靠，左右有沙环抱，再加上秦淮河像玉带一般环绕，真是一方大好墓地啊！"

孙中山激动地对胡汉民说道："候他日逝世，当向国民乞此一块土来安置我这身躯壳！"

1302

十四年后，孙中山先生在北京铁狮子胡同逝世，临终前，又以归葬南京紫金山麓为嘱。中国国民党人遵照孙中山先生的遗愿，于民国十八年六月一日，在建筑雄伟的中山陵举行隆重的奉安大典，将孙中山先生的遗体安葬于中山陵的墓室之内。至今，正好是二十个年头。除了抗战期间住在重庆外，蒋介石在南京的日子，常常到中山陵来。他本是个封建迷信很深，又笃信风水的人，他为自己的母亲寻找墓地费尽了心机。葬母之后，他果然飞黄腾达，显贵发迹，这更加促使他为自己寻找一方理想墓地，以便使子孙后代继承大业，长久不衰。他经常在中山陵盘桓，又懂得些堪舆之术、阴阳之道，更使他想入非非。戴笠死后，灵柩停在与中山陵相邻的灵谷寺内。一天，蒋介石和宋美龄到灵谷寺看望戴笠灵柩，并亲自在山下为戴笠选定了墓地。他对毛人凤说："我看这块地方很好，前后左右都不错，将来安葬时要取子午向。"戴笠便葬在蒋介石亲自选定的这块墓地上。

　　蒋介石也为自己选择了一块墓地，地势与建筑规模都要与中山陵相映生辉，方显出他继承孙中山革命大业，功勋彪炳千古的气概。他的墓地选在什么地方？自然是在距中山陵不远的那一处山坡上，但他尚未公开和人说过。朝霞绚丽的清晨，晚霞如织的黄昏，多少次，他徜徉在为自己选好的墓地上，浮想联翩。他当过总司令、委员长、国民政府主席、党的总裁，特别是当了总统之后，他觉得自己的政治地位已经与孙中山相称了，为自己造一座雄伟的"中正陵"当然是不成问题的了。更何况，他已年过花甲，渐近耄耋之年，身后之事已有一种紧迫感了。但是，自还都以来，国事不宁，日本打倒了，又冒出来一个咄咄逼人的强硬敌人——共产党，命中注定，他一生多艰！东征、北伐、"剿共"、抗日，他没有过上一天安稳的日子，国民也和他一样，没有过上一天安稳的日子。抗战胜利曾使他兴奋不已，他想实现事实上的统一，想过一个安稳的晚年。但是共产党是他的心腹之患，不"剿灭"共产党，他便无一日安宁可言。开始，他对"剿共"是很有把握的，认为三个月，或者一年半载，便可将共产党连根拔出。谁知"剿了三年共"，他把老本都输光了。东北陷落，徐蚌战败，继黄伯韬兵团、黄维兵团、孙元良兵团覆灭后，被共军重重围困在双堆集和青龙集的杜聿明集团的邱清泉、李弥两兵团，也于十天前悉数被歼灭，杜聿明被俘，邱清泉战死，李弥只身逃脱。跟着，平津战幕拉开，在杜聿明集团覆灭后的五天，天津城破，守将陈长捷、林伟俦被俘，傅作义困守北平孤城，已成瓮中之鳖。

蒋介石在盘点"存货"，长江以南的广大地区内，也找不出一个完整而又较有战斗力的军了，仅仅只有几个新兵编练司令部新成立的一些部队和残破得很严重、正在整补的几个师，这是完全不能参与战斗的。所剩下的就只有武汉的白崇禧集团和西安的胡宗南集团了。白崇禧正在千方百计地迫他下台，那逼人的气势简直不亚于共产党！徐蚌一战，几十万国民党军队覆没，首都南京已无兵可守，过不了多少日子，共军便要渡江。他无法获得一个安稳的晚年，也许，就是到他闭上眼睛的那一刻，他还是为巨大的忧患压抑着，苦恼着，挣扎着。他的墓志铭并不难写，只以"一生饱经忧患"六个字便可概述全貌，但是，他在紫金山麓选定的那块墓地——未来营造"中正陵"的地方怎么办呢？现在，真可谓要死无葬身之地了！

蒋介石一步一顿，走完那长长的墓道后，来到了陵门。陵门前是一开阔的水泥平台，蒋介石站在平台上，微微喘息了一下，便走进了由券石砌成的拱门。进入陵门后，迎面便是一座巨大的碑亭。亭顶重檐九脊，盖蓝色琉璃瓦，高约十七米。亭正中立着块高达八米的石碑，上镌刻"中华民国十八年六月一日中国国民党葬总理孙先生于此"。蒋介石站在石碑下，缓缓脱掉右手上的皮手套，伸手抚摸着"葬总理孙先生于此"八个大字。他的耳畔，仿佛又鸣响着狮子山上那震撼人心的一百零一响礼炮声。那天早晨四点钟，他扶着孙中山的灵榇，步出设在中央党部的祭堂，越大门，降台阶，登上遍扎白彩球的灵车。灵车之前，是孙科及其亲属，孙科之后便是蒋介石。仪仗队一式白色祭服，戴白色手套。鼓声沉沉，哀乐阵阵，灵车缓缓移动着。自丁家桥国民党中央党部至中山陵二十里路上，数十万南京市民沿街拥立，在灵车经过时，皆肃然脱帽致礼。十时一刻，灵榇停于中山陵祭堂中央，举行奉安典礼，由蒋介石主祭，谭延闿、胡汉民等陪祭，献花圈，读诔文，行礼。中午十二时，灵榇移入墓穴，狮子山炮台再鸣礼炮一百零一响致敬，全国停止工作三分钟静默致哀。

那是个多么难忘而隆重的日子啊！虽已过了二十个春秋，但今日想来，犹是昨日之事。自从主持孙中山先生公祭仪式后，蒋介石无时不在心里想着那使他景仰羡慕的奉安大典。他暗暗下决心，要在自己百年之后，也享受到这种至高无上的哀荣。要实现这个愿望，首先，他要确立自己无可争议的领袖地位。胡汉民、汪精卫比蒋介石的资格老，不排除这两个人，他在国民党内便坐不稳领袖的位置；冯玉祥、阎锡山、李宗仁这三个人都和他一样分任第一、二、三、四集团军总司令，蒋、冯、阎、李四人平起平坐，不除掉冯、阎、李三人，他便无法控制全国军队，不能成

1946年5月5日，国民政府还都南京，蒋介石夫妇率百官前往中山陵谒陵

为事实上的全国领袖。经过多少次的明争暗斗，金钱收买，分化瓦解，武装吞并，胡汉民、汪精卫失败后都已先后死去，冯玉祥、李济深变成了光杆司令，离开了中国大陆；阎锡山几经浮沉，变成了胸无大志的守财奴，躲在山西那个背旮旯儿里，再无问鼎中原的雄心；蒋介石的对手只剩下了桂系集团的李宗仁、白崇禧。经过反复较量，多次交锋，双方各有胜负，但无论如何，蒋介石无法降服李、白，文的武的，硬的软的，明的暗的，蒋介石全用过了，他的军队就是进不了广西。

为了实现他承继孙中山先生大业，在国民党内成为无可争议的领袖，以便在百年之后建一座与中山陵媲美的中正陵的雄心壮志，几十年来，他高举着孙中山先生三民主义这块金字招牌，东征西杀，南讨北伐。演出了蒋、桂战争，蒋、冯、阎中原大战一幕幕流血惨剧，使国家、民族、人民为之付出了惨重的代价。"九一八"一声炮响，日本帝国主义利用中国军阀混战之机，入据东北；"七七卢沟桥事变"，日寇铁蹄踏进华北。中华民族到了最危险的时候，蒋介石才真正成为举国公认的无可争议的领袖。他把自己的政敌白崇禧请到身边委以参谋总长的重任，一切由白谋划；他把李宗仁安排在历代兵家必争的战略要地徐州担任战区司令官；他接

受共产党抗日救国的主张，实现了第二次国共合作。直到这个时候，他才表现出一位领袖所具有的胸怀和气魄，在他一生的政治生涯中，这是他博得国人（当然也包括他以前的众多政敌）爱戴的八年。抗战胜利，他的领袖欲急剧膨胀起来，到了前所未有的独裁程度，他视共产党若草芥，玩弄李、白于掌上，他决心依赖美国的飞机、大炮、坦克实现真正的统一。可是，曾几何时，在共产党和李、白的内外夹攻之下，他垮台了，上百万大军覆灭了，不仅全国领袖当不成，连首都南京也难保。他已决定今日下野，由副总统李宗仁代行其职权……

蒋介石摸着石碑，抚今追昔，不禁老泪横流。中国国民党人二十年前葬总理孙先生于此，他年中国国民党人又将葬他们的总裁蒋中正先生于何地呢？

寒风拂过林梢，林涛阵阵，发出巨大的叹息！

蒋介石拄着手杖，从碑亭后拾级而上，向祭堂走去。碑亭至祭堂的正道由一色苏州金山石砌成八座大石阶，共二百九十级。大石阶两侧的斜坡上，白雪皑皑，坡上一株株桧柏、枫树、石楠、海桐和大围墙旁的白皮松，枝叶上披着一层薄雪，像在默默地挂孝举哀。祭堂前两旁立着一对高耸的饰以古代花纹和云彩的石华表，平台前的两个石座上，各放着一尊古色古香的铜鼎。

蒋介石在石华表和古铜鼎前伫立了一刻，不知是为了休息还是什么东西引起了他的沉思。然后，他由平台步入祭堂。早已恭候在此的两名侍卫官，接过蒋介石的帽子、手杖和披风。他来到祭堂正中孙中山先生身穿长袍马褂的石雕全身坐像前，鞠了三个躬，默默地肃立了一会儿。祭堂是一座仿古木结构宫殿式的建筑，墙身全部用香港花岗石砌成，地面铺大理石，左、右、前、后排列着青岛花岗石柱十二根，四隐八显，下承大理石柱础。内顶为斗式，上面镶以花瓷砖。蒋介石来到了祭堂后壁前，看着他写在壁上的"总理校训"，甜酸苦辣一齐涌上心头。"怒潮澎湃，党旗飞舞，这是革命的黄埔……"蓦然间，他耳畔响起雄壮的黄埔军校校歌，他陪孙总理在台上检阅军校学生的情景历历在目。是孙中山的革命主义和黄埔学生的战斗精神，把他推上了革命军总司令的位置，没有黄埔军校，便没有蒋介石的一切。东征、北伐，他的学生一个个都是好样的。可是，一到"剿共"的战场上，一个个都不济了。他的得意门生陈诚、杜聿明在东北战败，杜聿明、黄维在徐蚌会战中被俘，现在的黄埔学生没有一个能为他打胜仗的。

"介石，你怎么把黄埔精神丢光了呢？"一个严厉的声音仿佛在祭堂里回荡。

蒋介石打了个寒噤，忙回头看了看孙中山的坐像，孙中山脸带怒容，似乎在训斥他：

"当初，我创办黄埔军校，独一无二的希望，就是创造革命军，将来挽救中国的危亡。你却把它拿来打内战，断送了黄埔精神，也断送了我寄予厚望的黄埔学生，而你也落到了今日这般地步！"

蒋介石摇了摇头，觉得自己有点多心了，一尊石雕坐像又如何能说话呢？不过，孙先生若在九泉之下，看到一个个黄埔学生被俘，以黄埔学生为基干组成的嫡系部队的覆灭，又将作何感想呢？蒋介石突然感到害怕起来了。他今天独个儿来谒陵，本想到此排遣下野后的烦恼，寻求某种精神上的慰藉。不想，却触景生情，生发出一个个不吉祥不愉快的念头来。他不敢再在这过分肃穆而使精神上承受巨大压抑的陵墓中久待。他迅速进入墓室，绕墓穴一圈，对着方形墓穴上身着中山装的孙中山先生的大理石卧像，默哀了几秒钟，赶忙返回祭堂出来，站在外面的平台上。他像一个孤独的幽灵，在平台上缓缓踱步，打发着他停留在南京，也是停留在中山陵的最后时刻。

他下野后，党政军的各项安排早已做出并实施。他为了紧紧地控制京沪杭地区，乃将原来的京沪警备司令部扩大为京沪杭警备总司令部，任命汤恩伯为总司令，又分别任命张群、朱绍良、余汉谋为重庆、福州和广州绥靖公署主任，陈诚为台湾省主席兼台湾警备总司令，薛岳为广东省主席。这些安排，以汤恩伯和陈诚的位置最为重要，从而形成了一个进可守东南半壁，退可保台湾孤岛的战略态势。这和他第二次下野时任命他的亲信军人顾祝同、鲁涤平、熊式辉分任苏、浙、赣三省省主席如出一辙，既为后继者设下重重陷阱，又为他日卷土重来做好安排。在发表汤恩伯等重要人事任命后，他命蒋经国持他的亲笔函去上海访中央银行总裁俞鸿钧，着俞即时将中央银行在去年八月依靠发行金圆券强向人民兑换得来的黄金、白银和外汇全部运往台湾。为了在溪口幕后操纵指挥，他已命亲信俞济时、石祖德、石觉民、任世桂等人，先后到溪口布置警卫和设置通讯联络，为他建立指挥中心。他虽然避归老家溪口，但和在南京一样可以发号施令，调兵遣将。总之，无论是回到溪口幕后操纵，还是退到台湾武装割据，他都周密地安排好了。南京这个烂摊子，就留给李宗仁收拾，让李为他去当替死鬼。时局有转机，他便随时可以从溪口回到南京复职，时局不利，他则退守台湾。下野文告，他已拟好装在衣服口袋里了，在那篇堂皇的文告里，他设置了一个巧妙的圈套让李宗仁钻……这一切，似乎都安排就绪，他可以放心地走了。但是，他现在却停留在中山陵碑亭的平台上，像掉了魂似的踱着步，一会儿低头沉思，一会儿又翘首眺望，还有什么使他放心不下的呢？就是他早已暗中看好的那一方墓地！

　　老家溪口虽好，但不是他归宿之处；台湾虽可避居一时，却非埋骨之所。他的灵魂，只能安居在紫金山麓！这一走，还能不能重回南京主政，他心里实在没有底。共产党、桂系，都是几十年的对手，在多次较量中，他们非但不被打垮、"剿灭"，而且滋生蔓长，到今天将他逼下了台。依他的经验，他一走，无论是共党或桂系，都失去了攻击的目标，他们内部或他们之间便开始冲突，就像民国十六年那样，唐生智东下讨蒋的主力部队张发奎部迅速瓦解，唐生智与桂系厮杀，给他创造了复出的有利时机。但眼下和民国十六年的形势已大不相同了，强盛的共产党野战军不但要吞掉他蒋介石，连桂系恐怕也难幸免，除非李、白投降缴械，而李、白的性格又绝非能接受投降的结局，则最后只有像东北、平津、徐蚌一样覆灭！他失掉了几百万美械装备部队，失掉了中国大陆的地盘，失掉了总统的位置，这一切对于他来说，都不算是最痛心的。他已进入老年，对他来说，这些都行将成为身外之物。而最令他丧魂失魄、惶惶不可终日的，乃是失掉那一方大好墓地，使他死无葬身之所，成为可怕的野鬼游魂，这才是使他感到痛心疾首的啊！蒋介石是国民党的领袖，但他同时也是一个受中国传统文化影响最深的人，对于一个失掉自己墓地的中国老人来说，还有什么能使他更痛心更懊丧呢？他真想去那块未来的墓地上再走一走，察看那如龙的地势，那些龙脊般的山丘、土坡、繁盛的树木，他眷恋那每一寸土地。此时此刻，他真想躺到那墓地上再也不起来。但是，他不能！他此时躺下去，谁来给他建造雄伟的中正陵呢？更使他害怕的是共军进了南京后，会不会将他拉出来鞭尸！

"我一定要再回到南京来！"

蒋介石举起他的手杖，歇斯底里地叫喊着，匆匆走出了中山陵，直奔他的那块墓地而去。侍卫官们不知他要去干什么，忙前后左右地护卫着。

蒋介石为自己选择的那块墓地，在中山陵和明孝陵之间的正中地带，正当紫金山主峰北高峰下面——中山陵则在紫金山的第二峰小茅山南麓。这里形势雄壮，局面开阔，位置适中，左有中山陵，右有明孝陵，面对朱雀（方山西北侧的一座山名），背靠玄武，形胜天生，比明孝陵的"左青龙，右白虎，前朱雀，后玄武"还要好。更妙的是紫金山又名蒋山，那是东吴孙权为避祖讳而将钟山改名为蒋山的，想不到一千七百多年之后，此事应验在中华民国总统蒋中正身上，山姓蒋，地姓蒋，国姓蒋，党姓蒋，真是天巧地合，鬼神难测啊！

蒋介石踏着厚厚的白雪，顶着凛冽的北风，来到了他未来的这块墓地上。他在墓穴位置上转着转着，在雪地上踏出一圈又一圈的足迹。蓦地，他不顾一切地蹲下身去，迅速脱掉皮手套，发疯似的用双手死劲挖抠着，扒开积雪，战战兢兢地挖出一抔新鲜的黄土来……

"呜呜……"山野里传来一个苍老的哭声！

蒋介石从他未来的墓地踏察归来，已近中午时分。在他官邸的会议室中，党政军高级官员正坐着等他前来发表下野讲话。会议室里，黯然无声，空气极为沉重，一个个都瞪着一双失神的眼睛，仿佛要开追悼会一般。只有李宗仁在前排正襟危坐，等待着他期待已久的蒋政权更迭，国家权力重新分配的这一时刻。他穿一身藏青色呢子中山装，胸前挂一枚青天白日徽，显得雍容大度，颇有大总统的风采，再也不像去年就职典礼仪式上那窝囊的大副官样了。他内心激动，有一种难以掩饰的如愿以偿的情绪。但他必须克制自己的感情，努力在那国字脸上挂着与大多数人相似的沉痛表情。

"让诸位久等了。"蒋介石走进门来，向与会者点了点头，脸上露出沉重的歉疚之色。他换上了一件深色的皮袍子，戴一顶翻毛卷边皮帽，像个有涵养的绅士。

室内死一般的寂静，肃穆的气氛有如他刚凭吊过的中山陵。他觉得有些晦气，甚至怀疑选择今天作为下野的日子是否吉利，但不管怎么样，他今天都得演出台前这最后的一幕，从此隐退到幕后去。他开始发表讲话：

"诸位，自中正发表元旦文告以来，已二十日，国内之局势，呈急转直下之势……"

蒋介石用微带沙哑的嗓音，将目前的局势做了详细的分析，也许，这是他执政以来，态度最坦率的一次讲话，使听者更感到惊心动魄。

"……军事、政治、财政、外交皆濒于绝境之中，人民所受之痛苦亦已达于顶点。在元旦文告中，我已表明只要和平能早日实现，则个人进退出处，绝不萦怀，而唯国民公意是从。目下，为实现和平，我个人非引退不可，让德邻兄依法执行总统职权，与中共进行和谈，我于五年之内绝不干预政治，但愿从旁协助。希望各同志以后同心合力支持德邻兄，以挽救党国之危机……"

蒋介石像在读一篇沉痛悼词似的，声音低沉，充满无限悲伤。他的这种"无可奈何花落去"的情绪，迅速引起了在座的党政军高级官员们的共鸣。座中不断发出唏嘘之声，有人用手绢抹眼睛扪鼻子，随之是哽咽之声，接着宣传部长张道藩失声痛哭，如丧考妣，社会部长谷正纲边哭边起立大声疾呼：

"总裁不应退休，应继续领导，和共产党作战到底！"

李宗仁用眼瞟了一下会场，大部分人都木然地坐着，他感到既悲哀又好笑，心里仍有二十二年前在西花园的石舫上，对何应钦说"让我们来试试"的那番劲头。但那时才三十多岁，血气方刚，现在经历了二十多年的磨炼，早已变成了一块老辣姜了。他虽然没有哽咽抹眼泪，但一副悲伤的样子也颇为动人。

"诸位的心情，我理解，很理解！"蒋介石沉痛地点着头，"这个，这个，事实已不可能，我已做出下野决定了！"

蒋介石说完，便从衣服口袋里掏出一纸前天由陶希圣拟好的文件，放到李宗仁面前，用手指点着，说道：

"德邻兄，我今天下午就离开南京，请你立刻就职视事。这里是我替你拟好的文告，你就来签个字罢！"

李宗仁一愣，心里实在没有这个签字画押的思想准备。他环顾会场之上，在一片沉痛的呜咽声中，仿佛有愤怒的声讨和刻骨的咒骂，他担心谷正纲、张道藩他们会突然举起手杖过来讨伐他，责骂他"篡位夺权"。因为，蒋介石在一次讨论他是否下野的会上，曾愤然指责："我并不要离开，只是你们党员要我退职；我之愿下野，不是因为共产党，而是因为本党中的某一派系！"对此，CC系骨干分子谷正纲、张道藩等人恨死了李、白。

"委员长，我……"李宗仁一向习惯称蒋介石为委员长，现在一急，他又叫蒋介石为委员长了，"这文告，是否先放一放？"

"不必了，我今天就离京，你签了字，我就走啦！一切由你负责了。"蒋介石坦率地说道，他对这个烂摊子，似乎已没有一点信心和感情了。

在蒋介石的一再催促之下，李宗仁也没时间仔细推敲那文告的措辞，当然，从内心说，他也希望蒋介石快点离开，因此，便在众目睽睽之下，不假思索地提笔在蒋介石替他拟好的文告上签了字。蒋介石仍把那张文告从李宗仁手里收回，放在自己衣袋之中。接着便宣布散会。

"总统！总统！请留步！"

一个苍老的声音在急促地呼喊着，刚走到门边的蒋介石回头一看，乃是拖着一大把胡须的监察院院长于右任正向他奔来，不得已，他只好站住，问道：

"于院长有何事？"

于右任喘着气，生怕蒋介石马上走开，便急忙说道："为和谈方便起见，可否请总统在离京之前，下个手令把张学良、杨虎城放出来？"

于右任的话像磁铁般一下吸引了大家的注意力，因为今天来开会的这些高级官员中，不乏张、杨遭遇的同情者。他们都知道，蒋介石每次下野，都要杀人。第一次下野时，他杀了前敌总指挥王天培；第二次下野时，他杀了第三党领袖邓演达；第三次下野他能不杀一两个人吗？而最有可能被他杀的便是发动"西安事变"，现在仍被囚禁着的张学良和杨虎城。于右任挺身而出，求蒋介石刀下放人，自然引起了大家的关注。蒋介石见大家都把目光集中到他身上来了，气恼地双手向后一撒说：

"于院长，我已下野了，此事你找德邻办去吧！"

"啊——"

于右任愣了一下，还没反应过来，蒋介石便已经匆匆走出门去了。于右任无可奈何地来到李宗仁面前，急喘喘地说道：

"德邻，德邻，你一定要想办法啊！"

李宗仁知道，蒋介石是在当众为难他，便也不示弱地把胸一挺，大声说道：

"张学良、杨虎城两将军一定要放！"

蒋介石下野离开南京，照理李宗仁以下党政军要员需到机场送行。总统府第三局局长俞济时亦向大家打了招呼，告知蒋先生下午在明故宫机场登机。李宗仁回到傅厚岗官邸，用过午餐，便率在京的文武大员，直奔明故宫机场，准备为蒋介石送行。可是，他们在寒风之中鹄立了一个多钟头，才临时接到通知，蒋介石改在光华门外的军用机场登机。于是，李宗仁等又驱车直奔光华门外的军用机场。到达机场，方知蒋的座机已起飞多时了，文武大员们被蒋介石捉弄了一场，扑了两次空，心中懊恼不已。李宗仁倒无所谓，反正蒋介石走了，他既感到轻松，又感到肩上担子的沉重，面对这残破的局面，似觉肩头有万钧之压力。他回到傅厚岗官邸，郭德洁早已在门口等着了。

"蒋先生已经走了吗？"她喜滋滋地问道。

"走了！"李宗仁点了一下头。

"这就好了！"郭德洁舒了一口气，因为打从李宗仁竞选副总统起，她就盼着有一天能当上中国的第一夫人。现在，这个愿望总算实现了，她怎能不特别高兴呢！她忙上去一把挎住李宗仁的胳膊——颇有点宋美龄的风度，边走边说道："我给你准备了几样酒菜，让我们来好好地庆贺一番！"

郭德洁把李宗仁拉到他们专用的那间小餐室，侍者便应召而至，把酒菜一一端了上来。李宗仁有个特点，平素不大喝酒，要喝也喝威士忌之类，但若有高兴的事，便要喝上一两杯桂林三花酒助兴。今天，郭德洁照例为他准备了一瓶桂林三花酒。他们刚把酒杯举起，案几上的电话铃却急促地响了起来，郭德洁只得放下酒杯，不高兴地嘀咕着：

"真不知趣，早不打晚不打，偏在这时打！"她抓起听筒，没好气地问道，

"什么事？"

谁知话筒里的声音比她还冲："你叫德公来接电话！"

郭德洁听出这是白崇禧的声音，不觉吓了一跳，因为白崇禧无论在李宗仁还是她面前说话，都一向是彬彬有礼的，今天何以吃了火药？说话又爆又冲？但她知道这电话是白崇禧从武汉打来的长话，知必有大事，忙用手捂住送话器，对李宗仁说道：

"白健生找你讲话。"

"噢。"李宗仁接过电话筒，轻松地说道，"健生吗？老蒋今天下午已经走了。"

白崇禧却非常冲动地说道："蒋介石下野的文告，我们从广播听到了。全文没有'引退'或'辞职'这样的词。老蒋既不引退，又不辞职，你李德公凭什么上台呢？这是值得注意的问题，应当设法补救！"

李宗仁刚放下电话筒，侍从来报："司徒雷登大使的私人秘书傅泾波先生来见。"

李宗仁一想，司徒大使此时派傅泾波来，八成又是老蒋的下野文告问题，便匆匆来到会客室，傅泾波见了李宗仁，也不客气地说道：

"司徒雷登大使要我来向李先生传达下面的话：据悉，蒋的下野文告中原有'引退'字句，是被CC系反对而删去的。为此，李先生将不可能充分地行使总统职权。大使特以私人资格提醒李先生注意，并设法补救！"

没想到司徒雷登大使的看法，竟与白崇禧完全一致，李宗仁这才感到问题的严重性。他太恨蒋介石了，临下台还要这一连串的权诈之术，不但愚弄他李宗仁，也愚弄国家名器，愚弄国民。他气得一拍桌子：

"老子不干了！"

"德邻，你怎么啦？"郭德洁见李宗仁一送走傅泾波便大发脾气，忙过来问道。

"他太不像话了！"李宗仁又拍了一下桌子。

郭德洁忙过来拉着李宗仁，劝慰道："你已经是大总统了，犯不着再和别人生这么大的气。走吧，走吧，喝我们的酒去！"

"老蒋在下野的文告里搞了鬼，我哪还有心思喝酒！"李宗仁用眼瞪着郭德洁，怒气冲冲地把白崇禧和司徒雷登大使的话跟夫人说了。

"啊！"郭德洁仿佛听到晴天里响起一声霹雳，急得差点像在李宗仁宣布退出副总统竞选那一刻似的，几乎要失声恸哭起来，原来她高兴了半天，李宗仁这总统职位仍是不明不白地被蒋介石在半空悬着，可看而不可即，她发疯一般叫喊起来：

"找吴礼卿！找张岳军！要他们改过来，一定要改过来！"

郭德洁这一叫喊，倒提醒了李宗仁：蒋介石走了，蒋的下野文告只有找吴忠信和张群才能处理。李宗仁马上打电话把总统府秘书长吴忠信找来。

"礼卿兄，蒋先生的文告中并无'引退'或'辞职'等字样。如此则一月二十一日以后的蒋先生究系何种身份？我李某人又系何种身份？所以蒋先生的文告必须修改，要在'于本月二十一日起'一句之前，加'决身先引退'五字，由中央社重新播发，《中央日报》明日见报。"

吴忠信把两手一摊，无可奈何地苦笑道："德公，蒋先生的文告，谁敢更改呢？"

"不管谁的文告，都要以宪法为准绳。"李宗仁说道，"根据宪法第四十九条上半段，'总统缺位时，由副总统继任'，所谓'缺位'，当系指死亡和自动引退而言……"

"德公，"吴忠信摇着手，打断李宗仁的话，"我们是老朋友了，我愿以老朋友的资格提醒你，你要知道蒋先生的脾气。现在，毛人凤他们的人在南京到处活动，说不定连你身边的侍卫人员也难免有他们的人。我看你还是不要再争了，宪法是约束不了蒋先生的，争得不好，连你的生命安全都难保！"

没想到吴忠信这话不但没吓倒李宗仁，反而使李宗仁心中的愤懑之情像干柴遇火一般，"嗖"的一下燃烧起来，他军人的血性顿起，把两只衣袖往上一推，然后用握着拳头的手在腰上一叉，瞪着一双冒火的眼睛，大叫道：

"我李某人一生统兵作战，出生入死，早把生死置之度外。值此党国存亡之秋，我绝不是斤斤计较名位，倒是他蒋先生处处不忘为自己打算。他在文告中预留伏笔，好把我当作他的一块挡箭牌，他则在幕后事事操纵，必要时又东山再起。我顶起这局面，如名不正，言不顺，则无法执行总统职权，不论为和为战，皆无法贯彻主张。与其不明不白地顶一块空招牌，倒不如让他蒋先生自己干的好！"

李宗仁这一席话，把蒋介石下野的预谋揭露得淋漓尽致，也把他坚持要修改文告的理由说得凿凿有据，他那义愤填膺、绝不屈服的态度把吴忠信一下给镇住了。

"德公，"吴忠信见李宗仁吓不倒，也不敢再来硬的了，因为他是奉蒋介石之命，代替吴鼎昌出任总统府秘书长，是专门为抬李宗仁"上轿"而来的，如果逼得太紧，李宗仁不肯上"轿"，岂不适得其反，到时如何向蒋总裁交代呢？因此吴忠信忙把话锋一转，说道："蒋先生的文告是交给张岳军处理的，不知他有转圜的办法没有？"

李宗仁也正要找张群，见吴忠信一说，便也顾不得自己的身份了，他拉上吴忠信就走：

"我和你一起找张岳军去！"

到了张群府上，张正在指挥家人收拾东西。原来三天前，蒋介石已任命他为重庆绥靖公署主任，他准备回四川老家为蒋介石巩固大西南去了。吴忠信和李宗仁说明了来意，张群略一沉思，便说道：

"看来，此事只有打电话去向蒋先生请示了。"

李宗仁一听，不由火又上来了，这不是蒋介石躲在幕后，拿他当木偶玩弄吗？他本想发作，但转念一想，待张群和蒋介石通了电话看他怎么说再讲。于是李宗仁说道：

"那就请岳军兄给蒋先生打电话吧！"

蒋介石由南京直飞杭州，此时住在杭州笕桥航空学校内，张群的电话一下便打到笕桥航校，电话接通之后，张群便将李宗仁要求修改文告之事向蒋介石报告。因李宗仁也坐在电话机旁边，蒋介石的话，他也能清楚地听到。

"嗯，这个，这个，"蒋介石哼了好一阵子，才说道，"就照李德邻的意思改吧。"

张群是蒋介石的心腹，又是一个极为圆滑之人，他见蒋介石似有让步之意，忙

桂系演义

提醒道：

　　"请问总裁，是按照宪法第四十九条上半段修改，还是按下半段修改？"

　　"嗯，这个，这个，这个，"蒋介石又哼了好一阵子，才答道，"就按下半段的意思来改吧。"

　　张群放下电话后，对李宗仁道："德公，蒋总裁口谕，他的下野文告按照宪法第四十九条下半段'总统因故不能视事时，由副总统代行其职权'来修改。即改为：爰特依据中华民国宪法第四十九条'总统因故不能视事时，由副总统代行其职权'之规定，于本月二十一日起，由李副总统代行职权。"

　　"不行！"李宗仁一口否定这个修改意见，"蒋先生在离职前一再要我'继任'，绝未提到'代行'二字。现在蒋先生所引宪法第四十九条下半段，'总统因故不能视事时，由副总统代行其职权'，所谓'因故不能视事"当系指被暴力劫持而言。今蒋总统不是'因故不能视事'，他是'辞职不再视事'，则副总统便不是'代行'，而是'继任'。因此应将'于本月二十一日起由李副总统代行总统职权'一句，改为'于本月二十一日起由李副总统继任执行总统职权'。"

　　张群为难地说道："蒋总裁可没有这样说呀！"李宗仁知道，张群一向唯蒋之命是从，有"蒋介石走狗"之称，对蒋刚才在电话里讲的，他如何敢动一个字？看来此事不找蒋介石是解决不了的。李宗仁便对张群道：

　　"请岳军兄再给蒋先生打电话！"

　　谁知，张群把电话打到笕桥航校后，一侍从副官答曰："总裁出去了。"再问："何往？"答曰："不知何往。"

　　"德公，蒋总裁下野后，已闻有欲息影林泉向往闲云野鹤之趣，不唯今晚找不到他，恐今后亦难找矣！"张群摇着头，放下电话后，看着李宗仁说道。

　　"德公，我看蒋先生这样说也有其法律作依据的。因为他虽辞职，但未经国民大会批准；而德公以副总统继任总统，也尚未得国民大会之追认，故此以'代总统'称之亦合法统。"吴忠信灵机一动，忙为蒋介石的话找法律依据。

　　李宗仁冷笑一声："嘿嘿，礼卿兄，你不是说过，宪法也约束不了蒋先生的吗？现在为何倒替他去寻找法律掩护呢？宪法上并未规定总统辞职要国民大会批准，副总统继任要国民大会追认呀！"

"这，这……"吴忠信一时语塞。对李宗仁既吓不倒，也说不服，蒋介石也不会再让步了，对此，他如何才能把李宗仁拉上"轿"去呢？

"不按我的要求改过来，我绝不就职！蒋先生走，我也走！他回溪口，我往桂林，这个烂摊子，谁要谁就来顶！"李宗仁越来越强硬，事情到此，已成僵局。

祝贺李宗仁当选副总统的张群（右）

"德公，目下局面危急，国家兴亡都寄托在你身上啦，我看你就先就职吧！"吴忠信只有苦苦哀求这最后一手了。

"德公，蒋总裁已说过了，他五年之内不过问政治，你无论是'代行'，还是'继任'总统职权，不都是一回事吗？"张群也来劝道。

李宗仁本是个厚道之人，在吴忠信和张群劝驾之下，心里那股火气渐渐熄灭了。他冷静下来，倒不是为吴、张二人所说服，而是产生了一种凄凉之感，国家都快没有了，还闹什么"代"不"代"呢？此时此刻闹得太凶了，人民是不会谅解的呀！不如先上台干起来再说，为和为战尽自己的一份力量，也算对得起国家和人民了。想到这里他喟然长叹一声，说道：

"既如此，我就勉为其难，权当这个代总统罢！"

吴忠信见李宗仁最后终于同意"上轿"了，顿时喜形于色，忙说道：

"德公有德有仁，真乃党国之福也！"

这便是李宗仁出任"代总统"的由来。

由张群府上归来，已是晚上八点多钟了，郭德洁一直等在门口，见李宗仁拖着沉重的步子归来，忙问道：

"文告修改了吗?"

"改了!"李宗仁并无欣喜之色。

"改了就好!改了就好!"郭德洁一听文告改过来了,欢喜得什么似的,因为这样一来她可以成为真正的第一夫人了。她是很看重名位问题的,跟李宗仁结婚时,李宗仁已有元配夫人李秀文了,为了争到正式夫人的地位,她没少费心思,后来果然如愿以偿,李宗仁让她在事实上取代了李秀文的地位。现在,蒋介石下野,李宗仁当了总统,她也就取代宋美龄成为中国的第一夫人了,她怎能不高兴呢?

李宗仁回到家中刚坐下,点上支香烟吸了几口,白崇禧从汉口又打长途电话来询问文告的补救情况了,看来他简直比李宗仁还着急。

"改过来了,是按宪法第四十九条的下半段来改的……"

李宗仁把他和吴忠信、张群的谈话及蒋介石在电话里讲的,统统对白崇禧说了。

"嗨,德公!你呀——"白崇禧听着便大声地埋怨起李宗仁来了,"大丈夫,定诸侯,即为真王耳,何以假为?"

李宗仁知道,白崇禧平素敬慕韩信,他在电话中讲的这句话,便是《史记·淮阴侯列传》中刘邦对韩信讲的,看来"小诸葛"对这"代总统"也深为不满,但他能有什么办法呢?不论代与不代,维持的时间都会是一样的。孙中山以临时大总统开中华民国之先河,轮到他李宗仁以代总统来收场,也许是历史的一种巧合吧,想到这里,他倒反心安理得了。

第八十二回

府院分裂　　李宗仁往说孙科
瞻前顾后　　何应钦勉强组阁

　　中华民国三十八年一月二十九日，是中国的传统节日——夏历元旦（春节）。大年初一早晨，远远近近的人家照样响起节日的爆竹，换桃符，贴春联，迎接这一元复始、万象更新的年节。虽然时局动荡，政府更迭，货币贬值，市场萧条，但南京的市民们仍在千方百计地操办年货，不忘欢度这一年之中最大的节日。餐桌上并不丰盛，许多人甚至揭不开锅，但是，人们的心中和脸上却比以往任何时候都漾着满怀信心的喜色，对新的一年寄托着最为虔诚和热烈的希望。大多数人翘望江北，向往那火热的充满勃勃生机的新生活；一部分人则昂首看着总统府上那面飘动的国旗，把最后的一线期望都倾注在它的上面了。总之，在新的一年中，历史必将翻开庄严的新的一页。时逢新春大吉，不同的人们都在心中默默地祝愿着自己盼望的那个时刻到来。

　　傅厚岗六十九号李宗仁代总统的官邸，呈现一派节日的气氛，大门顶上，吊着四盏六面垂着黄色流苏的红庆宫灯。而最为引人注目的则是门上那副墨迹恢宏的春联："德门呈燕喜；仁里灿龙光。"这副春联看起来有些俗气，李宗仁本不让贴，但夫人郭德洁却爱之如珍宝，非让贴到大门上去不可。因这副对联乃是清凉山上一个高僧所书赠的。据说，在竞选副总统最激烈紧张的日子里，郭德洁曾亲到清凉山的寺庙里求过签，那签上赫然写着"金榜题名、前程无量"八个字，后来李宗仁果然当上了副总统。蒋介石于一月二十一日下野离京后，二十四日，李宗仁在总统府宣誓就代总统职。郭德洁心花怒放，忙兴冲冲地备办厚礼，到清凉山去还愿。那高僧收下厚礼后，便挥笔书写一联相赠。据说这对联写得颇有讲究，上下两联头一个字各嵌着李宗仁和郭德洁名字中各一字，"燕""龙"皆吉祥之属也，有真命天子之意。据那高僧说，紫金山上近日有帝王之灵气，缠绕诸峰，预言天下将改朝换代，必有真命天子出现。又说，昔时秦始皇南巡，远观紫金山，曾言有帝王气，为了震慑江南，秦始皇乃令将金陵改名秣陵，又着人埋金玉杂宝于紫金山上，以压其天子气；又令挖秦淮河，以泄其王气。但是，无论压也罢，泄也罢，秦始皇之后，仍有孙权在此称帝，后又有东晋和南朝的宋、齐、梁、陈六朝近三百年在此建都。五代十国时这里又成为南唐国都，历三主三十九年，最有名的便是那位写下大量哀怨清丽词曲的末代皇帝李煜。到了明代，这里又曾是朱元璋开国登基之处。太平天国洪秀全和中华民国孙中山，均曾于此建都开国……南京的帝王之气，从秦始皇后两千余年，始终未断过根，它时起时伏，时盛时衰，灵验无比。

"据贫僧观之，近日紫金山紫气出现，正应在李代总统之身上也！"

那老和尚几句话直说得郭德洁眉飞色舞，仿佛她的身份已由中国的第一夫人上升到了皇后一般。因此春节前夕，在侍从人员布置总统官舍时，她亲自把这副表面上看来俗气，而其中隐藏帝王灵气的对联贴上了门楹。既为迎春大吉，又为李宗仁正位贺喜，一副平庸俗气之对联，想不到其意竟如此高深莫测！

用过早餐之后，李宗仁和夫人郭德洁坐在客厅里，准备出发劳军。前日，李宗仁已命令中央银行南京分行，为首都卫戍部队每名士兵准备一元现洋，初一这天，他将亲率政府阁员前往慰问首都卫戍部队官兵，以示体恤前方将士之意。记得民国十六年中秋节，孙传芳兴师渡江大举南犯，国民革命军第七军将士正在栖霞、龙潭一带与孙军血战，李宗仁虽在紧张的战斗之中，仍不忘命副官去冠生园为官兵们订购月饼。现在，他已取代蒋介石成为总统，南京的局势与民国十六年蒋介石下野时一样处于危急状态之中，因此，他首先想到的自然是劳军了。他今天身穿西服，外披一件黄呢军大衣，有集军政首脑于一身的特点。他在客厅里正缓缓踱步，不时将手中夹着的骆驼牌香烟往几上的烟缸中弹一弹，他风度从容，表情穆静，使人感到他对上台几天来处理的大事是满意的。他在就代总统职的当天，就发布了七大和平措施：一、将各地"剿匪总司令部"一律改为"军政长官公署"；二、取消全国戒严令。接近前线者，俟双方下令停战后再行取消；三、裁撤"戡乱建国总队"；四、释放政治犯；五、启封一切在戡乱期间因抵触戡乱法令被封之报馆、杂志；六、撤销特种刑事法庭，废止刑事条例；七、通令停止特务活动，对人民非依法不得逮捕。三天后，李宗仁又致电中共中央主席毛泽东，承认以毛泽东主席所提八项条件作为和谈基础，请共方迅速指定和谈代表与谈判地点。

李宗仁这一系列的谋和举动，无不令世人瞩目，沪宁一带，和平气氛亦随之高涨。他的这些措施，皆是以他的"法统"地位来对抗作为国民党总裁的蒋介石的"党统"地位，以期联合党内外各民主派别，与共产党进行和平谈判，划江而治，从而开创一种新的政治局面，以巩固他的权力。这既能阻止共军渡江，又能制止老蒋卷土重来，还可得到美国的大量援助。

清凉山寺庙中那位老和尚关于紫金山上帝王灵气的出现及其预言，郭德洁曾向他暗示过，他竟有所信。记得民国十七年在武汉时，李宗仁竭力延揽文人雅士。时适甘介侯交卸了代理外交部长职务，任汉口交涉使和江汉关监督。李宗仁久闻甘博士之大名，乃折节相交，三次往访，李、甘初次晤谈，便十分投机，真有相见恨晚之感。甘介侯从此便成了李宗仁重要的谋臣策士和奔走四方的代表。有一次，甘介侯陪李宗仁到武汉一处庙中扶乩，竟得"木子为君，廿二为相"八字偈语。李宗仁见了心中大喜，暗想北伐以来才两年的时间，他的势力范围便由广西、广东、湖北、湖南直达平津，以此发展，将来必能削平群雄，唯我独尊，一统天下。甘介侯更是喜形于色，因为"木子"是"李"字，"廿二"便是"甘"字，他将来自有从龙为相的希望，从此死心塌地为李宗仁效劳。李宗仁与美国大使司徒雷登的关系，便是通过甘介侯的居间奔走而拉上的。在李宗仁竞选副总统的活动中，甘介侯更为卖力，他充当李宗仁的发言人，以《新民报》为基地，大造舆论，推波助澜。蒋介石闻之恨得咬牙切齿，必欲除之而后快。于是毛人凤派人下手暗杀，但甘介侯机警异常，他经常出入美国大使馆，每天变换下榻之所，使特务无法下手。有一次在上海，特务已将其寓所包围，但他仍然逃之夭夭。由于多次化险为夷，他更相信自己跟李宗仁是跟对了，将来必能成为一品元勋。现在甘介侯正在上海为李宗仁大造和平舆论，不遗余力拉拢各方人士，甚得李宗仁的信赖。因有这一段机缘，因此，对于清凉山老和尚的预言，李宗仁是相信的。特别对于南京这个地方，从历史来看，常常是统治半壁河山，无论是孙权或其后的六朝、南唐、太平天国乃至孙中山，均无一例外。也许，这和秦始皇当初做的手脚有关，到如今，他李宗仁也最多能做到划江而治罢了。从这点也说明，老和尚的话是有极大的预见性的。但若能做到划江而治，实现南北朝的局面，他也就心满意足了。

"都十点钟了，他们怎么还没来呢？"郭德洁看了看腕上那只小手表，急得再也坐不住了。她今天穿件银灰色裘皮大衣，显得雍容华贵，这将是她第一次以总统夫人露面的机会，无论从穿着打扮上，还是言谈举止上，她都做了充分的准备。

"是啊，怎么还没来呢？"连一向老成持重的李宗仁也沉不住气了，不由伸头在窗口朝大院子里望了望。

据李宗仁的吩咐，今天劳军由他亲自率领，到雨花台、狮子山一带看望官兵，发放赏银。规定十点钟以前，内阁各部长并五院院长乘车到总统府门前会齐出发，但赏银必须在九点以前领出运到傅厚岗官邸。总统府参军长刘士毅一早便奉命到中央银行南京分行取钱去了，但直到现在还没有回来。

又等了半个多小时，刘士毅终于回来了，他急得满头大汗，气得两只腮帮子像个吹鼓手一般，报告道：

"总统，没……没钱啊！"

郭德洁一听两条眉毛顿时一竖，训斥道："士毅，你也不看看今天是什么日子，怎么一开口就说出这种不吉利的话来！"

"怎么回事？你慢慢讲嘛。"李宗仁皱着眉头，声音倒还平和。

"银行说没钱可支，拿不出这么多现大洋。"刘士毅报告道。

"他们把钱弄到什么地方去了？我作为总统要几万元慰劳首都卫戍官兵，他们都开支不了。真是岂有此理！你再去责问他们，叫他们无论如何给我把钱弄来，否则，前线官兵岂不说我言而无信！"李宗仁一听顿时火冒三丈，没有钱怎么去劳军呢？而且每个官兵发大洋一元这个消息，他已向卫戍司令张耀明和副司令覃异之讲过了，就像当年他把要给每个官兵发两个月饼，在南京度中秋节的消息告诉第七军军长夏威一样，这话是不能收回的呀！

"我都快把嘴皮磨破了，他们开始说没有钱，后来会计科长说，蒋总裁有令，银元全部运往台湾存放，自他下野后，任何人不得擅自动用，除非取得总裁的手令，方能支领。"刘士毅唉声叹气地说道。

"岂有此理！"李宗仁大声斥喝道，他那国字脸被愤怒绷得紧紧的。果不出所料，老蒋是要把他当傀儡，连几万元的开支都不肯把权放给他，这代总统还算什么呢？

刘士毅站在旁边，不知说什么才好。郭德洁气得嘴噘起老高，看来，她今天为了作为中国第一夫人露面的一切准备都白费了，没有赏银，如何劳军？新年大吉，便是叫花子登门求乞，也得施舍几文呀！何况去慰劳那些看守南京大门的官兵呢？当然，如果硬要她掏腰包的话，几万块钱她也掏得出，竞选副总统时，各种竞费用便用了一千多根金条，合大洋也有一百多万，劳军这点钱又算得了什么呢？但是，这两者毕竟是不能划等号的！

"于院长和居院长到！"侍从官进来报告道。

李宗仁一愣，于右任和居正这两位元老怎么来了？他忙说一声："请！"于、居两位进入客厅后，拱手向李宗仁夫妇拜年，李宗仁和郭德洁忙强打笑容，向于右任和居正施礼，侍从人员跟着上来敬茶。

"听说德公今天邀我们去劳军，我与觉生（居正字觉生）兄到总统府门前等待多时，不见人来，特到府上拜年，顺便探探消息。"年过七十的监察院长于右任，胸前长须飘飘，是位庄重正直的老者，落座后便问起劳军的事来。

于右任真是哪壶不开提哪壶，问得李宗仁不知如何回答才好，半晌，他才说道：

"蒋先生把银元都已运到台湾存放，银行里支领不到现洋，劳军的事，看来……"

看着李宗仁那难堪的表情，于右任早已明白一切，他意味深长地叹道：

"德公，只有实现真正的和平才有前途啊！"

司法院长居正说道："听说孙哲生院长把行政院搬到广州去了，阁员们都悄悄地去了上海，节后便往广州办公，不知德公知否？"

李宗仁听了，简直有如听到总统府崩塌了一般，使他大惊不已。因为孙科把行政院一搬走，在南京便剩下李宗仁这空头代总统了，他如何能代表国民政府呢？与共产党和谈，划江而治，争取美援，制止蒋介石卷土重来，岂不都成了泡影？他估计孙科如无蒋介石暗中指使，是没有这般胆量的，老蒋釜底抽薪，无非是要李宗仁只能做个驯服的傀儡、工具，不能有任何作为。特别是他上台后发表的七大和平措施和致中共主席毛泽东的电报，使他在政治上赢得了一定声望，蒋介石在幕后忌恨，把孙科拉到广州去，造成府院分裂，使李宗仁动弹不得，老蒋才便于从中操纵。

"孙哲生此举，宗仁委实不知！"李宗仁强压愤懑，半天才说出话来。新春大吉，对李宗仁实在是太不吉利了，劳军无钱，府院分裂，这些晦气事全集中在大年初一这天，叫他如何不气！

"我们的政府现在到底在什么地方呢？"居正的资格很老，民国四年春，孙中山任命他为山东讨袁军总司令时，蒋介石才是他手下的参谋长，他说话坦率极了，"说它在南京吧，却只有你李德公这位代总统，说它在广州吧，又只有孙哲生的行政院，说它在溪口吧，但那里只有一个已经宣布'引退'的蒋先生，这局面，唉！"

李宗仁只感到头脑发胀，心头像被无数条细绳子紧紧勒着似的，连喘气都感到困难，国民党和它的政府已经到了四分五裂的地步，这样的政府，能战吗？能和吗？这一切都是蒋介石造成的啊！但是，李宗仁的性格和他对南、北朝局面的向往，以及与蒋介石几十年的较量，决定了他不甘心屈服和抗争的意志。他像一位指挥一场已打得无法可赢的战争的统帅，仍在沉着不慌地运筹帷幄，以他不屈的个性去强行扭转自己的逆势。他望着于、居两位元老，说道：

"宗仁个人的命运微不足道，只要国脉尚存一息，我就要坚守总统府岗位，誓不后退。孙哲生之去广州，恐是受人暗中指使，过了年，我就去广州把他请回南京，共撑危局！"

于右任捋着长须，点头道："应该这样。"接着他又深为关切地问道："德公曾说一定要释放张学良和杨虎城二位，不知近日张、杨可否得释？"

"我已于昨日给参谋总长顾祝同下了个条子，要他负责释放张、杨两人。"李宗仁颇有把握地答道。

"如张、杨能得释，德公上台便是做了一桩大好事！"居正这话，说得简直如同一首回文诗，似乎专门提醒人们从倒转去理解他的意思。

他们又扯了些关于和谈方面的事情，于、居已知今天劳军去不成了，便告辞而去。送罢客人回来，李宗仁无所事事，从花园转到客厅，又从客厅转到卧室、办公室，坐也不是，站也不是，像热锅上的蚂蚁一般乱窜。郭德洁无精打采地坐在房间里，把那身华贵的银灰裘皮大衣脱下来，挂到衣架上，接着又取下穿起来。她像一位打扮得整齐、准备上花轿出嫁的新娘，却又偏偏临时接到男方家中出了变故、不能前来迎亲的通知，只得空欢喜一场，伤心地看着自己那些嫁妆暗自惆怅。

李宗仁和郭德洁便这样度过了他们有生以来气氛最为暗淡低沉的一次年节！

过了节，李宗仁毫不犹豫地直飞广州，要孙科把行政院迁回南京办公。

却说孙科实在没料到李宗仁会亲自飞到广州来请他。因自从副总统竞选被李宗仁击败后，他一直耿耿于怀，特别是对竞选中桂系揭他的阴私，更是怀恨在心。蒋介石为了安抚孙科，让他当了行政院长。蒋介石于一月二十一日下野后，李宗仁以代总统上台，孙科心里很不舒服，私下对人发牢骚道："我与李宗仁这个军阀没法合作！"蒋介石在溪口正欲拆李宗仁的台，让他当傀儡，便给孙科打电话，要他将行政院迁往广州办公。孙科正想摆脱李宗仁的控制，便要他的阁员们于节前一日悉数到上海，节后到广州，及待李宗仁得知时，南京只剩下了他这个没有行政机构的光杆代总统了。孙科到了广州，正在看李宗仁唱独角戏的笑话。因为民国史上，曾出现过多次府院分裂的状态。手握实权的国务总理每每使总统感到头痛。民国六年，因为对德宣战问题，总统黎元洪与国务总理段祺瑞发生冲突，段祺瑞愤然出

李宗仁代总统南巡广州，去劝说行政院长孙科回南京，在机场与欢迎者握手

京，到天津设立各省总参谋部，拉拢各地方实力派脱离中央，弄得总统黎元洪焦头烂额，无法应付。孙科到了广州，也自有他的一套打算，他欲依靠广东军人张发奎、薛岳、余汉谋等人的支持，与中共和谈，争取划江而治。为此，他曾命水利部长钟天心到香港同中共方面"搭线"。正在这时，李宗仁突然飞到广州来了，他不得不出来和李应酬一番。

"哲生兄，中华民国首都还在南京，行政院乃政府的行政机构，应立即回到首都去，以便府院一致，共支危局。"李宗仁与孙科一见面，便诚恳地劝他回去。

"唉，德邻先生，现在都什么时候了，你还要我回南京去？"孙科直摇头，说道，"听说共军前锋将抵浦镇，南京已在共军大炮射程之内，为使政治重心不受军事上的威胁，行政院才迁到广州来的，现在怎么还能迁回去呢？"

"哲生兄，记得民国十六年八月，你和组庵先生代表武汉方面来宁会谈宁汉合作事宜，时值孙军渡江，南京危急之际，你我之间，是曾共患难过的啊！再说抗战八年，我们哪一天不是在敌人炮火轰鸣下度过的呢？今天党国危急，不亚于抗战时代，此时此际，唯有你我携手共进，坐镇首都，党国前途尚可有一线转机，否则，政府分裂，军心涣散，言和言战都将成为画饼，我等亦将为历史罪人矣！"

李宗仁苦口婆心，劝了半天，却是言者谆谆，听者藐藐，孙科仍不为之所动，最后干脆以身体不适，需在广州治病为名拒绝重返南京视事。李宗仁急得不知所措，在他来广州之前，已商请颜惠庆、章士钊、江庸和邵力子等四位有声望的人士，组织了"上海人民和平代表团"，去北平试探和谈。这四位老先生到了北平后，受到中共北平市长叶剑英将军的热情接待，旋又应中共中央主席毛泽东和副主席周恩来之邀赴石家庄晤谈，看来，国共再度和谈之门已经打开了，形势已经有了转机。但是，如果孙科硬不把行政院迁回南京去，到时，李宗仁这代总统又怎么能够与共方和谈呢？共产党不承认他的政治地位，不以他为和谈对手，他一切就完了。正在急切之际，张发奎到宾馆来访，李宗仁忽然灵机一动，喟然长叹，说道：

"向华兄，我觉得这个家实在没有办法再当下去了，与中共和谈也实在负责不了，现在老蒋仍在幕后多方掣肘，汤恩伯拥兵沪宁，又不听我指挥。就以我个人现在的名分来说，总统下台后，应由副总统升任总统，这是宪法所规定的，但他们都以老蒋并非永远辞职为理由，只能让我以'代总统'的地位行使职权，这在法律上就成问题，纵令将来和谈协定讲妥，由我签字和发布命令，他们也可以否定而不执行的。我看这个局势还是大家不理，都撒手好了！"

张发奎一听，急得立即跳了起来，忙说道："德公，现在我们绝对不可消极，只要你坚持下去，就可以保有和谈的地位与随时觅取和谈成功的机会。老蒋的阻挠不足为虑，法律效果更不成问题，现在老蒋的赌本已输得差不多了，很难有再起的可能。如果我们与中共和谈成功之后，即便不用总统的地位，亦将会得到更多人的拥护，而为众望所归，那时蒋派中人，也将有一部分站到我们方面来，老蒋也就更加孤立了。至于广东方面，余汉谋、薛岳均表示拥护你，粤桂联盟这个担子，我可以完全担负起来。现在两广总的力量，就已超过了老蒋的力量，何况蒋派中人也未必个个对蒋都是死心塌地的。"

张发奎这些话正中李宗仁的下怀。原来，张发奎有过三次反蒋的历史，始终不为蒋介石所信任。后来他利用抗日战争的形势，走陈诚路线，并得到李宗仁和白崇禧的支持，才先后得以出任第四战区司令长官、中国陆军第二方面军司令官和广州行营、广东绥靖公署等要职。可是好景不长，抗战胜利后第二年，蒋介石即以宋子文为广东绥靖主任，张发奎被调为空衔的战略顾问委员会委员，他无兵无权，寂寞难耐，深感蒋介石对他是永远不会信赖的，遂从心内再次萌发了反蒋的念头。从前反蒋，张发奎皆拥兵自重，或与李、白合作，这次反蒋，他两手空空，必得借重广东地方实力和李、白的桂系力量，方能有所作为。目下，薛岳任广东省主席，余汉谋任广东绥署主任，薛、余与张发奎系陆军小学同学，有金兰之交，又做过张的部下，因此他们把张请回广东，尊之为大哥，希望利用他在粤军政界的潜势力，经营广东地盘。张发奎回到广东后，李宗仁亦登台当了代总统，便密谋粤桂联盟，反蒋抗共，划江而治。李宗仁闻讯，大感兴趣，现在见张发奎态度如此坚决，更是感到高兴，他动感情地说道：

"向华兄，想当年我们在广西相依为命，患难与共，在老蒋的重重压力之下，不但生存了下来，还站稳了脚跟，现在，重温这段历史真是令人无比感奋啊！"

"德公，"张发奎坦率地说道，"两广人应该大联合，蒋家天下，原是我们两广人打出来的。后来何以这样失败？说到底就是不能团结，'两广事变'、粤桂问题等等就是不团结闹出来的。现在应该粤桂大团结，以两广为核心，方能实现反蒋抗共的大业！"

李宗仁拉着张发奎的手，激动地说道："向华兄，让我们再共患难吧！"

"德公，有事你只管下命令就是，我张发奎赴汤蹈火亦在所不辞！"张发奎本是军人出身，又是个性格痛快之人，当下便拍起胸膛说话。

"现在，我正争取与共方讲和，做到划江而治。已请颜惠庆、章士钊、江庸和邵力子四老组织'上海人民和平代表团'前往北平试探和谈之路，一有结果便派出政府代表团与共方正式和谈。可是，目下政府内部四分五裂，在陈立夫等将中央党部迁穗后，孙哲生又步其后尘将行政院搬了过来，这个烂摊子，如何能够反蒋抗共？"李宗仁用求援的眼光看着张发奎。

"这个不难！"张发奎把拳头一挥，拿出当年铁将军的劲头说道，"中央党部那些家伙，都是蒋的嫡系，到时我把他们来个一网打尽，让老蒋也尝尝我们的厉害！至于孙哲生先生的行政院返京问题，这事德公就包在我的身上好了，你要没别的事了，明天就可返京。"

张发奎不愧是个痛快之人，李宗仁便不再多说。第二天，他去看望孙科，告知即日返京，并宽慰他好生养病，关于行政院迁回南京的问题，李宗仁再也没有提起，倒弄得孙科丈二金刚摸不着头脑。李宗仁由广州飞桂林、长沙、武汉与黄旭初、程潜、白崇禧等晤谈，一路巡视，在他返京后的第三天，孙科和他的阁员们也都全部回到南京，蒋介石要把行政院移到广州，欲使府院分裂的企图终未得逞。

李宗仁为了酬谢张发奎，特任命张为陆军总司令。

可是，孙科回到南京不久，便向李宗仁递上了辞职书，不管李宗仁怎样挽留，他还是要辞去行政院长职务，李宗仁无法，只得照准。没有行政院长，也就等于没有行政院，费了好大劲，李宗仁还是个没有行政机构的光杆代总统，他主持的南京政府仍是个残缺破烂的摊子，不能发挥政府的职能作用，严格地说，国民党已经没有政府了！恰在这时，颜惠庆、章士钊、江庸和邵力子等四位老先生从北平访问回来了，他们向李宗仁报告了北上半月的情况和结果，表明共方确有诚恳的言和之意，并说共方和平代表人选及双方和谈地点问题，不久亦可决定。他们还带回了中共中央主席毛泽东给李宗仁的一封信。"上海人民和平代表团"返回南京之后，沪、宁一带和谈空气一时显得更浓，各界人士都把眼睛盯着代总统李宗仁，看他下一步怎么走。

李宗仁正急得火烧眉毛一般，寻找行政院长的适当人选。桂系集团虽然可以推黄绍竑为行政院长，以绍竑之才，出掌行政院是不成问题的，但是，这样做显得派系色彩太浓，会大大地刺激蒋系中人，将使现政府更处于不利的地位。权衡再三，白崇禧提出以何应钦为行政院长，因何与李、白曾经合作过，多年来互相关系友好，且何应钦又是蒋介石系统的重要人物，以何组阁，既可维持府院一致的行动，又可争取蒋系中人，特别是手握重兵的黄埔学生。李宗仁便请白崇禧和总统府秘书长吴忠信，带着他的亲笔信函到上海去邀请何应钦来南京组阁。可是不论白崇禧和吴忠信怎么说，何应钦始终不答应到南京来，最后，只得由代总统李宗仁亲自出马，前往上海劝驾去了。

却说何应钦自辞去国防部长后，便到上海闲居，前不久，又到杭州汤恩伯的别墅中，过了一段闲散的隐居生活。回到上海后，他终日在公馆里养鸟种花，不闻时事。其实，他的内心却不平静，那颗埋在胸膛最深处的野心，并未因蒋介石在东北、华北和徐蚌的一败涂地而有所消沉泯灭。他一辈子也忘不了取蒋而代之的迷梦。眼下，蒋介石下野了，李、白重新登台，何应钦自然想起民国十六年，他与李、白在南京度过的那一段"蜜月"。只是好景不长，第二年老蒋就回来了，以后蒋、桂交锋，李、白几经浮沉，想不到二十二年后，他们又把老蒋撺下了台，这两个广西佬也真有好手段！

何应钦正密切注视着事态的发展，他估计，李、白必然会来请他出山帮忙，因为老蒋虽然下野，但仍在幕后操纵，那些手握重兵的"天子门生"，李、白是指挥不动的，非得请他发号施令才行。想当年，保卫南京，血战龙潭，第一军就靠他指挥，才与第七军击溃了孙传芳的几万大军。当然，这些年来，他在蒋介石手下也算混到了位极人臣的地步，但总觉得不顺心，因为在老蒋面前，他永远像一只老鼠似的提心吊胆过日子，老蒋的那两只眼睛像鹰眼一般犀利，直盯得他心里发怵。"西安事变"，他心怀叵测，欲出兵讨伐张、杨，实则暗算老蒋，被宋美龄严厉制止。从那以后，他觉得蒋介石的两只眼睛无时无刻不在盯着他，似乎不在他脑后找出两块魏延似的"反骨"来永不罢休。

陈诚在蒋介石的扶植下，青云直上，慢慢地取代了他的地位。抗战胜利后，蒋介石干脆把他推到联合国去当有名无实的军事代表团团长。回国后，虽然老蒋任他为国防部长，但毫无实权，徐蚌会战，本来是他极力推荐白崇禧出来统一指挥的，他相信，只要把华中和徐蚌两地区一百多万国军交由白崇禧指挥，老蒋不从中插手，战局便会改观。谁知白崇禧出尔反尔，拒绝指挥，结果徐蚌会战一败涂地，紧接着白崇禧又突倡和平，何应钦到了这时才明白"小诸葛"的锦囊妙计是逼蒋下野。他生怕受到牵连，便以徐蚌战败引咎辞职，躲到上海去观风向。不久，蒋介石下野，李宗仁以代总统上台，他怕老蒋怀疑他与李、白有勾结，便跑到杭州汤恩伯的别墅里隐居起来，每日只带一名副官，到山上游玩打猎，以示淡泊。等到孙科辞去行政院长职后，他又回到上海来。他估计李宗仁必然会来请他出任行政院长组阁，干还是不干，他心里矛盾极了。从内心来说，他早就想当行政院长，老蒋就是不让他当。现在李宗仁当了代总统，老蒋更不会让他去和李、白搞在一起——老蒋已经被"白狐狸"咬过一口了，是绝不会忘记那个伤疤的。何应钦正在为自己的出处费脑筋的时候，白崇禧和吴忠信终于登门拜访了。白崇禧把李宗仁的亲笔信交给何应钦，接着便说道：

"敬公，李德公请你到南京去帮他的忙，我看无论如何你都要去的。"

"嗨，健生兄，感谢你和德公看得起我。"何应钦摆出一副隐者的架子，悠悠然地说道，"不过，我现在的兴趣不是做官，而是打猎。来，请你和礼卿兄来看看我的猎枪、猎具和猎犬吧，嘿，全是一色美国货哩！"

何应钦也不等白崇禧和吴忠信说话，便把这两位南京来的使者拉到他后花园的一间房子里，他先命卫士牵出那匹有小牛犊一般高大健壮的黑色猎犬来，说道：

"这是一位美国陆军中将送给我的，连老虎见了都怕它三分呢！"

白崇禧本来也酷爱打猎，对这只黑色猎犬亦很感兴趣，便说道：

"待有闲暇时，我请敬公到鸡公山去围猎。"

"好，好。"何应钦脸上挂着心满意足的笑容，"到时我们都玩个痛快。"他又命卫士把他从美国带回的双筒猎枪、夜猎用的探照灯、瞄准镜一一拿出来让白崇禧和吴忠信看，白崇禧连连夸赞说：

"好货色！好货色！"

吴忠信是文人，对打仗和打猎都毫无兴趣，但对官场中的各种人和各种手腕却是洞若观火。只见他把何应钦那支乌黑发亮的双筒猎枪笨拙地往肩上一扛，笑道：

"敬之兄，你就把这支猎枪送给我吧！"

"啊？礼卿兄何时爱上围猎的呢？"何应钦与吴忠信都是贵州人，互相很了解，他不知这位老乡说这话是何意，忙用诧异的眼光看着对方。

"哈哈，记得去年五月，蒋总统命我来上海劝请健生兄出任华中'剿总'总司令，我到府上，健生兄赠我一只山水盆景回京复命。今天，我奉李代总统之命，与健生兄来请敬之兄到京组阁，难道你不应该送我一件最心爱的东西带回京去么？"

吴忠信这几句话，说得入木三分，不但把个"小诸葛"的脸说得红了起来，更把这个外表矜持淡泊、实则满脑袋野心的何应钦说得脸上发辣，因为他现在的做法和当时白崇禧拒绝到武汉任职都同出一辙：观风测向，待价而沽。尽管大家心里都明白，但何应钦却偏装糊涂，忙从吴忠信手中夺过猎枪来，说道：

"这个送不得，送不得的啰，礼卿兄！你实在想要，待有人从美国回来，我一定叫他们捎上一支给你。"

白崇禧也赶忙附和道："敬公千万不要忘记给我也捎上一支啊！"

"哈哈，当然！当然！"何应钦笑眯眯地慢慢点着头。

正像吴忠信估计的一样，他和白崇禧的上海之行无功而返。回京复命时，他特意对李宗仁道：

"此事非得德公亲自去一趟不可。"

李宗仁焦急地问道："依礼卿兄之见，我去请，敬之会同意出来组阁吗？"

"行行行，"吴忠信连连点头，"德公去一定能把他请出来的。"

"好吧，我明天就去！"

第二天，李宗仁乘专机直飞上海，到了何应钦公馆，便直接闯了进去，何应钦正在睡午觉，闻报赶忙爬起来，到客厅去见李宗仁。

"敬之老弟，历史正在重演，蒋先生又辞职了，南京再度垂危，当你以前的同事孤独的时候，你能无动于衷吗？"李宗仁也顾不得寒暄和客气了，一见何应钦便开门见山地说道。

何应钦见李宗仁一来便激动地提到二十二年前的往事，不觉一惊，他赶忙先去把客厅的门插上，再把窗帘拉上，然后递给李宗仁一支美国香烟，小声说道：

"德公，请你说话把声音放小些，我的秘书、副官、卫士差不多都是保密局的人啊，我们的谈话让蒋先生知道了，那就麻烦啦！"

李宗仁听了又惊又气，他点上烟，在茶几上擂了一拳，愤然说道：

"难道我身边就没有蒋先生的人吗？我不怕，他有本事干脆把我们都杀光好了！"

"德公……"何应钦直摇头，示意他千万不可意气用事。

"敬之老弟，我此来不为别事，孙哲生已辞行政院长职，我请你出来组阁，以便和共方进行和谈，请你不要再拒绝！"李宗仁的话既急迫又恳切，不说本就想当行政院长且又和李、白有着特殊关系的何应钦不好拒绝，便是其他人在此场合，恐亦难断然拒绝。

何应钦沉吟了半晌，才慢吞吞地小心翼翼地说道："德公，这事恐怕要先报告蒋介石先生才行。"

李宗仁见何应钦不拒绝出任行政院长，但却要征得蒋介石的同意才敢表态，心里真有股说不出的滋味，他真没想到何应钦怕蒋介石竟怕到这种地步，便说道：

李宗仁代总统致函孙夫人宋庆龄，请她到南京"出为领导，共策进行"，但宋庆龄不为所动

"蒋先生已经引退了，这样的事，为什么还要请示他呢？"

"不请示他不行啊，德公，蒋先生的脾气你是知道的，他不开口，我是什么也不好干的呀！"何应钦总算说了真心话——想干，但要蒋介石点头才行。

李宗仁皱着眉头，仿佛受了侮辱一般，一口气吸掉了半根香烟，好久说不出话来。但是，为了他的政府的生存，他不得不放弃原则，丢掉法统，准备低声下气去向蒋介石请示，让何应钦出来当行政院长。

"敬之老弟，你这里有电话吗？我马上就给蒋先生打电话！"李宗仁用那双充满屈辱和愤懑的眼睛望着何应钦。

何应钦把李宗仁引到楼上一间小房子里，他亲手关上房门，又拉上窗帘，然后拿起桌上的电话筒，要通了溪口的长途电话，他把话筒递给李宗仁，小声说道：

"德公，请讲吧！"

李宗仁刚接过话筒，蒋介石便说话了："德邻兄，你怎么在敬之家里打电话呢？"——蒋介石似乎早已揣知李宗仁的意图了。

"啊，是这样的，"李宗仁想解释，但马上觉得这是多余的，便接着说道，"孙哲生已经辞职了，我想请敬之出来组阁……"

"德邻兄，我是退休的人，还能说什么呢！"蒋介石冷冷地说道。

李宗仁紧紧地攥着电话筒，仿佛是攥着一个仇敌在手中，不但不能把他卡死，

还得老老实实地将他扶到椅子上坐下，然后自己反而给他磕头求饶。他那四平八稳的国字脸简直气得变了形，但他还得向蒋介石说好话：

"关于敬之担任行政院长的事，你看……"

"这个，这个，嗯，你为什么一定要提和我有关系的人来做院长呢？到时候，别人又要说我在幕后操纵了，我看，院长还是让别人来做的好！"蒋介石十分认真地说道。

李宗仁只觉得脸上火辣辣的，蒋介石的每一句话都是一记重重的耳光，噼噼啪啪地打在他那国字脸上。依他的个性，早就要摔电话筒了，但是，为了让何应钦能顺利出来组阁，他只好忍耐着，说出违心的话来：

"你就让敬之担任这个职务吧！"

"这个，这个，德邻兄，你怎么能这样说呢？你代行总统职务，一切都由你安排啊！这个，你千万不要再提了，否则，外边不明真相的人，又指责我退而不休啦！"蒋介石很严肃地说着，仿佛他早已成了局外人一般。

李宗仁无法，只得把话筒交给何应钦，说道："你跟他讲讲吧！"

何应钦当然想直接听听蒋介石对他出任行政院长的意见，便说道：

"总裁，我是敬之……"

郭德洁与程思远（左一）到南京机场迎接从上海飞来就任行政院长的何应钦

"我知道。"蒋介石不耐烦地说道。

"李德公要我担任行政院长，我实在干不了啊！"何应钦转弯抹角地向蒋介石请示着。

"既然德邻想让你担任那个职务，你就接受下来吧！"蒋介石仍然很不耐烦地说着。

何应钦心中暗喜，老蒋终于答应了！他马上诚惶诚恐地说道：

"既然总裁要我去干，我不知怎样干才好，请给予训示。"

1949年4月1日，国共和谈在北平举行。国民政府和谈代表团成员（右起）：张治中、黄绍竑、刘斐、邵力子、章士钊、李蒸

"嗯，这个，这个，现在是备战求和，仍然以整饬军事为重，不应分心。"

"是！"

"共产党的话是不可信的，谁信共产党的话，谁就死无葬身之地！"

"是！"

"现在不是民国十六年的时候，你明白了吗？"

"明白！"

李宗仁在旁边，对蒋介石的话听得一清二楚，他感到自己的脸似乎被蒋介石打得正迅速膨胀起来，他已经变得鼻青眼肿，面目全非了……

中华民国三十八年三月十二日，何应钦正式就任行政院长。

三月二十六日，中共正式发表周恩来、林伯渠、林彪、叶剑英、李维汉、聂荣臻为和谈代表，周恩来为首席代表，以元月十四日《中共中央毛泽东主席关于时局的声明》所列八条和平条件为基础，自四月一日起在北平与南京政府举行谈判，并通过广播电台通知南京政府，依照上述时间、地点，派遣代表团携带为八项条件准备的必要材料，前往北平。

南京政府亦发表张治中、邵力子、黄绍竑、章士钊、刘斐、李蒸为和谈代表，张治中为首席代表，于四月一日由南京乘坐"空中行宫"号专机，飞往北平。

第八十三回

使命艰难　黄绍竑黎明赋新词
图穷匕见　白崇禧拒绝和平案

　　民国三十八年四月十六日凌晨两点多钟，北平六国饭店五楼的一间房子里依然亮着灯，阳台上伫立着一个身材魁梧的人，他凭栏而立，眺望着黑沉沉的南方。他，便是南京政府和谈代表黄绍竑。

　　四月中旬的北平，虽然春寒料峭，但春天的温暖，春天的生命力已经渗透到大地和花草树木之中，给人一种感奋之情，一种勃然向上的力量。也许，但凡一切有生命的东西，都需要这种充满活力的初苏和骚动，否则，他们便是一件化石，一具僵尸！黄绍竑此时此刻，心中正在酝酿着这种充满活力的初苏和骚动。

　　再过几个小时，天就要亮了，黎明前，天空却是这样黑暗，从塞外越过古长城的漠风，依然冰浸浸的。但黄绍竑已经感到了春天和黎明，他站在阳台上，披着件黑呢大衣，翘首遥望南天，胸中如春潮奔涌。尽管他的心脏病正在发作期间，需要静养和安逸的情绪，但是，激情与痛苦正在他脑海中起伏动荡，无论是药物和自我控制都已失去镇静的作用。于是，他决定听之任之，从房间里步入阳台，在黎明前的宁静环境中，让干冷的漠风吹一吹有些发胀的脑袋，他觉得这是一种享受，心身间有一种说不出的惬意感。

　　几分钟前，他刚在会客室送走中共中央副主席周恩来先生。虽然周先生嘱咐他好好休息，但回到房间里，他却无法安睡。周恩来的话一直在他耳畔回荡着，像春雷一般震撼人心，像北平的春风似的使人感到冷冽而又惬意。

　　"现在是四月十六日凌晨两点钟。"周恩来看了一下腕上的表，神采奕奕地说道，"南京国民政府对于中共代表团所提和平协定的回答，我们愿意等到二十日。"

　　黄绍竑郑重地点了点头。周恩来接着又说道：

　　"当然，我们很愿意以双方的努力，促成和平协定的签订，所以在和平商谈开始我们就表示过，希望李德邻先生、何敬之先生、于右任先生、居觉生先生、童冠贤先生五位，到北平来参加签字，使得中国早日变成和平的国度。我们非常热烈地期待这一个日子来到。就在这几天内，给南京方面以千载一时的机会。李任潮先生已经在各党派会议上表示：假使李德邻先生来的话，他愿意保证陪德邻先生回去。意思是有些地方不是德邻先生所能管得到的，但是汉口由白健生管辖。万一的时候，也可以到汉口去。这可以看出他们对和平期待的殷切，我们之所以定出期限到二十日为止，就是为了适应全国人民热切的期待。"

　　周恩来以期待的目光看着黄绍竑，说道："以上这些话，我们希望季宽先生回去转达给南京政府。"

　　"好的。"黄绍竑仍郑重地点着头。

　　"有许多朋友都知道，中国共产党有的时候是很硬的，不过我们也是根据原则才这样做的；我们要是从四面八方讲敷衍，就不会有今天的局面。因为我们要替人民做事，就要对反对人民的分子加以打击，使人民的力量生长起来。我相信季宽先生和南京代表团的其他几位先生，在交换意见的十五天中，对我们一定有了相当的了解。我们认为确实只有在这个原则下，才能解决问题，所以我们就不能不有所坚持，以强硬的态度来解决。但是只要原则上的问题解决了，其他还是要大家来协商。只要协定签订了，以后一切的事情，还是可以像我们昨天一样，在一个屋子里商量办理。这一点，我们也希望季宽先生给我们转达。"

黄绍竑又点了一下头，说道："这个协定是很好的。但是，要南京方面在上面签字，照我看至多是五十对五十的希望，或者还要少一些，我努力去进行就是了！"

"我们认为，这个方案在南京代表团、在南京当局、在南京方面爱好和平的人士中，是一定可以接受的；但是我们也料到，南京的好战分子是一定不会接受的——其实，任何东西他们都不会接受的。"周恩来的话说得深刻极了，坦率极了。

"是这样的！是这样的！"黄绍竑连连点头，这并不是出于礼貌性质的附和，而是一种真诚的感悟，正像有人告诉他，再过几小时天就要亮的道理一样。

"白健生先生的一位外甥海竞强，在山东莱芜战役被我们俘虏，我们请季宽先生把他带回去。"周恩来说着站了起来，紧紧地握着黄绍竑的手，"季宽先生多加保重，我们在这里希望能听到你的好消息！"

送走周恩来，黄绍竑的心脏跳动又加快了，激动、惭愧、痛楚一齐涌上心头。"四一二清党"，他从上海一个电报打回广西，有多少共产党和革命青年人头落地；民国十六年八月，周恩来、贺龙、叶挺率"八一"起义军由江西进入广东潮汕，黄绍竑调集桂军黄旭初、伍廷飓部，阻击南下的起义军，他躺在担架上亲自指挥，桂军攻入潮州，将起义军打垮。二十二年前，他打败了共产党，打败了周恩来，二十二年后，共产党打败了国民党，他是代表国民党到北平来向共产党求和的。可是，代表共产党的周恩来并没有以战胜者自居，更没有要清算黄绍竑反共的历史旧账。

"共产党人的胸怀，装得下整个世界，他们是注定要胜利的！"

黄绍竑喃喃自语。几天前，中共中央主席毛泽东先生接见

1949年4月18日，国民政府和谈代表黄绍竑（左）、顾问屈武（右）携带《国内和平协定》返回南京

1338

了他和刘斐。毛泽东明确地告诉他：如果李宗仁同意在和平协定上签字，则将来可选为联合政府的副主席。白崇禧所率领的部队可以继续留驻武汉，也可以开到两广去，两广在两年内不实行军事管制和土地改革。白崇禧喜欢带兵，他的广西部队才十几万人，将来组织国防军，我们可以让他带三十万兵，这也是人尽其才嘛！

李济深更是谆谆劝导他："季宽，你回去一定给德邻和健生讲清楚，除了和平再没有别的路可走，这是最好的机会，千万不要错过了！"

李济深应中共的邀请，于去年十二月二十六日，乘船离开香港，今年一月七日到达大连，进入共产党的东北解放区，后来到北平。白崇禧为了推动和谈，曾要黄绍竑从武汉到香港去请李济深，可是李已离港北上，黄绍竑扑了个空，他到北平来才见到李济深，两人畅谈时事，抚今追昔，俱有同感。黄绍竑又与前不久为和平解放北平做出重大贡献的前华北"剿总"总司令傅作义将军晤谈，使他加深了对共产党的认识，坚定了以和平解决国内局势的信念。昨天晚上，国共双方代表团在中南海勤政殿举行了最后一次会谈，产生了《国内和平协定》这一重要历史文献。南京政府代表团决定派黄绍竑代表和屈武顾问，带这个文件回南京去，劝告李宗仁和何应钦签字。再过几个小时，他就要携带《国内和平协定》飞返南京。昨晚的会议由午夜一直开到今天凌晨一点，后来又与周恩来交谈，他虽然疲劳，但却无法躺到床上安睡。他站在阳台上，思虑着回南京后如何说服李宗仁和白崇禧接受《国内和平协定》。他想来想去，感到没有多少把握，因为李、白所要的划江而治的"和平"，在这个协定上是一丝一毫也找不到的。周恩来已经说得明明白白，南京政府在协定上签不签字，解放大军都是要渡江的！

"德公啊德公！"黄绍竑在心里默默地说道，"在这关键时刻，你可要做个识时务的俊杰呀！"

黄绍竑和李宗仁虽然有过几分几合的历史，但两人却一直保持着很深的感情。若论智谋，李宗仁皆不及白崇禧和黄绍竑，但李宗仁却以他宽厚的秉性赢得了黄、白的拥戴。黄绍竑认为，李宗仁不是个固执的人，有可能说动他在《国内和平协定》上签字。而白崇禧呢？黄绍竑则认为不大可能接受这个协定，因为在坚持划江而治这个观点上，白崇禧要顽固得多。但是，桂系内部的大事素来是李、黄、白三巨头商量决定的，如果李、黄坚持要在《国内和平协定》上签字，白崇禧大概也不好硬反对。李、黄、白一致了，就不怕蒋介石在幕后再阻挠了。

"这样做，也就对得起国人啦！"

黄绍竑感到一种从来没有过的兴奋。也许，这么多年来，他还没有真正考虑过"对得起国人"这个重大问题，而现在，他不仅在深切地考虑和关注这个问题，并且已经开始做了，他怎么能不兴奋呢？过去，在蒋、桂战争中，桂系打了败仗，在蒋介石的大军把广西重重包围的情况下，他脱离了李、白，投到了蒋介石的怀抱中；今天，国民党战败，他又从国民党营垒中投入共产党阵营。也许，现在和将来，都有人会骂他是个"投机政客"。但是现在他愿捧出自己的那颗心来，让人们看一看，他是对得起国人的啊！感情的洪波在胸中起伏激荡，他忍不住要呼喊，要向世界庄严宣告，他要捧出自己那颗心来——真正的属于正直的中国人的那颗心！

黄绍竑从阳台上急步回到房间里，坐到写字台前，提笔作出一首极好的词来——

好事近
感时·调寄

（一）

翘首睇长天，
人定淡烟笼碧。
待满一弦新月，
欲问几时圆得。

昨宵小睡梦江南，
野火烧寒食。
幸有一帆风送，
报燕云消息。

（二）

北国正花开，

已是江南花落。

剩有墙边红杏，

客有漫愁寂寞。

此时为着这冤家，

误了寻春约。

但祝东君仔细，

莫任多飘泊。

"你们看，你们看，这就是我的一颗心啊！"黄绍竑捧着他的词，双手颤抖着，似乎在向他的同袍，他的朋友，几万万灾难深重的国民诉说着他的激情，他的理想，他的追求……

迎接他的，与他共鸣的，是北平东方天宇上的一片烂漫的朝霞，是大都市里的几声雄鸡的啼鸣！

"真亏难你，像这样的条件也居然带得回来！"白崇禧把黄绍竑带回的《国内和平协定》往茶几上一摔，怒气冲冲地说道。

黄绍竑忍着气，耐心地解释道：

"健生，像这样的条件已经很不错的啦。经过多次讨论，共方接受了我方所提修正意见四十余处的过半数。"

黄绍竑扳着手指头说道："第一，关于中共所提惩办战犯问题，经过多次讨论，已删去'首要次要''元凶巨恶'等字样，对能认清形势，确有事实表现，有利于和平解决国内问题者，都准予取消战犯罪名；第二，把南京政府和所属部队置于人民革命军事委员会指挥统辖之下一句也改换了，所以代表团一致的意见，认为尽管条件高些，如果能了然于'败战求和''天下为公'的道理，不囿于一派一系的私利，以国家元气、人民生命财产为重，那么，就应该毫不犹豫地接受……"

"我的条件只有一个！"白崇禧拍案而起，情绪异常激动。

"请讲吧！"黄绍竑点点头。

"共产党无论如何不能过江！"白崇禧斩钉截铁地说道。

黄绍竑摇了摇头，冷冷地说："办不到！毛泽东和周恩来都把话讲死了：南京当局在这个协定上签不签字，共军都要渡江，而且限定我们在四月二十日前答复！"

"他们一定要过江，那仗就非打下去不可，还谈什么！"白崇禧感情冲动，毫无商量的余地。

黄绍竑的忍耐本来就有限，他见白崇禧摆出一副毫不讲理的蛮劲，便反唇相讥：

"现在要打，只是老蒋才有资格。他暂时下野，你可以亲自到溪口去负荆请罪，请他出来，因为他是一贯主战的。我们以主和起家，只有和平才有出路，再主张战争，就是死路一条！"

"北伐时，我们是穿草鞋出广西的，今天，也还可以穿草鞋上山，同他们拼到底！广西人是从来不投降的！"白崇禧咬牙切齿，愤恨不已，那副无边近视眼镜片后面，燃着两团仇恨的火，也不知道他是恨黄绍竑劝他"投降"，还是恨共产党要过江，抑或两者兼而有之。

"嘿嘿！"黄绍竑冷笑两声，"打正规战都已经输了，还打算穿草鞋上山？你不知人家是打游击战的老祖宗？和谈最先是你唱出来的，现在，全国上下，都希望和平，可谓大势所趋，人心所向，你怎么能在一个月之间出尔反尔呢？难道你连这点政治家的道德和军人的品质都没有了吗？"

白崇禧一听黄绍竑居然指责他没有一点政治家的道德和军人的品质，更是气得火上加油，他用手指着黄绍竑，狠狠地说道：

"哼！你黄季宽有道德，有品质！民国十一年，你背着德公拉上部队出走；民国十九年，我们打了败仗，你又从广西出走，投入老蒋怀中；现在，时局不利，你又要背叛团体，甘心投共，你你你，才是一个十足的毫无道德品质的投机政客！"

"你给我住口！"黄绍竑一脚踢翻了沙发前的那只紫檀木茶几，几上的茶杯和点心盘子，咣当一声滚到地上，他也顾不得心脏病发作的危险了，从沙发上跳将起来，两手叉着腰，冲着白崇禧怒斥道：

"好呀，白健生！民国十六年八月，我带兵在潮汕打败了周恩来的起义部队，这次我到北平向中共求和，共产党和周恩来都没有翻我的历史老账。今天，你倒来揭我的老底了，你到底想干什么？啊？"

"算了，算了！"一直坐着沉默不语的李宗仁，看见黄、白两人闹得实在不像话了，才站起来，以老大哥的姿态把他们拉开，一个个将他们推到沙发上坐下。

原来，当李宗仁接到黄绍竑将携带《国内和平协定》回南京的消息时，便急电召白崇禧和黄旭初到京，以便和一白二黄商讨对策。因此，黄绍竑一飞到南京，李宗仁便命人将他接到傅厚岗六十九号官邸，立即召开秘密会议。李、白、黄（旭初）都以急切的心情，注视着黄绍竑的面部表情，仿佛他的面部表情便是签筒里的一支签，能预卜桂系团体的兴衰，江南半壁的存亡。只见黄绍竑满面春风，和李、白、黄（旭初）一一握手，他们那紧张的心情这才有所松弛。到了李宗仁的内客厅，黄绍竑把那只黑色皮包往面前的茶几上一放，从容不迫地说道：

"我看这个协定是很好的。德公签字后可有如下的好处：第一，德公可当选为中央人民政府副主席；第二，广西子弟兵可以保存下来；第三，两广在两年内不实行'土改'……"

白崇禧忽然觉得黄绍竑的话不对头，因为共产党许下的任何好处他都不感兴趣，他最关切的乃是"过江"问题，而黄绍竑却只字不提这个问题，他便打断黄的话：

"季宽，其他的先别说，你快把协议拿出来让我们过目。"

黄绍竑笑了笑，便不慌不忙地打开那只黑皮包，取出《国内和平协定》文件，送到李宗仁面前，继续说道：

"这些条件，对我们来说都是十分有利的。在北平，我和李任公长谈了几次，他一再嘱咐我们，在这重要的历史关头，我们的一举一动，都要对得起国人，对得起子孙后代……"

白崇禧对黄绍竑的话已不再关注了，他正目不转睛地盯着李宗仁那国字脸，像一位老练的相师，要从对方那眉宇之间看出吉凶祸福来。黄旭初却像刚迈入私塾的学童一般，正襟危坐，两只眼睛只管盯着面前茶几上那微微冒着一丝丝清香气的茶杯口。

李宗仁终于从鼻梁上取下那副黑边老花镜，他面色沉郁，拿着《国内和平协定》文件的右手有些战栗，因为通观全篇，均找不到他所需要的"就地停战"和"划江而治"的条款，他感到绝望和彷徨，背脊上一阵阵发凉，他把文件递给白崇禧：

"健生你看看吧！"

李宗仁开始一口接一口地猛抽烟，美丽牌香烟缭绕的烟雾，在他面前回旋、飘逸，但无法遮住他那表情渺茫而痛楚的国字脸。黄绍竑看了李宗仁一眼，不由大吃一惊，他正想跟李宗仁再说些宽慰的带原则性的话，白崇禧却已怒发冲冠，把《国内和平协定》往茶几上一摔，毫不客气地指责起黄绍竑来。于是，便爆发了刚才那场黄、白之间的冲突。

"旭初，你也看一看吧！"李宗仁对默默静坐的黄旭初打了个招呼，用手指了指被白崇禧摔在一旁的那份《国内和平协定》。

"好，我看。"黄旭初站起来，谨慎地拿过文件，不声不响地看了起来。

"刚才，季宽讲了不少，似乎对我的出处甚为关心。"李宗仁又点上一支香烟，接着说道，"这些，不用共方和我的朋友们过虑，我这个代总统，是为和平而上台的，如果求和不成，那就应该去职，以谢国人！"

李宗仁那沉重的声音像一把重锤，狠狠地敲打着黄绍竑那隐隐作痛的心胸，他用手本能地捂着心窝部，也许是想减轻心脏的痉挛，也许是为了防备李宗仁"重锤"的敲击。白崇禧的脸色难看极了，他斜靠在沙发上，叉开双腿，右手使劲地揉搓着沙发扶手，摆起一副要清算黄绍竑的架势。待李宗仁说完后，他接着愤然说道：

"政府派出的和谈代表团，理应代表政府立场。政府的立场，已有'腹案'为据。但是，你们没有坚持我们的基本立场，实有负重托。文白[1]也好，季宽也好，你们这段历史，将来的太史公该怎么为你们写呢？"

"嘿嘿！健生，我和文白这段历史，相信史家和国民自有公论，用不着你来

---

[1] 张治中字文白，南京政府代表团首席代表，与黄、白为保定军校同班同学。

费心啦，我想，倒是应该提醒你，在这关键时刻何去何从？当然，这也关系到你的一生历史该怎么写的问题。我知道，你是特别关心自己的历史的。你用刚才那样的态度对待我，我不会恨你。你骂我是投机政客，我也不恨你，谁叫我们尽不争气，尽打败仗呢？民国十九年，我离开广西投向中央，你和德公设宴为我饯行，我当时说过一句话，不知你还记得没有："我今后行动的准则有两条：第一是不再破坏国家，第二是不再破坏广西。"几十年来，我虽然没有为国家和广西做过多少好事，但我起码没有再进行破坏，如果我还有点做人的道德品质的话，这就是我的一点聊以自慰的地方。现在，国民党大势已去，我们桂系团体所面临的形势，既不是民国十四年，你我到广州去谈判加入国民政府；也不是民国二十六年，老蒋请你和德公出来抗日；那样可以讨价还价的时代，已经一去不复返啦！当前在军事上，我们既不能与共方保持均势，试问在政治上能求得绝对平等的地位吗？"

黄绍竑激动得声泪俱下，他从李宗仁面前，走到白崇禧面前，又走到黄旭初面前，一边走一边说：

"德公呀！健生呀！旭初呀！我们一定要认清形势，绝不可与蒋介石同呼吸，共命运！蒋介石最后还可以退保台湾，苟延残喘，我们形格势禁，没有别的道路可走，唯有和局才足以自保啊！"

李宗仁垂着眼皮，一动也不动地坐着；白崇禧两只手使劲地抓着沙发扶手，那暗红色的平绒沙发套，差点被他撕破；黄旭初已看完《国内和平协定》，只是低头不语。他明白，黄绍竑的话是正确的，是出于真心诚意的，老蒋的几百万装备精良的部队都被打垮了，广西那点部队又如何能挡得住共军过江？但他不能说话，他是以李、白的意旨为意旨，替他们在广西当家的。李、白说打，他就回去征兵征粮，应付战争；李、白说和，他就回去发动广西参议会，大喊和平的口号。总之，他和李、白一荣俱荣，一损俱损，除此之外，他不再考虑别的路子。

"你们为什么都不说话？你们聋了？哑巴了？"沉默，也是一种严重抗议的表示，黄绍竑深切地感觉到了李、白、黄（旭初）对他不满的态度。他提高嗓门，严厉地喝问着，

"我们几个人，自投入军校，就是同学，投入军旅，成了同袍。几十年来，出生入死，经历过多少艰难和绝境，我还没有看过你们像今天这个样子的！"

"咚"的一声，白崇禧投袂而起，对黄绍竑厉声喝道：

"黄季宽，要不是看在几十年的情面上，我今天就要对你不起了！我从带兵那一天起，就只知道要敌人向我投降；我从太史公那里，也只懂得有断头将军而无降将军的道理。共产党不过江，就什么都好商量，他们要过江，我就只有打到底！"

白崇禧接着对李宗仁说道："请德公转告老蒋，要他出国避开，否则他在幕后掣肘，尽出难题。要何敬之命令汤恩伯，立即将所部全力从上海延伸到长江中游，与华中部队紧密联系，以阻共军过江。老蒋把中央银行的金银外币都运到台湾去了，目下军费开支浩繁，请德公命何敬之与蒋交涉，将一部分金钞运回大陆，以备急需。"

白崇禧又对黄旭初吩咐道："旭初，你马上回广西去，抓紧征兵征粮，务必在两个月之内为我征集到二十个团的兵员。我将命李鹤龄回桂林主持绥靖公署工作，实施总体战，做好上山打游击的准备！"

黄旭初点头受命。白崇禧又对李宗仁道："德公，我现在就飞回汉口加紧布置江防，准备在华中战场决战！"

白崇禧说完，也不理会黄绍竑，径自走出门去，回白公馆带上随从副官、参谋，驱车到光华门外的军用机场，乘军机直飞汉口去了。

四月二十日，南京国民政府拒绝在《国内和平协定》上签字。

黄绍竑匆匆来向李宗仁辞行："德公，我刚刚和文白通了电话，将政府的态度向他简单报告过了。据说，今天午夜，中共将发出向江南进军的命令。我在这里，已经没有事了，准备到香港去住些日子。"

"你坐！"李宗仁向黄绍竑打了个手势，他心情极为沉重，眼里布满血丝，眼皮有些浮肿，看来，他为巨大的忧患所迫，已到食不甘味、夜不能寐的地步了。黄绍竑不禁产生一种怜悯之情，他默默地落座在李宗仁旁边的沙发上。

"你为什么又要离开我？"李宗仁看着黄绍竑，凄然地说道。

黄绍竑听李宗仁这么质问他，心里也很难过，轻轻地说道：

"我不走，在这里干什么呢？"

"帮我一把，我已经感到心力交瘁了，我们一起撑一撑这个局面吧！"李宗仁把头仰靠在沙发上，右手轻轻地按压着腹部——黄绍竑知道，李宗仁有胃溃疡病。

黄绍竑还从没看见过李宗仁这么颓唐，这么可怜，这么一副英雄末路的落魄样子！当年那个叱咤风云的李猛子，那个骑着一匹枣红马飞驰在战火硝烟中的铁将军，谁能相信会是眼前这个秃了大半个头，浑身无力地靠在沙发上，显得奄奄一息的国民党代总统呢？可是，除了同情之外，黄绍竑能帮李宗仁什么忙呢？他长长地叹了一口气，说道：

"德公，有你和健生、敬之等人给党国送葬，料理后事，已经足够啦！我，在你这里没有用了，你放我走吧！"

李宗仁猛地抓住黄绍竑的手，极不甘心地叫喊着："难道我们一点希望都没有了吗？"

"除了送葬，别无他途！"黄绍竑觉得李宗仁的手是那样冷，表情委顿得像行将就木的人，他只感到一阵心酸。

"那么，你这回离开我，是永远不会再回来的了？"李宗仁说完这句话，只觉得鼻梁两侧像有两行蚂蚁在爬行一般，他感到鼻腔一阵阵发酸。

黄绍竑看见李宗仁流泪了，他难过得一时说不出话来。

李宗仁喟然长叹，说道：

"民国十一年，你把俞作柏和伍廷飏从我手里拉走，那时，我真恨透了你！"黄绍竑一愣，一向宽宏大量的李宗仁，难道现在也会像"小诸葛"白崇禧那样来"清算"他吗？

"民国十九年，我们被老蒋打败，退回广西，我在柳州设指挥部，准备从滇军手中夺回南宁，你在桂林突然发出'马电'，向老蒋呼吁和平息事。我当时气得真想派人去把你关起来！"李宗仁继续说道。

黄绍竑心里一沉，果然，李宗仁和白崇禧都要"清算"他了，他们可能要扣留他，把他当作蒋家王朝和桂系集团的殉葬品。嗨，死也罢，生也罢，看来这一辈子都要和李、白缠在一起了，随他去吧！黄绍竑心事重重，悲愤满腹，他非常坦率地说道：

"德公，我黄绍竑前两度离开你，只是可恨而已，这一次，恐怕是可杀啦！"

"老弟，你说哪里话来！这一次你走，我一点也不恨你！"李宗仁出乎意外地说道。

"啊？"黄绍竑不知李宗仁这话是什么意思。

"我恨我自己无能，既不能从老蒋手中把党政军财的大权统统拿过来，又不能阻止共产党过江！"李宗仁唏嘘不已，接着又说道，"几十年来，你帮了我这么大的忙，可是今天，我们却落到这般地步，我对不起你呀！老弟！"

看着李宗仁老泪横流，黄绍竑也潸然泪下，室内久久无言。

"老弟，在你离开我之前，能否教我一个脱身之计？"李宗仁忽然向黄绍竑问起计来。

"啊……"黄绍竑眼睛一亮，他估计李宗仁不签署《国内和平协定》，除了有划江而治的幻想外，还外受蒋介石的牵制，内受白崇禧的压迫，纵使想签字，也毫无办法。他想起李济深有陪李宗仁到汉口去签字的建议，但目下白崇禧的态度如此恶劣顽固，武汉那里如何去得？况且南京特务林立，李宗仁目标太大，行动亦有困难。黄绍竑想了想，便说道：

"照我看来，南京很快便将弃守，此后，德公不知何往？"

李宗仁不说话，只是看着黄绍竑，像副总统竞选中碰到难题一样，等着黄替他出主意。黄绍竑见李不回答，想必正为这个急迫的问题踌躇不决，便有的放矢地说道：

"国民党中央党部早已搬到广州，孙哲生前些时候也曾把行政院迁到那里过，看来，德公下一步也不得不将政府迁穗啦！"

李宗仁仍不说话，黄绍竑心里一动，知李对去广州似有考虑，便说道：

"两广唇齿相依，历史上曾多次合作过，张向华一向有联桂反蒋之意，且广东有出海口，易得外援，德公有开府广州进行反蒋抗共之意否？"

黄绍竑这几句话，使李宗仁像个落水者突然发现前边有根可以抱住的木头向他漂来一般，顿使他从委顿中振作起来，这个问题，他早就考虑过，并且得到白崇禧的极力支持，想不到黄绍竑临去之前也向他这么建议，他真有点动心，但是，他又觉得黄的表情令人捉摸不定，便问道：

"依你看，我只有到广州去啰？"

"德公去广州，恐怕比在南京的日子还要难过！"黄绍竑已看出李宗仁颇有向往广州之意，遂说道，"老蒋对你这步棋，难道还不明白吗？CC系把持的中央党部，早就搬到广州去了，他们是先下手为强，已经布置好了。况且广东地方实力派情况也很复杂，薛岳是陈诚的人，余汉谋跟我们没什么关系，张向华是个无兵无钱无权的光杆司令，左右不了广东的形势。从军事上看，白健生的华中部队只能顾得了粤桂正面的大门——衡阳一带，粤东就无法兼顾了。老蒋的嫡系部队可以从赣南入粤，共军也可翻越大庾岭直插粤东。因此据我看来，德公到广州去亦必将重蹈南京之覆辙！"

李宗仁对去广州的利弊，曾反复琢磨过，不想现在竟被黄绍竑几句话说绝了，值此山穷水尽之时，他不由长叹一声：

"难道天地之大，竟无我李某人立足之地吗？"

"德公去桂林怎么样？"黄绍竑问道。

"啊？"李宗仁不置可否地望着黄绍竑。

"这也就像竞选副总统时那样，叫作出其不意，以退为进。"黄绍竑说道，"德公在南京虽不能签署和议，但到桂林去尚为时不晚。两广、川、云、贵整个大西南还完整，如此时与共方签署《国内和平协定》，仍大有可为，而且在桂林，也可摆脱老蒋的掣肘，这是最后一步棋了！"

"嗯。"李宗仁不露声色地答了一声，没有说可以采纳，也不表示反对，也许，此时他的内

蒋介石退而不休，在奉化溪口会见孙科（右一）面授机宜

心正像一团乱麻似的，还理不出个头绪来。

"如和议不成，德公不能在中国立足时，可远走海外，漂泊他乡，但切不可到台湾与老蒋为伍，这点，也请德公提醒健生为要！"黄绍竑慨叹道，"这也是我给德公的最后一次谋划啦，望你多加保重，一切好自为之！"

黄绍竑说完慢慢地站了起来，向李宗仁鞠了深深一躬，既表示感谢李宗仁对他深厚的情怀，又表示与他几十年患难与共的关系从此诀别：

"德公，我——告辞了！"

"慢！"李宗仁霍然而起，用手重重地敲击着桌子，唤了一声："来人呐！"

黄绍竑一怔，意外地站住了。小客厅的门马上被推开，进来一位侍从副官。李宗仁命令道：

"你马上给我把刘参军长请来！"

"是。"副官马上退了出去。

李宗仁点上一支烟，在室内缓缓地踱着，再也没跟黄绍竑说话。黄绍竑看着李宗仁的背影——那有些微驼的背脊，充分地显示出它超负荷地挑着一副力所不及的重担。李宗仁踱了过来，只是低头沉思，也不看站在一旁有些发愣的黄绍竑。"难道他真的要扣留我？"黄绍竑摇摇头——李宗仁不是蒋介石那种睚眦必报的人，"难道他要我陪同他直飞桂林，最后签署和议？"黄绍竑看了看李宗仁的神态，除了一脸彷徨之色，再无别的表情——黄绍竑对于下定决心的李宗仁是什么样的表情熟悉得很！"他留住我干什么呢？"黄绍竑左思右想不得其解。

总统府参军长刘士毅奉命来到。

"今天有去香港的飞机吗？"李宗仁问道。

"有两趟便机。一是由京经沪飞港的班机，一是吴秘书长直飞广州的专机。"刘士毅答道。

"季宽，班机到上海要停一夜，那里特务太多，嫂夫人已去香港了，我看你不必在上海停留，还是搭吴铁城的专机直飞广州，当夜搭船赴港为好。"李宗仁说道。

"对！"黄绍竑激动地点着头，他对李宗仁在此时还能为他周密考虑安排退路，感激之情油然而生。

"你马上给季宽先生准备一笔款子。"李宗仁命令刘士毅。

　　"是。"刘士毅立即出去取钱去了。

　　"德公！"黄绍竑一下紧紧地握住李宗仁的双手，眼泪扑簌簌地流了一下来。瞬间，他的脑海里出现了一幕幕使他终生难忘的情景：民国十一年，他带着几百疲惫不堪的残兵在粤桂边境流窜时，他的胞兄黄天泽带着李宗

1965年7月20日，李宗仁回归祖国，与前来欢迎的黄绍竑在北京首都机场紧紧握手

仁的信在廉江城外等候他，夏威受李宗仁之托，带着军饷在陆川县车田等候他；民国十二年，他为了袭取梧州，背着李宗仁把李部的主力部队俞作柏、伍廷飏拉走时，李宗仁不但没有报复他，还及时给他调来了钟祖培部作援兵；民国十九年，他因动作迟缓，招致进军武汉欲与冯、阎会师中原的桂、张军在衡阳惨败。回桂后，白崇禧、张发奎要清算他，李宗仁挡住了白、张气势汹汹的发难。后来，黄绍竑要投蒋，李宗仁并不为难他，只是说："来去自由，随时可以回来做我的副手。"李宗仁给他送了一笔钱，派人把他送到龙州，经越南，再送到香港。现在，到了国破之时，李宗仁困苦万状之际，仍不忘无微不至地关照他。黄绍竑怎能不激动得泪如泉涌呢？如果历史按照另一种写法，李宗仁在两广和大西南最后站稳了脚跟，黄绍竑可能会第三次回到李宗仁麾下。然而，历史是不带感情的法官，它按照自己的严峻规律，神圣地迈出了众所周知的那一大步。这样，就不是黄绍竑再回到李宗仁麾下，而是在十六年之后，李宗仁从海外风尘仆仆地回归祖国——公元一九六五年七月二十日，李宗仁在北京首都机场走下飞机，黄绍竑感慨万端地迎上前去，与李宗仁紧紧握手——他们终于最后欢聚在一起，这是后话。

第八十四回

你争我夺　蒋李白杭州摊牌
满目凄凉　李宗仁逃离南京

　　"大使先生，也许，这是我在南京最后一次向您请求：请你敦促美国政府借给中国十亿美元，或者至少五亿，以便让我的政府能够维持下去。"李宗仁用乞求的目光看着永远面带微笑的美国大使司徒雷登，请求美援。

　　因时局紧张，李代总统夫人郭德洁已飞往桂林，今天这个只有李宗仁和美国大使司徒雷登出席的茶会，显得相当冷落、尴尬和毫无生气。没有香气四溢的西山茶，也没有驰名中外的桂林马蹄和融安金橘。两张小小的茶桌上，摆着几样西式点心和两只精致的白瓷茶壶。室内的气氛相当沉重暗淡。司徒雷登脸上的微笑依然如故，但他的内心却又是一番情景："耶稣拿起饼来，祝谢了，用手掰开，递给门徒，说：'你们拿着吃，这是我的身体，为你们舍的。你们也当如此行，为的是纪念我。'耶稣又拿杯来，祝谢了，递给他们，说：'你们喝这个，这是我立《新约》的血，为多人流出来，使罪得赦。但我告诉你们，从今以后，我不再喝这葡萄汁，直到我在我父的国里，同你们喝新的那日子。'"——这是耶稣在逾越节的宴席上，对他的门徒说的话，也就是那著名的《最后的晚餐》的一幕！

现在，司徒雷登这位上帝的使者，正与中国的末代总统李宗仁在南京傅厚岗六十九号，共进历史上的"最后晚餐"。

"代总统先生，"司徒雷登措词谨慎地说道，"美国政府借给中国十亿美元，又能起多大的作用呢？要知道，我们已经投入了几十亿美元，其效果如何，我想代总统先生恐怕会比我更清楚！"

"美国政府如能提供十亿美援，我向您保证今后将有效地使用这些钱！"李宗仁自上台以来，尚未拿到美国政府一分钱，他对此既不甘心又不满意。

"代总统先生，即使美国政府借钱给中国，这些钱，恐怕还未到您手上，就早

李宗仁与美国驻华大使司徒雷登在南京共进"最后的晚餐"

已被装进了蒋先生在台湾的钱柜啦！"司徒雷登做了个无可奈何的手势，"由于蒋先生仍在幕后控制着政府，中国的局面根本没有改变，目下美国国会很难通过议案拨付任何对华贷款。"

李宗仁急了，他像一家行将倒闭的大公司的代理人，原来的"老板"在背后不断拆台，而富有的银行家又拒绝兑现原先那美好的诺言，一分钱贷款也不拨给他，硬是要眼睁睁地看着这偌大的公司倒闭，最后被人接收。他本来幽居北平，郁郁不得志，是司徒雷登一席话，撩拨了他竞选副总统的政治欲望。在竞选中，或在逼蒋下台的较量中，司徒雷登确实发挥了他的"上帝使者"的有力作用，他不但使李宗仁在竞选中以劣势获胜，而且还使他在名义上取代了蒋介石。这一切，没有美国人的支持，仅凭黄绍竑、白崇禧那两颗聪明的脑袋，凭李品仙、黄旭初从安徽、广西送去那一百多根大金条，凭李宗仁礼贤下士的开明作风和郭德洁善于交际活动的才能，都是不可能达到的！而今，美国人不但对蒋介石失望，而且他们对原来认为可能成为中国有效力之领袖的李宗仁所抱的幻想，亦随着国民党政权的腐朽崩溃，而

日趋破灭了。

"在耶路撒冷，靠近羊门有一个池子，池子旁边有五个廊子，廊下躺着一些病人，有瞎眼的，瘸脚的，血气枯干的……其中有一个人，病得最重，足足病了三十八年。"司徒雷登诵起这段《圣经》，简直令人不寒而栗。蒋介石也好，李宗仁也好，全是躺在"廊下"的病人，他们不是"瞎眼"，便是"瘸腿"，已经奄奄一息，无法救治。那位"病了三十八年的人"，不就是中国国民党么？今年正是中华民国三十八年呀！"哎呀，我的上帝！"司徒雷登绝望地祷告着，无论是他心目中的"主"，或是他自己，已绝无回天之力了！

"大使先生，请允许我不客气地提醒您，"李宗仁用他的手指敲击着茶桌边，"如果美国现在拒绝帮助中国来阻止世界共产主义的扩张，今后他要在远东做同样的事，就要多花一百亿美元，而且不会有什么效果，还将使美国青年不得不流血！"——从后来的朝鲜战争和越南战争来看，谁说李宗仁不是个预言家？

司徒大使对代总统耸人听闻的提醒，并没有特别的关注，他那宽宽的前额上和高高的鼻梁下，还是挂着那无法抹掉的动人微笑，他饮了一口茶，用相当微妙的口吻说道：

"代总统先生，有一个问题，我始终感到惶惑不解：截至目前，美国政府到底是在援助国民党，还是在援助共产党？"

"啊——"李宗仁刚刚在敲击茶桌边的手指，仿佛被电击了一下似的，他赶忙将右手收回，以同样微妙的口吻说道，"大使先生，您这句话同样使我感到惶惑不解！"

"代总统先生，据旅居天津的美国人士向我报告：他们目睹共军夺获天津，其装备竟全为美国武器及国民党军队在东北不战而送给共军之其他军器。对此，您将作何解释呢？"司徒雷登那微妙的笑脸，真像一位富有高深学问的大学教授，在启迪一位天资笨拙的孩子回答一个最为简单的问题一样。

"那……那……全都是蒋先生胡乱指挥所造成的！"李宗仁涨红着脸说道。

"对极了，我尊敬的代总统先生！"司徒雷登微笑着，对这位天资笨拙的"孩子"的回答，表示满意，"此前美国政府对华援助，因国民政府之缺乏效能，而全落于共军之手。现在，这种局面仍莫明其妙地继续存在着，若美国政府继续加以援助，岂不等于进一步加强中共之力量么？"

司徒雷登说完，便站起来向李代总统告辞："我还有另一个私人约会，再见——代总统先生！"

李宗仁站在门口，目送司徒雷登钻进汽车，直到那猩红色的轿车在拐弯处消失。他怀着沉重的失落感回到房间里，点上一支美国香烟，默默地抽起烟来。他那强有力的后台——司徒雷登大使，抛弃了他；他的挚友黄绍竑，也离开了他；夫人郭德洁也回老家去了。他感到从来没有过的孤独，偌大的官邸里，连个可以说知心话的人也找不到——其实，岂止是他的官邸里找不到可说知心话的人，便是在这六朝故都南京，恐怕也难找得到一个愿与他共患难的人——他想到了何应钦，很想去找何聊一聊天，但李宗仁摇了摇头。现在的何应钦已不是二十二年前那个样子了，一片树叶子掉下来，他也会怕砸破自己的头，何应钦刚当上行政院长那天，李宗仁曾亲到府上去与何叙谈，何应钦始终表现得神不守舍的样子，当李宗仁辞出时，何应钦附耳悄悄说道："德公，今后你最好不要再到我这里来，太引人注目了！"何应钦也不到李宗仁官邸，有事，他们只是通电话。李宗仁想了想，还是决定给何应钦打个电话：

"敬之兄，近日江防情况如何？"因为何应钦身为行政院长兼国防部长，中共既然已发出向江南进军的命令，李宗仁此时最关切的乃是长江的防备。

"德公，据空军侦察报告，共军在西起九江东北的湖口，东至江阴长达五百余公里的战线上，已开始渡江。"何应钦惊慌失措地说道。

"嗯，南京正面的江防情况如何？"李宗仁又问道。

"共军正向浦镇逼近，我江防岸炮和舰炮已开始密射，以猛烈火力阻止共军进攻。"何应钦说。

"能顶得住吗？"李宗仁问。

"第二十八军八十师是我军精锐，能顶住一阵子……"何应钦毫无把握地说道，"德公，今晚我想到上海去一趟……"

"不行！"李宗仁断然说道，"此非常时期，你我两人均不可离开首都！"

解放军发起渡江战役，突破长江天险

"好，我不去了。"何应钦无力地说了一句，便放下了电话。

李宗仁虽然身经百战，而且打了许多恶仗、硬仗，特别是抗战时指挥的台儿庄大战，在极端不利的条件下，竟将强敌击败，一战威名震天下。但他还从来没有直接指挥过和共产党的部队正面作战，照他估计，共产党消灭了东北、华北和华东一百几十万国民党军队，短时间内占领了大片地区，正要时间消化，想很快渡江南进是不可能的，白崇禧估计共军最多只能抽出六十万人渡江，这六十万共军，国民党军队的江防部队是完全能顶得住的。可是，出乎李、白意料之外，共产党很快就发起渡江作战，战线长达五百余公里，渡江总兵力也在百万左右，这使一向沉着稳重的李宗仁也不得不感到惊慌起来。

"北平急电！"秘书将一纸电文呈到李宗仁面前。

李宗仁接看电文，方知这是政府派往北平和谈的代表章士钊、邵力子两位联名给他的电报：

"协定之限期届满，渡江之大军欻至，硬派已如惊鸟骇鹿，觅路分奔；独公坐镇中枢，左右顾盼，擅为所欲为之势，握千载一时之机；恳公无论如何，莫离南京一步，万一别有良机，艰于株守，亦求公飞往燕京共图转圜突变之方。"

李宗仁感到一阵悲凉，他的和平谈判代表黄绍竑离开他走了，留在北平的这几位，看来在南京城破之时，也要向共方靠拢了。责他们临危变节么？没有必要！现在连他自己都是泥菩萨过河自身难保。但是，应该派飞机去把他们接回来，这是他作为代总统的最后一点责任。他拿起电话筒，给何应钦打电话，要何派专机到北平去把和谈代表接回南京。

他又在室内不断抽烟，走走停停，转来转去，像热锅上的蚂蚁，像陷阱中的困兽，像末日王朝的孤家寡人，像已沉埋地底的中世纪宫室中的幽灵！

"德公！"

李宗仁扭头一看，见是白崇禧来了，这才机械地停下步子，问道：

"刚到吗？"

"一下飞机我就奔你这里来。"白崇禧脱下大盖帽，坐到沙发上。

"武汉情况如何？"李宗仁忙问道。

"共军四野的先遣兵团正向武汉地区进逼，其前锋已近孝感和黄安。"白崇禧显得比李宗仁镇静得多，他皱着眉头，说道，"共军已从湖口东段渡江，汤恩伯能支持多久呢？"

李宗仁渺茫地摇了摇头。白崇禧又问道："老蒋为何把汤部主力放在上海一带？"

李宗仁这回既不摇头，又不说话，白崇禧气愤地说道：

"老蒋的目的是要争取时间，抢运物资，然后把汤部精华撤往台湾。"

白崇禧拉着李宗仁到地图前，又说道："我并不担心武汉正面之敌，忧虑的倒是华中部队的右翼——浙赣线和南浔线。共军过江后，必以一部直取上海，另一部直插赣东、浙西，切断浙赣线。这样，我华中部队将陷入腹背受敌的不利处境。"

李宗仁沉重地点了点头，但仍不说话。白崇禧继续说道："北伐时，我们在武昌攻吴佩孚，孙传芳出兵江西，对我威胁极大，在此情况下，北伐军不得不分兵入赣，开辟江西战场。目下，为了保全两广和整个大西南，必须放弃京、沪两地，把汤恩伯部的主力迅速移至浙赣线和南浔线，与华中部队成为掎角之势，固守湘、赣、闽，防止共军侵入两广及西南。以宋希濂部布防于宜昌、沙市一带，以固川东北防线。国民政府即于近日内迁往广州，争取美援，征兵征粮，实施总体战。只要有两广和大西南，我们'反共复国'就大有希望。"

白崇禧不但是桂系的砥柱，也是党国的栋梁，在城破国亡之时，他绝无悲观失望之举，更无惊慌颓唐之色，他镇静自若，决心保卫两广和大西南。李宗仁对白崇禧防守大西南的战略计划和措施，非常赞赏，他的代总统才当了三个月，共军便渡江了，他极不甘心退出历史舞台，现在，虽然不能得到划江而治，保守江南半壁的结局，但如能最后割据两广和川、云、贵大西南这大片土地，便仍有可为。李宗仁和白崇禧生于清末，长于民国初年的军阀割据混战的时代里，从普通的下级军官上升为将帅，几经浮沉，在争夺中央政权和割据地盘的混战角逐中戎马倥偬度过了大半辈子。他们的目标和整个的战略，便是乘时问鼎中原，败则割据两广。白崇禧的这个计划，自然与李宗仁的思想吻合。但是，要实现这个计划，最大的障碍不是共产党，而是正在溪口退而不休的那位蒋先生。如果蒋介石不同意，胡宗南、宋希濂、汤恩伯等人的部队，李、白是指挥不动的，白崇禧的计划再妙，也只能是纸上谈兵，望梅止渴。

"这个计划很好！"李宗仁那黯淡的目光里，总算闪出一线亮光来了，但那一线亮光，很快就被随之而来的阴云遮住。

他忧心忡忡地说道："只怕老蒋从中捣鬼……"

"和他摊牌！"白崇禧毫不客气地说道，"一国三公，什么事都办不成，李秀成写了'天朝十误'，我们有二十误，三十误！"

白崇禧目光咄咄逼人，使李宗仁顿时目瞪口呆，他感觉到白崇禧不但对老蒋不满，也对他不满。

"今后局势，老蒋再不放手让我们干，则断无挽回余地。你应乘此机会，向老蒋明白提出，他或你，只能择一负责领导政府，以期统一事权。总之，这个家，只能由一个人来当，不是他就是你，不是你就是他！"白崇禧说得非常明白干脆，一点不留情面。老蒋下野这几个月来，在幕后事事操纵，李宗仁上台一事无成。白崇禧曾反复要李宗仁命令何应钦将汤恩伯部主力从上海延伸到长江中游，与华中部队紧密联系，以固长江防务。但汤恩伯把眼珠一瞪，只说了句："我不管，总裁吩咐我怎么做，我便怎么做！"他不但不把所部主力向长江中游延伸，而且把第四军、第四十五军、第五十一军、第五十二军和第七十五军等精锐悉数调往上海一隅，征集民财，在四郊筑碉守卫，而南京、镇江、芜湖一带江防要地，则以战斗力极为薄弱的部队防守。白崇禧大怒，硬要李宗仁撤换汤恩伯，但李宗仁只是无可奈何地摇着头说："何敬之、顾墨三都不敢吭一声，汤恩伯手握重兵，我拿他有什么办法呢？"

蒋介石将全部金银、美钞、港币全部移存台湾，南京国库空虚，经济崩溃，国军饷糈无着，白崇禧又要李宗仁、何应钦与蒋交涉，将金钞运回一部分以济燃眉之急，但此事如石沉大海。为了争取美援，白崇禧曾要李宗仁撤换驻美大使顾维钧，但李宗仁亦毫无办法。总之，时至今日，李宗仁没有一件事办得让白崇禧满意，他认为，必须逼着李、蒋摊牌，才可使时局出现转机。

"你这话正合我的意思。"李宗仁并不计较白崇禧强硬的态度，觉得自己确实是太软弱了，老蒋既已下野，就应当逼他把人事权、指挥权和财权全部交出来，否则，自己不但要当傀儡，而且还要替老蒋担当误国的罪名。想到这里，他把桌子一拍，愤然说道："我不是林子超（林森字子超，曾任国府主席）那种角色，要干就干，不干就不干。明天，我们一起去找老蒋摊牌！"

"好！"白崇禧见他的"激将法"立即发生了作用，便决定再激一激，说道："明天我们去见老蒋，如果德公觉得有些话自己不便说时，就由我代替你跟老蒋谈好了。"

"不！"李宗仁把手一摆，断然说道，"一切由我和他谈，不必由你代庖。"

白崇禧见李宗仁终于下了和蒋介石摊牌的决心，这才收起他的"激将法"。第二天早上，李宗仁给何应钦打电话，邀何一路同行，何应钦在电话中战战兢兢地说道：

"德公，不好了，江阴要塞已于昨夜失守。要塞七千余官兵均已附共，利用要塞巨炮反击我江防舰队，舰队或沉或逃，第二十一军和第五十四军的阵地也落下无数炮弹，这两个军也垮了……"

"啊！"李宗仁这一惊非同小可。原来，江阴要塞地处南京至上海长江防线的中段，地势险要，由山顶居高临下的炮群和山脚下密密麻麻的梅花形地堡群，组成一个视野开阔的高、低层火力网。江心还有海军第二舰队的威海号、逸仙号和台安号等军舰和一些炮艇，日夜不停地巡逻。由陆、海、空构成了一个严密的立体形防御体系，它是国民党军队千里江防线上最重要的据点。江阴要塞一失，南京城破便是旦夕间的事了，李宗仁怎么不吃惊呢？他告诉何应钦，准备好飞机和列车，将政府阁员分批输送到上海和广州去，并告诉他今天与李、白一道去见蒋，商谈时局。何应钦正要尽快离开南京，他吩咐手下人办理输送政府阁员的任务后，便乘车直奔明孝陵机场，与李、白各自登上专机，直飞杭州笕桥空军航校见蒋介石去了。

李、何、白到达笕桥时，蒋经国、俞济时前来迎迓。这笕桥航校是十多年前办的，抗战时曾迁到西南，现在，已经搬到台湾去了，满地是散落的器材和书报，人去楼空，满目凄凉。蒋介石是前两天由奉化飞到笕桥航校的，他知道共军在二十日后可能要渡江，为了给汤恩伯打气，他特地飞到笕桥坐镇。蒋介石现时最关心的不是南京的存亡，而是沪杭的存亡。他下野后第四天，即在溪口召见何应钦、顾祝同、汤恩伯等，指示关于长江的防务问题。蒋介石决定把长江防线划分为两大战区，将九江湖口以西地段划归白崇禧指挥，湖口以东划归汤恩伯指挥，会后，他派专人坐飞机将作战方案送到汉口，命白崇禧执行。但是，对于汤恩伯负责的这一地段的具体作战方针，他却不让李宗仁和白崇禧得知。

原来，蒋介石指示汤恩伯，以长江防线为外围，以沪杭三角地带为重点，以淞沪为核心，采取持久防御方针，最后坚守淞沪，与台湾相呼应，然后待机反攻。他并给汤恩伯下了一个手令，要其在上海的金银外币尚未抢运完毕之前，集中全部兵力，死守上海。直到金银外币运完之后，准汤率部向舟山群岛撤退，阻止"共匪"海上追击。如该项金银不能安全运到台湾，则唯汤恩伯是问。因此，李宗仁上台后，曾指示南京卫戍总部，做防守南京的计划，并令国防部拨款构筑防御工事。可是，汤恩伯却无心守南京，他命人秘密将江阴要塞上那些德式和美式重炮拆运上海，将所部主力配置于镇江以东地区。蒋介石守沪，抢运金银，伺机卷土重来；李宗仁守江，梦想坐拥半壁河山。正是同床异梦，各打算盘。不想，共产党目光锐利，一下看穿了李、蒋的阴谋，限定南京政府必须在四月二十日前签署《和平协定》，以免拖延时日，长江汛期水涨，误了渡江的大好时机。及待李宗仁拒绝在《和平协定》上签字，共军当即发起渡江作战，把李、蒋打得措手不及，狼狈不堪。李宗仁与蒋介石正是在这样的情况下会面的，这是自一月二十一日蒋去李代以来，他们的第一次会见。

这是笕桥航校的一间小型会客厅，摆着十几张洋气十足的美国皮沙发。蒋介石在门口迎接李宗仁。他们首先互相对视了一会儿，几乎立刻得出了同样的结论：别后才整整三个月，但是李、蒋两人都消瘦了，憔悴了。李宗仁发现，老蒋那两只颧骨，比任何时候都更为突出；蒋介石则看到，李宗仁那平素饱满的国字脸，现在瘦得只剩下了一个框架，预示着"国将不国了"。

他们默默地握了手，似乎都觉得对方的手枯槁无力。蒋介石做了个请的手势，把李宗仁单独邀到会客厅旁边的一间小房里密谈。由俞济时招待何应钦、白崇禧，和跟蒋介石从溪口带来的吴忠信、王世杰等人在会客室座谈。

小房间里拉着窗帘，亮着灯，沉闷得很像座墓室。但李宗仁和蒋介石都觉得只有在这样的环境里，才能把自己那颗烦乱的心稍许沉静下来。李宗仁牢记他的使命是来找老蒋摊牌的，因此一坐下来，便说道：

"你当初要我出来，为的是和谈，现在和谈已经破裂，共军大举渡江，南京马上就要失守，你看怎么办？"

"德邻兄，"蒋介石诚挚地微笑着说道，"你要继续领导下去，不必灰心，我支持你到底，支持你到底！"

蒋介石心里清楚得很，眼下还需要李宗仁在台上替他扮演那个滑稽的角色，因为美国人现在虽然对李宗仁不感兴趣了，但也并不见得对蒋介石再感兴趣，现在他还得躲在幕后观风向，等机会，而上海的那些金银财宝也还没有抢运完，因此他还得忍耐着。李宗仁不满地说道：

"你如果要我继续领导下去，我是可以万死不辞的。但是现在这种政出多门、一国三公的情形，谁也不能做事，我如何能领导呢？我看，我还是辞职的好，免担误国之罪名！"

"德邻兄，你千万不要这样想，现在，时局已到了这般地步，只有你继续领导下去才有希望，谁也代替不了你啊！"蒋介石信誓旦旦，简直要对天发誓了，"不论你怎样做，我总归支持你！"

"我要释放张学良和杨虎城，你为什么不支持我？"李宗仁始终不忘记摊牌的使命，"我派程思远到台湾去接张学良，又派专机到重庆去接杨虎城，结果，连张、杨的面都没见到。重庆报纸还特地发了篇文章，题目是《杨虎城将军在哪里？》，我问你，你到底把杨虎城弄到哪里去了？"

蒋介石的脸色尴尬极了，要不是眼下还得要李宗仁在台上替他当挡箭牌，他会把桌子一拍，大喝一声："给我把李宗仁扣了！"然后用飞机把他送到台湾新竹，让李宗仁与张学良作伴去。但是，蒋介石有着惊人的忍耐力，他把那两片干瘪得像老太婆似的嘴唇往上努了努，很快便挤掉了脸上的尴尬之色，立即换上一副恳切极了的表情，他叹了口气，说道：

"嗨，你我之间，是二十几年的弟兄啦！贤弟，你做事也总得给愚兄一点情面呀！"蒋介石以兄长的口吻说道，"释放张、杨，是你职权里的事，我怎么会干涉啰！不过，你也得给我点面子，我准备把杨虎城召去台湾，由我亲自训话，然后把他们两个一起送到国外去，他们愿回国也好，愿在外国定居也好，皆听其自便。"

"在军事上，目下应以确保两广和大西南为主，汤恩伯部应放弃上海，向浙西和赣东转移，与白健生的华中部队成掎角之势，防守浙、赣、闽一带，阻止共军西犯。"李宗仁紧接着便在军事上逼蒋放权。

"关于军事指挥权，皆在敬之的国防部，你完全可以要敬之下命令，按照你的意图进行部署，我绝不会过问。"蒋介石的态度诚挚万分，李宗仁说什么他都答应，仿佛如果李宗仁要他身上的肉，他也会毫不踌躇地用刀割下来。

"顾墨三的总参谋部与何敬之的国防部今后是什么关系呢？"李宗仁对蒋介石的慷慨许诺，似乎仍不放心，因为总参谋部是直接对蒋负责的机构，老蒋一向都是通过参谋总长直接指挥军队的。

"这个，这个，"蒋介石见李宗仁逼得紧，想了一想，说道，"何敬之是国防部长，我看由他统一陆海空军的指挥权，今后，参谋总长直接向国防部长负责。"

说了这么多，李宗仁只对这一句话感兴趣，这表明老蒋愿将军事指挥权交给何应钦，只要蒋做到不插手军事，李宗仁就能指挥得动何应钦，何应钦也就能指挥得动黄埔将领。李宗仁接着说到要从台湾运出一部分银元，以供军政开支。蒋介石也一口应允，李宗仁要多少钱，只管派人到台湾去取就是，并说这是国家的钱，代总统有权支配。话说到这里，李宗仁还能讲什么呢？要蒋出国的那一句话，尽管已到了嘴边，但他始终没有勇气说出来。现在，他倒是怕逼得太过分，老蒋一翻脸，什么也不给了。蒋介石似乎知道李宗仁还想说什么，他哼哼两声，说道：

"文白无能，丧权辱国！"

李宗仁不知道蒋介石为何突然骂起张治中来，他也不好解释，只想听听老蒋还有什么要说的。

"他异想天开，要我出国。"蒋介石仍在骂着张治中，但李宗仁已听出他是在指桑骂槐的了。因为要蒋出国这件事，是李宗仁亲口对甘介侯说的，由甘向外传出去，中外报纸纷纷报导，说据某方可靠消息，国民党内正劝蒋出洋云云。恰好张治中在去北平前曾到溪口，有意劝蒋出洋，后来到了北平，又曾给蒋去信，劝其出洋。现在，张治中滞留北平，蒋介石借骂张治中来骂桂系，李宗仁心里当然明白，他只得装糊涂。

"我是一定不会出国的，我是一定不会亡命的！我可以不做总统，在国内做个普通老百姓住在自己家乡总可以吧！"他可怜巴巴地望着李宗仁，问道，"德邻兄，你说呢？"

"是的，是的。"李宗仁只得点头。

却说白崇禧坐在会客室里，与何应钦、吴忠信等人在漫无边际地闲聊，只等李宗仁与蒋介石摊牌的结果。可是，李、蒋闭门密谈，谈些什么？谈得怎么样？他一无所知。他急得不时看看腕上的表，显得心不在焉。时间已快到中午十二点了，而李、蒋尚未从那间小房里出来，白崇禧今天又必须赶回汉口去，因为共军渡江后，军事形势瞬息万变，他一定要尽快回到汉口去坐镇。他对于历史教训，是一向很重视的，常以那句"前事不远，吾属之师"的古训鉴己鉴人。二十年前，夏、胡、陶在武汉全军瓦解的教训，促使他处处谨慎，不敢丝毫大意。他乘的飞机不能夜航，要回汉口，必须在天黑前赶到，否则那是很危险的。由于时局太坏，大家心情都很沉重，都不愿多说话，会客厅里慢慢地沉寂了下来。

白崇禧又看了看手表，他的时间剩下已经不多了，但李、蒋两人的会谈仍不见结果，他急得真有些坐不住了。在李宗仁和蒋介石这两个人之间，他选择了二十多年，至今仍无法决定下来。这二十多年来，他时而当李宗仁的参谋长，时而又当蒋介石的参谋长，凭他的才智，他在蒋、桂两个对立的派系集团之间，在李宗仁和蒋介石这两个斗争的巨头之间，成功地走着一条无形的钢丝。他演技精湛，时而从"钢丝"的这一头巧妙地走到那一头，时而又从那一头走到这一头。走钢丝的技巧是要走，而且要不停地走，要想在中间停下来，与两边取等距离，那是注定要掉下来的。但是，现在的形势已经不允许他再表演走"钢丝"了，形势在逼迫他必须迅速做出抉择，他要当诸葛亮的话，就只能有一个刘备，或者一个阿斗。李宗仁和蒋介石这两个人，谁像刘备？他实在无法说得清楚。李宗仁宽厚仁德，礼贤下士，当然与刘备的为人有相似之处。而蒋介石的枭雄、虚伪、作战无能却与刘备也颇为相似。民间流传的那一句歇后语"刘备摔阿斗——假买人心"用来比喻蒋介石的为人，简直是入木三分。蒋介石指挥的东北会战、徐蚌会战所招致的国民党军队精锐的覆灭，与刘备亲自指挥攻吴作战中的猇亭之战如出一辙——刘备大败，使蜀国多年苦心经营的精锐之师和大批战船、器械及大批军用物资，不是化为灰烬，就是成了东吴的俘虏和战利品；蒋介石在东北、徐蚌、平津三次大战中，送给共产党的东西难道还少吗？但是，白崇禧又不得不承认，蒋介石也确有过人之处，若论"驭将"之道，不仅可比刘备，恐怕也可比刘邦。蒋、李两人，各有所长，亦各有所短，白崇禧正是看清了这点，多年来他才成功地表演了走"钢丝"的技艺——他既辅佐李宗仁，也辅佐蒋介石。他给蒋介石当了十年参谋长，给李宗仁当参谋长和副手的时间也恰好是十年。论历史渊源和地域关系，他倾向于李宗仁；若论兼并天下的强硬手段，他倾向于蒋介石。但不管怎么样，他现在必须在李、蒋之间选择一个做他的"刘备"，否则，蒋介石的党国（当然也有李、白的一份）就要彻底完了，桂系也要彻底覆灭，到时候，"刘备"连在白帝城"托孤"的地盘都找不到！作为一位智勇双全的将军和谋臣，白崇禧在这一点上，自然要比其他的人高明。

那间小房的门终于开了，蒋介石和李宗仁走了出来，白崇禧非常注意蒋、李的脸色。只见两人的脸上，似乎都有一种默契，一种谅解，一种满足。白崇禧忽然觉得不妙，他感到蒋、李之间，不是在摊牌，而是达成某种妥协，照这样下去，两广和大西南就没有指望了。他正待谋划如何补救，但俞济时已上来报告：

"请总裁、李代总统和诸公用餐。"

"请！"蒋介石向李宗仁、何、白等人做了个手势。

白崇禧焦急地看了一下手表，他在杭州只有半个小时了，而这半小时恰又被蒋介石用餐占去。他皱着眉头，只得和大家一道步入餐室。

用餐毕，蒋介石招呼各位到会客厅座谈，白崇禧看了一下表，他不敢再在此逗留，只得匆匆向蒋、李和何应钦等告辞，为敦促李宗仁与蒋介石摊牌，他把程思远拉到他的专机旁，郑重地交代程：

"我要提前离开，否则就不能在天黑前赶到汉口，你要随时提醒德公，今天不要失掉同老蒋摊牌的机会！"

进入会客厅之后，蒋介石首先说道："共军已经渡江，党国将处于更为艰难的时期，吾人更要精诚团结，共度患难。目下，和谈已告破裂，政府今后唯有继续作战，任何人不准再倡和议！"

蒋介石严厉地瞪了李宗仁和何应钦一眼，何应钦像被火烧似的颤抖了一下，赶忙低下头去。李宗仁见蒋介石说话的态度突变，心里也暗暗吃惊。蒋介石继续说道：

"中正自一月引退，已不问政事，政府工作均由德邻兄主持。目下党国之形势虽窳，但德邻兄还须勉为其难，继续领导下去，我们都要竭力支持他！"

李宗仁听了，这才略为感到放心。蒋介石又说道：

"孙总理在本党第一次全国代表大会上，曾告诫我们：'从前本党不能巩固的地方，不是由什么敌人用大力量来打破我们，完全是由于我们自己破坏自己。'他要求我们加以提防、警戒，此后再不可以以无意识的问题来挑拨离间，生出无谓的争论。值此党国存亡之秋，我们必须牢记孙总理之遗训。为加强党政之联系，消除一切隔膜、成见及是非，中正主张成立一个'非常委员会'作为国民党的最高决策机构，由中正当主席，德邻兄当副主席，今后凡是党的重大决策，先提到'非常委员会'审定，然后交由政府执行。这也是孙总理用政党的力量去改造国家的具体体现。不知诸位以为如何？"

"总裁决策英明，应钦矢志拥护！"何应钦赶忙表态。

"此乃救国之良策！"

"国脉民命皆维系于此！"

吴忠信、王世杰等人都跟着极力附和。李宗仁对蒋介石用突然的手段，以"非常委员会"的机构来进一步控制他，恨得咬牙切齿。一个钟头前，蒋介石口口声声要把人事权、军事指挥权和财权统统交给他，可是现在却以太上皇的资格坐在他头上发号施令，他摊牌的结果，仍是一个傀儡角色，永远也挣不断蒋介石捆在他身上的绳子……

"德邻兄对此有何高见？"蒋介石有恃无恐地看着李宗仁，那目光像鹰鹫在欣赏自己的猎物。

对此，李宗仁能说什么呢？蒋介石不是已把政府的一切权力都交给他了吗？蒋虽下野不当总统了，但仍是国民党的总裁，蒋总裁根据孙总理的遗训，要成立"非常委员会"，加强党政联系，作为国民党员的李宗仁有什么理由进行反对呢？

他虽然气得肚皮要破，胸膛要炸，但还得勉勉强强地从牙齿缝里挤出一句话来：

"宗仁对此，并无异议！"

他说完这话，心头顿时涌上一种火辣辣的屈辱感，仿佛他正被一个在台上表演着的小丑当众愚弄了一番似的。

……

李宗仁由笕桥飞回南京时，已是傍晚时分。飞机在明故宫机场着陆后，便听到一片密集的机枪扫射声和炮击声，激烈的战斗正在首都郊外进行。街上行人绝迹，店铺关门闭户，满目凄凉。本来，在笕桥航校返航时，何应钦曾劝李宗仁与他一道飞上海，明日转飞广州。因政府阁员在十架巨型运输机的输送下，已全部到达上海，南京除卫戍部队外，政府机关已全部撤空了，照理，李代总统已没有必要再返回京城。

但是李宗仁对何应钦道：

"我应该回南京去看看，我担心在撤退中有可能发生抢劫现象，我如不在场坐镇，那就更对不起人民了。"

"啊——德公您真是令人敬佩！"何应钦真怕李宗仁会把他也拉到南京去，忙说道，"政府阁员全都到了上海，我要去临时做些安置，明天上午，我们在上海龙华机场见。"

几十年来的戎马生活使李宗仁把战争中的撤退视作家常便饭，他回南京，除了确有安定人心、维持秩序的义务外，还有他自己的打算。在笕桥航校，他的摊牌不但没有成功，反遭蒋介石一场愚弄，为了不当傀儡，他决心和蒋介石再较量一个回

1949年4月23日，解放军占领南京

合，他冒着危险回到南京，便是为了摆脱蒋介石对他的控制。但是，一回到空空荡荡的傅厚岗六十九号官邸，京沪杭警备总司令汤恩伯便像见血的苍蝇一样叮了上来。汤的总司令部设在孝陵卫，他已集中了两百辆卡车，正准备逃往上海，但没想到南京即将城破之时，李宗仁突然飞了回来。

"报告李代总统，恩伯已于今日下午四点发出全线撤退的命令。江阴要塞以东的第二十一军、第一二三军，沿铁路及公路径向上海撤退。江阴以西的第五十一军、第五十四军，经常州、溧阳、宜兴、吴兴、嘉兴，绕过太湖亦退往上海，第二十八军掩护南京部队撤退后，沿京杭国道向杭州撤退。"

"汤司令，"李宗仁镇静而严肃地命令汤恩伯，"你立即派人传檄城内军民人等，就说李代总统仍在城内，叫大家不必惊慌。你务必饬令各军，杜绝抢劫掳掠之事发生，如发现有人趁火打劫，立即派兵剿灭！"

"是！"汤恩伯答道，他随即劝李宗仁赶快离开南京，"本晚或可无事，但务必请代总统至迟于明日清晨离京，以策安全。"

天黑以后，南京城外，大炮轰鸣，枪声不绝。李宗仁一夜辗转不眠。天刚亮，汤恩伯即打电话来，催促李宗仁赶快离京。李宗仁洗漱罢，到餐室去进早餐，他看

着盘中放着的四只冠生园的广式月饼，不觉一阵心酸，他拿起月饼咬了一口，自言自语地说道：

"不知何时才能再吃到这种月饼了！"

用过早餐，李宗仁带随员驱车直奔明故宫机场，汤恩伯已在机场等着他了。

"请问李代总统，飞上海还是广州？"汤恩伯问道。

"广州。"李宗仁说完便登上座机。

汤恩伯一直站在机场，目睹李宗仁的专机起飞升空。

"追云号"专机升空后，在南京上空冉冉盘旋两圈，李宗仁从飞机舷窗俯视，只见下关和浦口之间的茫茫江面上，浪花飞溅，炮火如织，舟楫如林，共军正蜂拥过江……李宗仁只感到眼前一阵发黑，仿佛飞机正在下坠一般。他的左右不知是谁凄凉地诵起元代诗人萨都拉那首"六代豪华，春去也，更无消息"的词来，从末代王朝宫殿里逃出的人们，此时，那一颗颗心都停止了跳动，冰冷了，破碎了……

飞机飞行一小时后，李宗仁突然命令机师：

"改变航向，直飞桂林！"

"代总统不是要到广州去吗？"机师惶惑地问道。

"先到桂林！"李宗仁严厉地命令道。

"是……"机师虽然有些犹豫，但不敢不执行李代总统的命令。

"追云号"改变了飞往广州的航程，直往桂林而去，李、蒋较量的下一个回合，又开始了。

第八十五回

勾留桂林　李宗仁暗施撒手锏
甘当走卒　阎锡山赴桂促大驾

桂林文明路一百三十号是李宗仁的私宅。这所秀气的中式楼房，地处闹市，却又十分幽雅静谧，院子里有几株花芽绽开的玉兰，几丛挺拔俊逸的翠竹。院子后面，是微波荡漾的杉湖。这正是农历谷雨刚过的时候，是桂林的多雨季节。密密的雨滴，击打着玉兰树叶，落下一地的乳白花瓣，院子里清香四溢。杉湖上弥漫着一层烟波，淅淅沥沥的雨没完没了地下着，给人一种沉郁惆怅之感——这桂林的四月！

李宗仁到桂林已经三天了，三天都是在这样的雨天中度过的。他很少出门，除了到楼下会客外，便在楼上自己的房间里踱步，或者坐到内阳台上默默地看着雨中朦胧的杉湖。

他的书桌上放着一卷长卷，卷首处"关于时局的建议书"一行毛笔楷书赫然醒目。他背着手，站在书桌前，不知是在欣赏那挥洒俊逸的字体，还是在琢磨建议书中那说理透彻、无懈可击的内容。这份建议书，是由广西极有名望的立法委员李任仁领衔给他上呈的。李任仁早年曾在会仙圩高等小学教过书，白崇禧便是他的学生。李任仁是桂系中的开明人士，思想进步，已加入了李济深领导的"民革"，并

1949年4月23日，李宗仁代总统由南京飞返桂林，准备与蒋介石最后"摊牌"

当选为中央委员。昨天，他把这份由在桂林的数十名桂系高中级干部签名的建议书交给李宗仁时，非常郑重地说道："德公，现在和平是大势所趋，人心所向。国民党打了这么多年内战，民怨沸腾，人心尽失，失败已成定局，我们应谋自全之道。桂林是蒋介石军警特务势力所不能及的，德公决心和平，在桂签署和平协定，仍不失时机。"

李宗仁沉吟不语，李任仁又道："德公，你想过没有，蒋介石在大陆失败，尚有一台湾可以负隅，你如在大陆失败，连一条退路也没有啊！广西地瘠民贫，实力有限，想与共军对抗，无异以卵击石。目前应不惜一切，签署和议，方是唯一之出路。"

"重毅（李任仁字重毅）先生，"李宗仁颇感动地说道，"我既然回到桂林来了，就不想再下广州，也不想糜烂广西！"

送走了李任仁，又迎来了个风尘仆仆的陈雄。

"杰夫，你从哪里来？"李宗仁把陈雄邀到客厅座谈。

"从香港来。"陈雄一边说话，一边从皮包里取出一封信交给李宗仁，"这是季宽给你的信。"

"啊，季宽在香港干什么？"李宗仁一边拆阅黄绍竑给他的信，一边问道。

"季宽要我来告诉你和在桂的同袍，共产党对和平是有诚意的，绝不会说假话。他说老白和一些弟兄们有穿草鞋上山的思想，这是自杀！他说德公你无论如何不能下广州，已经跳出这个火坑，就不该再陷下去，否则就不能自拔。请德公早下决心，季宽正在香港准备组织立法委员们起义！"陈雄说道。

看来，黄绍竑是永远不会再回到桂系团体中来了，李宗仁只感到一阵悲哀。他看完黄的信，对陈雄道：

"你们不要着急，我是不会轻易下广州去的！"

因有了李宗仁这几句话，桂林那雨雾弥漫的上空，顿时绽开一片光明的和平曙光来。

这一日，李宗仁没有会客，他独自在楼上的房间里踱步，一边抽烟一边思考应付时局的办法。他从南京逃出来，身边只带着那颗"中华民国总统之印"。现在，唯有这颗大印才能证明他的真实身份。昨天夜里，他做了个噩梦，梦见蒋介石来抢他的大印，他把大印紧紧地抱护在胸前，蒋介石却死劲地要掰开他的双手，他们正抢得难分难解的时候，忽听身后有人大喝一声："不许动，把总统大印交出来！"李宗仁和蒋介石回头一看，只见一队手持美国造汤姆逊式冲锋枪的共军冲了进来，一齐用枪口顶住他们。李宗仁和蒋介石吓得大惊失色，双方不约而同地把手松开，只听"叭"的一声，那颗总统大印掉在地上，摔得粉碎——他和老蒋都当了共军的俘虏！醒来之后，他觉得身上冷汗微出，惊惶不已，早晨起床之后，那眼皮兀自跳个不住。他在房里踱了几圈，想起夜里那个晦气的噩梦，感到很不放心，忙掏出钥匙，打开保险柜的铁门，小心翼翼地捧出一只紫檀木盒子，拨开密码锁，取出装在盒中的那颗代表国民党政府权力和他本人身份的大印，像鉴赏一件稀世珍宝似的，左看看，右瞧瞧，还不断地抚摸着，嘴里喃喃自语道：

"你们拿不走的！拿不走的！"

他拿起大印，往印泥上按了按，在一张总统专用笺上一盖，一只硕大的鲜红方印赫然印在了纸上。他端详着，俯视着，脸上显出一副满足的笑容，仿佛国民党政府的疆土，桂系的本钱，仍然完完整整地掌握在他手中。

"老蒋算什么？嘿！他不过还有点兵、有点钱罢了，可他没有这个大印！"

李宗仁在桂林的官邸

李宗仁冷笑着，把大印放入盒内，重新锁到保险柜里，他终于发现了自己的作用和价值。这是自逃出南京以来，他第一次感到自己身上还有一股力量，这股力量，使他在与中共或老蒋讨价还价的斗争中，有一种特殊的作用。假如把他和老蒋放在一台平秤上掂一掂分量的话，这只总统大印便是他的一个大筹码，是他的全部优势所在。目下，国民政府的行政机构——行政院在广州，但他作为代总统却勾留桂林，广州等于没有政府。记得黄绍竑从北平回来时，曾悄悄对他说过："德公，你只要把总统大印佩在身边，离开南京后，在国内什么地方都仍可与中共签署和谈协议。"黄绍竑在信中也谆谆劝他："……在南京签字确有困难，在桂林则可重开和议，此乃亡羊补牢为时未晚也！"

"和议，和议……"李宗仁反复念叨着，仿佛要悟出它的真谛，掂出它的分量，析出它的利弊。他是靠借助和平力量夤缘时会上台的，和平的含义，便是国共双方就地停战，共军不得过江，划江而治。可是，如今长江天堑已失，共军已逼近沪杭，他和白崇禧划江而治的幻想彻底破灭了。现在，"和平"的含义又是什么呢？他走到地图前，视线从湖南、广东、广西逐渐移动到贵州、云南、四川。

"湘、粤、桂、黔、滇、川还是完整的，白健生率领的华中部队也还是完整的！"他点了点头，自言自语地说道，似乎已经悟出了"和平"的真谛。坐拥江南半壁不成，难道不可割据西南而立吗？西南数省，与他有着千丝万缕的关系，疆土相连，崇山峻岭，万水千山，有着无数险要屏蔽，抗战八年，日本人那样大的力量都打不进去。但是，蒋介石能让他这样干吗？老蒋把张群派到四川去，蒋的嫡系部队胡宗南、宋希濂都看守着四川的大门。广东是老蒋起家发迹的地方，目下CC系控制的国民党中央党部和何应钦的行政院都在广州，广东省主席薛岳是陈诚的人，老蒋在下野前几天便把他安排到广东去了，说明老蒋对经营西南亦早有打算。经过杭州摊牌之后，他已看穿老蒋不但不愿放弃幕后操纵，而且一旦时机成熟，便会从他手上毫不客气地重新夺回那颗总统大印。要割据西南，就得逼蒋交权，逼蒋出国，否则，仍是南京那样的局面，任蒋摆布，任中共宰割。他凭什么再与老蒋较量，而达到将其逐出幕后远遁国外之目的？

李宗仁冥思苦索，觉得还是要在"和平"上做文章。他是靠和平上台的，"和平"是他拥有的一把撒手锏，他曾用这个武器将蒋介石打下台去，现在要逼蒋交权，逼蒋出国，还得拿起他的撒手锏。因为作为谈判对手，中共是绝不会与老蒋坐到一张桌子前的。而对于李宗仁，只要他发出和平的呼吁，中共便可随时与他重开和议。"和平"这个武器，是老蒋所没有的，只要李宗仁重新把它舞将起来，老蒋便要怕他三分。而且在桂林发出和平的讯号，老蒋鞭长莫及，既无法像在南京时那样控驭，又难以摸到他的底。只要把老蒋逼得放洋，他完全掌握了国民党的党政军财权，便可以和备战，以战谋和，与中共周旋，假以时日，稳住西南六省，到时美国定可提供大量外援……李宗仁想着想着，那委顿的脸上绽开一片欣慰的笑容，他觉得自己飞回桂林的举动实在有着战略意义。就像他当年在抗击孙传芳渡江的大战中，偶然到了何应钦的第一路指挥部一样，制止了何应钦的逃遁，使南京转危为安；也像他在抗战时，率长官部自夏店西撤至平汉线上的花园站以西的陈村，夜不能寐，忽然心血来潮，立即披衣起床命长官部迅速撤离该地，想不到他率长官部刚离陈村，日军骑兵数千如狂风骤雨突将该村包围，因李宗仁走得及时，才不被包围歼灭。眼下，到了桂林，他可望获得最为有利的转机。他想了想，立即走下楼来，命副官备车。

"总统要去哪里？"副官站在小轿车旁，撑着一把雨伞，为李宗仁打开车门。

"你不要管，我一个人去就行了。"李宗仁钻进汽车，不带任何随从，待汽车开出大门后，他才命令司机，"到重毅先生家里去。"

到了李任仁的家门口，雨下得更大了，李宗仁没有带雨具，司机说让他到李先生家里借雨具来，李宗仁只说了声："不用！"便毅然推开车门，冒雨跑了十几步，进了李任仁家的小院。李任仁闻报，赶忙出迎。他见李宗仁头发和衣服上都挂着水珠，不带一个随从，单身冒雨赶来，甚为惊疑，他一边命人取毛巾给李宗仁揩脸，一边亲自给对方拍着衣服上的雨水，问道：

"德公有事，派人来找我不就行了，何须亲自跑到这里来？"

"我还想重开和谈，请你替我到北平走一转如何？"李宗仁开门见山地说道。

"啊！德公已经下决心了吗？"李任仁见李宗仁如此焦急，估计他是专门为那份《建议书》而来的。

"仗是不能再打的了，非和不可，再打，连广西都要糜烂！"李宗仁摇着头，恳切地说道，"重毅先生，你和中共的人及文化界的人熟识不少，所以想请你走一趟。"

看来，李宗仁是被《建议书》说服了，决心实现和平，则不但广西，而且西南六省的和平解决，都有希望。李任仁激动地抓着李宗仁的双手，说道：

"德公，只要你决心和平，我就去！"

"谢谢你，重毅先生！"李宗仁关切地问道，"旅途劳顿，你身体还行吗？"

"行行行！"李任仁十分兴奋地答道，"只要为和平奔走，我愿赴汤蹈火，万死不辞！"

正当李任仁准备北上，为李宗仁重新拉和谈关系的时候，白崇禧偕居正、阎锡山等人突然飞抵桂林，李宗仁忙通知李任仁："看看情况再说。"原来，李宗仁回到桂林后，即电白崇禧飞桂商量往后的行动，白崇禧由汉口起飞，因桂林、柳州都天降大雨，他的专机无法降落，乃改飞广州去了。他在广州盘桓数日，才飞抵桂林，同行的居正、阎锡山乃是肩负国民党中央和行政院来桂劝驾使命的。抵桂后，广西省主席黄旭初出面将居、阎安置在"桂庐"下榻。李宗仁召集白崇禧、黄旭初、李品仙、李任仁及广西省府的厅长、委员，桂林绥靖公署的高级将领和部分立法委员、监察委员，一共数十人开会，研讨对策。李宗仁说道：

"今天广州方面派居觉生和阎伯川来桂，其目的在劝促我赴广州。现在健生也回来了，请大家就和与战的问题，再行讨论，以便抉择。"

桂林绥靖公署主任李品仙立即抢着说道："共党与我们信仰不同，他们提倡阶级斗争，不要中国历史文化，不要老人，他们实行共产共妻，拆散家庭，既无人性，更无人情，我们绝不可与之谈和，只有整军经武，和他们决一死战！"

"荒谬！荒谬！"李任仁忍不住立即驳斥李品仙，"延安有中国历史研究会，他们研究成果累累，你知道吗？共产党统治区也演京戏，写旧体诗，中共领袖毛泽东的旧体诗就写得很好，这些，你都知道吗？怎能说他们不要中国历史文化？"李任仁越说越生气，随即从座位上站起来，指着李品仙说道："你说中共不要老人和家庭，董必武、徐特立、林伯渠难道不都是六七十岁的老人？延安就

奔走蒋、桂之间的阎锡山

有许多家庭、夫妇、子女，怎能说拆散家庭？试想，一个既没有人性，又没有人情的政党和军队，何以得到广大民众的拥护，短短几年时间便取得了如此重大的胜利？"

李任仁一席话，把李品仙驳斥得张口结舌，但他却并不认输，蛮横地大叫道："我们与共党不共戴天，宁为玉碎，不为瓦全，仗，一定要打到底！"

"糊涂至极！糊涂至极！"李任仁狠狠斥责道，"国民党的仗如果还能打下去的话，蒋介石是绝不会下台的！他的几百万军队一败涂地，共军已经乘胜过江，现今国共双方，弱强之势悬殊，倘不争取和平，一味蛮干下去，则恐瓦全而不可得！"

李任仁与李品仙在会上激烈交锋，李宗仁坐着一言不发，他只是在不断地抽烟。和平，是他的一个武器，仅供他使用来对付别人和保护自己的，他的代总统地位，是靠和平挣来的，他还要靠"和平"去为他打倒蒋介石，巩固自己的地位，以便把代总统那个讨厌的"代"字去掉。当然，如果蒋介石硬是不相让，李宗仁是不可能去广州的。反正，总统大印在自己手上，逼得没有转圜余地，他也可以与共产党讲和，还能当中央人民政府的副主席，但，那是迫不得已的时候。李宗仁要白崇禧回来商量，那是因为他无

论要选择哪一条道路，都必须得到白的坚决支持，否则，他就寸步难行。现在，李任仁与李品仙在激烈争论，李任仁曾几次目示李宗仁，希望他站起来表态。但是，李宗仁却只管默默地抽烟。李品仙是桂林绥靖公署主任，掌握兵权，李任仁只是一个立法委员，无职无权，虽然据理驳斥李品仙的谬论，但李品仙却有恃无恐地大喊大叫，杀气腾腾，穷凶极恶，企图以气势压倒李任仁。

李宗仁以目光投向白崇禧，他希望白起来说几句话，以缓和一下会场上的气氛。但白崇禧只皱着眉头，什么话也不肯说。李宗仁又看看坐在身旁的黄旭初，黄则低头默坐，仿佛和、战都与他无关，李、白在此，用不着他来操心，横竖共产党已过了江，李、白对广西比过去任何时候都抓得紧。白崇禧派李品仙回桂任绥靖公署主任，李品仙便大有取黄而代之的势头。黄旭初对此也从不吭声。

桂系直接掌握的另一个省——安徽，已经丢给了共军，此前一年，夏威利用在蚌埠任绥靖公署主任的方便，从李品仙手中拿走了安徽省主席，李品仙回广西任桂林绥靖公署主任，也准备从黄旭初手中拿走黄当了十九年的广西省主席。黄旭初是个明白人，他知道，广西像安徽那样的日子已经不远了。因此，他更不愿说话。李宗仁见白、黄都不起来说话，李任仁和李品仙又争得不可开交，其他的人，因得不到李、白、黄一句话，也不敢随便发言。李宗仁觉得这样僵持下去不好，便对白崇禧道：

"这样的会，已开过几次了，健生，你刚回来，大家都想听听你的意见。"

白崇禧见李宗仁非要他起来说话不可，便说道：

"和、战皆取决于德公，散会！"

白崇禧这句话，不但使大家摸不着底，也使李宗仁为难。会后，李任仁来问：

"德公，上北平的事……"

"莫急，先看看再说。"李宗仁模棱两可地答道。

李任仁预感到情况可能有变，叹一口气，失望地走了出来。

"健生，你看是战好还是和好？反正不管是战是和，我都不想下广州去了！"

待李任仁走了后，李宗仁忙将白崇禧拉到楼上的房间里密谈，他最关心的便是白的态度。白崇禧后来得知，李宗仁在杭州和蒋介石摊牌没有成功，老蒋毫不放权，李宗仁两袖清风逃到桂林，他听了十分生气，直骂李："一堆烂泥，怎么也扶不上墙！"白崇禧原来估计，李宗仁在杭州至少可以从蒋介石手上拿到一部分钱，因为他的几十万华中部队，自从李上台以来三个月，还没有从中央领到一文军饷，目下在武汉，他还能勉强维持，但南京失守以后，汤恩伯仍只顾死守上海，全然不管浙赣大门，白崇禧已感到在武汉待不住了，往后的军饷，怎么办？白崇禧是个极重实力的人，那几十万兵便是他的命根子，有钱给他发军饷，便什么都好办，没有钱，那就不好商量了。他在汉口接到李宗仁要他回桂林商量下一步行动，心里很不满意。"你李德公能养活我这几十万人马吗？"他暗地里质问道。后来，在部下的苦劝之下，他才勉强乘飞机飞桂林，但天气太坏，无法降落，只得飞到广州去了。他在广州与何应钦、张发奎等磋商数日，他们都要他到桂林劝李宗仁来穗主持政府。张发奎刚由桂林返穗，他是专程代表粤方人士去请李宗仁的，但是，李宗仁表示消极，不愿去广州，便把劝李来穗组府的希望全寄托在白崇禧身上了，他把白崇禧拉到家中密谈。

"老白，你的责任就是要把李德公请到广州来主持一切！"张发奎是个粗犷之人，话也粗豪坦爽，"只要德公莅穗，便一切都好办！"

"向华兄，还有什么好办的啰！"想不到白崇禧也对此表示消极。

"你老兄别来这一套，我问你：到底想干不想干？"张发奎说道。

"想干怎样？不想干又怎样？"白崇禧问道。

"想干，你去把李德公请来，我们破釜沉舟，由两广发动，宣布反蒋，拥护李德公为领袖，另立一个西南独立政府，与中共继续进行和谈，只要能保留两广地方独立政权与军队建制，其他八条二十四款规定的内容，一切接受下来。"张发奎打开天窗说亮话，痛快极了。

"不想干呢？"白崇禧不露声色地问道。

"带着你那几十万大兵回广西的深山老林去啃石头、嚼木头、蹲山头吧！"

自从共军渡江之后，白崇禧便知道在武汉无法立足，他的目光早盯着广东。广东富庶又有出海口，过去，陆荣廷占据两广，雄视西南，孙中山数度开府广州，力倡北伐，全靠广东支持，后来国民政府得广西加入，两广联合，乃有北伐军兴，问

1949年5月1日，白崇禧（左）与陆军总司令张发奎密谋两广时局之演变

鼎中原，建都南京之举，目今如能在粤另立政府，尚可望历史重演。

"向华兄，你是与我们共过患难的，但伯陵、幄奇究竟怎么想呢？"白崇禧问道。因为他知道张发奎在广东不能完全做主。

"伯陵、幄奇在广东面临大军压境之际，亦皆认为非此不足以挽救千钧一发之危机。伯陵曾向我反复表示：'两广联合则存，分离则亡，这是历史的结论。我过去虽对李、白嫌隙甚多，现在亦当涤弃一切，合作到底。'总之，我们广东人是够朋友的，广西人够不够朋友，就看你白老兄的啦！"

"广西人当然够朋友！"白崇禧拍着张发奎的肩膀，就像在一笔合股的大生意上拍板定标一样。

"那好。"张发奎把衣袖往上一推，毫不含糊地说道，"待李德公飞穗时，我即在天河机场预先布置，发动一个突然的政变，将老蒋的那些嫡系头目陈立夫、陈果夫、孔祥熙、朱家骅、郑介民等统统扣留起来。对有反蒋倾向，可以跟我们合作的何应钦、阎锡山等人，则要求他们在李德公和孙哲老领衔下共同签署反蒋成立西南独立政府的通电，如何、阎等不同意，也把他们一起扣留起来。如届时宋子文在场则更妙，把他扣留起来还可挟持他取得一笔巨款，以济军饷。通电后，我们即成立以李德公为首的独立政府，宣布与中共恢复和谈，并把这些扣留起来的人作为送给共产党的赆见礼，这也符合中共所提的惩办战犯的条款啊！"

白崇禧听了暗吃一惊，生怕这个"莽张飞"打草惊蛇，生出乱子来，便说道：

"只要把老蒋抛开就算了，必欲清除CC系，扣留何、阎，何示天下之不广也！"

张发奎不以为然地说道："难道你不知铲草除根的道理吗？"

白崇禧便是带着这个大胆的秘密从广州飞到桂林的，他暗自庆幸，天公作美，把他先送到了广州，再回桂林。因此，在会上他不管李任仁和李品仙怎样争执得脸红脖子粗，他只是一言不发，使李宗仁感受到一种进退维谷的压力，他再说话。

"德公，依我看老蒋既不肯放手让权，与其受他处处掣肘，倒不如请他重新出山，主持大政，德公正可俾卸仔肩，消遣林泉山水之间。"白崇禧从反面劝道。

"健生你怎么能这样说呢？"李宗仁一听便火了，"此事万不可行！现在已是宪政时期，吾人必须维护宪法之尊严，国家之名器。今老蒋已引退下野，他已成为一平民，若不经国民大会的合法选举而私相授受，由我请他复任总统，则我将为民国之罪人！"

"那，又有什么办法呢？"白崇禧冷冷地笑了一笑，"难道德公在南京的教训还少吗？"

"我要在桂林与共产党重开和谈！"李宗仁坚决地说道，"看老蒋怎么办！"

"啊！"白崇禧暗吃一惊，他实在想不到李宗仁还有这一手可以对付老蒋，便说道，"如果德公下这步棋，倒是可以出其不意地把老蒋'将死'。我在广州的时候，张向华已商得薛伯陵和余幄奇的同意，一致邀你到广州组织西南独立政府。"

"我不能轻易到广州去！"李宗仁断然说道，"除非老蒋彻底走开！"

"嗨，"白崇禧点了点头，"明天，和居觉生、阎伯川会谈，德公就打开窗子说亮话吧！"

李宗仁没有说话，抽着烟，在室内不断踱步，似乎还有什么话要向白崇禧说，但他却并不开口。白崇禧一双眼睛，紧盯着正在踱步的李宗仁，好一阵才站起来，走到李宗仁面前，恳切地问道：

"德公，你一定还有什么话要对我讲吧？"

"唔。"李宗仁欲言又止。

"德公，现在只有我们两个人在这里，有什么话，你尽管对我说吧！"白崇禧不知李宗仁想说什么。

李宗仁叹息一声后，说道："在中共公布的战犯名单中，老蒋居首，我紧随他之后，其三为陈辞修，你是第四名，之后是何敬之……"

白崇禧冷笑一声，说道："内战哪有什么战犯可言，一个巴掌拍不响！东京大审判席上的那些罪恶滔天的日酋，才是名副其实的大战犯！"

李宗仁又踱了几步，才回头对白崇禧说道："司徒雷登大使对我说过，美国南北战争时，北方军的统帅格兰特在维克斯堡大捷之后，居然让三万多名南方军战俘发个誓言，就轻松地放走了他们。南方军战败后，作为战胜方的北方，只是签署了一项声明，证明南方军是放下了武器的平民，可以自由回家，任何人不得以任何理由追究他们的战争责任……"

"德公……"白崇禧摇头，正要说下去，李宗仁却打断他，继续说道：

"作为战胜方的北方军统帅格兰特，不仅允许战败了的南方军的军官们带着武器回家，还让南方军的士兵们带走了他们的马匹、骡子回家去种地。南方军的总指挥官李将军，战败后，去华盛顿大学当了校长，他由一个内战中的出色军事家，成为美国一名优秀的教育家。南方的总统戴维斯，战败后仅被监禁了两年，就可以回家做自由民去了。他出狱后，开了一家寿险公司，当起了老板。"

白崇禧却冷冷地说道："德公，美国人的南北战争，虽然打得极为惨烈，但交战的双方，他们之间，无非是你赢我输的问题；在我们中国，国共双方则只有你死我活的问题！"

白崇禧说罢，也不理会李宗仁，便独自走了。

第二天，李宗仁、白崇禧、黄旭初与居正、阎锡山等举行会谈。阎锡山穿长袍马褂，那模样颇像一位精明刻薄的钱庄老板，他一见李宗仁便放声痛哭起来：

"德邻兄，共军真残酷呀，太原巷战时，他们以尸填沟洫，杀人如麻，真不得了啊！我治理山西四十年，想不到今日遭此浩劫。德邻兄，你千万不能让共军进广西呀！"

"伯川兄，为了不糜烂广西，我准备与中共重开和谈。"李宗仁果真打开天窗说亮话了。

"什么？德邻兄，和谈？"阎锡山把那双一向总爱半眯缝着的老眼一下子睁到不能再大了。

"是的，伯川兄，在南京时我已经晚走一步了，如果当日在和平协定上签字，莫说广西不致糜烂，便是京沪杭一带繁华地区亦可不受战火摧残。"李宗仁说道。

"德邻兄，你千万不能有这种想法，共党说话是从来不算数的，傅宜生（傅作义字宜生）那样做，将来绝不会有好下场！"阎锡山过来拉住李宗仁的右手，仿佛怕他真的一下子跑到共军那边去了似的，"德邻兄，你应该以国家为重，速赴广州，领导反共！"

"嗨！伯川兄，国家大事，全是蒋介石弄坏的嘛，有他在幕后操纵，我是决不下广州的。"李宗仁的话硬得像块钢铁，似毫无商量的余地。

"德邻兄，德邻兄，"阎锡山急得差点要下跪叩头了。他离开山西，像被人从土中拔出的一棵老树，从头到脚一下子便萎蔫了。他长期反蒋，割据山西，现在不得不跑来南方请蒋介石收容。开始，蒋介石并不怎么理睬他。碰了几次钉子之后，精明的阎锡山终于找到了讨蒋欢心的门路。他知道蒋介石被迫下野后，既要利用李宗仁在台上当挡箭牌、作傀儡，又要处处抓权，伺机卷土重来。他看出李宗仁无论从实力上还是能力上都斗不过蒋介石，有朝一日，这党国还是属于老蒋的。因此，他便甘愿充当蒋介石的一条绳子，替蒋羁縻李宗仁，以此作为给蒋的一份进献礼。当阎锡山得知李宗仁勾留桂林，有与中共重开和谈的趋势后，赶忙邀国民党元老居正飞往桂林劝驾，请李宗仁速去广州。因为他清楚得很，如果李宗仁硬留在桂林，真与中共重开和谈的话，蒋介石不但将失去对李宗仁的操纵，而且也将失去对西南残局的最后控制，这对蒋介石来说，将是一个无可挽回的巨大损失。因为如果崩溃得如此迅速，不仅大陆再无立足之地，便是孤岛台湾也来不及固守，更无法争取得到美援。阎锡山看中了李、蒋斗争中的这一要害环节，决定为蒋效劳。他苦苦哀求李宗仁道：

"德邻兄，只要你肯到广州去领导反共，我看蒋先生是什么都好商量的。"

"伯川兄，广州可不是太原啰，蒋先生的事，谁也做不了主的，我看，你还是不要操心的好。"李宗仁这句话，说得阎锡山简直下不了台。

"德邻兄，俗话说'天下兴亡，匹夫有责'啊！当年北伐时的四位集团军总司令，蒋冯阎李，冯焕章已过世了，目下在国内就只有蒋先生和你、我啦，我有义务促成你和蒋介石先生之间的和解，以完成'反共救国'之大业呀！"阎锡山并不计较李宗仁的奚落，还是喋喋不休地苦劝着。

"纵使伯川兄有意，蒋先生也无心呀！"李宗仁摇摇头，"我们和蒋先生打了几十年交道，对他的为人，难道还不清楚么？"

"我想，还是请德邻兄提提具体的条件吧，以便和蒋先生进行磋商，锡山虽然老朽，但愿充当个走卒。"精明的阎锡山知道李宗仁秉性忠厚，便纠缠着要李宗仁提具体的条件。

李宗仁一想，提就提，这事横竖老蒋不会松手，你阎锡山也做不了主，不妨再摊一次牌，到时候或去广州，或留桂林，主动权还在自己手上。张发奎的那个两广联盟组织西南独立政府的方案，对李宗仁来说也有着颇大的吸引力。如果老蒋不肯屈服，不答应这些条件，到时反蒋另组政府也就更有理由和号召力。

"我的条件并不苛刻。"李宗仁伸出一个手指说道，"关于指挥权者：力求扭转军事颓势，国防部应有完整之指挥权，蒋先生不得在幕后指挥。"

"好！"阎锡山忙摸出老花镜，亲自用笔记下来。

"第二，关于人事权者："李宗仁又伸出一个手指，"全国官吏任免，由总统暨行政院长依据宪法执行之，蒋先生不得从幕后干预。"

待阎锡山记下后，李宗仁又伸出一个手指，接着说道：

"第三，关于财政金融者：中央金融、企业等机构，概由行政院主管部会监督，任何人不得从中操纵，中央银行运台存贮之银元、金钞，须一律交出，支付军政费用。第四，关于行政范围者：各级政府须依据宪法规定，向总统及行政院长分层负责，不得听受任何人指导，在穗之政府机关，应率先奉行。第五，关于党政者：国民党只能依普通政党规定，协助指导从政党员，不得干涉政务，控制政府。"

李宗仁一口气说完了后三条，阎锡山也逐条记录了下来。

"德邻兄，我看这五条很好，很好，无论如何，我要去说服蒋先生，要他完全接受下来。"阎锡山这时变得和钱庄老板一模一样，似乎他有本钱完全可以兑现。

"伯川兄，我还有一条！"李宗仁说话时那双眼睛里透出股一不做二不休的狠劲，阎锡山不由暗吃一惊，他对南方人的眼神总感到有一种说不出的畏惧。当年北伐完成时，蒋、冯、阎、李四大集团军总司令，在北京西山碧云寺孙中山总理灵前举行祭告典礼，阎锡山对冯玉祥悄悄耳语："他们南方人那双眼睛，总使我不放心！"冯玉祥只是一笑了之。

今天，阎锡山觉得李宗仁那双眼睛好生逼人，便问道：

"德邻兄还有何高见？"

"第六，"李宗仁咬了咬牙，狠狠地说道，"关于蒋先生今后出处：蒋先生必须出国，免碍军政改革！"

"啊！"阎锡山惊得连手中的笔都掉到地上去了。他知道，蒋介石不但不会接受这一条，而且听到要气炸肚皮。

"怎么样？伯川兄，你看有把握吗？"李宗仁见阎锡山惊成这个样子，便冷笑着问道。

"啊——"阎锡山眨了眨眼睛，讪笑道，"好好好，我这个老走卒一定不会辱没使命！"

"我这六条，今天就形成一个正式文件，题为《备忘录》，由伯川兄转交蒋先生。"李宗仁道，"蒋先生有时很健忘，他说过的话、许下的诺言总不兑现，今怕他又犯老毛病，因此特以备忘录告之。"

"啊，德邻兄，"阎锡山苦笑着，哀求道，"请你给我这个老走卒一点面子吧，文件的标题是否可改为《李代总统与居正、阎锡山等谈话纪要》，否则，你这《备忘录》岂不成了一纸最后通牒了？叫我怎么转圜得过来哟！"

"嘿嘿，"李宗仁得意地笑道，"看在伯川兄在竞选副总统时助了我几十票，我就依你之意，改为《谈话纪要》吧，但是，那六条的每一个字都不能再打折扣。还要蒋先生亲自给我复一函。"

"好的，好的，"阎锡山见李宗仁接受了他的意见，忙点着头，吩咐秘书正式拟文稿。

当天下午，居正和阎锡山带着李宗仁的那六个条件，飞回广州，准备与何应钦商量后，再去找蒋介石汇报。白崇禧也因武汉形势紧迫，不敢在桂林久待，当天也飞到汉口坐镇去了。

第八十六回

一石两鸟　蒋介石掷金三万两
三心二意　李宗仁无奈赴广州

　　黄浦江边有个像片树叶似的复兴岛，它右面是黄浦江，左面一条笔直的运河，像把快刀似的，把它从杨树浦切开来。这里离黄浦江的出海口很近，波浪翻滚，几只白色的鸥鸟贴着江面飞掠，觅食鱼虾。复兴岛东北面的码头上，停泊着一艘装备精良的"太康号"军舰。码头四周，军警如林，江中巡逻的小炮艇，来往如穿梭一般。岛中，有一座花木掩映的别墅。蒋介石现在正住在这座别墅里。他是在南京失守后的第二日，从溪口赶到象山口岸附近，乘"太康号"军舰来上海督战的。连日来，他在上海市区的金神父路"励志社"分批召见国民党军队团以上军官训话，命令他们必须死守上海一年，等待国际局势变化，然后再行反攻。他到汤恩伯设在虹口公园附近的总部，听取汤恩伯关于防守上海的作战计划和部署，并做了具体指示。五月四日，蒋介石闻报，共军第三野战军之第二十军、二十八军、二十九军、三十一军已在上海外围集结完毕，形成一个半圆形的态势，大战已迫在眉睫。他打电话给上海市代市长陈良，命令其加快抢运金银及贵重物资。放下电话筒后，他感到心神不定，有一种腹背受敌的感觉，现在，前临共军大军压境，后有李宗仁滞留桂林的威胁。他不知李宗仁到底要在桂林干什么？他最怕的事便是李宗仁在桂另立政府，勾结广东实力派，进行反蒋——二十多年来，两广有三分之一的时间在反对他。目下，难道他们不会趁他下野，南京失守的不利局面，再次联合起来反对他吗？

"父亲，阎伯公由广州来了。"蒋经国进来说道。

蒋介石与蒋经国

蒋介石那两撇鹰翅似的眉毛立刻扬了扬，对于阎锡山的突然到来，他估计两广一定有事，便急忙走到客厅会见阎锡山。

"伯川兄，你辛苦了，辛苦了！"蒋介石殷勤地拉着阎锡山的手，请他和自己在一张长沙发上坐下，又亲自把一杯茶送到阎的面前。

"总裁亲临前线督战，更加辛苦！"阎锡山受宠若惊，坐下后又站起来，向蒋介石躬了躬身子。

"伯川兄此来，必有赐教。"蒋介石急欲知道两广方面的具体情况，寒暄后便问道。

"李德邻欲单独与中共媾和。"老奸巨猾的阎锡山知道蒋介石现在最想听和最怕听的消息是什么，他坐下后便单刀直入地说道。

"这个，这个，"蒋介石差点跳了起来，李宗仁要单独与共方和谈的消息，简直比数十万共军对上海形成半圆形的进攻态势还要可怕，"他已经进行了吗？"

"锡山在广州闻知此消息，急邀居觉生一道飞桂，对德邻责以大义，敦促其立即赴粤主持政府，共商反共大计。"阎锡山转弯抹角，非常自然得体地摆了一番自己的功劳。他知道这是讨蒋欢心的大好时机，千万不可错过。

"这个，很好，很好，伯川兄，你和觉生兄做了一件对党国非常有利的大好事！"果然阎锡山这几句话，立即博得了蒋介石的赞赏。"李德邻有何表示？"他不放心地问道。

"经我们的说服、开导、规劝,李德邻基本答应愿到广州去,但是,他提出了几个条件。"阎锡山睁开他那半眯缝着的老眼,看了看蒋介石。

"只要他不与共军谈和,只要他肯到广州去,什么条件我都可以答应他!"蒋介石坦率地说道。

阎锡山见蒋介石如此痛快,便从皮包里掏出那份《李代总统与居正、阎锡山谈话纪要》交到蒋介石手中,然后眯缝着那双老眼,用两眼的余光偷偷地打量着对方。蒋介石接过文件,仔细地看着,逐条地琢磨着,他的目光在第六条上停留了很久。如果在平时,他会狂怒起来,把这个文件撕得粉碎,再把那些碎纸片一股脑儿砸到阎锡山的老脸上。但是,阎锡山那双半眯缝着的眼睛,看到的却是一副凄凉可怜的脸色,蒋介石满怀委屈之情,心酸地长叹一声,说道:

"伯川兄啊,今日国难益急,而德邻兄对中正隔膜至此,诚非始料之所及呀!过去协助政府的做法,皆被认为牵制政府,现在,中正唯有遁世远引,对于政治一切不复闻问。"

"总裁!总裁!"阎锡山一时慌了手脚,不知说什么才好,生怕蒋介石认为他与李宗仁再次联合反蒋。"一切都可以商量啊!"阎锡山暗示蒋介石,仍可像过去那样敷衍李宗仁。

"不必再商量什么啦!"蒋介石唏嘘地摇着头,"国家大事一切都照德邻的要求办。只是,关于中正个人今后的出处,殊有重加商榷之必要。中正许身革命四十余年,今国内既不许立足,料国外亦难容身,不意国尚未亡,而竟置身无所,何须相煎太急啊!"

"关于总裁今后的出处,我回去再劝劝德邻,应循人之常情,不可为之太甚!"阎锡山诚惶诚恐地说道。

"关于这一点,请伯川兄对德邻说,因国家败亡至此,中正无颜出国见友邦人士,请准居留台湾!"蒋介石无限悲哀地说道,"其余的,我叫人拟个文稿,交你带回去向李代总统复命吧!"

"好好好!"阎锡山非常恭谨地点着头。

送走阎锡山后，蒋介石即命蒋经国："请陈市长来见我！"

不久，陈良奉命来到。这陈良原是上海市政府秘书长，市长吴国桢于四月十四日突然请假他去，由陈良改任代理市长。其实，对于吴去陈代，熟悉内情的人，无不知道这是蒋介石为了迅速抢运上海金银去台湾的一项措施而已。陈良上台后，利用大批轮船日夜抢运金银外币，他亲自掌握两个交警总队负责监运。由于超载，致使"太平号"轮船在舟山洋面触礁沉没，蒋介石虽然痛心，但却并没有追究陈良的责任。

"初如（陈良字初如），你马上用飞机将黄金三万两送到汉口，交给白健生，作为他的华中部队的军费。"蒋介石命令道。

"是——"陈良犹豫了一下，对于蒋总裁这个突然的命令感到十分费解，因为这批黄金来之不易，乃是去年发行金圆券，强令民间收兑而来的，蒋总裁把这批巨额黄金、白银、外钞看得和他的嫡系部队一样都是命根子。白崇禧是什么人？他一连三封倡和电报，逼得蒋总裁在台上站不住脚，被迫下野（包括民国十六年下野的那一次）。对这个诡计多端的"小诸葛"，蒋总裁非但不找他算账，还慷慨解囊相助，实是陈良所不理解的。

"总裁……"陈良忙提醒蒋介石。

"不要说了！"蒋介石已经明白陈良要和他讲什么，忙摆了摆手，制止对方说下去，"钢，要用在刀刃上；钱，要花在要害处。给白健生的三万两黄金，马上送去，另外，你再由台湾运一船银元到广州。"

"是！"陈良虽不明白蒋介石的意图，但却不敢细问，只得去执行命令。

陈良走后，蒋经国问道："父亲，这些金银，大都是去年在上海打'虎'得来的，冒了很大的风险，为何一下子便发给白崇禧黄金三万两？"

原来，去年八月十九日，国民政府在"财政经济紧急处分令"颁布后，立即进行币制改革，发行金圆券，强令百姓将所收藏的金银外币乃至珠宝首饰换取金圆券。蒋经国奉父命坐镇上海指挥，组织"打虎队"，由队员分头逼迫人民兑换。仅在上海一地便搜刮了约值三亿多银元的黄金、白银。由于蒋经国打"虎"的铁拳落在了皇亲国戚头上，宋美龄不得不出面干预，蒋经国被迫辞职，气得痛哭一场，

海南行政长官陈济棠

悄然离开了上海。因此，他是深知这些金银来之不易的。对蒋介石如此慷慨挥金，不仅陈良不理解，便是每日随侍左右的蒋经国也无法理解。

"哼哼！"蒋介石冷笑了两声，才把这个秘诀传授给儿子，"民国十八年，李、白的桂系势力由两广经两湖直达平津，为了解决桂系，我交给唐生智三百万元，给俞作柏三百万元，结果不费一枪一弹，便把雄踞平津和武汉的桂系第四集团军收拾了；民国二十五年，陈济棠和李、白联合起来反对我，我又用了三百万元，两百万元送给陈济棠手下的第一军军长余汉谋，一百万元送给陈济棠的空军司令黄光锐，结果也是不费一枪一弹，便解决了陈济棠。广东一垮，广西的李、白也不敢轻举妄动，只得跟我妥协——这两次，你都在苏俄，还没有回来哩！"

"哦——"蒋经国省悟地点了点头。

"我估计，我不出国，李德邻必不肯去广州。他若长期逗留桂林，或单独组府，或与'共匪'媾和，对我们都极为不利。白崇禧的几十万华中部队，在匪军渡江后，便很难在武汉立足，一旦撤离武汉，军饷即无着落，此时我送他三万两黄金，正是雪中送炭。同时，我又从台湾运一船银元到广州，让白看到李德邻只有到广州去，才能解决华中部队的军饷问题，在白的逼迫之下，就再不由李德邻讨价还价了。他到了广州，岂不就像当初在南京一样了吗？这叫一石两鸟！"

"哦——"蒋经国实在佩服父亲的妙计，连连点头。因为小蒋已经发现，近来白崇禧有主动向他父亲靠拢的迹象，不久前白曾托华中长官公署政务主任袁守谦带一函来溪口，欲求见蒋总裁，但被蒋断然拒绝了。如今，父亲慷慨解囊相助，一掷三万金，正为军饷发愁的白崇禧不会不为所动……

却说阎锡山怀揣蒋介石的"圣旨"，飞向广州后，却感到左右为难。他知道，只要蒋介石不肯出国，李宗仁必然拒绝去广州。他这条"绳子"捆不住李宗仁，他在老蒋面前就吃不开了。但他又不敢得罪李宗仁，因为两广一向是桂系地盘，蒋介石的嫡系部队在东北、平津、徐蚌差不多被消灭光了，剩下汤恩伯那几十万人马困守上海一隅，在共军的优势兵力围攻之下，恐怕要不了多久也得被消灭。李宗仁、白崇禧的桂系部队则完整无损，他们欲割据西南反蒋不仅地理环境有利，而且也有相当实力，到了那一天，说不定自己也得投靠李、白呢！阎锡山与桂系向有来往，民国十九年，冯、阎与蒋介石在中原大战，李宗仁应冯、阎之约，率白崇禧、张发奎、黄绍竑等倾巢入湘策应。后来蒋介石以六百万元巨款和"陆海空军副总司令"及河北、山西地盘许给张学良，命张率东北军入关助战，乃将冯、阎一举击败。李宗仁也与粤军在衡阳激战中败北。阎锡山见大势已去，为感谢李宗仁入湘相助之举，乃自库存中拨款四十万元相赠，这笔款，正为李宗仁的军饷解了燃眉之急。后来李宗仁竞选副总统，虽然在蒋介石的压力之下，但阎锡山还是将晋绥两省选票的一半送给了李宗仁。阎锡山还是明白得很，蒋介石是存心要消灭地方势力的，只要有桂系李、白的实力在，他在山西便可为所欲为，土皇帝一直可以做下来。现在，蒋、桂双方仍在明争暗斗，他阎锡山是寄人篱下，只想两面讨好，不能得罪任何一方。他左思右想，思得一计，便找何应钦商量去了。

再说何应钦自到广州后，更是一筹莫展，他的处境与阎锡山颇为相似：既怕得罪蒋介石，又怕得罪桂系李、白。南京城破之后，他在上海带领阁员们直飞广州，行政院安顿甫定，正待开张办公，可是代总统李宗仁却勾留在桂林观望，不肯前来广州视事。当初，孙科将行政院迁来广州，南京有府无院；现在广州是有院无府，人们不知道国民党政府到底是否还存在！这局面，他真不想再干下去了。

"何院长，蒋总裁对于李代总统所提的条件，除出国那一条外，其余都答应了。"阎锡山将蒋介石的函件送何应钦阅。

何应钦慢慢看了，暗想，这些事，难道李宗仁在杭州时还没跟蒋谈过吗？为何还要炒旧饭！必然是总裁不肯放权，李宗仁才以拒赴广州为要挟。但是，何应钦也不笨，他看出李宗仁这六个条件，要害乃是第六条要蒋出国，否则即使蒋答应一万条，李也抓不住半点权。目下，蒋绝不肯出国，则李必以此为由拒赴广州，他或在桂林另组政府，或与中共和谈，那国民党政权便一发而不可收拾了。何应钦不愿夹在其中受气、受压、受逼，扮演左右不是人的角色。他见阎锡山为此事奔走颇为积极，便说道：

"伯川兄还是把好事做到底吧，再辛苦跑一趟桂林，把李代总统请来广州视事。"

"嗨！"阎锡山未曾说话，先叹一口气，"何院长，值此党国存亡之际，我是不怕任何辛苦的，只恐怕李代总统大驾难促呀！"

"嗯，那你说该怎么办呢？"何应钦犯愁了。

"我看，须得另请两人相助才行。"阎锡山道。

"要谁跟你去，只管说吧，我给你去请。"何应钦见阎锡山愿去桂林，这才松了一口气。

"政务委员朱骝先（朱家骅字骝先）和海南行政长官陈伯南。"阎锡山一下子便说出了这两个人来。

"好。"何应钦会意地点一下头，"我马上给你去请就是。"他终于明白了阎锡山的心计。阎锡山既与桂系有旧，目下又跟蒋介石很紧，可以左右逢源，无话不说。朱家骅是CC系人，蒋总裁的亲信，有他在场，促李莅穗成功，是他阎锡山的功劳，李宗仁拒不赴粤，则他阎锡山可不担任何责任；陈济棠现在坐镇海南，他曾与李、白联合反蒋割据两广五六年的时间，关系颇深，现在请陈济棠去劝李宗仁来广州，正可撩动李、白、陈三人重圆他们的旧梦，这对李宗仁将有很大的吸引力。何应钦望着阎锡山辞出的背影，自言自语道：

"这阎老西，心细得连头发丝也能分出八瓣来！"

但是，何应钦与李、白的关系，并不比阎锡山与桂系的关系浅，他深知李宗仁的为人，既然李勾留桂林与蒋讨价还价，其核心又是要蒋出国，蒋不出国，则李绝不会前来广州重蹈南京时候的陷阱。何应钦想到这里，嘿嘿一阵冷笑：

"你阎老西看上去精明，实则麻木不仁，你若请得动李德邻来广州，我这个行政院长就让给你了！"

不料，何应钦完全估计错了，阎锡山眼下正谋划着取何而代，当行政院长的心计。他到桂林第二天，便与李宗仁同乘"追云号"专机抵穗，完成了促驾使命，何应钦接着被迫辞去行政院长职务，阎锡山以一票之差击败了对手居正，竟然当上了行政院长，组织了一个"战斗内阁"，这是后话。

却说阎锡山偕朱家骅、陈济棠飞抵桂林后，广西省政府主席黄旭初照例到秧塘机场迎接，阎、朱、陈三人，仍被安顿在"桂庐"下榻。阎锡山要陈济棠先以私人关系去看望李宗仁，然后下午再举行会谈。陈济棠身着长衫，像个普通绅士，屁股后面跟着个穿军服的副官，那副官手上提着个沉甸甸的长条形蓝布袋子，里面装着陈济棠经常不离手的一把紫铜水烟壶。到得文明路一百三十号李宗仁公馆，李宗仁闻报，赶忙出来迎接。

"伯南兄，什么风把你吹到寒舍来了？"李宗仁把陈济棠迎入客厅。

陈济棠也不客气，脱掉鞋子，双脚蹲到一张椅子上，摸出他的水烟壶，点上烟，呼噜呼噜地先抽了一袋烟，这才说道：

"应官差啰！"

原来，陈济棠在民国二十五年与李、白联合反蒋失败后，在香港做了十几年寓公。后来，蒋介石派宋子文任广东省主席，陈济棠认为宋是蒋的心腹，必须与宋拉上关系，才能使自己在政治上复起。其时，宋子文与其江苏籍情妇刘美莲在广州姘居，为了避开宋夫人张乐怡，宋子文正为此事犯愁。陈济棠知道后，忙将自己东山梅花村的私邸让给宋子文作"藏娇"之所。陈济棠从此和宋子文果然拉上了关系。但是，陈济棠下台十几年，地盘和实力都没有了，要复起谈何容易？但他有钱，俗话说财粗气壮，当他发现宋子文对海南的丰富矿藏感兴趣时，觉得机会来了。但不久蒋介石即以薛岳取代了宋子文，并且任命张发奎为海南特别区行政长官兼海南建省筹备委员会主任委员。陈济棠染指海南的计划落了空，正当他失望的时候，张发奎却因海南无兵、无钱拒不赴任。蒋介石也已下野，李宗仁以代总统上台。陈济棠觉得机会又来了，就在李宗仁赴粤劝说孙科行政院迁回南京的时候，陈济棠亲自跑来找他过去的老搭档李宗仁毛遂自荐，要求经略海南，他表示愿意自筹经费，不需中央财政负担，自供自给，不需中央一兵一卒，自保自卫。

李宗仁在蒋介石下野后，对外急欲与共方和谈，以就地停战，划江而治，实现坐拥江南半壁的计划；对内则欲联合两广实力派系进行反蒋，使蒋介石再无重返中枢之日。因此，他对自己这位曾在十多年前共撑西南反蒋局面的老伙伴，更是另眼相看。在他的支持下，由孙科提名任命陈济棠为海南特区行政长官兼海南建省筹备委员会主任和海南特区警备总司令。陈济棠也不食言，他上任后便自掏腰包拿出港币一百五十万元，以八十万元为开办费和招兵费，以七十万元派人到泰国购买大米以充军粮。有钱能使鬼推磨，陈济棠以一百五十万元港币终于打开了海南的局面。但是他的胞兄陈维周却不以为然地说道："老弟，现在是什么时候了，蒋介石几百万大军都挡不住共产党，你不想想自己的后路，还拿钱去买官来做，岂不蚀大本！"陈济棠却胸有成竹地说道："放心，海南素称天险，共军没有飞机和军舰，绝不能飞渡。不用说固守一年半载，即使三年两载亦不成问题。第三次世界大战不久就要爆发，只要美苏战事一起，形势马上就可改观。到了那个时候，不用说恢复以前的地位，连大总统也有我一份。因此，我去海南不但不会'吃谷种'，而且是有本有利的！"陈济棠在海南经营他的"买卖"，宋子文也不忘当日借宅"藏娇"之恩，慷慨地把存在香港准备建立税警总团的一批美械装备悉数送给了陈济棠。陈济棠白手起家，一下子建立了一支七万多人的武装部队。正在他颇为得意的时候，忽接行政院长何应钦电报，请他即日来广州，陪同阎锡山去桂林促驾。

陈济棠琢磨了一阵子，认为李宗仁目下来粤，对自己弊大于利。因为鉴于过去陈与李、白割据西南的反蒋历史，蒋介石必定对此极为警惕，并从中进行破坏。以陈甫到海南，一切都正处于开张的局面，地位还极不稳固，且广东省主席薛岳又是陈诚的人，蒋介石在广东握有相当实力，他们可以不费很大劲便能将他赶走。为此，自己那一百五十万元港币岂不全部下水了？到时候，不仅无利可图，连"谷种"也没得吃的了，那岂不像维周兄说的要"蚀大本"啦？因此，他不愿李宗仁此时下广州主政。而且，他也怕李、白的桂系部队最后退到海南岛，喧宾夺主——不仅那一百五十万元港币替桂系买了这块地盘，而且未来的大总统也就没份了，他又将变成一个富裕的寓公！但是，毕竟他和李、白共过几年患难，还有一些感情，他希望李、白能以广西为最后立足点，屏蔽海南，从而使他的势力由海南延伸到整个广东，重演两广联合、割据西南的那永远值得回忆和追寻的一幕。

"德公，老蒋的话信不得，你现在千万不要下广州！"陈济棠把水烟壶上的圆筒形烟斗拔高一小段，吹掉烟灰，又塞上一小团烟丝，小声对李宗仁说道，"阎老西是帮老蒋做说客来的，老奸巨猾，油嘴滑舌，他的话半句都信不得，我们是老朋友了，我有一句说一句，德公在桂林组织政府，不同样可以号召西南吗？老蒋搞台湾，我们两广搞海南，进退自如，何必现在到广州去受制于人呢！"

"伯南兄言之有理！"李宗仁本来就对去广州持观望态度，经陈济棠如此一说，他更对去广州不感兴趣了。

"嗨，德公，我做梦都离不开民国二十年到二十五年那段时间啊！"陈济棠慢悠悠地抽着他的水烟壶，沉浸到他当"南粤王"的那段美好日子中去了。

"历史，又将把两广紧紧地拉在一起啦！"李宗仁划江而治的幻想破灭后，便重温起两广割据的美梦来了，正好与陈济棠一拍即合，两人谈得十分投机。最后，李宗仁叮嘱陈好生经略海南，陈则叮嘱李目下千万不可去广州。回到"桂庐"，阎锡山忙问陈济棠：

"伯南兄说得如何？"

"难，难！"陈济棠将他的水烟壶往茶几上一放，把个头直摇得像货郎鼓一般，"李代总统说，只要蒋先生不出国，他就不下广州。嗨，伯川兄，我嘴皮都说得磨起泡啦，一点也没用啊！"

阎锡山和朱家骅听了，急得直皱眉头，阎锡山又问道：

"依伯南兄之见，李代总统对下广州难道一点商量的余地也没有吗？"

"不信，你们下午当面和他谈啊！"陈济棠没好气地说道。

中午稍事休息，下午，阎锡山、朱家骅和陈济棠一道去拜见李宗仁代总统。阎锡山从皮包里摸出蒋介石答复李宗仁要求的函件，说道：

"德邻兄，蒋先生已同意将一切权力交出，他五年之内，绝不问政治，希望你尽快赴广州主持军国大计。"

李宗仁接过蒋介石的复函，逐一看了下去：

一、总统职权既由李氏行使，则关于军政人事，代总统依据宪法有自由调整之权，任何人不能违反；

二、前在职时，为使国家财富免于共产党之劫持，曾下令将国库所存金银转移安全地点；引退之后，未尝再行与闻。一切出纳收支皆依常规进行，财政部及中央银行簿册俱在，尽可稽考。任何人亦不能无理干涉，妄支分文；

三、美援军械之存储及分配，为国防部之职责。引退之后，无权过问，簿册罗列，亦可查考。至于枪械由台运回，此乃政府之权限，应由政府自行处理；

四、国家军队由国防部指挥调遣，凡违反命令者应受国法之惩处，皆为当然之事；

五、非常委员会之成立，为四月二十二日杭州会谈所决定。当时李代总统曾经参与，且共同商讨其大纲，迄未表示反对之意。今李既欲打消原议，彼自可请中常会复议。唯民主政治为政党政治，党员对党有遵守决议之责任；党对党员之政治主张有约束之权利，此乃政党政治之常轨，与训政时期以党御政者，自不可混为一谈。

李宗仁的要求六条，而蒋介石的答复却只有五条，且尽是冠冕堂皇的官样文章，李宗仁往桌上一放，微微冷笑道：

"伯川兄，你辛苦了！"

阎锡山见李宗仁脸色不悦，忙说道："关于请蒋先生出国之事，他恳求德邻兄能让他居留台湾，因国家败亡至此，他觉得无颜出国见友邦人士，这点，望德邻兄……"

"是呀！"李宗仁讥讽道，"蒋先生出国不便，我李某人下广州亦不便；他要求居留台湾，我要求居留桂林，这叫各得其所。"

阎锡山与朱家骅面面相觑，不知再说什么好，只有陈济棠坐在沙发上，翘着腿，正在不慌不忙地抽水烟。

"我明天就派代表北上，到北平与共方重开和议。"李宗仁态度强硬地说道。

"德邻兄……"阎锡山的声音好似带着哭声一般，这一次他在老蒋和李宗仁面前都玩不转了，行政院长不但做不成，恐怕连谋一枝之栖也不可能。

"诸位如有闲暇，可以游游桂林山水，宗仁当尽地主之谊奉陪。"李宗仁已表示不再谈赴粤之事。

"德公，我可没这份游山逛水之福，海南军政事务缠身，我明晨一定回广州，然后飞海口。"陈济棠吹一吹烟斗中的灰烬，立刻发表声明。

"德公，伯南兄，这事好说，哈哈，好说嘛！"朱家骅尴尬地打起官场上的哈哈，想缓和一下气氛。

"德邻兄，你能否看在我这老脸上，给一点转圜的余地？"阎锡山又差点要下跪叩头了。

"姚副官，备车，我要陪这几位先生到叠彩山去看看。"李宗仁果真吩咐副官备车。

阎锡山、朱家骅、陈济棠无奈，被李宗仁一个个推进小车里，直往叠彩山去了。

正当阎锡山等与李宗仁的会谈陷于僵局的时候，白崇禧突然由汉口再次飞抵桂林。他是接行政院长何应钦的电报，匆匆返桂的。下飞机后，他先去"桂庐"见了阎、朱、陈三人，还特地把陈济棠拉到另一间房子里，请陈济棠与其胞兄陈维周商量，在香港为白用黄金兑换港币。陈济棠把眼皮抬了抬，问道：

"你要兑换多少硬货？"

"先给我兑换一万多两吧！"白崇禧道。

"嗬，好气派，健生兄发财了！"

"比起伯南兄来，那真是九牛一毛啰！"白崇禧认真地说道，"这是华中几十万官兵的薪饷呐，共军前锋已侵入浙赣一带，武汉地区形势过于突出，恐难以久守。我军需保存实力，准备据守西南，有兵还要有饷啊！因此，请伯南兄设法在香港帮忙。"

"好说，好说！"陈济棠点头说道。他既怕白崇禧将几十万大军撤入海南岛来抢他的地盘，又怕白崇禧的几十万大军很快被共产党吃掉，使他失去海南的屏蔽，为了使白部能在湘、粤、桂多挣扎一段时间，让他在海南打好基础，他当然是愿意帮忙的。

白崇禧见过阎、朱、陈三人后，便径直到文明路一百三十号来见李宗仁。

"健生你回来得正好。"李宗仁把白崇禧请到楼上密谈，"阎伯川把老蒋的答复带回来了，除我听腻了的那些满纸官话之外，老蒋仍不同意出国，有他在幕后掣肘，我没法做事。我已郑重答复阎伯川，绝不赴粤。"

白崇禧皱着眉头，问道："德公不去广州，又作何打算？"

"在桂林组府，号召西南，与共方重开和谈！"李宗仁道。

"和谈，和谈，"白崇禧不耐烦地说道，"与缴械投降何异！"

李宗仁被白崇禧这句话刺得脸发辣，但他却并不退让，说道："和谈是向中共投降，我下广州去不也是向老蒋投降吗？"

白崇禧见李宗仁把话说死了，遂不沿着这个路子谈下去，他问道：

"德公要在桂林组织政府，钱从哪里来？陈伯南到海南去，是自己掏的腰包呀，如果德公拿得出这笔巨款开张并维持下去的话，这倒不失为一良策。"

这下，李宗仁说不出话了，无论是广西和他个人都拿不出这笔巨款来支持他未来的政府——在南京过年，他连犒赏首都卫戍部队士兵每人一元大洋都拿不出，更何况现在军费开支都成问题，何处筹款来维持一个机构庞大的政府？白崇禧见李宗仁沉吟不语，便说道：

"为今之计，德公只有到广州去收拾残局！"白崇禧瞟了李宗仁一眼，继续说道，"老蒋并非不想出山，只是时候未到而已。此时德公应毅然赴粤，领导政府，主持中枢。据何敬之来电称蒋已从台湾调来一船银元供政府开支用。德公到广州后，联合张向华、陈伯南等过去与我们共过患难的人士，建立两广联盟，进可问鼎中原，退可保守海南，即使老蒋不肯交权，不愿出国，我们亦可与之分道扬镳，各行其是！"

李宗仁仍不说话，过去，对于白崇禧所提的妙计良策，他都是言听计从，可是现在，他总觉得白崇禧的话有点言过其实。广州是蒋介石发迹起家的地方，中央党部那帮CC分子早已扎下根来，蒋介石在那里有很大的潜势力，自己赴粤，岂不等于重入蒋之彀中，南京三个月的傀儡日子，他早已过够了。

"老蒋不出洋，我绝不去广州！"李宗仁狠狠地在桌上一拍，用斩钉截铁般的口气说道。

"德公不愿去广州也就罢了！"白崇禧负气地说道，"我们说话不能不算数，张向华在广州是怎么跟我说的，在桂林是怎么跟你说的？粤人对我等之盼望，有如大旱之盼云霓，我们岂能对人家干打雷，不下雨？德公不愿去广州，可暂留桂林，我将率华中部队由武汉南撤，固守湘南，屏蔽两广北大门，然后以一部入粤，待我把粤中的事弄好之后，再请德公到广州坐镇。"

李宗仁心头一阵猛跳，白崇禧的话已说得再明白不过了：德公你不去广州，我可要去！李宗仁的话说得虽然坚决，但白崇禧的话更说得毫无商量的余地。几个月来，围绕李、蒋之间派系的反复摊牌，不料竟发展到今天桂系内部李、白之间的摊牌，实在是一个戏剧性的变化——这不得不归功于蒋介石那三万两黄金的作用，在制服其他派系方面，蒋介石确有绝招，只可惜中共不是派系集团，否则，也同样会被蒋介石的"金弹"制服的！

原来，白崇禧在李、蒋之间一贯走"钢丝"，他见李宗仁上台后，几个月来一筹莫展，不由感到心灰意冷，而蒋介石下野后，仍抓着军、政、财大权不放，他见李宗仁无法应付局面，便想再走到蒋介石那一头去。他要李宗仁到杭州与蒋摊牌，除有逼蒋交权的因素外，亦有促蒋出山之意。因时局不利，蒋介石不愿马上复职，白崇禧便派他的华中政务主任袁守谦去向蒋拉关系，希望到溪口晋谒，但蒋拒绝会见白，白仍不死心，又请刘斐到溪口去向蒋说项。蒋介石勃然大怒，对刘斐厉声说道："转告白崇禧，现在是李德邻当政，他是李的左右亲信，更应拥护中央，遵守法令，作为倡导，以巩固中央组织，建立总统威信为要。否则，上行下效，何以为人长上？"白崇禧的"钢丝"走不成了，便怨忿怒恨一齐俱来，他把茶杯往地下一摔，大骂蒋介石："你不让我去见你，等着瞧吧，到时候你用十二块金牌都休想请动我。北伐，是你请我去的；抗日，也是你请我去的。没有我白崇禧能有你蒋中正？哼哼！"白崇禧正在气头上，发誓不再理会蒋介石。可是没过多久，一天，补给司令许高扬眉飞色舞地跑来向白崇禧报告：

"总座，老头子这回可大发慈悲啦，一个手令便发给我们华中部队三万两黄金作军费！"

"你说什么？"白崇禧这下不知是怀疑自己的耳朵出了故障，还是许高扬的神经发生了错乱，老蒋连见都不愿见他，岂肯发给他巨额黄金作军费？

"这是上海市长陈初如命专机刚运到的二万两。"许高扬把一张点验单据拿给白崇禧过目，又说道，"余下的一万两，将由内人明日乘专机带回。"

"啊！"白崇禧仿佛如梦初醒，他看到那单据上有"奉总裁谕"字样和补给司令许高扬的签收印章，又想起许夫人黄纫秋确实正在上海，这才相信蒋介石真的发给了他三万两黄金。一向自负的白崇禧见蒋介石伸手过来拉他了，马上笑逐颜开，对他的亲信许高扬说道："老蒋是离不开我的！"

何应钦电告白崇禧，阎锡山再度赴桂促驾，并透露这是总裁意向，请他极力从中协助时，他便即由汉口飞抵桂林。白崇禧要李宗仁赴粤，是基于三种考虑的：一是要回报蒋介石那三万两黄金；二是制止李宗仁继续与共方和谈的可能；三是建立粤桂联盟，反蒋抗共，割据西南。他把着眼点放在第三条上。但无论是哪一条，李宗仁都必须到广州去。

"老蒋不出国，我到广州有什么用？"李宗仁无可奈何地说道，"到时还不是被他捆住手脚？"

"正是因为老蒋不愿出国，你李德公才必须去广州，这叫当仁不让！"白崇禧毫不客气地用手指敲着沙发边的茶几说道，"我明天还要飞回汉口去，你最好在我离开桂林前做出决定，我好采取相应的行动。"

李宗仁还能说什么呢？他离开蒋介石可能日子会更好过一些，但要他离开白崇禧，他的日子便一天也过不下去。白崇禧那几十万军队和白本人的聪明才智，是李宗仁赖以向蒋介石和共产党讨价还价的本钱，历史证明，李、白两人是一对不可分割的连体儿，无论是去了哪一个，桂系集团便无法存活下来。容忍、厚重又是李宗仁的特点。更何况，张发奎那个充满传奇色彩的政变计划，陈济棠的迫不得已时两广退保海南岛的设想，对李宗仁来说也确实有很大的吸引力。他正在思忖着，这时，黄旭初进来说道：

"德公、健公，这是刚收到的北平急电！"

李宗仁接过一看，原来是和谈代表邵力子、章士钊联名由北平打给李宗仁的电报，略谓："……盖长江之局面虽变，西南之版图犹存，盼公在桂林开府，屹立不动，继续以和平大义号召……"李宗仁心头顿时有一股说不出的滋味，他把电报默默地交给白崇禧传阅。白接过只草草地看了一眼，便把电报一掷于地，恶狠狠地对黄旭初道：

"旭初，以后再言和谈者，统统给我抓起来！"李宗仁把头扭到一边去，黄旭初是个细心人，忙问道：

"李重毅先生……"因李任仁是白崇禧最尊敬的老师，白投考陆军小学，转学初级师范，辛亥革命时参加学生军，都曾得到过李任仁老师的帮助。但是，现在李任仁力主与中共重开和谈，而李宗仁又欲派李任仁北上与中共接洽。对此，黄旭初颇感棘手……

白崇禧的老师李任仁

"不管他是谁！"白崇禧又把手指在茶几上使劲敲了敲，摆出一副大义灭亲的架势来。

黄旭初又特地看了看李宗仁，看他对白崇禧的话有何表示，以便在执行中掌握分寸。但李宗仁只是低着头，一声不吭，毫无表示。风声传到李任仁耳里，他知事不可为，便先到医院里住了几天，然后设法到了广州，转往香港，投奔解放区，也到了北平，和李济深站到一起去了。

五月八日上午八时，几辆小车鱼贯而行，直奔桂林西郊秧塘机场。机场上停着三架飞机，李宗仁神情迷茫地登上他的"追云号"专机。阎锡山和朱家骅兴高采烈，如释重负地与白崇禧握手道别，朱家骅意味深长地说道：

"健生兄实乃华南重心之所寄也！"

白崇禧只报以诡谲的一笑。只有陈济棠心中闷闷不乐，独自一个人先钻进了他和阎锡山、朱家骅共用的那一架"自强号"飞机。待"追云""自强"两机升空，向广州方向冉冉去后，白崇禧也登上他的军用飞机，飞往汉口去了。

李宗仁自四月二十三日逃离南京飞回桂林，一共在桂林盘桓了整整半个月，可谓一事无成，最后还是在白崇禧的逼迫之下，飞到广州去了，重新做了蒋介石的傀儡。对此，和谈代表邵力子、章士钊两位老先生，特致函李宗仁，指出：

近闻阎锡山间关两粤，以危词怵公，公之赴穗，未免中其愚计。传有云：败军之将，亡国之大夫，不可与计事。夫阎君不惜其乡人子弟，以万无可守之太原，已遁去，而责若辈死绥，以致城破之日，尸与沟平，屋无完瓦，晋人莫不恨之。今彼欲以亡太原者亡广州，公竟悍然不顾，受其羁勒，斯诚咄咄怪事。

邵、章二老真是抬高了阎锡山，却不知蒋介石的神通广大也！

第八十七回

从容不迫　张冀三虎口脱险
圈套落空　"小诸葛"棋输一着

　　五月中旬的武汉，已经热得像火炉一般，太阳的辐射，使从江面上吹来的微风炙人肌肤，远近的枪炮声和沉重的爆炸声所产生的硝烟火药味，在市区上空弥漫，使人感到窒息不安。武昌城内关门闭户，路人绝迹，大街上全是装着财物和士兵的美造十轮卡车，武昌往南的公路上，哨卡林立，长蛇一般的车队和士兵的行军队伍，看不见尽头。

　　一辆吉普车由贺胜桥驰向武昌，车内坐着一位领口上缀着两颗梅花金星的国民党军队中将军官，他身材壮实，宽宽的脸膛，鼻梁上架副细边眼镜，显得雍容大度，镇静沉着。他靠在汽车座椅上，任凭车轮的颠簸，两眼机警地扫描着车外的情景，脑子里却在反复琢磨着一个大问题——"难道起义的事情已经暴露了？白崇禧要我去武昌开会是准备扣押我？"

　　这位中将乃是白崇禧的副手——华中军政长官公署副长官兼第十九兵团司令官张轸。近年来，由于目睹国民党军队的大溃败，蒋介石下野，李宗仁代总统后和议破裂，共军渡江席卷江南，张轸对国民党已经失去了最后的信心，他暗中与共

在武汉起义的第十九兵团司令官张轸

产党联络，准备起义。他原任河南省主席兼第五绥靖区司令官，在共军的进逼之下，于今年三月率部退到江南，受白崇禧之命担任武昌到嘉鱼的江防任务。此时，共军第四野战军先遣兵团已抵长江北岸，准备渡江作战。白崇禧见长江下游的防线已被共军突破，汤恩伯的京沪杭整个防御体系被击垮，而武汉地区位置过于突出，有被抄后路包围的危险，因此白崇禧决定放弃武汉，退保湘粤。张轸见起义的时机已到，便决定在他防守的武昌至嘉鱼间九十里的防地上起义，迎接解放军过江。为了使起义顺利成功，张轸决定选择靠武汉且在他的防区之内的金口作为举行起义的中心。金口在武汉上游不远，解放军从金口大渡口南渡长江，便可迅速包围武汉。

张轸对起义早有思想准备，为了迷惑白崇禧，他曾以加强金口的防御为名，把他最可靠的一二八军摆在金口一线前沿地段，把一二七军摆在金口东南的铁路和公路两侧，防止在起义后白崇禧调动鲁道源的第五十八军或张淦兵团对起义部队的攻击。起义地点确定后，张轸即派人秘密过江向解放军报告。不料，他的部署刚刚完成，白崇禧却一声令下，将武汉地区的华中部队一律撤退到湖南去，而且白崇禧还亲自规定了撤退路线和行军序列，即桂军张淦兵团的第七军和第四十八军先撤，然后是第十九兵团的一二七和一二八军，负责卫戍武汉的鲁道源率第五十八军殿后。

白崇禧这一着也确实是利害，他仿佛已经钻进了张轸的肚肠之中，将张轸的起义打算窥了个明明白白，因此才下令立即撤退，并将张轸的亲信部队夹在撤退的行军序列之中，让实力雄厚的张淦兵团和鲁道源的第五十八军将其紧紧监视着，稍有异动，即可前后夹击，迅速解决，而不致影响整个撤退计划。

张轸的起义计划已是箭在弦上，不得不发了，他召集部下，慷慨陈词，以陈胜、吴广在大泽乡起义的豪言壮语相号召："今亡亦死，举大计亦死，等死，死国可乎？"张轸决定临时改变起义计划，待张淦兵团一撤出武昌城，解放军向武汉发起进攻时，即率部起义，以他指挥的两军足可以对付鲁道源的第五十八军。计划已定，即派人过江再次与解放军联络，并商定战场起义的行动方案。恰在此时，白崇禧飞往广州，与李宗仁代总统和粤籍将领张发奎、薛岳等磋商两广联合、退保华南和大西南的战略问题。张轸派到江北与解放军江汉军区联络的人，顺利返回金口，经过与解放军协商，决定部队起义的番号为"五五五部队"，全军将士，扒掉国民党军队帽徽领章，左臂缠上白毛巾，待白崇禧的嫡系部队张淦兵团一撤出武昌城，即通电宣告起义，迎接解放军过江。

华中长官公署武汉警备司令鲁道源

　　张轸见万事俱备，张淦兵团的第四十八军已经撤出武昌，第七军也开始行动了，他突然想到鲁道源，鲁道源带的滇系部队，本也隶属第十九兵团序列，归张轸指挥，但是鲁道源与张轸格格不入，自从担任武汉警备司令之后，唯白崇禧之命是从，根本不把张轸放在眼里。但张轸却想拉一拉鲁道源，如果能把鲁的五十八军拉入起义行列，不仅可保起义绝对成功，而且还可以将白崇禧的嫡系部队拖住，不让其南逃。因此，白崇禧一飞广州，华中部队正开始撤退的时候，张轸即到武昌去找鲁道源，动员他不要跟白崇禧南逃，一致行动参加起义。鲁道源听了先是大吃一惊，转而说要考虑考虑。张轸对鲁道源开导了一番之后，便回到了他的兵团司令部贺胜桥，等待鲁道源的答复，张轸见张淦兵团正在南撤，白崇禧已飞广州，华中总部已经撤走一空，他不怕鲁道源密报他准备起义的事。

　　张轸坐在司令部里，想着这半年多来，担惊受险，与共产党联络，酝酿起义，如今这个心愿总算实现了。投奔共产党之后，他准备干什么呢？共产党会给他什么职务呢？他手头上现在有两三万人的部队，实力不算小。北伐时，他就在第六军里当过团长和师长，后来在蒋介石手下当军长、司令，但是他从来就没有自己的部队。他现在这点本钱，是好不容易才攒起来的，如今，他决定把它们悉数交给共产党，如果可能，他还希望带兵。跟共产党打了半年多的交道，他觉得共产党是讲信用的，以他的资历和起义的功劳，他相信共产党仍会让他带兵。何况，现时在共产党中担任重要职务的林伯渠，当年北伐时就在他所在的军里当党代表，张轸受林伯渠的影响是比较深的。

"真没想到，二十二年后又回到林祖涵（林伯渠又名林祖涵）这里来了！"

张轸一边喝茶，一边遐思，觉得他一生的开头和结尾竟结合得如此巧妙，这是一个十分吉利的兆头，预示着他后半生的光辉前程。

"嘀铃……"

桌上的电话铃急促地响了起来，张轸忙放下茶杯，走过去接电话，他估计，可能是鲁道源想通了，打电话来与他准备采取共同的起义行动。

"翼三（张轸字翼三）兄吗？请你立即到总部开会……"

张轸听了吓了一大跳，因为电话筒里的声音，并不是五十八军军长鲁道源的云南口音，而是白崇禧那带桂林口音的国语，他实在不知道这个神出鬼没的"小诸葛"现在到底是在什么地方给他打电话。他掩饰住自己内心的不安情绪，平静地问道：

"健公，你在什么地方打电话？"

"哈哈，翼三兄，我当然在武昌的总部啦。"白崇禧在电话中得意地笑道，"想不到吧？"

"健公不是在广州吗？"张轸心里一怔，但为了进一步摸一摸白崇禧的底，他干脆装糊涂明知故问。

"我是刚从广州飞回来的！"白崇禧道。

"啊，这么说来，我们可以不走了？"张轸仍在装糊涂。

"你马上来吧，有重要事情商量。"白崇禧说完便放下了电话。

张轸放下电话听筒，愣愣地站着，他实在没料到这个时候白崇禧会忽然飞回到行将撤空的武汉来，而且正是他将采取起义行动的时候。

"是起义的行动暴露了？"张轸一边踱步，一边沉思。他想了想，这事完全有可能。因为他手下的三个军长，只有一二八军军长辛少亭与自己是一条心。一二七军军长赵子立一向与他有分庭抗礼之势，这次虽然迫于形势表示愿参与起义，但是态度暧昧，他的军部现驻咸宁，似有可能将计划向白崇禧告密，并将所部跟随张淦兵团南撤。最使他不放心的还是第五十八军军长鲁道源，张轸很后悔当时去找鲁谈起义的事，很可能鲁道源已将他要起义的事电告了远在广州的白崇禧，白是专程前来处置他和第一二八军的。想到这里，张轸又摇了摇头，觉得自己对形势的估计似乎过于严重了，赵子立虽然动摇不定，但尚不至于出卖他，因为这事他和赵商量过已不止一个月了，如赵要告密，早就可以叫白崇禧派人来逮捕他，何必要等到今天？鲁道源虽然可能向白告密，但如果白知道了一二八军要起义，必命鲁道源袭击一二八军，这样鲁道源的部队就可能被拖在武昌被渡江的解放军歼灭，这对一向要保存实力的鲁道源来说，未必会干。

"白崇禧到底突然飞回武昌干什么？"张轸苦苦思索，但终不得其解，他又踱步想了一阵，桌上的电话铃又响了。

"翼三兄吗？你怎么还不来呀？"白崇禧打电话来催他了。

"总座请稍候，待我处理一下补给事务即乘车前去。"张轸说道。

"交给副司令官或参谋长去处理吧，你马上来，我等着你！"白崇禧有些急了。

"是。"张轸答道。

白崇禧既然在专门等他，说明白要马上见他，推脱和延宕都是不行的。去，还是不去？张轸急促地思考着。去，有可能被白扣押，起义部队因缺乏指挥，将会被白各个击破；不去，即说明他已有所行动，白崇禧会马上派优势兵力消灭他的部队，捕捉他本人。因为解放军四野先遣兵团抵江北的仅一部，他派人进行联络的江汉军区是解放军的地方部队，立即渡江增援恐有困难。时间不容张轸再考虑下去了。他决定驱车到武昌城内去见白崇禧再说，为了防止不测，他即给金口的一二八军军长辛少亭打电话：

"我到武昌去见总座，如果黄昏不归，你们即可按计划行动！"

"司令官万不可去武昌，请即来金口。"辛少亭听说张轸要去武昌见白崇禧，深为他的安全和部队起义的成败担忧。

　　"不要再说了，你就按照刚才我讲的去办！"张轸说完就放下了电话。接着，他又给在武昌城内的第十九兵团办事处打了电话，命令办事处负责人随时与金口一二八军军部保持电话联络。安排好之后，张轸便乘上吉普车，向武昌城驰去。

　　"白崇禧会扣押我吗？"张轸在吉普车上反复考虑着这个问题，他把几十年来和李宗仁、白崇禧的关系像翻旧账本一般仔细地翻了一遍：北伐时，张轸在第六军当团长，首先打进南昌的是他，当副师长时，首先打进南京的仍然是他。因此遂为李、白所重视。抗战时，张轸任第一一〇师师长，奉命参加台儿庄作战，归第五战区司令长官李宗仁指挥。张轸师开到运河防线，密渡运河，以游击战进入敌后方，以一部佯攻峄县泥沟和北洛，以主力袭击南沟车站而占领之，接着乘胜出击，占领老虎山、卧虎寨，造成我军全线有利形势，论功行赏，李宗仁保举张轸擢升第十三军军长。白崇禧在统帅部总结台儿庄战役时特别提到："防御战以池峰城师为第一，运动战以张轸师为第一。"军令部给全师官兵分别记了战功，并发给十万元奖金。民国二十八年秋，张轸军参加随枣战役，又归李宗仁指挥。张轸率部在天河口、太山庙和唐县镇一带顶住了日寇攻势，打得很出色，但部队损失很大。为此，汤恩伯报请蒋介石撤张轸的军长职，李宗仁则报请蒋介石给张轸颁三等宝鼎勋章，以示褒奖。白崇禧调任华中"剿总"总司令后，保张轸为副总司令，不久，又保张为河南省主席。为了逼蒋下台，让李宗仁取而代之，白崇禧在武汉倡导和平，与张轸策划河南、湖北、湖南、江西、广西五省联盟，以五省议会名义通电促蒋下野。由于张轸在这一行动中很卖力，因此深得李、白赏识。为了加强张轸的实力，白崇禧批准将张的五个保安旅扩编为第一二七军和第一二八军，由白保张为第十九兵团司令官，并为其补足弹械。张轸思忖，凭他与李、白这一层不同寻常的关系，白崇禧是不会扣留他的，再说，白也未必就已知道了他的起义计划。

　　"站住！"

　　"停车！"

　　一阵严厉的吆喝声把张轸的思绪从沉思中拉了回来，他向车窗外一看，只见一排荷枪实弹的桂军，迎面挡住了他的座车。大概他的司机对桂军士兵敢于拦截副长官的座车十分愤慨，没有立即停车。"砰砰！"桂军一上尉军官拔出手枪，向天上放了两枪，随即喝道：

"再不停车，老子就不客气了！"

"停车，停车！"张轸忙命司机停车。

司机将车子停住，跳下车来，对那伙桂军官兵骂道：

"你们找死啦，这是总部张副长官在车上！"

"不管是谁，通过我这里就得检查！"那上尉军官大模大样地走了过来，拉开车门，朝里边看了看，见车上坐着个中将，他也不立正敬礼，只是朝司机打了个手势，命令道：

"走吧！"

司机气冲冲地跳上汽车，一踏油门，吉普车飞也似的冲了过去，卷起一条黄色的尘埃，把那上尉军官和十几名士兵裹住了。刚走了两公里，又是一个哨卡，桂军士兵喝令停车，军官上前检查，然后放行。张轸这才觉得形势严重，并不像他想象的那么简单。再看外面，只见公路两旁有急行军的队伍，他判断这是张淦兵团的第七军，他们以临战姿态，正向贺胜桥方向疾行。张轸看了不禁大吃一惊。第七军如果是按计划向南撤退，为什么以临战姿态扑向贺胜桥呢？贺胜桥并无敌踪。他的兵团司令部设在贺胜桥，是不是白崇禧派第七军去解决第十九兵团呢？如果是这样，自己此时跑到武昌城里去见白崇禧，岂不是自投罗网吗？回贺胜桥兵团部去坐镇，组织抵抗？张轸摇了摇头，他的亲信部队一二八军现驻金口，赵子立的一二七军驻咸宁，赵部是靠不住的，如果此时回贺胜桥，也逃脱不了白崇禧的手掌。直奔金口，发动起义？根据公路上的层层哨卡，第七军已经控制了交通要冲，从他刚才受到的几次盘查来看，他是无论如何到不了金口的。怎么办？

吉普车在公路上奔驰，张轸在颠簸的车座上紧张地思考着应对之策。

"站住！"

"停车！"

"嘎"的一声。司机恼怒地猛推一下刹车，吓得对面的两个桂军士兵抱头鼠窜，张轸的脑袋也"嘭"地一下撞到车篷顶上的帆布，他皱了一下眉头，把鼻子抽了抽，要是在平时，他准要把司机训斥一顿，再把那两个拦他车的兵揍上两个耳光。一个桂军少校打开了车门，探头探脑地检查了车子，特别留神地盯了张轸一眼。张轸觉得，那少校的目光似乎是奉了某种指令的，同时，他感到自己作为中将兵团司令官、华中军政长官公署副长官的地位，正在消失。他向外看了看，这里是往武昌和金口去的岔路口，左边那条公路，便是直通金口的。金口在长江南岸，吉普车跑半小时便可到达，他的一二八军官兵正在眼巴巴地等着他去宣布起义，发出那"呜呜呜呜呜"的庄严信号，扒掉国民党军队的帽徽领章，左臂缠上表示新生的白毛巾，投向共产党和人民……司机也明白张轸的心思，两手紧握方向盘，回头望着司令官，只等他说出"金口"两个字，便左拐弯猛地向金口方向冲去。但是，张轸看见往金口的那条公路两侧，已修了临时掩体，桂军士兵正趴在那里严阵以待，机枪和步枪的枪口一齐对准公路上，他如果命令司机硬冲过去，便是自取灭亡！他明白司机那股切的目光所表示的意思，但他此时不能作无谓的牺牲，他担心司机一时冲动闯出大祸，便冷静地命令道：

"直开武昌总部！"

那司机懊丧地吐了一口粗气，开车直奔武昌城而去。

却说武昌城内的华中军政长官公署里，秩序井然，虽在撤退之中，却显不出败退的迹象，这是长官白崇禧严厉督率的结果。白崇禧平时是很注重仪表门面的，无论在什么场合，他都要表现出临大事而不惊的性格。现在，显然武汉已决定放弃，但在撤退时，他已严令各部照计划进行，不准混乱，特别是部队已开始撤出武昌，共军即将渡江进占武汉的时候，他却又突然飞回武昌坐镇，更使部下不敢仓皇行事。其实，部下们哪里知道，白崇禧此时飞回武昌，乃是出于迫不得已的心情。本来，他已命另一位副长官李品仙在长沙藩正街一所大院子里设好了总部，他在广州开完会后是要直飞长沙的。谁知在飞机起飞前，他突然接到参谋总长顾祝同发来的特急电报，通知他第十九兵团司令官张轸准备叛投共军，要他立即回去处置。白崇禧看了电报，不由暗吃一惊，如果张轸在撤退前真的动起手来，将会彻底打乱他的南撤计划。特别是在面临共军渡江进攻的危险下，既要使部队安全南撤，又要腾出手来处置张轸的叛变问题，一着不慎，便全盘皆输。

因此，白崇禧在此复杂严重的局面下，临时改变飞长沙的计划，直飞武昌而来，准备慎重而稳妥地处置张轸的问题，使他的南撤计划不致受挫。白崇禧坐在飞机上飞往武昌，也像张轸坐在吉普车上去武昌一样，绞尽脑汁，思考应变措施。

飞机到达武昌机场，华中军政长官部副长官夏威在机场迎接，他对白崇禧突然飞来甚感诧异，一到总部，白崇禧便将顾祝同的电报交给夏威看，夏威看了半天做声不得，心想多亏

参谋总长顾祝同

此时你白老总飞来，否则我就要焦头烂额了。白崇禧也不说什么，只抓过电话，命令武汉警备司令、第五十八军军长鲁道源前来总部见他。

"总座，您真是比诸葛亮还神呀！要是今天不来，局面就不好收拾了，张翼三要造反啦！"鲁道源一进来，便又惊又喜地说道。

"啊？"白崇禧故作镇静地看着鲁道源，他寻思，顾祝同此时还在江西，为何能知道张轸要叛变的事？如果不是军统通风报信，便是鲁道源想巴结顾祝同，向顾总长打了电报。

"张翼三刚才给我打了电话，说一二七军军长赵子立和一二八军军长辛少亭都已经入伙啦，要我也跟着他们一起干，我正要到总部来报告，不想总座已有先见之明，及时赶了回来，这真是我们华中部队的幸运啊！"鲁道源根本不把副长官夏威放在眼里，他给顾祝同打过电报之后，就知道白崇禧会赶回来处理张轸的，因此只是命令部队做好战斗准备。一旦张轸造反起来，他便以警备司令的身份下令镇压。虽然他只有一个军，但桂系张淦兵团是肯定会帮助他的，把张轸搞掉，无论是论功还是论资历，他都将取代张轸出任兵团司令官，现在见白崇禧果然赶回来了，他便

将张轸拉拢他的经过全部做了报告，只是把时间推迟到今天上午刚刚接到白的电话之前，这样白崇禧便不会见怪了。夏威虽然糊涂，但对鲁道源的话却不怎么相信，他琢磨，如果不是白崇禧及时赶回来，恐怕鲁道源和张翼三要把他捆起来交给共军请赏呢！

"对张翼三的事怎么处置呢？"白崇禧听了鲁道源的报告之后，问夏和鲁。

"趁第七军还没撤走，命令第七军和第五十八军以迅雷不及掩耳的手段，消灭张翼三的部队，免除军中大患！"夏威愤慨地说道，"健公，二十年前我们也是在武汉吃的大亏啊，值此党国存亡之时，绝不可手软！"

二十年前李明瑞、杨腾辉在武汉抗命倒戈，致使实力雄厚的桂系第四集团军在武汉地区瓦解，老蒋不费一枪一弹便消灭了桂军主力，夏威回忆起来，至今心有余悸！白崇禧却淡淡地笑道：

"煦苍，当初如果你和胡、陶都按我的意见办，将部队撤离武汉，向广西背进，何至于全军覆没。正是有鉴于此，我才放弃在武汉地区与共军作战，退保湘粤，争取美援，相机在湘境或湘桂边境歼灭共军主力。"白崇禧胸有韬略，不慌不忙地说道："至于张翼三的事，怎能与当年李、杨相提并论！"

"总座来了，我就放心了！"鲁道源拍着胸口说道，"是智取，还是硬攻，我只等总座一句话啦！"

白崇禧对鲁道源的话甚表满意，他颇有些得意地说道：

"毋庸打草惊蛇，只需请君入瓮！"

"啊！"鲁道源见白崇禧又拿出诸葛亮的架势来了，便知他早已有解决张轸的腹案，便问道：

"不知总座如何下手？"

白崇禧道："以第七军和第五十八军严密监视第一二七军和第一二八军，我把张翼三请到总部来，劝他跟我们一道南撤，他如不干，我就把他扣起来，照顾墨三的电报上说的干！"

白崇禧说完，便给第三兵团司令官张淦打电话，命令第七军在武昌和贺胜桥一带戒备，严密监视张轸本人和他的部队。白崇禧放下电话，又对鲁道源说道：

"你率五十八军密切注视金口一带的动静，第一二八军一旦异动，即将其包围缴械！"

"是！"鲁道源答道，他随即给军部打电话，命令参谋长，将两个师秘密向金口一带移动。"总座，我得回去指挥部队行动。"鲁道源打完电话，便向白崇禧辞行。

"不忙，"白崇禧摇了摇手，说道，"我给张翼三打了个电话，把他请到总部来，待他出发后，你再走不迟。"

"为什么？"鲁道源听了心里有些惊慌，他怕白崇禧将他和张轸叫到总部来个三堂会审。

"如果张翼三拒不来见我，你即率五十八军向金口出击，第七军包围贺胜桥第十九兵团部，打掉他的指挥机构。"白崇禧道，"此事切忌做得拖泥带水，更不能成胶着状态，要用快刀切豆腐的利索劲，搞清楚就走！"

夏威和鲁道源都点了点头，他们十分佩服白崇禧临大事而心不惊，处危局而神不乱，一切安排井然有序。夏威不禁慨然叹道：

"健公，当年如果是你在武汉坐镇，就不致有李明瑞、杨腾辉之叛，我们的日子也就不会像后来那样艰难了！"

"世界上是没有后悔药可吃的啊！"白崇禧随手抓过桌子上的一把大蒲扇摇了起来，"诸葛亮"已经呼之欲出了。他边摇着蒲扇，边给张轸打电话，神色轻松，态度从容。给张轸打过电话之后，他又给第七军军长李本一打电话，要第七军在公路警戒的部队，密切注视张轸的座车，一俟张车过后，即用电话向他报告，但只允许张轸的座车开来武昌，如中途下车或逃往金口即予扣留，如对方抗拒，即开枪击毙！白崇禧安排好之后，问夏威道：

"胡宗铎这几天怎么样？"

原来，胡宗铎和陶钧自北伐后，把持了湖北政局，一帆风顺，后来在李明瑞、杨腾辉倒戈后，胡、陶失败。胡宗铎不甘寂寞，一直奔走从事反蒋活动。白崇禧到武汉担任华中"剿总"总司令兼军政委员会主任后，念及当年的老交情，特任胡宗铎为政务委员会副主任。

"健公飞广州后，他来过总部几次，非常反对健公关于炸毁武汉电厂及自来水厂等公共事业设施的命令。"现在听白崇禧问起，夏威仍不免对胡有所指责。

"胡宗铎真糊涂！"白崇禧用蒲扇柄敲着藤椅扶手说道。

桌子上的电话铃响了，夏威去接电话，他转过身来，对白崇禧道：

"第七军李军长报告，他的部队已将贺胜桥第十九兵团部包围。另据哨卡报告，张轸的座车已越过去金口的岔道口，直开入武昌城来了。"

"好！"白崇禧摇着蒲扇，满意地笑道，"鲁军长，现在该看你五十八军的了。"

鲁道源知道，白崇禧要他马上回去指挥部队采取行动了，同时，他得知张轸已经进了武昌城，生怕在总部与张轸打照面，便起身向白崇禧告辞。白崇禧又嘱咐道：

"第十九兵团部已被包围，第一二七军在第七军和第五十八军的挟持之中，如果张翼三顽固到底，你即可向一二八军突袭，将其击溃之后，迅速南撤，如与共军渡江部队发生遭遇，切不可恋战。"

"是！"

鲁道源向白崇禧敬礼，随即辞出。不想，他刚刚下得楼梯，却正好与上楼的张轸相遇，不得已，他只好向张轸敬了个军礼，即匆匆走了。张轸见鲁道源表情尴尬，行色匆匆，判断形势严重，鲁道源必然已把他动员起义的话向白崇禧报告了，白很可能已命鲁指挥部队对付一二八军，他深为懊悔，当初不该把起义的事对鲁道源说。但事已至此，后悔亦无用，此番来总部见白，肯定是凶多吉少，有来难回了。但张轸毕竟是个身经百战的人，生生死死的场面倒也见得多了，人都有一死，如果现在死在白崇禧的手下，唯一使他感到遗憾的是，他原先想的那个美好的结尾不能和那个同样美好的开头相呼应——他希望在自己的后半生能和那位使他永远敬仰的共产党人林伯渠再度共事，他有些懊悔，走得太匆忙，对白崇禧也太过于相信，没有给林伯渠写下一封信函，如今一死，连个交代也没有了！算了吧，他摇了摇头，现在豁出去了，反正我张轸死在白崇禧手里，林伯渠和共产党总会知道我为什么死的吧！他变得坦然了，迈开坚定的步伐，一下闯进了白崇禧的办公室，既不行礼问候，也不打任何招呼，只是把军帽摘下来，狠狠地摔到白崇禧面前的桌子上，随即解开风纪扣，拉下武装带，气呼呼地冲着白崇禧道：

"总座，你干脆撤了我吧！"

白崇禧心头一沉，但脸上露出坦然的笑容，他一边摇着蒲扇，一边向张轸走过来，把张轸按在藤椅上坐下，然后将顾祝同的电报递给张轸，说道：

"翼三兄，你看看吧，到底是谁要撤你啊？"

张轸接过电报一看，这是参谋总长顾祝同发给白崇禧的特急密电，电称："据密报，张轸勾结共军，图谋叛变，请将其师长以上军官扣押广州，严厉法办，所部就地解散。"张轸看了，心中微微一震，果然起义的活动暴露了，如今唯有一死，但如能够保护师长以上军官，则起义尚有可为。于是，他站了起来，用手指着胸膛对白崇禧道：

"总座，一人做事一人当，十九兵团的师长和军长们是按我的指令行事的，他们没有罪，要严办，你们就办我好了！"

"翼三兄，请不要激动。"白崇禧也站了起来，一边踱步，一边挥动着手里的大蒲扇，说道，"民国二十八年秋，李德公指挥随枣战役，参加这次战役的有覃连芳的第四十八军，王仲廉的第八十五军和翼三兄的第十三军。第十三军担任左翼，第四十八军担任右翼。日寇先攻我左翼第一一〇师，未能得手，又转攻第八十九师，师长张雪中率部奋勇抗击，抵住了日寇的攻势，但张师损失惨重，伤亡官兵两千余人。这一仗，本来是打得很好的，可是汤恩伯从重庆回来，听说翼三兄把他的基本部队八十九师调上去和日军打硬仗，损失较大，极为生气，一个电话就把张师长从火线上撤了下来。日寇乘八十九师撤走之机，随即发起反攻，致使我军功亏一篑。汤恩伯为了报复翼三兄，电请蒋委员长撤你的军长职。可是李德公据理力争，电请蒋委员长给翼三兄颁三等宝鼎勋章，才使你免受撤职之处分。"

张轸看着白崇禧，不知对方说这些话是何用意，但他深知白爱打迂回战，"也许他是在历数我忘恩负义的罪状吧！"既入囚笼，就不怕屠刀，张轸想着，也就无所谓了。

"民国三十一年冬，翼三兄任第六十六军军长，与宋希濂的第七十一军合并编成第十一集团军，宋任总司令，翼三兄任副总司令。次年四月，奉命入缅作战，翼三兄不幸打了败仗，宋希濂报告蒋委员长，把失败之责任全部推在你身上，请委员长将你撤职查办。蒋委员长当即召开最高军事会议处理这个问题。会上，我据理力争，说明缅甸作战失败统帅部应负完全责任，不能把责任推在某一个人身上。至此，翼三兄才不被追究罪责，因而得继任集团军副总司令并代司令之职。"

白崇禧从容地说着，声音满怀恳切之情，连张轸也觉得，白的话是事实，不吹嘘，也不夸大，听了使他不觉忆起过去征途上的荆棘，航程中的漩流，不忘李、白一次又一次地向他伸出援救的手。

"之后，庞炳勋被日寇扫荡，固守太行山，形势危急，统帅部命翼三兄率汤恩伯部三个师前去增援。但汤恩伯故意拖延时间，不肯发兵，致使庞炳勋被俘投敌，太行山被日军占领。至此，翼三兄成了光杆司令，郁郁回到南阳老家闲住。李德公得知此情，把翼三兄请到老河口，作竟夕谈。随后德公保翼三兄为豫南游击总指挥兼河南省政府行署主任，并兼第十战区副长官。"

白崇禧手摇蒲扇，缓缓踱步，娓娓而谈，他说的这些全是事实，张轸无法反驳，也不愿反驳，事实证明，跟着李、白，他有官当，有兵带，而且官越当越大，兵越带越多。

"翼三兄，到底是谁要撤你的职呢？"白崇禧见张轸在沉思，用反问点明了他以上那些话的意思。

"总座，即使你对我错爱，要保我，可顾总长一定要严办我，那又有什么办法呢？"张轸无可奈何地说道。

白崇禧连忙打开抽屉，拿出一份电文底稿给张轸看，说道：

"给顾墨三的电报我已经发了，这是底稿，你看看吧！"

张轸接过那电报底稿一看，只见上边写道："查张司令官轸与共方联络乃在和谈期间奉命而为，绝无通'匪'叛变之举，请钧座收回成命，否则将有碍华中部队南撤。"电文末白崇禧签的名墨迹似犹未干。张轸看着这份电报底稿，甜酸苦辣一齐涌上心头。白崇禧在电文中说的那些话，也是真的。和谈期间，他曾奉白崇禧之命，找过共产党谈判，但是谈判的目的不是为了投降，而是为了保存实力，逼蒋介石下野，拥护李宗仁上台。形势的发展却出于白崇禧意料之外。在一片和平的呼声之中,蒋去李代之事实既成,目的已达,白崇禧逐渐撕下了和谈的面具,而奔走于国共之间的张轸却弄假成真,在共产党的热诚感召之下,由开始考虑谋求一条新的生路,到毅然决定发动起义,归附人民,这是"小诸葛"白崇禧所始料不及的。但是一向自负的"小诸葛",有句口头禅:"世界上是没有后悔药可吃的!"他明知张轸已决定率部投共,但为了不影响大局,他仍然费尽心机,巧舌如簧,以情以利劝说张轸。张轸是个实在的人,如果这事发生在解放军尚未渡江之前,他会放弃起义的行动,跟随李、白过日子。他知道,如果在国民党里混,他是离不开李、白的,可如今国民党的江山已经不可收拾,李、白并无回天之力,与其跟着他们跑到广西山沟,当解放军的俘虏,不如此时高举义旗,投向解放军,尚可立下一点功业。因此,尽管白崇禧手腕高明,言辞动听,可是已不能把张轸拉回到他的麾下了。

"总座既不杀我,也不交给顾总长办我,你说怎么办就怎么办吧!"张轸一屁股坐到藤椅上,听凭白崇禧对他发落。

"那些事,不要再提了。"白崇禧摇着蒲扇,也在藤椅上落座,接着说道,"你就留在总部里,协助我指挥部队南撤吧!"张轸终于摸清了白崇禧的底,白是要将他软禁在总部,然后将第十九兵团裹胁南撤,这样做,既可避免一场火并流血,又可使部队顺利南撤,只要到了湖南,张轸的起义计划便要变成泡影,到了那时白崇禧不怕张轸不跟着走。张轸深知,目下如不能逃出白的总部,不但他个人生命难保,而且全军的起义势必大受影响。他决定逃出去。

"总座,"张轸装着若无其事地说道,"我们这一两天就要向南开拔了,我的办事处已知我来武昌,他们都要我解决一些具体问题,特别是军眷和补给问题最为棘手,我想到办事处去一下,一个钟头就回来。"

白崇禧心中暗笑道:"张翼三,你进了我的'八阵图',就别想再出去啦!"但他表面上却很诚恳地说道:"你去交代一下也好,快去,快回来,我这里事很多。"

张轸一出门,白崇禧便命警卫团长派人乘车盯住张轸的吉普车,如发现张轸要离开武昌城,即开枪射击该车。警卫团长领命即派人乘上一辆中吉普,尾随张轸的吉普车而去。

却说张轸乘车离开白崇禧的总部后，即发现后面有辆中吉普紧紧跟着，他知道这是白崇禧派来"关照"他的人，这原是意料中的事，白不会让他离开武昌。他嘱司机直开武昌城内第十九兵团办事处，到了门口，他命司机坐在车上，自己下车走进办事处的大门去了，后面那辆中吉普也在门口不远的地方停车，监视着张轸的座车和办事处大门。张轸进了办事处，立即和第一二八军军长辛少亭通电话：

"如果一个小时之内，我不能到达金口，由你领导指挥部队起义，率部攻打武昌！"

张轸打完电话，即更换服装，从后门跳上一辆早已准备好了的满载给养干粮的大卡车，逃出了武昌城，赶到了起义的大本营——金口。

过了一小时，白崇禧见张轸还不归来，正有些疑惑，警卫团长气急败坏地来报告：

"张司令官下落不明！"

"混蛋，你坏了我的大事！"白崇禧拍着桌子，要不是警卫团长是他的亲信，他早已拔枪将这家伙毙了。

"给我立即接金口一二八军军部！"白崇禧拿起电话筒，火暴暴地命令着。通信兵还算走运，一下便接通了金口军部的电话。

"翼三兄，你是怎么搞的，我一向认为你是个极守信用之人，可是……"白崇禧强压着火气，尽量使声音表现得亲切厚道和略带几分遗憾惋惜之情。

"白总座，我张轸正因为是个极守信用的人，才投奔极讲信用的共产党呀！"张轸在电话中慷慨陈词，"当初你要讲和，派我去与共产党打交道，共产党说话算数，同意讲和，可是你呢？老蒋一下台，你就翻脸不认人，你食言而肥，难道不愧对国人和部属么？你……"

白崇禧"叭"的一声，将电话筒摔在地上，随即左、右两手各抓起一只电话筒，对第七军军长李本一和第五十八军军长鲁道源同时下达向张轸部发起总攻的命令。

第八十八回

调虎离山　　陈明仁取代程潜

妙算不妙　　"小诸葛"又输一着

　　长沙湖南省府门口，停着二十几辆大小汽车，省主席兼长沙绥靖公署主任程潜身着白府绸衫，头戴巴拿马帽，拄着手杖，在省府门前的石阶上站着。他取出金怀表，看了看，时间已近上午九点，盛夏季节，太阳出来得特别早，晴空万里，虽是早晨，但已感到烈日的酷热。他掏出手绢，扪了扪唇上的胡须，似乎须髭上已挂着汗珠了。他心里头揣着一团火，再加上天气热，浑身难受极了。多少年来，无论国内国外，省内省外，党内党外，军内军外，无不称他为湖南的家长，他也以此为荣，以此为本钱。他的资格很老，孙中山在广州组织政府时，他就当了军政部长和大本营参谋总长，北伐时任第六军军长。后来，虽在军阀混战中，他几经浮沉，但是，湖南人似乎总离不开他这位"家长"的统治，他也一向视湖南为禁脔。现在，他的"家长"当不成了！自从白崇禧由武汉退到长沙后，白崇禧成了湖南的"家长"，发号施令，连长沙的地皮也跟着震动。程潜这位多年的"家长"，其地位一下跌落到了小媳妇的位置上，他整天提心吊胆，担惊受怕，惶惶不可终日。白崇禧几乎每天都要到省署"拜访"程潜一次，每次来，都带着两车中吉普车卫兵。白崇

时任湖南省政府主席的程潜

禧一下轿车，中吉普里的卫兵也都跳下车来，簇拥着这位威风凛凛的长官。省长程潜已下阶迎候，相互寒暄几句之后，到客厅里坐下，照例是白长官用客气的口吻训示：

"颂公，听说湖南有人和共产党搞局部和平，这真是糊涂透顶，荒谬绝伦！"

白崇禧和程潜坐在两张单人沙发上，程坐在白的右边，白崇禧一边说话，一边用右手重重地敲着右边的沙发扶手，随着他的声音提高，敲得也越响。白崇禧每敲一下，程潜的心就跟着紧缩一次。

"共产党是不讲信用的。二十二年前，我在上海'清党'，颂公在武汉分共，我们杀了他们多少人，他们岂肯甘休？"

沙发扶手在嘭嘭地响着，程潜正襟危坐，目不斜视，像一位颇为贤惠的小媳妇，正在听一位专横的家婆的严训。

"近来，党政军方面各阶层中都有少数负责人员，对共产党作战决心不坚，战斗意志薄弱，丧失了革命信心，精神上已走上投降道路，因此，失了领导能力，使部属无所适从，以致军队和行政人员叛变投敌。甚或有动摇分子，言论行动为共产党张目，摇尾乞怜，希望得到共产党的宽恕……"

"小媳妇"知道，"婆婆"是在骂谁。

"图谋局部和平，就是自取灭亡！"白崇禧这一次把沙发扶手差点敲断了。

程潜只把眼睛眨了眨，只要白崇禧不叫卫兵把他抓走，便是白把省署所有的沙发都敲坏，他也不在乎！到了这个地步，他还有什么可说的呢？他曾想收拾金银细软，逃到香港去，那里有他一所房子，他几十年来虽然积蓄不算丰，但在香港也能混过这一辈子的，后来，杨杰在香港被蒋介石的特务暗杀，他又不敢去了。杨杰曾是他的旧部，有反蒋活动。程潜想起跟着李、白搞五省联盟逼蒋下野的事，他的身份比杨杰重要得多，老蒋连杨杰都不放过，能放过他程潜？后来他干脆决定什么地方也不去了，就硬着头皮坐在长沙省署里，一边和共产党的地下人员来往，密议湖南局部和平之事，一边应付白崇禧。白崇禧在武汉吃了张轸的亏，一直耿耿于怀。原来，张轸逃到金口之后，立即宣布起义，所部五个师二万五千余人投向共产党，鲁道源的第五十八军在江防没有受到共军的打击，却和张轸的部队激战了一昼夜，弄得损兵折将。由于张轸起义，打乱了白崇禧的南撤计划，弄得他十分狼狈。因此白崇禧一退到长沙，就特别提防张轸一类人物的重新出现。不久，他终于闻出点味道来了，发现程潜不稳，又听说程想搞局部和平，更使白崇禧放心不下，因此每日都必到省署"拜访"程一次，以便震慑。后来白崇禧接到密报，驻长沙的宪兵团与共产党有联系，他立即下令将宪兵团的所有官佐都拘押到他的总部里，准备审讯后予以枪决。这时，程潜的一个驻在岳麓山的亲信师，师长陈达是程认为最能干、最可靠的信徒，陈达目睹桂系的横暴，忍无可忍，他没和程潜打招呼，便树起反对白崇禧的旗帜，将部队拉走。白崇禧闻讯大怒，立即调兵包围，将陈达一师人马彻底消灭了。这些事把程潜搞得五心不安，他不知道哪一天，白崇禧会把屠刀架到他的脖子上来，用冷酷的声音对他说道："颂公，请你把脑袋摘下来，再去共产党那边吧，免得日后担心共产党要你的脑袋！"

程潜无奈，只得示以沉默，坐在省署的冷板凳上，打发这难挨的时光。当然，他既不能去香港、台湾，也不能跟着白崇禧跑。民国十七年他已经被李、白在武汉关押过一次了，一回挨蛇咬，十年怕井绳。"小媳妇"的日子是不好过的呀！他唯一的希望便是盼共产党快一点打过来，这些日子，他一直在和共产党暗中联系，他知道共产党不会清算他当年反共的历史旧账的。可是，他渐渐发现，自己连省署这张冷板凳也坐不成了。

"颂公，目下共军已入湘境，大战迫在眉睫，颂公年事已高，恐不能适应军旅生活，李德公欲邀颂公前去广州，出任中央考试院院长之职，以共商国是。不知颂公意下如何？"

白崇禧在两车中吉普卫兵的簇拥下，又威风凛凛地来省署"拜访"程潜了。因共军压境，他已决定将总部由长沙迁往衡阳，但他对程潜留在长沙，更是不放心，怕程在共军兵临城下时，出面议和。白崇禧决定把湖南军政大权交给他信得

起义后成为解放军高级将领的陈明仁将军

过的陈明仁主持。陈明仁在东北四平街曾与共军林彪部血战，打得十分顽强，挫败过共军的攻势。当时白崇禧曾以国防部长的身份在四平督战，很欣赏陈明仁抬着棺材上阵，与共军势不两立的气概。后来，陈诚借机打击陈明仁，是白崇禧将陈明仁请到华中来，就任第一兵团司令官，随后又令陈镇守长沙。陈明仁回到长沙后，果然显得杀气腾腾，大喊大叫，声称对群众团体的集会游行将坚决镇压。白崇禧见陈明仁反共态度坚决，为了应付共军南下的局面，他决定以陈明仁取代程潜，以湖南省为两广的屏障，阻止共军南下。为此，就要程潜走开。但是，程潜在国民党内的牌子老，程跟孙中山当军政部长和参谋长的时候，李宗仁、白崇禧才不过是桂军中的一员裨将。程在湖南的关系很深，又素有"家长"之称，因此白崇禧不得不给程一点面子，于是便想出一着调虎离山之计，要程潜去广州当有名无实的考试院院长，使陈明仁完全控制湖南军政大权，以便白崇禧能指挥自如。

"健生兄，多谢李德公和你对我的关照啦！"程潜脸上挂着冷漠的苦笑，"我连自己的老家湖南都搞不好，哪还有资格去中央坐考试院院长的高位呀！"

白崇禧没想到程潜竟然拒绝去广州，忖度他是想赖在长沙，继续暗中与共产党搞和平运动，他更不放心了。忙把右手在沙发的扶手上重重地敲了一下，说道：

"颂公身为党国元老，应以党国利益为重。你去广州任考试院长，与李德公共扶危局，扭转乾坤。湖南由子良（陈明仁字子良）负责，于国于湘都有好处，请颂公即做起程准备。"

程潜知道，"小媳妇"在"家婆"的淫威面前，如果嘴犟，那是注定要吃亏倒霉的。他在官场几十年的经验提醒他，必须应允。

"既然健生兄已为我考虑得如此周到，我稍做准备，即离湘赴粤。"程潜平静地说道。

谁知，第二天便有几十位长沙的知名人士以地方士绅的身份，前去拜会白崇禧，恳切挽留程潜，众地方士绅皆说道：

　　"白长官，颂公以家长之身，关系湖南全省安危，一旦离去，地方势必糜烂，不堪设想，希望顺应舆情，留颂公在湖南应付危局。"

　　白崇禧见此计不成，反激起地方不满，便拉下脸来，对众士绅道：

　　"诸位不要中外界挑拨离间之计，湘桂合作是精诚无间的，本人对颂公一向寄予厚望，他或去或留，皆由他个人决定。"

　　程潜不离湘，白崇禧便觉眼中之钉未除。程潜虽比不得张轸有实力，但他在湖南的影响实在太大，连白崇禧信得过的兵团司令陈明仁，也是程潜的学生，不把程撵走，陈明仁主持湘政，白崇禧也不会放心。正在他苦思驱程之计未得之时，共军已进迫湘阴、平江、浏阳，长沙已面临前线，白崇禧自己也不得不行将撤离长沙，退到衡阳去指挥了。直到这时，他才思得一计，他令陈明仁驻守长沙，以曾在桂军中当过师长的魏镇任邵阳警备司令，湖南地方部队向邵阳撤退。白坐镇衡阳，以陈明仁和魏镇分驻长沙、邵阳，指挥长、宝（即邵阳，旧称宝庆）各军为他看守广西门户。他对程潜的安置，一是胁迫程撤往广西，一是把程送到邵阳，由警备司令魏镇负责"保护"，无论程走哪一条路，反正都得离开长沙。程潜当然不愿离开湖南，便决定到邵阳去。计议已定，程潜在白崇禧的精心安排下，决定今晨由省署门口乘汽车去邵阳。昨天下午，白在卫兵簇拥下，又来省署"拜会"程潜，临走时丢下一句话：

　　"颂公明晨八点出发，我到省署来为颂公送行！"

　　只因有白崇禧这句话，程潜在省署门口鹄立，由八点一直等到九点，仍不见白的踪影，二十几辆大小汽车和几百人的随从卫队都在街道中间摆着，灼热的太阳晒得那些卫兵们早已抓耳挠腮，有些受不住了。

　　"白狐狸，你也欺人太甚了！"

　　程潜戳着手杖，又急又气地在石阶下乱转，絮絮叨叨地咒骂着，石阶旁的两只石头狮子似乎在莫名其妙地看着这位狼狈的省主席。

　　一阵汽车的引擎声由远而近，随之风驰电掣驶过来的是两部载着武装士兵的三轮摩托，摩托的副斗上架着一挺轻机枪，摩托兵目中无人地将摩托开到省署门前，转了一个弯，才将车子停住，车上的机枪，黑洞洞的枪口直对着程潜那些摆在街道中的随从卫队。然后，又开过来两辆中吉普，车上跳下几十名头戴钢盔全副武装的士兵，把守住省署大门和街道上的每一个路口，严密地监视着程潜的随从卫队和周围的行人。大约又过了五分钟，才见一辆威风凛凛的雪佛莱轿车开到省署门口，后面跟着的另外两辆中吉普上，也满载武装卫兵。卫士下车，打开轿车门，戎装笔挺的白崇禧从车里慢慢钻出来，后面两车中吉普上荷枪实弹的卫兵，立刻上前簇拥着。程潜见了，心中不由骂了一句："看你威风还能抖得几久？"

"颂公，都准备好了吗？"白崇禧问道。那口气，与其说他是来送行的，不如说是来监督起解的。

"万事俱备，只欠东风。"程潜是秀才出身，还有些涵养，他更清楚眼下自己的处境，因此说话也经过一番斟酌。

"哈哈，我为颂公借三天三夜东风，保你平安到达邵阳！"白崇禧眉飞色舞地说着，为他的调虎离山之计的成功实施而颇为得意。

"不要三天三夜，两天两夜足矣！"程潜仰望着万里无云的天空说道。

"不知颂公还有什么要交代的吗？"白崇禧提醒程潜：你的省主席大印还没交出来呢，你就想走！

"没有什么啦，鄙人在湘任上，常被人呼之为家长，自去年返省视事，穷当了一年的家，如今出走，只带得两袖清风！"他随即唤过秘书，将红缎包裹着的那颗省主席大印捧过来，亲自交与白崇禧。

"子良乃是颂公的得意门生，湘省政事，由子良代拆代行，也如颂公执政一般。"白崇禧冠冕堂皇地安抚了程潜一番，随即命副官接过省主席大印。

"今天天气真好！"程潜打着哈哈。

"祝颂公一路顺风！到了邵阳，魏司令会尽心照料的。我也将往衡阳，两天后我打电话向颂公问候！"白崇禧和程潜握了握手，然后送程潜上车。他已明白告诉程潜，到邵阳你得好好待着，不准乱说乱动，而且中途不得耽搁，务必于两日内赶到邵阳。

程潜上了汽车，对白崇禧拱了拱手道："难得健生兄对我和湘局用心良苦，领情了，望多加保重！"

白崇禧直看着程潜的车队和随从卫队出发，向邵阳方向而去，这才如释重负地转过头来，命人把陈明仁请到省署接事。不久，兵团司令官陈明仁奉命赶到。他身材颀长，两道浓眉专横地向上耸着，脸色像钢板一般绷得老紧，乍一看，使人感到像寺院山门殿中守卫的金刚神。

"子良兄，颂公已经到邵阳去了，临行把省主席的大印交给我，你把它收下吧，你来省署发号施令和在你的兵团司令部办公都是一码事。"白崇禧指着那颗被红缎包着的省主席大印对陈明仁说道。

"总座，省政大事岂可你我私相授受？这印我是不能接的！"陈明仁断然拒绝道。

白崇禧把眼眨了眨，深知陈明仁的秉性，他知道陈的权位欲望很高，陈明仁毕业于黄埔军校第一期，东征讨陈炯明时，强攻惠州要塞，他第一个奋勇登上惠州城垣，深受总司令蒋介石赏识，当即连升三级当了营长，一时成为黄埔生中的风头人物。可是他为人刚愎自用，后来又冒犯了蒋介石，被撤职调职，几起几落，陈诚、胡宗南等人原来位在其下，反而后来居上，他不免常感沮丧。自攻惠州之后，陈明仁以战绩著名的就算民国三十六年在东北坚守四平街的战斗了。蒋介石颁给他一枚"青天白日勋章"以示嘉奖。原来国民党的勋章共分四级：第一级"青天白日"，第二级"宝鼎"，第三级"银麾"，第四级"胜利"。蒋介石给他"青天白日"勋章，已经是很高的褒奖了。陈明仁一时身价陡增，自鸣得意。但好景不长，因得罪了陈诚，一转瞬间，又被陈诚向蒋介石告发而被撤了职。

陈明仁一气之下，待在家里索性穿起长袍，表示不再做军人了，他终日闭门不出，唯以喝酒打牌为事，胡宗南请他去西北当参谋长，他拒绝了。这事被白崇禧看在眼里，白崇禧决定挖一挖黄埔系的墙脚，他托人去和陈明仁谈，请陈到华中"剿总"担任兵团司令，陈明仁见白崇禧授予他兵权，有兵又有权，陈明仁何乐而不为，当下便满口答应了。白崇禧又去向蒋介石请示，蒋介石深知陈明仁是一员反共健将，又是黄埔学生，如果把他放在武汉，一可坚守江防，抵抗共军渡江，二可监视桂系，钳制白崇禧异动，正是一箭双雕，蒋介石何乐而不为，当下也就满口答应了。就这样，陈明仁便到了武汉，从此跟了白崇禧。

白崇禧之用陈明仁，其机谋之深巧，则更在蒋介石之上。当然，有一点蒋、白之间是共同的，即他们都视陈明仁为一员反共健将，陈既能在守四平街时抬棺材上阵与共军势不两立，在守武汉中也必能与共军决一死战，为蒋、白守住华中门户。除此之外，白崇禧想通过陈明仁进一步大挖蒋介石黄埔系的墙脚，直到把其挖垮，达到以李宗仁取代蒋介石的目的。陈明仁系黄埔第一期学生，现归白崇禧指挥的华中部队，黄杰、李默庵、宋希濂、刘嘉树也都是出身黄埔的，白崇禧想通过对陈明仁的重用，把那几位拥兵的"天子门生"也都吸引到自己周围来。其次，白崇禧从地理位置和历史教训考虑，他坐镇武汉，必须有效地控制湖南，方能确保从武汉通往广西老家的主要交通路线，一旦有事，方能进退自如，免蹈当年夏、胡、陶的覆辙。但是，对于程潜这位"家长"在湖南的所作所为，白崇禧是很不放心的。为了控制湖南，确保退路，并有利于分化和争取黄埔系将领，以便对程潜进行监视，进而取代程在湖南的权力，白崇禧正需要物色一个能为各方面所接受的人选，陈明仁的条件，正好适合白的要求。

陈明仁是湖南人，又是程潜经办的孙中山时代大本营韶关讲武堂的学生。程、陈之间有师生之谊，加上陈明仁与刘斐是挚友，刘斐是湖南人，在百色马晓军部队中担任过排长，是白崇禧信赖的老部下，这样，陈明仁与白崇禧便有了更深一层的渊源。因此，白对陈倍加信任，不久，便将陈由武汉调到长沙来坐镇，兼任长沙警备司令。陈明仁到长沙后，很想要湖南省主席一职，在黄杰、李默庵为争夺省主席一度角逐失败之后，他便跃跃欲试。但是，程潜毕竟是他的老师，又素有"家长"之称，一时不好下手。这些，白崇禧早看在眼里，因此，当白把程潜送往邵阳后，便直接命陈明仁接省主席大印。陈明仁虽想当省主席，但又不愿不明不白地当，白崇禧很能揣度对方心理，正当陈明仁故作推脱时，白崇禧像变戏法似的，把手一抬，副官马上递来一只小公文包，白崇禧拉开皮包，取出一纸国民党广州政府的委任状，交给陈明仁，慷慨大方地笑道：

"关于子良兄任湖南省主席一职，政府已正式委任。"

陈明仁刚接过省主席的委任状，白崇禧又变戏法似的从皮包里取出另一张委任状，也交给陈明仁，说道：

"我已要求国防部明令撤销长沙绥靖公署，改设湖南绥靖司令部，由子良兄兼任总司令。"

陈明仁又接过国防部的委任状，心头升起一股热流，他不禁想起二十四年前，在东征攻惠州要塞时，他冒死第一个登上惠州城墙，蒋介石给他连升三级，两年前，四平街血战后，蒋介石给他挂上"青天白日"勋章时的情景。如今，李宗仁、白崇禧把湖南的军政大权全部交给了他，李、白对他可谓有知遇之恩，其恩之重可说大有超过蒋介石之势。因为蒋给他连升三级，也不过是当上个小小的营长啊，至于那"青天白日"勋章，虽然荣耀，但是，怎抵得上兵团司令、湖南省主席和绥靖总司令这样使人感到心花怒放呢？陈明仁有些陶醉了。

"感谢总座看得起我！"陈明仁接过委任状，立正向白崇禧敬礼。

白崇禧笑容可掬，过来拍拍陈明仁的肩膀，说道：

"子良兄，我们要团结在李德公的周围，共负反共救国之大任。你在四平街与共军血战，抬棺上阵，使共军胆寒，战功卓著，国人无不叹服。目今共军猖狂南下，其先头部队已抵湘境，这股共军，乃是林彪部队，相信子良兄定会拿出血战四平街的神勇，再将林彪部队击败，以重振我军之军威。到时，'青天白日'勋章将由李德公给你挂上！"

"总座，我一定追随您和德公，反共到底，坚决保卫湖南，直到战至最后一个人，决不动摇！"陈明仁举手宣誓，声震屋宇，如钢似铁，大有宁折不弯、杀身成仁之势。

"子良兄，四平一战，本可全胜，纵不能生擒林彪，也可将东北共军主力摧毁，但陈小鬼从中作梗，委座下令不得穷追，遂使共军从容北撤，这是我军反共作战中最大的憾事。目今'匪'势虽然猖獗，但陈小鬼再不能作梗，有子良兄和数十万精锐国军陈兵湘省，为国而战，为湘而战，我们定能再挫林彪，以补偿四平之憾！"白崇禧紧握陈明仁的手，又说了些拒敌于汨罗江的计划，陈明仁点头称是。然后，白崇禧驱车长沙机场，乘飞机飞到衡阳去了。

却说白崇禧到衡阳总部后，甚为关心的乃是程潜的动向。过了两天，他即给邵阳警备司令魏镇打电话，询问程是否已到邵阳。魏镇答："颂公刚到。"白崇禧便迫不及待地要和程潜通电话。不久，电话中传来程潜那苍老的湖南口音，白崇禧这才放下心来，和程在电话中寒暄后又虚与委蛇一番，遂心满意足地放下了电话筒。可是，到了七月底，也就是白崇禧在长沙省署门口送走程潜一个多星期之后，忽报程潜已秘密潜回长沙，与陈明仁共同策划湖南局部和平，他们正在和共产党协商，已经起草了"起义通电"。白崇禧听说不禁大吃一惊，张轸率部在武昌金口投共，使他损失了一个兵团，打乱了南撤计划。如果程潜和陈明仁在湖南双双投共，他不但要再损失一个兵团和偌大的湖南地盘，而且湖南一失，两广门户洞开，将打乱他整个的防守和退却计划，其影响是不堪设想也无从挽回的。他连连给邵阳方面打了几次电话，但不是说程潜到城外察看风水去了，就是说颂公被地方绅士请去吃饭了，无论怎样打电话，都不能找到程潜。

　　白崇禧知道程潜素爱与人察看风水，平时也喜谈堪舆之术，但他总不至于在山野泡在风水里不回城啊。白崇禧怀疑程潜极有可能潜回长沙，但陈明仁已任省主席和绥靖总司令，程潜无拳无勇，不过是个已被罢黜的"家长"而已，只要陈明仁不理会他，程便无所作为。白崇禧相信陈明仁是坚决反共的，而且白对他是恩深义重的，以陈明仁之为人，断不会背着李、白投共。目今蒋介石已经下野，陈明仁只有死心塌地跟着李、白坚决反共才有出路。但是，不久白崇禧发现《民国日报》刊出一条消息：《陈明仁主席声言一定要使大家在长沙市内听不到枪声》，这条消息写道："陈主席明仁今在省政府的一次会议上发表重要讲话，略谓：目前军事形势极为紧张，这是大家所关注的。不愿意再打内战，也是全省三千万同胞的共同愿望。我作为省政府主席，宁愿置个人安危于不顾，决不能违背人民的意愿，我一定要使大家在长沙市内听不到枪声……"白崇禧看了，把个眉头皱得似核桃一般，正在琢磨着这条消息的真假，忽接行政院长阎锡山从广州打来的电报，说陈明仁与"共军代表洽谈和平"，要白崇禧立予处置免生变乱。

　　"阎老西在广州怎么知道长沙情况！"

　　白崇禧把阎锡山的电报往桌上一丢，本想不再为陈明仁的事费心，但程潜的行踪却弄得他心绪不宁，如程潜果真潜返长沙，必有目的，他鉴于张轸之变，对程潜不得不防，于是，他抓起电话筒，给在长沙的陈明仁挂电话。

"子良吗？闻说颂公已返长沙，请告知他的住处。"

"总座，颂公现时不是在邵阳么，听说他离长沙时走得匆忙，连看风水用的罗盘都还没来得及带走，昨天他派人专程坐车回长沙取罗盘呢。"陈明仁朗声说道。

"啊？颂公就是派人回来取罗盘吗？和什么人接触过没有？"白崇禧对程潜的一举一动都颇不放心。

"没听说和什么人接触过。"陈明仁答道。

"嗯，前线情况如何？"白崇禧又问道。

"近日共军进犯湘北，由于我将士奋勇作战，予敌重创。现正相持汨罗、平江一线。"

"好，望子良兄再建奇功！"白崇禧听说陈明仁重创共军，心里十分高兴，当即予以嘉勉，接着说道，"我明日上午九时将飞长沙巡视。"

"啊，总座，有我在这里就行了，您不必亲临前线啦！"陈明仁听说白崇禧要飞来长沙，赶忙婉言拒绝。

"四平之战未起时，我正在沈阳巡视，闻知共军林彪发动二十万大军将攻四平，我即由沈阳飞四平与子良兄策划，而后果打一胜仗，今日林彪不幸又碰上我俩在长沙，此实乃天意！"白崇禧把林彪说得如同南蛮王孟获一般，仿佛只要一碰上他这位"小诸葛"，便只有束手就擒的命运似的。

陈明仁见白崇禧口气坚决，不好再拒。白的两位副手李品仙和夏威亦不主张白在此时飞长沙。李品仙道：

"健公，陈子良说与共军相持于汨罗、平江一带，但总部得到的情报，共军似已抵长沙市东的黄花和永安了。再说，子良葫芦里卖的什么药，也还不太清楚，此时赴长沙如发生突变势难应付。"

李品仙在湖南和湘军中任职时间较长，对湖南情况较为熟悉，他的意见向为白崇禧所重视。但是，白崇禧飞赴长沙的决定，并不是刚才跟陈明仁打电话才做出的。白一向有出奇制胜的思想，有时不惜冒险唱"空城计"。他之由广州直飞武昌，固然是为了处置张轸的问题，但是为了鼓舞士气，使其南撤计划顺利进行，也是他敢于冒共军行将渡江、张轸部不稳的风险的主要原因。现在，共军深入湖南，曾试图与共产党搞局部和平的程潜行踪不明，各方对陈明仁的政治态度亦多有不同的揣测，此时他如突然飞临长沙，对敢于言和的人不啻当头一棒。即使是程潜这位"家长"，闻知白的突然降临，也会吓得抱头鼠窜。纵使陈明仁动摇不定，见白的到来，也不敢再萌生异心，必得为李、白好生看守湘中门户。因此，长沙之行是白不惜继飞武昌后的又一次冒险。

"我替健公飞长沙一趟如何？"李品仙见白去长沙之意已决，未便再劝，为了防止万一他主动提出代白一行。

"不行！"白崇禧断然摆手，说道，"陈子良这个人，刚愎自用，性情暴躁，一言不合，便会拔枪相向，你们是驾驭不了他这匹烈马的。"

李品仙和夏威也知道陈明仁不好对付，但他们仍为白的长沙之行担心，因为如果发生不测，缺了白崇禧则湖南、两广便没有希望了。但白崇禧不仅不为自身的安危担心，反劝李品仙和夏威要沉住气，休得疑神疑鬼，引起陈明仁的后顾之忧，不利于与共军决战。为了探明共军的行动，白崇禧又派出飞机到汨罗、平江一带侦察，飞行员报告，没有发现共军大部队移动的迹象。第二天早晨，白崇禧准备飞长沙。他先派出两架飞机，满载他的卫队，在他由衡阳起飞前一小时飞抵长沙机场，先将机场控制，然后用话报两用机向他报告，可以着陆，他才从衡阳起飞。

却说陈明仁得知白崇禧要到长沙来巡视，心里十分着急。原来，陈明仁早就和程潜暗中谋划实现湖南局部和平的问题。因为程潜目标大，白崇禧一直紧紧盯着他，不易活动，许多事遂由陈明仁来干。白对陈明仁非常重视，不相信陈会与共产党言和，为了让陈掌湖南军政大权，白崇禧处心积虑将程潜赶走。殊不知程潜虚晃一枪，出走邵阳，陈明仁趁白崇禧已退衡阳，他在长沙遂积极与共产党接洽和平起义之事，这些事都瞒着"小诸葛"白崇禧。现在白崇禧突然飞来长沙，弄得陈明仁好不着急。他急召左右亲信策士商量，如何应付白崇禧的到来。

"司令官，反正我们已经决定起义了，干脆一不做，二不休，把老白扣了，交给共产党，这也是我们的一大功劳啊！"

"对，想当年，他和李宗仁在武汉扣留颂公，这一年来，颂公又受尽了他的气，如今他自投罗网，我们不妨即以其人之道，还治其人之身！"

"如果放跑了白崇禧，恐怕共产党追究起来，司令官也不好交代呀！"

众亲信你一言我一语，无一不是劝陈明仁扣留白崇禧，他们最怕白崇禧那如簧的巧舌和神出鬼没的手腕，把陈明仁重新拉回到桂系的轨道上去，那么，湖南的和平便有流产的危险。他们深知，陈明仁对和平起义一直疑虑重重。他除了打算与程潜一道走和平起义的道路外，也曾有过另外一种打算，即在起义遇到重大困难时，或对他显然不利的情况下，暂时把部队拖到湘黔或湘桂边境的大山中去，再作他图。其实，陈明仁最怕的是共产党算他在四平街的旧账，那一仗，他确实把林彪打得够呛。如果起义之后，共产党要他偿还血债，那他有十个脑袋也不够赔的。后来，中共中央毛泽东主席得知了陈明仁的顾虑，便请章士钊先生捎信给陈明仁，特别提到陈在四平街作战问题，毛主席笑着说，当时陈明仁是坐在他们的船上嘛，各划各的船，都想划赢，这是理所当然的，我们会谅解。只要他站过来，不仅不咎既往，我们还要重用他。

毛泽东主席这几句话，才使陈明仁逐渐打消了顾虑，起义的决心终于坚定了下来。正在这时，却又有一件事惹得陈明仁暴怒起来。原来他从有关方面获悉，第四野战军有派王首道为湖南省主席的意思，他觉得共产党还是不信任他。蒋介石给他连升三级，挂"青天白日"勋章；李宗仁、白崇禧在他失意的时候重用了他，又将湖南省主席、绥靖总司令的委任状送给他，他陈明仁能有今天，全是靠蒋介石和李、白的提携，没有蒋、李、白便没有陈明仁。如今，大势已去，他迫于形势，准备和平起义，毛泽东主席说过要重用他，但是，湖南省主席这把椅子他还没坐上几天，便要让给别人，他心里如何舒服？他把桌子狠狠一拍，对部下喝道：

"我们不能干了！要投降，让颂公去投降。我不能这样！"

这件事发生不久，又一件事使陈明仁火了起来。长沙警备司令部稽查处长毛健钧本是一名军统大特务，他血腥镇压共产党人和进步人士，作恶多端，民愤极大。长沙地下党组织通过陈明仁的部下，将毛健钧扣押起来，陈明仁闻之勃然大怒，对部下狠狠地把桌子一拍，说道："毛健钧的所作所为，都是我的命令，我应负责，如果今天清算他，岂不是明天就要清算我？我一定要用飞机把他送走！"

第二天，他果然把毛健钧送上专机，飞往芷江，硬是将这个血债累累的军统大特务放跑了。

鉴于以上情况，无论是中共代表或陈的部下，无不担心陈明仁在最后时刻发生变化，致使起义功败垂成。现在，又听说白崇禧要来巡视，谁不感到紧张呢？当然两全其美的办法便是劝陈明仁将白崇禧抓起来，立即发出起义通电，不过，连个军统特务都不让抓，他又何至于肯下手抓这个大名鼎鼎的"小诸葛"白崇禧呢？果然，待大家把扣押白崇禧的意见都说过了之后，陈明仁把桌子重重一拍，两条粗黑的眉毛耸得老高，大叫道：

"我叫陈明仁，不叫陈不义！哪个敢动白老总一根毫毛，我就扒他的皮！"

他这一拍一吼，使刚才七嘴八舌的部下们顿时噤若寒蝉。随后，他驱车直奔机场，把白崇禧接到他的司令部来。

"子良兄，我这次来长沙，你可以立一大功啦！"白崇禧端起茶杯，呷了一口茶，那双滴溜溜的眼睛却不停地看着陈明仁。

"总座，我还没有打一个像四平街那样的硬仗呢，怎么谈到为党国立功？"陈明仁不知白崇禧这话是什么意思。

"颂公和孟潇及你部下的一些人，不是正在劝你把我抓起来，送给共产党邀功请赏吗？哈哈！"这"小诸葛"果然厉害，一句话就刺中了陈明仁的心窝。

白崇禧这句话，本来是打草惊蛇的，在陈明仁听起来，却别是一番滋味，他甚至怀疑白已知道刚才他的部下们说的那些话了。如果是别人，此时受此一激一惊，定会拔出手枪喝令将白崇禧扣押起来，偏偏陈明仁又是个金刚般的硬朗汉，平生吃软不吃硬。他听白崇禧如此说，便从怀中抽出手枪，往白面前的茶几上重重一放，说道：

"总座，您对我说这样的话，还不如一枪把我毙了的好！"

陈明仁说完，便在白崇禧面前站得笔挺，把双眼一闭，任凭白的发落。白崇禧忙把他拉到身旁的沙发上坐下，十分激动地说道：

"子良兄，我知道你是个有血性的阳刚之人，绝不会听从那些小人之言！目下，虽然形势危急，但我们需记取太史公之言："智者举事，因祸为福，转败为功。'只要你我忠心党国，反共到底，就必能像越王勾践栖于会稽，复残疆吴而霸天下！"

陈明仁没有说话，他只希望白崇禧快点离开长沙。他决心和程潜一道走和平起义的道路，但不愿被人责为"卖主求荣"，也不想让人讥笑为放下武器投降共军。正如白崇禧所说，他是个有血性的阳刚之人，为人做事都堂堂正正、刚刚烈烈的。因此他也不想再用那套虚伪的话来搪塞敷衍他的上司。

"作为革命军人，应为孙总理之主义而奋斗终生。现在，国难当头，有些人还想搞局部和平，这是背叛党国，背叛总理……"

白崇禧说一句，右手在沙发的扶手上重重地敲一下，陈明仁不像程潜那样，怕白崇禧扣留，因而对白敲沙发扶手感到胆战心惊。现在，长沙的实权掌握在陈明仁手里，相反，如果他要把白崇禧扣留起来，那倒是易如反掌的事。陈明仁坐得笔挺，是一个标准军人正在听上峰训示的形象。白崇禧正慷慨激昂地说着，那只手也在不停地敲着，陈明仁却端坐不动，仿佛变成了一尊金刚。这时，只听桌上的电话铃急促地响了起来，但白、陈两人都好像没听见似的，白照样在滔滔不绝地说着，说完太史公又说齐桓公，再说到"田横，齐之壮士耳……"陈明仁则丝毫不动，目不斜视。那电话铃却不客气地久久叫唤着。陈明仁有个规矩，凡他与上司正在谈话时，除夫人之外，任何人不得进入室内。因此那电话尽管叫了好长一阵，副官们皆不敢进来接。这时，他的夫人谢芳如在楼下听到楼上会客室中的电话铃响，才上楼来接电话。

她刚听了几句，便不安地转过身来，向白崇禧报告道：

"总座，机场您的卫士长打来电话……"

"啊！"白崇禧这才来了个急刹车，中断了他的说辞，站起来，走过去接电话。

"报告长官，"电话中卫士长的声音有些急促，"机场附近发现共军游击队出没，似有对我机场进行破坏的企图。"

"加强警戒！"白崇禧命令道，说完便放下了电话。

大概陈明仁已知道了机场周围的情况，对白崇禧道：

"总座，您还是回衡阳去坐镇吧，这里有我就行了！"

白崇禧这趟长沙之行，他自己也知道冒的风险不亚于武昌之行，那时，尽管他已得知张轸不稳，但他的亲信部队张淦兵团在身边，可应付突变事件的发生。现在张淦兵团远在衡阳，长沙全是程潜、陈明仁的湘军，共产党地下活动也频繁，如果机场出了问题，那就麻烦了。他的卫队虽然紧紧控制着机场，但是共产党游击队如果潜到机场附近打几发迫击炮，那是防不胜防的，因此，他不敢在长沙久留。他的长沙之行虽仅半日，但目的已达，也就该适可而止了。

"有子良兄在此，我自然就放心了！"白崇禧对陈明仁仍深信不疑，他对程潜则放心不下，"如发现颂公潜返长沙，请即向我报告！"

"是！"陈明仁答道，随即用电话命令他的警卫团，封锁通往机场公路的两侧，他亲自护送白崇禧到机场去了。

"子良兄，我等着给你请功啦！"白崇禧临上飞机之前，仍不忘给陈明仁打气。

"健公，我是对得起您的！"陈明仁那铁板似的脸上，好似出现了他有生以来的第一次笑容，他笑得那样深沉而富有军人的正直感，一双大手把白崇禧的手握得发疼。

回到衡阳后，白崇禧每天仍不断与陈明仁通电话，虽然程潜下落不明，但他对陈明仁和长沙还是放心的。这天晚上九点多钟，白崇禧照例又给长沙陈明仁打电话，可是打了很久，竟无人接。他正感疑惑，忽听见电话中传来一个女声：

"总座吗？子良黄昏前带卫士到河里游泳去了，直到现在还没回来……"

"啊，夫人您好！"白崇禧听出说话的是陈明仁的夫人谢芳如，忙彬彬有礼地问候，"子良回来后，请他马上给我打电话。"

大约过了半个小时，白崇禧又迫不及待地给陈明仁打电话，又打了好久，这次连陈明仁的夫人也找不到了，白崇禧好生纳闷，手握电话筒，方寸有些乱了。大约又过了五分钟，电话筒中突然变得寂静起来，衡阳总部的通信兵团焦急地向他报告：

"报告长官，长沙的电话已经中断！"

"啊！"白崇禧像抓着绳索正在登山，那绳索突然中断，他的身子倏地掉下了万丈深谷，但他仍紧紧地抓着那电话筒不放，希冀能接上那断了的绳索，不至于摔到深谷里粉身碎骨。

"报告长官，我们已经用话报两用机与长沙联络，请接听！"通信兵团终于采取紧急措施，为白崇禧沟通了长沙的电讯。

"子良兄！子良兄！"白崇禧大声呼唤着，他像一个陷入迷途的旅人，在呼唤自己的旅伴。

话筒中没有任何反应，好一会儿，忽然跳进来一个陌生的声音——那是一家广播电台的播音员正在播送一篇什么人的声明：

"……率领全湘军民，根据中共提示之八条四款，为取得和平之基础，贯彻和平主张，正式脱离广州政府，今后当依人民立场，加入中共领导之人民民主政权，与人民军队为伍，仰能以新生之精神，彻底实行革命之三民主义，打倒封建独裁、官僚资本与美帝国主义，共同为建立新民主主义之中国而奋斗。程潜、陈明仁、李默庵、刘进……"

这是由程潜、陈明仁领衔发布的起义通电。白崇禧绝望地将话筒狠狠一砸，马上抓起另一只话筒，大声叫喊着：

"空军出动全部飞机，务必将长沙夷为平地！"

第八十九回

风水战术　青树坪解放军受挫
衡宝大战　黄土铺"小诸葛"折兵

　　白崇禧醒来的时候，房中仍很昏暗，三面壁上的窗户由于窗帷遮得很严实，使他不知道现在到底是什么时候了。他是坐在沙发上睡着的，室内很静，隔壁的电台嘀嘀嗒嗒正在收发报，电话铃不停地响着。他站起来，拉开一面窗帷，秋日的阳光像一道强烈的探照灯光柱，倏地扫了进来，他赶忙眯起眼睛。副官送来洗脸水、毛巾。漱洗罢，副官又端来咖啡和点心，他觉得有些饿了。

　　"报告长官，空军出动飞机已对长沙反复轰炸数次。"作战参谋进来报告道。

　　"再炸！"白崇禧狠狠地吼道。

　　"是！"作战参谋退了出去。

　　"报告总座。"接着情报处长来到，他是奉白崇禧之命，收集陈明仁投共后，第一兵团将领和部队情报的。

　　"第一兵团情况如何？"白崇禧一边用餐巾揩嘴，一边迫不及待地问道。

　　"陈明仁叛变投共后，不得军心，所部将领虽在通电上具名，但该电一发，第一兵团的四个副司令官刘进、彭璧生、张际鹏、熊新民和兵团下属的三个军的军长和副军长均拒绝跟陈投共，率部继续效忠党国和白长官！"情报处长报告道。

白崇禧听了，面露喜色，随即用右手狠狠地敲打着沙发扶手，说道：

"陈明仁，你出卖了我，但你得到什么呢？光杆司令！孤家寡人！"

他说一句，狠狠地敲一下，可惜程潜和陈明仁都不在他旁边坐着，只是吓得情报处长忙把身子往外挪了挪，生怕白的拳头砸到他身上。

"等着共产党算你的账吧！陈明仁！"白崇禧哼了一声，但突然觉得情报处长说得还不满足，忙又问道：

"第一兵团的部队呢？"

"第十四军的第十师、第六十二师，第七十一军的第八十七师、第八十八师，第一百军的第十九师及第一九七师一团已脱离陈明仁的指挥，在军长和师长们的率领下回到我军的队伍中。"

"嗯。"白崇禧听了却又不满足，因为陈明仁的第一兵团共有九个师，现在才有五个师和一个团重归白的麾下，其余三个多师到底是被陈明仁拖到共产党那里去了。但白崇禧相信，纵使陈明仁投共，那三个师的官兵只要一听到白长官的召唤，必会弃陈来归的。他又重重地敲着沙发扶手，命令情报处长：

"通知空军，即刻向长沙一带空投传单，通告第一兵团被蒙蔽投共之官兵，凡给我拉回一个师的即升军长，拉回一个团的即升师长，其余官佐皆有升迁，士兵每人发给大洋百元，官长加倍。"

情报处长见白老总不惜血本召唤旧部，他明白这除了从共产党手中夺回实力之外，也还有夺回军心之意，忙衔命而去。陈明仁既已投共，湖南这道樊篱共军不攻自破，两广受直接威胁，白崇禧忧心如焚，为了修补樊篱，他忙电广州行政院，保黄杰为湖南省主席，由其接任第一兵团司令官。白崇禧之重用黄杰，乃和过去用陈明仁是一个目的。黄杰也是湖南人，黄埔军校毕业，以黄代陈，人地两宜。在蒋介石下野后，白崇禧希望有更多的黄埔系军人能来为其效劳。

白崇禧站在地图前，两眼直盯着湖南省出神，他觉得，地图上的湖南，极像肉案上一块鲜红的优质牛肉。庖丁解牛，共军的"游刃"下步将指向何处？他的视线，慢慢地集中在衡阳和宝庆（邵阳）之间。衡、宝之间是黄杰兵团和张淦兵团的结合部，地形上像走廊，容易突破。陈明仁投共之前，白令陈坐镇长沙指挥，华中部队的防线在汨罗、平江一带，衡宝尚属后方；因此白崇禧对此并不在意。现在陈明仁突然投共，把长沙拱手让给了共军，共军兵不血刃，就席卷半个湖南，原来的后方衡阳、宝庆，一下便成了湘、桂边境上的第一道防线。陈明仁对白崇禧的意图和湖南省的兵力部署了若指掌，共军必在叛将的指引之下，轻车熟道急犯衡、宝，直叩广西门户。白崇禧看着地图，忽然哼地冷笑起来，随手抓起桌上的电话筒：

"给我接广州李代总统！"

不久，李宗仁接上了电话，他对陈明仁叛变投共后的湘粤局势甚为关切，白崇禧却从容说道：

"德公，请你设法和魏德迈将军联系。"

"啊，"李宗仁大概已明白了白崇禧的意思，"局势发展至此，美援迄今尚无消息，老蒋目前已派吴铁城赴日访问麦克阿瑟将军，也是争美援。"

"德公，"白崇禧笑道，"老蒋要不来美援，我们是可以要得来的啊！"

"啊？"李宗仁不知"小诸葛"有何妙计。

"美国政府不是曾经透露过，将对中国反共有效的地方政权给以援助吗？我准备在湖南打个胜仗，扼制共军南下，坚守两广，请求美国政府直接援助华中部队，然后图谋反攻！"

"啊！"李宗仁总算明白了白崇禧的打算，但是，他这时像一个快被渴死的人，忽听白崇禧向他报告，千里之外有水可以解渴，他除了在心中想着那个解渴之水是何等美好之外，喉咙里照样干得冒火，如等到白崇禧的捷报传来，恐怕他早就干死在广州了。但他仍不得不盼那远在千里之外的"水"。

"有把握吗？"李宗仁半信半疑地问道。他和白崇禧相依为命几十年，过去对白的奇谋巧计，他从不存疑，今天不知为什么，他对"小诸葛"也有些怀疑了。也许，张轸投共，陈明仁投共，武汉败退，长沙丢失，短短几个月，华中地盘拱手让给共军大半，目下，眼看连两广都要坐不住了，别说"小诸葛"，便是真孔明怕也不济了。

"德公放心，旬日之内必有捷报！"白崇禧说道。仿佛那捷报已放在他衣袋里，随时可以摸出来似的。

"如果你能在湖南打个胜仗，力挽危局，美国政府对我们必会刮目相看，美援马上就可以要到。过去我们之所以要不到美援，那是因为自徐蚌会战以来，我军还没打过一次胜仗啊！"李宗仁强打着精神说道。

白崇禧放下电话筒，又聚精会神地站到地图前琢磨起来。

"健公，恭喜了！"第三兵团司令官张淦突然兴冲冲地走了进来，向白崇禧拱手称贺。

"'罗盘'，有什么好事，这样高兴？"白崇禧扭过头来，问道。

"共军这回要完蛋了！"张淦神秘地说道。

李宗仁（右）与"罗盘将军"张淦

"啊？"白崇禧皱着眉头，两眼打量着张淦，估计他准又是在风水上做了什么文章。白崇禧对这位"罗盘"将军张淦，既不放心，也不相信，但是又不得不放心，不得不相信乃至委以重任，将桂军的主力兵团交给他指挥。二十多年前，白崇禧和张淦、陈雄、夏威、刘斐等人从百色逃出，奔往贵州避难，在坡脚宿营。张淦摆弄着他那只罗盘，算出了白崇禧跌伤胯骨的厄运。从此，他在桂军中便薄有声誉。在李、白麾下，他的官越做越大，兵也越带越多，那只罗盘也越耍越大了，他升任桂军主力兵团——第三兵团司令官后，一直跟他背罗盘的那个上等兵，也逐级提升到少校军官了。

"健公，我发现了一块对共军来说是一块绝地的风水地，他们只要从此经过，便有来无回，全军覆没！"

张淦手舞足蹈地比划着，如果把他的中将军衔和军装扒掉，他便成了个十足的风水先生了。对于张淦的风水之术，白崇禧是既不反对，又不相信，即或偶尔"灵验"，他也只是有保留地称赞几句。现在，他不知这位罗盘将军又盯上什么地方了，但转而一想，心中不觉一动，他眉梢跳了跳，面露神秘之色，笑道：

"'罗盘'，我也看得一方宝地，此地风水是共军的一块绝地，他们进得来，便出不去！"

"啊？"张罗盘把一双眼睛睁得老大，他不明白这位一向不热心此道的白老总，何时竟也摸上了罗盘。

"不知健公看上了何方宝地？"张淦问道。

白崇禧平生最喜欢学诸葛亮那一套，他只是笑了笑，便从办公桌上取来两支毛笔，递一支给张淦，说道：

"我们不妨各自把这个地方写在手心里，看看同也不同？"

"好！"张淦拿笔转到一边，一会儿便写好了。白崇禧把笔放下，把那只写着字的手掌藏在身后。白、张两人，同时亮出手掌，不约而同地都"啊"了一声。原来，他们两人掌中写的都是一处地名——青树坪！

"不知健公用何种罗盘？请拿出来让我见识见识！"张淦因与白崇禧把风水看到了一处，心中又惊又喜，忙向白讨罗盘来看。

"这就是我的罗盘啊！"白崇禧用小棒指着张挂在墙上的地图，诙谐地说道。

"这……"张淦不解地问道，"这东西怎能推算阴阳、吉凶呢？"

"请看，"白崇禧用小棒在地图上比划着，笑道，"这两条河水横向，这两排山脉纵列，山河交错，正好形成一个'廿'形，这不是说明共军缺腿，有来无回吗？"

"健公真孔明也！"张淦佩服得五体投地，因为白崇禧说的，正和张淦用罗盘推算的如出一辙。原来，张淦素喜堪舆之术，无论行军作战或布防，都要在防区之内踏察风水，以便避凶就吉。他率桂军主力兵团，陈兵湘桂线上，曾乘坐吉普车或马匹，几乎走遍了他的防区。后来无意之中在永丰县（现为双峰县）境内发现青树坪的地形奇特，风水怪异，他摆弄着他那只特大罗盘，观察推算了半天，认定这是块专克共军的凶地。因此便来向白崇禧贺喜，谁知白老总运筹帷幄之中，竟也发现了这块"绝地"，正所谓英雄所见略同也！

“‘罗盘’，我就派你去斩共军的双腿吧！”白崇禧见张淦那副几乎惊呆了的模样，很满意地笑着说道。

“是！”张淦打了个很精神的立正。他跟了白崇禧几十年，这次是开天辟地第一回，他的罗盘与白崇禧的地图不谋而合，因此，对领受任务也特别干脆，不提半句军饷方面的事。

白崇禧用小棒指着地图，对张淦面授机宜：“你亲率第七军、第四十八军，明日向南开拔，对外只声言拔队回广西。当晚即以急行军速度秘密折向青树坪，到达目的地后，即封锁一切消息，布成袋形伏击阵地，共军一二日内，必向青树坪进犯，到时你即可挥师勇猛出击，狠斩共军双腿，必获全胜！”

“是！”张淦答得更加精神，因为白老总的战术不但和他的风水战术一致，而且又把伏击共军的任务交给了他的第三兵团，他向白老总敬了个礼，便得意洋洋地走了。

其实，白崇禧决定在青树坪阻击共军，并非听信于张淦的罗盘推算和白本人发现青树坪什么风水的秘密，而是出于大胆的设想和果断的行动。他鉴于林彪的第四野战军渡江之后，兵不血刃，即奄有两湖。张轸投共，陈明仁投共，必使共军四野误认为华中国军已呈土崩瓦解之势，不堪一击。而陈明仁又谙熟湖南地形和白在湖南的军事部署，因此，白崇禧判断，共军必避开桂军重兵防守的湘桂线，从衡、宝之间的空隙向南穿插迂回，以拊衡阳之背。为了出其不意地打击共军穿插部队，白崇禧经过深思熟虑，认为位于衡阳西北和宝庆东北之间的青树坪，是最为理想的设伏之地。他手上虽有五个兵团，但是战斗力强能挫败共军的仅有张淦的第三兵团。他决定使用第三兵团在青树坪阻击共军。张淦是有名的“罗盘将军”，不但熟知风水地理、阴阳八卦，而且对打仗还有一套。特别是身为第三兵团司令官的张淦，指挥着精锐的第七军和第四十八军，在与共军作战方面，这只“罗盘”的发言权又比其他四个兵团司令官大。白崇禧正要把张淦找来商量此事，不想“罗盘将军”却倒是先找上门来了。孔明用计激张飞，为了激一激这位“罗盘将军”，白崇禧灵机一动，临时想出了一套既荒唐又贴切的办法。张淦一见白崇禧之谋与其相同，遂精神大振，依令率部潜往青树坪去了。

第三天，广州的广播电台和报纸纷纷发表消息，报道：

"前湖南省主席陈明仁投共后，湘省防线已呈破碎之势，华中国军已向广西背进⋯⋯"

"哼哼！"白崇禧发出一串高傲的冷笑。平时，对于广播电台和报纸登载华中部队败退的消息，他是非常恼火的，唯有这次他感到高兴。作战参谋给他送来一份密电，这是张淦率部进入青树坪后发来的电报。按照规定，为了严守机密，此后张淦要关闭电台，中断与各部的联络，直至战斗打响。白崇禧一天二十四小时都守在电台旁边，等候张淦的消息。他又不断派出飞机，侦察共军的行动。时间一分一秒地过去，他在室内踱步，参谋、副官都不敢来打扰。他默默地走着，忽然想起小时候，在老家山尾村抓鸟雀的情景：初春的日子里，风寒水冷，田里浸泡着一层薄薄的水，农民准备春耕了。一群群羽毛斑白的石灰鸟，啾啾地叫唤着，飞落到漫着冷水的田中，走来走去觅食虫子。孩童们用马尾和麻绳编织成一种巧妙的"马尾套"，插到水田中。鸟雀们在田里急急地走着，追逐被田水灌出来的各种冬眠的虫子，它们只顾追逐食物，并不留心那些看去若有若无的"马尾套"，结果，一个个都落入套中，被孩童们逮了，半天的时间，常可以逮到一大串⋯⋯想到这里，白崇禧脸上浮出一丝满足怡然的笑容，仿佛他的手上正提着一大串鸟雀，踏着暮霭走向炊烟袅袅的村庄。

"健公、健公，共军已全部落进圈套，我军正猛烈进击⋯⋯"话报两用机传来张淦兴奋激动的声音。对于一个笃信阴阳风水之术的人，能亲眼看到他自己用罗盘推算出来的预言得以验证，他是何等地反应强烈，并狂热地不顾一切地要把他的预言全部兑现，因此张淦挥兵勇猛冲杀，其势如暴风骤雨，疯狂到了极点。对于这一点，白崇禧是非常满意的，也是他意料之中的事，他之所以重用张淦，也正是从这一点上考虑的，亦可谓知人善任矣！

"'罗盘'，'罗盘'，把预备队全部投入战场，要狠，要狠，一定要打得狠！"白崇禧咬牙切齿，右手紧握拳头，在沙发扶手上重重地敲击着。白崇禧曾在东北四平街和陈明仁指挥国民党军队与林彪的第四野战军交过手，他深知四野是共军的一支劲旅，一向以猛打猛冲闻名，横扫东北，入关围困平津，马不停蹄挥师南下，一路所向无敌，国民党军队无不望风披靡。对于这样一个强硬的对手，必须以硬对硬、以猛制猛才能铩其羽而撄其锋。白崇禧知道，只有他的第七军和第四十八军才有这股硬劲和猛劲，特别是第七军，是北伐以来驰名天下的钢军，这下可谓好钢用在刀刃上了。他估计，由青树坪南下穿插的共军，必有叛将引路，人地熟悉，又值国民党军队湘南一带防线不稳，必急于向衡、宝后方穿插，而疏于防范，只要张淦集中全力猛击，共军定然支持不住，因此白崇禧命令张淦战斗一打响，便将预备队投入上去，以形成无法阻挡的锐猛攻势。

青树坪之战，国、共两军血战两日，共军终于败北。这是四野自东北入关以来第一次受挫，也是自徐蚌会战以来，国民党军队所打的唯一胜仗。白崇禧在电台旁边守候指挥，整整四十八小时未曾合眼。他给李宗仁代总统发出告捷电之后，才安然入睡，这是自武汉撤退以来，他睡得最香甜的一次。

"青树坪大捷"的捷报传出去，衡阳顿时成了新闻中心，中外记者齐集白崇禧的总部，纷纷采访新闻。白崇禧、夏威、张淦在总部的大厅里接待来自各方的新闻记者，即席发布新闻，回答新闻记者的提问。

"白长官，你认为青树坪大捷有何意义？"一位记者问道。

"粉碎了共军不可战胜的谰言，戳穿了国府无以在大陆立足的谬论！"白崇禧昂然答道。

"妙！"有的记者不禁大声赞美起白崇禧这句颇为精辟的言论来。

"张司令官，请谈谈你是如何运用阴阳八卦之术指挥作战的？"另一记者问道。

"阴阳之说，其妙无穷……"张淦十分得意地答道。由于青树坪大捷，他已被擢升为华中军政长官部副长官了，而且胸前还挂上了一枚"青天白日"勋章。

"请问张司令官，据你推算，国军的下一次大捷将在何处？"又一记者问道。

"长沙、武汉！"张淦劲头十足地答道。

"白长官，你对张司令官的预言有何看法？"那位记者再问道。

"此乃军事秘密，不便详谈。"白崇禧神秘地笑了笑。

"夏副长官，请你谈谈自己的看法？"记者们见夏威坐在一旁一言不发，忙把

"青树坪大捷"后，白崇禧在衡阳接见广州市劳军团团长陈永吉

视线引向他身上来。

"无可奉告！"夏威面色严峻，只摇了摇头，仍不多说话。

……

"青树坪大捷"被天花乱坠地吹嘘了一阵之后，白崇禧即面临更大的压力，一次小胜的喜悦却紧接着带来了更大的彷徨和苦闷。原来，美国政府见白崇禧在湖南打了胜仗，对他另眼相看，决定给予军事援助。他已得悉，四十个师的美式装备可以迅速交拨。其中除装备西北的马步芳、马鸿逵部队外，其余的都装备白崇禧的华中部队。他又得悉，美国国会已通过了七千五百万美元的拨款，准备用于中国一般地区，如白部能坚守两粤六个月，这笔拨款和军用物资即可源源而来。为此，美国太平洋舰队总司令海军上将白吉尔也与白崇禧会晤，表示愿意帮忙。美援！美援！美援！对于白崇禧这一辈人来说，美援也许高于一切，美援的诱惑力大过一切，美援是一剂灵丹妙药，能够使奄奄一息的国民党政权起死回生，能够使有如惊弓之鸟的国民党军队变成无敌之师，没有美援，便没有他们的一切——军队、地盘、政权。蒋介石是这样，李宗仁是这样，白崇禧也是这样，对于一切死死抱住国民党政权这艘残破欲沉的大船的人来说，无不是如此！

"青树坪大捷"换来了美援，但是同时也换来了蒋介石的忌恨。蒋介石生怕白崇禧在两广和湖南站稳了脚跟，美国政府便会以桂系为援助的对象，一脚把他踢开。蒋介石对此早已看在眼里，国民党政权只能由蒋介石为代表，其他都是旁门左道。美援也只能由蒋介石代表的政权来接受，其他的人只能看蒋介石的眼色分一杯羹。为了抵制蒋介石在国民党内的影响，为了粉饰国民党这块已臭不可闻的牌子，白崇禧决定给国民党这块招牌刷一层"漆"。为此，他邀集李品仙、夏威、张淦、李汉魂、邱昌渭、程思远、黄旭初、韦贽唐、黄绍耿等人举行座谈。

白崇禧说："国民党的组织和威信给蒋介石搞坏了，我们要保持华南这个局面，必须重建国民党以维系人心。"他亲拟了《中国国民党重整同志会会章》，召开了重整国民党发起人会议，亲自发展会员，建立组织，大有凌驾国民党之上的趋势。为收揽人心，白崇禧又提出了"减租限田"和"战士授田"的口号，规定每户（以五人计）地主拥有的土地不能超过五十亩，如增加人口得按比例递增，超额田地照价卖给农民。对现役中的国民党军队士兵，则按一定比例授予田地。白崇禧说，这是新时期实施孙中山先生平均地权的主张，是革命的主张。

白崇禧打了胜仗，有了美援，有了政治组织，又有了引人注目的政治口号，这对于下野后仍退而不休的蒋介石来说，比前后两次直接被白崇禧逼下台更为可怕。如果白崇禧在华南站稳了，蒋介石便再无复起之日，他的军队，他的国民党组织，他运到台湾去存放的无数金银财宝，将统统归李、白所有，他本人则成为一个海外游魂。蒋介石是绝不能让白崇禧成功的，他处心积虑使白的计划胎死腹中。首先，蒋介石命令胡琏兵团由汕头乘船退至厦门，最后渡海撤至金门、马祖岛，使粤东完全空虚。李宗仁、阎锡山通电蒋介石请求调在海南岛的刘安琪兵团入广州布防，蒋无动于衷。乃至沈发藻兵团在江西赣县战败南撤，退守粤、赣交界的大庾岭时，李宗仁、阎锡山又再吁请蒋介石调胡琏兵团和刘安琪兵团协守大庾，蒋介石置之不理。

共军第四野战军自赣南分东西两路，一路突破大庾沈发藻兵团防线，沿北江而下，其势锐不可当，韶关、英德岌岌可危。另一路共军自大庾以东突入潮梅地区，威胁广州。蒋介石这一着，可谓釜底抽薪，白崇禧纵有天大本事，也无法再在华南立足了。紧接着，蒋介石频飞广州，组织中央非常委员会，成为国民党最高的决策机构，蒋自任主席以加强对党政军的直接控制。为了从白崇禧手中夺回重整国民党这个口号，蒋介石提出了"党务改造方案"。蒋说："国民党的改造是一个根本措施，必须把党改造得好，才能刷新政治，发展经济，加强军事，力挽危局。"蒋介石正在从幕后走向台前，为复任总统做种种活动。

再说共军在青树坪受挫后，中共主席毛泽东闻报震怒，他致电林彪等四野将帅，大骂白崇禧"是中国境内第一个狡猾阴险的军阀"，指示林彪对白崇禧的华中部队"应采取远距离包围迂回方法，占领他的后方，迫其最后不得不和我作战"。林彪根据毛的指示，不久便集结数倍于华中国民党军队的兵力，直逼衡阳、宝庆，欲与白崇禧部决战。白崇禧前临强敌压境，后有老蒋拆台，困守衡、宝，苦不堪言。这一天，他召夏威、张淦前来议事，想听听他们对下一步作战的意见。

"健公，上次在青树坪我们斩了共军的腿，这次据我上观天相，下察风水，我军据衡阳、宝庆，衡阳，衡之阳盛也，宝庆，宝之可庆也，衡宝、衡宝，永恒之保。我军得天时，据地利，共军来犯，必遭覆灭，我军正可乘战胜之余威，直捣长沙！"

"不可！不可！"夏威连忙摇头，反对张淦的意见，"敌众我寡，目前不能与敌决战，应保存实力，退回广西固守，以待局势之变！"

"不不不，"张淦反对道，"要守住衡阳，必须采取攻势，以攻为守，退回广西，只有等着挨打，我主张将第七军加入宝庆方面的战斗，从左翼出击，一鼓作气，打到湘潭、株洲一带，迫使湘桂线正面之敌后撤，可相机攻入长沙，亦可相机用火车将部队运回衡阳，此举可谓进退自如。"

"哼哼，这么说来你的第七军可以包打天下啦！"夏威不满地冷笑道。

"煦苍兄，当年德、健二公不正是靠第七军打天下吗？"张淦洋洋得意地说道，他因为手中握着这张王牌，根本不把北伐后期就已当了第七军军长的夏威放在眼里。

夏威也不再和张淦争执，他起身走向地图用小棒指着地图说道：

"共军右翼先头部队已到达新化以北地区，宝庆岌岌可危，人心浮动，黄杰屡请增援。上次共军吃了孤军深入的亏，此次先头部队的后面必有强大的后续部队继续推进。我估计，共军对宝庆形成大迂回包围后，衡阳正面敌人的主力部队必将展开主力进攻。衡阳系一个突出部，指挥部在此，极为不利，应迅速撤到东安，并以有力部队据守武冈，以固广西北边门户，其余部队依次向广西背进，避免与共军决战。"

由于李品仙已回桂林任绥靖公署主任，奉白之命正在经营广西这块最后的根据地，因此现在夏威、张淦这两位副长官便成了白崇禧的左右手，左手要退，右手要进，中枢遂失去安定和平衡。白崇禧在室内慢慢踱步，内心矛盾重重。从心理上来讲，他当然愿张罗盘算得准，数日之间推进到长沙，再像当年北伐那样，半个月打到武汉。但实际上他又存有兵力单薄之忧，除了第七军和第四十八军之外，他手中可用之兵实在不多。如果不迅速撤回广西，摆在衡宝线上的这些部队，很有可能被优势兵力的共军穿插、分割，最后吃掉，夏威的意见无疑是有预见性的。白崇禧走到办公桌前，下意识地坐到椅子上，他要下达撤退的命令，这二十几万部队是他的最后一点血本了，如果输掉，他和李宗仁便再无出头之日，他不能不紧紧地抓着这点本钱，经验告诉他，一旦在外待不下去时，就必须马上跑回广西老家，就像孙猴子，一碰到不如意的事就返回花果山一样——广西是他和李宗仁的花果山，无论是上界的天兵天将，还是下界的妖魔鬼怪，都奈何不了这花果山，当然也就奈何不了神通广大的美猴王了！返回广西去割据称王，保存实力，以待时局之变，绝不能在衡、宝和共军主力决战。民国十九年他和李宗仁、黄绍竑、张发奎指挥的桂张军在衡阳惨败大伤元气之事殷鉴不远，当时如果避免与粤军蔡廷锴部血战，何至于损兵折将一蹶不振？"走，马上撤回广西，避免在此与共军决战！"孔明纶巾羽扇，飘然而至，谆谆告诫他，必须快走；他崇敬的孙武，乘着战车疾驰而来，向他指出："故用兵之法，十则围之，五则攻之，倍则分之，敌则能战之，少则能逃之，不若则能避之。故小敌之坚，大敌之擒也。"

白崇禧拉开抽屉，他要书写撤退手令，可是，跳入眼帘的却不是那华中长官公署的信笺，而是美国太平洋舰队司令海军上将白尔吉的一份电报。白尔吉告诫他，要想取得大量美援，就必须固守衡阳，顶住共军的攻势，否则美援无法保证正常交拨。白崇禧像是被电击了一下似的，从手脚麻木到躯体直至他那奇谋频出的脑袋。没有美援，在国民党内他和李宗仁便斗不过蒋介石；没有美援，在中国他和李宗仁便斗不过共产党。美援是他的灵魂，美援是他制定一切战略的出发点，特别是现在，他华中二十余万大军陈兵衡宝，将面临粮弹两缺之势，美援之力更在一切之上。他如果放弃衡阳，退回广西，美国政府对他的相信程度势必减弱，没有美援，他的几十万大军回广西去吃山上的石头吗？他犹豫了，他动摇了，那位蓝眼睛、鹰钩鼻的美国将军终于在他脑海里占了主导地位，挤走了纶巾羽扇的孔明和乘坐驰骋战车的孙武。

"'罗盘'的意见很好！"白崇禧站了起来，离开他的办公桌，站到地图前说道，"以攻为守是为上策。我决定命令黄杰集中优势兵力阻止敌人于宝庆以北地区。衡阳方面，以第七军、第四十六军、第四十八军、第五十六军、第一二六军由衡山、永丰间地区向长沙进攻。华中长官部的位置，虽然处于前敌，但不能轻易移动，否则有碍国际观瞻，因美援正在交涉接收问题及接收地点，所以不但部队不能撤退，长官部更不能向后移动！"

"健公！"夏威见白崇禧毫不考虑敌我兵力上的悬殊，将桂军五个军全部调上去拼，特别是第七军和第四十八军这两个军，是桂军的镇家之宝，李宗仁和夏威当过第七军的第一、二任军长，白崇禧亲自当过第四十八军的军长，这两军如果在衡阳有失，则大势去矣。因此夏威用悲凉的口吻要求白崇禧："勿作孤注一掷之举！"

白崇禧不理会夏威的劝阻，他用小棒指着地图，继续说道："为了扩大战果，我将电国防部顾墨三，在华中国军大举反攻的同时，再令退集到福建及沿海一带岛屿的汤恩伯部反攻福州等地；命胡宗南部自秦岭向陇海路西段进攻；命宋希濂部以主力渡过澧水，向常德、澧县攻击。目下，共军占据大片地盘，兵力非常分散，正是我军发起反攻收复失地的大好时机。"

夏威瞪着眼睛，死死地盯着白崇禧，下巴上松弛的肌肉在微微地抖动着，他怀疑白崇禧是不是中了邪，为何白日说起梦话来了？张罗盘却劲头十足，因为白崇禧不但全面肯定了他的意见，而且全力予以支持，并将其反攻的范围由长沙的局部地区扩展到全国战场，他佩服白崇禧的决心和气魄，因此待白一说完，他便拍着胸膛说道：

"健公这气势，共军见了害怕，美国人见了佩服，我们只要再打一个胜仗，便能扭转战局，争得更多的美援！"

白崇禧见张罗盘明白他的意图，便拍着张的肩膀，说道：

"'罗盘'，这五个军我全部交给你指挥，你务必猛击长沙、湘潭之敌，再奏凯歌！"

"是！"张淦答道。他正要告辞，忽又想起一桩大事来，忙过来向白崇禧报告道：

"健公，目下共军之所以气盛，全靠毛泽东的祖坟发得好，只要派人去挖掉毛泽东的祖坟，我们便有把握挫败他们！"

"啊？"白崇禧眉毛一挑，很欣赏张淦肯动脑筋，把他的风水战术运用得如此周到。

"没有用的！"夏威泄气地摇着头，"我早就听说何键主湘时毛泽东在井冈山造反，老蒋派何键带兵去'围剿'，何键大败而回，他一气之下，派人去把毛泽东的祖坟挖了，可这十多年来，共产党却越闹越大。"

"何键只知挖祖坟，根本不懂破风水之法。挖过之后，须在坟头淋上三遍狗血，方能点断龙脉破坏风水，施用此术，共党之势可败，共军之气可竭！"张淦手舞足蹈地说着。

"再派人去挖！"白崇禧把手往下一挖，与其说他相信张淦的阴阳之说，还不如说是他为一种仇恨和侥幸交织成的心理所驱使。

张淦去了之后，夏威一连几天默不作声。白崇禧独自在指挥室徘徊踟蹰，电台收到的都没有什么好消息，可是他派飞机去侦察却又找不到共军的大部队。他开始预感到不妙了，他在地上踱步，一阵急，一阵缓，时而停滞不前，时而在原地绕着圈子。他觉得，自己现在似乎变成了一只可怜的愚蠢的

向解放军缴械的桂系部队士兵

鸟雀，眼睛只顾盯着前边那诱人的蠕动的虫子，往前追呀，往前赶呀，全不顾人家早已设下的套子，他还没吃到那食物，脖子却已被套上了，他挣扎着，叫唤着，而那种套子却设计得十分精巧，你越挣扎，脖子就越被套得紧，直到勒得奄奄一息，被人当作猎物取下来拿回去消受。他感到恐惧，不可名状的恐惧，甚至有几次都忍不住下意识地摸着脖子，喘几口粗气。当他感到自己的脖子还是好端端的时候，忙拿起电话筒，想命令张淦把出击的部队抽下来，及时撤向广西去。可是，那肥大诱人的虫子又开始在他眼前蠕动着，忽儿变成了无数的美式枪炮、卡车、飞机、舰艇、罐头……他的手软了下来，两条腿像机械运动似的，只顾往前跑去，也不管眼前有多少只"套子"在等待着他了！但是，白崇禧毕竟是白崇禧，"小诸葛"的秉性不改。他在命令张淦向长沙反攻的同时，也做了及时撤回广西的部署，他在湘桂线上集中了大量车皮、机车及数百辆卡车，只要一看风色不对，向共军猛击一阵之后，便可迅速脱离战场，奔回广西，到那时照样可以发出"衡宝大捷"的电报，既保存了实力，又争到了美援，还可以赢得固守广西的时间。

"健公、健公，共军主力兵团已越过蒋市永丰之线，我军侧背受到威胁……"张淦在话报两用机中惊慌地呼叫着。

白崇禧一愣，他没料到共军行动如此迅猛，即命张淦："要第七军李本一军长即到衡宝路上之演陂桥设置指挥所；调该军一七二师在演陂桥以北三十里之红罗庙附近地区布防，调该军之一七一师到水东江待命；再调四十八军之一七六师到水东江以北四十里之高地布防，务将共军堵在蒋市、永丰之间。"

被解放军俘虏的桂系部队官兵

白崇禧善于临机应变，一口气下达了全部作战命令。当晚三时，忽报第一七六师右侧有共军一个师约万人，由小路插入水东江以南小道，向三官殿前进。第一七一师及第一七六师已陷于三面包围。白崇禧命令他们且战且走，开赴武冈县城。战局一开，便对白崇禧十分不利，共军利用数倍于白军的优势兵力穿插分割包围，毫无顾忌地向白军后方渗透挺进，白崇禧反攻长沙的计划遂成泡影。为了不输光老本，白崇禧只有三十六计之走回广西了。这天黄昏，他用电话命令第七军参谋长邓达之：

"长官部和第三兵团部决定今晚撤出衡阳，乘火车回广西去，我明晨才离开衡阳。第七军率领一七一师、一七二师并指挥四十八军的一三八师、一七六师为后卫，在原地掩护长官部及三兵团部撤退，任务完毕后，至明晨九时左右方可开始撤走。"

"是！"邓达之答道。

"这个任务很艰巨，撤退时，不论任何牺牲，都不要停留，纵然后卫部队有的撤不下来，也就算了！"白崇禧知道，如果此时再贪心地朝那"虫子"跑过去几步，不但脖子，便是手脚也都要被套死了，他必须狠狠挣扎，哪怕被撕掉成片的羽毛和皮肉也在所不惜。

当第七军和第四十八军从衡阳撤到黄土铺时，即陷入共军的强大包围圈内，经一昼夜激战，第七军全部覆灭，第四十八军之一七六师被歼，一三八师损失惨重。第七军副军长凌云上，军参谋长邓达之，师长刘月鉴、张瑞生、李祖霖等均被俘，军长李本一落荒而逃。白崇禧闻报桂军主力三万余人被歼灭，顿时一阵昏眩，脑海里倏地闪过捕鸟人提着一串活蹦乱跳的鸟雀，踏着暮色归来的景象。他不寒而栗，感到眼前布满了套子和陷阱……

第九十回

怨恨交加　李宗仁广州斥蒋
甜言蜜语　白崇禧黄埔动心

李宗仁气坏了。他一会儿从沙发上起来，在室内急促地走上几步，一会儿又重重地坐到沙发上，香烟一支接一支地抽，但刚点上一支，没抽上几口，又塞到烟缸里去了。他还算得上是个有胸怀的人，他的忍耐性也是很强的。但是，他现在感到怒气已经填满胸腔，很快就要爆炸了。

蒋介石到广州来了。他是准备由幕后走到台前来的。他事先没有跟李宗仁打招呼，到了广州便在梅花村三十二号陈济棠的公馆内住下来，接着便召开一个又一个会议，最后以中国国民党中央常务委员会名义通过议案，设立"中央非常委员会"，由"中常会"选举蒋为主席，李宗仁为副主席。规定政府一切措施必须先经"非常委员会"议决通过，方为有效。蒋介石此举，便是以党驭政，步步进逼，要李宗仁仍退回到副总统的地位上去，一切由他来发号施令。蒋介石又分别召见粤籍将领薛岳、余汉谋、李汉魂等，声色俱厉地责骂他们："你们反对我，就是背叛党国。谁敢反对我，我就要他死在面前！"

原来，李宗仁自到广州后，曾与张发奎等人商议，实行两广联盟，自立门户，和蒋介石分庭抗礼。在军事方面，两广部队必须固守湘南、赣南，稳定华南局面，以此争取美援，同时扩编新军，在粤桂两省迅速编组二线兵团，必要时退守海南岛与蒋介石控制的台湾并立。政治方面，以撤换忠于蒋介石的广州市长和警察局长为开端，逐步清除蒋在广州军政方面的党羽，以两广人代之，彻底从蒋手中夺回广州的军警权和财政权。

李宗仁和张发奎的这些活动，自然瞒不过耳目灵便的蒋介石。从北伐以来，二十二年短短的历史中，便先后有张发奎、薛岳等第四军将领与桂系联合反蒋，继之有陈济棠与桂系合作组织西南政务委员会，逼使蒋介石第二次下野。两广合作反蒋反复在历史上出现，提醒蒋介石必须拆散李宗仁和粤籍将领的再次合作，否则，他便无法东山再起。果然，经蒋介石这么一顿臭骂，薛岳、余汉谋立时噤若寒蝉。那位李宗仁的内政部长李汉魂，本是两广合作的积极倡导者和奔走者，对于将广州市从直辖市改为省辖市，使蒋介石不能直接控制广州，颇出了些力，因此成了蒋的眼中钉。居正看得清楚，特地提醒李汉魂："你如不赶快辞职，必有杀身之祸！"李汉魂吓得东藏西躲，惶惶不可终日。在蒋介石的高压之下，两广联盟胎死腹中。蒋介石见已拆散了李宗仁的广东伙伴，又一不做二不休，干脆将胡琏兵团和刘安琪兵团撤走，使粤东和粤北门户洞开，共军遂翻越大庾岭，直入北江和潮汕，广州已经无险可守。李宗仁在广州已经不能立足了。

"德公，趁蒋介石在广州，我们把他扣起来！"张发奎怒不可遏，跑来向李宗仁要求把蒋介石抓起来。

李宗仁虽然也气得发指，但尚能冷静克制。他知道，现在已不是张学良、杨虎城发动"西安事变"的时代了，蒋介石既已失去了控制全局的能力，把他抓起来也不能改变国民党在大陆最后失败的命运。他摇摇头，说道：

"向华兄，把他扣起来，最多使你我能出一口气，除此之外，又还有什么用呢？他的兵，我们调不动，他存在台湾的钱，我们取不出，扣他只有使我们徒招恶名啊！"

"德公，只要你把老蒋扣起来，便一切都会有办法的。我们两广团结起来干，实在不行还可以退保海南争取美援嘛！"张发奎颇不以为然地说道。

李宗仁苦笑着，叹一口气，说道："向华兄，你不在其位，可以幻想，你如在我这个位置上，你也不会干的啊！"

"德公，你胆子太小，斗不过老蒋，只有屈居下风，两广算完啦！"张发奎愤然辞出，仍唏嘘不已。

李宗仁虽然不主张扣留蒋介石，但是却要使用另一种手段，出一出胸中那口快要憋炸了的怒气。

广州梅花村三十二号，这里是陈济棠的公馆，也是不久前宋子文的藏娇之所。想当年，陈济棠把持广东军政大权，联桂抗蒋，有"南粤王"之称。那时节，陈公馆冠盖如云，好不煊赫。"六一"运动后，陈济棠的部将余汉谋被蒋介石收买，反戈一击，逼陈下台，"南粤王"被迫挂冠而去，从此梅花村三十二号门前冷落车马稀。陈公馆是一座被围墙环绕的大洋房，很有气派，它的四周还有几座小洋房像众星捧月似的立着，这是随员及卫士们住宿的地方。大洋房门前冷落了十几年，如今又突然显赫了起来。一夜之间，门前停满了高级轿车，四周布满了警卫的岗兵，谁也不知道这里住上了什么人物，因为它的老主人陈济棠现时正在海南岛当不起眼的海南行政长官，他早已没有这种气势凌人的派头了。

一辆黑色凯迪拉克牌高级轿车很气派地驶了过来，到达门口，即被警卫的军官拦住，但当他们发现车内端坐着的不是别人，而是代总统李宗仁时，即致礼放行。李代总统的汽车径直驶到那座大洋房前，才徐徐停下。身着长衫的蒋介石，光着个秃头，早已在阶上迎候了。代总统李宗仁身着中山装，足蹬黑色皮鞋，那斑白稀疏的头发往后梳得整齐庄重，国字脸上虽然气色有些苍白，但两眼炯炯有神，连那南方人略像蒜瓣似的鼻翼和厚厚的嘴唇，也带有几分威仪。他下车后，嘴唇两边微微拉起两道凛不可犯的棱线，用锐利的目光扫了扫站在阶上的蒋介石，他没有急于走上阶去和蒋寒暄的意思。蒋介石面色晦暗，两边颧骨突出，两眼下陷，唇上有一抹威严的短须，使人望而生畏。

"德邻弟，请！"蒋介石脸上带着亲切的微笑，降阶相迎。

"请！"李宗仁做了个让蒋介石引路的手势，迈开双脚，步上洋房的石阶。他皮鞋踏得地面嚓嚓作响，更使他增添了几分威风，在前面走着的蒋介石，仿佛成了一位通传的门房先生之类的人物。进了洋房，便是个大厅，地上铺着猩红的澳大利亚地毯。这个地方，李宗仁不知曾来过多少次，每次一进入这大厅，便见身着香云纱衫的陈济棠手上捧着那把银亮的水烟盒，在这里迎接他。如今老蒋喧宾夺主，成了这所洋房的主人。李宗仁遂联想到来广州之后，从推选行政院长人选失败，到两广联盟的破产，使他感到，不但这所洋房被蒋介石占据着，便是偌大的广州市也仍然被蒋介石占据着，李宗仁和陈济棠一样，都过着仰人鼻息的日子。蒋介石仍在前边引着路，他把李宗仁一直引到二楼的一间大客厅内坐下，一名侍者毕恭毕敬地给李宗仁奉上一杯茶，给蒋介石面前放上杯白开水，然后小心翼翼地退出，不声不响地带上了客厅的门。李宗仁正襟危坐，不失国家元首之威仪，他两眼盯着坐在对面的蒋介石，嘴唇紧闭，下巴上的肌肉有些微微颤动。他和蒋介石之间只隔着一张长条茶几，那茶几中间嵌着墨绿色的大理石，四周饰以雕花的紫檀木，几上只摆着一杯清茶和一杯白开水。中国的两位最高统治者，他们一个在台前，一个在台后，现在正面对面地坐着。

"今天，我是以国家元首的身份来与你谈话的！"

沉默了一阵，李宗仁终于开腔了，他要打破一种从心理到现实的既平衡又不平衡的状态，他要捍卫自己作为国家元首的尊严，坐在他对面的蒋介石，现在只能以一名在野的平民资格来听国家元首的训辞。

"德邻弟，有什么话你尽管说吧！"蒋介石眼珠转了转，似乎倒不太计较对方的态度。李宗仁名义上现在是代总统，具有国家元首的资格。但是，蒋、李两人二十二年前是换过兰谱的把兄弟，蒋年长于李，蒋为兄，李为弟。在这一点上，李宗仁虽名为代总统，但也不能不承认他是与盟兄对话哩。

"国家已到了这般地步，我今天不得不畅所欲言了！"李宗仁挺了挺身子，瞟了蒋介石一眼，蒋介石微微地点了点头。

"你此番已是第三次引退了，当时你是怎么对张治中、居正、阎锡山说的？"李宗仁质问着，蒋介石默不作声，他记得清清楚楚，曾对张治中等人说过，五年之内绝不过问政治，让李宗仁放手去干。

"在我秉政之后，你却处处在幕后掣肘。你不仅在溪口架设七座无线电台，擅自指挥军队，且密令京沪杭卫戍总司令汤恩伯亲至杭州逮捕浙江省主席陈仪，并擅派周喦接替。嗣后到台湾，复命汤恩伯到福建挟持福建省主席朱绍良离闽，擅派汤氏代理福建省主席兼绥靖主任。凡此皆属自毁诺言、目无政府的荒唐行为！"李宗仁越说越气，嗓门也越来越高，几十年来特别是近年来郁积在胸中的怨恨之气，像破堤的洪水滚滚而来，一发而不可止。

"你为什么要如此重用汤恩伯？汤恩伯到底是怎么样一个人，你明白吗？"李宗仁继续诘问道。

汤恩伯是怎样一个人，蒋介石当然清楚。汤与蒋同是浙江人，都是在日本士官学校学炮科的，有同学关系。汤是蒋嫡系中继陈诚、胡宗南之后，崛起的第三块红牌。汤恩伯反共坚决，曾以机枪集体屠杀革命青年和群众三千余人，有"汤屠夫"之称。汤恩伯善动脑筋，爱写条陈手本呈蒋介石阅。蒋很欣赏汤的手本，如果有些时候不见有汤的手本来，就要向侍从室查问。为此戴笠曾经嫉妒而又称赞地说："老头子面前以汤恩伯的手本最吃香，他一挥而就，钢笔草字，写了即交，我写的就非墨笔工楷不可。"汤恩伯最忠于蒋介石。浙江省主席陈仪原是汤恩伯的上司和恩师，对汤多次提携，尽心栽培，恩重如山。解放军渡江前，陈仪曾劝汤恩伯效法傅作义，但汤却将此密报已退隐溪口的蒋介石，蒋即命人将陈仪扣留。总之，汤恩伯是蒋介石手下的红人。

"汤恩伯曾受过我指挥，我对其人知之甚详。论品论才，任一师长已嫌过分，何能指挥方面大军？"李宗仁不断开火，蒋介石默坐静听，面色非常紧张尴尬，口中不时发出嗯嗯的声音，也不知他是赞成还是反对。李宗仁也不管他，只顾猛烈"扫荡"。

"汤恩伯之为人，性情暴戾，矫揉造作，上行下效，所部军纪荡然。抗战期间，河南民谚曾有'宁愿敌军来烧杀，不愿汤军来驻扎'的话，更有'水、旱、蝗、汤（恩伯）'四大害之称。"李宗仁瞟了蒋介石一眼，又接着说道，"民国二十三年春，汤恩伯自叶县去洛阳途经临汝县，该县县长左宗廉将临汝镇居民阎老五一案报请批示，汤毫不思索，提笔便批'就地枪决'四字。当时我与于学忠在场，对他此种草菅人命的做法，无不表示惊诧。汤见我们面含不平之色，于是即从左县长手里抢过原批呈文，慌慌忙忙地又在'就地枪决'四字之前加上'奉谕'二字，究竟他是奉到何人之谕呢？"

蒋介石唔唔了几下，也没说什么，他曾授予汤恩伯生杀大权，甚至汤对自己的副手鲍刚，因不满意，竟也敢指使部下将鲍刚灌醉，然后于送其还家途中预伏机枪手将鲍击毙。对于这样的高级将领被汤恩伯杀害，蒋介石尚且不闻不问，杀了平民百姓阎老五一家又有什么大惊小怪的呢？

"从以上这个小小的例子中，就可看出汤恩伯之为人。像他这种人，你也倚为心腹，能不坏事吗？"李宗仁简直在用训斥的口吻说话了。

蒋介石个性倔强，独裁专制二十余年，还从没有人敢如此训斥过他。当年，他在孙中山大本营任参谋的时候，滇军军长范石生曾当着孙中山大元帅的面，打过他两记响亮的耳光，他视此为奇耻大辱，耿耿于怀。他当时没有兵，没有权，唯有忍耐。他掌握国民党军政大权后，所见所闻都是一片奉承之态、阿谀之言。党国元老胡汉民诘责了他几句："你是不是发疯了？"他便可随意将胡扣下，送去汤山"休息"了好长时间，从此再无人敢疾言厉色地教训他了。今天，李宗仁以国家元首的名义对他诘责、训斥，一开始，他的火气也冒了上来，他想拍桌子，针锋相对地大吵一番，甚至连骂人的那句口头禅"娘希匹"也涌到了舌头尖。但是，他都强忍了下去。他不但没有发作，而且表情反而慢慢地缓和了下来。

蒋介石明白，李宗仁虽然大权旁落，但他是代总统，是名正言顺的国家元首，而且，手上也还掌着一部分实权，如果此时和李针锋相对地干起来，必定两败俱伤，同归于尽。蒋介石现在还需要李宗仁和白崇禧，但不能让他们操纵两广和美国人单独打交道。既然他已拆散两广合作，尽撤广东之兵，李、白和粤籍将领便无法在广东立足，没有广东，广西也就保不住。蒋介石准备将国民党政府迁到他所能控制的重庆去，到了重庆，李、白就得乖乖听他的摆布。因此，现在不能和李宗仁决裂。蒋介石硬着头皮，让李宗仁向他开火，他那光秃的头颅，宛如一块坚硬无比的花岗石，能承受万钧的压力和冲击力。他脾气暴躁，性格倔强，说一不二，但是他的忍耐力又很强，这是一种奇特的理智，将两者融于他的胸怀之中，如果说蒋介石确有超人之处的话，恐怕这就算得上他超人之处了。

"德邻弟，关于撤换福建省主席朱绍良一事，是我的错误，手续不够完善，请你原谅！"

对于李宗仁的责备，蒋介石不仅不反唇相讥，或做解释推诿，而且爽直地承担了责任，承认了错误，这在李宗仁看来，简直是破天荒的事了。他和蒋介石打了二十几年的交道，还从未听到蒋介石正式承认过自己有错误。孟子曰："人非圣贤，孰能无过？"蒋介石更非圣贤之辈，若论他的过失错误，随便就可以挑出几打来。但是，无论在蒋政权的官书、文告和蒋自己的讲话、文牍中，竟连一句也找不出来，这是为什么呢？原来，蒋介石有一个妙法，他每次把事情弄糟了，总是把责任和过失推到别人身上。东北战败，徐蚌战败，本是由他直接指挥失误所造成的，但他竟说军队不听他指挥，才有此败。他发行金圆券，弄得民穷财尽，招致无数人民的破产自杀，全国经济崩溃，但他指责说国人不拥护他的经济政策。他指使特务滥捕滥杀爱国人士，引起全国舆论界的强烈不满，他干脆把桌子一拍："这些人都是本党同志，谁叫他们不听我的话呢？这叫咎由自取！"这种强词夺理、一手遮天、文过饰非的做法，随便也可举出几打的例子来。

今天，蒋介石当着李宗仁的面，认错了。他态度恳切，言辞谦和，一反过去那种独裁专横、唯我独尊的作风。这下，倒反而使李宗仁不知所措了，他的猛烈火力顿时失去了扫射的目标，面对低首认错的蒋介石，李宗仁愣了一阵，只得表示宽容和谅解，他安慰道：

"事情已经过去，不必再去记忆吧！"

"嗯，实地（是的），则姑（这个），实地（是的）……"蒋介石微笑着点头，一口宁波腔说得令李宗仁似懂非懂。但不管怎样，高潮已经过去，他已转危为安，他深为自己的冷静和忍让而感到满意，他为此而赢得了主动，他是胜利者。俗话说，让人三步不为低。世人都认为蒋介石是对人寸步不让的大独裁者，其实无论对人对事，他忍让的程度和方法都比一般党国要人高出一筹。民国十七年，唐生智率大军由武汉东下讨伐蒋介石，在南京的李、何、白逼迫蒋介石，蒋介石忍让了，做出了下野的决定，使武汉政府，唐生智及李、何、白顿失攻击目标。由于他的下野，唐生智与李、何、白发生了冲突，半年后造成了他渔翁得利重返中枢的有利形势。民国二十年，胡汉民坐镇广州，团结领导两广反蒋。此时，日本帝国主义发动了"九一八"事变，蒋介石外临日本帝国主义的侵略，内有两广和江西红军的压力，正搞得焦头烂额，对两广既不能用兵，便只好进行和谈了。但是，在和谈中粤方代表坚持要蒋介石下野。此时，陈铭枢的第十九路军卫戍京沪，陈本人和第十九路军都是站在粤方立场的，力促蒋介石下野。蒋介石一看，局道相逼，形格势禁，便又一次做出了极大的忍耐，宣布下野，匆匆忙忙飞回奉化去了。孙科高高兴兴地以粤方资格接过政府这个烂摊子，干了几天就干不下去了，最后还得请蒋介石出来收拾残局，他这一下一上，地位反而比下野前更稳固了。蒋介石的第三次下野，也是出于这种忍耐的心理和让步的策略。白崇禧在武汉接连给他打了两封电报，要求与共产党和谈。蒋介石忖度，白是逼他下野。

现在，他的主力兵团已在徐蚌会战中消耗殆尽，白崇禧雄视华中，举足轻重，共军已逼近长江，此时此刻，对白崇禧咄咄逼人的态度，他唯有忍让，于一月九日宣布第三次下野。他退居幕后，派陈诚去经营台湾，精心布置后路。在共军进逼和白崇禧压迫的不利形势下，他这一忍让使自己再次由被动变成了主动，他不但赢得了布置退路的时间，而且还赢得了解决桂系的机会。这一次，对于李宗仁的凌厉攻势、气势汹汹的责诘和居高临下的训斥，他表现得出奇冷静，不但不争辩，不顶撞，反而承认错误，他雍容大度，从容不迫，体现了一个领袖的风度。相反，李宗仁喋喋不休，火气十足，在汤恩伯的事情上反复纠缠不放，在蒋介石面前，他不但没有争到国家元首应有的气派和度量，反而退到了他原来的地位——副总统在和总统斗气！

谁说蒋介石不是一个出色的政治家？！

李宗仁虽然出了气，但是，脑海里却是一片迷茫，一片混乱，一片痛苦，他处于既不能与蒋合作，又不能真正取蒋而代之，更不能力挽危局的难堪地位。他是一个被滚滚洪流卷着走的人物，他自己已处于灭顶之灾中，又怎能左右局势看清方向呢？大客厅里，竟出奇般地沉静。李宗仁下意识地拿起茶杯，喝了一口茶。蒋介石也许是出于应酬，也举起杯子，抿了一口白开水。

"德邻弟，为兄还有什么过失，请你毫不客气地指出，值此党国危急之际，你我之间更要推心置腹，真诚相待，方能化险为夷。现在，是到了党存我存，你存我存的时刻了！"蒋介石脸上显出真诚的微笑，他的口气亲切极了，他的肚里简直可以包容四海，在中国国民党内，也只有蒋介石一人才有当领袖的资格，其他人都只能望其项背而已！

李宗仁心中不觉打了个冷颤，经验提醒他，不能再待下去了，马上离开这里，还能保持一点胜利者的姿态，否则刚才那番凌厉的攻势便要前功尽弃了。他摆起国家元首的架子，向蒋介石挥了挥手，说道：

"时候不早了，今天就暂时谈到这里吧！"

李宗仁说罢站起身来，蒋介石也跟着站了起来，并先行过去为李宗仁开了大客厅的门。李宗仁毫不客气地迈步走了出来，蒋介石跟在后边，尾随李宗仁下楼，一直送到轿车旁边。

秋日的广州，台风从太平洋上卷过来，风声飕飕，但却没有内地那般干燥，位于珠江口内的黄埔，风势比市区内更强烈，椰树、木麻黄树、荔枝树、龙眼树在疾风中狂舞着。黄埔军校的校园里，虽然布满警卫的士兵，但仍显得非常萧索落寞，很难使人联想到二十几年前的盛况。蒋介石一身戎装打扮，正在当年他当校长的办公室门口徘徊沉思。

蒋介石难忘的黄埔军校开学典礼。右起宋庆龄、孙中山、蒋介石、廖仲恺

他在等待着白崇禧的到来。

时间过得真快啊！二十五年前——民国十三年六月十六日，黄埔军校第一期开学典礼，孙中山先生和夫人宋庆龄出席了典礼仪式。在那座临时搭成的席棚似的将台上，挂着青天白日旗，孙中山先生站在铺着一方白布的桌

前，检阅学生队伍，发表演说。蒋介石身着
戎装，戴白手套，笔挺地肃立在孙中山先生
的右侧，他的旁边还站着黄埔军校党代表廖
仲恺。时光已经流逝，伟人业已长眠，如今
留下的却是一帧历史文物般的照片，宋庆龄
已接受共产党的邀请，由上海到了北平。顾
影自怜，蒋介石觉得，自己也快要成为历史
人物了。蓦地，孙中山在黄埔军校第一期开
学典礼上的演说，又响彻耳畔：

抗战时共患难的蒋介石与李宗仁

　　"中国革命所以迟迟不能成功的原因，
就是没有自己的革命武装，没有广大人民为
基础……现在为了完成我们的革命使命，所
以我才下定决心改组国民党，建立自己的革
命军队……"

　　"是啊，我不正是按照孙先生的主义去做的么？"蒋介石自言自语，他觉得自
己没有辜负孙中山的期望，黄埔军校第一期至第四期的毕业生共四千九百余人，蒋
介石以此为基干，建立了几百万庞大的陆海空军，统兵将领多为黄埔学生。但是，
今天为什么一败涂地呢？黄埔精神哪里去了？东征、北伐时所向无敌的雄风哪里去
了？蒋介石手托下巴，驻足沉思，一个可怕的想法倏地跳入脑海。目今共军统兵南
下，直逼湘赣两粤的几位将帅叶剑英、林彪、陈赓不正是出自黄埔军校的么？特别
是那个陈赓，在东征时曾背着蒋介石杀出重围，救过他一命。后来，陈赓跟共产党
走了，在作战中负了重伤，潜入上海治疗。民国二十二年三月，陈赓与罗登贤、廖
承志等五人被上海公安局捕获。蒋介石闻知，如获至宝，即命将陈赓送到南京来。
他以礼相待，以校长身份苦劝他的学生陈赓为党国效力，并任命陈为军长，由他带
兵作战。可是陈赓对他的苦口婆心、高官厚禄毫不为之所动。后来，在宋庆龄的积
极营救下，蒋介石慑于舆论之压力，不得已才将陈赓释放。这几位共军将帅挥师渡
江以来，如入无人之地，短短几个月，便席卷江南，奄有两湖；他的部队却望风披

靡，比当年吴佩孚、孙传芳的北洋军队都不如。这是为什么？同是黄埔学生，陈诚、杜聿明为什么在东北被林彪打得大败而逃？宋希濂、胡宗南为何一个个不济？黄埔学生陈明仁为何叛变投共？这到底是为什么？难道孙中山先生的主义和黄埔精神都让共产党拿过去了？

"不可能，这根本不可能！三民主义和共产主义是水火不相容的！"蒋介石烦躁地跺了跺脚。

"介公！"

蒋介石抬头一看，原来是白崇禧来了。他们已经有好几个月不见面了，互相打量了一眼，几乎都发现对方有不少变化：蒋介石消瘦了，白崇禧憔悴了。

"健生。"蒋介石上前一步，亲热地拉住白崇禧的手，说道，"还记得吧？民国十五年，我也是在这里等你的，那时，是辞修陪你来的。"

"记得！"白崇禧本是个极重感情的人，他和蒋介石相处几十年，有分有合，有恩有怨，那些复杂的因素，无论是他或蒋都无法说得清楚。现在他们都已临近倾巢之日，就像行将就木之人，如数家珍似的回忆起往昔的风云日子。蒋介石这几句话，便将白崇禧的感情思绪倒拉回去二十三年。

"那时节，这里好热闹哟！"白崇禧感慨地说道。蒋介石是在黄埔发迹的，白崇禧是在黄埔与蒋搭上关系的，他与蒋都成了中国近代军政舞台上的风云人物，蒋对白有知遇之恩。

"你那时才三十出头，一表人才，好一个诸葛亮哟！"

蒋介石仍拉着白崇禧的手，一边满怀感情地说着，一边将白引进他当年和白会见的那间办公室。

办公室的陈设布置依旧，但白崇禧总觉得似乎多了点什么，而同时又少了点什么，这些东西都是肉眼无法看到的，只能凭心灵去感应才能发现。那是一种时代精神，是一个时代所特有的东西，这个时代过去了，那特有的东西也跟着逝去，永远不会返回。正像北平的故宫一样，爱新觉罗氏皇帝临朝时使宫廷充满森严而辉煌的气派，一旦这个王朝覆灭，他们遗下的宫殿便黯然失色，虽然野心勃勃的袁世凯到殿中的宝座上坐了八十三天，但那种君临一切的气派却再也无法回归其位。想到这里，聪明绝顶的白崇禧却又感到一阵悲凉和欣慰。悲凉的是，他和蒋介石的风云时代都一去不复返了；欣慰的是，老蒋已经退隐幕后，他和李宗仁终于脱颖而出。虽是乱世遭逢，但却能让他施展才能，他不怕乱，他是从乱中杀出来的，如果清朝皇帝不倒或者中华民国稳固，恐怕他最大的出路是步他的老师李任仁先生之后，当一名悠闲自在的乡村教师而已！

"你的部队，正在向广西撤退吧？"蒋介石请白崇禧坐下后，便闭上了门，看样子，他是准备和白闭门促膝长谈。

"嗯。"白崇禧点了一下头，心想，要不是你尽撤粤东、粤北屏藩，我早就到广东来了，何必明知故问？

"这个，很好！"蒋介石又问道，"损失大不大？"

"五个兵团，基本上都还完整。"白崇禧是绝不肯在任何人面前承认自己打了败仗的。

"这个，很好！"蒋介石点了点头，从座位上站了起来，在室内踱了几圈。然后回过头来，十分激动地说道：

"健生呐，我今天在这个屋子里和你谈话，心酸得直掉眼泪啊！"

蒋介石从衣袋里掏出一方白手绢，轻轻地擦了擦双眼，扪了扪鼻子。白崇禧发现，蒋介石真的哭了。世人以为，蒋介石是个铁石心肠的大独裁者，是个见了棺材也不掉泪的人。其实，蒋介石痛哭流涕的场面并不少见。东征时他的指挥部被林虎部队包围，他急得直掉眼泪。民国十五年，他趁苏联顾问鲍罗廷回国述职之机，悍然发动"三二〇"事变，妄图篡党夺权。但他发现自己的力量还不足以控制全局时，赶忙退了下来，在鲍罗廷回到广州的时候，他向这位苏联顾问谈起事情的经过，痛心地流下了眼泪。蒋介石在大庭广众之前痛哭流涕，要数民国十七年夏天，在北平香山碧云寺祭奠孙中山总理的那次最为著名。北伐大功告成，各集团军总司令、总指挥齐集北平香山碧云寺，举行功成告庙典礼。瞻仰孙总理遗容时，北伐军总司令蒋介石一看见那口棺材，便扑上去抚棺恸哭。当时有人便骂了起来："瞧他哭得那伤心模样，才显出他是嫡系呢，我们都是庶出，叫他哭吧！"蒋介石果然哭得更是厉害，如丧考妣，他是走在队伍前边的第一人，后边许多人只得等在那里，

蒋介石与李宗仁、白崇禧在抗战胜利前夕合影于汉中

更不耐烦了。冯玉祥觉得这样哭下去不是办法，便劝蒋不要再哭了。谁知冯愈劝，蒋愈哭得厉害，一发而不可止。后边的人又骂了起来："叫他一个人留在这里哭上三天三夜吧，我们走了！"蒋介石这才止住了哭声。因此，白崇禧对蒋介石的这一套，也见得多了，但他却没料到，今天蒋介石为何要当着他的面抹眼泪。

"历史证明，要扭转乾坤，复兴党国，没有蒋中正与白健生两个人的真诚合作是不行的！"蒋介石又用那白手绢擦了擦眼睛，扪了扪鼻子，那一口宁波腔都有些变调了。

"民国十六年，我们两人精诚团结，所以能完成北伐，统一全国。嗣后不幸为奸人挑拨、离间，以致同室操戈！"蒋介石又踱了几步，大约是想让白崇禧好好消化消化他这几句话，"但后来卢沟桥事起，我两人又复衷心合作，终把倭寇打败，收复国土，建立不世之功！"

蒋介石接着把他上面的两段话总结一下："只有我们两人的精诚团结，才能建国和救国，这便是从民国十六年以来一再被证明了的历史！"

白崇禧的心冲动了一下，蒋介石讲的全是事实。他相信，蒋的这些话将来必然会被史家写进历史教科书里去，一代一代地传之子孙：孙中山开国，蒋中正和白崇禧建国、救国和复国。他的思绪，又回到了北伐战争的风云年代。高安城外古庙里求签，南昌城下的混战，他率军扫荡浙江进占上海，"四一二清党"，龙潭血战，收复两湖，直捣平、津。民国二十六年，"卢沟桥事变"发生，蒋介石派专机到桂林迎接白崇禧进京，共商抗战救国之大计。抗战八年，蒋、白虽然不到亲密无间的程度，但他们的合作还是好的，至今仍然留给白崇禧一些美好的记忆。

"今共党虽极为猖狂，国势虽极为险恶，但这并不可怕。只要我们两人能一心一德，彻底合作，就一定可以完成戡乱救国的任务！"蒋介石踱到白崇禧面前，那双有些湿润的眼睛，殷切地看着白崇禧。白崇禧的心在急促地跳动着，他感到二十三年前，蒋介石在这里邀他出任北伐军副总参谋长和抗战时请他进京担任大本营副参谋总长，那眼神都是和现在一样的。他相信蒋讲的这些话都是出于诚意——在国难当头、党国存亡的关键时刻，任何人都不可能代替蒋介石和白崇禧合作力挽狂澜的作用。

"德邻是不行的，不能再让他搞下去了！"蒋介石说完便坐到白崇禧旁边的沙发上，接着大言不惭地说道，"中央已决定将国府迁往重庆，本党绝大多数同志要我复任总统，以利戡乱救国。这件事，我想跟你商量，如复任总统，拟请你组阁，由你任行政院长兼国防部长。把我胡宗南、宋希濂的部队全部交给你指挥，我们可以胡宗南部防卫陕南、川北，凭险固守，宋希濂部防卫鄂西、川东，屏藩重庆；你的华中部队则撤向桂西北，扼守黔东、湘西。这样，我们便能以四川为根据地，以云南、贵州为大后方和国际通路，争取美国援助。"

白崇禧的心越跳越快，他终于彻底明白了蒋介石召他来此谈话的全部目的。蒋介石已经成功地拆散了李宗仁倡导的两广联盟、反共反蒋、争取美援的计划。现在，又要下手拆散李宗仁和白崇禧之间几十年来所建立的特殊关系了。拆散两广联盟，拆散李、白合作，李宗仁便无以存身，国民党内的反蒋势力必将彻底被摧毁，李宗仁倒了，他白崇禧能单独存在吗？诚然，这大半年来，他对李宗仁是越来越不满了。他全力以赴把李拥上代总统的宝座，可自己并未因此加官晋爵，为了统一指挥两广的防务，他曾向李宗仁提出兼任国防部长，但李宗仁毫无办法，硬是让阎老西以行政院长兼任了国防部长。李宗仁当代总统，徒拥虚名，没有实权，一切军政大权被蒋介石死死抓着，白崇禧跟着李宗仁已经没有施展才干的可能了。现在，蒋介石既有意让他组阁，由他指挥全军，这正是他梦寐以求的啊！但是，他不能做对不起李宗仁的事……

"健生，你的意见呢？"蒋介石把身子往白崇禧身旁挪了挪，那一双深陷的眼睛紧盯着白崇禧。

白崇禧一抬头，目光正好与蒋介石的目光相遇，他觉得蒋介石的眼睛里似乎藏着一种令他可怖的东西。他当过蒋介石的参谋长多年，深知蒋的为人，他曾两次直接把蒋逼下台去，蒋对他之恨，恐怕不会亚于对发动"西安事变"的张学良、杨虎城，一旦蒋把李宗仁搞倒，他白崇禧倒霉的日子也许就会跟着到来。他不能跟蒋介石走，他死也要和李宗仁抱在一起！

蒋介石见白崇禧沉默不语，喟然长叹一声："人说你是诸葛亮，现在为何这般不明智呀！"

蒋介石站起身来，又踱了几步，一边走，一边说道："北伐时，我用你为参谋总长，无论党内或军内，都是一片反对之声。我曾以包拯的那句名言答之：'常格不破，大才难得。'我时常想，如果当年刘备用孙乾挂帅领兵，历史恐怕就是另一种写法了！"

白崇禧仍沉默不语。蒋介石又踱过来，慷慨激昂地说道："国家已到了这般地步，难道你还不明白吗！现在对于我们两人来说，这是最后一次机会了，一生中的最后一次。你不干，我也不干！现在还剩下滇、桂、川、黔四省完整的地盘和一百余万军队，干脆都给共产党吞了吧！我蒋中正是党国历史上的罪人，你白健生也是罪人，因为在这挽救党国的最后一次机会中，你不愿意跟我合作！"

世界上最了解白崇禧的人，第一个恐怕要算蒋介石了，他的这些话像醇香的美酒，直灌得白崇禧筋酥骨软，神志飘然。只要能阻扼共产党的胜利进军，使国民党能保住哪怕是江南半壁或西南一隅，即使最后只有海南岛、台湾这样的弹丸之地立足，他也宁愿赴汤蹈火，与蒋介石捐弃前嫌！

"介公！介公！请不要再说了，我白崇禧一生只有两个长官呀，一个是介公，一个是德公啊！"白崇禧用颤抖的声音说着，此时如果蒋介石要他上绞架，他也会把脖子慷慨地伸过去的。

李宗仁和白崇禧默默地坐着，相对无言，一屋子的香烟味使人感到窒息。蒋介石是在黄埔秘密召见白崇禧的，李宗仁事前根本不知道。但是，白崇禧认为这样的事他不能瞒着李宗仁，因此，他从黄埔一回来，便到李的住所，把蒋召见他的谈话内容全部向李说了。李宗仁先是大吃一惊，继而不动声色地问白崇禧：

"依你看，老蒋的这些话可信吗？"

"蒋先生这次倒很诚恳！"白崇禧郑重其事地答道。

李宗仁心头猛地一震，差点晕倒过去。蒋介石不仅拆散了粤桂联盟，而且正在拆散李、白之间几十年的合作关系。完了，一切都完了，广州是国民党的发祥之地，看来也是它最后的败落之地。他自那日以国家元首的资格把蒋介石教训了一顿之后，已发誓再不与蒋见面，他和蒋介石已形成事实上的决裂。现在，眼看又要和几十年患难与共的白崇禧分手了，他满怀痛苦和绝望之情，像一个愤世嫉俗的自杀者，站在一艘正在沉没的船上，一边使劲跺着脚，一边大声咒骂着："快沉吧！快沉吧！大家都淹死，谁也不要活！"

"健生，怎么样？你手上还有枪杆子哩！"李宗仁搓碎一只香烟头，试探性地询问白崇禧，想摸一摸他今后的动向。

白崇禧沉吟不语，他不知如何回答李宗仁这句话，他正在酝酿蒋介石复职，李宗仁回任副总统的方案，毫无疑问，他是要往蒋介石那边靠了，但他仍在表演走"钢丝"，并不打算与李宗仁决裂。他是个重感情的人，与李宗仁相依为命几十年，他愿与李一辈子保持私人间的那一层友谊，他不能欺骗这位团体中的大哥。白崇禧想了想，勉强地说道：

"德公，将来如有必要，去台湾怎样？"

没想到李宗仁听了这句话，竟勃然变色，他一拳打在茶几上，大吼一声：

"王八蛋才去台湾！"

白崇禧与李宗仁相交几十年，李一直非常尊重白，没料到现在一句话竟把李宗仁激怒得口不择言。白崇禧呆呆地看着李宗仁那愤怒至极的脸色和粗急的呼吸状，酸甜苦辣，悲哀惶悚，一齐涌上心头……

第九十一回

回天无力　　代总统洒泪离故土
去意彷徨　　挥手间李白成诀别

桂林西郊二十余里的秧塘机场，候机坪上鹄立着白崇禧、李品仙、夏威和黄旭初，他们焦虑的目光像一盏盏探照灯似的，正在铅灰色的云团和杂乱的天空之间搜索着。一阵沉重的马达轰鸣声由远而近，一架银灰色双引擎飞机由云团中钻出来，徐徐降落在机场跑道上，机身上三个大字——"天雄号"在阳光下闪闪发亮。白崇禧等人忙向飞机迎去。舷梯已经架好，机舱门也已经打开，可是，飞机里就是不见有人出来。白、李、夏、黄等人那颗本来就悬着的心，现在似乎一下由喉咙眼里又悬到那"天雄号"总统专机的机舱门口去了。

代总统李宗仁昨天由昆明发来电报，告知他将于今日下午二时回桂林。时局多变，共军正大举向西南进军，退而不休的蒋介石正在密锣紧鼓地进行复位活动，甚至连桂系的灵魂、足智多谋的"小诸葛"白崇禧也在徘徊观望中，不得不决定舍李而拥蒋了。重庆、昆明一带，蒋介石的特务多于牛毛，代总统李宗仁又坚决反对蒋介石复出，因此桂系的要人们对他的生命安全，自然要比他的代总统职位更为关切了。

机舱门口仍然静悄悄的，白崇禧们已经肯定这是一个不祥的信号——可能老蒋为了扫清他复位道路上的最大障碍，已经对这位较量了几十年的把兄弟李宗仁下毒手了。白崇禧们紧张得屏住呼吸，一个个朝机舱门口翘首相望，也许过不多久，出现在机舱门口的不是一口棺材便是身负重伤、生命垂危的李宗仁。因为几乎所有的人都知道老蒋手段的毒辣，他是什么事情都会干得出来的。

果然，代总统李宗仁在侍从副官的搀扶下，慢慢出现在机舱门口，他脸色苍白，形容枯槁，像病入膏肓之人，步履艰难地走下舷梯。程思远紧跟着李宗仁之后，也下了飞机。

"德公，你……"

白崇禧上前几步，握住李宗仁那冰凉的右手，不知说什么才好。对于李宗仁这副模样，白崇禧并不感到意外，国事如此，军队如此，作为代总统李宗仁的形象，现在大概也只有如此而已。李宗仁一言不发，只默默地依次和白崇禧等握了握手，便由侍从副官扶进轿车里去了。

他能说什么呢？

李宗仁是十月中旬才被迫把总统府由广州迁往重庆的，他本人飞离广州的第二天，共军便占领了这座国民党发祥地、蒋介石赖以起家的大都市。李宗仁到了重庆，蒋介石复职之说更是甚嚣尘上，以吴忠信、张群、朱家骅等为首的各方面的说客，经常奔走于李宗仁的门下，絮絮叨叨，为蒋复出游说，他们或是闪烁其词，或是含糊其辞，目的都是一个，要李宗仁"知难而退"，发表引退声明，并亲自充当劝进的角色。李宗仁本来就窝着一肚子火气正没处出，他气冲冲地把桌子一拍，指着吴忠信勃然叱责道："当初蒋先生引退要我出来，我誓死不愿，你一再劝我勉为其难；后来蒋先生处处在幕后掣肘，把局面弄垮了，你们又要我来'劝进'。蒋先生如果要复辟，就自行复辟好了。我没有这个脸来'劝进'！"吴忠信、张群、朱家骅等被李宗仁痛斥一顿，一个个脸上无不热辣辣的，从此不敢再当着李宗仁的面说"劝进"之事。但是，掌握川康地盘的张群却公开策动了一出"川康渝人民竭诚效忠，电迎总裁往渝领导"的民意代表二百余人"劝进"的闹剧。李宗仁对此却只是置之不理，硬顶着既不让位也不"劝进"。这一日，白崇禧忽然由桂林飞来重庆，他见了李宗仁先叹一口气，然后说道：

"德公，这十个多月来的经验，给了我们一个宝贵的教训，那就是老蒋既不肯放手，而我们也搞不通。如果长此僵持下去，断非善策。我建议德公去昆明休息一段时间，看看局面发展再定行止。"

李宗仁听了，不由一愣，想不到和他数十年患难与共的白崇禧，现在也要一头栽进老蒋的怀抱中去了，他气得差点发抖，用那双由于睡眠不足、心情恶劣乃至变得发红的眼睛盯着白崇禧问道：

"健生，你要干什么？"

"德公心力交瘁，太疲乏了，又患胃疾，我想请德公此时休息一下。"白崇禧回避着李宗仁那灼灼逼人的目光，诚挚地说道。

"你要请老蒋出来复位，就请吧。但我一定要为维护国家名器而坚持到底，绝不让步！"李宗仁愤然说道。

白崇禧仰头长叹一声，感情颇为冲动地说道："我白崇禧一生只有两个长官，一个是李德公，一个是蒋介公！"

白崇禧说罢，起身径自去了。李宗仁事后得知，白崇禧为了调和他和蒋介石之间的矛盾，已向吴忠信提出了一个初步妥协方案，即蒋介石复职，李宗仁回任副总统；但因李患胃溃疡病，亟须赴美就医，并借以在美国进行外交活动；白崇禧以行政院长兼掌国防部。李宗仁想了想，现在白崇禧手上有实力，他要怎么办，就由他去吧，如果自己的屈辱忍让能换得桂系留下一点血本和有一块可以喘息一下的立足之地的话，那也未尝不可，以他和白崇禧的私交公谊，只要白能混得下去，则无论到什么时候，白也会去请他回来坐第一把交椅的。现在川康危急，桂黔危急，大西南已到了朝不保夕的时候，老蒋也是要呼之欲出了，如果自己此时还坐守重庆，即使不成为解放军的俘虏，也要变作蒋介石的笼中鸟。

三十六计走为上，李宗仁盘算了一阵，把总统府参军长刘士毅和秘书长邱昌渭找来，交代了一番后，便飞往昆明去了。他在昆明盘桓了几日，心境特别恶劣，胃溃疡频发，出血不止，虽然面对秀丽山川、宜人景色，却毫无游兴。不久，程思远由重庆飞抵昆明，向李宗仁报告，白崇禧所提的那妥协方案没有被蒋介石采纳，吴忠信转告程思远："白健生任行政院长的事，不能作为蒋、李合作的条件。"并声言"蒋总裁即将到重庆视事"。李宗仁听了不由冷笑一声，蒋介石既容不得李宗仁，也容不得白崇禧，白崇禧如此感情用事，难免不会坠入蒋的彀中吃大亏。老蒋既然迫不及待马上要到重庆"视事"，他又坚决拒绝与蒋合作，则无论是重庆和台湾，他都不能再去了。回广西么？广西已不像从前那样再是他赖以生存的根据地了，人民解放军三路大军即将入桂，广西失陷将是旦夕之间的事了。唉！现在是有家不能归，有国不能奔。李宗仁一手按着灼痛的胃部，满脸痛楚，在彷徨踱步，绕室而走，不时长吁短叹。云南省主席卢汉进来问候，见李宗仁这般模样，便悄悄地说道：

"总统，蒋介石是要复职了。可否由我二人发电报给他，建议把国民政府迁到昆明来。等他一到昆明，我便把他扣起来，一块一块割掉他，以泄心头之愤！"

李宗仁听了大吃一惊，直用那双布满血丝的眼睛盯着卢汉，久久说不出话来，两次滇桂战争，李宗仁都和卢汉交过手，并且都先后把对方击败了。他和卢汉并无深厚的感情，但他知道，卢汉也像他一样痛恨独裁的、处心积虑消灭异己的蒋介石。不过，卢汉这一大胆而痛快的建议，不但没引起李宗仁的共鸣，反而使他感到惊惶不已。他首先想到的不是蒋介石如何被宰割的问题，而是自身的安全，因为看来卢汉已经不稳了，很可能这位云南王要投共。作为向共产党的进献礼，卢汉逮不住蒋介石，会不会将他这位代总统抓起来交给共产党呢？上海"清党"反共时，他是一位卖力的干将，如今，他是共产党要惩办的第二号战犯，他生怕成为可耻的阶下囚。因此，他故意沉思着，以掩饰内心的惶恐，好一阵，他才对卢汉苦笑道：

"永衡（卢汉字永衡）兄，明人不做暗事，要把他扣起来的话，在广州乃是最好的时机，张向华就曾向我当面建议过，我告诫他这是徒招恶名、无补实际的莽事，千万做不得啊！"

卢汉眨了眨眼睛，说道："既是总统怕担恶名，就让我来干好了。"

李宗仁摇着头，说道："宁人负我，毋我负人！"

卢汉看着李宗仁，不知这位代总统广西佬是怎么想的，想当年，他们在昆仑关和南宁交手时，这位广西佬打得那么狠，如今，他却提不起一点精神来，简直像一个优柔寡断的老妇人。但这事卢汉又不好勉强，扯了一些别的事情后，便托故告辞了。卢汉一走，李宗仁便吩咐秘书给桂林发电报，他将于明日午后飞往桂林，他不敢在昆明再待下去了。

　　当李宗仁在专机上俯瞰山水如画的老家桂林时，心中百感交集，他虽然脱离了昆明的险恶环境，但是他像一个在洪水中挣扎的人，在惊涛骇浪的折腾下，已经疲惫不堪了，如今虽然漂泊到一个小小的高地上可以喘一口气，但这个高地却并不安全，那凶猛的洪水已把它团团包围，水位正在迅速上涨，要不了一两天，这个高地最终将被淹没。他不知要到何处去安身，举目四望，水天相连，大地陆沉，除了被洪水席卷吞噬之外，他没有一线生的希望。这便是李宗仁在他的专机着陆时复杂而绝望的心理活动。他实在不愿在这块多灾多难使他痛苦的土地上降落，如果他的专机具有一种永恒的动力，使他永远能在天空不用降落，那将是他最大的幸运。然而这不过是一种自我嘲弄的幻想，命运已经注定，他将被洪水淹没，无论是蒋介石也好，白崇禧也好，终将和他一样，都逃不脱这可怖的结局！

　　他就是这样胡乱地漫无边际地想着，直到飞机已经停稳，机舱门已经打开，他还无力地靠在那舒适的软椅上，要不是侍从副官过来提醒已到桂林了，并搀扶他起来准备离机，他是会这样一直靠在软椅上，无休无止地迷迷糊糊地在"洪水"中挣扎下去的。

　　轿车从秧塘机场径直驶入桂林城内文明路李宗仁的公馆，他喝了碗鸡汁熬的米粥，便早早地上床歇息了。第二天上午，李宗仁命他的专机直飞南宁，去把省主席黄旭初接到桂林来开会，商讨他和他们的结局问题。不过，他又觉得此举有点多余，既然是大家都要被"淹死"，又还有什么话要说的呢？眼睛一闭，等死就是了嘛。但不知为什么，他总觉得应该再聚会一次，善始善终，也才对得住跟随他多年的这些部下。黄旭初要到下午才能抵桂林，李宗仁决定利用这段时间，独自出去走走。他带着侍从副官，钻进轿车里，命司机将车子往两江方向开去。

　　走出郊外几里，李宗仁命令停车，机灵的侍从副官忙下车拉开车门，将代总统扶下车来。桂林一带的农谚有一句叫作"十月小阳春"。现在，时令将近农历的十月初，阳光融融，天高气爽，草翠风轻，农家园圃里正盛开着簇簇金黄的菊花，山岭上也有黄的、紫的和蓝的野花。桂林的十月，最是宜人，它的气候更是不同于别处，它把春天的温暖明媚和秋天的爽朗晴丽巧妙地结合起来了，丽日晴天，山川如画，柳绿花红，古往今来，陶醉了多少文人墨客和官绅仕子！

李宗仁下得车来，深深地吸了几口气，顿觉心舒意畅。他慢慢朝左边那个怪石嶙峋的小山走去，过了两条田埂，便到了山脚，只听得一阵悠悠扬扬的古筝声，李宗仁寻声走去，只见野草荆蔓拥着一个奇巧的岩洞，那洞壁像半个月牙，洞中一潭清水，也像半个月牙，洞壁上不时滴下岩浆水，敲击着潭水面，发出清脆的古筝一般的声音。李宗仁坐到岩边一块石头上，用手掬起岩水，往脸上搓洗着，那岩水甚是奇特，冬暖夏凉，现在是秋天，岩水有微微的清凉之感，李宗仁在脸上抹了几把，立感头脑一阵清爽。他坐在水边，清澈明亮的潭水像一面古老的铜镜，把他那张饱经忧患的清癯的脸映照得清清楚楚。他两眼定定地看着潭水中的人面，有些怀疑这到底是不是自己，难道堂堂的中华民国代总统竟会是这样一副容貌么？那苍白清瘦的脸上没有一丝血色，额上和眼角上布满深深浅浅的皱纹，像一块风化多年的岩石！突然，这个未老先衰的影子从潭水中消失了，代之而起的是个虎头虎脑的被太阳晒得黧黑的壮健少年。少年来到潭水边，放下一个白底蓝花的粗布包袱，身子趴在岩洞的水池边上，把脸贴在水面，用双手捧水抹脸。搓了几把脸后，少年用衣袖揩干脸上的水珠，然后坐下来，把那双粗大的沾满泥土的赤脚伸到潭水中洗濯，洗干净脚，他打开包袱，取出一双粗纱袜穿上，又套上双千层底带袢的青布圆口鞋，再换上一件细布长衫。少年觉得这一身打扮非常别扭，他看着潭水中自己那副假斯文的样子，不觉扑哧一声笑了起来。

这是光绪三十四年（1908年）初冬的一天，李宗仁由家乡枥头村步行到桂林投考广西陆军小学堂的那一幕。时隔四十一年，然如昨天之事。他是从这里走向中国军界和政界的，叱咤风云几十年，如今他又回到了故里。既不是衣锦还乡，也不是告老退休，息影林泉颐养天年。他是作为一个失败者，一个被逐出政治舞台的凄凉角色，一个将要无家可归的亡命者，匆匆来向生他养他的故土惜别的。"一别音容两渺茫"，从此之后，他不知埋骨何处。历史上亡国之君的悲惨下场，历历在目，他这位中华民国的最后一个总统，想不到竟会死无葬身之地！潭水中的少年已经隐去，又出现一个愁容困顿、年近花甲的垂垂老者。

"早知如此，何必当初！老九（李宗仁在同族中排行第九）啊，你为何要去投考那陆军小学堂呢？"老者叹息着，怀着无限惆怅之情，问起那虎头虎脑的少年来。

"我离开了临桂县立两等小学，父母无力供我继续上学，家中可以耕的田地又不多，我这个壮健的孩子，也到了觅取一项正当谋生职业的时候了。可我干什么呢？"那虎头虎脑名叫老九的少年在稚声稚气地诉说着，在即将步入人生旅途之时，他有股初生牛犊不怕虎的劲头。

"记得有一次在田里拔黄豆，母亲曾问你：'阿九，将来长大了，你想做什么？'你不是回答得很脆爽：'我要做个养鸭的。'后来你又为何不去养鸭为生呢？"老者又问那少年。

"养鸭？"少年嘻地笑了起来，"村上养鸭的汉子可多哩，卖了蛋子买仔鸭，风里来雨里去，睡半夜起五更，一日两餐饭跟鸭一起吃，冷水泡饭寒风送，一年到头吃不饱！"少年摇着头说。

"你不是到城里学过织布的手艺么，为何不当个织布工人呢？"老者又问。

"难！"少年那天真的眸子中透出阴郁的目光，"我学过半年关于纺织的初步技术，不过，在农村中派不上用场，深感任何行业从业的不易，最后，只得去投考陆军小学堂碰碰运气了。"

"你的运气还真不错！"老者赞叹道，"陆军小学、陆军速成中学到广西将校讲习所，你学完了这些课程。你还在桂林省立模范小学当过军训教官和体操教员。唉，你为什么不以此为职业呢？"

那虎头虎脑的少年已变成了一位壮实敦厚的英俊青年，他略为沉思后答道：

"我在桂林省立模范小学当军训教官兼体操教员，后来又应聘兼县立桂山中学体操教员，两校给我的薪金，加起来比一个上尉的官俸还多四十元，日子过得是很不错的。后来袁世凯篡夺辛亥革命果实，复辟帝制，西南护国军兴，举国讨袁，我本是热血青年，便应召投入滇军当了一名排长。"

"参加过讨龙（济光）之役、护法战争、粤桂战争，在枪林弹雨中冲杀，负过伤，流过血，以军功擢升营长。后来，你率部上了六万大山，独树一帜。"老者对青年人的经历了如指掌，侃侃而谈，如数家珍。

那壮实敦厚的青年变成了一名戎装笔挺的年轻将领，他眉宇宽厚，威仪庄重，朗声说道：

"我与黄绍竑、白崇禧合作，击败陆、沈，统一广西，率兵北伐，势如破竹，驰骋中原，我八桂子弟，第一次由镇南关打到山海关！"

"后来蒋介石把你打败了！"老者以嘲讽的声调说道。

"老蒋是靠权术和阴谋得天下！"那青年将领变成了一位老成持重的方面军统帅和割据一方的霸主，"我在广西十年生聚，卧薪尝胆，高举西南反蒋的旗帜！"

"卢沟桥一声炮响，你和老蒋携手合作，你指挥了名震中外的台儿庄战役，这一仗使你成了名噪一时的民族英雄！"老者赞叹着，"你竞选副总统，以副总统取代老蒋成为代总统……"

潭水中那虎头虎脑的少年、壮实敦厚的青年、戎装笔挺的将帅、割据一方的霸主、被鲜花簇拥着的抗日民族英雄、地位至尊的代总统，慢慢地重叠在一起，潭水中仍是那位满脸病容愁眉苦脸的老者形象。现在，只剩下李宗仁和那位潭水中的老者对话了。

"这些年来，你有何功于国？何德于民？"

"我结束战乱，统一广西，出兵北伐，尔后又参加抗日战争，有薄功于国，微德于民！"

"你不度德量力，穷广西之人力财物，与蒋介石争天下，连年战祸，民不聊生，弄得国乱民穷，四分五裂，招致外夷入侵，使共产党滋生壮大，至今日国破而不可收拾。孙中山先生手创之中华民国，竟亡在你的手上，你乃败军之将、亡国之君，九泉之下，你有何面目谒见孙总理！"

"不，不，不！"李宗仁大声呼喊着，"国家至此，军队至此，民众至此，全是蒋介石一手造成的！他不纳忠言，独裁误国，他虽与我有金兰之交，但除在上海"清党"反共那次外，他从不采纳我的意见。在我任代总统期间，他处处在幕后操纵，并将国库金银擅运台北。他先纵敌渡江，而后开门揖盗，瓦解我湘、赣、粤、桂之防御。如今国已将亡，他仍执迷不悟，可恨！可恨！"

那苍老悲戚的声音在岩洞中回旋，显得异常沉闷和孤独无力，仿佛一个人被禁锢在一个密不透风的斗室之中，任凭他如何声嘶力竭地呼喊，外界之人听来，却是那么微弱无力，如秋后之蚊蝇。岩洞中又恢复了寂静，岩浆水在有节奏地敲击着水面，像古筝弹奏那支《十面埋伏》的名曲：汉军鼙鼓动地而来，呐喊之声摧屋震野，刀枪搏击，人马厮杀，忽听得孤军之中乌骓嘶鸣，风声萧萧，大纛倾倒，霸王仰天长啸，虞姬低头呜咽……

　　李宗仁呆呆地望着那一潭清水，蓦地，那虎头虎脑的少年又在水里出现了，用那双初生牛犊不怕虎的目光在瞧着他，他感到无限心酸，老泪纵横，直滴到水面上。如果人生允许他再选择一次的话，他会老老实实地去当一名冷水泡饭寒风送的养鸭汉子，当一名碌碌终生的织布工人！可是，这一切都不由他再选择。他不像黄绍竑那样灵活多变，也不像白崇禧那样机诈顽固，他像一根竖放在巷子中间的长杉木，既不能转弯，也不会掉头，死活只能走一头出。他不能向共产党投降，也不能向蒋介石低头，而他又无自立之能力，环顾四野，大千世界，他茕茕孑立，无以存身，甚至连生他养他的这片故土，都没有他埋骨之处，大陆他待不得，台湾他去不得，唯有当海外寂寞的亡命客了！

　　他用发抖的双手，脱下脚上那双深茶色美国造的高级皮鞋，又脱下袜子，颤颤巍巍地站立在潭水之中，然后，一步一顿地向岩洞深处涉去。他盼望眼前这幽暗的岩洞能豁然开朗，奇迹般地出现一个世外桃源，使他能有个安度晚年的存身之所。然而岩洞中除了水和岩石之外，别无可觅之路，他在岩水中呆呆地站立着，等待着。最后，在侍从副官的小心搀扶下，他不得不怀着怅然若失的心情，退回到岩洞外面。他感到心窝一阵钻心般的疼痛，他轻轻哼了一声，忙用手按着腹部。也许由于忧伤过度，加上他又下了冷水中浸泡，胃部一阵阵绞痛。他额头上沁出一片密密的细小汗珠，要不是侍从副官搀扶着他，很可能要一头栽倒进潭水中去了。当他回到轿车里的时候，后面一辆吉普车赶了上来，白崇禧的一名参谋向他报告道：

　　"总统，白长官有要事相商，请你马上回城里去。"

　　李宗仁想了想，不知此时白崇禧派人来找他回去商量什么大事，今天他的计划本来是要驱车回两江榻头村祭扫父母墓茔，不料在这岩洞口一坐便是半日，现在胃痛难耐，体力不济，也不能再奔两江了，只好掉转车头，往桂林城内而回。

　　回到公馆，李宗仁见白崇禧、李品仙、夏威、黄旭初、徐启明和程思远等已在客厅里坐着等他，似乎他们早已议论过一些问题了，白崇禧派人把他请回来，是要他做最后抉择的。李宗仁在沙发上坐下，侍从医官送来了药片和开水，待李宗仁服过药后，白崇禧才开口说道：

"目下共军四野陈兵黄沙河和湘西一带，陈赓兵团则由广州向南路进军，企图围歼我华中部队于桂柳之间，形势紧

解放军进军广西

迫。老蒋要复位看来已成定局，我们何去何从，亟须从速定夺。"

白崇禧说完，便看着李宗仁。李宗仁无力地靠在沙发上，他明白白崇禧这话是何用意，因此微微点了点头，说道：

"诸位有话只管说吧！"

"鉴于目下之形势，我看似有两途可供抉择。"李品仙戴副黑边眼镜，沉着地说道，"其一，桂、黔、滇和海南岛自成一个局面，德公将总统府迁于海口，不与蒋合作，自力更生，独立领导反共救国事业。"

李品仙看了李宗仁一眼，见李宗仁沉吟不语，似乎对此并无多大兴趣，停了一下，他又说道："其二，德公暂时出洋，西南残局由白健公妥筹善后，以待时机。"

李品仙说完后，其余的人也不说话，客厅里沉默着，李宗仁明白，这两种途径大概是他们已商量过了的，推李品仙提出罢了。对此，他能说什么呢？他是刚由昆明飞来的，卢汉既然要把老蒋诱来宰割，则必在酝酿投共，西南残局，还有什么可为的呢？这事，他又不好讲给白崇禧等人知道，他们若知卢汉不稳，哪还有心思与共军作战呢？摆在李宗仁面前的，便只有出洋一途了。但他此时还不急于提出，他还要稳住这些跟随他几十年的旧部，使他们能在本乡本土多待几日。

"旭初，你的意见呢？"李宗仁把目光投向他这位最初的参谋长。

"德公，"黄旭初强打起精神，说道，"小时候，我在家乡常看人戽鱼，一块偌大的水塘被人用戽斗或瓢盆，不要一个时辰便会戽干，大鱼小鱼一条也跑不掉。现在共军正在加紧戽水，老蒋却在破堤放水，我们广西目下就像一块大水塘，既经不起共军'戽'，也经不起老蒋'放'呀！"

黄旭初这个比喻打得既贴切，又令人不寒而栗，白崇禧和李品仙不满地瞪了黄旭初一眼，座中没有人再敢说话了。又是一阵沉默。李宗仁这才说道：

"鹤龄与旭初的话，都有道理。值此国家危亡的关头，我本应与诸公和乡土共存亡，但不幸身罹重疾，心有余而力不足，我决定于近日赴美就医，如留得一命，则将来尚有为国效死之机会。我赴美之后，善后事宜一切由健生处理，望诸公好自为之！"

白崇禧听了李宗仁这番话，心头才稍稍宽松一点，因为他知道，眼下如果既反共又反蒋，只有加速灭亡，黄旭初打的那个共军"戽水"，老蒋"放水"的比喻，未尝没有道理。

白崇禧也知道广西与广东唇齿相依，现在广东已失，广西很难再独力坚持下去，如今之计，只有千方百计保存他华中部队这十几万人马，只要有这笔本钱在，便一切都好办。因此他同意李宗仁赴美就医，由老蒋出来领导，以缓和内部矛盾，多得喘息几日。

"德公赴美就医，看似消极之举，实则有其积极意义。"

白崇禧善辞令，他可以把一件毫无希望的事情，说得令人受到鼓舞，充满信心，眼下，他正施展这一本事。"当年西南反蒋，德公驻节广州，我则经营广西，形成一个有力的格局。抗战一起，老蒋不得不把我们请到南京。现在，形势虽然险恶，但我们尚有十几万能战之大军，德公赴美期间，可就近观察美国之形势，广结朝野人士，争取美援，如此我们这步棋就可以走活。"

夏威见李品仙和黄旭初都发了言，以他自己的地位似不应沉默，便说道：

"健公之言甚善，但通观时局，广西如果弃守时，华中部队撤往何处宜应早做安排。"

白崇禧显得信心十足地说道："我们北伐的时候，不是穿草鞋出广西的么，今日还可以照样穿草鞋上山啊，广西到处是山，到那时完全可以和共军打游击，我们人熟地熟，占地利人和，德公在美争取到美援，时局一变，我们又可东山再起。"

夏威道："十几万装备精良的正规军全部上山恐怕也不易于机动，此事可否让保安团队和民团担任，正规军需有一暂时去处为好。"夏威因从安徽任上带了一个军回来，他生怕这点本钱被人轻易吃掉，因此不敢苟同白崇禧的主张。

"当然，"白崇禧挥了挥手，表示他对此早已成竹在胸，"我们就近可退入海南岛，以海南为基地，振兴'反共复国'之大业，其次尚可退入越南待机，其次亦可退入滇、黔固守大西南。"

李宗仁头脑里像塞着一团乱麻似的，他和白崇禧共事多年，对白氏的建议可谓言听计从，他对白崇禧相信的程度，有时甚至超过相信自己。但是，现在不知为什么，他觉得白崇禧不再像那位精明干练、足智多谋、料事如神的"小诸葛"了，眼前的白崇禧那说话的神态，倒很像一个饶舌的江湖巫医，正在喋喋不休地吹嘘自己的假药和"起死回生"的医术。他不得不起来制止他，以免坑害了别人。

"滇、黔断不可去！"李宗仁因怕白崇禧把十几万大军贸然开入云南吃卢汉的大亏，因此断然地说道，"退入越南易生国际纠纷。依我之见，孤悬海隅之海南岛，或可保留为最后立足之地。"

李宗仁仍不敢把卢汉不稳的实情告诉大家，卢汉一投共，滇、黔不保，共军由粤、湘、黔、滇进攻广西，白崇禧是无法立足的，白的部队一旦覆灭，李宗仁的政治生命亦将跟着彻底完蛋。对此，他不得不给自己留一条后路，尽管这条后路是那么渺茫，那么危险，他也不得不硬着头皮让白崇禧们去走。

"德公在赴美留医之前，可否飞一次海口，与陈伯南和薛伯陵具体谈一谈华中部队退往海南岛的计划。"白崇禧请求道。

李宗仁见白崇禧对撤退的问题尚未做丝毫准备，心中不免埋怨道："你算什么'小诸葛'啰，事到临头才屎急挖茅坑！"但是为了保存这最后一点血本，李宗仁不得不答应抱病飞海口与陈济棠和薛岳相商。会开到这里，大家都不再说话了，他们还能说什么呢？无论是李宗仁也好，白崇禧也好，李品仙、夏威、黄旭初也好，他们都非常明白，省会桂林恐怕不过十天就要丢给共军了。此刻，他们都各自早已收拾好金银细软，让家眷们携带到香港蛰居了，他们虽身为高级将领、封疆大吏，守土有责，但他们无不觉得现在都成了跑龙套的角色，只能在空空荡荡的舞台上摇旗呐喊一番，然后便一个个躲进帷幕中去，这台戏已近尾声，他们再也无法唱主角了。

一九四九年十一月二十日早晨，南宁机场朝霞如织，晴空万里。跑道上，李宗仁的专机"天雄号"已经发动，马达轰隆隆地震响着。地勤人员已将舷梯架好，几名警卫和侍从人员肃立在舷梯两侧，等候代总统李宗仁登机。

机场候机室的一间高级客厅里，李宗仁和白崇禧相对无言地坐着，千言万语，要说的话似乎都已经说了，但各自又感到什么都还没有来得及说。几十年的时间，他们形影不离，亲密无间，在近代的中国舞台上，共同扮演过许多重要的令人争议的角色，世人把他们两个合称为"李白"。早在抗战胜利后，广西省城桂林曾经举办一次庆典活动，活动中打出的一则竞猜灯谜赢得众人喝彩。谜面："是文人又是武人，是今人又是古人，是一人又是二人，是二人仍是一人。"谜底便是"李白"。李就是李宗仁，白就是白崇禧。无论你是带什么政治色彩和持什么阶级观点来评价他们，解释他们之间的关系，互相利用也罢，狼狈为奸也罢，团结合作也罢，共同奋斗也罢，如兄如弟也罢，总之，你都得正视他们这种不同寻常的关系。特别是在近代中国军阀混战的纷乱岁月中，政治舞台上走马灯似的军阀、官僚、政客，一个个反复无常，尔虞我诈，争权夺利，今天为敌，明天为友，后天又刀兵相见，同僚相争，上下相戮，无丝毫之信义可言，无半点之情谊可重。而李、白两人却始终如一，相依为命，在纷纭复杂、变化莫测的政治舞台上屹立着，令世人刮目相看。如今，他们却要在这里分手了。南宁曾是他们的发迹之地，也将是他们的最后败落之地！

"德公，按预定的时间，专机要起飞了。"白崇禧慢慢地站起来，看着手表，已是上午八点钟，他忙提醒李宗仁准备登机。

机场跑道上响起轰隆隆的马达声，"天雄号"专机预定今晨八时由南宁直飞香港启德机场，李宗仁在香港稍作停留，然后将飞往美国纽约就医。昨天晚上，程思远已先抵香港，为李宗仁赴美预做安排。李宗仁神色黯然地站了起来，两眼定定地望着白崇禧，什么话也没说。

"德公，你还有何吩咐？"白崇禧似乎觉得李宗仁还有什么话要说。

李宗仁一下扑过去，紧紧地抱着白崇禧的肩膀，失声恸哭起来……

当白崇禧搀扶着李宗仁从那间高级客厅里走出来的时候，李宗仁的侍从副官发现，李、白两人的眼眶里都滚动着泪水。侍从副官忙过去搀着李宗仁，白崇禧仍未松手，到了舷梯下，李宗仁紧紧地握着白崇禧的手，然后改由侍从副官搀扶，缓缓登上机舱口。李宗仁慢慢钻进机舱，地勤人员正要移开舷梯，只见他突然从机舱里钻了出来，双脚踏上舷

1949年11月22日，解放军占领桂林。图为广西省府大楼前站岗的解放军士兵

梯，摇摇晃晃地走下飞机。李宗仁此举不但使已登机的侍从副官大吃一惊，就连还伫立在跑道旁的白崇禧也感到莫明其妙。李宗仁下了舷梯，快步走到白崇禧跟前，用那双发抖的手轻搭在白崇禧的肩膀上，摇了摇，说道：

"世界上任何地方都可以去，唯独不可去台湾与老蒋为伍！"

这句话，近来李宗仁不知跟白崇禧念叨过多少遍了。现在，临别之前，他又从飞机里走下来，郑重地叮嘱一番，因为李宗仁深知蒋介石笼络人的本领和白崇禧感情用事的弱点，他怕白吃亏上当。

"德公，我知道了。"白崇禧凄然一笑，说道，"为什么要去台湾呢？到时我请德公回广西坐镇不好吗？广西才是我们的家啊！"

李宗仁只觉得鼻子里又一阵发酸，大约是不愿在这种公开场合再洒泪的缘故，他默默地转身，走上了飞机。地勤人员闭上机舱门，撤去舷梯，"天雄号"专机奔离跑道，银箭一般射上蓝天。

李宗仁与白崇禧从此一别，再不能相见。军阀混战是他们赖以生存、相依为命的土壤，这种土壤一经铲除，他们便分崩离析，各奔东西，烟消云散！

第九十二回

风声鹤唳　白崇禧夜宿柳州
回光返照　美议员飞抵南宁

　　寒风肃杀，卷起漫天尘埃，天地之间一片混沌迷离，枯黄的落叶伴随着面色憔悴、神色惊惶的国民党败兵，一齐滚过柳州街头。伤兵的哀号，骡马的嘶鸣，美造十轮卡车和吉普车、小轿车的喇叭，充塞大街小巷。连接柳州河北和河南的车引渡，整日里车水马龙，人流车走，络绎不绝，拥挤不堪。由于负荷太重，那驳运船仿佛一条受了重创的巨蟒一般，在水面上颤抖着，呻吟着，痛苦地不断扭动着腰身，好像随时要折断散架一般。但是，那些拼命争着过渡的车辆和行人却管不了这许多，他们只顾往前拥去，像一群惶惶然被赶往地狱里的鬼囚，眼前这道驳渡，便是他们今生来世生死攸关的"奈何桥"了。吉普车里，小轿车里，坐着身穿黄呢军服，佩着上校、少将、中将军衔的高级军官和他们的穿着旗袍、高跟鞋的太太、小姐，以及大大小小的皮箱和五颜六色的包袱。十轮卡车上载着全副武装的士兵、弹药、辎重和刚从桂林中央银行里提出的黄金、白银。驳渡上，前边看不见汽车的头，后面看不见汽车的尾，各种车辆横冲直撞，竞相争渡，喇叭声、马达声、呵斥声、骂娘声，声闻数里。突然，一辆拉着大炮的十轮卡车在驳渡口出了故障，马达熄火了，急得驾驶兵团团转，忙在车头插上摇柄，摇得满头大汗，气喘吁吁，那卡车仍无动于衷。后面步兵的卡车被堵住了，步兵和他们的长官纷纷跳下车来，骂娘、骂祖宗十八代也不管用。最后，一个歪戴大檐帽的军官把手一挥，吼叫一声：

"弟兄们，赶路要紧，快给我把这背时的家伙掀下河去！"

随着那军官的吼叫，满载步兵的卡车上，立即跳下几十名步兵，他们不顾一切地冲向那拉炮的卡车，在那军官指挥下，吆喝着，咒骂着，使劲推着大炮和卡车，要把这挡住他们逃命的庞然大物掀到柳江里去。那些炮兵们也不示弱，他们知道此刻如果失去卡车将意味着什么，炮兵们一拥而上，凭着个头大，抱住那些正在推车拽炮的步兵，不管三七二十一，便往柳江里丢，"劈里啪啦"，柳江里溅起一大片一大片的水花，转眼间便有三四个步兵被炮兵们丢到驳渡下的江里去了。

"我操你妈的！你们要造反啦！"那步兵军官从腰上拔出手枪，"叭叭"猛地向天上放了两枪，后边卡车上的步兵也纷纷跳下车来，手里提着美造汤姆式冲锋枪，用枪口顶住那些大块头炮兵，眼看一场厮打即将演成武装的流血冲突。

"站住！"

"让开！"

随着一阵严厉的喝叫，一排全副武装、戴着执勤套袖的华中军政长官公署警卫团的士兵们，在一名中校军官的率领下，来到了肇事的驳渡口。正冲突着的步兵和炮兵们，见来的是白长官的卫队，马上停止了厮打。那中校军官看了看已抛锚的炮车，右手往下一挥，命令道：

"给我丢到江里去！"

那些步兵们一拥而上，"嗨嗨嗨"地叫着，忽隆一声响，便把那晦气的卡车和大炮一齐从驳渡上推到柳江里去了。江水飞溅，波涛猛地摇撼着疲惫欲断的驳渡，驳渡上的人像走钢丝一般，不知什么人惊叫了一声：

"不好了，驳渡要沉啦！"

这一声喊不打紧，有人竟不顾一切地往后跑，跑不及的，便往江里跳，一时间驳渡上更加混乱不堪，人喊、马嘶、车鸣，这样闹腾了足足半个钟头，当人们发现脚下的驳渡仍旧移动着，颤抖着时，才又不要命地从驳渡上奔过去……

在柳州河北中国银行的一幢大楼里，餐室中，白崇禧、李品仙、夏威、黄旭初四个人正在默默地用着晚餐。他们只顾低头吃喝，只听到筷子勺子的声音，谁也不说话，好像此时此地，只有保持沉默，才是进餐的最好气氛。餐室的门突然被推开了，跟着进来一位少将军官，大概是他急促的脚步声和掩饰不住的内心惶恐，使四个沉默的进餐者不约而同地放下手中的碗筷，一齐注视着这突然闯进来的少将军官。只见他直走到白崇禧身旁，叫了一声：

"舅舅！"

白崇禧用雪白的餐巾，慢慢地揩了揩嘴，又换了一条餐巾，轻轻地擦了擦手，才不紧不慢地问了一句：

"什么事？"

这少将军官是白崇禧的外甥，名叫海竞强，曾充任桂军第四十六军第一八八师师长。民国三十六年二月二十日，他率部进攻山东解放区时，在莱芜战役中全师覆没，他本人也当了俘虏，后被解放军释放。回来后，白崇禧命他为新兵训练处处长，在柳州招兵买马，训练新兵，补充部队。海竞强的新兵训练处设在柳州河南，他是刚从河南驱车经过驳渡来中国银行大楼的。刚才，驳渡上那一场混乱，他看得十分清楚，因此很担心这座连接柳州南北的唯一驳渡会突然中断。因为飞机场在柳州河南，而桂林在两天前已被解放军占领，现时解放军正用强大兵力由西、南两面大迂回，已形成对整个华中部队的大包围态势，如果驳渡一旦中断，白崇禧便无法赶到柳州河南的机场起飞，那后果可就不堪设想了。蓦地，山东莱芜战役中那可怕的一幕又出现在海竞强脑海

白崇禧在桂林榕湖畔的公馆被解放军占领

里：从孝义集到吐丝口间的广大战场上，到处硝烟弥漫，尸横遍野，各种武器弃置满地，文件随风飞舞，灰暗的天空中，蒋介石派来的几架飞机，吊丧似的哀鸣着盘旋着，他率领的一八八师和李仙洲的整个兵团五万余人全部覆灭……

"舅舅，现在大队人马日夜不停地通过柳州车引渡，人马杂沓，车辆拥挤，秩序极度混乱，共产党地下人员又到处活动，我担心，如果驳渡突然中断，去机场就无路可走了……"

白崇禧仍旧不慌不忙地用餐巾慢慢地擦着手，尽管他内心也非常不安，但在部下面前，却装得镇静如常。此刻他好像听到海竞强说的不是驳渡上的事，而是餐后要去看戏一样，他把擦过手的餐巾随便往桌上一放，唤了声：

"来人呐。"

副官赶来问道："长官有何吩咐？"

白崇禧显得十分轻松自如地说道："请几位桂剧艺人来，我们先听听戏吧！"

副官答了声："是。"正要去请人，黄旭初却一挥手，制止副官道："慢！"

白崇禧望着黄旭初，意味深长地笑道："旭初兄，你对桂剧不是很内行么，想退场不干了？"

黄旭初是个细心人，他当然听得出一贯爱使用声东击西战术的白崇禧话中的含义，他摇了摇头，不做任何解释，只是用颇带忧虑的口气说道：

"健公，刚才竞强说的那驳渡万一中断的事，应引起我们的重视。"

"哼哼！"正用牙签在剔牙的李品仙，脸上发出一丝轻蔑的冷笑，用鼻子哼了两声，说道，"旭初兄坐镇广西十九年，据说政绩颇佳，为何柳州的交通仍是陆荣廷时代的呢？"

"嘿嘿，鹤龄兄。"黄旭初也冷笑两声，看着李品仙，说道，"这柳州交通，虽是陆荣廷时代的旧物，但我黄某人并没有将它拆去变卖废铜烂铁以入私囊。我倒是想问问鹤龄兄，安徽寿县朱家集那座两千余年的楚王墓，至今安在？"

这黄旭初虽然平时沉默寡言，但他工于心计，喜怒不形于色，因此每每在关键时刻能抓住对手的破绽，一语而中的，使对手防不胜防，不得不败下阵来。现在，李品仙一听黄旭初揭他的老底，那脸上比一口气喝了半斤桂林三花酒都还要热辣。

他气得把桌子一拍，指着黄旭初骂道：

"你懂个屁！老子在安徽九年，钱是弄了不少，可我都用在刀刃上了，德公竞选副总统，南京哪家大饭店不是日夜摆的流水席？为了拉票，送钱、请吃喝，哪点不是用的我从安徽送去的钱？与其说德公的副总统是"国大"代表们投票选的，不如说是我李品仙从安徽送去的钱给买下的……老子挖了个楚王墓又怎样，总没挖着你家的祖坟吧！"

看着李品仙和黄旭初两人唇枪舌剑相斗，夏威心里美滋滋的，他知道，李品仙的眼睛正盯着黄旭初广西省主席的宝座，对这个位置，夏威也颇动过一番脑筋，但他认为，论抢夺广西省主席的条件，他暂时不如现时以华中军政长官公署副长官又兼着桂林绥靖公署主任的李品仙，但夏威有过从李品仙手中抢夺安徽省主席的经验，在这样的场合，他当然不会放过任何一次机会。他见李品仙如此蛮横无理，便摇着肥胖的脑袋，冷笑道：

"鹤龄兄请息怒，说实在的，我真佩服你在安徽抓钱的本事，若论在香港的房产和美国银行里的存款，莫说我和旭初兄望尘莫及，恐怕德、健二公也要甘拜下风啊！"夏威有意在白崇禧面前敲一敲李品仙，他没等李说话，又接着说道："记得去年七月，我在蚌埠召集全绥靖区军队方面团长以上、行政方面县长以上人员，举行绥靖会议，健公曾亲临训话，健公说：'国共势不两立，共产党得势了，国民党就死无葬身之地。白俄失败了，还可流浪到中国来卖俄国毯子，国民党如果失败，连卖长衫、马褂的地方都没有！'要是到了那一天，还得请鹤龄兄高抬贵手，解囊相助啊！"

黄旭初冷笑着频频点头，李品仙气得脖子上暴起两条老豆角一般的青筋，他咚地擂了一下桌子，正要破口大骂夏威，白崇禧却站了起来，戴上白手套，朝李、夏、黄三人挥挥手，淡淡地说道：

"国难当头，为了党国利益，诸位要精诚团结。好吧，不说了，过河去。"

副官忙从衣架上取下黄呢军大衣，为白崇禧穿好，然后一行人便下楼去了。楼下院子里停着一辆雪佛兰高级轿车和四辆美制吉普车。副官走上前去，为白崇禧打开车门，白崇禧一头钻进那辆雪佛兰中去了。李品仙、夏威、黄旭初和海竞强也分别上了自己的吉普车，海竞强在前头引路，后面便是白崇禧乘的雪佛兰和李品仙等人的吉普车。五辆小车，鱼贯来到柳州车引渡，警卫渡口的正是白崇禧的卫队，那中校军官一见来的是白长官的车，忙命封锁驳渡两头，断绝一切行人车辆，以便让白长官的汽车通过。海竞强乘车首先通过，然后白崇禧和李品仙等人依次过渡。海竞强把白崇禧等人领到柳州河南他的新兵训练处，准备在这里休息一夜。这时已经是晚上九点多钟了，白崇禧刚刚在床上躺下，海竞强又推门进来了，他走到床前，惊慌地对白崇禧说道：

"舅舅，我刚接到第十一兵团司令官鲁道源从三门江打来的电话，他说三门江附近发现共军，并说由于兵力单薄，他无法保障长官之安全。"

白崇禧不耐烦地用手指敲着床沿，对海竞强道："你告诉鲁道源，就说我要在柳州住一夜！"

海竞强见白崇禧这么说，不敢再作声，便默默地退出了房间。作为白的亲信，他当然明白，眼下的时间对白崇禧来说，是何等的宝贵。李、白惨淡经营几十年的广西，眼看是要完了，倾巢之日，白崇禧首先想到的，便是他手下这五个兵团几十万人马逃向何处，如何保存这一点老本，以便东山再起。几经交涉，才得到粤籍将领陈济棠、余汉谋、薛岳等人的同意，让华中部队退往海南岛，附带条件是白的部队负责扼守雷州半岛，以阻止共军渡海。这虽有借刀杀人之意，但现在既然是借人家的地盘立足，也就只好忍气吞声了。为使华中部队能按计划退往海南岛，白崇禧决定以精锐的张淦第三兵团向已攻占茂名的共军陈赓兵团进击，务需攻下茂名，掩护华中部队向雷州半岛转移；以鲁道源的第十一兵团驻柳州、岑溪，保障张淦兵团的右侧翼和护卫长官总部安全；以徐启明的第十兵团由浔江北岸渡江，策应张淦兵团作战；黄杰的第一兵团已向龙州、隘店地区行进；刘嘉树的第十七兵团则由百色沿越桂边境前进，掩护左侧免受包围。白崇禧则亲率长官部及直属部队由柳州往南宁，沿邕钦公路退往雷州半岛渡海进入海南岛。素有"小诸葛"之称的白崇禧当然知道，兵贵神速，他的对手正以疾风扫落叶之势追击、包抄桂系部队，在此危亡时刻，作为最高指挥官，他的惊慌失措必将招致倾巢之下无完卵。因此，他内心虽然惊惶，但表面却从容不迫，以赢得时间，尽可能多地保存下一点本钱。

海竞强对此知道得十分清楚，内心充满矛盾，为了白崇禧的安全，他希望白尽快离开柳州，但又怕遭到训斥，贻误戎机。他忧心忡忡地离开白崇禧的房间，回到了自己的办公室。刚坐下，桌上的电话铃又响了，鲁道源又打电话来告急，说据侦察报告，柳州西南共军已越过柳城，其先头部队已抵长塘，柳州已处于共军的包围之中，请白长官赶快离开柳州。海竞强听了，心头怦怦直跳，他实在想不到共军的速度是如此之快，攻占桂林才两天，便要拿下柳州，硬是不让白崇禧在此过夜，连喘一口气的时间都不肯留给他。海竞强想了想，如果此时去向白报告，少不了准得挨一顿训斥，不报告吧，待在柳州今夜确实危险。他没有别的办法可想，只得去把李品仙、夏威、黄旭初等人分头请来，一同去劝说白崇禧马上飞离柳州。

海竞强和李、夏、黄等人一起进入白崇禧的房间，海竞强喊了声：

"舅舅！"

"什么事？"白崇禧很不耐烦地问道，但见李品仙等人一同来，估计有情况，这才慢慢地从床上起来。

海竞强立即向白崇禧报告了鲁道源刚才打来的电话内容，李、夏、黄三人同时劝白即刻飞离柳州，前往南宁。白崇禧坐在床上，低头沉思，他原来准备在柳州住上两天的，以尽可能赢得多一点时间指挥部队撤退，谁知连一个夜晚都待不住，他的撤退计划已遭挫折，要挽救已来不及了，他内心像被一根钢针扎了一下似的绞痛起来。现在，不走也得走了，他慢慢地站了起来，待副官给他穿好大衣后，他严厉地对海竞强命令道：

"你立即给鲁道源打电话，就说我不但今晚要在柳州过夜，而且还要住上一天！"

海竞强马上到办公室去给鲁道源打电话，但是，三门江十一兵团的电话已经要不通了，他倒吸了一口冷气，即刻跑来向白崇禧报告道：

"舅舅，十一兵团已不知去向，三门江情况不明。"

"啊！"白崇禧心头一沉，没想到共军会来得这么快，鲁道源竟跑得比自己还快。李品仙、夏威和黄旭初也都慌了，他们生怕在柳州当共军的俘虏，忙催白崇禧快走。海竞强一看情况危急，忙带上自己的妻子，率领两卡车全副武装的卫兵，护卫白崇禧等人的汽车，急急忙忙直往柳州机场驰去。

到了机场，已隐约听到枪炮声，李品仙、夏威、黄旭初和带着妻子的海竞强，跟随白崇禧匆匆钻进了机舱里。飞机发出巨大的轰鸣，在茫茫夜色中匆匆起飞，机翼下边的柳州，不见灯火，一片死寂。

南宁的天气，毕竟不同于柳州、桂林，在冬天里也依然有融融的阳光，草木一片青苍，风沙也没有那么大。当阳光铺上那开着花的紫藤架时，宽大的阳台上更显得有几分春意。

白崇禧起来了，他步出阳台，感到阳光有些刺眼，也许由于连日来的辛劳，休息不好，他觉得太阳穴上有些胀痛，整个脑袋像被一块大毛巾死死地勒着一样。他伸开手臂，活动了一下身子，深深地呼吸了几口新鲜空气，头脑里顿时感到一阵清新和松快。他在阳台上踱步，看着楼下的花圃和那座小圆拱门，蓦地，他心里一阵猛震。啊，这不就是当年旧桂系的广西督军谭浩明的公馆么？看着这小圆拱门，使他不禁想起二十五年前，他和黄绍竑、李宗仁在这里聚义，满腮大胡子的黄绍竑推李宗仁坐上第一把交椅那激动人心的场面犹历历在目。身居旧地，忆及旧事，白崇禧不胜感慨。想当年，黄绍竑的气魄多么宏大，号召力多么强烈，他擎杯在手，向"定桂""讨贼"两军官佐发誓，向李宗仁敬酒，硬是把濒于火并的两支队伍紧紧地团结了起来，全军一心，上下团结，将士用命，为统一广西，出兵北伐，驰骋中原打下了基础。事业的兴盛，团体的壮大，绍竑之功实不可没。而今黄绍竑安在？他那一大把胡子早已剃去，民国十九年，李、黄、白联合张发奎反蒋失败，他脱离团体，投向蒋介石，当了浙江省主席，如今国破之时，他又摇身一变，投入了共产党的怀抱。

"哼！黄季宽呀黄李宽，你真是个没有政治道德的投机军人、政客！"

白崇禧忿忿地咒骂起黄绍竑来了。骂过黄绍竑，他又想起李宗仁来，代总统李宗仁由于应付不了这纷乱的国事，心力交瘁，于五天前已由南宁乘飞机到香港去了，现时正住在香港养和医院，准备赴美就医。

"德公呀德公，你真是堆糊不上墙的烂泥！记得当年俞作柏曾经说过：'一只猫甚至一只狗，扶它上树是可以的；一只猪，无论怎么扶，它是绝不能上树的。'

我费九牛二虎之力，扶你登上代总统的宝座，可这一年来，你又为我们做了些什么呢？到头来是国事益非，疆土日蹙，丢下广西这副破烂家当给我收拾！"

白崇禧埋怨了李宗仁一番之后，他的心情变得十分阴郁，他看着这大好的阳光，特别反感，似乎此时此刻，连太阳也不应该出来。他随口骂了一声"鬼天气"便走进室内去了。

他在室内踱着步子，心情仍然很坏，不知为什么，老是觉得黄绍竑举着酒杯向他走来，似乎在向他说："健生，现在是'劝君更进一杯酒，西出阳关无故人'啦！"他摇摇头，叹了一口气，他多么希望黄绍竑能像当年那样铿锵有力地喊出"精诚团结"的口号来啊，使他和他的华中部队能在南宁重新振作起来，就像二十五年前在这座公馆里发生的事情那样，重新统一广西，然后出兵北伐，问鼎中原。到了那时，他相信，黄绍竑一定会从共产党那里投到他白崇禧怀中来的。"精诚团结"，"精诚团结"，他像八哥学舌一样，在无力地重复着这句话，他又摇了摇头，叹一口气。现在，不但他和李宗仁、黄绍竑无法"精诚团结"，就是李品仙、夏威、黄旭初这些老部下之间，也无法"精诚团结"啊！对外，他和陈济棠、余汉谋、薛岳这些粤籍将领也无法"精诚团结"。尽管李宗仁和白崇禧曾频飞海南岛与陈济棠协商，要求华中部队退往海南岛，但陈济棠等一直不松口，如果不是白崇禧请蒋介石出来说话，直到现在，华中部队恐怕连个落脚点也找不到呢。时间，宝贵的时间全让陈济棠这些该死的家伙们在讨价还价中给耽误了！他想到了蒋介石，正是在他走投无路的时候，蒋介石出面压陈济棠让出海南岛给华中部队落脚，他从内心里感激蒋介石拉了他这一把。白崇禧想到这里，精神为之一振，"精诚团结"这句话由蒋介石对他讲，似乎才能掂出其中的分量来。可是，他刚刚振作的这一点精神，马上又让蒋介石那虚伪的"嗯嗯"声和那两道剑一般冷酷的目光给赶跑了。

"长官，请用早餐吧。"副官指着小圆桌上刚摆上的热牛奶、点心、热粥和卤牛肉片。

白崇禧看了一眼，烦躁地摇着手："端下去！"

"长官想吃点什么？"副官也知道白崇禧心情不好，一边收拾小圆桌上的食物，一边望着白崇禧问道。

"栖霞寺的素豆腐！"白崇禧毫不思索地答道。他说话的口气，仿佛是给部下一道军令，令其攻占一座战略要地一般，不容你有半点商量的余地。

"长官，桂林已被共军……"副官正想说出"占领"这两个字，但他见白崇禧脸色铁青，吓得忙改口道，"做素豆腐的冷锋锱先生现时尚在桂林，他的炖素豆腐的手艺又秘而不传，长官部的厨师，做不了啊！"

原来，桂林栖霞寺向以素豆腐闻名。那豆腐做得色如赤玛瑙，汤似紫葡萄汁，晶莹皎洁，气息如兰，香而不俗，色味透骨，沃而不腻，汤面不见半点油腥，回味绝无豆腥之气。据说国府主席林森到桂林曾品尝过月牙山的素豆腐，犒赏了八十枚袁大头，因此素豆腐更是遐迩闻名。白崇禧每次回桂林，也爱到月牙山麓花桥背街冷锋锱家吃素豆腐。现在，桂林老家已经失陷，那诱人食欲的素豆腐再也吃不上了，白崇禧本来心烦火躁，转而迁怒于副官：

"为何不把冷锋锱家一同随军带走？"

"长官，即使把冷锋锱带来，也无济于事啊！他的素豆腐要专用花园村的老水豆腐来做，而花园村的老水豆腐，又要专用花园村的井水……"

是呀，副官的话是讲得有道理的，桂林的素豆腐虽好，你是带不走的，正像桂林山水一样，你能把独秀峰、漓江带走吗？白崇禧能说什么呢？！抗日战争时，他把桂林丢给了日本人，待他回来时，只见昔日繁华的山水文化名城，只剩无数的瓦砾残垣。如今，他又把经过四年建设刚复元气的桂林丢给了共产党，耻辱啊！他将兵数十万，身为党国栋梁，竟连自己的家乡也守不住！

"咚"的一声，白崇禧一拳打在那张小圆桌上，副官刚收拾好还没来得及端走的牛奶、点心、白粥、卤牛肉片，全被震翻在地上了。

"我要打回桂林去！"

白崇禧声嘶力竭地叫喊着，眼里闪着两道凶光……

大约过了一个星期后，白崇禧的心情才变得稍为好转一点。这其中的原因，并不是恶化到不可收拾的战局有了什么令他欣慰的转机，而是美国参议员诺兰将从香港飞抵南宁，和他商谈美援的问题。据说，美国政府已决定将火炮几百门、飞机几十架及大量军用物资直接拨交白崇禧，帮助华中部队防守雷州半岛。美国中央情报局也将另发给华中长官公署特别费一百万美元。白崇禧在穷途末路之中，听到这一消息，正像一位病入膏肓的人被打了一针强心剂一样，又振作起来了。这天晚上，他请李品仙、夏威、黄旭初来他的房间，商谈如何使用这批美援的问题。李品仙和夏威都是华中军政长官公署的副长官，从柳州跟白崇禧逃到南宁后，仍和白住在总部的大楼里，只有黄旭初另搬到民生路广西银行楼上住。他不愿再和李品仙住在一起，横直他的这个广西省主席也没什么实际意义了，李品仙想要，尽管让他拿去好了。因此当白崇禧派副官打电话叫黄旭初来总部商谈时局时，黄即推脱身体不适，难以奉陪，婉言谢绝了。

"旭初这个人，看来跟我们合不拢了，他与黄季宽是容县小同乡，不知最近他们有无秘密来往？"李品仙一坐下便说。

"这倒是没有的事。看来，旭初最近情绪消沉，当然啰，到了这步田地，他这个省主席也难维持下去了。"夏威和黄绍竑也是容县小同乡，他一边替黄旭初辩白，也同时是为自己辩白，与已投奔共产党的黄绍竑眼下并无什么暗中来往，但一边又在为争夺省主席这个职务不放松一点机会。

"嗯，"白崇禧以手搔头，沉思了一会儿，接着望着李品仙，说道，"看来，是得要调整一下部署了。鹤龄，你以华中军政长官公署副长官和桂林绥靖公署主任的身份，再兼起广西省主席怎么样？"

"健公，"李品仙心头一阵惊喜，但马上装出满脸难色，"这个烂摊子，我干不了，还是让旭初硬撑下去吧！"

"鹤龄，这是为了党国利益，同时也是为了我们团体的利益，现在，大批美援即将运到，我们一定要好好使用起来。我们在广西搞了二十几年，很有基础，这是我们'反共复国'的基地，我们撤到海南岛以后，扼守住雷州半岛，便随时可以光复两广，再举北伐大业。因此，在此非常时期，必得由一个强有力的人将广西的党政军民统兼起来。你很合适，不要再推辞了，我明天就发表你兼任广西省主席一职！"

"我一定忠于党国，忠于健公，赴汤蹈火也在所不辞！"李品仙见白崇禧并不记北伐时拆台的旧恨，而是把他的资格、地位和信任都摆在夏威、黄旭初之上，他感到受宠若惊，像宣誓一般站了起来。

一架银灰色的小型专机在南宁机场降落，身着茶色风衣、风度翩翩的美国参议员诺兰出现在机舱口的舷梯上，他向前来欢迎的白崇禧、李品仙等人挥了挥手，随即走下舷梯。

"您好，白将军！我能在您的家乡广西南宁见到您这位坚强的反共将军，感到十分高兴！"诺兰用流利的华语向白崇禧打了招呼。

"您好，诺兰先生，我能在我的家乡接待您这位来自我们最崇敬的友邦的使者，同样感到十分高兴！"白崇禧善辞令，热情地走上前去和诺兰紧紧地握了手。

白崇禧陪着诺兰乘车从机场回到华中总部他的住处，就在当年黄绍竑擎杯高呼"精诚团结"、推李宗仁当联军总司令的这间厅堂里举行宴会，欢迎诺兰。白崇禧满面春风，频频举杯向诺兰敬酒。大概这是他自武汉、长沙、桂林、柳州败退以来，最感欣慰的时刻了。想当年，李宗仁、黄绍竑和他三人在这里组织联军总指挥部时，手下不过几千人枪，而且四面都是陆荣廷、沈鸿英的势力。现在，他手下五个兵团虽在溃退之中，但还有十几万人马，又得到美国的支持和援助，"反共复国"是大有希望的。

"白将军，上个月美国太平洋舰队司令官白雨吉中将曾到广州和李宗仁代总统商谈美援问题，现在，美械装备已运抵香港，但不幸的是，广州已陷落，偌大的中国南疆除广西南宁之外，也都沉沦，南宁弃守，看来也是时间问题了，对于这批美械装备，不知白将军准备如何发挥它们的作用？"诺兰的刀叉上正叉着一块喷香的烤乳猪，那双蓝眼睛意味深长地盯着白崇禧。

白崇禧听出诺兰话中的意思，对他统率的华中部队乃至整个国民党军队的不信任，也许这正是美国朝野人士目下对中国的共同看法。要想取得美援，而且源源不断地取得，首先必须打消他们对自己军队的不信任态度。他看着诺兰，说道：

"诺兰先生，在我们商谈如何发挥这批美械装备的作用之前，我想谈谈我个人的一些经历，如果您感兴趣的话。"

"很好！"诺兰一边嚼着烤乳猪，一边说道，"我早就听说白将军的经历饱含着传奇色彩，遗憾的是我既不是一位记者，也不是一位传记作家，哈哈！"

"民国五年夏，我从保定军校毕业，投在当时广西的统治者陆荣廷麾下充当一名小小的连长。五年之后，才升为营长。那时，正是陆荣廷第一次垮台的时候，广西到处都是自治军。我们的部队驻在广西百色，被自治军刘日福的部队围攻后溃败，全团剩下两百人枪，由我率领，不幸的是当时我巡哨又跌伤了左腿，只得丢下部队到广州就医。这支几百人的部队由我的一位同学黄绍竑带领，几经周折终于投奔了李宗仁。我们这两支部队加在一起，也不过几千人枪，而当时陆荣廷、沈鸿英在广西的兵力却比我们多好几倍，他们占据着桂林、柳州、南宁的大片地方，实力非常雄厚。我们利用陆荣廷和沈鸿英的矛盾，由我和李宗仁率两路人马，一举攻克南宁，那是民国十三年六月的事了。李宗仁、黄绍竑和我三人当年就在这间房子里组织联军，我和黄绍竑共推李宗仁为总指挥。"

"哦，我曾听说过，据说气氛相当热烈，那场面，大概像中国古代三国时候的刘、关、张桃园三结义吧。"来自美国加州的诺兰是个中国通，很喜欢在中国人面前引经据典，白崇禧说到这里，他忍不住插上一句。

"唔，是有点那个味道。"白崇禧见诺兰对他的话颇感兴趣，马上接着说道，"只用半年多的时间，我们这几千人的队伍便将陆荣廷、沈鸿英的优势兵力各个击破，统一了全广西。后来北伐军兴，李宗仁任军长，我则出任蒋介石总司令的参谋长兼前敌总指挥，率领我八桂健儿，由镇南关一直打到山海关！"

"了不起，真了不起，白将军不愧是位战功卓著的伟大军事家，是当代中国的孙武！不过，我倒想问问白将军，在您的经历中，有过失败的时候吗？"诺兰把双手抱在胸前，那双蓝眼睛里闪烁着诡谲的咄咄逼人的冷光。

"中国有句古话：胜败乃兵家之常事。世界上并不存在什么常胜将军的。"白崇禧本是个能言善辩之人，他马上接过诺兰企图刁难他的话，说道，"诺兰先生，我坦率地告诉您，在我的经历中，曾经有过惨败，全军覆灭的惨败，败得逃到香港蛰居，连一兵一卒、一寸疆土都丢光了。"

"啊，想不到白将军是位难得的坦率之人，对于您刚才说的惨败，不知是否指的是这次国军在华中乃至在广西的失利？"诺兰别有用心地问道，因为他是奉美国政府之命来华调查美援使用情况的，他关心的不是白崇禧过去的胜败，而是眼下的情况。

"不，不！"白崇禧心里顿了顿，他像头上长了疮疤，偏偏戴着帽子，生怕别人指着帽子问头上是否长着疮疤一样，忙不迭地摇着手，说道，"诺兰先生，在我一生的经历中，和共产党打交道没有惨败过，和日本人打交道也没有惨败过。关于后者，我军在抗战中所取得的两次震惊世界的重大胜利，一是台儿庄大捷，二是昆仑关大捷，这两次战役都是我亲自参与了指挥的，对此，历史早已做了定论。"

诺兰点了点头，又接着问道："那么，白将军刚才所说的惨败，到底是败在谁人之手？"

"败在蒋介石先生手上！"白崇禧毫不犹豫地答道。

"啊——"诺兰惊奇地耸了耸肩膀，"愿闻其详。"

"那是二十年前的事了。"白崇禧像一位商人谈起他往时的蚀本生意似的，用惋惜的声调说道，"民国十八年春，我率北伐军打到北平、天津。李宗仁将军坐镇武汉，李济深将军坐镇广州。蒋先生认为我们'桂系'势力将对他造成威胁，于是千方百计地要消灭我们。他先扣留李济深将军于南京汤山，进而收买驻武汉的桂军将领倒戈，在平、津，则请唐生智出马，运动我所指挥的部队，迫使我只身逃出唐山，潜返广西。回到广西后，我和李宗仁、黄绍竑在容县黄的家中小住，蒋先生接着派大军进逼广西。此时李宗仁暂往香港以待时局，我则和黄绍竑指挥桂军，企图一举攻下广州，以扭转被动的局面。无奈劳师远征，寡不敌众，终于败退回桂。蒋先生发表俞作柏为广西省主席，李明瑞为广西区编遣主任，杨腾辉为副主任的声明，率军自海道南下，然后溯西江而上，抵达桂平，而何键的湘军也深入桂境，直逼柳州。我们的部队已失去战力，这年五月下旬，我和黄绍竑两人两袖清风，从南宁逃出广西，经越南到达香港，和李宗仁将军住在一起。我们终于失去了一切——军队和地盘！"白崇禧一口气说了这许多。

"后来李、黄、白三人很快又重整旗鼓，东山再起，夺得了广西地盘——当然，还有自己的军队，是吗？"诺兰卖弄地接着白崇禧的话说道。

"是的，诺兰先生。至于以后的情况，国人早已众所周知，无须我再多言。我

1949年12月，白崇禧在南宁会见美国参议员诺兰

的意思，还是刚才说过的那句话：胜败乃兵家之常事。"白崇禧做了个很有风度的手势，像一位极有造诣和涵养的教官，正在启迪听者的思维。

"白将军，我相信您的话是有说服力的。不过，我想请您谈谈另一个问题，当然，这个问题和您上边谈的也不无关系。那就是，您对国民党政权的崩溃和您所指挥的华中部队的这次大溃退，到底有何看法？"诺兰那双冷冷的蓝眼睛盯着白崇禧，把谈话一下子拉到了实质性问题上。

白崇禧狡黠地笑了笑，彬彬有礼地答道："对于第一点，诺兰先生最好去请蒋介石先生和李宗仁先生回答。至于第二点么，我想提醒诺兰先生，我的华中部队并不存在什么溃退的问题，而是撤退，做有计划的战略转移。我部五个兵团，从武汉南撤，在湖南青树坪重创共军，后来在衡阳、宝庆一带受了些损失。进入广西后，尚未和共军正式交战。按预定计划华中部队将撤往雷州半岛和海南岛，把广西暂时让给共军。"

白崇禧说着站起来，走到墙边，一名参谋忙将壁上一块绿色的帷布拉开，并递给白崇禧一根小棒，白崇禧用小棒指着一幅昨天晚上才制作出来的广西军用地图，说道：

"诺兰先生，不瞒您说，现在共军已从桂北、桂西北和桂东南进入广西，企图聚歼我华中部队于柳州一带。在此情势下，我将避开和共军正面作战，将我部有计划地撤往雷州半岛以南待机反攻。广西，我们经营了二十多年，基层的乡村政权、保甲制度、民团制度，都是我亲手建立和组织起来的。为了应付局势，我已将全广西划为十五个专区，已令每专区成立一个保安团，每县成立一至二个常备大队，每乡成立一个常备中队，由各专员、县长、乡长亲自指挥；另外，还实行'一甲一兵一枪制度'，以乡村基层政权的甲为单位，选定一名壮丁。每甲须备机造步枪一支，壮丁的口粮、副食品、饷银、服装等由各甲负担，集中在县府、乡公所所在地训练。广西共有二万四千个村（街），每村（街）以十甲计，仅'一甲一兵一枪制度'，便可立即征集兵员二十四万人。加上保安团、常备队和华中正规军，我手上指挥的军队就是一支百万大军！"

白崇禧用那双善于察言观色的眼睛迅速瞟了这个美国人一眼，发现他对此很感兴趣，便接着说道：

"广西境内崇山峻岭，桂北一带横亘着五岭山脉，桂中一带有大苗山、大瑶山，桂西南有十万大山，瑶、壮、苗、侗聚居，蛮烟瘴雨，外人望而生畏。我已令各专区实行空室清野，现已实行的地区计有：从恭城的龙虎关到恭城县一带地区；从灌阳的永安关经文市到兴安县的界首一带地区；从全县的黄沙河经全县至兴安县一带地区；从资源县的梅溪经资源县城到兴安县界首一带地区；从龙胜的马堤经龙胜县到义宁一带地区；从三江的程阳经三江县到融安县城一带。在以上共军能进入广西的路线两旁，纵深一百公里横广五十公里的地区，变成一无所有的真空地带，以断绝其接济，迟滞其行动，使其疲于奔命，然后将其歼灭于广西的崇山峻岭之间！"

诺兰被白崇禧说得兴奋起来，他从席间霍地站起，高高地举着盛满白兰地的酒杯，走到白崇禧面前，说道：

"白将军，您不愧是国民党中反共坚决而又胸有韬略的英雄，我预祝您成功，为您的胜利，干杯！"

"干杯！"白崇禧将酒杯与诺兰伸过来的酒杯一碰，"当"的一声，两只杯子发出清脆的响声。

第九十三回

风水不灵　张"罗盘"被困博白县
欲守琼岛　"小诸葛"率部逃龙门

　　送走美国参议员诺兰后，白崇禧心中的那一点兴奋欣慰之情，像回光返照一般，很快便消失了。他苦心策划的"一甲一兵一枪制度"和"空室清野"等办法，都没能够阻滞共军的神速进军。到十二月二日，据报，共军已西到武鸣，东到玉林，北到迁江，南宁已在大包围圈中，人心浮动，大有风声鹤唳、草木皆兵之感。白崇禧一看事情急迫，忙令海竞强率先遣人员飞海南岛，到海口和陈济棠接洽，借船到钦州湾的龙门港，接运渡海部队。又派人到龙门湾沿海一带接收各种海船，以备接运部队之用。海竞强刚将妻子送上诺兰的专机，准备飞到香港去，他行前悄悄对白崇禧嘱咐道：

　　"舅舅，形势危急，南宁不可久留，你也要尽快离开此地才是。"

　　白崇禧向他挥了挥手，说道："你走吧，要紧的是把船先搞到手。陈济棠那家伙贪得无厌，不要和他讨价还价，他开口要多少你就给他多少，只要把我们的部队渡过了海，到时我就要他乖乖地吐出来！"

　　海竞强走后，白崇禧马上进了作战指挥室，为了精确估计渡海时间和抵御共军的追击，他要与各兵团司令官通话。

他坐到话报两用机前，命令少校通信官：

"给我接'罗盘'！"

"是！"少校通信官立即为白崇禧接通了第三兵团司令部的电台。

"'罗盘'，'罗盘'，你部情况怎样？"

在白崇禧呼叫了一通"罗盘"之后，话报两用机中，才传来微弱的断断续续的声音：

"健公，健公，我是'罗盘'，我是'罗盘'，我部在博白城遭共军强大攻击……战乎乾坤阴阳相搏……肃杀相攻……纯阳克阴也，战之不利……"

张淦语无伦次地在叫唤着，大约他是在一边摆弄着罗盘，一边和白崇禧通话的。衡宝之战，张罗盘大失所算，所部四个精锐的桂军师被歼灭，第七军军长李本一落荒而逃，仅以身免。到了桂林，李本一害怕被白崇禧枪毙，一直躲着不敢露面，后得同僚求情，白崇禧才免予追究，命令李本一招募新兵，补充部队，重建第七军。张罗盘本人，虽没受到白崇禧训斥，但他的那个罗盘，却被白崇禧和夏威狠狠地咒骂了一顿，并扬言要砸烂它！张罗盘由于在衡宝之战大伤元气，竟抱着他的罗盘痛哭一场，败回桂林后一蹶不振，从此再不敢轻言风水之事。可是，在这次向雷州半岛挺进之中，没想到他又因此出了问题。白崇禧命张淦率第三兵团南下，指向陆川、廉江、遂溪，以占领雷州半岛与海南岛呼应为目标。本来，军情如火，刻不容缓，白崇禧严令张兵团要争分夺秒兼程赶往雷州半岛占领阵地，掩护华中部队渡海。谁知，走到玉林后，张罗盘忍不住取出罗盘一看："出行不利！"他随即不顾一切地命令全兵团几万人马在玉林住上三天。白崇禧发现张淦在玉林毫无必要地留驻，便急电他立即开拔，无奈张淦只说他用罗盘推算的结果，三天之内不宜开拔，白崇禧即以军法从事相威胁，但张淦仍死也不肯动，白崇禧气得七窍生烟，也无可奈何。

张淦在玉林盘桓三日，第四日，他择准是个黄道吉日，便下令开拔。但临行时，他忽听说第一百二十六军师长韦介伯在玉林街上找一位相师看相，那相师预言韦师长"一帆风顺"。原来，那位相师也不寻常，据说他就是当年为李宗仁看相，预言李一年之内连升三级的那位大名鼎鼎的崔相师。后来李宗仁一年内果然连升三级，崔相师曾到南宁督办署去向李宗仁致贺，李宗仁特地赏了他五百元大洋。从此崔相师名声大振，门庭若市，随着李宗仁的发迹，他也跟着发迹了。崔相师如今已六十余岁，不轻易给人看相了。这次韦师长特地拜到门下，恳请崔相师给看相，崔相师看了看，只说了一句"一帆风顺"，便打发韦师长走了。张淦得知这一消息不禁大喜，因为那崔相师并不知他们要往雷州半岛渡海的，竟能预言"一帆风顺"，可谓天机暗合。他立即改变行军部署，将作战经验丰富的原拟定作开路先锋的第四十八军改作后卫部队，而以新成立的第一百二十六军为先头部队，又以韦师长的部队为军的先头部队。不料韦师长刚出发不久，便遇到共产党游击队的袭击干扰，由于韦介伯师缺乏训练和作战经验，官兵以为是共军大部队袭来，惊惶失措，畏缩不前。白崇禧闻报，气得直顿足大呼："张罗盘你坏了我的大事！"现在张淦被围困在博白，那是他咎由自取。但是，白崇禧的整个向雷州半岛撤退的计划也因此而被打乱。

"'罗盘'，'罗盘'，你要顶住共军的攻击，掩护我军到龙门港渡海！"

白崇禧和张淦通过电话之后，又和兵团司令官鲁道源、刘嘉树、徐启明通了话，皆命令他们且战且走，直奔龙门港渡海。

白崇禧从作战指挥室里出来，恰遇李品仙急促上楼来找。

"健公，"李品仙揩了揩额上的汗，说道，"邕江亭子圩渡口，大小汽车，拥挤不堪，争先恐后抢渡，对撤退极为不利！"

这时一个作战参谋将一份急电递到白崇禧面前，报告道：

"武鸣、宾阳的共军已迫近南宁！"

"黄杰兵团现在何处？"白崇禧问道。

"黄兵团已退到昆仑关，指挥所设于八塘。"参谋报告道。

白崇禧走到窗前，两手背在身后，没有说话。

"健公，各兵团部队均有被共军拖住各个击破的危险，华中总部及直属部队被阻于邕江，按亭子圩渡口的输送速度，两天也渡不完，怎么办？"李品仙见白崇禧不说话，心里更加着急了。

白崇禧抬起手腕，看了看表，对李品仙说道："命令工兵团，立即赶架浮桥！"

李品仙马上赶到工兵司令部，命令参谋通知工兵团，全力以赴，赶架浮桥。

当李品仙回来的时候，白崇禧独自一人，仍在室内低头踱步。

"健公。"李品仙唤了他一声。

"旭初、煦苍二位现在干什么？"白崇禧头也不抬地问道。

"他们二位倒是无所事事，清闲得很哩。刚才，旭初派人来把煦苍请到民生路银行大楼下棋去了。"李品仙忿忿然地说道。

"嗯。"白崇禧含糊地应了一声，忽然又问道，"姚槐有消息吗？"

姚槐是驻龙州的广西边防对讯督办，白崇禧此时问起姚槐，李品仙当然知道白又在考虑华中部队退入越南的问题。但姚槐近来没有来电报，李品仙只好摇了摇头，没说什么。白崇禧在室内踱了几圈后，突然把李品仙拉到军用地图前，指着地图，说道：

"鹤龄，我们华中部队渡海是不成问题的，你看！"白崇禧用一把小尺子，量划着地图，说道："共军现在容县、博白、廉江一带，与我第三兵团在激战中，他们距钦州龙门港尚有六百余里，而且是由东向西，要翻越许多由北而南的山脉和河流，没有大道，小道也崎岖难行。而我们离钦州只有四百余里，并且由北向南，有公路，有大道，有汽车，我们定能比共军早到龙门港，乘船渡海！我决定派你飞海口转赴防城组织指挥所，准备船只，先接运徐启明兵团渡海。"

白崇禧与李品仙站在地图前，商量了很久。这时那位前往亭子圩渡口督促架设浮桥的工兵参谋，赶来报告：

"白长官、李副长官，总部工兵团全部出动，赶架浮桥，但由晨至午，架桥没有成功！"

"什么？你们这些饭桶，一座浮桥半天都架不成！"白崇禧大怒，指着那参谋骂道，"我要枪毙你！"

工兵参谋委屈地说道："报告长官，我们已尽到最大努力了，但邕江江面宽阔，流速大，没有大型制式材料，浮桥实无法架成啊！"

"无能！"白崇禧仍在大骂着，"你们误了我的大事，为什么没有大型制式材料？"

那参谋答道："因为军情紧急，无法携带，南宁……又不能制造。况且，就是能制造，也来不及啊！按照工兵架设大型浮桥的要求……"

"别说了！"李品仙忙制止那工兵参谋继续说下去，转脸对白崇禧道，"健公，现在局势瞬息万变，时不待我，急也无用，我们还是亲到渡口督察一番吧！"

白崇禧看了看腕上的手表，已是午后两点多钟了，他还能说什么呢？他那颗心，如油煎火燎一般。他耳畔仿佛响彻共军官兵那快如疾风骤雨的进军脚步声，而他的总部和直属部队，却被阻在这该死的亭子渡口。他和自己的敌人现在正进行着一场时间和速度的竞争，也是生与死的竞争。但愿，自己的敌人此刻也被阻在那穷山恶水之间，欲进不能。为了加快进军速度，他不得不和李品仙驱车直奔邕江边的凌铁村渡口。沿途所见，使白崇禧好不心焦。公路上各种大小汽车，或三部一排，或两部一排，头尾相接，长长的汽车纵队从凌铁村渡口直排到桃源路、中山路。白崇禧皱着眉头，命令那工兵参谋下车拦住一辆从后面开上来的摩托车，一询问，才知道邕江这边的车队一直排到南宁以外数十里的邕宾公路上。白崇禧那眉头皱得拧成一个结，什么话也没说。他们的汽车勉强绕过大大小小的车辆，好不容易才到达凌铁村旁的渡口。白崇禧和李品仙下了汽车。

宽阔的邕江，虽在冬日里水位有所下降，但江水奔流的速度却一如既往。一道残阳，铺在弯弯的江面上，江水泛着殷红如血的波光。江岸边丛丛芭芒，簇生着蓬蓬松松的芭芒花，在寒风中摇摆着，间或有几株老朽的古柳，几丛发黄的苦竹，几只被渡口上汽车马达和喇叭吓得乱飞的老鸦，把偌大的江岸点缀得寒碜萧瑟。渡口的那边，便是亭子圩。其实，那座亭子早在二十多年前便被拆去了，那是陆荣廷统治广西的产物。原来，陆荣廷取得北洋政府授予的巡阅使头衔后，他的势力由广西伸到广东，两广均在他的割据范围内，但他仍住在他的老家武鸣宁武庄，遥控两广。有时，他到广州去巡视，便在这里登上兵轮顺江而下梧州、广州，为了乘轮方便，他在江边建了座专供他使用的"避雨亭"。那座亭子随着他的倒台而"倒台"了，但此处却因那亭子而得名。民国十四年的六月，白崇禧和李宗仁分率左、右两路军攻占南宁时，见到的已是一堆残砖败瓦——亭已不存。据说此亭乃是粤军入桂后破坏的，陆荣廷重回广西主政，尚来不及重建，又被李、黄、白赶下了台。白崇禧此刻来到江边，望着对岸渡口，蓦地想起当年他和李宗仁攻占南宁前，李宗仁领衔发的一个讨伐陆荣廷的通电。虽然已过了二十多年，但他仍记得电文中历数陆荣廷罪过的那些铿锵有力、锐于甲兵的句子：

　　……我省人心厌乱……桂林一带被兵之地，死亡枕藉，饿殍载道，重以河道梗塞，商业停滞……乃干公治桂十稔，成绩毫无。以言军政，则不事练兵；以言民政，则任用私人；以言财政，则滥发纸币；余如教育、实业诸政，无不呈退化之象。

　　白崇禧不禁想起自己和李宗仁、黄绍竑治桂以来的情况，黄绍竑投蒋后，广西由黄旭初治理，但实权则操在李、白之手。这二十多年来，广西的情况又怎样呢？军政、民政、财政、教育、实业又怎样呢？他和李宗仁结成桂系团体，与蒋介石争天下，粤桂战争、蒋桂战争、滇桂战争，连年战乱，广西民众苦不堪言。就说这交通要道的邕江渡口吧，既接边关龙州，又联钦州海防，军事、政治、经济上是何等之重要，可是，他和李宗仁自我标榜为全国模范的广西省，二十多年来却连一座简陋的浮桥也架设不起来。在此军情急迫之际，大部队却无法迅速渡河，硬是眼睁睁地要败在共军手里！再看看江边凌铁村和对岸亭子圩那些残破低矮的民房，那些此刻两手抄在袖中、衣衫破烂、站在江边的市民，他们正以冷漠敌视的目光观看国民党军队焦急架桥和渡河，他们无动于衷，甚至有些幸灾乐祸。白崇禧看了，觉得有一股森寒的冷气透过他那厚厚的黄呢军大衣，直钻到他的心窝里。他不由打了个寒噤，把头缩在那大衣宽厚的领子里——也许，明天共军就要占领南宁，他们也会像当年他和李宗仁通电讨伐陆荣廷那样，通电历数桂系李、白、黄的罪状。

　　"鹤龄，你说我们这二十多年来，和陆荣廷相比，搞得怎么样？"

　　"啊！"李品仙见白崇禧亲临渡口，不做架桥指示，而是问起与渡河毫不相干的问题，他不禁一愣。但善于揣测上司意向的李品仙，马上明白了，白崇禧这是在做"总结"。是呀，是该到做"总结"的时候了，即使是失败的总结也罢，只要白崇禧有这个胸怀！

"陆荣廷统治广西十年，他修建的公路总长才有一百多公里。而德公和健公主持广西二十余年，修建了四千四百余公里的公路，我们修的公路比陆老帅多四十几倍啊！"李品仙的脑子也真灵，一下子便提出了一个对比十分鲜明的问题。

"嗯。"白崇禧满意地点了点头，他是个十分自负又好强的人，他永远也不会承认自己的失败，"如果老蒋不逼我们，广西的公路可以修一万公里的！到那时，不仅县县通公路，而且村村通公路。"

"陆荣廷时代没有修成一条铁路，德公和健公却修通了湘桂铁路和黔桂铁路。这两条铁路的修建，对广西的国防战略和交通及经济发展都有着极其深远的意义！"李品仙见白崇禧高兴，便又从公路扯到了铁路。

"是这样，是这样！"白崇禧脸上竟不自觉地露出一丝笑容来，"如果不是共产党逼我们，来宾到南宁乃至镇南关的铁路都修通了！"

"还有文化教育，陆荣廷时代更是没有可比的了。"李品仙那脑子真管用，他才从黄旭初手里拿过广西省主席这块牌子，便对广西的经济文化事业了若指掌，"陆荣廷时代全广西才有十所省立中学，十七所县立中学，没有一所大学。而德公和健公这些年来，不但创办了闻名全国的广西大学及广西医学院、广西师专、商专、美专等五所高等学府，而且把中学发展到二百零二所，为广西青年提供了广泛的学习和深造机会，培养和造就了大批各种专业的人才。"

"啊，是这样，是这样的！"李品仙脑子好，白崇禧的脑子更好，他博闻强记，李品仙讲的这些数字，他早已记得烂熟。他擅长军事，也擅长行政管理和建设，如果他生在太平盛世，或者北伐之后全国能安定统一，毋庸置疑，白崇禧必定会是一位优秀的建设者，出类拔萃的国家行政管理者。就像诸葛亮一样，如果蜀国能够长治久安或者统一中原的话，他创造的建设成果就绝不仅是木牛流马！可惜，无论是一千多年前的诸葛亮还是一千多年后的"小诸葛"，他们都生逢乱世，而又没有力量统一中国，他们的才干便仅此而已！

"抗战时期，德公和健公延揽了全国文化和教育方面的精华人才，造就了举世闻名的桂林文化城！"李品仙又说道。

"鹤龄兄，我们是不会失败的！"白崇禧一下兴奋和冲动起来，他拍着李品仙的肩膀，信心十足地说道，"共产党是不行的，到时候还得由我们来搞！我们不但对打仗有经验，而且对经济建设也很有办法，加上美国的援助，我们就能够把中国搞好。"

可是，当他把视线再一次投向邕江渡口的时候，刚刚勃发起来的兴奋和冲动之情，立刻消失得无影无踪。李品仙的话像一支只能维持三分钟的兴奋剂。白崇禧看着那只小得可怜的陈旧轮渡，一次托负着两部卡车，吃力地喘息着，缓慢地驶向对岸。渡口下面，邕江缓缓地拐了一道弯，这一段江面像一把巨大的弯刀，江水在这里流速稍缓，但江面却更为宽阔。工兵团选择这个位置架设浮桥，倒也无可非议。岸边堆着无数的木桩、铁桩、沙包、大梁、木板、铁链……但是，在两岸拉起的铁索上铺设架桥材料，却随架随流，材料缓不济急，浮桥总无法接拢。白崇禧看着那铺满夕阳的像镰刀一般的江面，突然一惊，因为工兵们正把浮桥架设在一把巨大的浸染着鲜血的"镰刀"的刀刃上，那"镰刀"正向在铺架着的桥桩、铁索不断地挥动劈斩，一节一节的木桩、大梁，一只一只的汽油桶和木船，皆被斩断打散，随波逐流而去。不知为什么，白崇禧这时竟想起了"罗盘"张淦，如果张淦在这里，他断然不会让工兵团选择这个不吉利的地点架设浮桥的，不知张罗盘现在的情况怎样？白崇禧的思想一下走了神。

南宁的北边和西边隐约可闻沉重的大炮声，尽管白崇禧对建设广西、复兴中国不乏雄心壮志，但是，现在对极需架设的这座临时简陋浮桥却束手无策，他有些悔恨，早知如此，少成立一个步兵师也要把邕江这座桥架起来！

"鹤龄，过去我们只注意修路，却不注意架桥，今后要重视这方面的建设！"白崇禧的"总结"倒也不乏"自知之明"。

可是，李品仙对刚才的谈话已经没有兴趣了，他见白崇禧呆呆地伫立在江边，对架桥和渡河都苦无良策，知道再在江边待下去也是白费工夫，他听着远处响起的大炮轰鸣声，料想共军离南宁已经不远，便对白崇禧说道：

"健公，我们还是回总部去吧！"

白崇禧对着血红的邕江，发出一声长长的叹息，仿佛是对他那篇"总结"最后打上的一个长长的沉重的感叹号。他摇摇头，觉得眼睛湿润而粘黏，他掏出手帕，取下戴着的无边近视眼镜，用手帕擦了擦眼睛。随后，便和李品仙默默地钻进汽车里去了。邕江渡口，汽车挤，人马拥，官兵争先恐后渡河，无奈只有一艘小型陈旧的轮渡船，渡口上一片混乱不堪。

第二天早晨，白崇禧刚起床，参谋便来报告：

"第一兵团黄司令官请长官讲话。"

白崇禧忙披上衣服，走进作战指挥室坐到话报两用机前，黄杰已在呼叫：

"健公，健公，我是黄杰，昆仑关已失，我的指挥所已于今晨由八塘移到二塘，部队已向南宁移动，请健公马上离开南宁！"

白崇禧对黄杰兵团今后的行动做了指示，并告知他将于今日上午飞海口，然后乘船到龙门港接应部队渡海。当他放下话筒站起来的时候，觉得两腿发软。他迈着沉重的步子走出指挥室，用过早餐后，命令副官道：

"把参谋长请来。"

副官把参谋长请来了，白崇禧站着对参谋长说道："总部直属部队及家眷共计一万六千余人，大小汽车两千多辆，光洋十车，美式装备武器两百多车，由你负责率领向钦州撤退，直达龙门港登船渡海。"

参谋长答了声："是！"

白崇禧又说道："由四十六军的三三〇师殿后掩护部队和后方机关撤退。"

"是！"

"命令总部工兵团，一俟总部撤出南宁后，立即把南宁的机场、仓库、电讯、水电等重要设施统统炸毁！"白崇禧接着把拳头往下一砸，"这些东西，一样也不能留给共产党！"

"是！"

白崇禧把参谋长拉到地图前，指着地图说道："我们距钦州是四百里，共军离钦州是六百里，我们有汽车和公路，他们只有两条腿，还得爬大山。我明天下午在龙门港等你！"

"是！"

白崇禧紧紧地握住参谋长的手，感情沉重而又坚决地说道："除了反共到底，我们别无出路！有美国盟邦的支持，我们一定还会回来的。记住：广西是广西人的广西，二十多年来，这句话我不知说过多少次了。老蒋没能奈何我们，日本人也没能奈何我们，共产党又怎样？他们没有三头六臂！"

副官已为白崇禧收拾好行装，白崇禧不慌不忙地戴上白手套，看了一眼摆在办公桌上的台历，时间是一九四九年十二月三日——他永远记得这一天！他忽然觉得格外轻松，也许这是多年来养成的习惯，当一切都部署就绪之后，他可以安安稳稳地睡上一觉，或者下盘棋，抑或去打一次猎。副官的行囊里，

华中军政长官公署副长官兼第三兵团司令官"罗盘将军"张淦（左）在广西博白县被俘

总少不了象棋和围棋，那支由德国购买来的新式双筒猎枪，也总是放在他的座车后边。但现在下棋或者打猎都不可能，他便饶有兴味地回忆起当年他和黄绍竑两人从这里撤走时的情景。他们一边走，还一边争执着刚刚结束的一局象棋残局呢。他和黄绍竑离开南宁，前往龙州到越南，转往香港，不过半年，他们把俞作柏、李明瑞撵下台，又重掌广西大权。

他相信，这次也和上次一样，不久他便会再回到这里，发号施令，把那段铁路由来宾修到南宁直达镇南关。邕江上当然也一定得架座像样的桥，广西仍要当全国的模范省，桂林的文化城地位，也还要恢复的——一定要搞得比抗战时还要热闹。这一刻他想得很多很多，很远很远，仿佛现在他不是兵败出逃，而是去出席一个重要会议似的。他见参谋长和他一起下楼时，心情沉重，神色不安，便笑着安慰道：

"常言道：'一登龙门，身价百倍。'明天下午，你们就可以跳龙门了，这是一辈子难得的好事啊。参谋长，请转告弟兄们，我预祝你们都交上好运！"

参谋长凄然地讪笑着，机械地答了声："是。"

桂军第三兵团副司令官兼第七军军长李本一被俘。李、黄、白赖以起家的本钱——号称"钢军"的第七军彻底覆灭

来到院子里，白崇禧和参谋长握别，他钻进汽车，直奔南宁机场，李品仙、夏威、黄旭初已在机场等候他了。

南宁机场上，停着四架飞机，华中总部高级人员约二百人，正鱼贯登机。机场上，空荡荡的，没有一个送行者，四架舷梯和那座高高的塔台立在那里，好像在哀叹自己的命运，也好像在咒骂狠心抛弃它们的这些登机逃跑者。

白崇禧上了飞机，向机长命令道："起飞后，用机关炮将机场汽油库轰毁！"

"是！"机长答道。

"然后，在南宁上空缓缓绕行两圈。"白崇禧命令道。

"是！"

白崇禧似觉机长不了解他的意图，便又说道："先绕一个小圈，然后在外面再绕一个大圈。"白崇禧用戴着白手套的手指，向机长比划着。

四架飞机起飞了，沉重的马达声像暮春的闷雷在天空滚动。接着飞机上吐出一排排火舌，一串串机关炮弹射向机场的汽油库和塔台，发出"轰轰轰"的爆炸声，几条蘑菇状的火柱直冲云霄，机场上浓烟滚滚，一片火海，爆炸声此起彼伏。李品仙从机舱的圆形舷窗口往下看了看，对白崇禧道：

"健公，这简直比过年还热闹哩！"

"哼哼！"白崇禧脸上掠过一丝满足的冷笑，很有些惬意。四架飞机，在南宁上空缓缓飞行，先徐徐绕了一个圆圈，然后开始绕一个大圆圈，才向海南岛方向冉冉而去。李品仙开始有些纳闷，白崇禧令飞机绕一大一小两个圈圈是何用意？及待绕完那个大圆圈之后，他才恍然大悟：在小圆圈外绕个大圆圈，这不是一个"回"字吗？他显得很有些激动地对白崇禧说道：

"健公，您把我们的誓言写在了蓝天之上，我们是一定要回来的！"

"鹤龄兄，看来你是最明白我的意图啦，哈哈！"白崇禧把头往后一仰，舒适地靠在坐椅上恬然地闭上了眼睛。

钦州湾畔的龙门港外，海风呼啸，一排排黑魆魆的海浪，铺天盖地卷来。十几艘庞大的舰船一字儿摆开横列在海面上，几只海鸥绕着舰船的桅杆翻飞。白崇禧伫立在座舰的甲板上，用望远镜死死地盯着陆地上的一切。龙门港山影起伏，海面上，除了这十几艘舰船外，没有一片帆影；海岸上，一丛丛木麻黄树在强风中摇曳着，几块巨大的嶙峋的褐色石头，魔鬼一般立在那里。

一个士兵的影子也没有发现！

白崇禧把望远镜交给站在身边的海竞强，取下眼镜，用手背揉了揉发胀的眼睛，心头怦怦乱跳，但他并不相信在这里接不到他的部队。乘汽车走四百里与爬山越岭涉水走六百里，谁快谁慢，便是幼稚园里三岁的孩童也明白！他回到机要通讯室，坐到话报两用机前，用沙哑的声音呼唤着：

"'罗盘'，'罗盘'，你在哪里？你在哪里？回答我！回答我！"

此刻白崇禧最关切的乃是第三兵团的命运，这是桂军的主力，是他和李宗仁、黄绍竑赖以起家、发迹的本钱，也是关系到他和李宗仁今后命运的一支部队。但是，在临离开南宁的那天，他和张淦通过话之后，这只"罗盘"便下落不明了。之后他直飞海南岛，以重金从陈济棠手里临时租借了十几艘最大的舰船到龙门港来接运他的华中部队，但一直没有和张淦联系上。

话报机里，没有一点回声。急得满头大汗的少校通

还没乘船逃出龙门就被俘的桂军官兵

讯官，在手忙脚乱地调整着机器。

"健公，健公，'罗盘'没有了，第三兵团在博白全军覆没，钦州已被共军占领，渡海通路全被切断！"

话报两用机中终于响起一个惊惶的声音，显得语无伦次。白崇禧紧紧抓着送话器，声嘶力竭地叫喊着：

"杀开血路，直奔龙门，我在这里接你们！"

话报机中，又没有了声音，少校通信官慌忙调整机器。

"徐启明兵团在上思全军覆没，第四十六军军长谭何易率残部向西退走……"

白崇禧呼吸急促，他想和第一兵团司令官黄杰通话，但是没有成功，便决定和几位准备留在敌后进行游击战争的军政区司令官通话。电台刚刚接通，白崇禧还没来得及讲话，便听到一个平静的声音传来：

"白长官，因大势所迫，为不使地方遭受战争破坏，我部决定效法北平傅作义将军接受解放军和平改编，特电告别，并祈鉴谅！"

白崇禧脸色苍白，握送话器的手在发抖。少校通信官又为他叫通了一个电台，电台里传来一个有气无力的声音：

"白长官，我们遭到共军的强大攻击，兵员损失殆尽，现在兵单民变，粮弹两缺，绝难继续抵抗，决定自谋出路，谨电备案。"

"叭"的一声，那只黑色送话器从白崇禧手中落到了地上，他无力地靠在椅子上，额头上沁出豆大的汗粒，他的十几万官兵，竟没有一个能交上好运，跳出龙门！

海面上的风更大了，暮色跟着强劲的海浪席卷而来，那十几艘一字儿排开的庞大舰船，此刻变得十分渺小，似乎马上就要被海的巨浪吞没。那几只海鸥，也终于失望地丢下这些在海面上剧烈摇晃着的舰船，鼓着长长的翅膀，黯然消失在青灰色的海天之间……

第九十四回

海天茫茫　"小诸葛"海口觅出路
机关算尽　白崇禧台北度余生

海口码头已经在望，军舰开始减速，准备驶进码头停泊。海竞强由甲板上匆匆跑进座舱，向和衣而卧的白崇禧报告：

"舅舅，海口就要到了。"

"啊？"白崇禧一下跳了起来，身上仿佛突然触了电似的，由于军舰的晃荡，他打了个趔趄，几乎摔倒，海竞强马上扶住了他。

"舅舅，上岸的时候，我叫卫士用担架抬着你吧！"海竞强知道，钦州湾海面上的风浪把白崇禧折腾得几乎要散架了，他们在龙门港眼巴巴地等候了六天六夜，结果一个兵也接不出来，十几艘舰船放空而回。风浪的折磨，精神上的打击，把白崇禧的身体弄垮了，他开始呕吐，吃什么吐什么，甚至连喝一口水也要吐出来，他奄奄一息地躺在那摇篮似的床上，辗转难眠，每日只靠医生注射葡萄糖和人参来维持身体的活力。第四天，仍无任何使他乐观的消息，海竞强只好劝道：

"舅舅，看来是没有什么指望了，我们还是回海口再说吧！"

"不！我们……不能……空手……回去。"白崇禧吃力地说着，"十几万人马，总可以冲出几万人来的，再……等下……去！"

"这十几艘舰船，每天的租金是一百根金条啊！"海竞强对这样白白地等下去，实在感到痛心，因为大陆一失，退据海隅，今后的花销可就大了，虽然他知道舅娘曾开过正和银行，但广州已经丢给共产党了，正和银行也已倒闭，如今一个钱得当两个钱花啦。

"哼哼！"白崇禧那清癯的脸上浮起一丝冷笑，随即又轻轻地喘了几口气——他连笑都感到吃力了。"乡下人，养猪，为了把猪养肥，"他又喘了几口气，"他们，宁可，自己勒紧，裤腰带，把缸中，仅有的，几筒白米，倒进，潲锅中……"

"舅舅，我明白了！"海竞强见白崇禧说话太吃力，想让他不要再说下去了。

"陈济棠和薛岳，还有，余汉谋，是三头猪！"白崇禧拼足力气，把话一口气说了出来，"我们现在是喂猪！"

海竞强赶忙看了看四周，生怕军舰上的人听到，当他发现房中只有他们舅甥两人时，那紧张的神经才松弛下来，他忙提醒白崇禧道：

"舅舅，当心猪也会咬人的啊！"

"哼！"白崇禧又冷笑一声，"我只要，能接到，一个军……"

白崇禧咬牙支撑着，又在龙门港苦苦地等候了两天两夜，但仍未见到他的一兵一卒。这时，他和第一兵团司令官黄杰在话报两用机中通了电话，黄杰报告他已退到思乐，无法到龙门港乘船渡海，他将和徐启明兵团残部退入越南。白崇禧立即指示黄杰和徐启明，要他们"力求避战，保存实力，轻装分散，以策安全"。至此，白崇禧才恋恋不舍地率舰船离开龙门港，返回海口。他一直在床上躺着，现在听海竞强报告将到海口，他再也躺不住了，从床上挣扎下来，只感到一阵晕眩，海竞强搀扶着他，他听说要用担架把自己抬下船，顿时大怒。

"胡说！"他斥责道，"我自己，会走！"

说完，他又颓然地坐到床上去，喘了几口气，命令海竞强：

"把医生请来！"

"是。"海竞强正要走。

"令各船依次进港，我船最后走！"白崇禧又命令道。

医生进来了，白崇禧有气无力地说道："注射，吗啡……"

海口码头上，李品仙、夏威、黄旭初和广东省主席薛岳站在一起准备迎接下舰的白崇禧，几名美国和法国的记者也在等候着采写他们所需要的新闻。当白崇禧的座舰缓缓靠上码头的泊位时，薛岳幸灾乐祸地对李品仙、夏威和黄旭初说道：

"白健公这回要掉几斤肉啰，在钦州湾上守候六天六夜，我的乖乖，那风浪不把人摇得肠子都吐出来才怪！"

李、黄、夏三人能说什么呢？他们知道薛岳到码头来的目的，不外北伐时他曾在白健公指挥的东路军当过师长，后来他虽投靠了陈诚，但白曾是旧日上司，不得不来敷衍一下。

除此之外，他是特地来探听虚实的，因为无论是陈济棠、余汉谋还是薛岳，无不惧怕白来抢他们这弹丸之地的地盘。薛岳已从电台得知，白此行接不到一兵一卒，这才松了一口气，他已把这个消息透露给李品仙等人了，因而幸灾乐祸。

李品仙等则忧心如焚，如果桂军全军覆灭，恐怕白健公这回要跳海了！他们怀着各自的目的和不同的心理，都把眼睛盯着白的座舰。一名美国女记者缠着李品仙问道：

"李将军，您对白将军的归来有何看法？"

李品仙学着美国人的样子，把两手摊开，两肩耸了耸，头摇了摇，很有礼貌地回答道：

"对不起，无可奉告！"

军舰已经停稳，水兵已放下栈桥，甲板上肃立着白崇禧的一排卫队，一声口令，卫队迈着整齐的步伐，从军舰走上码头，俨然一支严整的仪仗队。后面，白崇禧在几名副官的簇拥下，威风凛凛地出现在甲板上，他头戴大盖帽，身着将校呢军大衣，戴着雪白的手套。当他走上码头时，李品仙、夏威、黄旭初和薛岳等都不禁大吃一惊。白崇禧红光满面，容光焕发，神采奕奕，无边眼镜片后的那双眼睛，似乎比过去任何时候都更精神、更倨傲、更凛不可犯。他高傲的微笑，频频挥动戴着白手套的右手，向站立在码头上的部下、老友们致意。看了那副神态，你绝不相信他是战败的将领或全军覆没的统帅。

薛岳记得，出任东路军前敌总指挥，率北伐军扫荡浙江，进军上海时的白崇禧是这副模样；夏威记得，在龙潭大捷，李、何、白控制国民党中央和政府时的白崇禧是这副模样；李品仙记得，在指挥桂军和湘军占领两湖，收编唐生智部队，入据平、津时的白崇禧是这副模样。只有细心的黄旭初感到一阵悲哀，他觉得眼前的这个人已经不是真正的白崇禧了，那个足智多谋、运筹帷幄、叱咤风云、不可一世的白崇禧，已随着十几万精锐桂军的覆灭而覆灭了。这个精神抖擞的"白崇禧"，很可能是由卫士装扮起来的，因为黄旭初知道，白崇禧因怕人行刺，在他的贴身卫士中，不乏相貌与他相似的人。武侯在五丈原一病身亡，在蜀军的撤退中，不是曾经出现过木雕的纶巾羽扇的诸葛亮，吓得司马懿不敢追击的事么？一贯喜欢声东击西、神出鬼没以"小诸葛"自居的白崇禧，在全军覆没之后，也许已经跳海自尽，临死之前，为了愚弄世人，从卫士中挑选一人装扮，导演这最后一出令人哭笑不得的"死诸葛吓走生仲达"的滑稽戏！

"伯陵兄，有劳你的大驾啰！"

白崇禧走过来与薛岳紧紧握手，薛岳应酬道：

"健公辛苦了！"

白崇禧接着和李品仙、夏威握手，当他来到黄旭初面前时，黄旭初却迟迟不伸手出去，因为黄总觉得，这个"白崇禧"是由卫士装扮的，他不愿遭到愚弄。白崇禧见黄旭初一副踟蹰惶悚的样子，忖度他是以为没有接回一兵一卒，心中黯然神伤，便从容笑道：

"旭初兄，看来需劳你往越南走一趟啰，你这位省主席与法国驻龙州领事颇有交谊，目下我军已全部退入越南，你非得亲自去交涉不可！"

也许是在白崇禧那傲慢多疑的目光逼视之下，黄旭初才感到这个白崇禧是真的，因为几十年来，在和白氏打交道中，他太熟悉这种目光了，黄旭初这才决定伸出手去，说了声："健公劳苦功高！"但他又感到极大的懊悔，因为白崇禧的双手冰冷得怕人，像死人的手一般，他恐惧地意识到，他是在和一个死人握手，他忙把手倏地抽了回来。

"白将军，请问您从广西大陆接回多少自己的士兵？"

在照相机的镁光灯闪亮过一阵之后，外国记者们纷纷提出这个为国民党和美国朝野至为关切的问题。

"女士们，先生们，你们误会了，我此行是到钦州湾畔督师的！"白崇禧微笑着，回答着记者们的提问，"我华中部队在桂南重创共军之后，为保存实力，以利再战，目前主力已暂时退入越南北部待机。广西各地尚留下四十余万地方部队与共军打游击，我们以广西为基地，'反攻复国'是大有希望的！"

"李宗仁将军已赴美就医，白将军你是否准备到台湾去投靠蒋介石先生？"一个美国记者开门见山地问道。

"诸位有所不知，我白崇禧一生有两个长官，一个是蒋先生，一个是李先生。"白崇禧很有风度、很有分寸地打着手势，巧妙地回答记者的问题。

"白将军对共军席卷大陆有何看法？"一个法国记者问道。

"胜败乃兵家之常事！"白崇禧轻松自如地回答。

"白将军，您是否准备长期经营海南岛？"又一法国记者问道。

白崇禧见薛岳那双虎眼正瞪着他，心中不觉一怔，薛岳绰号"老虎仔"，现在白崇禧手中本钱输光丧尽，当然是不能"杀猪"了，卧榻之旁岂容他人鼾睡，他怎敢在此时去捋"虎须"呢？

他忽然感到头脑一阵阵胀痛，太阳穴"突突突"地跳个不止，心脏似乎也有点不太安宁，视线开始模糊，这一切都在提醒他，那吗啡针的作用快要过去了，他必须马上离开此地，否则后果不堪设想。

"女士们，先生们，值此戎马倥偬之际，我身负党国要责，不能再奉陪，容

解放军占领镇南关（今友谊关），宣告广西全省解放

后叙谈！"白崇禧说完，立即一猫腰，钻进轿车里去了。记者们怅然若失，只是"OK"地嚷了几声，耸耸肩膀，表示遗憾。

白崇禧下榻于海口的天主教堂，下车后，他益发感到昏沉，由副官径直扶到楼上的房间里安歇去了。刚在床上躺下，他即吩咐副官，转告李品仙、夏威和黄旭初等，明日上午前来议事。他感到极度疲乏，脑袋像要爆炸一般，但又无法安然入睡。他觉得似乎自己仍躺在军舰的那张小钢丝床上，任凭钦州湾的狂风大浪摇撼着，抛甩着，踢打着，践踏着。他第一次感到海的恐怖和阴森，也是第一次感到自己的渺小和虚弱。他隐约意识到，这大海也像共产党那样令他可怖，它们都有着一个共同的目的：要把他摔死、搓碎，然后再一口一口地吞掉！那黑魆魆的小山一般的浪头，露着狰狞的獠牙，向他扑过来了，扑过来了。他被一口吞了进去，啊！这是一头巨鲸，剑一般的利齿，把他从腰斩成两段，他惊恐地拼命呼喊：

"哎呀！哎呀！"

"长官，长官，您怎么啦？"副官听到呼喊，忙奔进房来。

"快，打死它！打死它！救命！"白崇禧仍在惊恐地呼喊着。

"谁？打死谁？长官，长官！"副官见房中一灯荧荧，除白崇禧和他外，并无别人。

"啊！这是什么地方？这是什么地方？我的枪呢？"白崇禧伸手在床上摸索着。

"长官，这是海口天主教堂，是平安的地方呀！"副官见白崇禧这副模样，想必是做了噩梦，忙安慰他道。

"啊！"白崇禧耳畔听到阵阵钟声，教徒们虔诚的祈祷之声隐约可闻，神甫向教徒们讲述《圣经》中"基督受难"的情节，也断断续续地传到他的耳中：

"……耶稣又大声喊着说：'父啊，我将我的灵魂交在你手里！'说完这话，气就断了。这时圣殿里的幔子，忽然从上到下裂成两半，大地震动，磐石崩裂，坟墓也张开了！……耶稣是在日出东南的时候被钉在十字架上的，中午时候，天地开始昏暗下来，直到日头偏西的时候，他就死了。这时太阳变得一团漆黑。"

白崇禧感到全身战栗不止，他觉得自己走进了一个永远没有太阳的世界！

第二天上午，李品仙、夏威、黄旭初依约前来拜见白崇禧，他们在临时辟作客厅的一间小屋子里等候。白崇禧早上起来，头仍疼得难受，浑身无力，为了不在部下面前显得疲惫不堪，他只得要求医生给他再注射一针吗啡。当他在客厅里出现的时候，李品仙等发现他们的白长官仍像昨天一样精神振奋，春风满面，那悬着的心才变得踏实一些。只有细心的黄旭初发现，白崇禧的两只眼珠布满血丝，眼皮浮肿，他预感到他们的路已经走到尽头，白崇禧的表情，乃是一种垂死前的回光返照！

"共军分两路向钦县追击，一路由灵山、合浦向西，一路由南宁向南，在小董一带截击我军，由南宁撤退的总部军眷及直属部队多已被俘。"白崇禧沉痛地说道，"张淦兵团、鲁道源兵团和刘嘉树兵团皆被打散了。黄杰兵团和徐启明兵团残部已退入越南。"

"完了！"夏威哀叹一声，双手捧着头，失声恸哭起来，"健公，当年我们在武汉全军覆没，尚有东山再起之日，如今失败，连个窝也找不到啦！"

李品仙也摇头唏嘘，只有黄旭初沉默不语，那平静的表情，说明他早已看到了今日的下场。

"哭什么！"白崇禧喝道，"我们并未失败，还有两个正规兵团嘛，几个军政区的地方部队数十万人都没有垮，共产党是奈何我们不得的，只要第三次世界大战一打起来，大陆必然生变，到时我们定获'反共复国'的全胜！"

经白崇禧这一呵叱，夏威立时便止住了哭声。白崇禧对黄旭初道：

"旭初兄请设法往越南一行，与法方洽商黄杰兵团和徐启明兵团维持现状问题。"

"好的，我准备近日飞香港，向法国驻华大使馆香港办事处代办罗嘉凯申请去越签证。"黄旭初说得很是恳切，但是内心却明白，几十万华中部队都垮了，黄杰、徐启明那点残兵败将还起什么作用呢？况且，法国人还不见得能让这点残兵生存下去呢，因为他们担心中共军队以此为借口过境追击，引起冲突，而目下越共的武装亦有所行动，他们尚自顾不暇，哪还能为国民党的残兵败将苟延残喘着想呢？

"健公，我们下一步该怎么办？"李品仙提出了这个连白崇禧在内大家都感到十分棘手的问题。

生活中常常有这样的事，愈是大家都十分关心的问题，却愈是使人束手无策的问题。白崇禧不由想起小时候在老家山尾村放牛，村里两户人家的两头牛一天忽然打起架来，斗得非常凶狠，难分难解。牛是农家之宝，如果斗死斗伤，庄户人家不啻于遭一场横祸。几乎全村的人都远远地围着观看，议论纷纷，但都无调解之术，硬是眼睁睁地看着两头斗红了眼的牛自相残杀，最后一头倒毙，一头重伤，不久亦死，两户人家如丧考妣，号哭不止。

夏威和黄旭初都各自在想着心事，一言不发。教堂里，又传来神甫讲解《圣经》的声音：

"一粒麦子不落在土里死了，仍然是一粒。若是死了，就结出许多子粒来。爱惜自己生命的，就丧失生命。在这世上恨恶自己生命的，就要保守生命到永生。我现在心里忧愁，说什么才好呢？如果人子从地上被举起来，就要吸引万人来归我。"

白崇禧、李品仙、夏威、黄旭初静静地听着，他们的灵魂仿佛跟着上帝去了。

"奋勇前进，逮捕一切怙恶不悛的战争罪犯。不管他们逃向何处，均须缉拿归案，依法惩办。"

隔壁房间里是白崇禧的电台，那位少校通信官奉命收听各方电讯，刚才中共新华社的广播传进房中，白崇禧等人屏息听清了其中几句。

"中央社消息，蒋总裁将于今日上午发表'反共复国'演说……"

"……拉铁摩尔公开主张美国放弃台湾，承认中共政权……"这是"美国之音"的广播。

"光在你们中间，还有不多的时候，应当趁着光亮行走，免得黑暗降临在你们头上。那在黑暗里行走的，不知道往何处去。你们应该相信这光，成为光明之子。"教堂里，神甫的声音神圣得像一支催眠曲。

他们的光在哪里？他们的希望在哪里？他们的上帝在哪里？白崇禧、李品仙、夏威和黄旭初都默不作声，坐着不动，像四尊石雕！

"报告长官，陆军副总司令罗奇将军到！"副官进来报告道。

"啊？"白崇禧抬起头来，说了声，"有请。"

"哎呀，健公，原来几位老乡都在这里！"陆军副总司令罗奇满面春风地进来，"蒋总裁命我特地由台湾来看望诸位。"

罗奇一边和白崇禧、李品仙、夏威、黄旭初握手，一边和大家寒暄着。他是广西容县人，与夏威、黄旭初是小同乡。

罗奇毕业于黄埔军校第二期，是蒋介石的心腹将领。白崇禧寻思，容县这弹丸之地，人物真是多得出奇，老蒋居然也能从身边搜出个罗奇来打交道，想必是他已痛感"反共复国"离开我白崇禧是不行的了。于是他向罗奇问道：

广西容县籍的国民党军队陆军副总司令罗奇

"总裁近来如何？"

"总裁自到台湾后，每日总是唉声叹气，'悔不听白健生的'这句话，几乎成了他的口头禅！"罗奇极会说话，且能揣摸对方的心理，他这几句话一出，便把白崇禧的心头弄得有些痒痒的。

"后悔药是治不了病的哟！"白崇禧似笑非笑地说道。

"是呀！"罗奇重重地点了一下头，说道，"正是因为这样，总裁才命我来拜见健公，临行前总裁特地说道：'请转告健生兄，我请他到台湾来组阁，由他任行政院长兼国防部长，军事指挥权我全部交给他。'健公，这是蒋总裁的原话，行前他要我向他两次复述了这些话，我可一个字也没有说走样呀！"罗奇甚至模仿起蒋总裁那奉化口音和说话的姿势来。

白崇禧心里在萌动着一团火——那是黑沉沉的莽原上飘忽的一簇野火，他觉得这才是上帝投下的一片光明，他想成为光明之子，便要奔向那团火去。

罗奇说完便打开他挟在腋下的一只小黑皮包，取出一张单据来，交给白崇禧，说道：

"健公，这是总裁命我携带来的四百万银元和五百金砖，给华中部队发放军饷。"

白崇禧拿着那张单据，这是一大笔为数相当可观的款项。白崇禧心里激动了，退入越南的部队和留在广西山区打游击的部队，都需要钱花啊！他感激蒋介石为他想得周到。白崇禧随即便在那张单据上签了字。黄旭初却感到这笔款子来得好生蹊跷，白崇禧统率的华中部队，几十万大军已经损失殆尽，对此老蒋不会不知道，他这样对白卑辞厚礼到底是出于何种动机呢？黄旭初不由想起当年黄绍竑带着几百残兵到粤桂边境流窜，俞作柏甜言蜜语，又是请客又是送钱给陈雄，并一再敦劝黄绍竑将部队由灵山开到城隍圩去，对此，黄绍竑说过一句"言醑币重者，诱我也"的话，没有上当。蒋介石对于不久前逼他下野，而现在把本钱输光了的白崇禧，又是封官许愿，又是重金相赠，岂不是应着了黄绍竑说过的那句话么？他不得不为白崇禧捏着一把汗。但是，眼下是黄牛过江各顾各，他尚且不能把握自己的命运，又何能为白崇禧分忧？况且老蒋素来心狠手辣，要是公开挑破了这个秘密，必会引来杀身之祸，因此白崇禧的心正隐隐而动的时候，黄旭初却缄口不语。由于都是容县老乡，罗奇深知黄旭初沉默寡言，但工于心计，他怕黄旭初在这个关键时刻出来说上几句话，使感情用事的白崇禧拒绝赴台，他回去就无法向蒋总裁交差了，"旭初兄到台湾，蒋总裁也一定予以重用。"罗奇以先发制人的口吻向黄旭初说道。

"谢谢罗兄的关照！"黄旭初说过这句话后仍沉默静坐。

罗奇见黄旭初不说话，李品仙和夏威他就不怕了，便又说道：

"我在台湾出发的当日，已闻知云南省主席卢汉投共，在云南的李弥兵团势必要向缅甸和越南撤退，总裁嘱我请健公速去台，以便组织大型运输机入越接运李弥和黄杰、徐启明兵团。"

白崇禧那颗心又动了一下，如能通过老蒋搞到大型运输机，将黄杰兵团和徐启明兵团残部从越南接出来，则他的本钱尚不致输光，手上有枪杆子，无论将来以广西为基地争取美援"反共复国"或者在台湾组阁都大有可为。但是，白崇禧并未对罗奇的话表示过多的热情，一是他对这个问题要认真地摸一摸老蒋的底，二是李宗仁虽然去美，但以他们之间的关系，他还得征求一下李的意见。罗奇又扯了些台湾的事情，不久，陈济棠设宴为罗奇洗尘，派人来邀白崇禧、李品仙、夏威、黄旭初等出席作陪，罗奇便和白、李、夏、黄一同往陈济棠的公馆赴宴去了。

这天，程思远由香港飞抵海口，径往天主教堂秘密会见白崇禧。程思远从贴身的衣服里取出一封信给白崇禧，说道：

"这是德公临飞美前留下的一封信，嘱我到海口面呈健公。"

白崇禧接过李宗仁那封信，他很感激李宗仁在去美之前还不忘关照他，对目下的处境，他是多么盼望能有机会与李宗仁促膝谈心啊，他们患难与共几十年，在目下如此险恶的境遇里，却天各一方，不能共撑危局，同赴国难，想起来真是万分心酸。白崇禧迫不及待地把李宗仁的信拆开一看，那心不禁一阵紧缩，手微微颤抖，仿佛一个小心翼翼去寺庙里求签的人，偏偏抽到了他最忌讳的那支签。白崇禧坐在沙发上，一句话也说不出来。他简直有点痛恨李宗仁了：你走了就走了吧，何必留给我这么一封信！

程思远见白崇禧表情痛楚，不知李宗仁在信中说了些什么使白崇禧伤心的话，便很想做些解释，在此山穷水尽之时，他愿李、白仍能保持他们之间几十年的友谊。他轻轻问白崇禧道：

"健公，你怎么啦？"

白崇禧仍不说话，只把李宗仁那封信递给程思远。程思远接过一看，心中也微微一怔，因为李宗仁致白崇禧的信，除去称谓和署名，只有寥寥一语：

"世界上任何地方都可以去，唯独不可去台湾！"

程思远把信默默地装入信封中，他觉得李宗仁对蒋介石的看法简直洞若观火，而对与自己数十年形影不离、患难与共的白崇禧，则不乏情深义重，李最担心白感情用事，蹈入火坑不能自拔，因此千言万语，尽在这十几个字之中，实是耐人寻味。

"健公到底准备怎样打算呢？"程思远问道。

"老蒋派罗奇带信来，请我去台湾组阁，并给华中部队送来了军饷。"白崇禧说道，"何去何从，还得看看再说。"

程思远听了暗吃一惊，心想李宗仁真是有远见，老蒋看来真的在打白崇禧的主意了，便说道：

"健公，依我之见，去台湾必须慎重考虑。这次入台与民国二十六年八月入京情况根本两样：抗战爆发时，蒋介石要广西编组几个军北上参战，所以健公一入京就任副参谋总长并代参谋总长职；而今你手上的本钱已所剩无几，蒋还要你出来组阁吗？如果他果有此心，为什么九月间一再反对你出来当国防部长呢？为什么十一月初你提出的蒋、李妥协方案他不接受？蒋要健公赴台，这里边恐怕大有文章呀，德公的话，未雨绸缪，望健公三思而后行之！"白崇禧沉吟不语，心中宛如十五个吊桶打水，七上八下的。几十年来，他以神机妙算"小诸葛"的称号，为李宗仁出谋，替蒋介石策划，他机智果断，料事如神，深为李、蒋所倚重。

但是，这大半年来，他竟然着着失算，一败再败，最后招致十数万大军覆没。退回广西时，他曾准备组织西南防线，在美国的支持下以广西为"反共复国"基地，不料他在广西才待了一个月，便逃到海南岛来了。最令他沮丧的乃是他在南宁总部所作的预言的破产：他以精确的计算，共军在崇山峻岭中蛇行六百里，是无论如何赶不上乘汽车走四百里的国民党军队的。因此他才以重金向陈济棠租借十几艘舰船去龙门港接运他的部队。谁知共军以一天一夜一百八十余里的行军速度，提前赶到钦州，而他的部队乘坐汽车沿途遭到共产党游击队的袭击，桥梁道路频遭破坏，五天才走了四百里，到达钦州小董一带时，便全部掉进了共军的伏击圈，数万人和数以千计的卡车和物质全部被共军俘获，无一人漏网上船，他机关算尽，到头来是"赔了金钱又折兵"。现在，退到海南孤岛，他已成了光杆司令，何去何从，竟要李宗仁和部下来为他策划，他感到这是自己一生中最大的耻辱。去台湾，他确也担心蒋介石找他算账，不去台湾，他又不甘心到海外过寂寞的寓公生活，因此思来想去，皆无良策，而海口又非可久留之地……程思远见白崇禧不说话，想必是内心矛盾重重，无从谈起。便说道：

"我再过一天返港，与张向华等联络商谈组织第三势力的问题。不知健公还有何吩咐？"

"你走吧！"白崇禧喘了一口气，没说什么。

第三天，程思远仍乘他包的那架小型飞机飞回香港。黄旭初不愿再在海口待下去了，便以到香港找法国驻华使馆代办处办理去越南的签证为理由，与程思远同乘一架飞机，直飞香港。临行前，黄旭初握着白崇禧的手，问道：

"健公，下次我们在哪里聚会？"

"桂林榕湖边的白公馆！"白崇禧毫不含糊地答道，"中华民国要'复国'还得从两广复起！"

"多保重！"黄旭初什么也不愿再说了，他觉得白崇禧的话，不再是当年那个"小诸葛"的神奇预言，而是一个行将就木的垂危病人的呓语。

黄旭初去了，时人称为李、白、黄新桂系的集团头目，从此星散，大各一方。

黄旭初搭程思远那架小飞机，由海口飞返香港，从此寓居香港。一九七五年十一月十八日，他在香港病逝，享年八十四岁。

海口外有密密的椰林和一排排木麻黄树，冬日的海滩上，海浪拍打着黄金似的沙滩，发出单调的哗哗声。红日西沉，海水由蓝变黑，鸥鸟贴水飞舞，寻觅晚归的渔船抛弃的碎鱼烂虾。但是，海天之间，竟没有一点帆影，海滩前不见一艘渔船，饥饿的鸥鸟叽叽咕咕地叫唤着，在海面惊慌失措地乱飞。

海滩上，幽灵似的有个漫步的人影。他头戴黄呢大檐帽，把脖子缩在拉起的黄呢大衣的领子里，两只手伸到呢大衣的两个口袋中。海风拂动着大衣的下摆，海滩上留下他踏出的一串歪歪斜斜的脚印。不明内情的人，准会认为这是个行将跳海自尽之人，正在打发着他一生中最后的日子。

白崇禧在海滩上已经踯躅了半日，他内心的苦闷和彷徨，实与跳海自尽的人死前的心理极为相似。但是，白崇禧绝不会跳海自杀！他永远不会承认自己已经一败涂地，绝无东山再起之日。"胜败乃兵家之常事"，这是他一生带兵、从政的座右铭，败而复起，屡仆屡起，这便是他几十年来所走过的道路。

黄旭初和程思远走后，蒋介石又连连来了几封电报，催他赴台组阁，电文亲切，充满感人之意。罗奇又整天来向他游说纠缠，陈济棠、薛岳、余汉谋等人，闻知老蒋要白赴台组阁，对他的态度也大大改变了。原来他们不过把他看成是一位落魄的桂系头目来借地盘栖身的。从前，桂系势力煊赫之时，他们为了巩固自己的地盘，对李、白不得不怀敬畏之情，而今桂系已败落到无家可归，前来哀求他们收

1949年12月25日，李宗仁从香港飞往美国，临行前他托程思远给滞留海口的白崇禧带去一封信

容，陈济棠等可就再也不买李、白的账了。因此白崇禧逃到海口，大有寄人篱下之感。现在，李、白的势力虽已败落，如果老蒋要重新启用白崇禧的话，则桂系有复起之可能。陈济棠等为着将来的利益着想，对白崇禧一反冷落而为热情，甚至薛岳还特地邀请白崇禧驱车同去巡视他在海南经营的"伯陵防线"。他们对白优礼有加，大有将他尊之为党国第二号人物之势。白崇禧那心又狠狠地动荡了一阵，在这个世态炎凉的世界上，没有兵，没有权，便没有一切，叫他不带兵，不当权，就是要他不要再生活在这个世界里！

有一天夜里，李品仙单独来见白崇禧，李品仙悄声说道：

"健公，你对去台湾拿定主意了吗？"

白崇禧摇了摇头。李品仙又道："我看，老蒋派罗奇来催健公赴台，是想委以重任。但是我们和他斗了这么多年，不知他此举是否出于至诚，健公切不可贸然飞台，不如让我先去走一趟，把老蒋的底摸一摸，如果他真心诚意要重用健公的话，就去，否则，我们再投别处也不迟。"

李品仙这话，正中白崇禧的下怀。

白崇禧是个热衷于权位之人，他盼望能到台湾去出任行政院长兼国防部长，但又怕老蒋算旧账，正在徘徊之中，李品仙自告奋勇赴台为他摸底，正是他求之不得的。可是，他又没有料到，李品仙已和罗奇暗中勾结在一起了。当年，白崇禧率李品仙的第十二路军北伐到平、津时，蒋介石为了搞垮桂系，利用唐生智出面收买旧部挤走白崇禧，李品仙当时不但不帮白崇禧的忙，反而趁白出走，暂代了白的总指挥职务，等候他的老上司唐生智前来接事。二十年后，李品仙又重演故伎，再一次出卖了白崇禧。这一点，号称"小诸葛"的白崇禧，连做梦也想不到会落入圈套。

李品仙到台湾见蒋介石后，不久便函电交驰，说蒋请白组阁实出于至诚，可赴台无虞。罗奇又每天来催促，陈济棠和薛岳也不断打电话和派人前来打探白赴台之日期，以便设宴欢送。

白崇禧决定明日乘飞机直飞台湾，重新与蒋介石合作，共商"反共复国"之大计。夏威见白崇禧决意赴台，不便劝阻，便借口需先到香港安顿家眷，于前一日搭乘一架便机，飞到香港去了，从此寓居香港。一九七五年一月三日，夏威在香港因车祸去世，享年八十二岁。

白崇禧独自一人，心情有些郁闷，便到海滩上来漫步。

海天茫茫，暮色深沉，鸥鸟已经无影无踪，海风在无休无止地刮着，海浪在不知疲倦地奔腾跳跃，海和天已经融成一体，一片混沌迷离。白崇禧的双脚在机械地运动着，虽然明天就可以到台湾了，可以重掌党国中枢。但是，不知怎的，他的心魂总有些不定，方寸无法收拢。忽然，李宗仁迎面走来，大声疾呼着，劝阻他上飞机。"去不得！去不得！"像是桂军将士发出的呼喊。一会儿，是蒋介石在台北机场迎接他，陆海空三军仪仗队，列队迎候，礼极隆重。他眨了眨眼睛，眼前除了无垠的海滩和黑沉沉的大海，什么也没有，那呼喊声乃是大海发出的涛声。他有些踟蹰不前了。他觉得自己似乎正往那沉沉的大海里走去，将被海浪席卷、吞噬。

蓦地，李宗仁从海滩上奔来，紧紧地把他往大地上拉，而蒋介石却从海中钻出来，拼命将他往海里拉，他们都相持不下，拉得他手足疼痛。白崇禧再也按捺不住了，仰头向苍天大声呼叫着：

"介公！德公！你们永远是我的长官呀！我白崇禧一生只有两个长官啊！"

大海涨潮了，卷起无数惊涛骇浪，汹涌澎湃的浪头，扑打着白崇禧军大衣的下摆，他跌跌撞撞地走着，本能地逃避着海浪的扑食……

一九四九年十二月三十日，白崇禧由海口直飞台北。蒋介石给他的并不是组阁出任行政院长兼国防部长的待遇，而是把他摆在和软禁中的张学良相似的地位。他幽居台北，军阀混战中驰名天下的"小诸葛"，从此湮没无闻。

第九十五回

势如破竹　四野追歼逃敌
走投无路　黄杰兵败入越

却说第一兵团司令官黄杰接到白崇禧长官的电令后，即派兵团部外事处长毛起鹓持专函前往越南峙马屯与法方交涉入越事宜。十二月十二日上午八时，毛起鹓回来向黄杰报告了与法方洽商的入越初步协议，其内容为：

一、同意派参谋长何竹本、外事处长毛起鹓赴谅山、河内或西贡，专送文书与接洽。二、联合消灭胡志明的问题，现尚无权决定，因胡志明在保大帝眼中仅系叛逆，而且前所需商谈者，为地方性问题。三、假道海防至台湾问题，同意分为五百人一组，在预定地点将武装交付封存，由法方护送至码头，由台湾方面交涉发还。关于所经路线，由法军负责一切安全，我方保证军纪严明，并由我方军官带队。四、食粮补给问题由法方供应至离埠时为止。五、银洋问题，到河内商谈合理解决的办法。六、凡国民党军队及省驻军，均由黄司令官负责调遣假道。七、准备先行开放谅山，让眷属五百人进入，由法方负责给养。

上述各项，黄杰等高级将领均认为"平允合理，可行"。黄杰遂于下午三时派参谋长何竹本，外事处长毛起鹓再度赴峙马屯与法国驻谅山边防军司令康士登上校就上述协议签字，成为有效的文书。

　　"小诸葛"的如意算盘，自然瞒不过要把桂军歼灭于广西境内的解放军。十二月八日，二野第四兵团第十三军从防城沿海向东兴西进，断敌外逃之路。四野第十五兵团之第四十三军及第十三兵团之第三十九军、第四十五军则直插边城上思、思乐、馗塘地区，迫使桂军后卫部队第四十六军第三三〇师投降。该师师长秦国祥乃白崇禧亲信将领，由白崇禧一手提拔，并被资送到美国西点军校深造。白崇禧飞离南宁前夕曾召见秦国祥，面授机宜。秦师长掩护桂军南逃，负责断后。没想到十二月十日全师刚抵明江，便被解放军截住包围，被迫

蒋介石、白崇禧与黄杰（后立）

率所部一千六百余人投降，这又是白崇禧所始料不及的。

　　十二月十一日下午，解放军四野第一一五师主力第三四三团从馗塘出发，指战员们冒着倾盆大雨，奔袭镇南关（今友谊关）。于下午六时三十分顺利地占领了祖国的南大门——镇南关，从而堵死了桂军南逃的大门。四野第四十三军则继续追击黄杰兵团。十二月十二日晚至十三日清晨，四野第四十三军前锋部队在香岩、板圩一带咬住黄杰兵团之第十四军的六十三师，在同浪街以北又追上第十师。黄杰兵团第九十七军的三十三师及二四六团亦在隘店以北与解放军激战。

　　黄杰此时的指挥所已抵隘店。他率随员数人，在国境上焦急地踱步，一会儿看看腕上的手表，一会儿迷茫地看着国境的那一边。隘店的对面是越南的峙马屯，两个高地之间，仅距约五百米。隘店这边陲小镇，竟有各种店铺数十家，居民大都已逃匿一空，只有那坐落在街头的龙州督办公署的房顶上还凄凉地飘着一面中华民国的国旗。对面的峙马屯，筑有法军碉堡数座，飘着一面三色法国国旗。联结隘店与

峙马屯的是一条隘谷。这条巨带似的隘谷，便是中越国境线。

身后的枪炮声和喊杀声惊天动地，几柱浓烟冲天而起。黄杰眉头皱得更紧了。他于清光绪二十八年（1902）出生于湖南省长沙榔梨乡。民国十三年考入黄埔军校第一期，参加过东征、北伐、抗日诸役，均著战功。民国三十二年夏，他衔命率中国远征军从云南大举渡怒江，反攻滇缅边区，与驻印盟军会师，打通西南国际公路。民国三十八年一月，黄杰出任国民政府国防部次长。七月，湖南省主席程潜酝酿和平起义。八月一日黄杰奉命自广州飞长沙迎程潜南下就考试院长之职，程潜避不见面。黄杰飞返衡阳，程潜、陈明仁即宣布起义，黄杰无功而返。八月八日，黄杰奉李宗仁代总统之命出任湖南省主席，兼湖南绥靖总司令、第一兵团司令官。

湖南和平起义后，已大部分解放。黄杰只得飞到湘西芷江就省主席之职，旋往邵阳指挥第一兵团。原第一兵团司令官陈明仁起义后，一部分官兵跟随起义，其余部分仍为白崇禧效命。黄杰率领残部于十月十七日跟白崇禧退入广西全州。十一月五日，白崇禧在桂林榕湖公馆召开军事会议，提出了他的上、中、下三策。黄杰、李品仙主张向西行动转移至滇黔边境，进入云南。而夏威、张淦、徐启明等则力主向南行动，至钦州湾转运海南岛。会上争论激烈，无法统一，最后由白崇禧裁决采取全军向南移动，至钦州湾转运海南岛的上策。至于入越的下策乃是迫不得已而为之了。

蒋介石当然不愿意看到桂军完整地转运海南岛。他获知白崇禧的计划后，即于十一月十六日电召黄杰到重庆面授机宜。因黄杰出身黄埔，是蒋介石的爱将，当然是不能为白崇禧所利用的。黄杰飞重庆谒见蒋介石后，即电白崇禧"总裁令职部策应贵州方面友军之作战，先以有力一部取捷径向宜山南丹急进"。第一兵团兼顾贵州，完全打乱了白崇禧进军海南岛的计划。十一月中旬，黄杰兵团援黔的一部还未到而贵阳已失，白崇禧遂调该部回防柳州以北地区。十一月十八日，黄杰的前线指挥所移驻柳州。他指挥所属第七十一军在沙浦、柳城、罗城、天河、柳州、宜山一带抗击解放军，掩护柳州撤退。二十四日，黄杰退往迁江，所部第十四军的六十二师在柳州被解放军全歼。尔后，黄杰由迁江至宾阳，十二月二日，将指挥所移驻八塘，令第十四军军长成刚守昆仑关及思陇圩一带。白崇禧于十二月三日上午十时飞离南宁，黄杰于十二时退到南宁。十二月四日下午一时，黄杰退到吴圩，是日晚，解放军进抵南宁。十二月八日，黄杰退到明江，他在这里接到白崇禧的最后一份电报。此时，他的第一兵团经解放军的一路追击，仅剩下五个能作战的团了。

黄杰此时在隘店街头徘徊，方寸已乱。入越商谈的何参谋长和毛处长还不见归来，而解放军追兵已至，在附近抵抗激战的各师、团长不断派人来报告，已无法坚持，何去何从请他速做决定。作为一名身经百战的将军，他从来没有这么痛苦过，这么慌乱过，这么举止踟蹰过。他不是没有过率部出国作战的经验，想当年，他率远征军出云南渡怒江时，曾赋诗云"衔命边关去，扬鞭马若飞"。那豪迈的意态，有如当年诸葛武侯五月挥师渡泸的气概。而今他伫立边关，心乱如麻。他多年效忠的党国已经崩溃，他统率的军队溃不成军，前临异国，后有追兵，前途难测！除残部外，还有跟随他从湖南、广西一路逃难出来的数千疲惫不堪的家眷。他不知道要把他们领向何处……

"轰——"又一发迫击炮弹在他身后不远的地方爆炸。一名满脸硝烟的作战参谋奔到他面前报告："司令官，再不走就来不及了！"

他又一次看了一下腕上的手表——十三日上午九时十五分。何参谋长和毛处长还不见回来！他把牙一咬，说了一个字："走！"

黄杰率指挥所第三组官兵，步下隘店市街，朝那条蛇谷走去。他走得很慢，五分钟后，他的双脚已到了国境线边沿，那面傲慢的三色旗就在眼前迎风飘扬。他蓦然回首，身后隘店龙州督办公署房顶上的那面中华民国国旗，似乎离他已很遥远，隘店周围的丛林与青山，正在燃烧。他的那颗心也在燃烧，英雄末路，而又流落异国他乡，经验告诉他：离乡背井是件最痛苦的事！他是一边抹着眼泪，一边踏上异国的土地的。在迷惘与空虚中，他离开了可爱的祖国。

一支混乱不堪的残部，大批瘸腿断胳膊的伤兵，边走边抹眼泪的白发苍苍的老人，低声抽泣的年轻妇女，哭声沙哑的孩子，夹杂在向谅山溃逃的人群中。

中国人民解放军第四野战军的先头部队，以破竹之势击溃黄杰兵团的掩护部队后，穷追至国境线旁的隘店。解放军指战员们登上山头，向逃入越南的国民党残军和眷属喊话："弟兄们，不要跑了。都是中国人，回到祖国来吧！""弟兄们，你们的亲人在等着你们啊！"群山把这些来自天南地北的口音传播到异国的上空，回

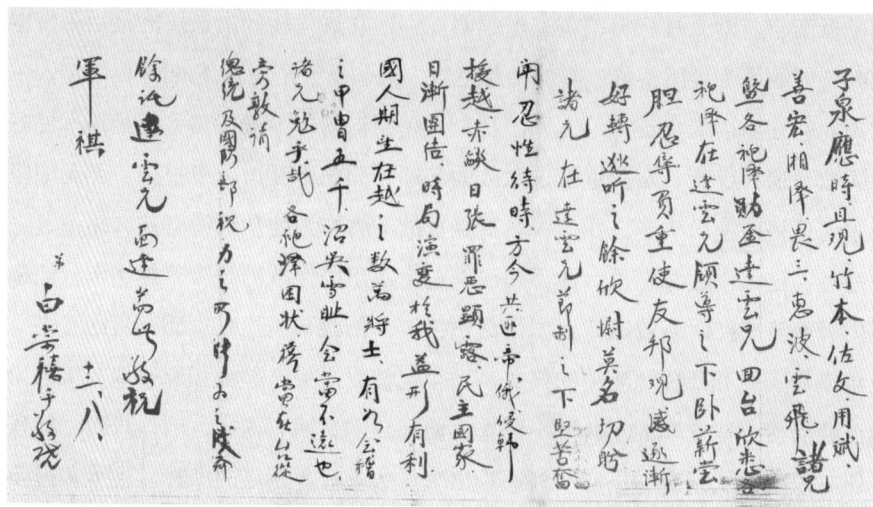

白崇禧给滞留越南的桂系残军将领的亲笔信

荡在山野草木之上。有的人跑了回来，大多数人仍亡命而去……

逃入越南的黄杰兵团残部，当晚在越南的禄平露天宿营。

在黄杰兵团残部逃入越南的同时，一部分广西地方保安团队及国民党地方政府官员、眷属和学校师生等八千余人也麇集边陲重镇龙州，准备逃往越南。他们当中官职最大的是国民党中央监察委员、广西省政府代主席王赞斌。王赞斌，字佐才，广西凭祥人，早年曾任桂系第七军副军长，民国三十七年当选为国民党中央监察委员。一九四九年十一月，正当解放军挥师入桂之际，白崇禧为了实施其"总体战"，乃命任广西省政府主席十九年的黄旭初，将省主席职位让给华中军政长官公署副长官李品仙。当时，广西省政府已迁到南宁，省会桂林已经解放，国民党省政府机构已作鸟兽散，李品仙没有接这个徒有其名的空摊子。白崇禧只得命人把王赞斌找来，将广西省政府主席的印交给王赞斌，由王代行其"职权"。王赞斌接过省政府大印，率领一小部省政府机关工作人员，匆匆向南逃去，妄想把省政府的牌子挂在桂越边境的大山中，与逃到海南岛的白崇禧遥相呼应。与王赞斌同时逃到龙州的军政要人还有桂林绥靖公署高参室主任肖兆鹏中将、第一二六军军长张湘泽中将、参谋长覃惠波少将、广西第七行政区专员伍宗骏少将、第四十八军第一七六师师长邓善宏少将及专员陶松、县长区震汉等人。此外还有与白崇禧早有来往的越南国民党党长武鸿卿和越南复国同盟会主席黄南雄及其随员等。部队则有第四十八军之第一七六师。该师在衡宝战役中，被解放军歼灭。白崇禧退回桂林后，即令重新组建，以第四十八军之第一七五师少将副师长邓善宏升充师长，由广西省保安司令部拨三个保安团编成，师司令部及师直属队成员则由原第一七六师留守后方兵员开往龙州组成。邓善宏奉命到龙州后，即着手就地编组部队。

其时逃到龙州的尚有张湘泽率领的第一二六军的残部、第四十六军的查文华一团及广西省保安司令部的保一团、保三团，另有独立团和桂林绥靖公署警备营等。这八千余人的庞杂队伍，于一九四九年十二月十八日拂晓，开始从龙州仓皇出逃。行前，国民党中央监察委员、广西省代主席王赞斌将其家眷托与家住龙州的好友李绍安代为照顾。第一二六军参谋长覃惠波因与王赞斌曾有部属关系，乃劝道："佐公，何不携眷同行？"

王赞斌凄然叹道："此去前路茫茫，吉凶难测。将来如有安定的去处，再设法接去不迟。"

不料王赞斌此一去竟与他留在祖国大陆的五个子女成了永别。聚集在龙州的桂系残部，军民混杂，拂晓出发后，于次日抵达广西边关水口。共产党游击队已据关扼守，进行狙击。桂系残军将游击队击退，夺路而逃。当他们渡过中越边境上的峒桂河，即将踏上越南领土时，不禁一个个又回过头来，恋恋不舍地眺望着屹立在边塞上的祖国雄关故土，潸然泪下。第一二六军参谋长覃惠波少将含泪吟出了"临风挥涕泪，前路感茫茫"的诗句。

黄杰兵团残部逃入越南次日，中华人民共和国总理兼外交部长周恩来发表声明，指出了逃往越南的国民党残余部队正企图把越南当做遁逃所和卷土重来的基地这一事实，并警告说："不管战败的国民党反动军队逃到什么地方，我中华人民共和国中央人民政府都有权力过问。"同日，胡志明主席领导的越南民主共和国外交部长黄明鉴也发表关于保卫越南北部边境的声明，抗议中国国民党军队与法军勾结，威胁越南北部边境安全，命令越南人民军执行保卫国土的任务。法国殖民当局对中华人民共和国政府的严正警告十分害怕。他们既想利用这三万余国民党残军去暗中对付日益强大的胡志明的越盟军队，又害怕陈兵边境的中国人民解放军过境追歼入越的桂系残部。因此，他们对入越的桂系残部好像捡了只刺猬似的，想要又怕扎手，颇费周折。

黄杰兵团残部抵达越南北部小镇禄平后，即按协议把武器交给法方保管，部队的给养也开始由法国人补给，黄昏时分埋锅造饭。七时，法方一名尉级军官驱车来见黄杰，告知奉到谅山法军边防军司令部电话，请黄杰到谅山打一转。黄杰带随从参谋张维武少校，乘法军军车启程，一小时后到达谅山，法军上尉阿麦勒将黄杰安置在一家民房住宿。次日上午九时，阿麦勒上尉陪同黄杰前去访晤法军驻谅山边防军司令韦加尔上校。黄杰提出关于部队上船转运台湾事项，请其答复。韦加尔上校只是支支吾吾，答非所问。黄杰感到非常失望，于是提出要在河内找法方专员公署洽商。韦加尔上校表示同意。由于法方派不出汽车，黄杰在谅山待了两天。十二月十五日，阿麦勒上尉通知黄杰，在禄平宿营的部队，已由法方派出汽车一百五十辆，运送到那丁。黄杰得知后，疑团满腹，法国人未征得他这位司令官的同意，竟擅自把他的部队运走，居心何在？！后来一打听，法国人派出的汽车并不是一百五十辆，而是几十辆，运走的也不是黄杰的部队，而是几百名随军眷属。黄杰得知后，气得要命，但也无法。他失去的不仅是一名国民党的高级将领的威望，更是一个中国人的尊严。

十二月十六日十二时，黄杰偕同何竹本、毛起鹬、张维武乘坐法方提供的一架小飞机由谅山飞河内，五十分钟后抵达河内机场。法军一军官请黄杰等在机场稍事休息后，即陪同乘车往访专员公署参谋长韦尔登上校于其寓邸。一见面，黄杰首先对法军当局协助他的部队进入越境表示谢意，接着提出将部队转运台湾的许多具体问题，请韦尔登上校作具体答复。韦尔登上校打了几声西方人的哈哈之后，说："欢迎黄将军到河内来。黄将军长途跋涉，一定很辛苦了，我们已为黄将军安排了休息的地方，请先去休息休息。"黄杰见韦尔登上校说话只是一派空洞的外交口气，一时对法方的态度丈二金刚摸不着头脑。韦尔登上校把黄杰送到门口，用神秘的口气告诫道："黄将军，河内潜伏的越盟分子很多。对于您的安全，在道义上法方应该尽到保护的责任。希望黄将军在行动上一定要保守秘密，切勿使外界得知您已到河内。"

　　对韦尔登上校这一番告诫，黄杰又一阵丈二金刚摸不着头脑。韦尔登上校派专员公署的华务处长欧芝耶上尉领着黄杰等人到黄阿里文路二十五号去歇息。

　　这是一座二层西式洋楼。楼内空空如也，四壁蛛丝尘网，萧条不堪。欧芝耶上尉临时派人搬来了几套被褥用具。黄杰等人刚刚安顿下来，接着便来了十几名非洲黑兵，在楼上楼下的每一门口挎枪肃立。黄杰见了心里不由得一愣，忙问欧芝耶上尉是怎么回事。欧芝耶上尉耸耸肩膀，答道："奉韦尔登上校指示，这是对黄将军的安全措施，未经许可，不得下楼。"黄杰从牙缝里挤出两个字："谢谢！"他出于礼节正要送欧芝耶上尉出门，一黑兵用枪在他面前一挡，口中喊了一声。他心头一阵痉挛，他不但失去了国民党高级将领的威望、中国人的尊严，而且失掉了作为一个人享有的最起码的自由——他被软禁了！

　　五天后，欧芝耶上尉登门通知黄杰，法国驻越南北圻专员亚力山里中将要会见他。在欧芝耶上尉和国民党政府驻河内总领事刘家驹的陪同下，黄杰见到了亚力山里。这位傲慢的法国将军一见面便说："阁下，巴黎方面依照国际公法决定在鸿基集中软禁中国入越军人。请您暂时忍耐，这实在是不得已而为之的。对此，本人深表遗憾！"

　　黄杰实在没有料到，入越转回台湾的结果竟是进集中营。他当即向这位握有越北军政大权的法国将军说："将军阁下，我的部队，不能脱离我的掌握。因为他们只知道假道回台湾，并不了解要在越南遭受集中软禁，使他们失去了宝贵的自由。假如我不和军队住在一起，中国人素来就有刚毅不屈的性格，可能要发生许多意外的可怕事件，增加法方的麻烦。希望能让我即刻转赴鸿基，看看我的部队。"

　　亚力山里将军用那双蓝色眼睛逼视着黄杰，他见这位已失去权力的中国将军也用那双黑眼珠直盯着他，心里不由一愣。目下，越共、中共正在找他的麻烦，如果把这三万余人的中国残军激成事变，不啻给风雨飘摇的越南局势火上加油。他想了想，便点头道："好的，阁下可以去看看您的部队。"

　　再说从水口关入越的那批桂系残军，刚进入越境便听说先期入越的黄杰兵团残部和谭何易、王佐文率领的第四十六军残部皆已被法国殖民军缴械，集中软禁于鸿基，失去了行动自由。论作战能力，他们是广西地方部队，又有大批文职官员和眷属随行，远不能和黄杰、谭何易的正规军相比。但是，他们却想保存实力，不愿放下武器。将领中肖兆鹏、邓善宏、伍宗骏等人又都是龙州一带的人，士兵中也有不少是龙州、宁明、凭祥一带人。他们对边境情况熟悉，想在边境一带打游击，以图生存。

关于入越以后的去向，早在两个月前，白崇禧已预做了安排。他曾对第四十八军军长张文鸿指示："你在龙州住了很久，也读过书，认识的同学和朋友不少。我派你率领四十八军开往龙州预为部署，防止我左翼的共军侵袭，以巩固我们后路的安全。并在龙州多收罗有为的青年，最好是精通越语和熟悉越南地形、风俗习惯的青年，以备一旦进入越南，将这批青年分发至各连队里去使用。你即准备一切，日内即开始行动，沿柳州、南宁向龙州移动。一俟你到达龙州，自然有人介绍越南建国军总司令伍鸿卿同你接洽，将来入越的路线和补给问题等等，当可以了解。"

继邓善宏师长奉命赴龙州接收省保安团进行重新编组第一七六师后，张文鸿军长于一九四九年十一月初率第四十六军军部及第一三八师由桂林出发，开赴龙州。该军第一七五师则暂留桂林归第三兵团司令官张淦指挥。张文鸿率部经四天行军到达柳州后，即接白崇禧特急电报，要他取消龙州之行："景即率一三八师迅速由柳州转向平南，经容县、北流到玉林集中待命，仍归第三兵团指挥。"后来，第四十八军军部和第一三八师、第一七五师在博白、桂平大容山一带悉数被解放军歼灭。军长张文鸿、参谋长陶衍江、一七五师师长李映等均被俘，一三八师师长张泽群阵亡。只有到达龙州的第一七六师师长邓善宏和武鸿卿接上了头。

那武鸿卿是越南国民党的党长（相当于中国国民党的总裁），自称建国军总司令，曾拥有若干武装力量。抗日战争胜利后，卢汉将军奉命率中国第一方面军由云南入越接受侵越日军投降。武鸿卿一路跟随卢汉将军进驻越北，之后活动于老街和越溪之间。越南原是法国殖民地，日军进攻越南，法国殖民军投降。日本战败投降后，民国三十四年九月下旬，法军尾随英军在越南南方登陆，占领西贡，并由南逐步向北推进。到了第二年冬天，法国殖民军先后占领了海防、南定、河内，同时控制了河内到谅山、河内至老街的交通线，向胡志明领导的越北解放区步步进逼。

为了抵抗卷土重来的法国殖民军，越南各派势力于一九四六年一月六日组织联合政府。三月二日，联合政府改组，武鸿卿的国民党在政府中占四席，武鸿卿担任越南抗战委员会副委员长（委员长为武元甲）。之后，武鸿卿脱离联合政府，与桂系白崇禧拉上了关系。法国殖民军为了巩固其在越南的统治，将已下台的越南皇帝保大当作傀儡扶上台。

武鸿卿遂企图利用桂系残部入越之机，扩充自己的势力，为保大效力。入越桂系残部则希望通过武鸿卿的关系，在越南得一暂时立足之地进行整补、游击，以便伺机反攻广西。按照国际公法，凡是外国的武装部队，进入邻国，必须缴械。由水口关逃入越南的这一批桂系残军，因有武鸿卿的关系，既不愿放下武器，又不愿与法军发生冲突。他们进到越南同登附近，即停止前进，埋锅造饭。第二天，为了避免法军飞机的侦察、轰炸和炮击，他们待到黄昏后才开始行动，此后昼伏夜行。走了几夜，由于道路地形不熟，又是夜间行动，负责引路的越南向导不知是方向判断错误，还是故意将他们引入绝境，一九五〇年一月二日拂晓，他们发现自己进抵法军的前线据点谅谐。法军即以密集火力扫射，阻止桂系残军前进。桂系残军见已暴露目标，被迫进行反击，一场恶战在谅谐附近展开。专员伍宗骏少将在是役阵亡，法军亦遭受沉重打击。

桂系残军冲过谅谐之后，继续南进。由于行踪已经暴露，法军以飞机追袭，胡志明的越盟军又在桂系残军行进的途中不断狙击，坚壁清野。两天后，他们由龙州出发时携带的粮食已消耗殆尽，数千官兵和随行的大批眷属、学生被迫以草根树皮充饥，啼饥号寒，惨不忍睹。前进至法军一大据点巴韩附近，被饥饿折磨的桂系残军已无力与法军交战了。法军飞机在头上盘旋，传单如雪片般飞落下来，法军声称：只要桂系残军放下武器，一切都好商量。军长张湘泽、师长邓善宏、高参室主任肖兆鹏等便与随行的武鸿卿、黄南雄开会商议如何摆脱绝境。武鸿卿和黄南雄拍着胸膛保证："只要能见到保大皇，必能有所作为！"经过商议，他们决定推举肖兆鹏偕秘书邓紫枫二人前往巴韩与法军谈判，并拟定了以下协议：

一、国民党军队缴械之后，所有国民党军队官兵以及随行之眷属等人的生命，与随身携带的钱财衣物等项，法方必须负安全保护之责，不得加以伤害和没收；

二、国民党官兵及随行之眷属等人，每日所需粮食、肉类、蔬菜以及油盐之类等，法方须按日照实有人数，按定量配给，充分供应，不得短少；

三、法方应派车辆，将国民党官兵及随行之眷属等人，负责全部运至海防集中，然后再派遣船只，负责全部运往台湾；

四、法方应派出军医及看护人员，携带必需药品，每日至国民党军队驻地，为患病官兵及随行之眷属等诊病治疗。

四条之外，还有两个附带条件：（一）高级官长佩带之手枪，准予佩带，俾作防身自卫之用；（二）国民党军队携带的报话机，应准予携带，俾与长官公署联络之用。

一九五○年一月六日，肖兆鹏偕秘书邓紫枫到达法方巴韩据点，与法军指挥官沙利上校进行谈判。对于上述条件，法方都予以答允。上午九时，肖兆鹏和沙利上校分别在协议书上签字，双方各执一份。下午三时，法方分别用飞机和汽车将米粮蔬菜油盐之类食物源源运来，分发各部官兵具领。已断粮数日、快成饿殍的几千残军和眷属，此时无不喜形于色。当晚，法军把残军中的高级人员用汽车送到离巴韩二十里处名叫船头的地方集中住宿，其余官兵及随行之眷属等仍在巴韩予以看管。同行的越南复国同盟会主席黄南雄，为了和保大皇取得联系，乃由那伦乘汽车前往谅山，去见谅山"省长"。越南国民党党长武鸿卿带随员二人，仍与残军高级将领同往船头，当晚宿于船头的一家招待所。法军给他们每人一张活动床，晚九时开饭，每人一份西餐，一杯葡萄酒，一盘血淋淋的法国牛排。次日上午，法方一架飞机在船头附近的简易机场降落。法方通知残军高级将领，即刻登机。到何处去，竟谁也不知道。登机前，法方已将残军高级将领随身佩带的手枪和无线电报话机收缴，名曰"代为保管"。飞行一小时许，飞机徐徐降落在一机场。法方告知，已到河内。

下飞机后，法方将越南国民党党长武鸿卿和他的随员与残军高级将领分开，另行禁闭。其余王赞斌、肖兆鹏、张湘泽、覃惠波、邓善宏（夫妇）、区震汉、黄循富、邓紫枫等十二人，都送到河内监狱。除师长邓善宏的妻子被投入女牢外，其余十一人均关在一间大牢房里。当晚，充当牢卒的非洲摩洛哥黑兵，分给他们每人一个冰冷的饭团。残军高级将领见法方不履行协议，以如此粗劣的食物和囚犯身份对待他们，气得将一个个冷饭团扔在地上，进行集体绝食以示抗议。法方无奈，只得派人另备饭菜茶水，送到狱中。吃过晚饭后，他们十一人挤在两张臭虫出没肮脏不堪的破木板床上，辗转难眠。爱好作诗的覃惠波，乃作打油诗曰："械缴朝签字，身囚夕背盟。"他们在河内狱中，被囚十日。法方将他们随身携带的行李一一检查，又作个别谈话，一是询问其入越之真实目的，二是要求将入越桂系残军接受改编对付越共。残军将领深感人格受到了侮辱，不愿做法国人的雇佣军，乃三次提出严正抗议。法国人见谈不拢，遂于一月十六日，派摩洛哥黑兵一排，将这批残军高级将领押上火车，由河内转送至海防。十七日到达海防，又由海防乘船至宫门。在这里，他们见到了软禁中的第一兵团司令官黄杰。黄杰刚在软禁中度过他的四十八岁生日，心情沮丧黯淡。他告诉这批桂系残军将领，他的部队已全部集中在鸿基的蒙阳被软禁，法国人已划出集中营将软禁所有入越国民党军队。既已身陷囹圄，身不由己了。

这批桂系残军将领见过黄杰之后，便去与集中营的法方官员会晤。法方告知，已将后期入越的这批桂系残军押解来蒙阳，让他们明日即往蒙阳，与那些囚犯似的官兵待在一起。当天晚上，他们被安排在宫门一所华侨小学校里。华侨校长也是广西人。老乡见面，倍觉亲切，乃命校役购买酒肴，相与小酌。残军将领们入越一个月来，这算是最好的食宿了。

一九五〇年一月十八日，第一兵团副参谋长范湖少将由蒙阳集中营前来宫门，专程迎接这批命运相同的桂系残军将领。到了蒙阳，范湖将他们交给先期入越的桂军第四十六军参谋长刘谦怡安排。在这里，他们会见了广西籍的第四十六军军长谭何易（广西玉林人）和副军长王佐文（广西贵县人）。最后入越的这批桂系残军约七八千人，蒙阳集中营容纳不下，法方乃指定距蒙阳二十余里的莱姆法郎，另行成立莱姆法郎集中营。

入越桂系残军大部分被软禁在蒙阳和莱姆法郎两处集中营，过着囚徒般的生活。但是，也有不愿进集中营的，他们又拒不回归祖国，便铤而走险，顽抗到底，结果遭到彻底覆灭。

白崇禧麾下的第十七兵团司令官刘嘉树中将率所部第一〇〇军和第一〇三军，在解放军的尾追下，由南丹、河池西逃东兰。在东兰、万冈一带，第一〇三军被解放军歼灭。刘嘉树率第一〇〇军经东兰，沿河田公路继续南奔，于一九五〇年一月九日进入越南平孟地区。刘嘉树恃所部尚有六千余人，又是正规军，不愿放下武器，欲进抵越南高平一带，以求喘息。该军进至朔江，即遭到胡志明领导的越盟军的抗击，被歼一百三十余人。十四日，刘嘉树仍孤军南进，被越盟军尾追至那陆，又被歼三百余人。刘嘉树见无法进抵高平，正在徘徊观望之中，忽闻广西边防要塞平而关和水口关一带空虚，乃决定回师夺取边关要塞暂时立足。二月一日，刘嘉树率所部六千余人，猛扑平而关和水口关。中国人民解放军第四十五军第一三四师对刘嘉树的如意算盘了如指掌，乃设下诱敌深入的空城计。待刘嘉树部攻入平而关时，解放军即以迅雷不及掩耳之势进行包围，将敌压缩于平而关一带的山谷洼地。经五、六两日激战，到七日上午，刘嘉树之兵团司令部及其警卫营、第一〇〇军直属队及其所属之第十九师、第一九七师、特务团等部，悉数被歼灭。兵团司令官刘嘉树中将、副参谋长刘忍波少将、参谋处长刘玉衡少将、总务处长欧鑫少将及第一〇〇军参谋长刘庸之少将、副参谋长程润上校、高参刘开悦少将、高绳武少将、第十九师副师长王文义上校、参谋长潘雄上校、第一九七师师长曾峄斌少将、副师长蔡亚锷上校、参谋长廖仁富上校等以下官兵六千余人被俘。第一〇〇军军长杜鼎中将在战斗中被击伤后，率官兵一百余人逃入越南，跑到黄杰兵团残部的蒙阳集中营做法国人的囚徒去了。

宫门是越南北部鸿基煤矿区的一个小市镇，濒临北部湾，又是专供煤炭出口的码头所在地。法国殖民军指定宫门北面的蒙阳和莱姆法郎两地为入越桂系残军的集中营。自一九四九年十二月十七日以后，入越残军被法方缴械，陆续安置在这两个地区。到一九五〇年元月底止，入越残军共计三万二千四百多人。被安置在蒙阳集中营的是黄杰率领的第一兵团残部、第十七兵团第一〇〇军军长杜鼎及其所部卫钦青第十九师残部，加上随行眷属共计约两万人，多为两湖子弟。被安置于莱姆法郎集中营的则是第三兵团第四十八军第一七六师的邓善宏部、张湘泽的第一二六军残部，第十兵团第四十六军军长谭何易、副军长王佐文率领的该军残部，第五十六军第三三〇师九九八团黄义光部，鲁道源第十一兵团残部。另有广西地方保安团队及桂西师管区李绳武部、第三突击总队王殿魁部、第五突击总队谢智部及眷属共一万余人，多为广西子弟。

蒙阳集中营三面环山，一面临海，中间是一个低洼的盆地，长宽各约一千米，原是煤矿区，建有若干房屋。一九四五年春第二次世界大战盟军反攻时，该地被美国飞机夷为平地，荒烟蔓草，荆棘丛生，间或可见残垣断壁。就在这一千米长宽的地面上，拥挤着黄杰兵团残部官兵和眷属两万余人。人们比肩接踵，拥挤不堪，吃喝拉撒睡，男女老少混杂一处，苦不堪言。越北的冬天，寒风苦雨，连绵不断，怒吼的海浪，咆哮不绝。残军官兵眷属们经过长途溃逃，入越后衣衫破烂，两手空空，被逼得以仅有的被单麻袋片和一些竹竿茅草，支起一些像鸡笼一般的小棚，权且栖身避雨。有的竟然以树皮茅草充作围裙，以御风寒。法国人发给残军官兵每人每天四百五十个格兰姆的米粮（约合中国旧制秤十五两）和一些腐烂的咸鱼。蒙阳集中营里没有淡水，残军们只得用海汊里的海水烧饭煮食，苦涩难咽。在如此恶劣环境的折磨下，大批官兵及眷属染病不起。由于得不到医药救治，每日都有人死亡。身困异国，没有埋骨之所，残军官兵只得把死亡的同胞尸首抛入海中，进行令人寒心的"海葬"。

集中营外，有法国武装士兵看守，四周架设电网，岗楼里的机关枪日夜对着集中营，戒备森严。残军官兵及眷属只能在这一千米长宽的营区里待着，如越雷池一步，便被开枪射杀。集中营内，遍地粪便臭不可闻，官兵如牛马一般生活着。法国殖民军的官兵，每日三三两两荷枪闯入营区，借口检查武器，个别搜查官兵妇女，把他们随身携带的钢笔、手表、首饰和银元、手电等强行没收。对于年轻漂亮的随军眷属，还常常找去"单独谈话"。第一兵团第十四军第十师师长张用斌，为了保护眷属，入越不久，即令全师女眷女扮男装，才幸免被侮。

一九四九年十二月二十三日，经法方亚力山里将军允许，黄杰偕同他的参谋长何竹本与法方的联络官沙如上校，前往蒙阳集中营"视察"他的部队。一进入营区，官兵们见他们的司令官一脸憔悴，被虎视眈眈的法国军官陪同着，只喊得出一声"长官"，便失声痛哭。两万余人哭声震山野，震得黄杰那颗心仿佛碎了一般。

这是他自黄埔从军以来，数十年将兵，第一次为部下们的哭声弄得不能自持。在这场合，他又能说什么呢？又能做什么呢？他既不能拯救部下于水火，又不能给他们以半点慰藉。他默默地绕场一周，眼泪簌簌直流，他一辈子也忘不了这屈辱难堪的痛苦场面。

收容囚禁广西籍官兵和眷属的莱姆法郎集中营，与蒙阳集中营相距二十里。这里原来也是一个煤矿区，其地势略高，残军官兵眷属一万余人依山设营，地理环境较蒙阳集中营好一些。但衣、食、住、行等生活状况，并未比蒙阳集中营好。莱姆法郎距中国两广不远，被软禁的官兵眷属又是广西人。他们为了寻求生的希望，不断有人冒着生命危险，偷越法军设置的警戒线，从集中营里逃出，回归祖国。

身陷囹圄的桂系残军官兵和眷属，度日如年。高级将领们由于得到法方的一些优待，生活稍好一些。他们可以随身携少量能在越南使用的金钱钞票，由法方发给通行证，到集中营外二十里处的小镇景普去购买食物和生活日用品。可是时间一长，他们可以使用的钱钞都花光了，后来又把偷偷保存下来的金戒指、钢笔、手表等拿去变卖。最后，这些东西也卖光了。

国民党中央监察委员、"广西省政府代主席"王赞斌此时也和大家一样，成了法国殖民者的阶下囚。他逃入越南，身无余财，只是随身携带着两件"宝贝"：一是那只豆腐块般大的"广西省政府主席"铜印，一是一尊小巧玲珑的金佛。王赞斌少年时遇一高僧传授拳术技击，学得一身硬功。后又跟名师学练消除外染、静中无物之趺坐功夫，所以一年到头根本无需就枕睡觉，只以趺坐代替卧床，身体健朗。他信佛，把那尊小金佛藏于袖中，每日静坐，口念"阿弥陀佛"。入越以来，亦天天如此，并不中断。他身为"代主席"，虽保护不得随他逃难的本省官员，但凭着一身硬功夫，却也保全了他那两件随身携带的"宝贝"。但是，念佛也罢，硬功也罢，身为"代主席"的王赞斌，也少不得要食人间烟火的。囊中空空，饥肠辘辘，无奈之中，他决定将那尊小金佛拿去出售。覃惠波忙劝道："佐公，这尊金佛跟随你数十年了，况且又很灵验，还是留下吧！"王赞斌叹道："我入越就带着这么两件东西。省府大印乃是白健公亲自交给我的，我不能失职啊。这金佛，还是卖了吧！这年头，谁能保佑我们脱离苦海呢？"

转眼间，便到了一九五〇年的春节。数万官兵眷属在集中营内度过了他们离乡背井的第一个凄凉的春节。

黄杰自"视察"过部队之后，仍住在宫门那所华侨小学校里。为了加强对残部的控制，在法国殖民当局的准许下，一九五〇年二月六日，黄杰召集在蒙阳、莱姆法郎两集中营的残军高级将领开会，决定整编部队，统一指挥，以第一兵团司令部原有机构为指挥机构，公推第一兵团司令官黄杰为最高指挥官。成立两个管训处，以蒙阳集中营官兵为第一管训处，以第十四军第十师师长张用斌为处长；以莱姆法郎集中营官兵为第二管训处，以第四十六军副军长王佐文为处长。组织整编委员会，由第一二六军军长张湘泽和第一兵团参谋长何竹本综理其事。对蒙阳和莱姆法郎两个集中营的官兵进行点验，依照年龄、体格、学能等各项标准，编成七个总队，二十八个大队。

一九五〇年的春天，越北战场上炮火连天。法国殖民军调兵遣将加紧对胡志明主席领导的解放区的进攻，有几千桂系残兵也为法国殖民军充当炮灰。胡志明主席秘密访问中国，请求援助。中共中央决定大力支援越南革命，双方商定，首先要发动一个边界战役。陈赓将军代表中共中央到越南帮助训练干部，组织这个战役。根据胡志明主席的请求，中共中央派出以韦国清将军为首的军事顾问团入越。在中国人民的大力援助下，越南人民军向法国殖民军前线据点发动反攻，先后解放高平、东溪、七溪、那岑、同登、谅山等城镇。海防告急。

眼看被软禁在蒙阳和莱姆法郎的桂系残军将受战火波及，法国殖民当局对此感到十分棘手。把这批残军遣送回中国大陆，又怕得罪蒋介石，把他们送交台湾，又怕中共找麻烦。于是，决定执行所谓的国际公法的规定，选择一个安全的地区，强行把这批桂系残军暂时冻结起来。

一九五〇年三月十三日下午二时，法方负责集中营事务的德维诺中校到宫门华侨小学校通知黄杰："黄将军，奉亚力山里中将的命令，十五日要由蒙阳营区抽调一千五百人乘船出发，请您通知管训处做好出发的准备。"

黄杰对这突然的通知心里不由一愣，忙问道："亚力山里将军要把我的部队调到哪里？去干什么？"

德维诺中校摇摇头说："对不起，我也不知道。"

德维诺中校走后，黄杰即赴蒙阳集中营，召集高级将领会商。大家认为一千五百人既是船运，其方向必定是南边。只要是向南移动，法国人就不会是把他们交给中共。再说一千五百人的部队，虽无武器，但仍具有团体力量，也不怕法方有任何恶意，因此决定接受法方的要求。由第一管训处抽调一千五百人，派成竹少将为指挥官，待命出发。

一九五〇年四月十六日，在荷枪实弹的一百余名法军的押解下，一千五百二十九名残军从蒙阳集中营徒步出发，到达宫门码头。一艘巨轮停泊在港湾里，巨轮上一行外国字特别显眼。指挥官成竹忙问随行的外事科的一名上尉："那字是什么意思？"上尉答道："希望。这艘船名叫'希望号'，法国万吨级巨轮。"残军们一听这艘船名叫"希望号"，大家心里无不升起一线朦胧的希望之光。残军们交头接耳，窃窃私语："'希望号'说不定真会给我们带来希望呢，法国人可能要把我们送到台湾去。""也难说，他们不会把我们送到广东龙门港交给共产党吧？""管他们把我们交给谁，横直老子不想在蒙阳那个猪窝里待下去了！"

残军们在法军的押解下，鱼贯登轮。随后一声汽笛长鸣，那震撼人心的笛声，仿佛是法国人发出的一声巨喝："走！"

巨轮起航，徐徐驶出港口，果然是南下，残军们心中刚刚升起的那一线朦胧的希望，此时变得更加渺茫了。一出东京湾，便是浩瀚的南海，风狂浪急，"希望号"虽是万吨级的巨轮，也禁不住上下左右摇晃。残军们开始晕船、呕吐，有人哭泣，有人骂娘。航行两天两夜后，只见海上屹立着一个孤零零的海岛。那名懂法语的残军上尉悄悄地问船上的一名法军上尉："那是什么岛？"法军上尉答："昆仑岛。""要把我们送到昆仑岛上去吗？"法军上尉神秘地摇了摇头，拒绝回答。

巨轮又连续航行了三天三夜。黎明时分，又一个孤岛出现在残军们的眼前。长途航行的折磨，残军们已感到全身骨架被折腾得散了一般，谁也无心再问那是什么地方了。

巨轮的汽笛又发出一声威风凛凛的吼声，便在离小岛约五百米处停泊下来，几艘运输船驶向巨轮。法军把残军们赶下运输船，送到那孤单的小岛上。

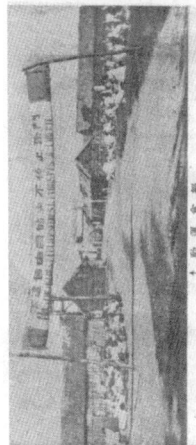

滞留越南富国岛的桂系残军生活掠影

"这是哪里？"

"我们到了什么地方？"

残军们纷纷发问，一个个面面相觑。心里清楚的，掐指算着已经在海上走了五天五夜了，糊涂的竟说不出到底航行了多少天。负责押送残军的一位法国中校这时通知成竹少将："阁下，这是越南最南端的富国岛，你们已经到达目的地了！"

富国岛是中南半岛最南端的海岛，位于西贡西南，邻接暹罗湾东海岸，面积约六百平方公里，其形状活像一支巨大的火腿，为越南迪石省的一个县，县治设在岛上的阳东小镇。因该岛位于南海与印度洋交界处，形势扼要。二次大战时，日军侵占东南亚诸国，曾利用这小岛作为战略物资的补给基地，在阳东、洛港两处筑有可供大批军用飞机起降的现代化机场。日军投降后，法军尾随英军登陆越南。随后，英军撤离，法军控制了南越。因法军穷于应付越南大陆上动荡的局势，这蕞尔小岛，便任其荒芜。

从一九五〇年四月十六日第一批残军南运，至同年八月底，法国殖民当局共分二十三批方把蒙阳、莱姆法郎两个集中营的全部残军、眷属运抵富国岛。其中将级军官一百二十七人及眷属、随从共二百余人被送往柬埔寨（时为高棉法国殖民地）的白马集中营居住。白马地处高棉海滨，属啧吓省，在暹罗湾之东南，和富国岛隔海遥遥相对，八小时之航程可达，是高棉之风景区。将官集中营所在地，是法方指定的一处村落，已经搬迁一空，计有房屋十二间。村外，有荷枪的法军守卫。到达白马集中营的当夜，桂系少将覃惠波夜不能寐，望着明月下寂寞的村落和远处的海滨，流下了辛酸的泪水。中国人常用"天涯海角"来形容离乡之远，但是，天涯海角也不过是在与中国大陆一海之隔的海南岛南端。而今，他们颠沛流离，身处异国，与祖国相距，不知有多少个天涯海角之远啊！他作感怀诗一首，以抒情怀，诗云："回首河山眼泪涟，天涯颠沛有谁怜？秋风海上愁无限，明月床前怅无眠。落魄那堪惊过雁，伤心生怕听啼鹃；飘零身世何时已，又向高棉白马迁。"

至此，白崇禧所指挥的华中部队和桂军精华已片甲无存。

第九十六回

柳暗花明　李宗仁叶落归根
一筹莫展　白崇禧困死孤岛

盎格鲁林镇坐落在新泽西州与纽约市区交接的地方。从小镇开车出发，跨过那座大铁桥，约一小时，便到了世界上最大的商业都会纽约。

李宗仁于一九四九年十一月二十日逃离南宁后，专机直飞香港。十二月五日，由香港飞往美国。十二月七日，李宗仁到达纽约后，即入长老会医院检查身体。十二月十九日，进行胃溃疡手术，手术过程顺利。一九五〇年一月二十日，李宗仁治愈出院。

此时，白崇禧指挥的华中部队已经在广西全军覆灭。蒋介石在台湾积极准备复职，台湾的国民党监察院则提出了弹劾李代总统案。环顾中国，大陆他回不得，台湾他去不得，香港又非他立足之地。他只得和夫人郭德洁乘车在纽约附近寻觅一个栖身之地。终于，盎格鲁林镇以其古朴的风格，乡野似的宁静，成为经历了狂风巨浪生活后的李宗仁夫妇的避风港湾。他们以六万多美元，买下了坐落在盎格鲁林镇中心的一座砖砌的两层花园洋楼。他们在这里定居下来。

时间过得真快，眨眼间，李宗仁在这里住了十六个年头。他虽然成了纽约郊区

李宗仁夫妇在美国新泽西州的住宅

纽华克城移民局管辖下的一名永久性移民，但他却仍然保留着中国国籍。

一九六五年六月十一日，李宗仁整天差不多都待在他的花园中，给他的花木浇水。隔壁的住家是一位高大健壮的美国邻居，叫贝拉夫人。此时，贝拉夫人正抱着她的宠物——一只雪白的小狗，站在爬满藤蔓的篱笆前跟李宗仁打招呼："李先生，您的花种得真好！"李宗仁抬起头来，微笑着说："好，好，谢谢您夫人！"

小镇仍是那么宁静，花园中仍是那么宁静，就连从大西洋上刮过来的风，也静得出奇，它轻轻地从那掩映的花木枝头上飘过，便了无声息地消失了。

可是，此刻在李宗仁的心中，却像台风掠过海面一般，正掀起层层巨大的波澜。明天，他便要悄悄地告别他生活了十六个年头的这座小洋楼，飞往瑞士的苏黎世，在那里与专程前来接他的程思远会面，然后飞回他日夜思念的祖国。关于他回归祖国的事，只有他的夫人郭德洁和幼子李志圣，他的挚友——前国民党政府地政部长吴尚鹰三人知道。为了这一天的到来，他已经摸索了十几年，冥思苦想了十几年。开始，他曾幻想在美国政府的支持下，在海外搞"第三势力"。一九五〇年，李宗仁在吴尚鹰的推动下，以中国国民党复兴委员会名义发起组织"中国民主政团同盟"，并亲自去旧金山活动。可是不久，他就发现，在海外搞什么政治活动，既无活动基地，也没有群众基础，毫无作为，遂死了这个心愿。

一九五五年四月，亚洲和非洲的二十多个国家在印度尼西亚的万隆举行亚非会议。中华人民共和国首席代表周恩来总理，在会上阐明大陆对台湾的政治立场：台湾是中国的领土，中国人民解放台湾是中国人民自己的内政问题。美国造成台湾地区的紧张局势，这是中美之间的国际问题。为了缓和台湾地区的紧张局势，中国政府愿和美国政府坐下来谈判。中国人民愿意在可能的条件下，争取用和平的方式解放台湾。

李宗仁在报上看到了周总理的声明，兴奋得一夜睡不着觉。他认为台湾问题必须解决，周恩来在万隆会议上的声明，为解决台湾问题指出了正确的途径，凡属爱国之士，均

1950年3月1日，蒋介石在台北复任"总统"，李宗仁从此失去了"代总统"的资格

应竭诚拥护，并为促其实现而共同努力。为此，他连忙写信给远在香港的程思远，请程与海外爱国人士交换意见，替他准备一个文件，以便在适当的时候发表。

一九五五年八月，李宗仁针对中国当前的形势，在美国发表了《对台湾问题的具体建议》（简称《建议》）。他在《建议》中力陈：中华人民共和国成立以来，百废俱兴，建设规模之大与成就之速，皆史无前例。国势日振，真可说举世瞩目。我本人虽失败去国，而对北平诸领袖之日夜孜孜，终有今日，私心弥觉可喜。我国变乱百余年，民穷财尽，今日，得此和平建设的机会，我们断不使内战出现于中国。

至于台湾，李宗仁指出，他曾一度期望蒋先生能改变作为，继承孙中山先生遗训，把台湾建成"三民主义实验区"。但是蒋先生这些年来，并无任何改革，独裁专制，且有甚于大陆时代。当然中国今日还不可能用武力来解决台湾问题，但是这种形势并不是一成不变的，当中国具有充分条件并且不愿这种分裂局面继续存在时，那么台湾问题就将急转直下。所以台湾问题，只有政治解决最为有利。政治解决台湾问题，不外以下三种方式：（一）联合国暂时托管；（二）成为一个独立国家；（三）维持现状。第一和第二种方式，不论对国共双方，还是任何爱国的包括

台湾人民在内的中国人来说，都是不可接受的。

台湾自古以来即为中国领土，隋唐以后，祖国大陆人民同台湾关系更为密切。十七世纪明天启年间，荷兰人和西班牙殖民者分别侵入台湾。明末，郑成功收复台湾。清置台湾府，属福建省。一八九五年改行省。清末甲午战争后，台湾为日本侵占五十年。一九四五年抗日战争胜利后归还中国。前述第一、二两种方式没有一个中国人能够接受，则维持现状，势所难免。但是，现状不能长此维持下去，只要台湾尚未回归祖国，祖国统一大业就尚未完成，就不会永远无所举动。

李宗仁认为，解决台湾问题，只有两条路可走：

第一条，国共再度和谈，中国问题由中国人自己解决，经过谈判可能得一和平折中方案。

第二条，美国应发表正式声明，承认台湾是中国领土不可缺少的一部分，但它可以成为这个国家的一个自治州。然后，在美国撤走其第七舰队的同时，实行台湾海峡地区非军事化。

只有通过这样的办法，才能免除台湾海峡的战争危险。经过长期的和平，两个敌对政府间的彼此仇恨就会逐渐消失，然后就能够为国家统一做出安排。

李宗仁说："我以过去亲身参与中国政治的体验，观察今日的世局，自信颇为冷静而客观。我惟愿中国富强，世界和平，也就别无所求了。"

他在《建议》最后说："蒋先生比我年长四岁，今年六十七岁了，他在漫长的一生中饱经忧患。如果他能毫无个人成见地回顾一下近百年来我国所发生的一切，能像我一样客观地展望一下我们可爱祖国的前程，我可以完全肯定地说，他会同意我的意见的。"

李宗仁在美国公开提出和平解决台湾问题的具体建议，这是自一九四九年以来他在政治立场上的一个重大的转变。他的这一转变，立刻引起了中国共产党的高度重视。第二年四月，周恩来总理在北京接见了程思远，他对程思远说："李宗仁先生去年发表了一个声明，反对搞'台湾托管'，反对台湾独立，主张台湾问题由中国人自己协商解决。这是李先生身在海外心怀祖国的表现。我们欢迎李先生在他认为方便的时候回来看看。"

当程思远把这情况函告李宗仁时，他心里久久不能平静。

从一九五六年到一九六一年，程思远应周恩来总理之邀，三上北京，除参观祖国大好河山之外，便是向周恩来汇报李宗仁思想变化的情况。这期间，李宗仁思乡心切，一九六〇年秋，他请夫人郭德洁专程到香港秘密与程思远夫妇会面，以便具体安排他的欧洲之行。此行，李宗仁准备以探亲的名义，在欧洲的瑞士与程思远见面。

一九六二年十一月，中华人民共和国为维护领土完整，对印度扩张主义的挑衅进行了自卫反击。帝国主义便颠倒黑白，借此进行猖狂的反华活动，李宗仁在美国发表了《对中印边界问题的进一步探讨》（简称《探讨》）。李宗仁在《探讨》一文中指出："美国朝野为憎恶中共，竟抹煞客观真理，认定西藏非中国的一部分，并以中共对西藏的改革措施为侵略行为。须知，这在隋、唐时代，中国政府即享有对西藏的宗主权。千余年来，即西藏土著亦未尝否认。近百年来，英国觊觎西藏，然亦未敢否认中国对西藏宗主权的事实。民国以后，汉、满、蒙、回、藏五族共和，藏族为中华民族主要成员之一，西藏更为中国领土中不可分割的一部分。美国朝野为厌恶中共，便歪曲事实，硬欲将西藏划出中国版图，其幼稚无知，岂不可笑？"

李宗仁指出：中印边界线几世纪以来都未划定，尼赫鲁先生为什么突然提出这个问题，随后入侵中国边境？为什么又拒绝与中国进行谈判？看来他在边界问题之外，还另有动机。第一，利用边界问题解决印度内部困难；第二，想利用中印冲突来争取美援。美国朝野抨击中国对西藏行使主权，这样做对美国毫无裨益，徒伤中国人的感情，宜三思之。

李宗仁发表《对台湾问题的具体建议》是他晚年政治上的一大转变。而《对中印边界问题的进一步探讨》一文的发表，则是他的思想在此基础上的又一飞跃。哥伦比亚大学教授威尔伯博士曾对记者说："我因为李宗仁先生写回忆录，而采访他多次，同李宗仁先生认识已有八年的历史。他在中印边界事件中，采取支持中共的立场，我想这主要是因为他是一位中国人之故。"

李宗仁先生是位正直的中国人，是一位当之无愧的炎黄子孙！

一九六三年夏天，李宗仁接见了意大利米兰的《欧洲周报》女记者奥古斯托·玛赛丽，纵谈天下大事与中国问题。七月十四日，《欧洲周报》以显著版面，刊登了奥古斯托·玛赛丽写的名为《李宗仁先生访问记》一文。李宗仁在与这位女记者的谈话中，毫不掩饰他的观点，他坦率地说："我像蒋介石和国民党一样，是一个失败者。唯一的区别是，我完全不把这件事放在心上。作为个人来说，我自己无关紧要，我不能妨碍中国的前途和她的进步。我由于自己的失败而感到高兴，因为从我的错误中一个新中国正在诞生。我不把我的错误归咎于任何人。这些错误是我的，我不说我受骗了，他们抛弃了我。谁这样做是有充分理由的，而我就是提供这些理由的人。什么时候我们曾经有过像我们今天有的这样一个国家呢？"

一个失败者能为他的对手的胜利而感到自豪，能为他们治理国家的巨大政绩而感到欢欣鼓舞，这是一种怎样的胸怀啊！

一九六三年十二月下旬，李宗仁在苏黎世以探亲休养为名，与秘密前来的程思远会面。这是自一九四九年底他们在香港别后的首次重逢。时间整整过去了十四年。程思远见李宗仁的头变秃了，双鬓也白了，但精神矍铄，他千言万语，一时不知从何说起。李宗仁拉着他的手，到一家咖啡馆，找到了一个僻静的座位，彼此畅谈阔别后的情况。

1963年12月下旬，李宗仁与程思远在瑞士苏黎世河畔秘商回国

李宗仁说话有些激动，他说："思远呀，树高千尺，叶落归根。人到晚年，更思念祖国。帝国主义者讽刺中国是一个地理上的名词，一直到中华人民共和国成立以后，中国才是一个真正统一的国家。如今民族团结，边陲归心；国际地位与日俱增，这样一个国家，是值得我们衷心拥护的！"

程思远说："德公，这次

我来，周恩来总理要我带给你几句话。周总理说：'第一，李先生可以回来祖国定居；第二，可以回来，也可以再去美国；第三，可以在欧洲暂住一个时期，再定行止；第四，回来以后可以再出去，如果还愿意回来，可以再回来。'总之，来去自由，不加拘束。周总理把这四点意见，归纳为'四可'。"

李宗仁听完后，激动地说："你告诉周总理，我只要一可，回到祖国定居，安度晚年！"

一九六四年二月，中华人民共和国与法兰西共和国建交。李宗仁得知这一消息后，即在纽约的《先锋论坛报》上发表了一封公开信，劝告美国当局放弃其不合时宜的对华政策，效仿戴高乐政府同中华人民共和国调整关系。李宗仁此举，遭到海外一些反共顽固分子的抨击。他们在报上撰文指责李宗仁"是借此向中共报功，甚至已在美国替中共渗透华侨社会及向美国进行游说的工作""向'红朝'屈膝"等等。李宗仁把那些报纸一扔，冷笑道："可怜的秋虫，你们还能鸣噪几时！"几天后，在台北闲居的"'总统'府战略顾问委员会"副主任白崇禧给李宗仁打了一份电报，李宗仁感到有些诧异。电云：

"总统"蒋公率全国军民，尝胆卧薪，生聚教训，正在待机执戈西指，完成"反攻复国"大业。而我公旅居海外，迭发谬论，危及家邦，为亲痛仇快。最近阅报，法国与"共匪"建交之后，我公竟于2月12日投函纽约《先锋论坛报》，公然支持"共匪"，劝说美国步学法国，与"共匪"调整关系。我公对国难既不能共赴，反为"共匪"张目，危害"国家"，是诚何心，是真有自毁其立场矣！自毁其历史矣！自绝于国人矣！伏望我公激发良知，远离宵小，幡然悔悟，以全晚节。

李宗仁看了白崇禧的电报，不仅不恼怒，反而摇头长叹一声："可怜的'小诸葛'，你连半点事后诸葛亮的自由都没有啊！"

又过了一年，随着形势的发展，李宗仁回国已是水到渠成。他决定于一九六五年六月十二日离美飞欧，踏上回国的第一程。

明天就要离开美国了，无论碰到什么样的情况，他都将一去不返。他戎马一生，征战有年，多少次出生入死。他不怕美国联邦调查局的阻挠，也不怕蒋介石特务的手段，孔子云："朝闻道，夕死足矣。"他已经是七十五岁的老人了，到了晚年，他才看清了自己的道路，为了抓住这有限的光阴，他有着凤凰涅槃般的勇气！

李宗仁在花坛前沉思良久，夫人郭德洁从屋里走出来，拉他进屋，悄悄地说："刚才哥伦比亚大学威尔伯博士来电话，说他们给你整理的回忆录即将完稿，按协议，你有三十万美元的版税……"

李宗仁把手一摆，断然说道："现在不要说这些事了，连这幢房子也低价把它处理掉。明天我走后，你务必尽快赶到苏黎世与我碰头。"

郭德洁深沉地点了点头。

六月十二日，李宗仁飞往欧洲。六月十三日，李宗仁的次子李志圣从纽约给远在香港的程思远拍发了一封密电："货已启运。"程思远得悉李宗仁已经启程的消息，他忙赶到北京向周总理报告。中共中央统战部部长徐冰和国务院秘书长周荣鑫及总理办公室主任童小鹏等向程思远传达了周总理出国访问临行前对李宗仁回国一事所做的具体指示。程思远遂于六月二十八日，赶到苏黎世与李宗仁会面，具体安排李宗仁回国的事宜。

台北，蒋介石的官邸。蒋介石与夫人宋美龄在进早餐。餐桌上，摆着稀饭和咸菜，还有一小盘他家乡出产的腌竹笋。一名口音清楚的侍从副官正在为他读着当天"中央通讯社"的"参考消息"。

蒋介石已经明显地衰老了，稀疏的鬓发已经银白，脸上颧骨突出，两腮有些干瘪，只有那双混浊的眼睛，仍像当年那样，透出一种令人畏惧的威严。他退到台湾这十几年，虽然党政军都成了清一色的，再未有什么派系敢于和他对抗，但是他日子并未过得舒心。他以孙中山的忠实信徒自居，经营着一个小朝廷，而海峡那边这十几年来却蒸蒸日上，他内心不免感到孤独和惶恐。

一九五六年春天，中共中央发出第三次国共合作的呼吁，并将此呼吁通过香港由章士钊先生传送到台湾。这时大陆正在倡导向科学进军，努力于国家的振兴大业，到处呈现一片热气腾腾的景象。日本政府见大陆国力增强，从其自身利益出发，加强了与中国大陆的经济联系。这些，都给蒋介石造成了很大的压力。蒋介石正是在这种形势下收到了由章士钊传来的中共中央的呼吁。他当然记得很清楚，三十多年来，中国国民党和中国共产党曾经进行了两次合作，从那两次合作中，无论是国民党或蒋介石本人，都得了很大的好处，也给多灾多难的国家创造了进步和发展的契机。当然，随着每次国共合作的破裂，也给国家和中华民族带来了深重的灾难。不过，蒋介石把这些责任全部推给了中国共产党。现在，是不是又到了第三次国共合作的时候了呢？蒋介石整整考虑了一年。

一九五七年春天，他决定派人到北京（他仍称北平）接洽，试探虚实。为此，他在台北召见了在香港主持国民党宣传工作的许孝发，要许孝发为他寻觅合适之人选。许推荐了三个人：童冠贤、陈克文、宋宜山。三人中，只有童冠贤拒绝前往。最后，蒋介石选中了宋希濂的胞兄宋宜山。宋宜山遂于同年四月由香港进入大陆，到达北京后的第三天，就在东兴楼饭庄见到了周恩来总理。随后，宋宜山和中共中央统战部长李维汉商谈。中共方面提出台湾自治，中共不派人去，仍由蒋介石管辖台湾，国民党则可派人到北京参加对全国的领导。但外国军事力量，则必须完全从台湾海峡撤走。宋宜山对中共所提方案，十分赞同。他回到大陆，所见所闻，皆受鼓舞。宋宜山带着中共的方案，到香港后即以报告书的形式向蒋介石汇报。没想到他在报告书中实事求是地赞扬了中共这几年来所取得的成就，竟触怒了蒋介石。蒋介石下令取消宋宜山回台的资格，从此宋宜山只得长住香港，在那里安度晚年。随后，大陆反右派斗争风起云涌，蒋介石对中共所提方案，也就没下文了。

正当蒋介石裹足不前的时候，李宗仁却勇敢地扬起风帆，从遥远的大西洋彼岸驶向中国大陆，迈出了他人生伟大的一步。

蒋介石一边进早餐，一边听着那位口齿伶俐的副官读着"中央通讯社"的"参考消息"。

"李宗仁夫妇离美飞抵欧洲，日前抵达苏黎世。据知情人士称，李氏已出卖他在纽约的房屋，同行的李夫人，曾因乳癌而动手术，将在瑞士休养，据说，李氏有一内弟在苏黎世……"

蒋介石仿佛嚼到了一粒砂石，倏地皱起了眉头。侍从副官又朗读一条美联社发自日内瓦的电讯："中国前代总统李宗仁抵达苏黎世后，香港报章纷纷推测李氏有可能前往北京，而此间台湾官员则对此表示怀疑……"

侍从副官的朗读被一阵匆匆的脚步声打断，来者乃是主持台湾"国防部情报局"和"国家安全局"的蒋经国。

蒋介石慢慢地放下了筷子，侍从副官的朗读声也戛然而止。

蒋经国忧心忡忡地说："父亲，我们刚收到来自欧洲的报告，李宗仁与其妻郭德洁已变卖他们在美国的房产，飞往瑞士苏黎世，似有潜奔'匪区'投共的迹象。"

蒋介石用餐巾揩了揩嘴，那苍老的嘴角上浮现出一丝冷笑："我知道，此人迟早是要背叛'党国'的！"

蒋经国："我们绝不能让李宗仁的阴谋得逞！"

蒋介石沉思片刻后说："不要打草惊蛇，你马上叫白崇禧来见我。"

蒋经国："是。"

白崇禧怀着惶恐不安的心情，走进士林官邸蒋介石的会客厅。白崇禧也明显地衰老了，但他的衰老却不同于蒋介石的衰老。蒋介石的衰老，是一个精明的大公司的大老板，日夜为他的公司的生存而费尽了一生心血的衰老，是一种为权力的沉重负荷所消耗的衰老，这种衰老，除躯壳的老化外，内心的权力欲望和地位的显赫，是永远不会衰老的。而白崇禧则恰恰相反，他从躯壳到内心，都全衰老了。就像一只猛虎被人关在笼中，随着岁月的流逝和囚笼的桎梏，昔日一身的威风早已荡然无存。他一到台湾，就失去了行动的自由。他除了挂着个"战略顾问委员会"副主任的虚衔外，什么职务都没有了。白崇禧是个闲不住的人，他那超人的智慧和对权位的追求，是他生命的动力。而今，那超人的智慧还活在他的脑海里，而权位却早已与他无缘，他的痛苦和悔恨，是常人所无法体察的。开始，他经常召集一些在台的旧部乡党，到台北松江路他的寓所，商讨有关广西的历史问题，特别是研究太平天国的军事问题。他的智慧又开始从他那脑海里跳出来，他对太平天国北伐和西征失败的精辟论述，每每令旧部和乡党们扼腕叹息。他们每周一次聚会，畅谈天下兴亡之事。可是，不久白崇禧就发现，旧部和乡党们一个个都不来了。他推窗发现，在他寓所对面的路口，不知何时增加了一个香烟铺子，几个卖烟的伙计，鹰隼一般的眼睛直盯着他的大门。

白崇禧不寒而栗！既然不准谈"乡事"，那么下棋消遣总可以吧。于是，他又邀请一二知己，到寓所下棋消磨时光。他那超人的智慧，神出鬼没的用兵之法，常常杀得高超的棋手败走麦城。白崇禧终于在棋盘上找到了他生命的动力。可是，不久白崇禧又发现，连这一二知己都不上门与他对弈了。他发火了，打电话责问他们，他们一个个都噤若寒蝉，只有一个大胆点的说了一句："健公，非不为也，势不能也！"白崇禧待在家中闷得慌，于是，他决定到山里去

白崇禧在台湾下围棋消磨时光

打猎，以消磨这漫长的时光。他的嗜好除了下棋便是打猎了，那支德国造的精良猎枪还是他从大陆带到台湾的呢。他准备一番，便带着两名一直跟着他的老副官进山去了。山里的林区管理所有一列装运木材的窄轨小火车，逶迤向深山驶去。可是刚走出半个小时，他的一名副官突然"哎呀"大叫一声，不顾一切地拉开车门，抱着他从小火车的窄门倏地滚下车去，白崇禧被摔蒙了。他刚爬起来，只见那小火车发疯一般直往前冲去，前面是一段悬崖陡坡，钢轨被拆去了约五十米。眨眼间，那发疯的小火车脱轨而去，一头撞下了悬崖。那名来不及跳车的副官，瞬间跟着小火车在悬崖下粉身碎骨。白崇禧一双腿颤抖了好久，要不是那名反应敏捷、处事果断的副官搀扶着他，他是无论如何也站不起来的！

没有人来谈话，没有人来下棋，又不能进山打猎，白崇禧便只能待在家中打发着漫长的时光。那双曾经闪烁着睿智火花的目光，发呆地盯着阶下慢慢移动的日影，竟变得有些呆滞了。

白崇禧的邻居是朱怀冰，其堂弟朱鼎卿原任华中"剿总"汉口第九补给区司

令。民国三十八年二月，白崇禧保荐朱鼎卿为湖北省主席。朱鼎卿是个职业军人，没有管理地方行政的经验，便一切仰仗堂兄朱怀冰出主意。朱怀冰为了逢迎白崇禧，便常往华中"剿总"拜访，聆听白崇禧的教诲，表示仰慕之情，与之关系十分密切。到了台湾后，朱、白两家是邻居，经常碰头见面。每次，总是白崇禧主动打招呼，而朱怀冰却异常冷淡地敷衍一下。白崇禧生活寂寞，有时想找朱怀冰聊聊天，而朱总是故意躲开。有一年正月初一，朱怀冰正和家人在家中打牌。门铃响后，管家开门见是白崇禧来拜年，赶紧去向朱怀冰报告。朱怀冰一边往里走，一边斥责管家："多管闲事，你就说我不在家嘛！"这时，白崇禧已经进了厅里，他不但看见了朱怀冰往里走的背影，而且还清清楚楚地听到了朱怀冰斥责管家的话。白崇禧尴尬得只好和那管家搭讪几句就走了，从此白、朱两家不再往来。

一天，白崇禧正在家中读书解闷。忽然闯进一批军警，不问青红皂白，便四处搜查。军警翻箱倒柜，连地板都撬开搜查过。白崇禧气得打电话责问蒋经国，蒋经国有恃无恐地说："这并非我的意思，你打电话问'总统'好了！"白崇禧的电话打到蒋介石那里，蒋介石却冷冷地说："知道此事，不仅对你如此，人人都应该这样来一次！"事后，白崇禧知道，除他和薛岳家外，并没有"人人这样来一次"。

一九五四年三月十日，台湾召开"第一届国民大会第六次会议"，当大会表决罢免李宗仁的副总统职时，众多"国大代表"只是举一只手表示赞成，而白崇禧却与众不同，他高高举起两只手，举手的时间似乎也比别的"国大"代表长。

好不容易熬到一九五九年，这一年，马来西亚总理东姑拉赫曼给台北发来一份高贵的请柬，邀请白崇禧以中国回教理事长的名义前往吉隆坡，参加该国的开国大典。这份请柬，自然是先到了蒋介石的手里。蒋介石这才想起，白崇禧还一直当着在大陆时代就已当了的中国回教理事长，如果不放白崇禧去吉隆坡出席马来西亚的开国大典，将会影响台湾地区与马来西亚的关系，如果把白崇禧放出去，恐怕是放虎归山，一去不返。李宗仁在美国经常给他找麻烦，已够他气恼的了，假如再放一个白崇禧去，李、白两个人一旦又搞在一起，那麻烦岂不更大？历史的教训殷鉴不远，蒋介石绝不能放虎归山！于是，蒋介石以迅雷不及掩耳的手段改选了中国回教理事会，把白崇禧的理事长给拿掉了。这样，白崇禧便出国无名，自然也就无法离开台湾半步了。

正当白崇禧在打发着他一生中漫长无聊时光的时候，李宗仁的思想却经历了一次又一次的飞跃。他出于一个正直的中国人的立场，在美国经常发表一些抨击台湾蒋介石政权，赞扬中共在大陆上的进步和成就的言论，使蒋介石十分恼火，但蒋介石对李宗仁鞭长莫及。每当这时候，他便拿白崇禧来出气，要白致电李宗仁，责骂李宗仁一番，虽然毫无作用，但也收到了以桂系之矛攻桂系之盾的作用。

这次奉召谒见，白崇禧自然又想到李宗仁的事了，因为除此之外，蒋介石是绝不会召见他的！

蒋介石在客厅的沙发上正襟危坐，一脸霜色，那双眼睛严厉得怕人。白崇禧心里不由一阵战栗。他不敢看蒋介石那双眼睛。

"崇禧奉召谒见'总统'。"白崇禧站在蒋介石面前，垂首恭立。

蒋介石既不说话，又不示意白崇禧坐下，只用严厉的目光盯着对方。

白崇禧感觉到有两把无形的利刃在他身上乱戳，他内心不住地战栗着。

"李德邻夫妇，已变卖了他们在美国的房产，一同到欧洲去了，这个，这个，你知道吗？"

"崇禧对此毫无所闻。"白崇禧仍不敢看蒋介石。

"嗯，这个，这个，你看，李德邻欧洲之行，是不是潜奔'匪区'卖身投共的第一步？"蒋介石又问道。

"不……不知道。"白崇禧惶恐地摇着头。

想当年，作为蒋介石的参谋长，对蒋介石的垂询问计，白崇禧对答如流，侃侃而谈，奇谋频出，蒋问一事，白对上、中、下三策，每每使战局转危为安。如今，面对蒋介石的询问，白崇禧竟木讷无以为对。当年那个智商超群、处变不惊的"小诸葛"似乎早已死去，只留下一身还会活动的躯壳！

"健生兄和李德邻有很深的历史关系，这个，这个，你应该劝一劝他，保持晚节，不要背叛'党国'！"蒋介石冷冷地说。

"是。"白崇禧点头答道。

"嗯，你就在我这里，给李德邻起草个电报。"蒋介石指着案几上早已备好的笔和电报稿纸，那情形，仿佛是要案犯招供画押似的。

"是。"白崇禧又点一下头，然后小心翼翼地走向那案几，准备"招供画押"。

一九六五年七月十三日下午二时，苏黎世弗雷加登机场。一架瑞士航空公司的道格拉斯客机即将起飞，是一趟由苏黎世经日内瓦、雅典、贝鲁特、卡拉奇飞往香港的航班。在机场的入口处，匆匆走过来两男一女三位中国人，两位男士穿着青色的西装，女士穿着银灰色的西装套裙。两位男士便是李宗仁和程思远，女士是郭德洁。他们刚刚登上客机，便听到发动机巨大的轰鸣声，飞机起飞了。

与此同时，台湾国民党驻日内瓦的两名具有特殊身份的工作人员，手持白崇禧的电报，匆匆赶到苏黎世，到中国饭店寻找李宗仁夫妇。正好那家饭店的老板、郭德洁的表弟开车刚从机场返回，他是送李宗仁他们三人上飞机的，一回到饭店便碰上了那两位不速之客，他心里暗暗惊叫："好险，晚半小时就糟了！"

台北，蒋介石的官邸。蒋经国进门报告："父亲，白崇禧的电报没有送到李宗仁手上，我们的人赶到苏黎世时，他们已上飞机，现在已飞过日内瓦，下一站将到希腊首都雅典，然后经黎巴嫩首都贝鲁特，再到巴基斯坦首都卡拉奇，最后到达香港。"

"无能！"蒋介石发火了，"连封电报都送不出去！"

蒋经国垂下头，然后又说："看来，李宗仁'投匪'的迹象已很明显，他很可能要在卡拉奇或者香港这两个地方与中共要员接头。我们准备在这两处采取断然措施。"

蒋介石说："你马上要白崇禧、李品仙、黄旭初、夏威他们这些桂系残余，立刻给李宗仁打电报，向他晓以大义，悬崖勒马，只要他不投'共匪'，便什么条件都好商量。"

蒋经国迟疑地："李宗仁正在飞机上，这些电报发到哪里去？"

蒋介石又有些恼火了："就发到李宗仁坐的那趟飞机上去！"

巴基斯坦首都卡拉奇国际机场。七月十三日，凌晨两点，李宗仁、郭德洁、程思远乘坐的瑞士航班在机场徐徐降落。他们收拾行李，准备在这里下机，而他们的机票本来是购买到香港的。瑞航的空中小姐用诧异的目光望着他们，但还是很有礼貌地为他们打开了机舱的门。机舱门打开后，那空中小姐不由大吃一惊。原来，站在舷梯顶端的竟是一名全副武装、身材魁梧的巴基斯坦警官，紧靠舷梯下边，停着一辆红灯闪烁的装甲警车。

巴基斯坦警官很有礼貌地向空中小姐敬了个礼，说明奉命执行任务，然后走进机舱，用英语询问："请问，哪位是从苏黎世来的程先生？"

程思远感到有些意外，因为按照周总理的指示，他陪同李宗仁夫妇到巴基斯坦首都卡拉奇下飞机后，中国驻巴基斯坦大使将亲自到机场迎接，可是现在……程思远怀着忐忑不安的心情站起来答道："我就是。"那警官道："请跟我来。"

程思远与李宗仁迅速地交换了一下眼色，他们三人便提上行李，跟着那警官走出机舱。警官把他们请上警车后，便驾着警车，拉起车上的警报器，一路呼啸而去。警车飞一般驶出机场直奔市区。李宗仁、程思远、郭德洁的心都怦怦地跳着，不知到底发生了什么事情，更不知是祸是福。

警车的速度逐渐放慢，这时坐在驾车警官旁边的一个人忽然回过头来，与李宗仁握手，亲切地说道："李宗仁先生，您辛苦了！我是中国驻巴基斯坦大使，奉周总理指示，前来迎接你们。"说完又和程思远、郭德洁一一握手。

"啊！"李宗仁、程思远、郭德洁紧张的心情这才略为松弛一点。

大使接着说："对不起，让你们受惊了。蒋介石得知你们要回大陆，已在机场出口布置了特务。不得已，我们只好请巴基斯坦政府帮助，动用警方保证你们的安全。这也是周恩来总理亲自布置的。"

"谢谢！谢谢！"李宗仁激动地握着大使的手。

警车把李宗仁他们一直护送到中华人民共和国驻巴基斯坦大使馆。他们一到达大使馆便受到了使馆全体工作人员的热情欢迎。李宗仁有如久别的旅人回到了故乡一般。

台北，蒋介石的官邸。蒋介石和宋美龄一同共进早餐，那名口齿伶俐的副官照样给他们读着报纸：

"香港《快报》头版头条消息：李宗仁已离欧洲，将飞回共产党中国。"

蒋介石在默默地用着早餐，脸上毫无表情。这几天，海外的报纸差不多都是以李宗仁为中心，对他到达欧洲后的去向做出各种推测。蒋介石心里感到酸溜溜的不是滋味。但他并不全信那些近乎捕风捉影的新闻。记得两年前李宗仁去欧洲旅行休养时，有些报纸也曾有过许多危言耸听的报道，害得蒋介石也紧张过一阵子。可是圣诞节前，李宗仁还是回到了美国。尽管这一次李宗仁已从苏黎世起飞，去向不明，但愿这一次又是虚惊一场。不过，当他听到门外一阵急促的脚步声时，他的心不由一下又悬了起来，他匆匆地放下了碗筷。那读报的副官也跟着停止了朗读。

蒋经国一脸沮丧的表情站在他面前。蒋介石再也沉不住气了，狠狠地指着蒋经国发问："李宗仁，他，现在何处？"

"李宗仁的机票本来是买到香港的，但他提前在卡拉奇国际机场下机，被巴基斯坦警方用警车直接护送到中共大使馆，现在大使馆中。"蒋经国又气又恨地报告道。

蒋介石一拳擂在餐桌上，那神态近似歇斯底里一般，尽管他已将近八十高龄，但暴怒得仍像年轻时遭到重大挫折时的狂暴样子。他的表情不由得令宋美龄和蒋经国吃惊，多少年来，他们已听不到他那失去理智的声音了。

"你给我马上查清楚，李宗仁到'匪区'乘坐的飞机起飞的时间和航线，或者班机的航次。派出空军战斗机，把他们击落。不要管飞机上坐着什么人，也不管这架飞机注册于哪个国家，属于什么公司，把他们打下来后再办国际交涉！"

蒋介石一生曾两次下达暗杀李宗仁的命令，一次是十六年前他在大陆下野前夕，这是第二次。

中华人民共和国驻巴基斯坦大使馆，李宗仁在走廊上默默地踱步，郭德洁和程思远站在不远处，默默地看着李宗仁。李宗仁的心情显得有点烦躁不安。他们到达大使馆已经三天了，虽然每天受到热情的款待，但是，他们仍不能飞回祖国。大使告诉李宗仁，国民党的特务机构已侦知他住在使馆，蒋介石下令派出空军战斗机，不顾国际准则，要把他杀死在天上，重演"克什米尔公主号"的惨案。周恩来总理和陈毅副总理刚从非洲访问回来。周总理指示，要绝对保证李宗仁一行安全回国，他和陈毅副总理现在上海坐镇指挥。

李宗仁的心情此刻是十分复杂的。他深深地感激中国共产党人，尽管在历史上，从三十多年前的"四一二"事变开始，他坚决地站到了蒋介石的反共营垒，屠杀过许多共产党人，但是最终还是中国共产党人使他实现了晚年回归祖国的夙愿。而蒋介石呢？虽然和李宗仁是拜把兄弟，但这位盟兄却要不择手段把他杀死在归国的途中。他悔恨自己觉悟得太晚了！他在不停地踱步，思绪万千，感慨万端。他此刻觉得有千言万语要向国人诉说，他要把自己的思想转变过程和自己的追求、自己的理想，毫无保留地告诉给自己的朋友、旧部、乡党，也告诉给蒋介石等一切恨他、爱他和怀疑他的人们！当他把这一切做完的时候，即使蒋介石的阴谋得逞，他葬身蓝天，也死而无憾！他激动不已，径自奔回房间，提笔在纸上疾书起来。这便是后来发表的那份著名的《李宗仁声明》。

七月十八日零点三十分，一架波音707客机在卡拉奇国际机场起飞，这是一架巴基斯坦国际航空公司的飞机，它由卡拉奇飞往广州。机上的头等舱里，只有李宗仁、郭德洁和程恩远三人。其他舱位，照样乘坐各国旅客。在严格保密和严密的安全措施保障下，凌晨五点，这架波音707客机顺利进入了中国云南省的上空。八点，客机在广州白云机场降落。李宗仁夫妇和程思远在满天红霞之中，兴奋地步下舷梯。广东省领导人陶铸、赵紫阳到机场欢迎。李宗仁夫妇和程思远在机场餐厅进早餐后，乘专机飞往上海。上午十一点，专机在上海虹桥机场降落。李宗仁走下飞机，看到周恩来总理来迎接，急忙奔过去，抱住周总理。周恩来总理说："你回来了，我们欢迎你！"李宗仁激动不已，连声说："总理你好！总理你好！"

七月二十日上午十一时，李宗仁夫妇、程思远先生由国务院副秘书长罗青长、统战部副部长刘述周陪同，从上海乘专机飞往北京。他在首都机场下机后，受到党和国家领导人的隆重欢迎。在机场上，各民主党派负责人、无党派人士、国民党起义将领都纷纷上前与李宗仁见面。李宗仁握着他的老友黄绍竑的手，热泪盈眶地说："季宽，我们又见面了！"

在机场大厅里，李宗仁宣读了他在中华人民共和国驻巴基斯坦大使馆里草拟的《李宗仁声明》：

十六年来，我以海外戴罪之身，感于全国人民在中国共产党和毛主席的英明领导之下，高举社会主义建设总路线的红旗，坚决奋斗，使国家蒸蒸日上，并且在最近已经连续爆炸成功了两颗原子弹。这都是我国自力更生、艰苦奋斗的表现。凡是在海外的中国人，除少数顽固派外，都深深为此感到荣幸。我本人尤为兴奋，毅然从海外回到国内，期望追随我国人民之后，参加社会建设，对反帝爱国事业有所贡献，今后誓有生之日，即是报效祖国之年，耿耿此心，天日可表。

李宗仁激动的声音，在大厅里回荡。

我深望海外侨胞和各方面人士也应该坚决走反帝爱国的道路。一九四九年我未能接受和谈协议，至今尤感愧疚，此后一直在海外参加所谓"第三势力"运动，一误再误。经此教训，自愿作为中国人，目前只有两条路可循：一就是与中国广大人民站在一起，参加社会主义革命与建设；一就是与反动派沆瀣一气，同为时代所背弃，另外没有别的出路。

大厅里静悄悄的，李宗仁那坦诚的略带苍老的声音感染着每个听者。

宗仁老矣，对个人政治出处无所萦怀。今后，惟愿尽人民一分子之责任，对祖国革命建设事业有所贡献。并盼能在祖国颐养天年，于愿已足，别无他求……

一九六九年一月三十日午夜，李宗仁在北京病逝，享年七十八岁。他终于叶落归根。

一九六六年八月三十一日下午，在家中被红卫兵打得奄奄一息的黄绍竑，用剃须刀刎颈自杀，终年七十一岁。

一九六六年十二月二日，白崇禧在台北松江路他的寓所突然死去，终年七十三岁，没有留下任何遗嘱。关于白崇禧的死因，海内外曾众说纷纭。他被葬于台北回教公墓。每年清明节，有许多广西籍乡亲前往祭扫，缅怀他那些至今仍有争议的业绩。

一九七五年，蒋介石病逝于台北，终年八十九岁，他的灵柩停栖于桃园县慈湖。他的遗体经过防腐处理，安放于黑色大理石石棺之内。他生前希望死后能安葬于南京紫金山中山陵墓旁，那儿有一方他选定的墓地。

随着蒋、李、黄、白的逝去，一个时代结束了！

后 记

　　《桂系演义》于1988年由漓江出版社出版，共92个章回，分上、中、下三册。1991年5月重印时，出了精装和平装两个版本。2006年经作者修订后，增加到93个章回，并新增部分作战地图插页，责任编辑将原来的上、中、下三册合并为一大册，于2007年5月由漓江出版社出版。鉴于将三册书合并为一大册，读者反映阅读不方便，2009年1月，漓江出版社仍分为三册出版。作者对全书进行了文字修订，并增加了281幅图片，其中绝大部分为历史老照片，仅31幅为《桂系演义》电视剧剧照，以"情景再现"作为图片文字说明以示区别。

　　这次由广西师大出版社出版的新版《桂系演义》，作者除对本书重新进行了文字修订外，考虑到桂系历史的完整性，新增加了三个章回：其一为20世纪30年代的广西建设。20世纪30年代的广西，不仅是新桂系历史的一个非常重要的时期，同时也是广西历史上的一个非常重要的时期。新桂系提出的"建设广西，复兴中国"的主张和"三自"（自卫、自治、自给）、"三寓"（寓兵于团、寓将于学、寓征于募）的政策，在全省范围内开展了政治、经济、军事和文教等方面的建设，取得了在广西历史上前所未有的成就，使广西获得了"模范省"的美名；为广西投入30年代后期开始的全国抗日战争，在组织上和人力、物力、财力上奠定了基础，做出了令人瞩目的贡献，受到国内外舆论的好评。

　　其二，在八年全面抗日战争中，广西军民做出了巨大的贡献和牺牲，广西共出兵946 715人，伤亡过半，共牺牲9名高级将领。抗战中的广西军人，参加了淞沪会战、徐州会战、武汉会战等著名的重大会战。桂军将士英勇善战，热血卫国的精神，在战场上有口皆碑。2015年，是中国抗日战争胜利70周年。本书增加一个章回，纪念抗战中最大的一次会战——武汉会战中英勇杀敌、为国捐躯的我国官兵。

其三，桂系兵败广西后，其残部3万余人的下落及最后归宿，鲜为人知。本书增加一个章回，反映桂系残军流落越南富国岛，直到1953年由台湾方面派出舰船接运回台的经过，折射出一种历史的沧桑感。

1949年底，白崇禧的华中部队正规军在广西全军覆没后，他预谋留下在广西"打游击"的各路"反共救国军"，于1950年初在广西各地举行全面大暴乱。中国人民解放军从1950年春开始，出动正规作战部队2个兵团，4个军，17个师又1个团，其中10个师为久经战阵的精锐主力师，加上地方部队和武装民兵，投入作战兵力近百万人。到1951年上半年，经过南、北两大战场的决战，共歼灭"广西反共救国军"374 146名。其中师以上指挥官537名，军以上指挥官120名。直到1952年底，解放军经过三年苦战，才彻底肃清广西境内的"反共救国军"，共歼敌512 917人，远远超过白崇禧的华中部队五个兵团的总兵力（白部的华中主力兵团入桂前为30余万人）。解放军把与"广西反共救国军"的三年苦战称为广西剿匪作战，其在广西作战时间之长，相当于全国解放战争的时间。鉴于本书作者所著《败兵成匪》一书对此有详细记载，因此，《桂系演义》不再续写此段历史。但是，关于新桂系的最终历史，其下限时间当以1952年底为止。

广西师大出版社此次出版的《桂系演义》，共计96个章回，共分四册，较为完整地记述了新桂系由崛起、壮大直至彻底覆灭的历史。

感谢广西师大出版社领导、老友王布衣及有关编辑、编务人员对本书出版的大力支持、精心进行策划运作，他们对作者认真负责及对作品出版精益求精的精神，令我十分感动！

感谢各位热心的读者多年来对《桂系演义》的关爱！

黄继树

2014年8月15日